街とその不確かな壁

村上春樹

新潮社

その地では聖なる川アルフが
人知れぬ幾多の洞窟を抜け
地底暗黒の海へと注いでいった。

サミュエル・テイラー・コールリッジ
『クブラ・カーン』

Where Alph, the sacred river, ran
Through caverns measureless to man
Down to a sunless sea.

Samuel Taylor Coleridge
"Kubla Khan"

街とその不確かな壁　目次

装画・本文カット　タダジュン

街とその不確かな壁

第一部

1

きみがぼくにその街を教えてくれた。

その夏の夕方、ぼくらは甘い草の匂いを嗅《か》ぎながら、川を上流へと遡《さかのぼ》っていった。流砂止めの小さな滝を何度か越え、時折立ち止まって、溜まりを泳ぐ細い銀色の魚たちを眺めた。二人ともしばらく前から裸足になっていた。澄んだ水がひやりと踝《くるぶし》を洗い、川底の細かい砂地が二人の足を包んだ——夢の中の柔らかな雲のように。ぼくは十七歳で、きみはひとつ年下だった。

きみは黄色いビニールのショルダーバッグに、低いヒールの赤いサンダルを無造作に突っ込み、砂州から砂州へとぼくの少し前を歩き続けていた。濡れたふくらはぎに濡れた草の葉が張り付き、緑色の素敵な句読点となっていた。ぼくはくたびれた白いスニーカーを両手に提げていた。

きみは歩き疲れたように無造作に夏草の中に腰を下ろし、何も言わず空を見上げる。小さな鳥が二羽並んで上空を素速く横切り、鋭い声で啼《な》く。沈黙の中で青い夕闇の前触れが二人を包み始める。きみの隣に腰を下ろすと、なんだか不思議な気持ちになる。まるで数千本の目に見えない糸が、きみの身体とぼくの心を細かく結び合わせているみたいだ。きみの瞼《まぶた》の一瞬の動きや、唇の微《かす》かな震えさえもが、ぼくの心を揺さぶる。

そんな時刻には、きみにもぼくにも名前はない。十七歳と十六歳の夏の夕暮れ、川べりの草の上の色鮮やかな想い――あるのはただそれだけだ。もうすぐぼくらの頭上には少しずつ星が瞬《またた》き始めるだろうが、星にも名前はない。名前を持たない世界の川べりの草の上に、ぼくらは並んで腰を下ろしている。

「街は高い壁にまわりを囲まれているの」ときみは語り出す。沈黙の奥から言葉を見つけだしてくる。身ひとつで深海に潜って真珠を採る人のように。「それほど広い街じゃない。でもすべてを簡単に目にできるほど狭くもない」

その街のことをきみが口にしたのは二度目だ。そのようにして街はまわりを囲む高い壁を持った。

きみが語り続けるにつれて、街は一本の美しい川と三つの石造りの橋（東橋・旧橋・西橋）を持ち、図書館と望楼を持ち、見捨てられた鋳物工場と質素な共同住宅を持つ。夏の夕暮れ近くの淡い光の中で、ぼくときみは肩を寄せ合うようにして、その街を眺めている。あるときには遥か遠くの丘の上から目を細めて、またあるときには手を触れることができるくらい近くから大きく目を見開いて。

「本当のわたしが生きて暮らしているのは、高い壁に囲まれたその街の中なの」ときみは言う。

「じゃあ、今ぼくの前にいるきみは、本当のきみじゃないんだ」、当然ながらぼくはそう尋ねる。

「ええ、今ここにいるわたしは、本当のわたしじゃない。その身代わりに過ぎないの。ただの移ろう影のようなもの」

ぼくはそれについて考える。移ろう影のようなもの？　でも意見は今のところ保留しておくことにする。

「で、その街で本当のきみは何をしているの？」

「図書館に勤めているの」ときみは静かな声で答える。「仕事の時間は夕方の五時頃から夜の十時頃まで」

「頃？」

「そこではすべての時刻はだいたいなの。中央の広場には高い時計台があるけれど、針はついていない」

針のついていない時計台をぼくは思い浮かべる。「で、その図書館には誰でも入れるの？」

「いいえ。誰でも自由に入れるわけじゃない。そこに入るには特別な資格が必要になるの。でもあなたは入ることができる。あなたはその資格を持っているから」

「特別な資格って——どんな資格なんだろう？」

きみはそっと微笑む。でも質問には答えない。

「でもそこに行きさえすれば、ぼくは本当のきみに会えるんだね？」

「もしあなたにその街を見つけることができれば。そしてもし……」

きみはそこで口をつぐみ、顔を淡く赤らめる。でもぼくには声にならなかったきみの言葉を聴き取ることができる。

そしてもしあなたが本当に、本当のわたしを求めているのなら……それがそのときみがあえて口にしなかった言葉だ。ぼくはきみの肩にそっと腕をまわす。きみはノースリーブの淡い緑色のワンピースを着ている。きみの頬がぼくの肩にあてられる。しかしその夏の夕暮れにぼくが肩を抱いたのは、本当のきみではない。きみが言うように、それはきみの身代わりの影に過ぎない。

本当のきみは、高い壁に囲まれた街の中にいる。そこには川柳《かわやなぎ》の繁った美しい中州があり、いくつかの小高い丘があり、単角を持つもの静かな獣たちがいたるところにいる。人々は古い共同住宅に住み、簡素だが不自由のない生活を送っている。獣たちは街に生えている木の葉と木の実を好んで食べるが、雪の積もる長い冬にはその多くが、寒さと飢えのために命を落とすことになる。

その街に入りたいと、どれほど強くぼくは望んだことだろう。そこで本当のきみに会いたいと。

「街は高い壁に囲まれていて、中に入るのはとてもむずかしい」ときみは言う。「出て行くことは更にむずかしい」

「どうすればそこに入れるんだろう?」

「ただ望めばいいのよ。でも心から何かを望むのは、そんなに簡単なことじゃない。時間がかかるかもしれない。その間にいろんなものを棄てていかなくちゃならないかもしれない。あなたにとって大切なものをね。でも諦《あきら》めないで。どれほど時間がかかろうと、街は消えてなくなりはしないから」

ぼくはその街の中で本当のきみに出会うことを想像する。街の外に美しく繁った広大な林檎《りんご》の林と、川にかかった三つの石の橋と、姿の見えない夜《よ》啼鳥《なきどり》の声音を思い浮かべる。そして本当のきみが働いている小さな古い図書館を。

「あなたのための場所はいつもそこに用意されているから」ときみは言う。

「ぼくのための場所？」

「そう。街にはひとつだけ空いたポジションがあるの。あなたはそこに収まることになる」

それはどんなポジションなのだろう？

「あなたは〈夢読み〉になるのよ」ときみは声をひそめて言う。大事な秘密を打ち明けるように。

それを聞いて、思わず笑ってしまう。「ねえ、ぼくは自分の見た夢さえろくに思い出せないんだ。そんな人間が〈夢読み〉になるのは、ずいぶんむずかしいだろうね」

「いいえ、〈夢読み〉は自分で夢を見る必要はないの。図書館の書庫で、そこに集められたたくさんの〈古い夢〉を読んでいればいいの。でもそれは誰にでもできることではない」

「しかしぼくにはできるんだね？」

きみは肯《うなず》く。「そう、あなたにはそれができる。あなたはその資格を手にしている。そしてそ、こ、に、い、る、わたしは、あなたのその仕事を手伝う。毎夜あなたのそばについて」

「ぼくは〈夢読み〉で、街の図書館の書庫で毎夜たくさんの〈古い夢〉を読む。そしてぼくのそばにはいつもきみがいる。本当のきみが」、ぼくは示された事実を声に出して反復する。

ぼくの腕の中で、緑色のワンピースを着たきみの裸の肩が小さく揺れる。そしてふとこわばる。

「そうよ。でもひとつだけ覚えておいてほしい。もしわたしがその街であなたに出会ったとしても、そこにいるわたしはあなたのことを何ひとつ覚えてはいないってこと」

どうして？

「どうしてか、あなたにはわからないの？」

ぼくにはそれがわかる。そう、ぼくが今こうして肩をそっと抱いているのは、きみの身代わりに過ぎないのだ。本当のきみはその街に住んでいる。高い壁でまわりを囲まれた、遥か遠方の謎めいた街に。

ぼくの手の中にあるきみの肩はとても滑らかで温かく、本当のきみの肩としかぼくには思えないのだけれど。

2

この実際《ヽヽ》の世界で、ぼくときみは少し離れた場所に住んでいる。ずいぶん遠くというほどではないけれど、思い立ってすぐに会いに行けるほど近くもない。電車を二度乗り換え、一時間半ばかりかければ、きみの住む街に着くことができる。そしてぼくらの住んでいる街は、どちらも高い壁に囲まれているわけではない。だからもちろん行き来は自由だ。

ぼくは海に近い静かな郊外住宅地に住んでおり、きみはずっと大きくて賑やかな都市の中心部に住んでいる。その夏、ぼくは高校三年生、きみは二年生だ。ぼくは地元の公立高校に通い、きみはきみの街にある私立の女子校に通っている。いくつかの事情があって、ぼくらが実際に顔を合わせるのは月に一度か二度、そんなところだ。ほぼかわりばんこに、ぼくがきみの住んでいる街を訪ね、きみがぼくの住んでいる街にやって来る。ぼくがきみの街を訪ねるとき、ぼくらはきみの家の近くにある小さな公園か、それとも公共の植物園に行く。植物園に入るには入場料が必要だが、温室の隣にはいつもあまり混んでいないカフェがあって、そこがぼくらのお気に入りの場所になる。そこでぼくらはコーヒーと林檎のタルトを注文し（ちょっとした贅沢だ）、二人だけのひっそりとした会話に耽《ふけ》ることができる。

きみがぼくの街を訪れるときには、だいたいいつも二人で川べりか海辺を散歩する。都会の真ん中にあるきみの家の近辺には川も流れていなかったし、もちろん海もなかったから、きみはぼくの街に来ると、まず川か海を見たがる。そこにある大量の自然の水――きみはそれに心を惹かれる。

「水を見ているとなぜか気持ちが落ち着くの」ときみは言う。「水の立てる音を聞いているのが好き」

あるきっかけで昨年の秋にきみと知り合い、親しく交際するようになって八ヶ月ほどになる。ぼくらは会えば、できるだけ人目につかないところで抱き合い、唇をそっと重ねる。でもそれ以上の関係には進まない。そこまでの時間の余裕がなかったということがひとつの理由だ。そしてまた、もっと深く親密な関係を結べるような適当な場所が見つけられないという、現実的な事情もある。でもそれよりはむしろ、ぼくらがなにしろ二人だけの会話に夢中になり、時を惜しんで話すことに没頭していたというのが、理由として大きいだろう。ぼくもきみもそれまでそんなに自由に自然に、自分のありのままの気持ちや考えを口にできる相手に出会ったことがなかったのだ。そんな相手に巡り会えるなんて、実に奇跡に近い出来事のように思える。だから月に一度か二度顔を合わせるたびに、ぼくらは時が経つのも忘れてただ語り合う。どれだけ長く話しても話題が尽きることはないし、別れの時間がやってきて、駅の改札口でさよならを言うときには、いつも多くの大事な事柄を話し忘れた気がしたものだ。

もちろんぼくが身体的な欲求を抱かなかったわけではない。十七歳の健康な男子が、美しい胸の膨らみを持った十六歳の女子を前にして、ましてやそのしなやかな身体に腕を回すとき、性的欲求に駆られないわけがない。でもそういうのはもっと先になってからでいいだろうと、ぼくは本能的に感じる。今のところぼくが必要としているのは、月に一度か二度きみと顔を合わせ、二人で長い散歩をし、いろんなものごとについて率直に話し合うことだ。お互いの情報を親密に交換し、もっと深く知り合うことだ。そしてどこかの木陰で抱き合い、唇を重ねる——そのような素敵な時間にぼくは、それ以外の要素を慌ただしく持ち込みたくなかった。そんなことをしたら、そこにある大事な何かが損なわれてしまい、もとあった状態にはもう戻れなくなるかもしれない。身体的なものごとはもっと先のこととしてとっておこう。ぼくはそう思う。あるいは直感がぼくにそう告げる。

でも、そこで二人で額を寄せ合って、いったいどんな話をしていたのだろう？　今となっては思い出せない。あまりにも多くを語り合ったため、ひとつひとつの話題を特定することができなくなってしまったのだろう。しかしきみが高い壁に囲まれた特別な街の話を語るようになってからは、それがぼくらの会話の主要な部分を占めるようになった。

主にきみがその街の成り立ちを語り、ぼくがそれについて実際的な質問をし、きみが回答を与えるというかたちで、街の具体的な細部が決定され、記録されていった。その街はもともときみがこしらえたものだ。あるいはきみの内部に以前から存在していたものだ。でもそれを目に見えるもの、言葉で描写されるものとして起《た》ち上げていくにあたっては、ぼくも少なからず力を貸したと思う。きみが語り、ぼくがそれを書き留める。古代の哲学者や宗教家たちが、それぞれの忠実で綿密な記録係を、あるいは使徒と呼ばれる人々を背後に従えていたのと同じように。ぼくは有能な書記として、あるいは忠実な使徒として、それを記録するための小さな専用ノートまで作った。その夏、二人はそんな共同作業にすっかり夢中になっていた。

3

秋、獣たちの体は、来たるべき寒い季節に備えて輝かしい金色の毛に覆《おお》われる。額に生えた単角は鋭く白い。彼らは冷ややかな川の水で蹄《ひづめ》を洗い、首をそっと伸ばして赤い木の実をむさぼり、金雀児《えにしだ》の葉を噛む。

それは美しい季節だった。

壁に沿って設けられた望楼に立ち、夕暮れの角笛《つのぶえ》を私は待つ。太陽が沈む少し前の時刻に、角笛は長く一度、短く三度吹き鳴らされる。それが決まりだ。柔らかな角笛の音が、暮れなずむ石畳の通りを滑り抜けていく。角笛の響きはおそらく数百年のあいだ（あるいはもっと長い歳月かもしれない）変わることなく繰り返されてきたのだろう。家々の石壁の隙間にも、広場の垣根に沿って並んだ石像にも、その音色は深く浸《し》み込んでいる。

角笛の音が街に響き渡るとき、獣たちは太古の記憶に向かって首を上げる。あるものは葉を噛むのをやめ、あるものは蹄をこつこつと舗道に打ち付けるのをやめ、あるものは最後の日だまりの中の午睡から目覚め、それぞれに同じ角度に首をもたげる。

すべては一瞬、彫像のように固定される。動くものといえば、風にそよぐ彼らの柔らかな金色の体毛、それだけだ。それにしても彼らはいったい何を見ているのだろう？　ひとつの方向に首を曲げ、宙を見据えたまま、獣たちは微動だにしない。そうして角笛の響きに耳を澄ませる。

角笛の最後の響きが空中に吸い込まれて消えたとき、彼らは前脚を揃えるようにして立ち上がり、あるいは伸びをして姿勢を整え、ほとんど時を同じくして歩み始める。いっときの呪縛は解かれ、それからしばらく街の通りは、獣たちの踏みならす蹄の音に支配される。

獣たちの列は曲がりくねった石畳の通りを進んでいく。誰が先頭に立つというのでもなく、誰が隊列を導くというのでもない。獣たちは目を伏せ、肩を小刻みに左右に揺らしながら、沈黙の川を下っていくだけだ。それでも一頭一頭のあいだには、打ち消しがたい緻密な絆が結び合わされているように見える。

何度か眺めているうちに、獣たちの辿《たど》る道筋や速度が厳密に定められているらしいことがわかる。彼らは仲間をあちこちで群れに加えながらなだらかなアーチ型の旧橋を渡り、鋭い尖塔のある広場まで歩く（そこにある時計台の時計は、きみが言ったとおり、針が二本とも失われている）。そこで川の中州に下りて緑の草を食《は》んでいた少数の集団を加える。川沿いの道を上流に向けて進み、北にのびる涸れた運河づたいに工場街を抜け、森で木の実を探していた一群を拾い上げる。それから方向を西に変え、鋳物工場の屋根付きの渡り廊下をくぐり、北の丘づたいに長い階段を上る。

街を囲む壁には門がひとつしかない。それを開け閉めするのは、門衛の役目だ。厚い鉄の板が縦横に打ち付けられた、重く頑丈そうな門だ。しかし門衛は軽々と押して開け閉めする。彼以外の人間が門に手を触れることは許されていない。

門衛はいかにも頑健な、しかし己れの仕事にはきわめて忠実な大男だ。先の尖った頭はきれいに剃られ、顔もつるりとしている。毎朝大きな鍋に湯を沸かし、大きな鋭い剃刀《かみそり》を使って丹念に頭を剃り、顔を剃る。年齢は見当もつかない。朝と夕に、獣を集める角笛を吹き鳴らすのも彼の職務のひとつだ。門衛小屋の前にある二メートルばかりの高さの櫓《やぐら》に上り、空に向けて角笛を吹き鳴らす。この無骨な、ほとんど野卑な見かけの男のいったいどこから、そのように柔らかく艶《つや》やかな音が生まれ出るのだろう? 角笛の音を耳にするたびに私は不思議に思う。

夕暮れに獣たちを残らず壁の外に出してしまうと、彼はもう一度重い門を押して閉め、最後に大きな錠前をおろす。かしゃりという乾いた冷ややかな音を立てて。

北の門の外には獣たちのための場所がある。獣たちはそこで眠り、交尾し、子供を産む。森や茂みがあり、小さな川も流れている。そしてその場所もやはり壁で囲まれている。高さ一メートルを少し超える程度の低い壁だが、獣たちはなぜかその壁を越えることができない。あるいは越えようとはしない。

門の両側の壁には、六つの望楼が設けられている。古い木製のらせん階段で、誰でもそこに上がることができる。望楼からは獣たちの住処《すみか》が一望できる。でも普段は誰もそんなところには上らない。街の住民たちは獣たちの暮らしにはまるで関心を抱いていないらしい。

しかし春の初めの一週間だけ、獣たちが激しく争う姿を見るために人々は進んで壁の望楼に上るということだ。獣たちはその時期、普段の姿からは想像もつかぬほど荒々しくなり、牡《おす》たちは牝《めす》を巡って、餌を食べることも忘れ、死力を尽くして闘う。うなり声を上げながら、先の鋭い単角を競争相手の喉《のど》や腹に突き立てようとする。

その交尾期の一週間だけ、獣たちは街の中には入ってこない。街の人々に危険が及ばないように、門衛が門を閉ざしてしまうからだ（従ってその期間は朝夕の角笛も吹き鳴らされない）。少なからざる数の獣たちが争いの中で深手を負い、中には命を落とすものも出る。そして地面に流された赤い血の中から、新しい秩序と新しい生命が生まれる。柳の緑の枝が春先に一斉に芽吹くのと同じように。

獣たちは我々にはうかがい知ることのできない独自のサイクルと秩序の中に生きている。すべては規則正しく反復され、秩序は彼ら自身の血で贖《あがな》われる。その荒々しい一週間が過ぎ去り、柔らかな四月の雨が流された血を洗い落とす頃、獣たちは再びもとの静謐《せいひつ》で温和な存在へと戻っていく。

でも私は自分の目で、実際にそのような光景を目撃したわけではない。きみからその話を聞いただけだ。

秋の獣たちはそれぞれの場所にしゃがみ込んだまま、金色の毛並みを夕日に輝かせ、角笛の響きが宙に吸い込まれていくのを無言のうちに待ち続ける。その数はおそらく千をくだるまい。

そのように街の一日が終わる。日々が過ぎ去り、季節は移る。しかし日々や季節はあくまで仮《かり》初《そ》めのものだ。街の本来の時間は別のところにある。

4

ぼくもきみも、互いの家を訪問したりしない。相手の家族と顔を合わせることもないし、それぞれの友だちを紹介しあうこともない。ぼくらは要するに誰にも――この世界中のいかなる人にも――邪魔をされたくないのだ。ぼくときみは、二人で時を過ごしているだけで十分満ち足りているし、他の何かを付け加えたいとは思わない。また、ただ物理的な観点から見ても、何かを付け加えるような余地はそこにはない。前にも述べたように、ぼくらの間には語り合うべきことが山ほどあるし、二人で一緒にいられる時間は限られているからだ。

きみは自分の家族のことをほとんど語らない。ぼくがきみの家族について知っているのは、いくつかの細切れの事実だけだ。父親は地方公務員だったが、きみが十一歳のときに何か不手際があって辞職を余儀なくされ、今は予備校の事務員をしているということだ。どんな「不手際」だったかは知らない。でもどうやら、きみがその内容を口にしたくないような類いの出来事であったようだ。実の母親は、きみが三歳の時に内臓の癌で亡くなった。記憶はほとんどない。顔も思い出せない。きみが五歳のときに父親は再婚し、翌年妹が生まれた。だから今の母親はきみにとって継母にあたるわけだが、父親に対してよりはその母親の方に「まだ少しは親しみが持てるかもしれない」という意味のことを、きみは一度だけ口にしたことがある。本のページの隅に小さな活字で記された、さりげない注釈みたいに。六歳年下の妹については、「妹には猫の毛アレルギーがあるので、うちでは猫が飼えない」という以上の情報は得られなかった。

きみが子供の頃、心から自然に親しみを抱くことができたのは、母方の祖母だけだ。きみは機会があれば一人で電車に乗って、隣の区にあるその祖母の家を訪れる。学校が休みの時期には、何日か泊めてもらうこともある。祖母は無条件にきみを可愛がってくれる。乏しい収入の中から細々したものを買い与えてもくれる。しかし祖母に会いに行くたびに、義母の顔に不服そうな表情が浮かぶのを目にして、何かを言われたわけではないのだが、次第に祖母の家から足が遠のくようになる。その祖母も数年前に心臓病で急逝《きゅうせい》してしまった。

きみはそんな事情を細切れにぽつぽつと話してくれる。古いコートのポケットからぼろぼろになった何かを、少しずつすくい出すみたいに。

もうひとつ今でもよく覚えていること――きみはぼくに家族の話をするとき、なぜかいつも自分の手のひらをじっと見つめていた。まるで話の筋を辿るためには、そこにある手相（か何か）を丹念に読み解くことが必要不可欠であるかのように。

ぼくの方はといえば、自分の家族についてきみに語るべきことなど、ほとんど見当たらなかった。両親はごくありきたりの普通の親だ。父親は製薬会社に勤めており、母親は専業主婦。ありきたりの普通の親のように行動し、ありきたりの普通の親のように語る。年老いた黒猫を一匹飼っている。学校での生活についても、とりたてて語るべきことはない。成績はそれほど悪くはないが、人目を引くほど優秀なわけでもない。学校でいちばん落ち着ける場所は図書室だ。そこで一人で本を読んで空想のうちに時間を潰すのが好きだ。読みたい本のおおかたは学校の図書室で読んでしまった。

きみと初めて出会ったときのことはよく覚えている。場所は「高校生エッセイ・コンクール」の表彰式の会場だった。五位までの入賞者がそこに呼ばれた。ぼくときみは三位と四位で、座っていた席が隣同士だった。季節は秋で、ぼくはそのとき高校二年生、きみはまだ一年生だった。式は退屈な代物《しろもの》だったので、ぼくらはその合間に小さな声で少しずつ短く話をした。きみは制服の紺のブレザーコートを着て、揃いの紺のプリーツスカートをはいていた。リボンのついた白いブラウス、白いソックスに黒のスリップオン・シューズ。ソックスはあくまで白く、靴はしみひとつなくきれいに磨かれていた。親切なこびとたちが七人がかりで、夜明け前に丁寧に磨いてくれたみたいに。

ぼくは文章を書くのがべつに得意なわけではない。本を読むのは小さな頃から大好きで、暇さえあれば本を手に取ってきたが、自分で文章を書く才能は持ち合わせていないと思っていた。でもクラスの全員が、コンクールのために国語の授業中に強制的にエッセイを書かされ、その中からぼくの書いたものが選ばれて選考委員会に送られ、最終選考に残り、そして思いもよらず上位入賞してしまったのだ。正直言って自分の書いた文章のどこがそれほど優れているのか理解できなかった。読み返してみても、取り柄のない平凡な作文としか思えない。でもまあ何人かの審査員がそれを読んで、賞をやってもよいと思ったからには、何かしら見どころはあったのだろう。担任の女性教師はぼくが賞を取ったことをとても喜んでくれた。生まれてこの方、教師がぼくのおこなった何かに対してそれほど好意的になってくれたことは一度もなかった。だから余計なことは言わず、ありがたく賞をもらうことにした。

エッセイ・コンクールは、地区合同で毎年秋に行われ、年ごとに異なったテーマが与えられるのだが、そのときのテーマは「わたしの友だち」というものだった。ぼくは四百字詰め原稿用紙五枚を用いて語りたいような「友だち」を、残念ながら一人として思いつけなかったので、うちで飼っている猫について書いた。ぼくとその年老いた雌猫がどんな風につきあい、生活を共にし、お互いの気持ちを――もちろんそこには限度はあるものの――伝え合っているかについて。その猫に関しては語るべきことが数多くあった。とても利口で個性的な猫だったから。おそらく審査員の中に猫好きの人が何人かいたのだろう。おおかたの猫好きの人は、他の猫好きの人に対して自然に好意や共感を抱くものだから。

きみは母方の祖母について書いた。一人の孤独な老年の女性と、一人の孤独な少女の心の交流について。そこにつくり出されたささやかな、偽りのない価値観について。チャーミングな、心を打つエッセイだ。ぼくの書いたものなんかより数倍優れている。どうしてぼくの書いたものが三位で、きみのが四位なのか理解できない。ぼくはきみに正直にそう言う。きみはにっこり微笑んで、わたしは逆に、あなたの書いたものの方が、わたしの書いたものより数倍優れていると思うと言う。本当よ、嘘じゃなくて、ときみは付け加える。

「あなたのおうちの猫って、とても素敵な猫みたいね」

「うん、すごく利口な猫なんだ」とぼくは言う。

きみは微笑む。

「きみは猫を飼っている?」とぼくは尋ねる。

きみは首を振る。「妹が猫の毛アレルギーなの」

それがきみについてぼくが得た、最初のささやかな個人情報だった。彼女の妹は猫の毛アレルギーなのだ。

きみはとても美しい少女だ。少なくともぼくの目にはそう映る。小柄で、どちらかといえば丸顔で、手の指がほっそりしてきれいだ。髪は短く、切り揃えられた黒い前髪が額にかかっている。丁寧に吟味された陰影みたいに。鼻はまっすぐで小さく、目がとても大きい。一般的な顔立ちの基準からすれば、鼻と目の均衡がとれていないということになるかもしれないが、ぼくは何故かその不揃いなところに心を惹かれる。淡いピンク色の唇は小さく薄く、いつも律儀に閉じられている。大事な秘密をいくつか奥に隠し持つみたいに。

ぼくら五人の入賞者は順番に壇上に上がり、表彰状と記念メダルを恭《うやうや》しく授与される。優勝した長身の女の子が短い受賞の挨拶をする。副賞は万年筆だった(万年筆のメーカーがコンクールのスポンサーになっていたのだ。その万年筆をぼくは以来、長年にわたって愛用することになった)。その長々しく退屈な表彰式が終了する少し前に、ぼくは手帳のメモ部分に自分の住所と名前をボールペンで書き付け、ページを破ってこっそりきみに手渡す。

「もしよかったら、ぼくにいつか手紙を書いてくれないかな」とぼくは乾いた声できみに言う。

ぼくは普段そんな大胆なことはしない。もともと人見知りする性格なのだ(そしてもちろん臆病でもある)。でもきみとそこで別れわかれになって、もう二度と会えないかもしれないと考えると、それは大きく間違ったこと、まったく公正ではないことのように感じられる。だから勇気をかき集め、思い切った行動に出る。

きみは少し驚いた表情でその紙片を受け取り、きれいに四つに折り畳み、ブレザーコートの胸ポケットに仕舞う。なだらかで神秘的なカーブを描く胸の膨らみの上に。そして前髪に手をやり、少しだけ頬を赤らめる。

「きみの書いた文章をもっと読みたいんだ」とぼくは言う。間違った部屋のドアを開けてしまった人が、へたな言い訳をするみたいに。

「わたしも、あなたの書いた手紙をぜひ読みたい」、そして何度か小さく肯く。ぼくを励ますように。


きみの手紙は一週間後にぼくのもとに届く。素敵な手紙だ。ぼくはそれを少なくとも二十回くらい読み直す。そして机に向かい、副賞としてもらったばかりの新しい万年筆を使って、長い返事を書く。そのようにしてぼくらは文通を始め、二人だけの交際を始める。

ぼくらは恋人同士だったのだろうか？　簡単にそんな風に呼んでしまっていいものか？　ぼくにはわからない。でもぼくときみは少なくともその時期、一年近くの間、混じりけなく心をひとつに結び合わせていた。そしてぼくらはやがて二人だけの、特別な秘密の世界を起ち上げ、分かち合うようになった——高い壁に囲まれた不思議な街を。

5

その建物の扉を押したのは、街に入って三日目の夕刻だった。

これという特徴のない石造りの古い建物だ。川沿いの道路を東に向けてしばらく歩き、旧橋に面した中央広場を越したところにある。入り口には何の表示も掲げられておらず、知らない人にはそれが図書館だとはわからないようになっていた。「16」という数字が刻まれた真鍮《しんちゅう》のプレートが、素っ気なく打ち付けられているだけだ。プレートは変色し、字は読みづらかった。

重い木製の扉は深く軋《きし》みながら内側に開き、奥には薄暗い正方形の部屋があった。人の姿はない。天井は高く、壁に付いたランプの明かりは貧弱で、空気は誰かの乾いた汗のような匂いがした。何もかもがうっすら霞《かす》んで分子に解体され、そのままどこかに吸い込まれてしまいそうな薄暗さだった。すり減った杉材の床板は歩くと、あちこちで鋭く音を立てた。縦長の窓が二つあり、家具はひとつも置かれていない。

部屋の正面の突き当たりにドアがあった。木製の簡素なドアで、顔の高さのあたりに磨りガラスの小窓がついており、そこにも「16」という数字が、古風な装飾的書体で記されている。磨りガラスの奥には淡く明かりが見えた。ドアを軽く二度ノックして待ってみたが、返事はない。足音も聞こえない。少し間を置いて呼吸を整え、変色した真鍮のノブを回し、ドアをそっと押し開けた。ドアは軋んだ音を立てた。「誰かが来たぞ」とあたりに警告を発するように。

ドアの奥には五メートル四方ほどの、やはり真四角な部屋があった。天井はさっきの部屋ほど高くはない。そしてここにもまた人の姿はない。窓はひとつもなく、まわりを漆喰《しっくい》の壁に囲まれている。絵も写真もポスターもカレンダーもなく、もちろん時計もなく、ただのっぺりとした裸の壁があるだけだ。粗末な木のベンチが一脚、小さな椅子が二脚、テーブルがひとつあり、木製のコートラックがあった。コートラックにはコートは掛かっていない。部屋の中央には錆《さび》の浮いた古風な薪《まき》ストーブが据えられ、赤々と火が燃え、その上で黒い大きな薬罐《やかん》が湯気を立てている。突き当たりは貸し出しカウンターらしきものになっており、カウンターの上には帳簿が一冊開きっぱなしになっていた。作業をしている途中で、何か急な用事が入ったといった格好で。おそらくその誰か（おそらくは図書館員）は、遠からずこの部屋に戻ってくることだろう。

カウンターの奥には、書庫に通じていると思える暗い色合いのドアがあった。だとすれば、ここがやはり「図書館」なのだろう。一冊の本も目に入らないけれど、そこにはいかにも図書館らしいたたずまいが残されていた。大きくても小さくても、古くても新しくても、世界中の図書館が持ち合わせている特別なたたずまいだ。

私は重いコートを脱いでコートラックに掛け、硬い木のベンチに腰を下ろし、ストーブの熱で手を温めながら、誰かが姿を見せるのを待った。あたりはまったくの無音だった。深い水底にいるような沈黙だ。一度ためしに咳払いをしてみたが、それは咳払いには聞こえなかった。

君が書庫に通じるドアを開けて、中から姿を見せたのは、十五分ばかりあとのことだ（たぶんそれくらいだったと思う。時計がないので正確な時間はわからないが）。君はベンチに腰掛けている私の姿を見て、一瞬はっと身体をこわばらせ、目を大きく見開く。それからひとつゆっくり息をついて言う。「お待たせしてごめんなさい。誰かが見えていたとは知らなかったものですから」

私は口にするべき言葉をうまく見つけることができず、ただ黙って何度か肯く。君の声は君の声のようには聞こえない。それは私の記憶している君の声とは違っている。それともこの部屋では、すべての物音や声が普通とは違う響き方をするのかもしれない。

薬罐の蓋《ふた》がそこで急にかたかたと音を立て、目覚めた動物のように小さく身震いする。

「ところで御用向きは？」と君は尋ねる。

私が求めるのは〈古い夢〉だ。

「〈古い夢〉ですね」、そして君は小さな薄い唇をまっすぐ結んで私を見る。もちろん君は私のことを覚えていない。

「でもご存じのように」と君は言う。「〈古い夢〉に手を触れるのは〈夢読み〉に限られています」

私は黙って濃い緑色の眼鏡をとり、瞼を上げて君に見せる。見違えようのない夢読みの眼だ。昼間の眩《まぶ》しい光の中には出ることができない。

「わかりました。あなたにはその資格があります」と君は言って目を軽く伏せる。たぶん私の眼のあり方が君の心を乱したのだろう。でも仕方ない。私はこの街に入るために、眼をそのように変質させなくてはならなかったのだ。

「今日からお仕事を始めますか？」と君は尋ねる。

私は肯く。「うまく読めるかどうか、まだわからないけれど、少しずつでも慣れていかなくてはならないから」

部屋にはやはり物音ひとつしない。薬罐も今では再び沈黙を守っている。君は私に断って、途中までやりかけていた帳簿の作業を手早く片付けてしまう。そんな君の姿を、私はベンチから眺めている。外見的には、君は何ひとつ変わっていない。あの夏の夕暮れ、そのままの姿だ。君の履《は》いていた鮮やかな赤のサンダルのことを私は思い出す。近くの草むらから急に飛び立ったバッタのことも。

「どこかで君に会ったことはなかったかな？」と私は思わず尋ねてしまう。無益な質問だとわかってはいても。

君は帳簿から目を上げ、左手に鉛筆を持ったまましばし私の顔を見つめ（そう、君は左利きなのだ。この街でも、ここではない街でも）、首を横に振る。

「いいえ、お会いしたことはないと思います」と君は答える。君が丁寧な口調で答えるのはおそらく、君がまだ十六歳のままなのに、私はもう十七歳ではないからだ。君にとって私は今ではもう、遥かに年上の男性なのだ。仕方ないこととはいえ、時の流れが私の心を刺す。

やりかけていた記録作業を終えると、君は帳簿を閉じて背後の棚に仕舞い、私のために薬草茶をこしらえてくれる。ストーブの上の薬罐をとり、その熱い湯とすりつぶした薬草とを注意深く混ぜて、濃い緑色をした茶を作る。そして大ぶりな陶器のカップに入れて、私の前に置く。それは〈夢読み〉のために提供される特別な飲み物であり、その用意をするのが君の仕事のひとつになっている。

私は時間をかけてその薬草茶を飲む。薬草茶にはとろりとした独特の苦みがあり、決して飲みやすいものではない。しかしその養分は私のまだ傷ついている両眼を癒やし、心を鎮めてくれる。そのための特別な飲み物なのだ。君はそんな私の姿を、テーブルの向かい側から見ている。自分のこしらえた薬草茶を私が気に入ってくれたかどうか、心配なのだろう。私は君に向かって小さく肯く。大丈夫だよ、というように。それで君も安堵《あんど》の微笑みを口元に浮かべる。懐かしい微笑みだ。長いあいだ私はそれを目にしていなかった。

部屋は暖かく静かだ。時計がなくても、時間は無音のうちに過ぎていく。足音を殺して塀の上を歩いて行く細身の猫のように。

6

ぼくらはそれほど頻繁《ひんぱん》に手紙をやりとりしていたわけではない。だいたい二週間に一度くらいのものだ。しかしひとつひとつはかなり長文の手紙になった。そして総じて言えば、きみの書く手紙はぼくの書く手紙よりいくぶん長かったように思う。もちろん手紙の長さがぼくらのやりとりにおいて、とくに大きな意味合いを持っていたわけではないが。

きみが書いた手紙は一通残らず今でも手元にとってあるが、ぼくの書いた手紙の方はいちいち写しなんてとらなかったから、どんなことを自分が手紙に書いたのか、具体的な内容はよく思い出せない。でもそんなに大したことは書かれていないはずだ。主に日々の生活や、身のまわりで起こった小さな出来事について書き記した。読んだ本や聴いた音楽、観た映画についても書いた。学校であった出来事についても書いた。ぼくは水泳部に入っていたので（やむを得ない事情でそこに入っただけだし、熱心な選手とはとても言えなかったが）、その練習のことなんかも書いたと思う。彼女が相手だと、何によらず自然に文章を書くことができた。自分の考えていること感じていることを、不思議なくらい思い通りに語れた。そんな風に淀《よど》みなく文章が書けたのは、生まれて初めてのことだ。前にも言ったように、ぼくはそれまで自分は文章を書くのが不得意だと思っていたのだ。きっときみが、ぼくのそういう能力を奥の方からうまく引き出してくれたのだろう。きみはぼくの文章に含まれたちょっとしたユーモアをいつも喜んでくれた。それがわたしの生活にたぶんいちばん不足しているものなのよ、ときみは言った。

「ビタミンなんとかみたいに?」とぼくは言った。

「そう。ビタミンなんとかみたいに」ときみは強く肯いて言った。

ぼくはきみに夢中になっていたし、目覚めているときはだいたい常にきみのことを考えていたと思う。またおそらく夢の中でも。でも手紙の中ではそんな思いを正面切って打ち明けたりしないよう、できるだけ自分を抑制していた。そして可能な限り、実際的で具体的なものごとについてのみ書こうと心を決めていた。当時のぼくは自分の手で実際に触れることのできる世界にしがみついていたかったのだろう——できればいくぶんのユーモアをそこに込めつつ。なぜなら愛やら恋みたいな、言うなれば内面的な心の動きについて正面切って書き始めると、自分がどんどん袋小路に追い込まれていきそうな気がしたからだ。

きみの手紙には、ぼくの場合とは逆に、身のまわりの具体的なものごとよりは、内面的な思いのようなものが多く書き記されていた。あるいは見た夢とか、ちょっとした短いフィクションとか。とりわけいくつかの夢の話がぼくの印象に深く残っている。きみは頻繁に長い夢を見たし、その細部までを鮮明に思い出すことができた。まるで実際にあった出来事を思い出すみたいに。そういうのはぼくには信じがたいことだった。ぼく自身はほとんど夢を見ないし、見たとしても中身がまず思い出せない。朝、目を覚ましたとたんに、それらの夢はすべてばらばらにほどけてどこかに吸い込まれてしまう。鮮やかな夢を見て夜中にはっと目を覚ますことがあっても（めったにないが）、すぐそのまま眠り込んでしまい、翌朝目覚めたときには何ひとつ覚えていない。

ぼくがそう言うと、きみは言った。

「わたしの場合、枕元にノートと鉛筆を置いて、目が覚めるとすぐにその夜に見た夢を記録するの。忙しくて、時間に追われていてもね。とくにありありとした夢を見て真夜中に目を覚ましたような場合は、どれほど眠くてもその場でできるだけ詳しく内容を書き付けておく。そういうのは大事な夢であることが多いし、多くの大切なことを教えてくれるから」

「多くの大切なこと？」とぼくは尋ねる。

「わたしの知らないわたしについてのこと」ときみは答える。

夢はきみにとっては、現実世界で実際に起こる事象とほとんど同じレベルにあり、簡単に忘れられたり消えてなくなったりするものではなかった。夢はきみに多くのことを伝えてくれる、貴重な心の水源のようなものだった。

「そういうのは訓練のたまものなの。あなたも努力すれば、きっと見た夢を細かいところまで思い出せるようになるはずよ。だから試してみて。あなたがどんな夢を見ているのか、とても知りたいから」

いいよ、やってみよう、とぼくは言った。

でも、それなりに努力はしたのだが（枕元にノートと鉛筆を置くことまではしなかったにせよ）、どうしても自分の見る夢に興味が抱けなかった。ぼくの見る夢はあまりに散漫で一貫性を持たず、おおむね理解しがたいものだった。そこで語られる言葉は不鮮明で、目にする情景に筋らしきものはほとんど見当たらなかった。また時には、人にはとても話せないような不穏な内容を持つものだった。そんなものに関わるよりは、きみの見た長くカラフルな夢の話に耳を澄ませていたかった。

時折、きみの夢の中にぼくが登場することがあった。ぼくはそれを聞いてとても嬉しく思う。どんなかたちであれ、きみの内側にある想像の世界に参加することができたのだから。そしてきみもまた、ぼくが自分の夢に現れたことを喜んでくれているみたいだった。おおかたの場合、きみの夢の中のぼくはそれほど重要な意味を持たない、ドラマの脇役のような役割しか受け持っていなかったのだけれど。

きみは、ぼくの前では口にしにくいようなあからさまな夢を――ぼくがしばしば見てしまうような（時には心ならずも下着を汚してしまうような）夢を――見ることはないのだろうか？　きみは自分の見た夢をすべて正直に語っているのだろうか？　それはきみの夢の話を聞きながら、ぼくがいつも考えてしまうことだった。

きみはいろんなことを包み隠さず率直に語っているように見える。でも本当のところは誰にもわからない。ぼくは思うのだが、この世界に心に秘密を抱かないものはいない。それは、人がこの世界を生き延びていくためには必要なことなのだ。

そうじゃないのだろうか？

7

「もしこの世界に完全なものが存在するとすれば、それはこの壁だ。誰にもこの壁を越えることはできない。誰にもこの壁を壊すことはできない」、門衛はそう断言した。

壁は一見したところ、ただの古びた煉瓦塀のように見えた。次の強い嵐だか地震だかであっさり崩れてしまいそうだ。どうしてそんなものを完全と言えるのだろう？　私がそう言うと、門衛はまるで自分の家族について故《ゆえ》のない悪口を言われた人のような顔をした。そして私の肘《ひじ》を摑《つか》み、壁のそばまで連れて行った。

「近くからよく見てみな。煉瓦と煉瓦の間に目地《めじ》がないだろう。それにひとつひとつの煉瓦の形もそれぞれに少しずつ違っているはずだ。そしてそのひとつひとつが、髪の毛一本入る隙間もないくらいぴったりとかみ合っているはずだ」

そのとおりだった。

「このナイフで煉瓦を引っ掻いてみな」、門衛は上着のポケットから作業用ナイフを取り出し、パチンと音を立てて刃を開き、私に手渡す。一見古ぼけたナイフだが、刃は念入りに研ぎ上げられている。「傷ひとつつきはしないはずだ」

彼の言う通りだ。ナイフの刃先はかりかりと乾いた音を立てるだけで、煉瓦には白い筋一本つかない。

「わかったかね。嵐も地震も大砲も、何ものもこの壁を崩すことはできない。傷つけることもできない。今までもできなかったし、これから先もできないだろう」

彼は記念写真のポーズでもとるみたいに、壁に手のひらをつけたまま、顎《あご》をぐいと引いて私を得意そうに見た。

いや、この世界に完全なものなどありはしない、と私は心の中でつぶやく。何らかの形を有するものであればどんなものにも、どこか必ず弱点なり死角がある。でも声には出さない。

「この壁は誰がつくったのですか？」と私は尋ねた。

「誰もつくりゃしない」というのが門衛の揺るぎない見解だった。「最初からここにあったのさ」

最初の一週間が終わるまでに、私は君が選んでくれた〈古い夢〉をいくつか手に取り、読もうと試みた。しかしそれらの古い夢は、私に何ひとつ意味のあることを語ってはくれなかった。そこで耳にしたのは、もそもそという不確かなつぶやきであり、目にしたのは焦点の合わないいくつもの細切れなイメージでしかなかった。断片を出鱈目に継ぎ合わせた録音テープやフィルムを逆回しに見せられているみたいだった。

図書館の書庫には、書籍の代わりに無数の古い夢が並んでいる。長い歳月にわたって手を触れる者もいなかったらしく、どれも表面にうっすらと白い埃《ほこり》をかぶっていた。古い夢は卵のような形をしており、サイズも色合いもひとつひとつ違う。様々な種類の動物たちが産み落としていった卵のようだ。でも正確には卵形とは言えない。手に取って間近に眺めると、下半分が上半分に比べてより膨らんでいることがわかる。重みのバランスもいびつだ。しかしそのいびつさのせいで座り心地が安定し、支えがなくても棚から転げ落ちたりすることはない。

表面は大理石のように硬質で、つるりと滑らかだ。しかし大理石の重みはない。それがどのような材質でできているのか、どれほどの強度を有するものなのか、私にはわからない。床に落としたら割れてしまうのだろうか？　何はともあれ、それらはとても注意深く扱われなくてはならない。希少な生物の卵を扱うのと同じように。

図書館には一冊の書籍も置かれていない――ただの一冊も。かつてはそこに書籍がずらりと並び、街の人々は知識と楽しみを求めてここを訪れたのだろう。普通の街の図書館のように。そんな雰囲気は残り香として、まだあたりに微かに漂っていた。しかしどこかの時点ですべての書籍が書棚から取り除かれ、そのあとに古い夢が並べられたらしい。

〈夢読み〉はどうやら私の他にはいないようだ。少なくとも今のところは、私がこの街における唯一の夢読みであるらしい。私の前にはべつの夢読みがいたのだろうか？　いたかもしれない。夢読みに関する規則や手順がこのように細かくこしらえられ、維持されているところを見ると、たぶんいたのだろう。

図書館における君の職務は、そこに並ぶ古い夢を護り、適切に管理することだ。読まれるべき夢を選び、それが読まれたという記録を帳簿に残す。夕刻前に図書館の扉を開け、ランプの明かりを灯《とも》し、寒い季節であればストーブに火を入れる。そのための、なたね油と薪《まき》を切らさないようにしておく。そして〈夢読み〉のために――つまりこの私のために――濃い緑色の薬草茶を用意する。それは私の眼を癒やし、心を鎮めてくれる。

君は白い大きな布きれで、古い夢に積もった白い埃を注意深く拭《ぬぐ》い、私の前の机の上に置く。私は緑色の眼鏡を取り、古い夢の表面に両手を置く。手のひらでそれを包み込む。五分ばかりすると古い夢は深い眠りから徐々に目覚め、表面が淡く光り始める。両の手のひらに、心地よい自然な温かみが伝わってくる。そして彼らはその夢を紡ぎ始める。繭が糸を吐くように、最初はおずおずと、やがて相応の熱意を込めて。彼らには語るべきことがある。彼らは殻を出るときが来るのを、棚の上で辛抱強く待ち受けていたのだろう。

しかし彼らの語る声はあまりにか細く、その言葉を十全に聴き取ることができない。彼らの映し出すイメージは十分な輪郭を持つことなく、そのまま薄れて崩れ、宙に吸い込まれていく。あるいはそれは彼らのせいではなく、私の新しい両眼がまだうまく機能していないからかもしれない。〈夢読み〉としての私の理解力が整っていないせいかもしれない。

そうして図書館を閉めるべき時刻がやってくる。時計はどこにもないが、その時刻が近づいてくると、君には自然にわかる。

「いかがですか？　お仕事はうまく捗《はかど》っていますか？」

「少しずつは」と私は返事をする。「でもひとつ読むだけでずいぶんくたびれてしまう。やり方がどこか間違っているのかもしれない」

「心配ありません」と君は言ってつまみを回し、ストーブの給気口を閉じる。ランプの灯をひとつひとつ吹き消してテーブルの向かい側に座り、私の顔を正面から見て言う（そのようにまっすぐ見つめられると、私はどぎまぎしてしまう)。「急ぐ必要はありません。時間ならここにはいくらでもあります」

定められた手順にひとつひとつ正確に従って、君は図書館を閉じていく。真剣な目つきで、急ぐことなく確かな落ち着きをもって。私の見るところ、その作業の順序が前後することは決してない。それほど厳密にこの図書館の戸締まりをする必要があるのだろうかと、その作業を眺めながら疑問に思う。このひっそりと穏やかな街で、いったい誰が古い夢を盗んだり破壊したりするために、夜中に図書館に押し入るだろう?

「君を君の家まで送っていってかまわないかな?」、三日目の夜、建物の外に出たとき、私は思い切ってそう尋ねる。

君は振り返り、目を大きく開けて私の顔を見る。その黒い瞳には空の星がひとつ白く映っている。私の申し出たことの意味が、君にはうまく理解できないみたいだ。どうして自分が家まで私に送られなくてはならないのか?

「まだこの街に来たばかりで、君のほかに話のできる相手もいないんだ」と私は説明する。「できたら誰かと一緒に歩きながら話をしたい。それから、君のこともっと知りたいし」

君はそれについて考え、頰を僅《わず》かに赤らめる。

「あなたの住まいとは逆の方向になりますが」

「かまわない。歩くのは好きだから」

「でも、私のどんなことをあなたは知りたいのでしょう?」と君は尋ねる。

「たとえば君はこの街のどこに住んでいるのだろう？　そして誰と？　どのようにして図書館の仕事をするようになったのだろう？」

君はしばし沈黙する。それから言う。

「私の家はそれほど遠くではありません」と君は言う。それだけ。でもそれはひとつの事実だ。


君は軍隊毛布のようなざらざらの生地で作った青いコートを着て、ところどころほつれた黒い丸首のセーターに、少し大きすぎる灰色のスカートをはいている。どれもみんな誰かのお下がりみたいに見える。しかしそんな貧しい衣服に身を包んでいても、君は美しい。君と肩を並べて夜の道を歩いていると、私の心臓は強く締めつけられる。正しい呼吸ができなくなるくらい。あの十七歳の夏の夕暮れと同じように。

「この街に来たばかりっておっしゃってましたが、どこからいらっしゃったのですか？」

「ずっと東の方にある街から」と私は曖昧に答える。「とてもとても遠いところにある大きな街だよ」

「私はこの街以外の場所を知りません。ここで生まれて、壁の外には一度も出たことがないから」

そう言う君の声は柔らかく優しい。君の口にする言葉は高さ八メートルほどの堅固な壁に怠《おこた》りなく護られている。

「なぜわざわざここにやって来たのですか？　よそからこの街にやって来た人に会うのは、あなたが初めて」

「なぜだろう」と私は言葉を濁す。

君に会うためにここまでやって来たんだよ、そう打ち明けることはできない。それはまだ早すぎる。そうする前に私は、この街に関するより多くの事実を学ばなくてはならない。

我々は数も光量も乏しい街灯の下、川沿いの夜の道を東に向けて歩く。かつてきみと歩いたのと同じように、二人肩を並べて。川の穏やかな水音が耳に届く。夜啼鳥の短い澄んだ声が川向こうの林から聞こえる。

君は私がこれまで住んでいた「遠くにある東の街」のことを知りたがる。その好奇心が私を君に少し近づけてくれる。

「そこはどんな街だったのかしら？」

そこはいったいどんな街だったのだろう、ほんの少し前まで私が生活を送っていたその街は？

そこでは多くの言葉が行き交い、それらがつくり出すあまりに多くの意味が溢れていた。

しかしそんな説明をしたところで、いったいどれほどを理解してもらえるだろう？　この動きを持たない、言葉少ない街で君は生まれて育った。簡素で静謐で、そして完結した場所だ。電気もなくガスもなく、時計台は針を持たず、図書館には一冊の書籍もない。人々の口にする言葉は本来の意味しか持たず、ものごとはそれぞれ固有の場所に、あるいはその目に見える周辺に揺るぎなく留まっている。

「あなたが住んでいたその街では、人々はどんな生活を送っているのかしら？」

私はその問いに上手く答えることができない。さて、私たちはそこでどんな生活を送っていたのだろう？

君は尋ねる。「でもそこはこの街とはずいぶん違っているのでしょう？　大きさも成り立ちも、住んでいる人たちの暮らしぶりも。どんなところがいちばん違っているかしら？」

私は夜の大気を胸に吸い込み、正しい言葉と適切な表現を探す。そして言う。「そこでは人々はみんな影を連れて生きていた」

8

そう、その世界では人はみんな影を連れて生きていた。ぼくも「きみ」も自分の影をひとつずつ持っていた。

ぼくはきみの影のことをよく覚えている。人気《ひとけ》のない初夏の路上できみがぼくの影を踏み、ぼくがきみの影を踏んだことを覚えている。子供の頃によくやった影踏み遊びだ。どんなきっかけがあったのか、ぼくらはいつしかその遊びを始めていた。二人の影は初夏の路上ではとても黒く、濃密で生き生きとしていた。足で踏まれたら本当にその部分に痛みを感じてしまうくらい。もちろんただの罪のない遊びに過ぎなかったけれど、そこでぼくらは真剣にお互いの影を踏み合った。それがすごく大事な結果をもたらす行為であるかのように。

そのあとぼくらは堤防の陰になったところに並んで腰を下ろし、初めてキスをした。どちらが誘ったわけでもない。前もって予定していたわけでもない。明確な決意みたいなのがあったわけでもない。それはどこまでも自然な成り行きだった。二人の唇はそこで重ねられなくてはならなかったし、ぼくらはそういう心の流れにただ従っただけだ。きみは瞼《まぶた》を閉じ、ぼくらの舌先は微かに遠慮がちに触れあった。そのあとしばらく、二人の口から言葉がうまく出てこなかったことを覚えている。ぼくもきみも、もしなにか間違った言葉を口にしたら、お互いの唇に残った大切な感触が失われてしまうような気がしたのだと思う。だから長いあいだぼくらは沈黙を守っていた。そしてしばらくあとで、二人はまったく同時に何かを言おうとして、二つの言葉がぶつかり混じり合った。ぼくらは笑って、それからまた少し唇を重ねた。

ぼくはきみのハンカチーフを一枚持っている。白いガーゼのような柔らかな生地でできたシンプルなもので、端っこにひとつ鈴蘭の花が小さく刺繍してある。それは何かの折にきみがぼくに貸してくれたものだ。洗濯して返さなくちゃと思いながら、返しそびれてしまった。というか、ぼくは半ば意図的にそれを返さなかった（もちろん返してくれと言われたら、忘れていたふりをしてすぐに返していただろうけれど）。ぼくはよくそのハンカチーフを取り出し、生地の感触を長いあいだ静かに手のひらに味わっていたものだ。その感触はそのまままっすぐきみに結びついていた。ぼくは目を閉じ、きみの身体に腕を回して唇を重ねたときの記憶に浸った。きみがぼくの近くにいてくれたときにも、どこかに消えてしまったあとでも、常に変わることなく。

きみのくれた手紙の中に書かれていたある夢のことを（正確にはその夢の一部を、というべきだろう）、ぼくはよく覚えている。横書きの便箋八枚に及ぶ長い手紙だった。きみの手紙はエッセイ・コンクールの副賞としてもらった万年筆を用いて書かれていた。インクの色は常にターコイズ・ブルー。ぼくらはどちらも、そのときの賞品の万年筆を使って手紙を書いた。それは暗黙の申し合わせのようなものだった。その万年筆は——それほど高級な万年筆でもなかったのだが

——ぼくらにとっての大切な記念品であり、宝物であり、二人を結ぶ絆だった。ぼくが使っていたインクは黒だ。きみの髪の色と同じ漆黒。トゥルー・ブラック。

「ゆうべ見た夢の話を書きます。この夢にはあなたが少しだけ出てきました」ときみは手紙を書き出していた。

＊

ゆうべ見た夢の話を書きます。

この夢にはあなたが少しだけ出てきました。たいして重要な役じゃなくて申し訳ないんだけど、でも夢だからそれはしかたないことよね。だって夢はわたしのつくるものではなくて、どこかの誰かから突然「ほら」と与えられたものであり、わたしの一存で内容を自由に変更できるものではないのだから（たぶん）。そしてどんな劇でも映画でも、脇役って大事なものですよね。脇役しだいでその劇や映画の印象はずいぶん違ってしまう。だからたとえ主役じゃなくても、そこはまあ我慢して、アカデミー助演男優賞みたいなのを目指してね。

それはともかく、目が覚めてからわたしはちょっとどきどき「鉛筆であとから濃い下線がぐいと付け加えられていた」してしまいました。だって現実に戻ってからもしばらくは、すぐとなりにあなたがいるような気がしてならなかったから。本当にいたらちょっと面白かったんだけど……というのはもちろん冗談です。

わたしはいつものように、その夢の内容をすぐさま、枕元に置いたノートにちびた鉛筆でちくいち（漢字がわからない）書き記しました。それがいつも、目が覚めて最初にわたしがおこなう行為なのです。朝であろうが真夜中であろうが、寝ぼけていようがなにかで急いでいようが、さっき見たばかりの夢の中身を、思い出せる限りこと細かにノートに記録してしまうこと。わたしはこれまで日記というものを習慣的につけたことはないけれど（何度か試みたけど、いつも一週間も続かなかった）、夢の記録だけは一日も欠かさず残しています。日記はつけないけど、夢の記録だけは怠りなくつけているなんていうと、まるでわたしにとって、実際の日々の暮らしより、夢の中での出来事の方が重要な意味を持っているとほとんど公言しているみたいですね。

　でも実際には、そんなこと思っているわけではありません。言うまでもなく実際の日々の暮らしと、夢の中での出来事はぜんぜんなりたちが違うものです。地下鉄と気球くらい違っている。そしてわたしもほかのみんなと同じように、日々の暮らしにまぎれもなく囚われ、地球のしがない表面になんとかへばりついて生きています。その重力から逃れることは、どんな力持ちにも、どんなお金持ちにもできない。

　ただわたしの場合、いったん布団に潜り込んで眠りについてしまうと、そこに起ち上がる「夢の世界」はすごくありありとして、現実と同じくらい、いや、しばしば（しばしばという言葉がなぜか好きです）それよりもっと現実感をそなえたものなのです。またそこで繰り広げられるのは、ほとんど予測もつかない目覚ましい出来事ばかりです。そしてその結果ときたま、どっちがどっちだったか見分けがつかなくなることがあります。つまり「あれ、これは現実の生活で経験したことなんだっけ、それとも夢で見たことだったんだっけ？」みたいに。あなたにはそんなことありませんか？　夢と現実との線引きができなくなってしまうような……。おそらくわたしの場合、まわりの人よりそういう傾向がずっと（メーターの針がほとんど振り切れちゃうほど）強いんじゃないかなと思うのです。なにかの加減で、たぶん生まれつき。

そのことに気づいたのは、小学校にあがった頃からでした。学校の友だちと夢の話をしようとしても、ほとんど誰もそんな話に興味を示してはくれません。誰もわたしの見た夢の話になんて関心を持たなかったし、わたしのように夢のことを大事に考えている人は、ほかにいないみたいだった。そしてほかの人たちの見る――見たと話してくれる――夢はだいたいにおいて彩りや胸騒ぎを欠いた、今ひとつぱっとしないものだった。それがどうしてかはわからないのだけれど……。だからわたしもそのうちに、学校の友だちとは夢の話をしないようになりました。家族とも夢の話をすることはありません（正直に言えば家族とはほかのどんな話も、必要がないかぎりほとんどしないのだけど）。そしてその代わりに枕元に小さなノートと鉛筆を置いて眠るようになりました。それ以来長年にわたって、そのノートがわたしにとってのかけがえのない心の友だちになっています。どうでもいいことかもしれないけど、夢を書き記すのはちびた鉛筆がいちばんいいんです。長さ八センチに達しないようなやつ。そういうのを前の晩に何本か、ナイフで良い具合に尖らせておく。長い新品の鉛筆はまずだめ！　どうしてかな？　なぜ短い鉛筆じゃないと夢の話がうまく書けないのだろう？　考えてみれば不思議ですね。

ノートがゆいいつの友だち、なんてまるで『アンネの日記』みたい。もちろんわたしは誰かのうちの隠し部屋に住んでいるわけじゃないし、まわりをナチの兵隊に取りかこまれてもいないけど。というか、少なくともまわりの人たちは袖にカギ十字の腕章をつけてはいないけれど、それでも。
とにかく、それから例のエッセイ・コンクールみたいなのがあって、表彰式の会場であなたに出会ったのです。それはなんといっても、これまでの人生でわたしの身に起こったいちばんゴージャスな出来事のひとつでした。コンクールが、じゃなくて、あなたに会えたことがね！　そしてあなたはわたしの夢の話に興味を持って、とても熱心に聞いてくれました。それはなにより素晴らしいことだった。だって、自分が話したいことを好きなだけ好きに話して、それにしっかり耳を傾けてくれる人がいるなんて、ほとんど生まれて初めてのことだったから。本当よ。

ところで、わたしは「ほとんど」という言葉を使いすぎているかしら？　なんとなくそんな気がします。わたしはときどき同じ言葉をひんぱんに――ひんぱんっていう漢字がどうしても覚えられない――使ってしまうことがあります。注意しなくては。本当は自分が書いたものを読み直して、文章をすいこう（これも漢字が書けない）しなくちゃいけないのだけど、自分の書いたものを読み直すと、なにもかもいやになって、びりびり破り捨てたくなります。ほんとに。

そうそう、わたしが見た夢の話ですね。その話をしなくては。わたしはなにかを書き始めても、すぐになにか別の話に移ってしまって、なかなか本題に戻ることができない。それも弱点のひとつです。ところで「弱点」と「欠点」はどう違うんだろう？　この場合は弱点でいいのかな？　でも、これもまたどうでもいいようなことですね。ほとんど［ここにも鉛筆で下線］同じようなものだから。とにかく本題に戻りましょう。そう、ゆうべ見た夢の話ね。

その夢の中でまず、わたしは裸なの。まるっきりの裸。一糸まとわず——という表現があるでしょう？　かなり変なというか、極端すぎる表現だと前から思っていたんだけど、でも見回してみて、実際に糸一本身にまとってはいないの。そりゃ、背中の見えないところに糸くずの一本くらいはついていたかもしれないけど、そのへんはまあどっちでもいいことよね。そしてわたしは細長いバスタブに入っている。白い西洋風のクラシックなバスタブ。キュートな猫脚がついていそうなやつ。でもそのバスタブにお湯は入っていない。つまり空っぽのバスタブに裸で横になっているわけ。

でもね、それはよく見るとわたしの身体じゃないの。わたしのにしては、その二つの乳房はちょっと大きすぎる。わたしはもっと乳房が大きいといいなとか、ふだんからぶつぶつ思っていたんだけど、実際にそれくらいの大きさの乳房があると、どうも不自然で落ち着かなかった。なんだか妙な気分なわけ。自分が自分じゃないみたいな。だいいち重いし、下がよく見えないし。乳首もちょっと大きすぎるような気がする。こんな大きな乳房がついていたら、走るときなんかにふらふら揺れて邪魔になるだろうなとか思うわけ。じゃあ、前の小さいときの方が良かったかもね、みたいな。

それからわたしは自分のお腹がふくらんでいることに気がつく。でも肥満してふくらんでいるわけじゃない。だって身体の他の部分はみんなほっそりしているから。お腹だけが風船みたいにふくらんでいるの。わたしはそこで、自分が妊娠しているらしいことに気がつく。わたしのお腹のなかには赤ん坊が入っているのよ。そのふくらみ具合からいうと、七ヶ月か八ヶ月くらいかな。

そこでわたしがまずなにを考えたと思う？

わたしがまず考えたのは、着るもののことだった。こんなに胸が大きくなって、お腹もふくらんでしまって、いったいなにを着ればいいいんだろう、わたしが着られる服はどこかにあるんだろうかってことだった。だってわたしはこうして真っ裸なんだし、なにかを身にまとわなくてはならないわけでしょう。そう考えるとすごく不安になった。このまま裸で街を歩かなくちゃならないとしたら、どうしよう？

わたしは鶴のように首を長くして、部屋中をぐるぐる見回したんだけど、衣類らしきものはどこにも見当たらなかった。バスローブもない。というか、一枚のタオルさえないのです。文字通り糸一本見つからないというか。

そのときにノックの音が聞こえた。こんこん、と硬く短く二回。わたしはそれであわててしまった。こんなかっこうで誰かに会うわけにはいかないもの。いったいどうしたらいいのかと頭を混乱させているうちに、その誰かはドアを勝手に開けて、部屋の中に入ってきたのです。

その部屋はね、浴室なんだけど、なにしろとんでもなくだだっ広いところなの。まるで普通のうちの居間くらいの大きさがあって、ソファみたいなものまで置いてある。天井もすごく高い。窓もたくさんあって、そこから太陽の光がさんさんと入ってきていた。光の加減からして、時刻はたぶん朝おそくだったと思います。

その誰かが誰だったか？ どんな人だったか、それは結局、最後までわかりませんでした。だって顔が見えなかったから。その人がドアを開けたとたんに、窓から差し込む太陽の光が急にさっと強くなり、ハレーションを起こしたようになって、わたしの目は何ひとつ見えなくなってしまった。ただ黒々とした大きな人影が、戸口のところにぬっと立っているのが見えただけ。でも身体の輪郭からして、それは男の人だったと思います。とても大柄なおとなの男の人。

それでとにかく身体を隠さなくてはと思ったわけ。だってわたしは「一糸まとわぬ」状態にあったわけですから。そして知らない男の人がそこにいるわけだから。でも身を隠そうにも、さっきも言ったように手もとにはなにもありません。タオルも洗面器もブラシも、何ひとつない。しかたないから手で、お腹の下の大事な部分——といえばいいのかしら——を隠そうとするんだけど、どうやってもそこまで手がまわらないのです。というのは乳房とお腹が大きすぎて、しかもわたしの腕はいつもより確実に短くなっているから。

でも男はゆっくりわたしの方に近づいてくる。なんとかしなくちゃ。そのときわたしのお腹の中で、赤ん坊が——たぶんそれは赤ん坊だと思うんだけど——ばたばたと激しく暴れ始めるの。まるで暗い穴の奥で、三匹の不満いっぱいのモグラが反乱を起こしたみたいに。

ふと気がつくと、そこは浴室ではなくなっている。さっき居間みたいに大きな浴室って言ったけど、それは今では本物の居間になって、わたしは裸でソファに寝転んでいます。そしてわたしの両の手のひらにはなぜかひとつずつ目がついている。手のひらの真ん中のところが目になっているのよ。ちゃんとまつげもついているし、瞬《まばた》きもする。真っ黒な瞳の目。それがわたしをじっと見ているの。でも怖さは感じない。その両目には白い傷跡がついている。そして涙を流している。ひどく静かで悲しげな涙を。

と、ここまで書いたところで（これからいよいよ話がとんでもない佳境に入っていって、そこにあなたもちらりと脇役的に顔を出すんだけど）、残念ながらもう出かけなくてはならなくなりました。用事があって、机の前から離れなくてはならない。というわけで、いったん手紙を書くのを中断して、ここまで書いたぶんを封筒に入れて切手を貼って、駅前のポストにとうかん（どんな字だっけ？　そしてどうしてわたしは辞書というものをひかないのだろう？）します。夢の続きはこの次に書きます。楽しみにしていてね。それからもちろん、わたしにも手紙を書いて。とても読み切れないくらい長い手紙を書いて。お願い。

＊

結局ぼくがその夢の続きを聞かされることはなかった。次に送られてきた手紙にはまったく違うことが書かれていたから（夢の続きを書くと言ったことを、きっと忘れてしまったのだろう）。だからぼくは彼女のその夢の中で自分がどういった（助演的）役割を果たしたのか、知らないままに終わってしまった。おそらくは永遠に。

9

そう、人々はそこでは影を連れて生きていた。

この街では人は影を持たない。影を棄てたとき初めて、それが確かな重さをそなえていたことが実感される。普段の生活で地球の重力を実感することがまずないのと同じように。

もちろん影を棄てるのは簡単なことではない。どのようなものであれ、長い年月を共に過ごし、慣れ親しんできた相手と引き離されるのは、やはり心乱されることだ。この街にやって来たとき、私は入り口で門衛に自分の影を預けなくてはならなかった。

「影を身につけたまま壁の内側に足を踏み入れることはできない」、門衛は私にそう告げた。「こちらに預けるか、街に入るのを諦めるか、どちらかだ」

私は影を棄てた。

門衛は私を暖かい日向《ひなた》の中に立たせ、私の影をぐいと摑んだ。影は怯《おび》えてぶるぶると震えた。

門衛は影に向かってぶっきらぼうな声で言った。「大丈夫だ。怖がることはない。何も生爪《なまづめ》を剝がそうってわけじゃないんだ。痛みはないし、すぐに終わる」

影はそれでも少しばかり抵抗を見せたが、剛健な門衛にかなうわけはなく、すぐに私の肉体から引き剝がされて力を失い、そばにあった木のベンチにずるずるとしゃがみ込んだ。身体から離された影は、思ったよりずっとみすぼらしく見えた。脱ぎ捨てられた古い長靴みたいに。

門衛は言った。「いったん別々になっちまうと、ずいぶん奇妙な見かけのものだろう。これまで後生大事にこんなものを身にくっつけていたなんてな」

私は曖昧な返事をした。自分の影をなくしてしまったという実感が、まだうまく持てない。

「影なんて実際、なんの役にも立ちゃしないんだ」と門衛は続けた。「これまで影が何かすごくあんたのためになったって覚えはあるかい？」

覚えはなかった。少なくとも即座には思い出せない。

「そうだろう」と門衛は得意そうに言った。「そのくせ口だけは一人前に達者ときている。あれはいやだとか、これならまあよかろうだとか、自分一人じゃ何もできんくせに、小理屈だけはたんまり持ち合わせている」

「私の影はこれからどうなるんですか？」

「こちらでお客として大事に預かっておくよ。部屋も寝床も用意があるし、豪華なディナーとはいかないが、食事も三食ちゃんと出してやる。まあ、たまに仕事も手伝ってもらうが」

「仕事？」と私は言った。「どんな仕事ですか？」

「ちょっとした雑用さ。主に壁の外での仕事だが、大した作業じゃない。林檎をもいだり、獣の世話をしたり……季節によって少しずつ違う」

「もし私が影を返してもらいたいと思ったときは？」

門衛は目を細め、じっと私の顔を見た。まるでカーテンの隙間から無人の室内を検分するみたいに。そして言った。

「ずいぶん長いことこの仕事をしているが、自分の影を返してもらいたいと申し出る人間にはまだお目にかかったことがない」

私の影はおとなしくそこにしゃがみ込んで、私の方を見ていた。何かを訴えかけるように。

「心配することないさ」と門衛は私を力づけるように言った。「あんたも影のない生活にだんだん馴染んでいく。自分が影を持っていたことなんてそのうち忘れちまうさ。そういえばそんなこともあったっけなあ、みたいにな」

影はしゃがみ込んだまま、門衛の言葉に耳を澄ませていた。私は後ろめたさを感じないわけにはいかなかった。やむを得ないこととはいえ、自分の分身を見捨てようとしているのだから。

「街の出入り口は今ではこの門ひとつしかない」、門衛はむっくりした指でその門をさして言った。「いったんこの門をくぐって中に入ったものは、二度とこの門から外に出ることはできない。壁がそれを許さない。それがこの街の決まりだ。署名したり血判を押したり、そんな大層なことはしないが、なおかつまぎれもない契約だ。そいつは承知しているね」

わかっている、と私は言った。

「そしてもうひとつ。あんたはこれから〈夢読み〉になるわけだから、〈夢読み〉の眼を与えられることになる。これも決まりだ。眼の具合が落ち着くまで、いくらか不便な思いをするかもしれない。それもわかっているね」

そうして私は街の門をくぐった。自分の影を棄て、〈夢読み〉の傷ついた眼を与えられ、二度とその門をくぐらないという暗黙の「契約」を結んで。

その街では（かつて私の暮らしていた街では）、誰もが影を引きずって生きていたよ、と私は君に説明する。影は光のあるところでは人（本体）と行動を共にし、光のないところではそっと姿を隠す。そして真っ暗な時間がくれば、共に眠りに就く。しかし人と影が引き離されることはない。目に見えるにせよ見えないにせよ、影は常にそこにいる。

「影は何か人の役に立っているのですか」と君は尋ねる。

わからない、と私は言う。

「なのに、どうしてみんなは影を棄てないの？」

「棄て方を知らなかったということもある。でももし知っていたとしても、たぶん誰も影を棄てたりはしないだろうね」

「それはどうして？」

「人々は影の存在に慣れていたから。現実に役に立つ立たないとは関わりなく」

もちろんそれがどういうことなのか、君には理解できない。

中州にまばらに繁った川柳《かわやなぎ》の一本の幹には、古びた木製のボートが一艘ロープで繋がれ、流れがそのまわりで軽やかな音を立てていた。

「私たちは物心がつく前に影を引き剝がされる。赤ん坊のへその緒が切られるみたいに、幼児の乳歯が生え替わるみたいに。そして切り取られた影たちは壁の外に出される」

「影たちは外の世界で、自分だけで生きていくんだね？」

「だいたいは里子《さとご》に出されるの。なにも荒野の真ん中にぽいと棄てられるわけじゃありません」

「君の影はどうなったのだろう？」

「さあ、それはわかりません。でももうずっと前に死んでいるはずよ。本体から離された影は、根を持たない植物のようなもの。長くは生きられないから」

「君はその影に会ったことはないんだね？」

「私の影に？」

「そう」

君は不思議そうに私の顔を見る。そして言う。「暗い心はどこか遠いよそにやられて、やがては命を失っていきます」

私と君は並んで川沿いの道を歩く。風が思いついたように川面を時折吹き抜け、君は両手でコートの襟《えり》を合わせる。

「あなたの影も遠からず命を落とすでしょう。影が死ねば暗い思いもそこで消え、あとに静寂が訪れるの」

君が口にすると、「静寂」という言葉は限りなくしい、ん、としたものに聞こえる。

「そして壁がそれを護ってくれるんだね？」

彼女はまっすぐ私の顔を見る。「そのためにあなたはこの街にやって来たのでしょう。ずっと遠くのどこかから」

「職工地区」は旧橋の北東に広がるさびれた地域だ。かつては美しい水をたたえていたという運河も今は干上がり、ひからびた灰色の泥が分厚く積もっているだけだ。しかし水がなくなってずいぶん長い年月が経つのに、そこにはまだ湿った空気の記憶が残っている。

そんな人気《ひとけ》のない暗い工場地域を抜けたところに、職工たちの共同住宅が建ち並ぶ一画がある。今にも崩れ落ちてしまいそうな外見の、二階建ての古い木造住宅だ。その住宅に住む人々はひとまとめに「職工」と呼ばれているが、実際に工場で働いているわけではない。それは今では実体を伴わない、ただの慣習的な呼称となっている。工場はとうの昔に操業を停止していたし、建ち並ぶ高い煙突は煙を出すことをやめていた。

建物の間を迷路のように巡る狭い舗道の敷石には、幾世代にもわたる人々の生活から発せられた様々な匂いや響きが浸み込んでいる。すり減って平たくなった石の上を歩きながら、私たちの靴底は足音さえ立てない。そんな迷路のある地点で君は急に歩みを止め、振り返って私に言う。

「送ってくれてどうもありがとう。家までの帰り道はわかりますか？」

「たぶんわかると思う。いったん運河に出てしまえば、あとの道は簡単だから」

君はマフラーを巻き直し、私に向かって短く肯く。そしてくるりと背中を向け、どれがどれか見分けのつかない暗い木造住宅のひとつの戸口に、素速い足取りで吸い込まれていく。

私は二つの屹立《きつりつ》した感情の狭間《はざま》を抜け、ゆっくり歩いてうちに帰る。この街で自分はもうひとりぼっちではないという思いと、それでも自分はどこまでもひとりぼっちなのだという思いとの間を。私の心はそのようにまっすぐ二つに裂かれている。川柳の枝が密かな音を立てて揺れる。

10

私は「官舎地区」と呼ばれる区域に、小さな住居を与えられている。

住居には生活に最低限必要な、簡単な家具と什器《じゅうき》が備えられている。一人用のベッドと、丸い木製の食卓、四脚の椅子、いくつかの作り付けの棚、小さな薪ストーブ。そんなところだ。小さなクローゼットと、狭い浴室もついている。しかし仕事用のデスクや、寛《くつろ》ぐためのソファはない。部屋には装飾と呼べそうなものは何ひとつない。花瓶もなく、絵もなく、置物もなく、一冊の本もなく、もちろん時計もない。

台所では簡単な料理ができるようになっている。もし煮炊きをしたければ、台所用の小型ストーブを使う——電気もガスもない。食器や椅子はどれも質素で使い古されており、形や大きさも不揃いだ。あちこちから急いでかき集められてきたみたいにも見える。窓には木製の鎧戸《よろいど》がついている。昼間はそれを閉ざして、陽光を遮《さえぎ》ることができるように（私の弱い眼にとって欠かせない設備だ）。入り口のドアに鍵はついていない。この街の人々は家の出入り口に鍵をかけるということをしない。

その地区は一昔前にはきっと、瀟洒《しょうしゃ》と言ってもいい街並みだったのだろう。通りでは小さな子供たちが遊び、どこからかピアノの音が聞こえ、犬たちが吠え、夕刻には温かい夕食の匂いがあちこちの窓から漂ってきたはずだ。家々の花壇には美しい季節の花々が咲き乱れていたことだろう。そういう雰囲気がまだところどころに残っていた。そこに住んでいた人々の多くは、その名称通り役所に勤める官吏たちだったらしい。あるいは将校クラスの軍人たち。

私は昼前に目覚め、支給された食材で簡単な食事を作って食べる。食事らしい食事はこれ一度だけだ。この街では人はそれほど多くの食事をとる必要はないらしい。一日に一度の簡素な食事で用は足りる。そして私の身体も驚くほど早くそのような生活習慣に馴染んでいった。食事を終え食器を片付けたあと、鎧戸を閉ざした暗い部屋にこもり、傷がまだ完全には癒えない眼を休めながら、午後の時間を過ごす。時間は穏やかに流れる。

私は椅子に座り、自分という身体の檻《おり》から意識を解き放ち、想念の広い草原《くさはら》を好きなだけ走り回らせる——首輪につけた紐《ひも》を外し、犬にしばしの自由を与えるように。そのあいだ私は草の上に寝そべり、何を考えるでもなく、空を流れゆく白い雲をぼんやり眺めている（もちろんこれは比喩的表現だ。実際に空を見上げているわけではない）。そのようにして時間はこともなく過ぎていく。必要になったときにだけ、私は口笛を吹いてそれを呼び戻す（もちろんこれも比喩的表現だ。実際に口笛を吹くわけではない）。

日が傾いてあたりが薄暗くなり始めた頃、門衛がそろそろ角笛を吹き鳴らそうかという時刻に、私は（口笛を吹いて）意識を今一度身体に呼び戻し、家を出て徒歩で図書館に向かう。丘を降りて川沿いの道を上流に向けて歩く。図書館は広場の少し先にある。旧橋を前にする広場には、針のない時計台が何かを象徴するように高くそびえている。

私の他に図書館を訪れるものはいない。だから図書館はいつだって私と君だけのものだ。

しかし私の〈夢読み〉の技術には向上らしきものは見られない。私の胸の中で疑問と不安が次第に高まっていく――私が〈夢読み〉に任命されたのは、何かの間違いだったのではあるまいか？　私にはもともと夢を読むような能力は具《そな》わっていないのではないか。私は間違った場所で間違ったことをさせられているのではないか？　あるとき作業の合間に、私はそんな不安な気持ちを君に打ち明ける。

「心配しないで」と君はテーブルの向かい側から、私の目をのぞき込むようにして言う。「いま少し時間がかかるだけ。このまま迷いなく仕事を続けてください。あなたは正しい場所で、正しいことをしているのだから」

君の声は優しく穏やかだが、確信に満ちている。街の高い壁を構成している煉瓦と同じように、堅固で揺るぎない。

夢読みの合間に、君のこしらえてくれた濃い緑色の薬草茶を飲む。君は時間をかけ、化学者が実験に臨《のぞ》むときのような真剣な顔つきで、注意深く薬草茶の支度をする――小さなすりこぎやすり鉢や、鍋や搾《しぼ》り布を使って。図書館の裏手の狭い庭には、各種の薬草を育てる小さな菜園があり、その世話をすることも職務のひとつだ。それらの薬草の名前を尋ねたことがあるが、君もその名前は知らなかった。たぶんそれらの草も、この街の他の多くの事物と同じようにそもそも名前を持たないのだろう。

一日の仕事を終え、図書館を閉めたあと、私は川沿いの道を上流に向かって歩き、君を「職工地区」の共同住宅まで送る。それが日々の習慣になる。

秋の雨は我々のまわりで、いつ果てるともなく降り続いた。始まりも終わりもない、静かな細かい雨だ。夜には月もなく星もなく風もなく、夜啼鳥の声も聞こえない。中州に並んだ川柳が、細い枝の先からぽとぽとと滴《しずく》をしたたらせているだけだ。

私と君は肩を並べてそんな夜の道を歩きながら、ほとんどただ黙っているだけだ。しかしその沈黙は私には少しも苦痛ではない。私はむしろその沈黙を歓迎したかもしれない。沈黙は記憶を活性化させてくれたから。君の方も沈黙をとくに気にはしない。この街の人々は、多くの食事を必要としないのと同じように、多くの言葉を必要としないのだ。

雨が降ると、君は分厚いごわごわとした黄色いレインコートを着て、雨用の緑色の帽子をかぶる。私は住居に置かれていた古くて重い蝙蝠傘《こうもりがさ》を持ち歩いている。君の着たレインコートは、君にはたぶんサイズが二つばかり大きすぎて、歩くときにかさこそという、まるで包装紙を両手で丸めるような音を立てる。何かしら懐かしい響きを持つ音だ。私はそんな君の肩にそっと手を回したかったけれど（かつてそうしたように）、それはここではかなわぬことだ。

「職工地区」の共同住宅の前で君は立ち止まり、乏しい明かりの中で私の顔をしばしの間のぞき込む。眉間に軽く皺《しわ》を寄せ、まるで何か重要なことを思い出しかけているみたいに。でも結局何も思い出せない。可能性は形をとらないままどこかに吸い込まれ、消えていく。

「また明日」と私は言う。

君は黙って肯く。

君の姿が見えなくなり、すべての物音が遠のいてしまってからも、私はしばらくそこに一人で立ち、君があとに残していった気配を無言のうちに味わっている。それから細かく降り続く雨の中を、西の丘にある住まいに向けて一人で歩き始める。

「なにも心配することはありません。ただ時間がかかるだけ」、君はそう言う。

しかし私にはそれほどの確信は持てない。果たして時間を——この街が時間と称するものを——そこまで信用していいものだろうか？　そしてこの果てしなく続くように思える長い秋のあとには、いったい何がやってくるのだろう？

11

電車に乗ってきみの住む街に、きみに会いに行く。五月の日曜日の朝、空はまっさらに晴れ上がり、ひとつだけ浮かんだ白い雲は、滑らかな魚の形をしている。

図書館に行くと言って家を出た。でもぼくはきみに会いに行く。ナイロンのナップザックの中には昼食用のサンドイッチ（母が作ってくれた。しっかりラップに包まれている）と勉強の道具が入っているが、勉強をするつもりはない。大学の入学試験まであと一年も残されていない。しかしそのことはできるだけ考えないようにしている。

日曜日の朝の電車は乗客がまばらだ。座席にゆったり腰掛け、「永続的な」という言葉について考えを巡らせる。しかし高校三年生になったばかりの十七歳の少年にとって、永続的なものごとについて考えを巡らせるのは簡単なことではない。彼に想像できる永続性の幅はかなり狭いものだから。「永続的」という言葉から思い浮かべられるのは、海に雨が降っている光景くらいだ。

ぼくは海に雨が降っている光景を目にするたびに、ある種の感動に打たれる。それはたぶん海というものが永劫《えいごう》に——あるいはほとんど永劫に近い期間にわたって——変化することのない存在であるからだろう。海の水は蒸発して雲になり、雲が雨を降らせる。永遠のサイクルだ。海の水はそうやって次々に入れ替わっていく。しかし海という総体が変化することはない。海は常に同じ海だ。手を触れることのできる実体であると同時に、ひとつの純粋な絶対的な観念でもある。ぼくが海に降りしきる雨を眺めながら感じるのは（たぶん）そういう種類の厳《おごそ》かさだ。

だからぼくがきみとの間の心の絆をもっと強いものにしたい、もっと永劫的なものにしたいと考えるとき、頭に思い浮かべるのは、雨が静かに降りしきる海の光景になる。ぼくときみとは浜辺に座って、そんな海と雨を見つめている。ぼくらはひとつの傘の中にくっつくように収まっている。きみの頭はぼくの肩にそっともたせかけられている。

海はとても穏やかだ。風らしい風も吹いておらず、小さな波が音もなく規則正しく浜辺に打ち寄せている。まるで干されたシーツが風にそよいでいるみたいに。ぼくらはいつまでもそこに座り込んでいることができる。しかし、そこからぼくらがどこに向かおうとしているのか、どこに向かえばいいのか、そのイメージが浮かんでこない。なぜならぼくらはその浜辺で、傘を差して二人で並んで座っていることで、もう既に完結してしまっているからだ。既に完結してしまったものが、そこから腰を上げてどこに向かえるだろう？

あるいはそれが永劫というもののひとつの問題点かもしれない。これからどこに向かえばいいのかわからないこと。しかし永劫を求めない愛にどれほどの値打ちがあるだろう？

それからぼくは永劫について考えることを諦め、きみの身体について考える。きみの一対の胸の膨らみのことを考え、きみのスカートの中について考える。そこにあるもののことを想像する。ぼくの指はきみの白いブラウスのボタンをひとつずつ不器用に外し、きみのつけている（であろう）白い下着の背中のフックをやはり不器用に外す。ぼくの手はそろそろときみのスカートの中に伸びていく。きみの柔らかな太ももの内側に手を触れ、それから……いや、ぼくとしてはそんなことを考えたくはない。本当に考えたくないのだ。でも考えないわけにはいかない。それは永劫性なんかに比べて遥かに想像力を働かせやすい種類のものごとだから。

でもそんなことをあれこれ想像しているうちに、ぼくの身体の一部はいつしかすっかり硬くなってしまう。大理石でできたみっともない形の置物みたいに。ぴったりとしたブルージーンズの中で、勃起したぼくの性器はひどく居心地が悪い。早く通常の状態に戻さないことには、座席から立ち上がることもおぼつかないだろう。

もう一度、雨降りと海のことを頭に思い浮かべようとする。そのしんとした風景はぼくの健康すぎる性欲を少しは鎮めてくれるかもしれない。目を閉じて気持ちを集中する。でも海辺のイメージはうまく脳裏に蘇ってこない。ぼくの意志とぼくの性欲は、それぞれ異なった地図を手に、べつべつの方向に進んでいくみたいだ。

ぼくらは地下鉄の駅近くの、小さな公園で待ち合わせている。前にも何度か待ち合わせたことのある場所だ。小さな子供たちのためのいくつかの遊具があり、水飲み場があり、藤棚の下にベンチがある。ぼくはそのベンチに座ってきみを待つ。しかし約束の時刻になってもきみは現れない。それは珍しいことだ。きみはそれまで一度も遅刻したことがなかったから。というか、きみはいつだってぼくより早く待ち合わせの場所に来ていた。ぼくが約束の時刻より三十分早くそこに行くと、きみは既にそこでぼくを待っていた。

「いつもそんなに早く来るの？」と尋ねたことがある。

「あなたが来るのをこうして一人で待っているのが、なにより楽しいの」ときみは言う。

「待っていることが?」

「そうよ」

「ぼくと会うことそのものより?」

きみはにっこり笑う。でもその質問には答えない。ただこう言うだけだ。「だって、こうして待っているあいだは、これからなにが起こるか、これからなにをするか、可能性は無限に開かれているもの。そうでしょ?」

そのとおりかもしれない。実際に会ってしまえば、そんな無限の可能性は避けがたく、ひとつきりの現実に置き換えられていく。きみにはそれがつらいのだろう。きみの言おうとすることは、理解できる。しかしぼく自身はそんな風には考えない。だって可能性はただの可能性に過ぎない。実際にきみの隣にいて、きみの身体の温かみを肌に感じ、手を握ったり、物陰でこっそり口づけしたりすることの方がずっと良い。

でも約束の時刻から三十分経過しても、まだきみは姿を見せない。ぼくは腕時計の針にひっきりなしに目をやりながら、不安に襲われる。きみの身に何か普通ではないことが起こったのではあるまいか? 心臓が乾燥した不吉な音を立てる。きみは急な病に倒れたか、それとも交通事故に遭ったかしたのだろうか? きみが救急車で病院に運ばれていくところを想像する。救急車のサイレンに耳を澄ませる。

あるいはきみは、ぼくがその朝の電車の中できみについて性的な想像に耽っていたことを——どのようにしてか見当はつかないが——察知し、そんなみっともない真似をするぼくにもう会いたくないと思ったのではないか？　そう考えると、恥ずかしさに耳たぶが熱くなる。そういうのって仕方ないことなんだ、とぼくは言葉を尽くしてきみに説明し、弁明する。それは大きな黒い犬みたいなものなんだよ。いったんある方向に動き始めると、もう手の施しようがないんだ。どれだけ強くロープを引っ張っても――

　約束の時刻より四十分遅れてきみは姿を見せる。そして何も言わずに、ベンチのぼくの隣に腰を下ろす。遅れてごめんねとか、そんなことも一切口にしない。ぼくも何も言わない。ぼくらは口を閉ざしたままそこに並んで座っている。小さな女の子が二人、ブランコに乗っている。どちらが大きくブランコを漕《こ》げるか競っている。きみの息遣いはまだ荒く、額にうっすらと汗も浮かんでいる。たぶんここまで走ってきたのだろう。呼吸をするたびに、胸が盛り上がったり引っ込んだりする。

　きみは丸襟の白いブラウスを着ている。ぼくが電車の中で思い浮かべたのとほぼ同じ、飾りのないシンプルなブラウスだ。そこにはぼくがさっき（想像の中で）外したのと同じような小さなボタンがついている。そして紺色のスカートをはいている。ぼくが先ほど思い浮かべたものとは、色の濃さこそ少しばかり違うものの、おおよそ同じ見かけの紺のスカートだ。きみがぼくの想像したのと――妄想したという方が近いだろうか――ほとんど同じ服装をしていることにぼくは驚き、言葉を失ってしまう。そして同時にやましさのようなものを感じずにはいられない。でもそれ以上のことを思い浮かべないようにぼくは努力する。いずれにせよ、簡素な白いブラウスと無地の紺色のスカートという身なりのきみは、日曜日の公園のベンチでまぶしく美しく見える。

でもきみは、いつものきみとはどこか違っている。その違いが何なのか、ぼくには指摘できない。ただいつもとは何かが違っているということだけをぼくは一目で理解する。

「どうかしたの?」とぼくはようやく声に出して言う。「なにかあったの?」

きみは無言のまま首を横に振る。でも何かがあったことがぼくにはわかる。人の可聴範囲の外側にある、高速で繊細な羽ばたきの音をぼくは聴き取る。きみは両手を膝の上に載せており、ぼくは自分の手をそこにそっと重ねる。季節はもうすぐ夏だというのに、小さな冷ややかな手だ。ぼくはその手に少しでも温かみを伝えようとする。ぼくらは長くそのままの姿勢を続けている。きみはその間ずっと黙ったままだ。正しい言葉を模索している人の一時的な沈黙ではない。沈黙のための沈黙——それ自体で完結している求心的な沈黙だ。

小さな女の子たちはまだブランコを揺らしている。その金具が軋《きし》むきいきいという音が、規則正しくぼくの耳に届く。ぼくらの前にあるのが広い海原で、そこに雨が降りしきっていればいいのにとぼくは思う。もしそうなら、ぼくらのこの沈黙は今よりもっと親密で自然なものになるだろう。でも今のままでもいい。それ以上のものはあえて求めないことにしよう。

やがてきみはぼくの手をはなし、ひとこともなくベンチから立ち上がる。何か大事な用件を思い出したみたいに。それに合わせてぼくも慌てて立ち上がる。それからきみはやはり無言のうちに歩き始め、ぼくもそれについていく。ぼくらは公園を出て、街の通りを歩き続ける。広い通りから狭い通りを抜け、また広い街路に出る。これからどこに行くとも、何をするともきみは言わない。それも普段はないことだ。いつものきみは、ぼくに会ったとたんに、待ちかねていたようにたくさんのことを勢いよく話し始めるから。きみの頭の中にはいつだって、ぼくに話さなくてはならないものごとがぎっしり詰まっているみたいだ。なのに今日顔を合わせてから、きみはまだひとことも口にしていない。

そのうちにぼくには少しずつわかってくる——きみがどこか特定の場所に向けて歩いているのではないことが。きみはただ、ひとつの場所に留まっていたくなくて歩き続けているだけだ。移動そのものを目的とした移動なのだ。きみの歩調に合わせてぼくはその隣を歩く。ぼくもやはり沈黙を守っている。でもぼくの沈黙は、正しい言葉を見つけられない人の沈黙だ。

こんなとき、どう振る舞えばいいのだろう？　きみはぼくが生まれて初めて持ったガールフレンドだ。恋人と呼べそうな親密な関係になった最初の相手だ。だからきみと一緒にいて、そんな「普通とは違う状況」に直面して、そこで自分がどのように行動すればいいのか、適切な判断を下すことができない。この世界は、ぼくがまだ経験したことのないものごとで満ちている。とくに女性の心理に関するぼくの知識なんて、書き込みのない真っ白なノートのようなものだ。だからぼくはそんな普段とは異なるきみを前にして、途方に暮れてしまう。でもとりあえず落ち着いていなくてはならない。ぼくは男だし、きみよりひとつ年上なのだ。そんなもの、実際には大した差ではないかもしれない。何の意味も持たないことかもしれない。でも時には——とくに他に頼るべきものが見つからない時には——そんなつまらない形ばかりの立場だって、何かの役に立つかもしれない。

とにかく慌ててはいけない。たとえ見かけだけでも沈着さを保たなくては。だからぼくは言葉を呑み込み、べつに何ごともないように、それがごく普通の出来事であるかのように、きみの隣を同じ歩調で歩き続ける。

どれくらい長く歩き続けただろう？　時折交差点で立ち止まり、信号が青に変わるのを待つ。そんなときぼくはきみの手を握りたかったが、きみは両手をスカートのポケットに突っ込んだまま、まっすぐ前を見つめている。

ぼくはきみを何かで怒らせてしまったのか？　どこかで間違ったことをしでかしたのか？　いや、そんなはずはない。ぼくらは二日前の夜、電話で話をした。そのときはきみは上機嫌だった。明後日《あさって》会えるのをとても楽しみにしていると明るい声で言った。そのあとぼくらは言葉を交わしていない。きみがぼくに対して腹を立てる理由は何もないはずだ。

落ち着かなくては、と自分に言い聞かせる。ぼくがきみを怒らせたわけじゃない。たぶんきみはぼくとは関わりのない、何かきみ自身の問題を抱えているだけなのだ。ぼくは信号を待つあいだ何度も深呼吸をする。

三十分くらい歩き続けたと思う。もう少し長かったかもしれない。気がついたとき、ぼくらは元いた小さな公園にいた。街を目まぐるしく歩き回って、結局出発点に戻ったわけだ。きみはまっすぐ藤棚のベンチに向かい、何も言わずにそこに腰を下ろす。ぼくも隣に腰を下ろす。最初と同じように無言のまま、ぼくらはそのペンキのはげかけた木製のベンチに並んで腰掛けている。きみは顎を引き、前方の空間にある何かを見つめている。ほとんど瞬きもせず。

ブランコに乗っていた二人の女の子は姿を消していた。二つのブランコが五月の日差しの下で、微動だにせず垂れ下がっている。揺れていない無人のブランコはなぜかとても内省的に見える。

それからきみはぼくの肩に、その頭を軽くもたせかける。まるでぼくがそこにいることを急に思い出したように。ぼくはもう一度きみの小さな手の上に、ぼくの手を置く。ぼくらの手の大きさはずいぶん違う。きみの手の小さなことにぼくはいつもあらためて驚いてしまう。そんな小さな手でよくいろんなことができるものだと感心する。たとえば瓶の蓋を捻《ひね》って開けるとか、夏みかんの皮を剝《む》くだとか。

やがてきみは泣き始める。声を上げず、身震いするように肩を細かく震わせて。きみは泣き出さないために、今までずっと休みなく足早に歩き続けていたのだろう。ぼくはきみの肩にそっと手をまわす。きみの涙がぼくのジーンズの上にぽとんと音を立ててこぼれ落ちる。ときどき喉を詰まらせ、短い嗚咽のような声が洩れる。でも意味ある言葉は発せられない。

ぼくもやはり沈黙を守っている。ただそこにいて、彼女の悲しみ――おそらく悲しみなのだろう――をそのまま受け止めている。そういうのって生まれて初めての経験かもしれない。自分以外の誰かの悲しみをそっくり受け止めるなんて。誰かから心をまるごと委ねられるなんて。

自分がもっと強ければいいのにと思う。もっと強い力できみを抱き、もっと力強い言葉をきみにかけてあげられればいいのに――そのひとことで場の呪縛がさっととけてしまうような、正しく的確な言葉を。でも今のぼくにはまだそれだけの準備ができていない。ぼくはそのことを悲しく思う。

12

図書館で過ごす以外の空いた時間を、街の地図をつくることに費やした。曇った午後の時間を利用し、半ば気晴らしに始めたこの作業に、私はやがて没頭することになった。

作業の手始めは、街のおおよその輪郭を把握することだった。言い換えれば、街を取り囲む壁の形状を理解すること。「きみ」が以前ノートに鉛筆で描いてくれた簡単な地図によれば、それは人の腎臓を横向けにしたような形をしていた（へこんだ部分が下になっている）。しかし本当にそうなのだろうか？　実際にそのことを確かめてみたいと思った。

それは思ったより困難な作業だった。まわりには誰ひとり、その正確な形を――いや、おおまかな形さえ――把握している者がいなかったからだ。君も、門衛も、近所に住む老人たちも（私は彼らの何人かと知り合い、ときおり短い会話を交わすようになっていた）、街がどのような形をしているか、確かな知識を持たなかったし、とくにそんなことを知りたいとも思っていないようだった。また彼らが「だいたいこんなものだろう」と描いてくれる街の形状は、それぞれに大きく異なっていた。あるものは正三角形に近く、あるものは楕円形に近く、あるものは大きな獲物を呑んだ蛇のような格好をしていた。

「どうしてそんなことをあんたは知りたがるんだね?」と門衛は怪訝そうな顔で私に尋ねた。「この街がどんな格好をしているか、知ったところで、なんの役に立つ?」

　純粋な好奇心によるものなのだと私は説明した。知識として得たいだけだ。何かの役に立つかどうかではなく……。しかし門衛には「純粋な好奇心」という概念が呑み込めないようだった。それは彼の理解能力を超えたものごとなのだ。彼は顔に警戒の色を浮かべ、こいつ何か良からぬことを企んでいるのではないか、という目で私を眺めまわした。だから私はそれ以上彼に質問することを諦めた。

「あんたに言いたいのはね」と門衛は言った。「頭に皿を載せてるときには、空を見上げない方がいいってことさ」

　それが具体的に何を意味するのか、今ひとつわからなかった。しかしそれが哲学的省察というより、実際的な警告に近いものであるらしいことは理解できた。

　他の人々が——君をも含めて——私のその質問に対して示す反応も、門衛のそれと似たり寄ったりだった。街の住民たちは、自分がどれほどの広さを持つ、どんなかたちをした場所で暮らしているか、そんなことにはまるで関心を払っていないらしかった。そしてそのような事柄に興味を持つ人間が存在するという事実が、うまく呑み込めないみたいだった。それは私には不思議なことに思える。自分が生まれ、暮らしている場所についてより多くを知りたいと思うのは、人が自然に抱く気持ちではなかろうか。

　この街には好奇心というものがもともと存在しないのかもしれない。あるいはもし存在していたとしても、きわめて希薄なものであり、また範囲を狭く限定されたものなのだろう。考えてみれば、それは理にかなったことかもしれない。もし街に住む多くの人々が様々な事柄に、たとえば壁の外にある世界に好奇心を抱くようになれば、彼は（あるいは彼女は）壁の外の世界を見てみたいと思い始めるかもしれないし、そのような心の動きは街にとって好ましいことではない。街は壁の内側で隙間なく完結していなくてはならないのだから。

この街の形状を知りたければ、足を使って実地に確かめるしかないという結論に私は達した。歩くことを私はまったく厭《いと》わなかった。日々の運動不足を解消する役にも立つ。しかし弱視というハンディキャップのために、作業は緩慢な速度でしか進まなかった。長い時間外を歩けるのは、曇った日と夕暮れどきに限られていたからだ。眩しい太陽は私の両眼を痛め、しばらくすると涙が止まらなくなった。しかしありがたいことに（たぶんありがたいことなのだろう）時間だけはたっぷりとあった。いくらでも好きなだけその作業に日数を割くことができた。そして前にも述べたように、その秋は天候の悪い日が続いた。

濃い緑色の眼鏡をかけ、何枚かの紙片と短い鉛筆を持ち、街を囲む壁の内側に沿って歩き、その形状をひとつひとつ書き留めていった。簡単なスケッチもした。磁石もメジャーもなかったから（この街には存在しない）、雲に鈍く隠された太陽のありかを探しておおよその方角を知り、歩数を距離の目安にするしかなかった。私は北門の門衛小屋を出発点とし、時計と反対回りに壁沿いを進むことにした。

壁沿いの道は荒れていた。道が消えて、見えなくなっている箇所も少なくない。人が歩いた形跡はほとんどなかった。かつては日常的に使用されていたようだが（その跡はあちこちに残されていた）、今ではそこを歩く人はまずいないらしい。道はおおむね壁のすぐ近くを通っていたが、地形によっては大きく内部に迂回し、あちこちで道を塞いだ藪《やぶ》をかき分けていかなくてはならなかった。そのために分厚い手袋をはめた。

壁沿いの土地は長い歳月にわたって見捨てられ、放置されてきたらしかった。今では壁の周辺には人はまったく居住していないようだ。ところどころで人家らしきものを目にしたが、どれも廃屋に近い状態にあった。多くの屋根は風雨にさらされて陥没し、窓ガラスは割れ、壁は崩落していた。石の土台だけが僅かに痕跡を残している家屋も見受けられた。原形をほぼそのまま留めている建物もたまに見かけたが、それらは生命力に富んだ緑色のツタに外壁を絡め取られていた。しかし荒れ果てた住居も、中身が空っぽなわけではない。近寄って中を覗いてみると、古びた家具や什器があとに残されていることがわかった。ひっくりかえったテーブルや、錆びた什器や、割れた手桶のようなものが目についた。すべては厚く埃をかぶり、湿気を吸い込み、半ば朽ちていた。

今より遥かに数多くの人がかつてこの街に住んでいたようだ。当たり前の生活がそこでは営まれていたのだろう。しかしある時点で何かが起こり、住人の多くはこの街を捨てて立ち去った。慌ただしく、おおかたの家財道具を後に残して。

いったい何が起こったのだろう？

戦争か、疫病か、それとも大規模な政治的変革があったのだろうか？　人々は自らの意志でよその土地に移住していったのか？　あるいは強制的な追放みたいなことがおこなわれたのだろうか？

いずれにせよあるとき「何か」が起こり、住民の多くが取るものも取りあえずよそに移っていった。残された人々は中央部の川沿いの平地や西の丘に集まり、そこで肩を寄せ合うように、ひっそり言葉少なに暮らすようになったのだ。それ以外の周辺の土地は放棄され、荒れるがままに捨て置かれた。

あとに残された住民がその「何か」について語ることはない。語るのを拒んでいるというのでもない。その「何か」が何であったのか、集合的記憶が丸ごと失われてしまっているように見える。おそらく彼らが手放した影と共に、そんな記憶も持ち去られてしまったのだろう。街の人々は地理についての水平的な好奇心を持たないのと同じく、歴史についての垂直的な好奇心もとくに持ち合わせていないようだった。

人々が立ち去ったあとの土地を往来するのは、単角獣たちだけだ。彼らは壁近くの林の中を、三々五々徘徊していた。私が小径《こみち》を歩いて行くと、獣たちは足音を聞きつけ、首をぐいと曲げてこちらを見たが、それ以上の興味は示さなかった。そしてそのまま木の葉や木の実を探し続けた。ときおり風が林の中を吹き過ぎ、枝を古い骨のようにかたかたといわせた。私はその見捨てられた無人の土地を歩きながら、壁の形状をノートに書き留めていった。

壁は私の「好奇心」をとくに気にもかけていないようだった。そう望めば、壁は私の探索をいくらでも妨害できたはずだ。たとえば倒木で道を塞いでしまうとか、密生した藪でバリケードを築くとか、道そのものをわからなくしてしまうとか。壁の力をもってすれば、それくらいは簡単にできただろう——日々壁を間近に見ているうちに、そういう強い印象を私は持つようになった。この壁はそれだけの力を持っている、と。いや、それは印象というより確信に近いものだ。そしてまた壁は、私の一挙一動を怠りなく見守っていた。その視線を肌に感じた。

しかしそんな妨害行為は一度も起こらなかった。私はこれという支障もなく壁沿いの道を進み、形状をノートに逐一記録していった。壁はそのような私の試みを気にかけてもいない――というか、むしろ面白がってさえいるようだった。おまえがそうしたいのなら、好きなだけすればいい。そんなことをしたって、何の役にも立ちはしないのだから。

でも結局、私のそんな地形調査＝壁の探索は二週間ほどで終わりを迎えた。ある夜、図書館から帰宅したあと高熱を出し、しばらく寝込んでしまったのだ。それが壁の意志なのか、それとも別の原因によるものなのか、それはわからない。

高熱は一週間ほど続いた。熱は私の身体を水疱で覆《おお》い、暗くて長い夢で眠りを充たした。吐き気が波となって断続的に押し寄せてきたが、気分が悪くなるだけで、実際に吐くことはなかった。歯茎が鈍く疼《うず》き、噛みしめる力が失われたように感じられた。このまま高い熱が続けば、歯が残らず抜け落ちてしまうのではと不安になったほどだ。

壁の夢も見た。夢の中では、壁は生きて刻々と動いていた。まるで巨大な臓器の内壁みたいに。どれだけ正確に紙切れに記述し、絵に描いても、それはすぐさま形を変え、私の努力を無にしてしまった。私が文章と絵を書き直すと、壁はまた間を置かずに変化を遂げた。堅固な煉瓦でつくられているのに、どうしてそんなに柔軟に形を変えられるのだろうと、私は夢の中で首を捻った。しかし壁は目の前で絶えず変化し、私をあざ笑い続けた。壁という圧倒的な存在の前では、私の日々の努力など何の意味も持たない――壁はそのことを見せつけているのだろう。

「あんたに言いたいのはね」と門衛はもったいぶって私に忠告を与えた。あるいは警告した。

「頭に皿を載せてるときには、空を見上げない方がいいってことさ」

高熱を出している間、付き添って面倒を看てくれたのは近所に住む一人の老人だった。たぶん街が私のために選んで派遣してくれたのだろう。誰に知らせたわけでもないのだが、私が高熱に臥《ふ》せっていることを街は承知していたようだ。あるいはそれは街に入ったばかりの「新参者」が誰しも経験する、想定済みの発熱だったのだろうか。だから街は前もってその準備を整えていたのかもしれない。

いずれにせよ老人はある朝、何の前触れも挨拶もなく、ごく当たり前のことのように私の部屋に入ってきた（前にも述べたように、この街では誰も出入り口に鍵をかけない）。そして冷水に浸けたタオルを私の額に載せ、それを数時間ごとに取り替え、慣れた手つきで身体の汗を拭きとり、ときどき簡潔な励ましの言葉をかけてくれた。症状が少しましになってからは、携行缶に入れた粥状の温かい食べ物をスプーンで少しずつ口に入れてくれた。飲み物も飲ませてくれた。高熱でうなされてぼんやりしていたせいで、最初のうちはその姿かたちを明確に見て取ることはできなかったが——私の目にはその老人の姿は夢の一部としてしか映らなかった——記憶している限り、彼は我慢強く親身に私の世話をしてくれた。形の良い卵形の頭に、雑草のように白髪がへばりついていた。小柄で痩せてはいるが背筋はまっすぐ伸びて、動作には無駄がない。歩くとき左脚を軽くひきずり、その不揃いな足音が特徴的だった。

雨の降りしきるある日、私がようやく意識を取り戻し始めたその午後、老人は窓際に置いた椅子に座って、タンポポで作った代用コーヒーをすすりながら、いくつか昔話をしてくれた。彼はこの街の多くの住人と同じように、過去の出来事をほとんど記憶していなかったが（あるいはあえて思い出そうとも努めなかったが）、それでもいくつかの個人的な事実は、切れ切れにではあるが明瞭に覚えていた。たぶん街にとって不都合ではない記憶は、そのまま残されているのだろう。いくらなんでも記憶をまったく空っぽにして人が生きていくことはできない。もちろん真実が都合良く書き換えられていない、あるいは記憶が捏造《ねつぞう》されていないという確証はない。しかし老人が語る話は、私の耳には――少なくとも熱のせいでまだいくらか頭が朦朧《もうろう》としている私の耳には――実際にあったことととして聞こえた。

「私はかつて軍人だった」と彼は語った。「将校だ。ずっと若い頃、この街にやって来る前のことだが。だからこれはよその土地での話だよ。そこでは人々はみんな銘々に影を持っておった。その頃、戦争があったんだ。どことどことの戦争だったか、そのへんは覚えちゃおらん。まあそんなこと、今となってはどうでもいいんだがね。そちらでは、いつだってどこかとどこかが戦《いくさ》をしていたからな。

あるとき前線で塹壕《ざんごう》にこもっている折に、飛び込んできた榴弾の破片を左腿《ひだりもも》の裏に受け、後方に移送された。当時は麻酔薬もろくに手に入らず、脚はかなり痛んだが、まあ死ぬよりはずいぶんましだ。手当てを受けたのが早かったせいで、ありがたいことに切断も免《まぬが》れたしな。私は後方の山中にある小さな温泉町に送られ、とある宿屋に滞在して傷を癒やしていた。その宿屋は軍に接収されて、負傷した将校たちのための療養所になっていたんだ。毎日長く湯につかって脚の傷を治療し、看護婦に手当てをしてもらうだけだ。伝統ある古い宿屋でな、部屋にはガラス戸のついたベランダもあった。ベランダからは美しい谷川が真下に見おろせた。私が若い女の亡霊を見たのもそのベランダだった」

　亡霊？　と私は尋ねようとしたが、声は出なかった。しかし老人の皿形アンテナのような大きな耳は、それを聴き取ったようだった。

「ああ、間違いなく亡霊だった。夜中の一時過ぎにふと目を覚ますと、ベランダの椅子にその女が一人で座っておった。白い月の光に照らされてな。一目見てそれが亡霊だとわかった。現実の世界にはそれほど美しい女性は存在しない。この世のものではないからこそ、そこまで美しくなれるんだ。私はその女を前にして言葉を失い、凍りついてしまった。そのときこう思うた。この女のためなら何を失ってもかまわないと。片脚だって、片腕だって、あるいは命だってな。その美しさを言葉で表現することはできん。この人生で抱いてきた夢のすべてを、追い求めてきた美のすべてを、その女は体現していた」

　老人はそう言うと、あとはぴたりと口を閉ざし、窓の外の雨をじっと睨《にら》んでいた。外は薄暗かったので、鎧戸は大きく開かれていた。濡れた敷石の匂いが、窓の隙間から部屋に冷ややかに忍びこんでいた。しばらくして彼は瞑想を解き、再び語り始めた。

「それから毎晩、女は私の前に姿を見せ続けた。いつも同じ時刻に、ベランダの籐椅子に座り、じっと外を眺めていた。そして常にその完璧な横顔をこちらに向けていた。でも私には何をすることもできなかった。彼女を前にすると、言葉なんて出てこないし、口の筋肉を動かすことさえできない。金縛りにあったみたいに、ただその姿に見入っているしかない。そしてひとしきり時間が経過し、ふと気がついたときには、いつの間にか姿を消している。

　私は宿屋の主人にそれとなく尋ねてみた。私の滞在している部屋には、何か因縁話のようなものはないのか、と。しかし主人はそんな話は耳にしたことはないと言った。それは嘘には聞こえなかった。何かを隠しているというのでもなさそうだ。とすれば、その部屋でその女の亡霊を、あるいは幻影を目にしたのは私一人だけなのか。なぜだ？　なぜこの私なのだ？

傷もやがて癒えて、まだ多少脚をひきずってはいるものの、通常の生活を送れるようになった。怪我のため軍務を解かれ、故郷の町に帰ることを許された。しかし故郷に戻っても、その女の顔を忘れることができんかった。どんな魅力的な女と寝ても、どれほど気立ての良い女と知り合っても、頭に浮かぶのはその女のことばかり。まるで雲の上を歩いておるような気分だ。私の精神はその女に、その亡霊にすっかり取り憑かれてしまっていたんだ」

私は朦朧とした意識を抱えたまま老人の話の続きを待った。雨混じりの風が窓を打ち、それは切迫した警告のようにも聞こえた。

「しかしそんなある日、私はある事実に思い当たった——自分がその女の片側しか見ていなかったことにな。女は常に私に左の横顔を向け、微動だにしなかった。動きと呼べるのは瞬きと、たまにほんの僅か首を傾《かし》げる動作くらいだ。つまり、地球に住む我々が月の同じ側しか見ていないのと同じように、私は彼女の表側だけを見ていたんだよ」

老人はそう言って、左の頰を手のひらでごしごしと撫でた。頰は鋏《はさみ》で切り揃えられた白い髭で覆われていた。

「心が激しく揺さぶられ、どうしてもその女の右の横顔が見たくなった。それを目にしないことには、自分の人生はなんの意味も持たないとさえ思いなすようになった。そして矢も楯もたまらず、すべてをうち捨ててその温泉町に向かった。まだ戦争は続行しており（とてもだらだらと長引いた戦争だったんだ）、そこに辿り着くのは簡単なことではなかったが、軍隊時代のつてを頼って軍の許可証を手に入れ、その宿屋に宿泊することができた。顔なじみの主人に頼んで一晩だけ、前と同じ部屋をとってもらった。ガラス戸のついたベランダのある部屋だよ。そして息を凝らして夜の到来を待った。女は同じ時刻に、同じ場所に現れた。あたかも私が戻ってくるのを待ち受けておったかのようにな」

老人はそこでまた口を閉ざし、冷えた代用コーヒーをすすった。再び長い沈黙があった。

それで、あなたは見たのですか、その女の右側の横顔を？　声にならない声で私は尋ねた。

「ああ、見たとも」と老人は言った。「私は渾身の力を振り絞って金縛りをふりほどき、ベッドから立ち上がった。まったく簡単なことではなかったが、一念でやり遂げた。ガラス戸を開けてベランダに出て、椅子に腰掛けたその女の右側にまわった。そして満月の明かりに照らされた右側の顔をのぞき込んだ……そんなことしなければよかったんだが」

そこには何があったのですか？

「そこに何があったか？　ああ、それを説明できればいいのだが」と老人は言った。そして古井戸のように深いため息をついた。

「そこで自分が目にしたものを、自分自身になんとか説明しようと、私は長い歳月をかけて言葉を探し続けた。あらゆる本をひもとき、あらゆる賢者に教えを請うた。しかし求める言葉を見つけることはできなかった。そして正しい言葉が、適切な文言が見つけられないことで、私の苦悩は日ごとに深いものになっていった。苦痛は常に私と共にあった。まるで砂漠の真ん中で水を求める人のようにな」

老人はかたんという乾いた音を立てて、コーヒーカップを陶器の皿に置いた。

「ひとつだけ言えるのは——そこにあったのは人が決して目にしてはならぬ世界の光景だったということだ。とはいえ同時にまた、それは誰しもが自らの内側に抱え持っている世界でもある。私の中にもそれはあるし、あんたの中にもある。しかしなおかつ、それは人が目にしてはならん光景なのだ。だからこそ我々はおおかた目をつぶって人生を生きているのだ」

老人はひとつ咳払いをした。

「わかるかね？　それを目にすれば、人は二度と元には戻れない。いったん目にしたあとではな……あんたもよくよく気をつけた方がいいぞ。なるたけそうしたものには近寄らんようにな。近寄れば、必ずや中をのぞき込みたくなる。その誘惑に抗《あらが》うのはずいぶんとむずかしい」

老人は私に向かって人差し指を一本、まっすぐ立てた。そして念を押すように繰り返した。

「よくよく気をつけた方がいい」

だから影を棄ててこの街に入ったのですか？　私は老人にそう尋ねたかった。しかし声はうまく出てこなかった。

老人は私のその無言の問いかけを耳にはしなかったようだ。あるいは耳にしたとしても、答えるつもりはないらしかった。風に乗って窓に吹き付ける硬い雨音が沈黙を埋めた。

13

「ときどき、こうなってしまうの」、きみは涙を白いハンカチーフで拭きながらそう言う。そのときには、涙はもうほとんどとまっていたのだけれど（涙の供給が尽きたのだろうか？）。ぼくらはまだ公園の藤棚の下で、ベンチに並んで座っている。それがその朝きみが最初に口にした言葉だ。

「心がこわばりついてしまう」

ぼくはやはり黙っている。何をどう言えばいいのか？

きみは言う。「そうなると、自分ではどうすることもできない。どこかにしがみついて、時間をやり過ごすしかない」

ぼくはきみが伝えようとしていることを、少しでも理解しようと努める。

心がこわばりついてしまう？

それが具体的にどんな状態を意味するのか、想像がつかない。身体がこわばるのは理解できる。たぶん金縛りのようなものだろう。しかし心はどのようにこわばるのだろう？

「でも、今回のそれはなんとかやり過ごせたんだね？」、ぼくはとりあえずそう尋ねてみる。

きみは微かに肯く。

「今のところたぶん」ときみは言う。「まだ揺り戻しみたいなのはあるかもしれないけど」

ぼくらは五分か十分、無言のうちに「揺り戻し」を待つ。家のいちばん太い柱につかまって、今にも来るかもしれない余震に備える人のように。きみの肩はぼくの手の中でゆっくりと上下している。でもそれはもう戻ってこないみたいだ。おそらく。

「これから何をしよう？」とぼくは少しあとになってきみに尋ねる。

今日はまだ始まったばかりだ。空は青く晴れ上がっている。これからどこだって好きなところに行けるし、なんだって好きなことができる。決まった予定は何ひとつない。いくつかのささやかな現実的制約があるにせよ（たとえばぼくらはお金を十分には持ち合わせていない）、それでもぼくらは基本的に自由の身だ。

「しばらくこのままにしていていい？　少し気持ちが落ち着くまで」ときみは言う。最後の涙の痕跡を拭き取り、ハンカチーフを小さく折り畳んでスカートの膝の上に置く。

「いいよ」とぼくは言う。「しばらくこうしていよう」

やがてきみの身体から力みが抜けていく。浜辺で潮がだんだん引いていくみたいに。衣服（白いブラウスだ）の上から、ぼくはきみの身体のそんな変化を感じ取る。ぼくはそのことを嬉しく思う。自分が僅かでも役に立てたような気がする。

「ときどきそんな風になるの？」とぼくは尋ねる。

「そうしょっちゅうではないけど、ときどき」

「そうなると、いつもああしてあちこち歩き回るの？」

きみは首を振る。「いつもというのじゃない。部屋でじっとしていることの方が多いと思う。一人で閉じこもって、家族の誰とも口をきかないの。学校にも行かないし、ご飯も食べない。何もせず、ただ床に座り込んでいるだけ。ひどいときにはそれが何日も続く」

「何日もまったく食事をしないわけ？」、それはぼくにはとんでもないことに思える。

彼女は肯く。「ときどき水を飲むだけ」

「そんな風になるのには何か原因があるの？　たとえば何か嫌なことがあって気持ちが落ち込むとか」

きみは首を振る。「とくに具体的な原因みたいなものはないの。ただ純粋にそうなってしまうだけ。大きな波のようなものが、頭の上から音もなくかぶさってきて、それに呑み込まれて、心が固くこわばってしまう。それがいつやってきて、どれくらい続くのか、自分では計ることができない」

「そういうのって不便かもしれない」とぼくは言う。

きみは微笑む。厚い雲間から僅かに日差しがこぼれるように。「そうね、たしかに不便かもしれない。そんな風に考えたことは一度もなかったけど、言われてみればたしかに」

「心がこわばる？」

きみはそれについて考える。「つまりね、心の奥の方で紐がぐしゃぐしゃにもつれて、固まってほどけなくなる——みたいなことなの。ほどこうとすればするほど、余計にもつれて固まっていく。ぜんぜん収拾がつかないくらいこちこちに。そういうことって、あなたにはない？」

ぼくにはそういう経験はないみたいだ。ぼくがそう言うと、きみは頭を小さく動かす。

「あなたのそういうところがわたしは好きなんだと思う」

「頭の中がぐしゃぐしゃにもつれないところが？」

「そうじゃなく、分析とか忠告とか、そんなことなしに黙ってわたしを支えてくれるところが」

ぼくが余計なことを言わないのはただ、きみのそんな「心のこわばった」状態をどう解釈すればいいのか、それについてどんな忠告をし、どんな意見を言えばいいのか見当もつかないからだ。しかしもしそれでいいのなら、何も言わずにただきみの肩を抱いているのは、ぼくにとって不都合なことでも、居心地の悪いことでもない。むしろその方がずっとありがたいかもしれない。しかしそれはそれとして、最小限の実際的な質問は必要とされるだろう。

「それで……その今日の波のようなものは、いつ頃やってきたの？」

「今朝、目覚めたとき」ときみは答える。「東の空がだんだん明るくなってきたころ。それで、今日はもうあなたには会えないと思った。ていうか、身体そのものが動かなかった。手の指を動かすことさえできなかった。服のボタンもとめられない。そんな状態ではあなたと顔を合わせられない」

ぼくは黙ってきみの話に耳を傾けている。

「それからずっと布団をかぶって横になっていたの。どこかに跡形もなく消えてしまいたいと願いながら。でも約束の時間がやってきたとき、思ったの。あなたに公園で待ちぼうけさせておくわけにはいかないと。それで力を振り絞って立ち上がり、ブラウスのボタンをなんとかはめて、走ってここまでたどり着いたの。もうあなたはいなくなっているかもしれないと思いながら……髪をとかす時間さえなかった。ねえ、わたしずいぶんひどい顔をしているでしょう？」

「いや、とても素敵だよ。いつもと同じくらい」とぼくは言う。それは偽りのない意見だ。きみは隅から隅まで素敵だ。いつもと同じように。いや、いつも以上に。

「いや、いつも以上に」とぼくは付け加える。

嘘よ、ときみは言う。

嘘じゃない、とぼくは言う。

きみはしばらく沈黙している。それから言う。

「小さいときから、こんな風にとっても面倒くさい性格なの。だからわたしのことを好きになってくれる人なんてひとりもいなかった。わたしを受け入れてくれる人もいなかった。亡くなったおばあさんだけを別にして、ただのひとりも。でもおばあさんはもう死んじゃったし、死んでしまった人のことは、正直言ってよくわからない。おばあさんはただ何か思い違いをしていたのかもしれない」

「ぼくはきみのことが好きだよ」

「ありがとう」ときみは言う。「そう言ってくれるのはとても嬉しい。でもそれはきっと、まだわたしのことを知らないからよ。もしわたしのことをもっとよく知れば——」

「もしそうだとしても、きみをもっとよく知りたい。いろんなことを、あらゆることを」

「中には、知らない方がいいこともあるかもしれない」

「でも誰かを好きになったら、相手のことをどこまでも知りたいと思うのは自然な気持ちだよ」

「そしてそれを引き受けるの？」

「そうだよ」

「ほんとうに？」

「もちろん」

十七歳で、恋をしていて、それは五月の真新しい日曜日で、当然ながらぼくは迷いというものを持たない。

きみはスカートの膝の上に置いた白い小さなハンカチーフを手に取り、もう一度目もとを拭う。新しい涙が頬を伝っているのが見える。微かに涙の匂いがする。涙の匂いってちゃんとあるんだ、とぼくは思う。それは心を打つ匂いだった。優しく魅惑的で、そしてもちろん仄《ほの》かに哀しい。

「ねえ」ときみは言う。

ぼくは黙って続きを待つ。

「あなたのものになりたい」ときみは囁《ささや》くように言う。「何もかもぜんぶ、あなたのものになりたいと思う」

息が詰まって何も言えない。ぼくの胸の奥で誰かがドアをノックしている。急ぎの用件があるらしく、強固な拳で何度も何度も。その音が空っぽの部屋に硬く大きく響き渡る。心臓が喉元までせり上がってくる。ぼくは空気を大きく吸い込んで、それをなんとか元の位置に押し戻そうとする。

「隅から隅まであなたのものになりたい」ときみは続ける。「あなたとひとつになりたい。ほんとうよ」

ぼくはきみの肩をより強く抱き寄せる。誰かがまたブランコに乗っている。その金具が軋む音が、一定の間合いを置いて耳に届く。それは現実の音というよりは、ものごとの別のあり方を伝える比喩的な信号のように聞こえる。

「でも急がないでね。わたしの心と身体はいくらか離れているの。少しだけ違うところにある。だからあとしばらく待っていてほしいの。準備が整うまで。わかる？」

「わかると思う」とぼくはかすれた声で言う。

「いろんなことに時間がかかるの」

　ぼくは時間の経過について考えを巡らせる。ブランコの規則的な軋みに耳を澄ませながら。

「ときどき自分がなにかの、誰かの影みたいに思えることがある」ときみは大事な秘密を打ち明けるように言う。「ここにいるわたしには実体なんかなく、わたしの実体はどこか別のところにある。ここにいるこのわたしは、一見わたしのようではあるけど、実は地面やら壁に投影された影法師に過ぎない……そんな風に思えてならない」

　五月の日差しは強く、ぼくらは藤棚の涼しい影の中に座っている。実体が別のところにある？それはいったいどういうことなのだろう？

「そんな風に考えたことってない？」ときみは尋ねる。

「自分が誰かの影法師に過ぎないって？」

「そう」

「そんな風に考えたことはたぶん一度もないと思う」

「そうね、わたしがおかしいのかもしれない。でも、そう思わないわけにはいかないの」

「もしそうだとして、つまりきみが誰かの影法師に過ぎないとして、じゃあ、きみの実体はどこにいるんだろう」

「わたしの実体は――本物のわたしは――ずっと遠くの街で、まったく別の生活を送っている。街は高い壁に周囲をかこまれていて、名前を持たない。壁には門がひとつしかなく、頑丈な門衛に護られている。そこにいるわたしは夢も見ないし、涙も流さない」

それが、きみがその街のことを口にした最初だった。ぼくはもちろん何のことだかまるで理解できなかった。名前を持たない街？　門衛？　ぼくは戸惑いながら尋ねる。

「ぼくはそこに行くことができるの？　本物のきみがいる、その名前を持たない街に」

きみは首を曲げ、ぼくの顔を間近に見つめる。「もしあなたが本当にそれを望むなら」

「街の話をもっとくわしく聞きたいな。そこがどんなところなのか」

「この次に会ったときにね」ときみは言う。「今日はその話をまだしたくない。もっと違う話をしていたいの」

「いいよ。時間をかけよう。ぼくは待てるから」

きみは小さな手でぼくの手を握りしめる。約束のしるしのように。

14

ようやく熱が引いて外を歩けるようになり、久方ぶりに図書館の入り口の扉を押し開けたとき、建物の中の空気は前よりもったりと淀んでいるように感じられた。湿気のある曇った夕方だ。奥の部屋に人の気配はなく、ストーブの火も消えていた。明かりもついておらず、靄《もや》った淡い夕闇が、目に見えない隙間から部屋の中に音もなく忍び込んでいた。

「誰もいないのですか？」と私は声を上げた。反応はない。静寂がいっそう深まっただけだ。声は硬く乾いて残響を欠き、自分の声には聞こえなかった。ストーブの上に置かれた薬罐に手を触れてみた。冷え切っている。長いあいだストーブの火は落とされていたらしい。あたりを見回し、もう一度もっと大きな声で「誰もいないのですか？」と叫んでみた。やはり反応はない。部屋に変化は見当たらない。見たところ何もかも最後に来たときと同じだ。しかしそこにあるすべての事物が前よりもどこか寒々しく、荒涼とした色合いを帯びているようだった。

ベンチに腰を下ろし、君がやって来るのを待つことにする。あるいはほかの誰かが姿を見せるのを。しかししばらく待っても、誰も現れなかった。誰かが現れそうな気配もみえなかった。私はマッチを見つけ、貸し出しカウンターの上にあった小さなランプに火を点《とも》した。それで部屋が少し明るくなった。ストーブにも火を入れようかと思ったが（中にはすぐに火がつけられるように薪が用意されていた）、それが許された行為であるのかどうかわからないし、部屋の中はそれほど冷え込んでいるわけでもなかった。だからストーブの火はつけないことにした。コートの襟を合わせ、マフラーを首に巻き直し、ポケットに手を突っ込んでひとまとめの時間をやり過ごした。

やはり物音ひとつ聞こえない。

私が高熱を出して自宅で寝込んでいるあいだに、何かしら異変が起きたのだろうか？　図書館の運営システムに変更がなされたのだろうか？　私が〈夢読み〉として不適格であることがあらためて明らかになり、その結果私はもう君に会うことができなくなったのだろうか？　いくつかの不穏な可能性が私の頭を去来する。しかし考えをまとめることができない。何かを考えようとすると、意識は重い布袋となって、底も知れぬ深みに沈んでいった。

まだ身体にいくらか熱が残っていたのかもしれない。私はベンチの上で、壁に背をもたせかけたまま、いつの間にか眠り込んでしまった。どれくらい眠っていたのだろう。でも、そんな不自然な姿勢にもかかわらず、深い眠りだった。何かの物音ではっと気がつくと、私の前に君が立っていた。君は最初に会ったときと同じセーターを着て、胸の前で腕を組み、心配そうに私を見おろしていた。眠っているあいだに君が火をつけてくれたのだろう。ストーブの中に赤い炎がちらちらと揺れているのが見えた。薬罐が白い湯気を上げていた（とすれば、私は思いのほか長く深く眠っていたことになる）。そしてランプはより大きく明るいものに取り替えられていた。その熱と明るさによって、そして君がそこにいることによって、部屋はすっかり以前の図書館に戻っていた。先ほどまでの荒涼とした冷気はどこかに消え失せていた。それを知って私は安堵した。

「ずっと熱があって、ここに来ることができなかった。起き上がれなかったんだ」

君は何度か小さく肯いたが、とくにそれについての意見や感想はない。慰めの言葉みたいなものもない。私が高熱を出していたことを既に誰かから知らされていたのか、あるいは何も知らされていなかったのか、表情からは判断がつかない。あるいはそれは「もしそうだったとしても決して不思議はない」という表情だったかもしれない。

「でももう熱は引いたのですね？」

「身体を動かすと、節々がいくらかぎくしゃくする。でも大丈夫、仕事にはかかれるよ」

「熱くて濃い薬草茶が、残っている熱を追いやってくれるでしょう」


君が作ってくれた熱くて濃い薬草茶を時間をかけて飲み終えると、身体は温まり、頭はより明瞭になった。私は書庫の中央に置かれた机の前に座る。分厚い木材で作られた古い机だ。それはどれほど長い歳月、ここで夢読みに使用されてきたのだろう？　そこには無数の古い夢の残響が浸み込んでいる。私の指先は、すり減った机の木目にそのような歴史の気配を感じ取る。

書庫の棚には数え切れないほど多くの古い夢が並んでいる。棚は天井近くまであって、上の方にある古い夢を取るには、君は木製の脚立を用いなくてはならない。長いスカートの下からのぞいている君の脚は、すらりとして白く、若々しい。その美しい形をした瑞々しいふくらはぎに、心ならずも見とれてしまうことになる。

その日に読まれる古い夢を選んで、机に並べるのは君の役目だ。君は帳簿を片手に、番号を照合しながら棚からそれらの夢を選び出し、私の前に置く――注意深くそっと。一晩かけて三つの夢を読み切れるときもあれば、二つしか読めないこともある。読み取るのに長い時間を要する夢もあれば、比較的短く終わってしまう夢もある。均《なら》していえば、サイズの大きなものほど時間はかかるようだ。しかしこれまで三つより多くの夢を読めたことはない。現在の私の力では、一日に三つを読むのが限度だ。読み終えられた夢は、君の手で更に奥にある部屋に運ばれる。それが元の棚に戻されることはない。読み終えたあとの古い夢がどのような扱いを受けるのか、知りようもない。

しかし毎日欠かさず三つずつ古い夢を読み込んだとしても、書庫の棚にずらりと並べられた古い夢を読み切るには、私のおおまかな計算によれば、少なくとも十年を要するはずだ。そしてここに並べられているのが古い夢の「在庫」のすべてだという確証はない。また古い夢が日々新たに補充されていないという確証もない（君が運んでくる古い夢について言えば、その埃の積もり具合からして、かなり古いもののようだが）。しかしそんなことを考えてもらちはあかない。私にできるのは、目の前に置かれた夢をひとつひとつ読み解いていくことだけだ――その理由も目的もじゅうぶんに理解できないまま。

私の前任者たち、つまり私の前にここにいたであろう夢読みたちもまた、私と同じように説明らしい説明も与えられず、その行為の意味も把握できないまま、来る日も来る日もただひたすら古い夢を読み続けていたのだろうか？　彼らはその職務をまっとうできたのだろうか？　そして、そう、彼らはどこに行ってしまったのだろう？

ひとつの夢を読み終えると、しばしの休息をとらなくてはならない。机に肘をついて両手で顔を覆い、その暗闇の中で眼を休めて疲労の回復を待つ。彼らの語る言葉は相変わらずよく聴き取れなかったが、それが何らかのメッセージであることはおおよそ推測できた。そう、彼らは何かを伝えようとしているのだ——私に、あるいは誰かに。でもそこで語られるのは私には聴き取ることのできない話法であり、耳慣れない言語だった。それでもひとつひとつの夢は、それぞれの歓びや悲しみや怒りを内包しつつ、どこかに吸い込まれていくようだった——私の身体をそのまま通り抜けて。

夢読みの作業を重ねるうちに、そういう「通過の感触」のようなものを、私は強く感じるようになっていった。彼らの求めているのは、通常の意味合いにおける理解ではないのかもしれない。そう思えることもあった。そして通過していくそれらは、ときとして私の内側を奇妙な角度から刺激し、私自身の中にある、長く忘却されていたいくつかの感興を呼び覚ました。瓶の底に長く溜まっていた古い塵《ちり》が、誰かの息吹によってふらりと宙に舞い上がるみたいに。

君は休息をとっている私のために、温かい飲み物を運んできてくれた。薬草茶ばかりではなく、ときには代用コーヒーや、ココアのような（しかしココアではない）飲み物を。この街で出される食べ物や飲み物はおおむね粗朴《そぼく》なものであり、多くは代用品だった。しかし味そのものは決して悪くなかった。そこには——どう表現すればいいのだろう——どこかしら友好的な、懐かしい味わいが感じられた。人々は質素に、しかし様々な工夫を重ねつつ生活を送っていた。

「あなたはずいぶん夢読みに慣れてきたようです」、君は机の向かい側から、私を励ますように言う。

るみたいに」

「少しずつ」と私は言う。「でもひとつ夢を読み終えるとかなりくたびれる。身体の力が失われるみたいに」

「まだ熱が少し残っているのでしょう。でもやがて疲れはとれてきます。熱はどうしても一度は出るものだから。熱を出し切ればあとは落ち着きます」

それは——高熱を一時的に出すことは——おそらく新任の夢読みとしての通過儀礼のようなものであり、避けて通れない過程なのだろう。そうやって私は少しずつこの街の一部として受け入れられ、システムに同化していくのだ。私はそのことを喜ばしく思うべきなのだろう。君もこうしてそれを喜んでくれているのだから。

長く続いた湿っぽい秋がようやく終わりを告げ、厳しい冬が街に到来した。獣たちは既にいくつかの命を失っていた。最初のまとまった雪が降った朝、何頭かが五センチほど積もった居留地の雪の中に、冬の白みを増した金色の身体を横たえていた。年老いた獣たち、どこか身体に弱い部分を抱えた獣たち、何らかの理由で親に見捨てられた年少の獣たち——まず死んでいくのはそのようなものたちだ。季節が彼らを厳しく選別する。私は壁の望楼に上って、そんな獣たちの死体を眺めていた。もの哀しく、また同時に心奪われる光景だった。朝の太陽は雲の奥で鈍く輝き、その下で生きている獣たちが吐く白い息が、朝霧のように宙に平らに浮かんでいた。

夜明けからほどなく角笛の音とともに、門衛がいつものように門を開け、獣たちを中に導き入れる。生きた獣たちが立ち去ったあとの居留地には、大地に生じた瘤《こぶ》のように、何体かの死骸が残されていた。私は朝の光に眼が苦痛を訴えるまで、その光景を魅入られたように眺めていた。

部屋に戻ると、空は終始曇っていたにもかかわらず、朝の光が思ったより強く眼を痛めつけていたことがわかった。瞼を閉じると涙がこぼれ、頰をつたった。鎧戸を下ろした暗い部屋の中で私は目を閉じ、闇に浮かんでは消えていく様々な形の模様を眺めていた。

いつもの老人が部屋にやって来た。彼は冷たいタオルを私の眼にあてて、温かいスープを飲ませてくれた。スープには野菜とベーコンのようなもの（でもベーコンではないもの）が入っていた。それは私の身体を芯から温めてくれた。

老人は言った。「雪の朝の光はたとえ空が曇っていても、あんたが思うているより遥かに強烈だ。あんたの眼はまだ十分に回復しちゃおらん。何しに外になんて出たんだね？」

「獣たちを見に行ったんです。何頭かが死んでいました」

「ああ、冬が来たからな。この先さらに多くが死んでいく」

「獣たちはどうしてそんなにあっけなく死んでしまうんでしょう？」

「弱いんだよ。寒さと飢えにね。昔からずっとそうだった。変わることなく」

「死に絶えはしないのですか？」

老人は首を振った。「ああやって大昔から細々と生きながらえてきたんだ。これから先も同じようにやっていくだろう。冬には多くが命を落とすが、やがて交尾期の春がやってきて、夏には子供たちが誕生する。新しい生命が古い生命を押しやっていくのだ」

「獣たちの死骸はどうするのですか？」

「焼くんだよ。門衛が」、老人は両手をストーブの火で温めた。「穴に放り込んで、なたね油をまいて火をつけるんだ。午後になるとその煙が街のどこからも見える。それが毎日のように続く」

煙は老人が予告したとおり、日々空に立ち上った。午後のだいたいいつも同じ時刻、日の傾き加減からいって、おおよそ三時半というところだろうか。冬は日ごとに深まり、厳しい北風と時折の雪が執拗な狩人のように、単角を持つ優美な獣たちに襲いかかった。

朝からの雪が降り止んだ薄曇りの午後、久方ぶりに門衛小屋を訪れた。門衛は長靴を脱ぎ、大きな両足を火で温めていた。ストーブの上の薬罐の湯気と、安物のパイプから立ち上る紫色の煙が混じり合い、部屋の空気を重く淀んだものにしていた。広い作業台の上には、様々な大きさの鉈《なた》や手斧が一列に並べられていた。

「やあ、眼はまだ痛むかね?」と門衛は言った。

「かなりましにはなったけれど、ときどき痛みます」

「あと少しの辛抱さ。暮らしに慣れるにしたがって痛みは引いていく」

私は肯いた。

「どうだい、影をなくしたことは気になるかね?」

そう言われて、しばらく自分の影のことをほとんど思い出さなかったことに気づいた。夕暮れのあとか曇った日にしか外出をしなかったので、影について――自分に影がないことについて――考えを巡らす機会がなかったということもある。私はそのことでやましさを感じないわけにはいかなかった。一体として長いあいだ行動を共にしてきたというのに、これほど簡単にその存在を忘れてしまえるなんて。

「あんたの影はまず元気にしておるよ」、門衛はストーブの前で、節くれ立った両手を揉んで温めながら言った。「毎日一時間ほど外に出して運動をさせているし、食欲だってなかなかのもんだ。久しぶりに会ってみるかね？」

会ってみたいと私は答えた。

影が住む場所は、街と外の世界の中間地点にある。私は外の世界に出ることはできないし、影は街の中に入ることはできない。「影の囲い場」は影を失った人と、人を失った影とが交流できる唯一の場所だ。門衛小屋の裏庭の木戸を抜けたところに「影の囲い場」はあった。長方形で、おおよそバスケットボールのコートくらいの広さだ。突き当たりは建物の煉瓦の壁面で、右手は街を囲む壁、あとの二方は高い板塀になっている。片隅に一本の楡《にれ》の木があり、私の影はその下のベンチに腰を下ろしていた。大ぶりな丸首のセーターの上に、疵《きず》だらけの革のコートを着ていた。そして生気を欠いた目で、枝の間から見える曇り空を仰いでいた。

「あの中に寝泊まりする部屋がある」と門衛は突き当たりの建物を指さして言った。「ホテル並みとまでは言わないが、まっとうで清潔な部屋だよ。シーツも週に一度は取り替えるようにしている。どんなところか、見てみるかい？」

「いや、とりあえずここで話ができれば」と私は言った。

「いいとも。二人で積もる話をするといい。しかし言っておくが、下手にくっついたりしちゃ駄目だぜ。もういっぺん引き剝がすのはお互い面倒だからな」

門衛は裏木戸の横にある丸い木の椅子に腰掛け、マッチを擦ってパイプに火をつけた。そこから私たちを監視するつもりなのだろう。私はゆっくりりと影の方に歩いて行った。

「やあ」と私は言った。

「こんちは」と影は私を見て、力なく返事をした。私の影は最後に見たときよりひとまわり小さく見えた。

「元気にしている？」と私は尋ねた。

「おかげさまで」、その言葉にはいくぶん皮肉が混じっているように聞こえた。

影の隣に腰を下ろそうかと思ったが、何かの拍子に再びひとつにくっついてしまうことを恐れ、立ったまま話をすることにした。門衛が言うとおり「引き剝がし」は簡単な作業ではないのだ。

「一日ずっとこの『囲い場』にいるのかい？」

「いや、ときどきは壁の外に出てますよ」

「何か運動でもしているの？」

「運動ねえ……」、影は眉をひそめ、門衛の方を顎で指した。「あいつ、あいつが壁の外で獣を焼くのを手伝わされるくらいのものかな。シャベルでせっせと地面に穴を掘るんですよ。そこそこの運動にはなりますが」

「獣を焼く煙は、うちの窓からもよく見えるよ」

「かわいそうに。毎日のようにあいつらは死んでいく。蠅みたいにばたばたとね」と影は言った。

「その死体をひきずって運んで、穴に放り込み、なたね油をかけて焼くんです」

「いやな仕事だね」

「心愉しい仕事とは言えませんね。焼いても臭いがほとんどしないことだけがまだ救いですが」

「影は他にもここにいるのかな？　君の他にも」

「いや、他に影はいませんよ。最初からずっと、おれしかここにはいない」

私は黙っていた。

「おれだって、いつまでこうしていられるか、わかりませんよ」と影は低い声で言った。「本体から力尽くで引き剝がされた影は、長くは生きられません。おれの前にいた影たちはみんな、この『囲い場』の中で次々に息を引き取っていったようです。冬の獣たちと同じようにね」

私はそこに立ったまま、コートのポケットに両手を入れ、言葉もなく自分の影を見おろしていた。楡の木の枝の間を吹き過ぎる北風が、頭上でときおり鋭い音を立てた。

影は言った。「あんたが人生に何を求めるか、そいつはあんたの決めることです。なんといってもあんたの人生ですからね。おれはただの付属物に過ぎません。立派な知恵があるわけでもないし、現実の役にもほとんど立ちません。でもね、おれがすっかりいなくなると、それなりの不便は出てくるはずですよ。偉そうなことは言いたかありませんが、おれだって今まで何の理由もなく、あんたとずっと行動を共にしてきたわけじゃない」

「でもこうしないわけにはいかなかったんだ」と私は言った。「自分なりによくよく考えた末のことだ」

本当にそうだろうか、私はふとそう思う。私は本当によくよく考えたのだろうか？　ただ何かの力に引かれ、木ぎれが潮流に運ばれるようにここに行き着いただけではないのか？

影は小さく肩をすくめた。「それは結局のところ、あんたが決めることですからね、おれには何とも言えない。しかし、もしもう一度もとの世界に戻りたいのであれば、そういう気持ちがまだあるのなら、なるべく早く心を決めた方がいいですよ。今のうちならなんとかなります。でもおれが死んじまってからでは間に合いません。そいつだけはよく覚えておいてください」

「覚えておくよ」

「あんたの方はどうです？　うまく暮らせてますか？」

私は首を傾げた。「まだはっきりしたことは言えない。覚えなくてはならないことがたくさんある。外の世界とはまるで違うところだから」

影はしばらく黙っていた。それから顔を上げて私を見た。「それで……思っていた相手には会えたのですか？」

私は黙って肯いた。

「それはよかった」と影は言った。

風が楡の枝の間を音を立てて吹き抜けていった。

「いずれにせよ、わざわざ面会に来てくれてありがとう。会えてよかったですよ」、そして厚い手袋をはめた片手をほんの少しだけ持ち上げた。


私と門衛は裏木戸をくぐって門衛の小屋に向かった。

「今夜もまた雪が降るだろう」と門衛は歩きながら私に言った。「雪が降る前には決まって手のひらが痒《かゆ》くなる。この痒さじゃ、たぶんこれくらいは積もることだろう」、彼は十センチほど指を広げた。「そしてまた獣がたくさん死ぬだろう」

門衛は小屋に入ると、作業台の上の鉈をひとつ選んで取り上げ、細めた目でその刃先を検分した。それから砥石《といし》を使って、慣れた手つきで刃を研ぎ始めた。しゃきっしゃきっという鋭い音が威嚇《いかく》するように部屋に響いた。

「肉体は魂の住む神殿だと言うものもいる」と門衛は言った。「あるいはそうかもしれん。しかし俺のようにこうして毎日、哀れな獣の死骸ばかり扱っていると、肉体なんぞ神殿どころか、ただの汚らしいあばら屋としか思えなくなる。そしてそんな貧相な容れ物に詰め込まれた魂そのものが、だんだん信用できなくなってくる。そんなもの、死体と一緒になたね油をかけて、ぱっと燃やしちまえばいいんじゃないかと思うときもある。どうせ生きて苦しむ以外に能のない代物なんだ。なあ、俺のそんな考え方は間違っているだろうか？」

どう返答すればいいのか。魂と肉体についての問いかけは、私をただ混乱させるだけだ。とりわけこの街にあっては。

「いずれにせよ、影の言うことなんぞ真《ま》に受けない方が賢いぜ」と門衛は別の鉈を取り上げながら言った。「あんたに何を言ったかは知らんが、連中はなにしろ口が達者だからな。自分が助かりたい一心で、思いつく限りの理屈を並べたてる。じゅうぶん気をつけた方がよかろう」

私は門衛小屋をあとにして西の丘を上り、住まいに引き返した。振り返ると、北の空は雪をはらんだ分厚い暗雲に覆われていた。門衛の予言したように、おそらく夜半には雪が降り始めることだろう。積もりゆく雪の中で、より多くの獣たちが夜のうちに息を引き取っていくだろう。そして魂を失ってただの貧相な「あばら屋」となり、私の影が掘った穴に放り込まれ、なたね油をかけられて焼かれるのだ。

15

その夏のあいだずっと（ぼくが十七歳、きみが十六歳の夏だ）、顔を合わせるときみは熱心にその街の話をした。素晴らしい夏だった。ぼくはきみに恋をしており、きみはぼくに恋をしていた（と思う）。ぼくらは会うと手を握り合い、人目につかないところで唇を重ねた。そして額を寄せ合うようにして、その街について飽きることなく語り合った。

街は高さ八メートルほどの頑丈な壁に囲まれている。遥か昔からそこにある壁だが、特別に硬質な煉瓦で念入りにつくられ、煉瓦は今に至るまでひとつとして欠けていない。一本の川が緩く蛇行しながら街中《まちなか》を流れ、その土地を北と南にほぼ均等に分けている。川には三本の美しい石の橋がかかっている。豊かに装飾された石造りの旧橋の近くには大きな中州があり、そこには立派な川柳《かわやなぎ》が繁り、しなやかな枝を川面に垂らしている。

壁の北側に門がひとつある。かつては東側の壁にも同じような門がついていたのだが、それは今では塗り込められ、堅く塞がれている。北の門――現在の唯一の街の出入り口――は一人の屈強な門衛によって護られている。門は朝と夕方に一度ずつ、獣たちを通過させるために開かれる。鋭い単角を持つ寡黙な黄金色の獣たちは、朝に整然とした列を作って街の中に入ってきて、夜は壁の外の居留地で身を寄せ合って眠る。彼らは伝説の中の獣たちであり、この街の周辺でしか生存できない。街中に生育する特殊な木の実や木の葉しか口にしないからだ。見た目には美しいが、強靱《きょうじん》な生命力に欠ける。その角は鋭いけれど、彼らが街の住民を傷つけるようなことはない。

壁の内に住む人々は壁の外に出ることができないし、壁の外にいる人々は壁の内に入れない。それが原則だ。街に入る人は影を携《たずさ》えていてはならないし、街の外に出る人は影を携えていなくてはならない。門衛も街の住民の一人であり、影を持ってはいないが、職務上、必要に応じて壁の外に出ることを許されている。だから彼は、街の外に広がる林檎林から林檎をもいで、好きなだけ食べることができた。そして余ったぶんは人々に気前よく分け与えていた。とても味の良い林檎だったので、門衛は多くの人々に感謝された。獣たちは慢性的に食料に不足し、いつも飢えていたにもかかわらず、林檎を口にすることはない。彼らにとってそれは不運なことだ。林檎なら居留地の周りにいくらでも実っていたのだから。

街の人口は明らかにされていないが——あるいは誰もそんなことは知りたがらないのかもしれないが——その数は決して多くない。住民の大半は街の北東部、干上がった運河沿いにある「職工地区」か、西の丘のなだらかな斜面にある「官舎地区」に集まって暮らしている。「官舎地区」に住む人が「職工地区」に足を運ぶことはまずないし、その逆もない。

その街の成り立ちについて、ぼくにはもちろん数多くの疑問があった。

「そこには電気は通じているの?」とぼくは尋ねる。

「いいえ、電気はない」ときみは答える。ためらいもなく。「電気もガスもない。人々はなたね油を使ってランプを灯し、調理をするの。ストーブは薪ストーブ」

「水道は？」

「西の丘の泉から管を使って新鮮な水を引いている。蛇口を捻れば飲み水が出てくる。井戸もたくさんあるし、それに加えて美しい川も流れている。だからどんな日照りの夏にも、街が水に不自由することはないの。古い時代に造られた上水道と下水道もそのまま残っていて、水洗のトイレも使える」

「食料品は？」

「ほとんどの食料品は自給自足でまかなえる。それに街に住む人々はとても少食なの。与えられた環境に順応して、あまり多くを食べなくて済む身体になっているから」

「進化したんだね」とぼくは言う。

「たぶん」ときみは言う。

「ものを製作する人はいるのかな」

「食器や道具や衣服を専門に作る人はいないけれど、だいたいみんな手作りで間に合わせている。必要に応じて道具の交換があり、貸し借りがある。また昔からあるものを修繕しながら大事に使っている。この街には残されているものがたくさんあるの。街を出て行った人たちが、持ちきれずに残していったものがね。どうしても必要とされるものは、ときおり外の世界から運ばれてくる。簡単な物々交換のようなことが、きっとどこかで行われているのでしょう」

「なたね油が大事な燃料になっているんだね？」

「ええ、それが不足することはない。なたね畑はたくさんあるし、油は豊富に簡単に採れる。そして人々は節約しながら、工夫してつましく暮らしている」

「街には役所みたいなものは存在するんだろうか？　いろんな方針を定めたり、人々に役割を与えたりする機関が」

「それほどの規模の街ではないから、たぶん必要に応じて、人々のあいだで話し合いがあり、簡単なルールが決められるのでしょう。でもそのへんのことはよくわからない。わたしがその街にいたのは、ほんの小さな子供の頃だから」

「街には単角を持つ美しい獣のほかに、何か動物はいるのかな？　たとえば犬とか猫とか、牛とか馬とか」

きみは首を振る。「そんなものを見かけたことは一度もない。街には、単角獣のほかにはたぶんどんな動物もいないと思う。犬も猫も家畜も（従ってそこにはバターも牛乳もチーズも畜肉もない。代用品は別にして）。もちろん鳥は別よ。鳥はどれほど高い壁も自由に越えて行き来するから」

「単角獣は影を持っているの？」

「ええ、獣たちは影を持っている。ほかのどんなものにも影はある。影を持たないのは人間だけ」

「そしてきみじゃないきみは――ほんもののきみは――今もその壁の中の街で暮らしているんだね」

「ええ、ほんもののわたしはそこで暮らしている。前にも言ったように、そこの図書館に職を得ている」

ぼくはきみの語る街のあり方や仕組みや、そこにある様々な光景を、専用のノートにひとつひとつ書き留めていく。ぼくはそのようにして、壁に囲まれた街について数多くの知識を得て、街の存在をより確かなものとして受け入れるようになる。

「そんなに多くのことを書き留めて、どうするの？」ときみは不思議そうに尋ねる。きみにとっては、それはいちいち記録したりする必要のないものごとなのだ。

「忘れないようにするためだよ。すべてを文章にして正確に記録しておくんだ。間違いがないように。だってこの街は、ぼくときみが二人だけで共有しているものだからね」

その街に行けば、ぼくは本物のきみを手に入れることができるだろう。そこできみはたぶんすべてをぼくに与えてくれるだろう。ぼくはその街できみを手に入れ、それ以上は何も求めないだろう。そこではきみの心ときみの身体はひとつになり、なたね油のランプの仄かな明かりの下で、ぼくはそんなきみをしっかり抱きしめることだろう。それがぼくの求めていることだった。


秋になってきみからの手紙が途絶える。新しい学期が始まり、九月の半ばにきみの最後の手紙が届いて、そのあとはもう一通の手紙も送られてこない。ぼくはいつもどおりきみに宛ててほぼ定期的に長い手紙を書くが、返答はない。どうしてだろう？　きみの言うところの「心がこわばる」時期が長く続いて、手紙を書くどころではないのだろうか？

「あなたのものになりたい」ときみは公園のベンチで言った。「何もかもぜんぶ、あなたのものになりたいと思う」

その言葉はそれ以来、ぼくの頭の中に鳴り響いている。それが嘘や誇張やいっときの気まぐれではないことがぼくにはわかる。きみが何かを口にしたなら、それはきみが心からそう思っているということだ。特別なインクを使って特別な紙に書かれた間違いのない約束なのだ。

だからぼくはそれほど心配はしない。待つことが大事なのだ。ぼくはきみからの手紙を待ちわびながら、きみ宛ての手紙を普段のペースで書き続ける。日常生活の中でぼくの身に起こったことや、頭にふと浮かんだことを文章にして書き送る。壁に囲まれた街についての新しい疑問も付け加える。いつもの便箋に、いつもの万年筆といつものインクで。でもきみからの便りが一ヶ月を超えて途絶えたとき、思い切ってきみの家に電話をかけてみることにする。それまできみに電話をかけたことはない。家に電話をかけてもらいたくない、という意味のことを言われていたからだ。遠回しに、しかしぼくがちゃんと呑み込めるように。何らかの事情があり（どんな事情かは知らないが）、ぼくがきみの家に電話をかけるのは好ましいことではないらしい。でもこれ以上、きみの手紙を黙って待ち続けることはできない。

六度電話をかけてみたが、誰も出なかった。ぼくの心臓の鼓動に合わせて、呼び出し音が空しく鳴り続けるだけだ。家には誰もいないのかもしれない。七度目に電話したとき（それは夜の九時半過ぎだった）、男が電話に出て、不機嫌そうな低い声で「もしもし」と言った。中年の男の声だ。ぼくが自分の名前を告げ、夜分申し訳ないがきみと話がしたいのだと言うと、相手は何も言わずに電話を切った。鼻先でドアをばたんと閉めるみたいに。

そのようにして十月が過ぎ去り、ぼくは十八歳になり、十一月がやってくる。秋が深まり、高校生活は終わりに近づいている。ぼくはますます不安になる。きみの身辺に何かが持ち上がったのだろうか？　そしてきみは煙のように宙に消え失せてしまったのだろうか？　それともひょっとして、ぼくのことなんてすっかり忘れてしまったのだろうか？

いや、きみがぼくを簡単に忘れたりするはずはない。ぼくがきみを忘れたりすることがないのと同じように――自分に何度もそう言い聞かせる。自分を納得させようとする。でも女性というものについて、その心理や生理について、ぼくがどれほどの知識を持っているというのか？　いや、そんな一般論じゃなくて、きみについていったい何をぼくが知っているというのか？

考えてみれば、ぼくはきみについて何ひとつ知らないも同然なのだ。きみについて「これは間違いない」と断言できる客観的な事実、具体的な情報、そういうものをほとんど手にしていない。ぼくが手にしているのは、きみ自身の口から聞かされたいくつかのきみに関する情報だけだ。でもそれだって、きみが事実であるとして語っているだけで、本当の事実なのかどうか、確認しようもない。すべて架空の作りごとだったということになるかもしれない。可能性としては――あくまで可能性としてはだが――あり得ないことではない。

きみに関して間違いなく確かなもの、触知可能なものといえば、きみが一夏かけて語ってくれた「壁に囲まれた街」くらいだ。ぼくはその街についての情報を一冊のノートに詳細に記録した。それはぼくら二人だけが存在を知る秘密の街だ。そこに行けば、ぼくはきみに出会うことができる――本物のきみに。きみからの手紙を待ち焦がれている日々、つらい気持ちになると、ぼくはよく目を閉じて川の中州の光景を想像し、そこに繁る川柳を思ったものだ。その豊かな緑の枝は、風を受けて優しく揺れていた。そして単角の獣たちが熱心に食べている金雀児《えにしだ》の葉の匂いを嗅ぐことができた。壁を構成している煉瓦の、硬く冷ややかな表面を指先に感じることもできた。

秋は過ぎ去り、季節は冬へと移っていった。カレンダーが最後のページとなり、人々はコートを身に纏《まと》い、街にはいつもどおりクリスマス・ソングが流れていた。同級生たちはみんな大学受験のことで頭がいっぱいになっている。でもそんなことどうだっていい。家にいても学校の教室にいても、電車に乗っていても道を歩いていても、ぼくはきみのことだけを考えている。そしてきみと二人で作り上げた、その名前を持たない街のあらゆる細部に思いを馳せる。それをぼくなりに更に細かく補強し、色づけしていく。

「わたしは、いろんなことにたくさん時間がかかるの」ときみは言った。ぼくはその言葉を、まじないの文句のように頭の中で何度も反復する。そして時間が通り過ぎていく様子を、辛抱強く見守っていた。しょっちゅう腕時計を眺め、一日に何度も壁のカレンダーに目をやり、ときには歴史年表まで開いてみた。時間はひどくのろのろと、それでも決して後戻りすることなくぼくの中を通過していった。一分間にちょうど一分ずつ、一時間にちょうど一時間ずつ。時間はゆっくりとしか進まないが、後戻りはしない。それがその時期にぼくが身をもって学んだことだった。当たり前のことだが、ときには当たり前のことが何より重要な意味を持つ。

そしてある日、とうとうきみからの手紙が届く。分厚い封筒、長文の手紙だ。

16

尾根から下ってきた水の流れは、今では堅く塗り込められた東門のわきから壁の下をくぐり抜け、その姿を我々の前に現し、街の中央を横切って流れる。人間の脳が左右に分割されているのと同じように、街はその川によっておおよそ南北半分ずつに分割されている。

川は西橋を過ぎたあたりで向きを左に変え、緩やかな弧を描きながら、小高い丘の間を抜けて南の壁に達する。そして壁の手前で流れを止め、深い「溜まり」を形成し、その底にある石灰岩の洞窟に呑み込まれていく。南の壁の外には、ごつごつとした石灰岩地の荒原が見渡す限り続いているということだ。それはずいぶん荒ぶれた、奇怪きわまりない風景であるらしい。そしてその荒原の地下には、無数の水路が血管のように張り巡らされているという。暗黒の迷宮だ。

ときおりそのような暗黒の川筋から迷い出てきたらしい不気味な姿の魚が、川岸に打ち上げられた。そんな魚たちの多くは目を持たなかった（あるいは小さな退化した目しか持たなかった）。そして太陽の下で不快きわまりない異臭を放った。とはいえ、実際に私がそのような魚を目撃したわけではない。ただそういう話を聞いただけだ。

そのような不穏な情報を別にすれば、川の流れはどこまでも優美で清々しいものだった。それは辺《ほと》りに様々な季節の花を咲かせ、通りに心地よい水音を響かせ、獣たちに新鮮な飲み水を提供した。川は名前を持たない。ただの「川」でしかない。街が名前を持たないのと同じように。

南の壁のすぐそばにあるその「溜まり」について様々な興味深い話を聞いているうちに、私はどうしても自分の目でそれを見てみたくなった。でも一人でそこまで歩いて行けるほど、私は街の地理に詳しくはない。溜まりに行くには険しい丘を越えなくてはならず、その道筋はかなり荒廃しているという話だ。だから私は君に案内を頼むことにする。いつか曇った午後、一緒に南の溜まりを見に行くことはできないだろうかと、私は尋ねる。

君は私の申し出についてしばらく考え込んでいる。薄い唇がまっすぐ堅く結ばれている。
「溜まりにはできるだけ近づかない方がいいのよ」と君は言う（君は今では私に慣れ、比較的親しい口調で話をするようになっている）。「ずいぶん危険な場所なの。何人もの人がそこに落ちて穴に吸い込まれ、そのまま行方知れずになった。そのほかいろんな怖い話がつたわっている。だから街の人たちはあのあたりには近寄らないようにしている」
「離れたところから眺めるだけだよ」と私は君を説得する。「どんなものか見てみたいんだ。水辺に近寄らないようにすればいいんだろう」

君は小さく首を振る。「いいえ、どれだけ注意しても、あそこの水は人を呼び寄せるの。溜まりにはそういう力がある」

それは人々をそこに近づけないようにするため、意図的に流布された作り話ではなかろうかと私は疑う。壁の外の世界については、いろんな恐ろしい噂が人々の間で囁《ささや》かれていたが、そのおおかたは根も葉もないものだった。溜まりについての話（不吉な伝承）もそんな類いの脅しではあるまいか。その溜まりは何はともあれ壁の外の世界に通じているわけだし、もし街が住人を壁の外に出したくないと思えば、そこに人を近づかせないための心理的な仕掛けを施すのもあり得ることだ。そのようなおどろおどろしい話を聞けば聞くほど、私は溜まりに対してますます興味を抱くようになった。最後には君も根負けし、私と溜まりまで短い徒歩旅行（あるいは長い散歩）をすることに同意する。

「ぜったい水辺に近づかないと約束してくれる？」

「近づかないよ。遠くから見るだけだ。約束する」

「道は相当荒れていると思うわ。崩れたりしているかもしれない。行き来する人はほとんどいないし、私が最後に通ったのもずいぶん以前のことだし」

「君が行きたくないのなら、かまわない。一人で行くから」

君はしっかり首を振る。「いいえ、あなたが行くのなら、私も行く」

どんよりと曇った午後、私と君は旧橋のたもとで待ち合わせ、南の溜まりに向かう。君は手袋をはめ、粗末な布で作った袋を肩に掛けている。袋の中には水筒とパンと小さな毛布が入っている。これから休日のピクニックに出かけるみたいだ。かつて壁の外の世界で君と——あるいは瓜二つの君の「分身」と——デートしたときのことを思い出さないわけにはいかない。そこでは私は十七歳で、きみは十六歳だった。きみはノースリーブの緑色のワンピースを着ていた。夏によく似合う淡い緑色——まるで涼しい木陰のような。でもそれは別の世界、別の時間での出来事だ。

季節も違っている。

道は次第に登りになり、岩場が険しくなり、蛇行する川を眼下に見るようになる。密に繁った樹木で視界が遮られ、川の流れが見えなくなることが多くなる。空には鉛色の雲が低く垂れ込め、今にも雨か雪が降り出しそうだったが、その心配はないと君は前もって断言していた。だから傘も雨具も用意してこなかった。この街の人々はなぜか、天候の予測に関しては誰もがそれぞれに強い確信を持っている。そして私の知る限り、彼らの予測が外れたことはない。

凍りついた三日前の雪が、靴底に踏まれてぱりぱりと音を立てる。途中で何頭かの獣たちとすれ違う。彼らは痩せた首を力なく左右に振り、半ば開けた口から白い息を吐きながら、足取りも重く小径を歩いている。そして夢見るような虚ろな目で、今は乏しくなった木の葉を探し求めている。彼らの黄金色の毛は冬が深まるにつれて、雪に同化するかのように、脱色された白へと変化していった。

急な坂道を登り切って南の丘を越えると、獣たちの姿はもう見えなくなる。獣たちはその先の領域には足を踏み入れないことになっている――君がそう教えてくれる。壁の中の獣たちは、いくつもの細かいルールに沿って行動していた。彼らのルールだ。いつどのようにそんなルールが確立されたのか、誰にもわからない。またルールの多くは存在理由や意味を解しかねるものだった。

しばらく坂道を下ったところで、それとわかる小径は終わり、その先は草の茂った曖昧な踏み分け道になる。川はもう視界から姿を消して、水音も聞こえない。我々は足元に気をつけながら、人気《ひとけ》のない枯れた野原を越え、何軒かの廃屋の前を通り過ぎる。そこにはかつては小さな集落が存在したようだが、今では痕跡が辛《かろ》うじて認められるだけだ。君が先に立って歩き、私はあとに従う。私が息を切らすような上り坂でも、君はこともなげに確かな足取りで歩いて行く。君は健康な二本の脚と、ひとつの若い心臓を持っている。遅れないようにあとをついていくのがやっとだ。そうするうちにやがて、耳慣れない奇妙な音が耳に届くようになる。その音は時に低く太くなり、時に急速に高まり、そしてはっと急に止む。

「何の音だろう？」

「溜まりの水音よ」と君は振り向きもせずに答える。

でも水音には聞こえない。私の耳には、何らかの疾患を抱えた巨大な呼吸器の喘《あえ》ぎのようにしか聞こえない。

「まるで何か話しかけているみたいだ」

「私たちに向かって呼びかけているのよ」と君は言う。

「溜まりは意思を持っているということ？」

「昔の人たちは、溜まりの底には巨大な竜が住んでいると信じていた」

君は分厚い手袋をはめた手で草を分けながら、黙々と道を進んでいく。草はますます丈が高くなり、道と道でないところとを見分けるのが更に困難になる。

「昔来たときより、ずっと道の具合が悪くなっているわ」と君は言う。

その不思議な水音の聞こえる方向を目指して、十分ばかり踏み分け道を進み藪を越えたところで、急に視界が開ける。眼前には、穏やかな美しい草原が広がっている。でもその先に見える川は、私がいつも街中で目にしているのと同じ川ではない。心地よい水音を立てていたあの優美な流れはもうそこにはない。最後のカーブを折れたところで川は前に進むことを諦め、色を深い青へと急速に変えながら、まるで獲物を呑み込んだ蛇のように大きく膨らみ、巨大な溜まりをつくり出していた。

「近寄らないでね」、君は私の腕を強く摑む。「表面にはさざ波ひとつなくて、穏やかそうに見えるけれど、一度引きずり込まれたら二度と浮かび上がってこられないのだから」

「どれくらい深いんだろう?」

「誰にもわからない。底まで潜って戻ってきた人はいないから。話によればその昔、ここに異教徒やら戦争の捕虜やらが投げ込まれたらしい。壁ができる前の時代のことだけど」

「放り込まれると、二度と浮いてこない?」

「溜まりの底には洞窟が口を開けていて、水に落ちた人はそこに吸い込まれる。そして地底の闇の中で溺れ死ぬことになる」、君は寒気を感じたように肩をすくめる。

溜まりの発する巨大な息遣いが、あたりを重く支配していた。その息遣いは低くなり、それから急速に高まり、やがて咳き込むように乱れた。そしてあとに不気味な静寂が訪れる。その繰り返しだ。空洞が大量の水を吸い込んでいく音なのだろう。君は羊の脚の骨ほどの大きさの木ぎれを草の間に見つけ、溜まりの中に投げ込む。木ぎれは五秒ばかり水面に静かに浮かんでいたが、突然何度か小さくぶるぶると身震いし、指を一本立てるように水面に直立し、それからまるで何かに引っ張られるようにすっと水中に姿を消す。そしてもう二度と浮かび上がってこない。あとには溜まりの深い息遣いだけが残った。

「見たでしょう? 底には強い渦が巻いていて、すべてを暗黒の中に引きずり込んでいく」

我々は溜まりから十分距離を取って、草地の上に持参した毛布を敷き、そこに腰を下ろす。水筒の水を飲み、君が袋に入れて持ってきたパンを無言のうちにかじる。距離を置いたところから見る限り、あたりの風景は平和そのものだ。白い雪の塊《かたまり》を斑《まだら》に残した草原が広がり、それに囲まれるように、波紋ひとつない鏡のような溜まりの水面がある。その向こうに無骨な石灰岩の岩山があり、岩山の上に南の壁がそびえている。溜まりが断続的に発する不揃いな息遣いを別にすれば、あたりは物音ひとつしない。鳥たちの姿も見かけなかった。壁を越えて自由に行き来する鳥たちさえ、この溜まりの上空を横切ることを避けるのかもしれない。

この溜まりの先には外の世界がある、と私は思う。自分がそこに飛び込むところを想像する。そうすれば私は流れに吸い込まれて壁の下をくぐり、外の世界に出ることができる。しかしその先にあるのは石灰岩の荒野の地底、暗黒の世界だ。生きて地上に出ることはかなわないだろう——街の人々が語る話をそのまま信じるなら。

「本当のことよ」と君は言う。私の心を読んだように。「光のない、恐ろしい地底の世界。そこに住んでいるのは目のない魚たちだけ」

高熱を出したときに看病をしてくれた脚の悪い老人——温泉の宿屋で美しい女性の幽霊を見た旧軍人——が立ち寄って、私の影に関する情報を教えてくれた。具合があまり良くないようだ、と彼は言った。

「用件があって門衛の小屋まで行ったんだが、あんたの影は食欲をすっかりなくして、口に入れたものもあらかた吐いてしまうということだ。この三日ほど、外に作業に出ることもできなくなった。あんたに会いたがっているらしい」

その日の午後、獣を焼く煙が立ち上るのを目にしてから、門衛小屋を訪れた。思ったとおり門衛は壁の外に出て不在だった。獣を焼くには時間がかかる。私は小屋の中に入り、奥の裏口から出て「影の囲い場」に入った。

私の影は自室のベッドに仰向けになって寝ていた。部屋には薪ストーブがあったが、火は入っていない。空気は冷え冷えとして、病人のいる部屋特有のむっとするにおいがこもっていた。壁の上方に明かり取りの窓がついており、それは広場に面していた。ランプも灯されていなかったから、部屋の中は薄暗かった。

私はベッドの脇に置かれた小さな椅子に腰掛けた。影は天井を見上げて、ゆっくり呼吸をしていた。たぶん熱のためだろう、唇は乾いて、ところどころかさぶたのようになっていた。呼吸をするたびに、喉の奥から小さなかすれた音が洩れた。私は彼に対して申し訳なく思った。それは少し前まで、まぎれもなく私自身の一部であったのだ。

「具合が悪いって聞いたよ」

「よくありませんね」と影は力のない声で言った。「そんなに長くは持ちこたえられないと思いますよ」

「どこの具合が悪いんだ？」

「どこが悪いっていうものじゃありません。寿命ってやつです。影単体では長くは生きられないって、この前に言いましたよね。本体から離された影なんて儚《はかな》いものなんです」

場にふさわしい言葉が私には見つけられなかった。

「おれはここでこのまま死んでいくでしょう。そして獣たちと一緒に穴の中で焼かれるんです。なたね油をかけられてね。しかし獣と違い、おれの身体からは煙さえ出ないでしょう」

「ストーブをつけてほしい？」と私は尋ねた。

私の影は小さく首を振った。「いいえ、寒くはありません。いろんな感覚がだんだん消えていくみたいだ。食べ物にももう味がしないし」

「私にできることは何かあるかな？」

「耳を貸して下さい」

私は身を屈め、影の口元に耳を寄せた。影は小さなかすれた声で囁くように言った。「あそこの壁に節目がいくつかありますね」

ベッドの向かい側の壁に目をやると、たしかにそこには黒い節目が三つか四つあった。いかにも安普請の板壁だ。

「あれがずっとおれの様子を見張っています」

私はしばらくその節目を見ていた。しかしどう見ても、それはただの古い節目でしかなかった。

「見張るって？」

「そいつらは夜のあいだに位置を変えるんです」と影は言った。「朝になると、場所が変わっています。ほんとうです」

私は壁の前に行き、節目をひとつひとつ間近に観察してみた。でも変わったところは見当たらなかった。荒削りの木材についたひからびた節目だ。

「昼の間はおとなしくしています。でも夜になると活動を始め、動き回ります。そしてときたま瞬きをするんです。人の目みたいにぱちりと」

　私は節目のひとつを指先でなぞってみた。そこには材木の粗い手触りがあるだけだった。瞬き？

「おれが見ていないところで素速く瞬きをします。でもおれにはちゃんとわかるんです。そいつらがこっそり瞬きをしていることが」

「そして君の様子をうかがっている」

「ええ。おれが息をひきとるのを待っているんです」

　私は元の位置に戻って、椅子に腰を下ろした。

「一週間のうちに心を決めて下さいな」と影は言った。「一週間のうちなら、おれとあんたはもう一度一緒になって、この街を出て行くことができる。一緒になれば、おれも元気が取り戻せるでしょう。今のうちならまだね」

「でもここを出て行くことは許されないだろう。この街に入るときに契約を結んだから」

「知ってますよ。契約によれば、この門から出て行くことはできない。となるとあとは、南の溜まりから抜け出すしかありません。川の東の入り口は鉄格子で塞がれていて、出て行くのは不可能だ。残された可能性は溜まりだけです」

「南の溜まりの底には強い渦が巻いていて、そのまま地底の水路に巻き込まれる。このあいだ実際にそれを見てきた。あそこから生きて外に出ることは不可能だよ」

「それは嘘っぱちだと思います。やつらはみんなを脅すために、そういうおっかない話をこしらえているだけだ。あの溜まりから壁の下をくぐれば、すぐに外の空気が吸えるはずだとおれは踏んでいます。ここにいる間おれなりに、街の事情を少しずつ調査したんです。この小屋には人がちょくちょく立ち寄るし、門衛も意外におしゃべりですから、いろんな話が耳に入ります。地底の暗黒の水路なんて、きっと都合の良い作り話だ。ここには様々な作り話が満ちています。この街ときたら、成り立ちからして矛盾だらけですしね」

私は肯く。そうかもしれない。影の言うとおり、この街には作り話が満ちているかもしれないし、成り立ちは矛盾だらけかもしれない。それは結局のところ、私ときみとが二人で一夏かけてこしらえた想像上の、架空の街に過ぎないのだから。しかしそれでもなお、街は現実に人の命を奪うことができるかもしれない。なぜならその街は既に我々の手を離れ、独自の成長を遂げてしまったからだ。いったん動き出したその力を制御したり変更したりすることは、もう私にはできない。誰にもできない。

「でももし彼らの言っていることが真実だとしたら？」

「そうしたら、おれたちは共に溺れ死ぬしかありませんね」

私は沈黙する。

「でもおれには確信があります」と私の影は言った。「その話は出鱈目だという確信が。でも証明することはできません。おれの直感を信じてもらうしかない。口はばったいようですが、影にはそういう能力がある程度そなわっています」

「でも証明はできない」

「ええ、残念ながら具体的な根拠を示すことはできません」

「できれば、真っ暗闇の中で溺れ死にたくはない」

「もちろんおれだってそうです。でもひとつ言わせてください。あんたは外の世界にいたのが彼女の影で、この街にいるのが本体だと考えている。でもどうでしょう。実は逆なのかもしれませんよ。ひょっとしたら外の世界にいたのが本物の彼女で、ここにいるのはその影かもしれない。もしそうだとしたら、この矛盾と作り話に満ちた世界に留まっていることに、どれほどの意味があるでしょう？　あんたには確信があるんですか、この街にいる彼女が本物だという確信が」

　影の言ったことについて私は考えてみた。でも考えれば考えるほど頭は混乱していった。

「でも、そんなことがあるだろうか？　本体と影がそっくり入れ替わるなんてことが。どちらが本物でどちらが影か、思い違いをするなんてことが」

「あんたはしない。おれだってしません。あくまで本体は本体、影は影です。でも何かの加減でものごとが逆転しちまう場合もあるかもしれない。作為的に入れ替えがなされる場合だってあるかもしれない」

　私は黙っていた。

「あんたはおれともう一度一緒になって、壁の外の世界に戻るべきだと思います。それは、おれがここで死にたくないってだけのことじゃありません。あんたのためをも思って言っているんです。いや、嘘じゃありませんよ。いいですか、おれの目からすれば、あっちこそが本当の世界なんです。そこでは人々はそれぞれ苦しんで歳を取り、弱って衰えて死んでいきます。そりゃ、あまり面白いことじゃないでしょう。でも、世界ってもともとそういうものじゃないですか。そういうのを引き受けていくのが本来の姿です。そしておれも及ばずながらそれにおつきあいしています。時間を止めることはできないし、死んだものは永遠に死んだままです。消えちまったものは、永遠に消えたままです。そういうありようを受け入れていくしかありません」

部屋は次第に暗さを増していった。そろそろ門衛が戻ってくるかもしれない。

「ここはなんだかテーマパークに似ていると思いませんか」と影は言って、力なく笑った。「朝に門が開いて、日が暮れれば門が閉まる。書き割りみたいな光景が至るところに広がっている。単角獣までうろうろしている」

「少し考えさせてくれないか」と私は言った。「考える時間が必要なんだ」

「あんたはどうして獣たちが、こんなに簡単にばたばた死んでいくと思いますか？」

わからない、と私は言った。

「彼らはいろんなものを引き受けて、何も言わずに死んでいくんです。おそらくはここの住人たちの身代わりとしてね。街を成り立たせ、このシステムを維持するためには、誰かがその役目を引き受けなくちゃならない。そして気の毒な獣たちがそいつを引き受けているわけです」

部屋の中はさっきよりも一段と冷え込んでいた。私は身震いをし、コートの襟を合わせた。

「もちろん」と影は言った。「考える時間は必要でしょう。いいですよ。時間ならこの街にはいくらでもあります。しかし残念ながら、おれにはそれほどの余裕はありません。一週間のうちにどちらか決めて下さい」

私は肯いた。そして影をあとに残し、門衛小屋を出て図書館に向かった。途中で四頭ばかりの獣の群れとすれ違った。彼らが背後に姿を消したあとでも、蹄がかたかたと敷石を打つ乾いた音が耳に届いた。

17

きみから届いた手紙を、封を切ることなく机の抽斗《ひきだし》に入れ、半日そのままにしておく。一刻も早くそれを読みたい、言うまでもなく。しかしその手紙はすぐには読まない方がいい——そういう予感（あるいは危惧）のようなものがある。だから手紙を開封するまでにしばしの時間を置く。心を震わせながら。

手紙を机の抽斗から取り出し、鋏《はさみ》を使って注意深く開封したのは、夜の十時を過ぎてからだ。封筒の中には薄手の便箋六枚分の手紙が入っている。万年筆で書かれた細かい字、インクはいつもと同じターコイズ・ブルー。ぼくは机の前でしばらく目を閉じ、呼吸をなんとか落ち着かせてから、便箋を広げて読み始める。

こんにちは。お元気ですか？　季節が移っていきます。まわりの風景が前とは違って見えるようになり、空気の肌触りが変わっていきます。たぶんわたしも少しは変わっているのでしょうね。でもどこが変わっているのか、それは自分ではわかりません。自分では自分の姿が見えません。心をうまく鏡に映せるといいんだけど。

長いあいだ手紙が書けませんでした。何度も書きかけたんだけど、そのたびにザセツしました。文章を数行書くと、そこで壁にどすんとぶつかってしまいます。ひとつの文章が次の文章にどうしてもつながらないのです。どの言葉もみんな、結びつきをきらってべつべつの方向に散っていってしまいます。そしてもう二度と戻ってはこない。

それはわたしにとってほとんど初めての経験でした。というのはこれまで、ほかのいろんなことが全然うまくいかないときでも、文章だけはわたしをうまく助けてくれたからです。ひとつの文章が次の文章へとつながっていって、心の内側にあるものをそこで表現することができました（もちろんもちろん、ある程度まではということですが）。でもそれももうできないのだと思うと、ほんとうにがっかりしてしまいました。いいえ、がっかりしたなんてものじゃない。部屋のすべてのドアがぴたりと閉ざされて、外から頑丈な鍵をかけられてしまったみたいな絶望的な気持ちでした。深い無力感……海の底に沈められた重いナマリの箱。もう誰にもそれを開けることはできない。だってもし手紙が書けなくなったら、もうあなたにわたしの気持ちを伝えることもできなくなってしまいます。そんなの、呼吸ができないのと同じことです。

もう一週間以上、誰ともひとことも口をきいていません。わたしが口にする（あるいはこれから口にしようとする）言葉はどれもわたしの意図とは異なったもので、何ひとつ意味をなさないように思えるからです。だからずっと沈黙を守っています。それは決して沈黙を目的とした沈黙ではありません。でもそんな本当ではない「そこに鉛筆で濃い下線がぐいと引かれていた」言葉を口にしたら、自分が粉々に砕けて、塵《ちり》あくたのかたまりになってしまいそうに思えるのです。

今日はこうしてなんとか、万年筆を手に持って文章を書くことができます。なぜかはわからないけれど、まるで割れた厚い雲のすきまから、太陽の明るい光線がさっと差したみたいに、文章が書けちゃうのです。この今、とてもとても久しぶりに……。不思議ですね。これって奇跡の切れ端みたいなものかもしれない。だからその切れ端が捕まえられるあいだに、とにかく急いでこの手紙を書いてしまいますね。そう、時間との競争みたいなものです（沈没しかけた船の通信室から必死に最後の通信文を送っている、せっぱ詰まった電信技師の姿を思い描いてください）。

そんなわけで文章はけっこうあらっぽくなるかもしれません。うまく意味が通じないところもあるかもしれない。でもとにかくいっきかせいに（漢字がわからない）頭にあることを書いてしまいます。この次にいつ手紙が書けるか、見当がつかないから。明日になれば（あるいはあと十分後には）またもや一行の文章も書けなくなっているかもしれない。すべての言葉がわたしの意図しているのとは違う方向に勝手にちらばっていってしまうかもしれない。角をひとつ曲がったら世界がもう消え失せているかもしれない。

さて、わたしとはなにか？

それがとても大きな問題になります。

これは前にも言ったと思うけど、ここにいるわたしは、本物のわたしの身代わりに過ぎません。本物のわたしの影のような存在に過ぎません——というか、実際に「影」なのです。そして本体から離された影は、それほど長く生きることはできません。わたしはここまで生きながらえてきましたが、それはずいぶん珍しいことなのです。フツウではないことです。わたしは三歳のときに本体から離され、壁の外に追いやられ、かりそめの両親のもとで育てられてきました。亡くなった母親と、現在も生きている父親は、わたしのことを本当の娘だと思っていますが（思っていましたが）、それはもちろんまちがった幻想です。わたしは遠くの街から風に吹き寄せられてきた、誰かのただの影に過ぎないのです。彼らはそのことを知りません（知りませんでした）。そしてわたしのことを本当の自分の子供だと信じていました。そのように誰かに信じ込まされていたのです。つまり、記憶をそっくり作りかえられていたのです。だからわたしがそのことで（自分が誰かのただの影に過ぎないことで）どれくらいつらい思いをしてきたか、彼らには想像もつかないのです。

　じつを言えばわたしは、あなたにこうして出会うまで、自分がただの影であることを誰かに打ち明けたことはありませんでした。そんなこと誰にも理解できないだろうと思ったから。頭がおかしいと思われるだけだろうから。だからこうしてあなたに会えたことは、わたしにとってほんとうにとんでもなく特別なできごとだったのです。そんな奇跡みたいなことがじっさいにわたしの身に起こるなんて、考えもしなかったし、正直言ってこの今でもまだよく信じられません。でもそれは起こったのです。風のない朝、晴れた空からなにかきれいなものがひらひらと舞い降りてくるみたいに。

　ずいぶん長く学校にも行っていません。外に出ることが苦しいのです。何度か行こうと試みましたが、外に出て角をふたつ曲がることもできませんでした。ひとつめの角を曲がるのがひどく苦しかったし、ふたつめの角はどうやっても曲がれなかった。そのさきになにがあるのかわからなくて、それがとても怖かったから。いや違う、そうじゃないな……本当のことを言えば、そのさきになにがあるかがわかっているから、その角を曲がることができなかったのです。

いずれにせよ、こんな状態ではとてもとてもあなたに会うことはできないし、こんな状態のわたしの姿をあなたに見せることもできません。わたしの生命力は（というか、生命力みたいなものは）しぼんだ風船の空気みたいにするすると外に抜け出ていきます。そして今のわたしにはその流出をくい止めることができません。わたしの手は二本しかないし、指は十本しかなくて、まったくの話、そんなものではとても間にあわないのです。こんなときどうすればいいのか、自分でもわかりません。さあ、どうすればいいのだろう？

でもどうか信じてください。わたしが前に公園のベンチであなたに言ったのはすべてほんとうのことです。

わたしはあなたのものです。もしあなたがそれを望むなら、わたしのすべてをあなたにあげたいと思う。そっくりそのまま。ただ今のところどうしてもそれができないだけです。わかってください。

わたしはいろんなことにたくさん時間がかかる、とわたしはそのときに言いました。細かい表現は忘れちゃったけど、そんな風に言ったと記憶しています。あなたは覚えていますか？でも、わたしにはもう時間はそれほど残されていないかもしれません。だからぱたぱたと必死の思いでキーを叩いています。ぱたぱたぱたぱた……。でも通信文は最後まで送り切れないかもしれない。海水が今にもドアを破ってどっと入り込んでくるかもしれない。冷たくて意地悪くて塩からくて、どこまでも致命的な海水が。

さよなら。

もう一度元気を取り戻し、日の光が雲間からまたさっと差し込んでくれて、いつもの万年筆といつものインクを使って、あなたにこうやって長い手紙が書けるといいのだけど（ほんとうにそう思っています。心から。深い深い心の底から）。

十二月＊＊日

＊＊＊＊＊〔きみの名前〕

しかしどうやら日の光は差し込んでくれなかったようだ。なぜなら、それがきみから届いた最後の手紙になってしまったから。

18

来る日も来る日も、図書館の奥で〈古い夢〉を読み続けた。高熱を出して寝込んだ一週間ほどを別にすれば、一日も作業を休まなかった。君もやはり休みなく図書館に出勤し（この街には曜日がなく、したがって週末みたいなものもない）、私の作業を手助けしてくれた。君は修繕の跡の見える、いくらか色褪せた、しかし清潔そうな衣服を身に着けていた。そのような質素な飾り気のない身なりは、どのような衣装にも増して君の美しさと若々しさを際立たせた。肌は艶やかで張りがあり、なたね油ランプの明かりを受けて瑞々しい輝きを放っていた。つい先ほどできあがったばかりのもののように。

ある夜、私は不思議な夢を見る。いや、それは夢ではなく、書庫で読んだ〈古い夢〉の中のひとつの光景だったかもしれない。あるいは私が病に倒れて、意識が朦朧としているときに、元軍人の老人が枕元で語ってくれた思い出話のひとつだったかもしれない。それが意識に強くこびりついていて、脳裏に再現されたのかもしれない。

その夢（のようなもの）の中で私は軍人だった。戦争の最中で、私は将校の軍服を着てパトロール隊を率いていた。部下は六人ほど、うちの一人は古参の下士官だった。私の隊は戦闘のおこなわれている山中で偵察活動に従事していた。季節はわからないが、とくに暑くも寒くもなかった。

朝の早い時刻、山頂近くで、白衣を纏《まと》った一群の人々が歩いて行く姿を見かけた。人数は三十名ほどだろう。隊は即座に戦闘の態勢をとったが、すぐにそんな必要のないことが判明した。人々は武装をしていなかったし、その中には老人や女性や子供たちも混じっていたからだ。彼らを止めて「おまえたちは何ものなのか、どこに何をしにいくのか?」と尋問してもよかったのだが、どうせ言葉は通じないだろうと思い、私はそれを諦めた(そう、私たちは遠く離れた異国で戦闘行為をおこなっていたのだ)。

男女とも同じ白い衣《ころも》を身に纏っていた。一枚の白いシーツを身体にぐるぐる回して紐で留めたような、粗末で単純な衣だ。誰も履き物は履いていない。宗教団体の信者たちのようにも見える。病院から逃れてきた人たちのようにも見える。誰かに害を与えそうにはとても見えなかったが、私たちは念のために彼らのあとについて様子を見届けることにした。

白衣の人々は急な坂を上っていった。誰ひとりとして口をきかなかった。先頭に立っているのは、痩せた長身の老人だった。長い白髪が肩にかかっている。みんなは彼のあとを黙々と歩いていた。やがて彼らは山頂に出た。その右手は切り立った崖になっており、人々はそちらに向かった。そしてまず白髪の老人が崖から身を投げた。何か言葉を発することもなく、迷いの色もなく、ごく当たり前のことをするみたいに、両手を軽く広げて空中に身を投げたのだ。そして他の人々も次々にそれにならった。まるで鳥が空中に飛び立つときのように、何の躊躇《ちゅうちょ》もなく白衣の袖を広げ、一人ひとりふわりと空中に身を投じていった。女たちも子供たちも一人残らず、表情を寸分も変えることなく。見ていて、この人たちは本当に空を飛べるのかもしれないと思ったほどだ。

しかしもちろん彼らには空なんて飛べなかった。私たちは走って崖っぷちまで行き、おそるおそる下をのぞき込んだ、谷底には死体が散乱していた。彼らの纏っていた白衣は旗のように広がり、飛び散った血や脳髄に染まっていた。谷底には岩場が鋭い牙を並べて待ち構えており、それらが人々の頭を粉々に砕いたのだ。それまで戦場で多くの悲惨な死体を目にしていたが、それでもその谷底に広がる血みどろの光景には、目を背けたくなるものがあった。そして私たちをなにより震撼させたのは、彼らの寡黙さと無表情さだった。どんな事情があるにせよ、自らの無残な死を目前にしてあれほどまで冷静で無感覚でいられるものだろうか？

「なぜだ」と私は隣にいた軍曹に尋ねた。「彼らはいったい何ものなんだ？　なぜこんなことをしなくてはならないんだ？」

軍曹は首を振った。「たぶん、意識を殺すためでしょう」と彼は乾いた声で言った。そして手の甲で口元を拭った。「時にはそれが、なにより楽なことに思えるのです」

「私の影が死にかけているみたいだ」、私はある夜、図書館で君にそう打ち明ける。

我々はストーブの前で、テーブルを挟んで向き合っていた。その夜、君は熱い薬草茶と一緒に、白いパウダーのかかった林檎菓子を出してくれた。林檎菓子はこの街では貴重な食べ物だ。きっと門衛から林檎をもらい、私のためにそれを作ってくれたのだろう。

「そう長くはもつまい」と私は言う。「ずいぶん弱っているようだから」

君はそれを耳にして、少しばかり顔を曇らせる。そして言う。「気の毒だとは思うけれど、仕方のないことね。暗い心は遅かれ早かれ死んで、滅びていくのよ。諦めなくては」

「君は自分の影のことを覚えている？」

君は細い指先でそっと自分の額をさする。まるで物語の筋を辿《たど》っているみたいに。

「前にも言ったように、まだ幼い頃に影を引き剝がされて、それ以来一度も会っていない。だから自分の影を持つというのがどういうことか、私にはわからないの。それは……なくしてしまうと不便なものなの？」

「よくわからないな。今のところ影と引き離されていても、格別困ったことがあるわけじゃない。でももし影が永遠に失われてしまったら、それと一緒に他の大事な何かも失われてしまうんじゃないか——そんな気がする」

君は私の目をのぞき込む。「他の大事な何かって、たとえばどんなもの？」

「うまく言えない。影を永遠に失うのが具体的にどういうことなのか、それがつかめないんだ」

君はストーブの扉を開け、薪を何本か足す。ひとしきりふいごを使って火を活性化させる。

「それで、あなたの影はあなたに何かを求めているの？」

「私ともう一度一緒になりたがっている。そうすれば影は元の生命力を取り戻すことができる」

「でももし影と再び一緒になったら、あなたはこの街に留まることはできない」

「そのとおりだ」

頭に皿を載せたまま空を見上げることはできない、と門衛は私に告げた。

「だとしたら、やはり影を諦めるしかないんじゃないかしら」と君は静かな声で言う。「影には気の毒だけれど、あなたはこの街での、影を持たない暮らしに慣れていく。しばらくすれば影のことは忘れてしまうでしょう。他のみんなと同じように」

私は林檎菓子を一切れ口に入れ、林檎の香りを味わう。口の中に甘酸っぱい新鮮な味わいが広がっていく。なんて美味い林檎だろうと私は感心する。考えてみればこの街にやって来てから、何かを食べて「美味い」という感覚を持ったのは初めてかもしれない。

君の瞳にストーブの光がきらりと反映する。いや、それは反映ではなく、君自身の中に内在している光だろうか。

「なにも心配することはないわ」と君は言う。「あなたはここに来てから、ずいぶん立派に仕事を果たしているもの。みんなが感心するくらい。これからもきっとうまくいくわ」

私は肯く。

いい、いい、いい、いい。

みんなが感心するくらい。

19

それが、きみから受け取った最後の手紙になった。

ぼくはもちろんその手紙を何度も繰り返し読み返す。隅々までそっくり暗記してしまうくらい何度も。そして今まさに沈没しかけている船の――ぼくはいつもタイタニック号みたいな巨大な客船を思い浮かべたのだが――通信室で、電信装置のキーをぱたぱたと必死で叩いているきみの姿を想像する。きみはそこから最後の通信文をぼくに送っているのだ。いつなんどき冷たい海水がドアを押し破って、どっと流れ込んでくるかわからないそのときに。

何らかの奇跡が起こって、海水が流れ込んでこなかったことをぼくは祈る。船体がうまく復原力を取り戻し、ぎりぎりのところで最悪の事態を免れたことを。間一髪危機を脱した船員たちや乗客たちが、デッキの上でみんなで抱き合い、感涙し、自分たちの幸運を神様だかなんだかに感謝している温かい光景をぼくは想像する。

でもたぶんそううまくはいかなかったのだろう。奇跡も起こらず、幸運も訪れず、歓喜の抱擁もなかったのだろう。きみからの連絡はそれを最後に途絶えてしまったから。

ぼくは何通も手紙を書いてきみのもとに送り続けるが、返事はない。宛先不明で手紙が戻ってくることもない。電話もかかってこない。ぼくは思い切ってきみの家に電話をかけてみる。しかし何度ダイヤルを回しても今では、「この番号は現在使われておりません」というテープのアナウンスが聞こえるだけだ。いずれにせよ、電話はぼくの役には立たない。もしきみがぼくと何かを話したければ、きみがぼくのところに電話をかけてくるはずだから。

そのようにして音信がすっかり途絶え、きみと会うことも話すこともかなわなくなってしまう。年が変わり、二月に大学の受験があって、ぼくは東京の私立大学に進学することになる。地元の大学に進む可能性ももちろんあったし、最初はそのつもりでいたのだが（そうすれば少しでもきみの近くにいられる）、ずいぶん思案した末に、あえて東京に出て行くことを——つまりきみから物理的な距離を置くことを——選んだ。ひとつにはこのまま家にいれば、きみからの連絡をじっと待ち受ける生活を、際限なく続けることになるだろうと思ったからだ。そしてそんな「待ち受け生活」の中でぼくはおそらく、きみのこと以外何ひとつ考えられなくなってしまうだろう。もちろんそれでもかまわない。だってぼくはこの世界にある何よりきみを求めているのだから。

しかし同時に、ぼくには確かな予感のようなものがあった。そんな生活をいつまでも続けていたら、きっと自分を正しく維持することができなくなり、その結果ぼくの中にある大事な何かが損なわれてしまうだろう——そういう予感が。どこかで区切りをつけなくてはならない。またおおまかにではあるが、ぼくにはわかっていた。ぼくときみとの関係にとって物理的な距離は、精神的な距離に比べればさして重要な意味を持たないということが。もしきみがぼくを本当に求めるなら、ぼくを本当に必要とするなら、それくらいの距離など何の障害にもならないはずだ。だからぼくは思い切って生まれ育った街を離れ、東京に出て行くことを選択する。

ぼくはもちろん東京からもきみに手紙を書き続ける。しかし返事はない。その時期にきみ宛てに書き送った大量の手紙はどのような運命を辿ったのだろう？　それらの手紙は果たしてきみに読まれたのだろうか？　それとも封を切られることもなく、誰かの手でごみ箱に捨てられたのだろうか？　永遠の謎だ。しかしぼくはそれでもなおきみに手紙を書き続ける。いつもの万年筆と、いつもの便箋と、いつもの黒いインクで。手紙を書く以外に当時のぼくにできることは何もなかったから。

それらの手紙の中で、ぼくは東京での日々の生活について書き記す。大学の様子について書く。大半の授業が想像を超えて退屈で、まわりの人々にろくに関心を抱けないことについて。夜にアルバイトをしている新宿の小さなレコード店について。その活気に満ちた騒々しい街について。そしてきみのいないぼくの生活がどれくらい味気ないものであるかについて。もしこの今きみがそばにいてくれたら、ここで二人で一緒にどんなことができるか、そういう様々な心躍る計画について。しかし返事はない。深い穴の縁に立って、真っ暗な底に向かって語りかけているような気分だ。でもそこにきみがいることはわかっている。姿は見えない。声も聞こえない。でもきみはそこにいる。ぼくにはそれがわかる。

ぼくに残されているのは、きみが過去にターコイズ・ブルーのインクで書いて、ぼくに送ってくれた分厚い手紙の束と、借りたまま返さなかった一枚のガーゼの白いハンカチーフだけだ。ぼくはそれらの手紙を何度も何度も大事に読み返す。そしてハンカチーフを手の中にじっと握りしめる。

東京にいるぼくはひどく孤独な生活を送っている。きみとの接触を失ってしまったことで（その喪失が一時的なものなのか、永続的なものなのか判断のつかないまま)、うまく他人と関わりを持つことができなくなってしまったようだ。以前からぼくの中にそのような傾向があったのは確かだが、それはいっそう強いものになる。きみ以外の誰かとの交流にほとんど意味を見いだすことができない。大学ではどこかのクラブや同好会に属することもなかったし、友だちと呼べる相手も見つけられなかった。ぼくの意識はきみ一人に集中していた。いや、きみがぼくの中に残していった記憶に集中していた、というべきなのだろう。

アパートの部屋にこもって多くの本を読み、名画座に通って二本立ての映画を観て時間を潰し、ときどき都営プールで長距離を泳いだ。歩き疲れるまであてもなく長い散歩をした。東京は広い街で、どれだけ歩いても通りが尽きることはない。それ以外に何かしただろうか? したかもしれない。でも何をしたのか思い出せない。

夏休みがやってきて待ちかねたように帰郷したが、事態は更にひどくなるばかりだ。ぼくはほとんど一日おきにきみの住んでいる街に出かけ、よく待ち合わせた公園のベンチに座り、その藤棚の下できりなくきみのことを考える。二人で過ごした時間の記憶を辿る。きみがふらりとそこに姿を見せないかと、一縷《いちる》の望みを抱きながら。しかしもちろんそんなことは起こらない。

住所と地図を頼りに、きみの家を訪れてみる。その住所には小さな二階建ての家が建っている。庭もガレージも何もない、間口の狭い古びた一軒家だ。しかし玄関にかけられた表札には違った姓が記されている。きみの一家はもうよそに越してしまったのだろうか。だとしたら、ぼくの出した手紙は新しい住所に回送されたのだろうか? 管轄の郵便局に行けば、きみの一家の新住所を教えてもらえるだろうか? いや、それは無理だろう。そしてそんなことをしても何の役にも立たないだろうことが、ぼくにはわかっていた。繰り返すようだが、もしぼくに何か話すべきことがあれば、きみはなんとしてでもぼくに連絡してくるはずなのだ。

そのようにして、ぼくはきみに関する一切の手がかりを失ってしまう。どうやらきみはぼくの世界からこっそり退出していったようだ。足跡ひとつ残さず、説明らしい説明もなく。その退出が意図してのものなのか、あるいは何らかの不可抗力が働いた結果だったのか（たとえばドアを押し破って冷たい海水がなだれ込んでくるといったような）、それはわからない。残されたのは深い沈黙と、鮮やかな記憶と、かなえられない約束だけだ。

淋しいひとりぼっちの夏だった。ぼくは暗い階段を降り続ける。階段は限りなく続いている。そろそろ地球の中心まで達したんじゃないか、という気がするくらい。でもぼくはかまわずどんどん下降していく。まわりで空気の密度や重力が徐々に変化していくのがわかる。しかしそれがどうしたというのだ？　たかが空気じゃないか。たかが重力じゃないか。

そのようにして、ぼくは更に孤独になる。

20

その午後、獣を焼く灰色の煙が壁の外に立ち上るのを見届けてから、急ぎ足で門衛小屋に向かった。風はなく、煙は一本の線となって立ち上り、分厚い雲の中に吸い込まれていった。門衛は予想したとおり今回も不在だった。門の外に出て獣の死体を焼いているのだ。私は前と同じように、無人の門衛小屋の裏口を抜けて「影の囲い場」を横切り、寝床に横になっている自分の影と再会した。影は相変わらず痩せこけて顔色が悪く、ときおりつらそうに空咳をした。

「どうです、心は決まりましたか?」、影はしゃがれた声で、待ちかねていたように尋ねた。

「悪いけれど、簡単には決心がつかない」

「何かが心にひっかかっているんですか?」

私は答えに窮して顔を背け、窓の外に目をやった。どのように彼に説明すればいいのだろう?

私の影はため息をついた。「何があったのかは知りませんが、たぶん街はあんたを引き留めにかかっているのだと思います。いろんな策を用いて」

「でも私は街にとってそれほど大事な存在なのだろうか? わざわざ策を用いて引き留めなくてはならないほど」

「当然じゃありませんか。だってあんたがこの街をこしらえたようなものなんだから」

「なにも私一人でこしらえたわけじゃない」と私は言った。「ずっと昔、その作業にいくらか手を貸しただけだ」

「でもあんたの熱心な助力なくしては、ここまで綿密な構築物はできあがらなかったはずです。あんたがこの街を長きにわたって維持し、想像力という養分を与え続けてきたんです」

「たしかにこの街は、我々の想像の中から生み出されたものかもしれない。しかし長い歳月のあいだに、街は自らの意思を身につけ、目的を持つようになったみたいだ」

「もうあんたの手には負えないものになっている――そういうことですか？」

　私は肯いた。「この街は構築物というより、命をもって動いている生き物のように見えることがある。柔軟で巧妙な生き物だよ。状況に合わせて、必要に応じてその形を変化させていく。それはここに来て以来、うすうす感じていたことだ」

「しかし自由に形を変えるとなると、それは生き物というより細胞か何かのようですね」

「そうかもしれない」

　思考し、防御し、攻撃する細胞。

　我々はしばらく沈黙する。私は再び窓の外に目をやる。壁の外にはまだ煙が立ち上っている。多くの獣たちが命を落としていったようだ。

「私が毎夜、図書館で読み続けている古い夢とは、いったい何なのだろう？」と私は影に尋ねる。「それはこの街にとってどんな意味を持っているのだろう？」

　影は力なく笑った。「困りましたね。だってそれを毎日読んでいるのは、あんたじゃありませんか。どうしてまた、そんなことをおれに尋ねるんです？」

「でも君はここにいて、それについての話は何か耳にしているだろう。門衛や、ここを訪れる人たちから」

影は静かに首を振った。「図書館に古い夢が集められて、夢読みが——つまりあんたが——それを日々読んでいるってことはみんな知っています。そしてあんたが毎晩、作業を終えたあとに彼女を家まで送り届けていることもね……なにしろ小さな街ですから。でもあんたが日々古い夢を読むことが、街にとって何を意味するのか、どんな役割を果たしているのか、本当のところは誰も知らないんじゃないか。そんな気がしますよ」

「でもそれは重要な意味を持つ作業であるはずなんだ。私はこの街で、それを読む特別な役目を与えられているし、街は私がその作業を続けることを強く望んでいるらしい」

影はひとしきり乾いた咳をし、しばらく考え込んでいた。私はポケットに入れていた両手を出して、膝の上で擦り合わせた。部屋は冷え込んでいた。

影は言った。「前にも言ったことですが、ここにいる彼女が実は影で、壁の外にいた彼女が実は本体だったという可能性は考えられませんか？　おれはずっとそのことが気になっていて、ここに来る人たちに話を聞いて、切れ切れの情報を集め、おれなりに考えを巡らせました。そしてこういう仮説を得たんです。ここは実は影の国なんじゃないかって。影たちが集まり、この孤絶した街の中でみんなで身を寄せ合い、息を凝らすように暮らしているんじゃないかって」

「でももし君が言うように、ここが影たちの国であるなら、なぜ本体である私が街に入り、影である君がここに閉じ込められて死にかけているんだ？　逆なら話はわかるけれど」

「おれが思うに、ここにいる連中は自分たちが実は影だってことを知らないからです。自分たちは本体であって、引き剝がされた影は壁の外に追いやられたと思っています。でも実際には逆なんじゃないか。壁の外に追いやられたのは本体の方で、ここに残っている連中こそが影なんじゃないか――それがおれの推測です」

私はそれについて考えてみた。「そして壁の外に追放された本体たちは、自分たちは影だと思い込まされている。そういうことなのか？」

「そのとおりです。そういう偽りの記憶をそれぞれにすり込まれたんです」

私は両手を擦り合わせながら、その論理の筋を辿ろうと努めた。でも途中でわけがわからなくなった。

「しかしそれはあくまで君の立てた仮説に過ぎない」

「そうです」と影は認めた。「すべてはおれの立てた仮説に過ぎません。証明はできません。でも考えれば考えるほど、その方が筋の通ったものに思えてきます。いろんな角度から、おれなりにじっくり細かく検証してみました。なにしろ考える時間だけはふんだんにありますから」

「君のその仮説に従えば、私が図書館で読んでいる古い夢は、どのような役目を果たしているのだろう？」

「それもあくまで仮説の延長に過ぎませんが」

「仮説の延長でかまわない。聞かせてほしい」

影は間を置いて呼吸を整え、それから口を開いた。

「古い夢とは、この街をこの街として成立させるために壁の外に追放された本体が残していった、心の残響みたいなものじゃないでしょうか。本体を追放するといっても、根こそぎ完璧に放り出せるわけではなくて、どうしてもあとにいくらかのものが残ります。それらの残滓《ざんし》を集めて古い夢という特別な容器に堅く閉じ込めたのです」

「心の残響？」

「ここではまだ幼いうちに本体と影とが別々に引き剝がされます。そして本体は余分なもの、害をなすものとして壁の外に追放されます。影たちが安らかに平穏に暮らしていけるようにね。でもたとえ本体を放逐しても、その影響がすべてきれいに消えてなくなるわけじゃない。除去し切れなかった心の細かい種子みたいなものがあとに残り、それが影の内部で密かに成長していきます。街はそれをめざとく見つけてこそげ取り、専用の容器に閉じ込めてしまうんです」

「心の種子？」

「そうです。人の抱く様々な種類の感情です。哀しみ、迷い、嫉妬、恐れ、苦悩、絶望、疑念、憎しみ、困惑、懊悩《おうのう》、懐疑、自己憐憫……そして夢、愛。この街ではそういった感情は無用のもの、むしろ害をなすものです。いわば疫病のたねのようなものです」

「疫病のたね」と私は影の言葉を繰り返した。

「そうです。だからそういうものは残らずこそげ取られ、密閉容器に収められ、図書館の奥に仕舞い込まれます。そして一般の住民はそこに近寄ることを禁止されている」

「じゃあ私の役目は？」

「おそらくそれらの魂を——あるいは心の残響を——鎮めて解消することにあるのでしょう。それは影たちにはできない作業だ。共感というのは、本物の感情をそなえた本物の人間にしか持てないものだから」

「でも、どうしてそれをあえて鎮めなくちゃならないのだろう？　密閉容器に封じ込められ、深い眠りを貪《むさぼ》っているのなら、そのまま放っておけばよさそうなものだが」

「どれだけきつく封じ込められていても、それらがそこに存在しているってこと自体が脅威なんです。それらが何かの拍子に力をつけ、一斉に殻を破って外に飛び出してくること――それが街にとって潜在的な恐怖になっているのではないでしょうか。もしそんな事態が生じたら、街はあっという間にはじけ飛んでしまうでしょう。だからこそそれらの力を少しでも鎮めて解消しておきたいんです。誰かが古い夢たちの声に耳を傾け、見る夢を一緒に見てやることで、その潜在熱量が宥《なだ》められる――彼らはおそらくそれを求めているのでしょう。そしてそれができるのは、今のところあんた一人しかいません」

私は二つの思いの狭間に立たされている。

この街の図書館で日々君と顔を合わせ、なたね油のランプの投げかける明かりに照らされ、夢読みの作業を共にすることの幸福。粗末なテーブルをはさんで君と語り合い、君が私のために作ってくれた薬草茶を飲む愉しみ。毎夜、仕事の終わったあと、君を家まで歩いて送るひととき。そのどこまでが実体なのか、どこからが虚構なのか、私にはわからない。それでもこの街はそのような歓びを、心の震えを私に与えてくれている。

そしてもうひとつは、壁の外の世界でのきみとの交流、そしてそれが私の心に残していった確かな記憶だ。きみと待ち合わせた小さな街中の公園、少女たちが乗ったブランコが立てるリズミカルな軋み。きみと一緒に聴いた海の波音。分厚い手紙の束と、一枚のガーゼのハンカチーフ。密やかな口づけ。それらは疑いの余地なく、現実に鮮やかに起こったことだ。誰もその記憶を私から奪うことはできない。

どちらの世界に属するべきなのだろう？　私はそれを決めかねている。

21

ひとりの少女が、あなたの人生から跡形もなく姿を消す。あなたはそのとき十七歳、健康な男子だ。そして彼女はあなたが口づけした最初の相手だ。あなたが誰よりも心惹かれた、美しい素敵な女の子だ。彼女もあなたのことがとても好きだと言った。そのときがくれば、あなたのものになりたいと言ってくれた。そんな相手が予告もなく、別れの言葉もなく、説明らしい説明もなく、あなたのもとから立ち去ってしまう。あなたの立っている地表から消え失せる。文字通り煙のように。

彼女の身に何が起こったのだろう?

何か差し迫った事情があってよその街に引っ越してしまったのか(でもいくらなんでも連絡くらいできるはずだ)、道を歩いているとき空から何かが落ちてきて、頭にあたって記憶をなくしてしまったのか、あるいはもう生きてはいないのか(交通事故、通り魔による殺害、急速に進行する奇病、ひょっとして自殺?)、誰かに捕まってどこかに監禁されているのか(誰が、何の目的で?)、それとも彼女はあなたのことが突然好きでなくなったのだろうか? あなたの顔を見るのも、その名前を耳にするのも嫌になってしまったのだろうか(あなたは彼女に向かって何か不適切なことを言ったり、褒《ほ》められない行為を働いたりはしなかったか?)、どこかの街角に小型のブラックホールみたいなものが人知れず口を開けていて、通りがかりにそこに吸い込まれてしまったのだろうか——木の葉が排水口に吸い込まれるみたいに。それとも、あるいは……そう、この世界ではありとあらゆる可能性が密かに人を待ち受けている。すべての曲がり角には思いもよらぬ危険が潜んでいる。しかし彼女の身に実際に何が起こったのか、あなたはそれを知る術《すべ》を持たない。

愛する相手にそのように、理不尽なまでに唐突に去られるのがどれほど切ないことか、それがいかに激しくあなたの心を痛めつけ、深く切り裂くか、あなたの内部でどれだけ血が流されるか、想像できるだろうか?

何よりこたえるのは、自分が世界全体から見捨てられたように感じられることだ。自分がひと切れの価値も持たない人間に見えてしまうことだ。自分が無意味な紙くずになったように、あるいは透明人間になったように思えてしまうことだ。手のひらを広げてじっと見つめていると、向こう側がだんだん透けて見えてくるのだ——嘘じゃなく、本当に。

あなたは筋の通った、納得できる説明を求めている。何よりも必要としている。しかし誰もあなたにそれを与えてはくれない。誰もあなたに進むべき方向を教えてはくれない。誰もあなたを慰めたり励ましたりしてはくれない(そんなことをされたところで、何の役にも立たないにしてもだ)。あなたは荒ぶれた土地に一人置き去りにされている。見渡す限り草木一本生えてはいない。そこでは常に強風が一方向に吹き抜けている——肌を刺す微小な針をはらんだ風だ。あなたは温かみを持つ世界から容赦なく排除され、孤立している。行き場のない想いを鉛の塊として胸にかかえたまま。

彼女から何らかの連絡があるはずだ。そう思って、あなたは我慢強く待ち続ける。というか、待つ以外にできることはない。しかしどれだけ待っても連絡はない。電話のベルは鳴らず、郵便受けに分厚い封筒が入ることもない。ドアにノックの音はない。そこにあるのはただ沈黙、そして無だ。そのようにして「沈黙」と「無」があなたの身近な友人になっていく。できれば、あまり友人にはしたくないものたちだ。でもそれ以外にあなたのそばに付き添ってくれる相手は見当たらない。もちろんあなたは一縷の希望を抱き続ける。でも重い鈍器にも似た沈黙と無の前では、希望は影の薄い存在だ。


そのようにぼくは十八歳の誕生日を迎え、最後の手紙が届いてから更に一年が経過する。時間は重々しく、しかし同時にてきぱきと経過していく。里程標がひとつ前方に現れ、やがて後方に過ぎていく。そしてまたひとつ。

自分という人間のありようが、ぼくにはどうしても理解できない。どうしてぼくはここにいて、こんなことをしているのだろう？　どうしてここではいつもこんなに強く風が吹いているのだろう？　自分に向かって何度もそう問いかける。

むろん返事はない。

22

図書館に向かって歩いている途中で雪が降り始める。乾いた小粒の雪片、溶けるのに時間がかかりそうな雪だ。しかしそれが積もる雪になるかどうか、まだ判断がつかない。

図書館に着いたとき、薪ストーブは普段通り赤々と勢いよく燃えている。その上で大きな黒い薬罐が湯気を出している。君は庭から摘んできた薬草を小さなすりこぎで潰している。手間のかかる作業だ。そのこりこりという辛抱強く均一な音が耳に届く。私が部屋に入っていくと君は作業の手を休め、顔を上げて小さく微笑む。

「もう雪は降り始めた？」

「まだほんの少しだけど」と私は言う。私は重いコートを脱ぎ、壁際のコートラックに掛ける。

「今夜はそれほどの降りにはならないはずよ。積もることはない」と君は言う。おそらくそのとおりになるだろう。いつものように。

君の手で古い夢の埃が払われ、机の上に置かれ、私は読み始める。手のひらで包み込むようにして温め、活性化させる。古い夢はほどなく目覚め、そのメッセージを聴き取れない言葉で語り始める。

古い夢——それは私の影が推測するように、こそげ落とされ、密閉保存された人々の心の残滓なのだろうか？　私にはその仮説の当否は判断できない。私の見る限り、そこにあるのは瓶詰めされた「混沌の小宇宙」でしかない。我々の心はこれほどまで不明瞭で一貫性を欠いたものなのか？　あるいは古い夢がこのように細切れな混乱したメッセージしか発せられないのは、それがまとまりを持つひとつの心ではなく、「残《のこ》り滓《かす》」の寄せ集めに過ぎないからなのか？

私の夢に出てきた軍曹は、乾いた声で私に言った。「時には意識を殺すことが、なにより楽なことに思えるのです」


「この街を出て行くことになるかもしれない」と私は君に打ち明ける。君に黙ってここを出て行くわけにはいかない——たとえ街が今この会話に耳を澄ませているとしてもだ。

「いつ？」と君は尋ねる。とくに驚いた風もなく。

我々は川沿いの道を並んで歩いている。私は君を、君の家まで送っている——いつもの夜と同じように。雪はもう降り止んでいる。雲が一ヶ所だけぽっかりと割れて、その隙間から星をいくつか目にすることができる。星たちは氷の粒のような、白く冷たい光を世界に投げかけている。

「近いうち、私の影が息を引き取ってしまわないうちに」

「そう決めたの？」

「おそらくそうなるだろう」と私は言う。しかし私の中にはまだ迷いがある。「でもそうなる前に、ひとつ君に話しておきたいことがあるんだ」

「どんなこと？」

「壁の外の世界で、ずいぶん前に君に会ったことがある」

君は歩みを止め、緑色のマフラーを首のまわりにしっかりと巻き直す。そして私の顔を見る。

「私に？」

「もう一人の君に――つまり壁の外にいる君に」

「それは私の影のことかしら？」

「おそらくそうだと思う」

「私の影はずっと昔に死んだ」と君は言う。今夜の雪は積もらない、と宣言するときと同じようにきっぱりと。

君の影はずっと昔に死んだ、と私はその言葉を心の内で繰り返す。洞窟の奥のこだまみたいに。

私は尋ねる。「影たちは死ぬとどうなるんだろう？」

君は首を振る。「わからない。私は図書館の職を与えられ、定められた仕事をしているだけ。扉の鍵を開け、寒い季節にはストーブに火を入れ、薬草を摘んで薬草茶を作る……そうやってあなたの仕事を助ける」


別れ際に君は言う。「あなたはもう図書館に来ないかもしれないのね。でも、どうやってこの街から出て行くの？　だって門から出て行くことはできないでしょう？　街に入るときに、そういう契約を交わしたのだから」

私は沈黙する。それを今ここで口にすることはできない。誰かが聞き耳を立てているかもしれない。

「外の世界にいる君と出会ったとき」と私は言う。「私は君に——彼女に恋をしたんだ。あっという間もなく。私はそのとき十六歳、彼女は十五歳だった。今の君と同じくらいの年齢だ」

「十五歳？」

「そう、外の世界の基準では、彼女は十五歳だった」

我々は君の住居の前で立ち止まり、最後になるかもしれない会話を交わしている。雪は止んでいるが、凍える夜だ。

「あなたは壁の外の世界で、私の影に恋をした。そこでは彼女は十五歳だった」と君は自らに告げる。理解不能なものごとを、理解できないと改めて確認するかのように。

私は言う。「私は彼女を強く求め、同じように彼女に求められたいと望んでいた。でも一年後のあるとき、彼女は突然姿を消してしまった。予告もなく、説明らしい説明もなく」

君はもう一度緑色のマフラーを細い首に巻き直す。そして肯く。「仕方のないことよ。影はいずれ死んでいくものだから」

「彼女にもう一度会いたくて、この街にやって来た。ここに来れば会えるかもしれないと思ったんだ。しかしそれと同時に、君にも会いたかった。それも私がこうして壁の内側に入ってきたひとつの理由になっている」

「私に？」と怪訝そうな顔で君は言う。「でも、なぜ？　なぜ私に会いたかったの？　私はあなたが恋した十五歳の少女じゃない。私たちはもともとはひとつだったかもしれないけれど、小さいときに引き剝がされ、壁の内と外とに離ればなれになり、別の存在になった」

私は彼女の目をのぞき込む。山間の澄んだ泉の底を探るように。そして言う。「君は彼女じゃない。それはよくわかっている。ここでは君は夢も見ないし、誰かに恋することもない」

そして彼女は共同住宅の入り口に消えていく。それはたぶん永遠の別れになることだろう。しかし君にとってはいつもと同じさよならでしかない。ここではすべてが永遠のものなのだから。

23

二十歳前後に巡ってきた出鱈目な時期を、ぼくはなんとか乗り越える。今思い返しても、そんな日々をよく無事に——まったく無傷とは言えないにせよ——通り抜けられたものだと自分でも感心してしまう。

大学にも学業にも興味が持てず、授業にはろくに顔を出さなかった。友だちもつくらなかった。一人で本を読み、ときどきアルバイトをした。アルバイト先で何人かの男女と知り合って一緒に酒を飲んだりしたが、それ以上親しくはならなかった。でも何をしたところで心の安らぎは得られなかった。何かに関心を持つということができなくなっていたのだ。分厚い雲の中を放心状態で、ただ前に歩み続けているようなとりとめのない日々だった。すべてはきみを失ってしまったためだ。強い求めがかなえられなかったためだ。

でもある日ぼくははっと目覚める。その覚醒の直接のきっかけが何だったのか、今となっては思い出せない。でもそれがごく些細な、ありふれたものごとであったことだけは間違いない。たとえば作りたてのゆで卵の匂いとか、断片的に耳に届いた懐かしい音楽とか、アイロンをかけたばかりのシャツの手触りとか……それが意識のどこか特別な部位を刺激し、ぼくをはっと目覚めさせてくれたのだ。そしてこう思った。ああ、こんなことをしていてはいけないんだ、と。

　このままこんな生活を続けていたら、身も心もぼろぼろになってしまうし、もしきみがいつかぼくの元に戻ってきたとしても、きみをうまく受けとめることができなくなっているかもしれない。そんな事態だけは避けなくては。

　ぼくは自分を正しい軌道に復帰させる。出席日数も足りなかったし、成績も当然ひどいものだったから、学年をもう一度繰り返すことになる。でもしかたない。それは支払うべき代償なのだ。生活を立て直す。講義に休まず顔を出し、熱心にノートを取る（それがどれほどつまらない講義に思えたとしてもだ）。空いた時間には大学のプールで泳ぎ、体力と体形を維持する。新しい清潔な服を手に入れ、酒量を減らし、まともな食事をとる。

　そんな生活を続けているうちに、自然に何人かの男女の友だちができる。ぼくは彼らに興味と好意を抱き、彼らもぼくに興味と好意を抱いてくれる。それはそれでなかなか悪くない。きみを辛抱強く待ち続けつつ、それとは違う段階で、当たり前の人並みの生活を送る術をぼくは身につける。

　やがてぼくに恋人ができる。同じ講義をとっていた一歳下の女子学生だ。性格が明るく、話をしていて楽しい。利発で、顔立ちもチャーミングだ。彼女はぼくの「復帰」を多くの面で支えてくれたし、ぼくはそのことに感謝する。でもぼくの内には常に一定の留保がある。きみだけのためのスペースを、心のどこかに保持しておかなくてはならない。

　誰かのための秘密のスペースを確保しながら、別の部分で他の誰かと恋愛関係を持つ——そんなことは可能なのだろうか？　ある程度は可能だ。しかしいつまでも続けることはできない。だからぼくは彼女を傷つけ、その結果ぼく自身を傷つけることになった。そしてぼくは更に孤独になる。

五年をかけて大学を卒業し、書籍の取次をする会社に就職する。故郷には戻らない。仕事の幅は広く、覚えるべきことはたくさんある。ぼくとしては出版社に入って編集現場の仕事をしたかったのだが、どの出版社も面接ではねられてしまった。大学での学業成績が思わしくなかったためだろう。でも書籍取次業ももちろん本を扱う仕事であり、本来の志とは少し違ってもそれなりにやりがいはある。そうしてぼくは社会人としてまずまず不足のない日々を送るようになる。仕事にも慣れ、次第に責任のある役割を与えられるようになる。

でも女性との関わりについて言えば、ほぼ同じことの繰り返しだった。人並みに何人かの女性たちと交際したし、真剣に結婚を考えたこともあった。決して遊び半分でつきあっていたわけではない。でも結局のところ、彼女たちとの間に本当の意味での信頼関係を築き上げることはできなかった。そうできればよかったのだが、どの場合もうまくいかなかった。最後に何かが起こり、いつもぼくはしくじってしまった――しくじるというのが実にぴったりの表現だ。

その理由はふたつある。ひとつにはぼくには常にきみがいたからだ。きみの存在が、きみの言葉が、きみの姿が、ぼくの心をどうしても離れなかった。ぼくはいつだって、意識の深い場所できみのことを考え続けていた。それがおそらくいちばん大きな理由だ。

しかしそれと同時に、ぼくの中には一貫した怯えがあった。もし無条件で誰かを愛したとして、その愛した人からある日突然、理由も告げられず、わけもわからないままきっぱり拒絶されることになったら、という怯えだ。その女性は――かつてきみがそうしたように――何も言わず、ぼくの前から煙のように姿を消してしまうかもしれない。そしてぼくは一人であとに残される。空っぽの心を抱えて。
　何があろうと、再びそんな思いを味わいたくはなかった。そんな目に遭うくらいなら、一人で孤独に静かに暮らしていた方がまだましだ。

　日々の料理を自分で作り、ジムに通って体調を管理し、身のまわりを清潔に保ち、余暇には本を読む。規則性を重んじることが独身生活には何にも増して大事なことになる——規則性と単調さとの間に線を引くのは、ときとしてむずかしいものになるとしても。
　周囲には、ぼくの生活は自由で気ままなものに映ったかもしれない。たしかにぼくはそのような自由さを、日常の静けさをありがたく受け止めていた。でもそれはあくまでぼくという人間にしてなんとか受容できる種類の生き方であって、他の人にはきっと耐えがたいものであったろう。あまりに単調で、あまりに静かで、そしてなにより孤独で。

　しかし三十代を終え、四十歳の誕生日を迎えたときには、さすがにささやかな動揺があった。結局のところ誰と結ばれることもなく、このままひとりぼっちで一生を送るのだろうか？　これから先、ぼくは着実に年老いていくだろう。そして更に孤独になっていくはずだ。やがては人生の下り坂を迎え、身体的能力も次第に失われていく。これまで意識もせず簡単にできていたことが、できなくなっていくだろう。そんな自分の未来の姿はまだ具体的には想像できないが、決して心愉しいものでないことは容易に想像がつく。

四十歳……考えてみれば、十七歳のときからもう二十三年間にわたたって、ぼくはきみを待ち続けているこ とになる。そのあいだ、きみからはまったく連絡がない。沈黙と無は、相変わらずぼくのそばにぴったり付き添っている。今では彼らの存在にすっかり慣れてしまった。というか、彼らは既にぼくの一部になっていた。沈黙と無……彼らを抜きにしては、ぼくという人間を語ることはできなくなっている。

そのようにして四十歳の誕生日をことともなく(誰に祝われるでもなく)通過する。会社での仕事は安定したものになっている。地位もそこそこ上がり、収入にも不足はない(というか、何かを強く欲するということがぼくにはほとんどないのだ)。故郷の年老いた両親はぼくが結婚して、子供をもうけることを強く望んでいる。しかし気の毒だとは思うが、そんな選択肢は与えられていない。

きみのことを変わらず考え続ける。心の奥の小部屋に入っていって、きみの記憶を辿る。きみのくれた手紙の束、一枚のハンカチーフ、そして壁に囲まれた街について綿密な記述が書き込まれたノート。ぼくは小部屋の中でそれらを手に取り、飽きることなく撫で回し、眺めている(まるで十七歳の少年のように)。その部屋にはぼくの人生の秘密が収められている。他の誰も知らない、ぼくについての秘密だ。きみ一人だけがそこにある謎を解き明かすことができる。

でもきみはいない。きみがどこにいるのか知る術はない。

四十五歳の誕生日が巡ってきて、そのあまり愉快とは言いがたい里程標を通過して間もなく、ぼくは再び穴に落下する。出し抜けにすとんと。以前――あの惨めな二十歳前後の日々に――足を踏み外したときと同じように。でも今回落ちたのは比喩的な穴ではなく、地面に掘られた実物の穴だ。いつどのようにしてその落下が起こったのか思い出せない。しかしたぶんただ単純に、そのとき踏み出した足がたまたま地面を捉えられなかったのだろう。

意識が戻ったとき（とすれば意識は失われていたのだ）、ぼくはその穴の底に身を横たえていた。身体に痛みをまったく感じないところをみると、落下したのではないのかもしれない。そこに運ばれて置かれたのかもしれない。でも誰によって？　それはわからない。とにかくぼくの身体は元あった世界から遠く離れた場所に移されていた。現実から遠く、遠く、遠く、遠く隔てられた場所だ。

時刻は夜だ。穴の上方に長方形に切り取られた空が見える。空には多くの星が瞬いている。それほど深い穴ではないらしい。地上に上がろうと思えば、自分の力で這い上がることもできそうだ。それがわかって少しほっとする。でもぼくはひどく疲弊している。身体を地面から起こすことができない。手を上に挙げることもできないし、目を開けていることすらむずかしい。身体がばらばらにほどけてしまいそうなくらい、ぼくは疲れている。ぼくは――ぼくはゆっくり目を閉じ再び意識を失う。そして深い非意識の海に沈み込んでいく。

それからどれほど時間が経過しただろう？　目を覚ましたとき、空はすっかり明るくなっている。小さな白い雲が風に流されていくのが見える。鳥たちの声も聞こえる。朝のようだ。きれいに晴れ上がった、気持ちの良さそうな朝だ。そして誰かが穴の縁から身体を乗り出すようにして、ぼくを見おろしている。頭をつるつるに剃り上げた、大柄な男だ。奇妙な衣服をだらしなく重ね着して、手にはシャベルのようなものを持っている。

「おい、あんた」と彼はぼくに太い声で呼びかける。「どうしてそんなところにいるんだね？」

それが現実なのか夢なのか見定めるために、少し時間を必要とする。暑くもなく寒くもない。新鮮な草の匂いがする。

「どうしてこんなところにいるんだろう？」とぼくはとりあえず男の質問を繰り返す。

「そうだよ。俺がそう質問しているんだ」

「わからない」とぼくは答える。その声は自分の声に聞こえない。「ここはいったいどこなんだろう？」

「あんたの寝転んでいる場所のことかね？」と男は明るい声で言う。「どこから来たか知らんが、悪いことは言わん。早くそこから抜け出た方が身のためだぜ。そこは死んだ獣たちを放り込んで、油をかけて焼くための穴だからね」

24

午後になって雪が降り始めた。風のない空から無数の白い雪片が音もなく街に落ちてきた。ゆっくり宙を舞う軽い雪ではない。雪片はそれぞれの堅い重みを持ち、つぶてのように直線を描いて地表に達した。

私は住居を出て西の丘を降り、急ぎ足で門に向かった。道ですれ違う獣たちは背中に雪のかけらを凍りつかせ、諦めたように目を伏せ、白い息を吐きながら緩慢に歩《ほ》を運んでいた。この数日、寒さは一層厳しくなり、餌になる木の実や木の葉はますます乏しくなっていた。更に多くの獣たちが命を失っていくことだろう。弱いものたちから順番に。

北の壁の外には灰色の煙がいつにも増して太く、勢いよく強く立ち上っていた。門衛は今日も忙しく獣たちの死体を集めて焼く作業に取り組んでいるようだ。煙は空に向けて直線を描いて上がり、まるで巻き上げられる太いロープのように、厚い雪雲の中に吸い込まれていった。獣たちには気の毒だが、その死体の数が多ければ多いほど門衛の仕事は増えるし、そのぶん時間を稼ぐことができる。

小屋に門衛はいない。しかしストーブは赤々と燃え続け、無人の部屋を温めている。作業台の上には、手斧と鉈《なた》が整然と並べられている。その刃は研ぎ上げられたばかりらしく、なまめかしく威嚇的に光り、台の上から無言のうちにこちらを睨《にら》んでいる。私は門衛小屋を通り抜け、「影の囲い場」を横切り、影の寝ている部屋に入った。

部屋の匂いは前よりも重く、そこには死の予兆らしきものが漂っていた。部屋に入っていくと、板壁のいくつかの暗い節目が警告を発するように私を見た。「おまえの考えはわかっているぞ」と言うように。私の影は布団にくるまり、死んだように眠っていた。鼻の下に指を当てて呼吸を確かめ、彼がまだ死んでいないことを私は確認した。やがて影は目を覚まして、気怠《けだる》そうに身をよじった。

「決心はついたんですね？」と影は弱々しい声で尋ねた。

「ああ。今から一緒にここを出て行こう」

「今すぐ、ですか？」

「今すぐだ」

「もう来ないかと思いましたよ」と私の影は首だけをこちらに少し曲げて言った。「どうです、ひどい顔をしているでしょう？」

私は影の痩せこけた身体を抱えて起こし、肩を抱えるようにして外に出た。それから彼を背中に負ぶった。影に決して触れてはならないと門衛から注意されていたが、それはもうどうでもいいことだ。影はほとんど体重を持たなかったから、背負うのは困難なことではなかった。そうして身体を密着させているうちに、影は本体である私から生気を受け取り、少しずつ活力を回復していくはずだ。砂漠の植物が水分を必死に吸収するように。今の自分がどれほどの生気を影に分け与えられるものか、あまり自信はなかったが。

「そこにある角笛を持っていってください」と門衛小屋を抜けるときに、私の影が背中から言った。

「角笛を？」

「ええ、そうすれば、門衛が私たちのあとを追跡してくるのがむずかしくなる」

「ずいぶん腹を立てるだろうな」、私は生々しく光る手斧と鉈を横目で見ながらそう言った。

「でも必要なことなんです。この街は本気になればどこまでも危険になれます。それに備えなくちゃなりません」

理由はよくわからなかったが、言われたとおり壁に掛けてあった角笛を手に取り、コートのポケットに入れた。長く使い込まれ、ほとんど飴色になった古い角笛だ。獣の単角で造られているようで、細かい彫り物が施されている。

「時間はあまりありません」と私の影は言った。「急ぎましょう、自分の足で走れなくて申し訳ないんですが」

「君を背負って街を横切れば、多くの人に目撃されそうだ」

「おれたちが一緒になって逃げたというのは、どうせすぐにわかっちまうことです。とにかく一刻も早く南の壁に着かなくては」

影を背負って門衛小屋をあとにした。もう後戻りはできない。川に達して、旧橋を南に向けて渡った。ときどき雪片が目に入って前方が見えなくなり、獣たちにぶつかった。私がぶつかるたびに、彼らは小さな奇妙な声を上げた。

降りしきる雪のせいもあり、通りを行く人の数は僅かだったが、それでも私たちは何人かの住民に目撃された。彼らはただその場に立ち止まって、我々の姿を黙って見ていた。この街では走っている人の姿を目にするのはきわめて稀《まれ》なことだ。彼らはどこかに通報するのだろうか？〈夢読み〉が影と再び一緒になって、街から逃げだそうとしているようだ、と。あるいはそんなことは彼らにとって何の意味も持たないことなのだろうか？

この街に来て以来、運動というものをまったくしていなかったせいで、いくら軽いとはいえ、影を背負って街を走り抜けるのは容易《たやす》いことではなかった。私は堅く白い息を、音を立てて宙に吐き続けていた。吸い込む雪混じりの大気は冷たく、肺の内側が針先で突かれるように痛んだ。ようやく南の丘の麓《ふもと》に到着したところで、私は呼吸を整えるために立ち止まり、背後を振り返った。

「まずいですね」と影が言った。「見てごらんなさい。獣を焼く煙がずいぶん細くなっています」

影の言うとおりだ。降りしきる雪を通して、北の壁の向こうに見える煙は、先刻見たよりも明らかに細まっていた。

「きっとこの雪で、火が消え始めたんでしょう」と影は言った。「だとしたら、門衛は追加のたね油を取りに小屋に戻ってくる。そしておれが囲い場からいなくなってることを知るでしょう。足の速い男です。ちっとばかりまずいことになる」

影を背負って南の丘の急な斜面を登るのは、容易ではなかった。しかしいったん心を決めてやり始めたことだ。途中で音《ね》を上げるわけにはいかない。そして影が言うように、街はそうなろうと思えばどこまでも危険になり得るのだ。私はコートの下に汗をかきながら斜面を登り続けた。

なんとか丘のてっぺんまで登り切ったとき、両脚は石のようにこわばり、ふくらはぎが痙攣していた。

「悪いけど少しだけ休ませてくれ」と私は地面にしゃがみ込んで、息を切らして言った。それが時間との競争であることはわかっていたが、脚がほとんど動かない状態だった。

「いいからしばらくここで休んで下さい。おれが自分で走れないのがいけないんだから、あんたが気に病むことはありません。その角笛をちょいと貸してくれませんか?」

「角笛を?　角笛で何をするんだ?」

「いいから貸して下さい」

　私は訳のわからないまま、盗んできた角笛をコートのポケットから取り出し、影に手渡した。影はそれを口にあて、大きく息を吸い込み、力を振り絞るようにして吹いた。眼下に見える街に向かって長く一度、短く三度。いつもの角笛の響きだ。影がそれほど巧みに角笛を吹けることに私は驚いた。門衛が吹く音色とほとんど変わりがない。いつの間にそんな技術を身につけたのだろう。見よう見まねで覚えたのか?

「何をしたんだい、いったい?」

「ごらんのとおり角笛を吹いたんです。これで時間がしばらく稼げますよ」、そして影はその角笛を、すぐわかるように手近な木の幹に掛けた。「こうしておけば、門衛がこれを見つけて、取り戻すことができます。どうせこの道をたどって、おれたちを追ってくるでしょうからね。角笛が手に戻れば、少しは怒りが和《やわ》らぐかもしれません」

「しばらく時間が稼げるというのは?」

影は説明した。「角笛を吹き鳴らせば、獣たちはそれを耳にして、集まって門に向かいます。そうなると門衛は門を開けて、彼らを外に出さなくちゃなりません。そしてすべての獣を外に出し終えてから門を閉めます。それが規則で定められた彼の仕事です。すべての獣を外に出し終えるまでには時間がかかります。それだけの時間をおれたちは稼げたってことです」

私は感心して影を見た。「ずいぶん知恵が働くんだね」

「いいですか、この街は完全じゃありません。壁だってやはり完全じゃない。完全なものなどこの世界には存在しません。どんなものにも弱点は必ずあるし、この街の弱点のひとつはあの獣たちです。彼らを朝と夕に出入りさせることで、街は均衡を保っています。おれたちは今そのバランスを崩したわけです」

「きっと街は腹を立てることだろうね」

「たぶん」と影は言った。「もし街に感情みたいなものがそなわっているなら」

指でふくらはぎを揉みほぐしているうちに、私の両脚はようやく柔軟性を取り戻したようだった。「さあ、出発しよう」、私は立ち上がり、再び彼を背中に負った。

あとは下り道だ。私はひとまず回復した足でその坂を下った。時折上り坂もあったが、ほとんどは下りだった。足元に注意しなくてはならなかったが、もう呼吸が乱れるようなことはなかった。やがてはっきりした小径が消え、その先は判別のむずかしい踏み分け道になった。朽ち果てた小さな集落の前を通り過ぎる。雪は相変わらず降り続けていた。雪は私の髪に付着し、こわばった塊に変えた。帽子をかぶってこなかったことを私は少しばかり悔やんだ。空全体を覆う分厚い雪雲は、内部に無尽蔵の雪を含んでいるようだ。そして進むにつれ、溜まりの立てるあの奇妙な、むせ返るような水音が、途切れ途切れに耳に届くようになった。

「ここまで来れば大丈夫でしょう」と影が背後から声をかけた。「あそこの藪を横切れば、すぐ溜まりに出ます。門衛はもう追いつけません」

私はそれを聞いてほっと一息ついた。これまでのところ、我々はなんとかうまくやり遂げたようだ。

しかしそう思ったまさにそのとき、我々の前に壁がそびえ立った。


壁はなんの前触れもなく、一瞬のうちに我々の前に立ちはだかり、行く手を阻んだ。いつものあの高く堅牢な街の壁だ。私はその場に立ち止まり息を呑んだ。どうしてこんなところに壁があるのだ？　このあいだこの道を来たときには、もちろんそんなものは存在しなかった。私は言葉もなく、ただその高さ八メートルの障壁を見上げていた。

おどろくことはない、と壁は重い声で私に告げた。**おまえのこしらえた地図なぞ何の役にも立ちはしない。そんなものは紙切れに描かれたただの線に過ぎない。**

壁は自由にその形と位置を変更することができるのだ、と私は悟った。いつでも思うまま、どこにでも移動できる。そして壁は私たちを外に出すまいと心を決めている。

「耳を貸しちゃいけません」と影が背後で囁いた。「見るのも駄目です。こんなものただの幻影に過ぎません。街がおれたちに幻影を見せているんです。だから目をつぶって、そのまま突っ切るんです。相手の言うことを信じなければ、恐れなければ、壁なんて存在しません」

私は影に言われたとおり、瞼をしっかり閉じてそのまま前に進み続けた。

壁は言った。おまえたちに壁を抜けることなどできはしない。たとえひとつ壁を抜けられても、その先には別の壁が待ち受けている。何をしたところで結局は同じだ。

「耳を貸さないで」と影が言った。「恐れてはいけません。前に向けて走るんです。疑いを捨て、自分の心を信じて」

ああ、走ればいい、と壁は言った。そして大きな声で笑った。**好きなだけ遠くまで走るといい。私はいつもそこにいる。**

壁の笑い声を聞きながら、私は顔を上げずにまっすぐ前に走り続け、そこにあるはずの壁に突進した。今となっては影の言うことを信じるしかない。恐れてはならない。私は力を振り絞って疑念を捨て、自分の心を信じた。そして私と影は、硬い煉瓦でできているはずの分厚い壁を半ば泳ぐような格好で通り抜けた。まるで柔らかなゼリーの層をくぐり抜けるみたいに。そこにあったのは喩《たと》えようもなく奇妙な感触だった。その層は物質と非物質の間にある何かでできているらしかった。そこには時間も距離もなく、不揃いな粒が混じったような特殊な抵抗感があるだけだ。私は目を閉じたままそのぐにゃりとした障害の層を突っ切った。

「言ったとおりでしょう」と影が耳元で言った。「すべては幻影なんだって」

私の心臓は肋骨の檻の中で、乾いた硬い音を立て続けていた。耳の奥にはまだ壁の高らかな笑い声が残っていた。

好きなだけ遠くまで走るといい。壁は私にそう言った。**私はいつもそこにいる。**

25

最後の藪を急ぎ足で抜け、溜まりの見える草原に出た。溜まりに着くと、私は影を背中から下ろした。影はまだいくぶんふらついてはいたが、なんとか自分一人で歩ける状態にまで回復していた。痩せこけた顔に僅かに血色が戻っていた。ずいぶん長いあいだ密着していたのだが、その時点では私と影とはまだひとつになっておらず、相変わらず離ればなれの存在だった。一体化できるだけの活力を、影はまだ取り戻していないのかもしれない。

「負ぶってもらっている間に必要な養分を受け取ることができました」と影は言った。「十分とはいえませんが、用は足りるはずです。一息入れてから脱出にかかりましょう」

私はそこに立ち、呼吸を整えながら注意深く周囲を見回した。溜まりの様子は前に見たときと変わりない。美しく澄んだ青い水、さざ波ひとつない穏やかな水面、深い底から断続的に聞こえる、喉を詰まらせたようなごぼごぼという水音。そこに時折、不穏な喘ぎが混じる。洞窟に吸い込まれていく大量の水が立てる音だ。他には何の音も聞こえない。風もぴたりと止んでいる。飛ぶ鳥の姿もない。あたり一面に無音の純白な雪が降りしきっている。なんて美しい風景だろうと私は思った。心を打たれた、と言ってもいい。私はこの風景を、おそらく息を引き取るその瞬間まで鮮やかに覚えていることだろう。そのときには、風景のあらゆる細部が脳裏にそっくり再現されるに違いない。

頭の内で現実と非現実が激しくせめぎ合い交錯した。私は今まさに、こちらの世界とあちらの世界との狭間に立っている。ここは意識と非意識との薄い接面であり、私は今どちらの世界に属するべきなのか選択を迫られている。

「ここから無事に脱出できるという確信があるんだね」と私は溜まりを指さして私の影に尋ねた。

影は言った。「この溜まりは壁の外の世界につながっています。この底にある洞窟に入って、壁の下を泳ぎ抜けさえすれば、外の世界にじかに顔を出すことができます」

「溜まりは石灰岩の地底の水路につながっていて、洞窟に吸い込まれたものはみんな、その暗闇の中で溺れて死んでいくという話だ」

「そいつは人々を怯えさせるために街がこしらえた嘘っぱちです。地底の迷路なんて存在しやしません」

「そんな面倒なことをするより、人々が近づけないように、溜まりを高い塀か柵で囲ってしまった方が手っ取り早いだろう。わざわざ念入りな嘘をこしらえるより」

影は首を振った。「それが彼らの知恵の働くところです。街はこの溜まりのまわりに、恐怖という心理の囲いをきびしく巡らせています。塀やら柵なんかより、その方が遥かに効果的なんです。いったん心に根付いた恐怖を克服するのは、簡単なことじゃありませんから」

「君にはなぜそんなに確信があるんだろう?」

影は言った。「前にも言ったことですが、この街は成り立ちからして多くの矛盾を抱えています。街を存続させるには、それらの矛盾点をうまく解消しなくちゃなりません。そのためのいくつかの装置が設けられ、制度として機能しています。念の入ったシステムです」

影は白い息を吐き、両手をごしごしと擦った。

「装置のひとつは気の毒な獣たちです。獣たちを日々門から出入りさせることによって、また季節を巡らせて彼らを繁殖させたり淘汰したりすることで、街は潜在的なエネルギーを外に放出し処理しています。あんたがここでやっていた図書館の夢読みも装置のひとつです。古い夢として集積された精神の断片が、その作業によって昇華され、宙に消えていきます。おれが言いたいのは、この街はとても技巧的な、人工的な場所だってことです。すべての存在の均衡が精妙に保たれ、それを維持するための装置が怠りなく働いている」

影の言ったことを呑み込むのに少し時間がかかった。

「そしてそのバランスを維持するために、街は恐怖心を手段として用いている。そういうことなのか？」

「そのとおりです。南の溜まりが危険な場所だという情報を、街は人々の頭に植え付けています。なぜなら街の住民が壁の外に出る手段は、この溜まり以外にないからです。北の門は門衛が目を光らせているし、東門は塗り込められ、川の入り口は頑丈な鉄格子で塞がれています。壁の外に出たいと考える人間がそれほど多くこの街にいるとは思えませんが、それでも街は脱出の可能性を封じ込めようとしているのです」

「しかし我々はそれを恐れる必要はない」

影は肯いた。「恐れる必要はありません。あんたは幸いなことにまだ魂を奪われてはいない。

おれたちはここでひとつになり、溜まりを抜けて外の世界に戻ります」

私の耳の中に、先ほどの壁の声が再び鳴り響いた。**たとえひとつ壁を抜けられても、その先には別の壁が待ち受けている。**そして大きな笑い声。

「怖くはないのか？」と私は影に尋ねた。「地下の暗黒の中で溺れて死んでいくかもしれないことが」

「もちろん怖いです。考えるだけでおっかない。しかしおれたちはもう心を決めたんです。そもそもこの街をこしらえたのはあんたじゃありませんか。あんたはそれだけの力を持っている。実際にさっき、目の前にそびえる堅い壁をくぐり抜けることができました。そうですよね？　大事なのは恐怖に打ち克つことです。それにあんたは泳ぎが得意じゃありませんか。息だって長く詰めていられるし」

「しかし君はどうなんだ？　泳げるのか？」

影は力なく笑った。そして両手を広げた。「弱ったな。だっておれはあんたの影ですよ。あんたが泳げば、おれだって隣で同じように泳いでいた。同じペースで同じ距離をね。泳げないわけがないでしょう」

そうだ、私たちは並んで、同じように泳ぐことができるのだ。私は空を見上げ、冷ややかな雪を顔に受けた。

「君の主張には説得力がある」と私は影に言った。

影はそれを聞いて力なく笑った。「お褒めいただいて光栄です。しかしこれはある意味、あんた自身が自分で考えて、自分に向けてしゃべっていることでもあるんですよ。なんといってもおれはあんたの影なんだから」

「君の言っていることはたしかに筋が通っているみたいだ」

「じゃあ、そろそろ飛び込みましょう。水泳を楽しむにはいささか季節外れですが」

私はそこに立ったまましばし沈黙していた。もう一度厚い雪雲に覆われた空を見上げ、それから影の顔を正面からまっすぐ見た。心を決め、思い切って言った。

「しかしそれでも、ぼくはこの街を出て行くことはできない。悪いけど、君ひとりで行ってくれ」

26

影は長いあいだ私の顔を見つめていた。何かを言おうと何度か試みたが、そのたびに言葉を呑み込んだ。うまく嚙み切れない食物を、諦めて喉の奥に送り込むみたいに。おそらく相応《ふさわ》しい言葉が見つけられなかったのだろう。彼はうつむいて、凍えた地面にブーツの先で小さな図形を描いた。そしてすぐに靴底でごしごしとその図形を消し去った。

「よくよく考えた末のことなんでしょうね」と彼は言った。「ただここに飛び込むのがおっかないから、というのではありませんよね？」

私は首を振った。「いや、もう怖くはない。さっきまではたしかに恐怖を感じていたけど、今はもうそんなことはない。君の言うことはそれなりに真実なのだろう。そうしようと思えば、ぼくらは一緒にこの壁を無事にくぐり抜けられると思う」

「それでもやはり、あんたはここに残るんですね？」

私は肯いた。

「それはどうしてでしょう？」

「まずだいいちに、もとの世界に戻ることの意味がどうしても見いだせないんだ。ぼくはその世界でますます孤独になっていくだろう。そして今より更に深い闇と直面することになるだろう。ぼくがその世界で幸福になることは、まずあり得ない。もちろんこの街だって完全な場所とは言えない。君が指摘したように、この街は多くの矛盾をはらんで成立している。そしてその矛盾を解消するために、つじつまを合わせるために、いろんな複雑な操作がおこなわれている。そして永遠というのは長い時間だ。そのあいだにぼくの個体としての意識は徐々に薄らぎ、ぼくという存在はこの街に呑み込まれていくかもしれない。でももしそうだとしても、それでかまわない。ここにいれば少なくともぼくは孤独ではない。この街で自分がとりあえず何をすればいいのか、何をするべきなのか、それがわかっているから」

「古い夢を読むことですね」

「誰かがそれを読んでやらなくてはならないんだ。殻の中に閉じ込められて埃をかぶっている無数の古い夢を、誰かが解き放っていかなくてはならない。ぼくにはそれができるし、彼らはそれを求めている」

「そして図書館の書庫のどこかには、彼女の残した古い夢がひっそり眠っているかもしれない」

私は肯いた。「あるいはそうかもしれない。君の立てた仮説が正しければ、ということだけれど」

「でも、それがあんたの心の求めていることのひとつになっている」

私は沈黙を守った。

影は深いため息をついた。

「もしあんたをここに残したまま、壁の外に出て行ったとしたら、おれは遠からず死んでしまうことでしょう。おれたちはなんといっても本体と影です。離ればなれになって長くは生きられません。おれはかまいませんよ。だってもともと従属物に過ぎませんから」

「あるいは君は外の世界でうまく生き延びて、ぼくの代わりを務められるかもしれない。見るところ、君にはそれだけの資格があり、知恵が具《そな》わっている。どちらが影でどちらが本体か、そのうちにわからなくなってしまうかもしれない」

影はしばらくそれについて考えていた。そして小さく首を振った。

「おれたちはどうやら、仮説に仮説を重ねているみたいですね。何が仮説だか、何が事実だか、だんだんわからなくなってきます」

「そうかもしれない。でも何かは必要なんだ。行動を決断するのに必要な、もたれかかれる柱のようなものが」

私は肯いた。

「やはり決心は固いんですね？」

「でもそれはそれとして、何はともあれ最後までおれにつきあって、ここまで見送ってくれた」

「正直なところ、最後の最後までどちらに転ぶかは、自分でも定かじゃなかった。この溜まりの前に実際に立つまではね」と私は言った。「でももう既に心は決まったし、その決心が揺らぐことはない――ぼくは一人でこの街に残る。君はここから出て行く」

私と影はお互いの目を見つめ合った。影は言った。

「長年の相棒として決してすんなり賛同はできませんが、どうやら決心は固そうだ。これ以上説得はしません。ここに残るあんたの幸運を祈ります。だから出て行くおれの幸運も祈って下さい。

かなり真剣に」

「ああ、もちろん心から真剣に幸運を祈るよ。君にとっていろんなことがうまく運ぶといい」

影は右手を私の方に差し出した。私はそれを握った。自分の影と握手をするなんて、どうも不思議なものだ。自分の影が人並みの握力と体温を持っているなんて、それもまた不思議なものだ。

彼は本当に私の影なのだろうか？　私は本当の私なのだろうか？　影が言うように、何が仮説で何が事実なのか、だんだんわからなくなってくる。

影はまるで虫が殻から抜け出るときのように、重く湿ったコートを脱ぎ、ブーツを足からもぎ取った。

「門衛に謝っておいてくださいな」と彼は淡い微笑みを浮かべて言った。「小屋から勝手に角笛を持ち出して、獣を動かしちまったことでね。仕方なかったこととはいえ、きっと腹を立てているでしょうから」

私の影は降りしきる雪の中に一人で立ち、しばらく溜まりの水面を眺めていた。そして大きく一度深呼吸をした。吐いた息は堅く白かった。それからこちらを振り向くこともなく、頭から勢いよく溜まりの中に飛び込んだ。痩せた身体にしてはしぶきが思いのほか大きく上がり、水面に大きな波紋が広がった。私はその波紋が幾重にも輪を広げ、そして次第に収まっていくのを見つめていた。ようやく波紋が消えると、あとには前と同じ静かな水面が残った。洞窟が水を吸い込む、例のごぼごぼという不吉な音が耳に届くだけだ。どれだけ待っても、私の影はもう二度と水面に浮かび上がってはこなかった。

それからも長い時間、私はそのぴたりと乱れない水面を眺めていた。ひょっとして何か思いもかけぬことが起こるかもしれない。しかし何ごとも起こらなかった。無数の雪片が音もなく水面に落ち、溶けて吸い込まれていくだけだ。

やがて私は向きを変え、二人でやって来た道を一人で引き返した。一度も背後を振り返らなかった。高く草の茂った小径を抜け、廃屋の前を過ぎ、急な丘を登って下った。旧橋を渡って住まいとしている官舎に帰り着くまで、誰とも出会わなかった。街の住人はこんなひどい雪の日にはまず外出しない。そして獣たちは偽りの角笛によって、既に壁の外に出されていた。

うちに戻ると私はまずタオルで濡れてこわばった髪を丹念に拭き、オーバーコートについた凍った雪をブラシで払った。靴に付いた重い泥もへらできれいに落とした。ズボンにはたくさんの草の葉がこびりついていた。古い記憶の小さな破片のように。それから私は椅子に深く腰を下ろし、堅く目を閉じて、あてもなくいろんなことを思い巡らした。どれくらい長くそうしていただろう?

無音の暗闇が部屋を包み始める頃、私は帽子を目深《まぶか》にかぶり、コートの襟を立て、川沿いの道を図書館に向かった。雪は降り続いていたが、傘は差さなかった。少なくとも今の私には向かうべき場所があるのだ。

第二部

27

その川の流れが入り組んだ迷路となって、暗黒の地中深くを巡るのと同じように、私たちの現実もまた、私たちの内部でいくつもの道に枝分かれしながら進行しているように思える。いくつかの異なった現実が混じり合い、異なった選択肢が絡み合い、そこから総合体としての現実が——私たちが現実と見なしているものが——できあがる。

もちろんこれはあくまで私の個人的な感じ方、考え方に過ぎない。「現実はこの現実ひとつきり、他にはない」と言われれば、そのとおりかもしれない。沈みかけた帆船の乗組員が船のメイン・マストにしがみつくみたいに、私たちはたったひとつの現実に必死にしがみついているより他にないのかもしれない。いやも応もなく。

しかし私たちは、自分たちの立つ堅固な地面のその下部、地中の迷路を巡る秘密の暗闇の川について、どれほどのことを知っているだろう？　それを実際に目にしたものが、それを目にしてこちら側に戻ってこられたものが、いったいどれだけいるだろう？

暗く長い夜、壁まで延びる自分の黒い影を、私はいつまでもじっと見つめている。その影はもうひとことも言葉を語らない。私が何かを語りかけても、何かを問いかけても、それに応じることはない。私の影は元あった、無言の平たい影法師に戻っている。それでも私はつい自分の影に向かって語りかけてしまう。私はしばしば彼の知恵を必要とし、彼の励ましを必要とするからだ。しかし今のところ、問いかけに対する答えはない。

私の身にいったい何が起こったのだろう？ 私は今、なぜここにいるのだろう？ 私にはそのことが――今こうして私を含んでいる「現実」のありようが――どうしても呑み込めなかった。どのように考えても、私はここにいるべきではないのだ。私ははっきり心を決め、影に別れを告げ、あの壁に囲まれた街に単身残ったはずなのだ。それなのにどうして私は今、この世界に戻っているのだろう？ 私はずっとここにいて、どこにも行かず、ただただ長い夢を見ていただけなのだろうか？

とはいえ、少なくとも今の私には影がある。私のこの身体には影がくっついている。私が行くところ、どこにでも影が付き添ってくる。私が立ち止まれば、影も立ち止まる。そしてその事実は私を落ち着かせてくれる。私はその事実に感謝する。自分と影とが文字通り一心同体であることに。そんな気持ちは、一度影を失ったことのある人間にしかわからないはずだ。おそらく。

そして眠れない夜、私は壁に囲まれたその街で目にしたこと、そこで自分の身に起こったこと、それらをひとつひとつ鮮やかに克明に頭に蘇らせていった。

図書館の部屋を仄《ほの》かに照らすなたね油のランプのことを、小さなすり鉢で薬草を丁寧につぶしている君の姿を、石畳の通りに蹄の音を響かせる気の毒な単角獣たちのことを、風に静かに揺れる中州の川柳《かわやなぎ》の姿を、私は思い浮かべた。朝と夕に門衛の吹き鳴らす角笛の音、姿の見えぬ夜啼《よなき》鳥《どり》の哀しげな訴求、夜ごと君と一緒に歩いた川沿いの道、古い敷石、口の中でとろける甘い林檎菓子。両手で包むようにして温めたいくつもの古い夢たち。深い溜まりのある草原に降りしきる真っ白な雪。街を隙間なく取り囲む、無表情な煉瓦の高い壁。どのような刃物も、そこにかすり傷ひとつつけることはできない。そして何にも増して、簡素で清潔な衣服を身に着けた一人の美しい少女の姿。それは私に約束されていたはずの光景だ。その約束は果たされたのか？　あるいは果たされなかったのか？

私は何らかの力によって、ある時点で二つに分かたれてしまったのかもしれない。そう考えてしまうことがある。そしてもうひとりの私は今もあの高い壁に囲まれた街にいて、そこでひっそりと日々を送っているのかもしれない。毎夕あの図書館に通い、彼女の作ってくれた緑色の薬草茶を飲み、分厚い机の前でひたすら古い夢を読み続けているのかもしれない。

それがいちばん筋の通った、まっとうな推測であるように思えてならない。あるポイントで私は二者択一の選択肢を与えられた。そして今ここにいる私は、こちらの選択肢を選んだ私なのだ。そしてもう一方で、あちらの選択肢を選んだ私がどこかにいる。どこか――おそらくは高い煉瓦の壁に囲まれた街に。

こちらの「現実の世界」にあって、私は中年と呼ばれる年齢にさしかかった、これという際だった特徴を持たない一人の男性だ。私はもうあの街にいたときのような、とくべつな能力を具《そな》えた「専門家」ではなくなっている。眼を傷つけられてもいないし、古い夢を読む資格を与えられてもいない。巨大な社会を構成するいくつものシステムのひとつ、その歯車のひとつに過ぎない。それもずいぶん小さな、交換可能な歯車だ。私はそのことをいくらか残念に思わないわけにはいかない。

ここに戻ってきてから——おそらく私は戻ってきたのだろう——しばらくのあいだ、私は何ごともなかったように毎朝電車に乗って会社に通勤し、いつもどおり同僚たちと簡単な挨拶を交わし、会議に出て然るべき（しかしそれほど役に立つとも思えない）意見を述べ、あとはおおむね自分の机の前で、コンピュータに向かって作業をする。メールで全国の支店に指示を出し、先方から様々な要請を受ける。ときどき会社の外に出て、書店の責任者や出版社の担当者と会って打ち合わせをする。それなりの経験を要することではあるが、とくに難しい仕事ではない。ただの小さな定型の歯車だ。

そしてある朝、私は上司に辞職願を出す。これ以上この仕事を続けていくわけにはいかない。考え抜いた末に、そう心を決める。今ここにある生活のレールからいったん心身を外さなくてはならない——たとえそれに代わる新しいレールが見当たらなかったにしてもだ。

上司は突然の申し出に驚愕する。それまで私はそんな気配をまったく見せなかったから。そして彼は、私がライバルの会社にヘッドハンティングされたのではないかと考える。そうではないことを、私はうまく説明しようと試みる。それは簡単なことではないが、とにかく相手を納得させることになんとか成功する。それから彼は次に、私が何か心理的なトラブルに遭遇しているのだろうと推測する。ノイローゼとか、初期中年クライシスみたいなものに。

「仕事に疲れたとかそういうことなら、しばらく休暇を取ればいいじゃないか」と上司は穏やかに私を説得する。「有給休暇も溜まっているようだし、半月ほどバリ島かどこかで羽を伸ばし、気分を一新してまた戻ってくればいいだろう。そしてその時点でもう一度考え直せばいい」

　私はそれまでこの直属の上司と良好な関係を維持してきたし、彼もまた私に好意に近いものを抱いていたと思う。だからこんなことになって、彼に対して申し訳ないとは思った。しかしたとえ何があろうと、もうその職場に戻るつもりはない。それは朝の最初の光のようにはっきりしていた。

　私はただこの現実が自分にそぐわないと感じるだけなのだ。この場所の空気が自分の呼吸器に合っていない、というのと同じように。ここにこのまま留まっていては、やがて呼吸をすることさえ困難になってしまうだろう。だから一刻も早く、次の停車駅でこの電車を降りてしまいたい――私が望んでいるのはただそれだけだ。どうしても必要なこと、そうしなくてはならないことなのだ。

　でもそんなことを言い出しても、上司には（そしてたぶん同僚たちにも）理解されないだろう。この現実が私のための現実ではないという肌身の感覚は、そこにある深い違和感は、おそらく誰とも共有できないものだ。

職を辞して自由の身となったものの、その後何をすればいいのか、計画と呼べそうなものを持ち合わせていなかった。だからとりあえず、可能な限り何も考えず何もせず、ひとりで部屋に寝転んで日々を送った。それ以外に私にできることは何もなかった。慣性を剝奪《はくだつ》され、一切の動きを停止し、地面に放置された重い鉄球になったみたいに感じられた。それは決して悪い感覚ではなかったが。

その期間、私はなによりよく眠った。一日に少なくとも十二時間は眠っていただろう。眠っていないときもただベッドに横になり、部屋の天井を眺め、窓から入ってくる様々な物音に耳を澄ませ、壁を移ろう影を見つめていた。何らかの示唆をそこに読み取ろうとして。しかしそんなところにはもちろん、いかなるメッセージも含まれてはいない。

本を読む気も起きないし（私にとってはかなり珍しいことだ）、音楽を聴く気にもなれない。食欲もほとんど感じない。酒を飲みたいとも思わない。誰とも口をきかない。たまに食料品の買い物をするために家の外に出ても、そこにある風景をうまく受け入れることができない。犬を連れて散歩する老人や、梯子《はしご》に上って植木の手入れをする人々や、通学する子供たちの姿を目にしても、それが現実の世界の出来事だとは思えない。すべてはものごとのつじつまを合わせるためにこしらえられた書き割りとしか、立体を装った巧妙な平面としか見えないのだ。

私がリアルな世界の光景として捉えられるものといえば、川柳の繁った中州を望む川沿いの道であり、針のない時計台であり、降りしきる雪の中を歩む冬の単角獣であり、門衛が丹念に研ぎ上げた鉈《なた》の、不気味な輝きでしかない。

しかしその世界に戻っていく手立ては、私には与えられていない。

経済的な側面からいえば、さしあたって問題と言えるほどのものはなかった。それなりの蓄えはあったし（以前にも述べたように、私は長年にわたってずいぶん簡素な独身生活を送ってきたのだ）、五ヶ月は失業保険を受け取ることができた。この十年ばかり、通勤に便利な都内の賃貸のアパートに住んでいたが、もっと家賃の安い物件に移ることも可能だ。というか、考えてみれば私はこの今、日本国中どこでも好きな場所に移り住むことができるのだ。しかしどこに行けばいいのか、具体的な場所をひとつとして思いつけなかった。

そう、私はこの地上に停止した鉄球でしかない。ずしりと重い、求心的な鉄球だ。私の思念はその内側に堅く閉じ込められている。見栄えはしないが、重量だけはじゅうぶんそなわっている。誰かが通りかかって、力を込めて押してくれなければ、どこにも行けない。どちらにも動けない。

私は何度も私の影に向かって問いかけてみる。これからどこに行けばいいのだろう、と。しかし影は言葉を返してはくれない。

28

職を辞して自由の身になって二ヶ月ばかり、そのような動きを失った日常が続く。終わりのない凪《なぎ》のような日々だ。そしてある夜、私は長い夢を見る。それは実に久しぶりに見た夢だった（考えてみればその二ヶ月間、これほど長く深く眠っていたというのに、私は夢というものを見なかった。夢を見る力が一時的に失われてしまったみたいに）。

細部までありありと鮮明な夢――図書館の夢だ。私はそこで働いている。といってもそれは、高い壁に囲まれた街のあの図書館ではない。どこにでもある通常の図書館だ。その書架に並んでいるのは埃をかぶった卵形の〈古い夢〉ではなく、表紙を持つ紙の書籍だ。

大きな規模の図書館ではない。おそらくは小ぶりな地方都市の公立図書館というあたりだろう。一見したところ――その手の施設がおおかたそうであるように――潤沢な予算を与えられているわけではなさそうだ。館内の様々な設備も、書籍の揃え方も、それほど充実しているとは言い難いし、椅子や机も長年にわたってたっぷり使い込まれているようだ。検索コンピュータみたいなものも見当たらない。

少しでも華やかな雰囲気をつくり出そうと、中央のテーブルに大きな陶製の花瓶が置かれているが、盛られた切り花はどれも盛りを数日過ぎているように見える。それでも日の光だけは予算の制約を受けることなく、旧式の真鍮金具のついた縦長の窓から、日焼けした白いカーテンの隙間を抜けて、惜しみなく室内に差し込んでいる。

窓際に沿って閲覧者のための机と椅子が並び、何人かの人々がそこに腰を据えて本を読んだり、書き物をしたりしている。彼らの様子を見るかぎり、居心地は悪くなさそうだ。天井は高く、吹き抜けのようになっており、上の方には黒々とした太い梁《はり》が見える。

私はその図書館で職に就いている。私がそこで具体的にどのような職務をこなしているのか、細かいところまではわからないが、いずれにせよさして多忙というのでもなさそうだ。急いで仕上げなくてはならない課題や、今や遅しと解決を待っている案件は見当たらない。私は「いつかそのうちに済ませればいい」作業を、無理のないペースで進行させているだけだ。

図書館を利用する人々への直接の対応は、何人かの女性の職員が担当している（彼女たちの顔は見えない）。私は専用の部屋にいて、デスクに向かって事務作業をおこなっている。書籍のリストを点検したり、請求書や領収書を整理したり、書類に目を通して印鑑を押したりしている。

その夢の中の職場にあって、私は格別満ち足りた思いを抱いているわけではない。しかし仕事に不満を持ったり、退屈を覚えたりしているのでもない。書籍の管理は長年にわたって習い覚え、慣れ親しんだ仕事だ。専門的な技術は身についている。私は目の前の仕事を片付け、問題を処理し、おおむね円滑に日常を過ごしている。

少なくともそこでの私はもう、一ヶ所に重く留まった鉄球ではない。僅《わず》かずつではあるが、どこかに向けて進んでいるようだ。どこに向けてだかはわからない。しかしそこにあるのは決して悪い感覚ではない。

私はそこでふと気づく。帽子がひとつ、私のデスクの隅の方に置かれていることに。濃い紺色のベレー帽、古い映画で画家が定番のアクセサリーとしてかぶっているような帽子だ。長年にわたって日常的に誰かの頭に載せられていたものらしく、生地が見るからにくったり柔らかくなっている――まるで日向で眠り込んでしまった老いた猫のようだ。ベレー帽のある風景――そしてその帽子はどうやら私のものであるらしかった。しかし不思議な話だ。私は普段帽子というものをほとんどかぶらないし、ましてやベレー帽なんて生まれてこの方(記憶している限り)一度もかぶったことがない。そのベレー帽をかぶった私は、どのように見えるのだろう？ どこかに鏡がないか、部屋の中を見渡してみる。でも鏡に類するものはどこにも見当たらない。私はその帽子をかぶらなくてはならないのだろうか？ それはどうしてだろう？

そこで私ははっと目を覚ます。

その長い夢から覚めたのは夜明け前の時刻だった。あたりはまだ薄暗い。それが夢であったことを認識するまでに――その夢の世界から自分の身体をすっかり引き剝がして、こちらの現実に戻すまでに――時間がかかった。微妙な重力の調整のようなものが必要とされた。

それから私はその夢を頭の中で何度となく再生し、細部をひとつひとつ検証した。うっかり忘れてしまったりしないよう、まだ記憶が生々しく鮮やかなうちに、手元のノートにその内容を思い出せる限り詳細に書き留めた。ボールペンの細かい字で、何ページにもわたって。その夢は私に対して、何か大事なことを示唆しているように思えたからだ。その夢は疑いの余地なく、私に何かしらを教えようと試みていた。まるで親しい個人間で心を込めたメッセージが交わされるときのように、とても親切に具体的に噛み砕いて。

やがて窓がすっかり明るくなり、鳥たちが賑やかに鳴き始める頃になって、私はひとつの結論を得た。

私には新しい職場が必要なのだ。

少しずつでも動き出さなくてはならない。いつまでもここに重く留まっているわけにはいかない。そしてその新しい職場とは、そう、図書館以外にはあり得ないではないか。図書館以外に、私の行くべき場所はない。こんな簡単なことに、なぜこれまで気づかなかったのだろう?

私はようやくどこかに向けて動き始める。新たな慣性を得て徐々に前進を始める。生々しく鮮やかな夢に強く後押しをされて。

29

図書館で働く。

でも、どうやってその職を見つければいいのだろう？　長年にわたって書籍の配本流通を管理する業務に就いていたが、図書館についてはそれを専門とする部署が別にあり、私自身はほぼ関わりを持たなかった。そして思い出せる限り、学校を出てからあと図書館と名のつく施設を利用したこともなかった。

大規模なものから小さなものまで、公立から私立まで各種図書館、あるいは図書館に類する施設をすべて合わせれば、あくまで私の概算に過ぎないが、日本国中にはおそらく数千に及ぶ数の図書館が存在し、多少なりとも機能しているはずだ（いや、それほど多くはないか……わからない）。そのうちのどれが私に適した、私の求める図書館なのだろう？　そしてその図書館に私の就けるようなポジションは用意されているのだろうか？

久しぶりにコンピュータを持ち出し、インターネットを使って図書館の情報を検索する。近隣の図書館に足を運び、図書館に関する専門的な資料をひもといてみる。しかしそこには私が求めている種類の情報は見当たらない。それらの情報はあまりに漠然と広範囲をカバーしているか、あるいは実務的な細部にこだわりすぎているか、どちらかだ。

一週間ばかりそのような無益な努力を重ねた後に、外部から情報を採取することを諦め、自前の記憶が与えてくれる情報に立ち戻ることにする。私があの長い夢で目にしたのは、私のイマジネーションがそこで細かく示唆してくれたのは、どのような図書館だったのだろう？

私は夢を見た直後に記録したノートを読み返し、もう一度頭の中にその図書館の風景を蘇らせる。その場所のありかを教えてくれるヒントのようなものが見当たらないかと、記憶を遡《さかのぼ》る。人々の話し声、壁に貼られたポスター……しかしそんなものは見当たらない。人々は寡黙であり（なにしろそこは図書館なのだ）、貼り紙の細かい字は遠すぎて読み取れない。しかしそこが東京からかなり遠く離れた場所であることだけはなぜかわかる。その空気の肌触りからおおよそ推測がつく。


夢の中で自分が仕事をしていた部屋を、意識の焦点を絞って、もう一度丹念に眺め回してみる。大事なものを見逃したりしないように。

奥に深い長方形の部屋で、床は板張り、ところどころに半ば擦り切れた絨毯が敷かれている（新しいときにはそれなりに素敵なものだったかもしれない）。奥の壁には縦長の窓が三つ並んでいる。階下の窓と同じように古い真鍮の金具がついている。天井には蛍光灯。窓際にこちら向きに置かれた執務用のデスクの上には、古びたライトスタンド、書類入れ、日めくり式のカレンダー、旧式の黒い電話機、陶器のペンケース、使われた形跡のないガラスの灰皿（クリップの容れ物になっている）、そして隅っこにはあの紺色のベレー帽が置かれている。入り口の近くに四脚の椅子と、低いテーブル。コートラック。どれも簡素なものだ。木製のキャビネットの上には古典的な見かけの置き時計がある。コンピュータらしきものは見当たらない。それだけだ。場所のヒントになりそうなものは何もない。

窓からは陽光が差し込んでいるが、色褪せたレースのカーテンが引かれていて、外の景色を目にすることはできない。壁にはカレンダーがかかっている。山と湖の風景写真がついたカレンダーだ。湖の水面に山が反映している。でもカレンダーのページが何月かは読み取れない。その山と湖がどこの山であり、湖であるのか、それも特定できない。美しい風景ではあるけれど、結局のところどの観光地にもありそうな山と湖だ。しかしそのカレンダーの風景からすると、どうやらそこは内陸部であろうと推察される。

もちろんかかっているカレンダーの写真が、その図書館の近隣の風景であるとは限らないが、窓から差し込む太陽の光や、吸い込む空気の質から、そこは海辺よりは山あいに位置しているのではないかと私は推測する。そして——これはあくまで私の個人的な感想に過ぎないが——ベレー帽は海辺の土地よりは山地に似合いそうではないか。

夢の記憶を遡ることによって私が手にした情報といえば、その程度のものだった。そこにあった情景は細かいところまで明瞭に思い出せるのだが、その図書館の名前も、それがどの地方にあるかも皆目わからない。

私は誰かの助けを——おそらくは専門家の実際的な知識を——必要としている。

ついこのあいだまで勤めていた会社に電話をかけ、図書館関係の部署にいる知り合いを呼び出してもらった。大木《おおき》という男で、私の大学の三年後輩にあたる。とくに個人的に親しくしていたわけではないが、仕事がひけたあと何度か一緒に飲みに行ったことがある。無口で、どちらかといえば無愛想だが、おそらく信頼できる人物だ。ずいぶん酒が強いらしく、どれだけ飲んでも顔に出ない。

「先輩、お元気ですか?」と大木は尋ねた。「急に会社を辞められたみたいで、正直びっくりしました」

私は挨拶もせずに唐突に退職してしまったことを詫びた。いろいろ個人的な事情があるのだと言った。大木はそれ以上は何も訊かなかったし、何も言わなかった。そして私が用件を切り出すのを待った。

「図書館のことで少し尋ねたいことがあってね」

「私でお役に立つことなら」

「実は図書館で働きたいと思っているんだ」

大木は少し黙った。そして言った。「それで、どのような図書館を念頭に置いておられるんでしょう?」

「できれば小ぶりの地方都市の、それほど大きくない規模の図書館がいい。東京から遠く離れていてもかまわない。独り身だからどこにでも簡単に移れるしね」

「地方の小規模の図書館……ずいぶん漠然としていますね」

「個人的な希望としては、海辺よりは内陸部の方がいいかもしれない」

大木は小さく笑った。「不思議な希望ですね。でもわかりました。あちこちあたってみましょう。少し時間はかかるかもしれません。一口に地方都市の図書館といっても星の数ほどありますから。たとえ内陸部に限っても」

「時間ならたっぷりあるよ」

「他に何かご希望はありますか？」

できれば薪ストーブがある図書館がいいなと言いたかったが、むろんそんなことは言わなかった。今どき薪ストーブを使っているような図書館はたぶんどこにもあるまい。

「とくに希望はない。働ければいいんだ」

「ところで、図書館の司書の資格みたいなものはお持ちでしょうか？」

「いや、そんなものは持っていない。持っていないとまずいのかな？」

「いいえ、そうとは限りません」と大木は言った。「資格が必要とされるかどうかは、図書館の規模とか職種によって異なります。ただこれは余計なことかもしれませんが、そういうポジションは、もし仮に見つかったとしても、報酬はあまり期待できないと思いますよ。ひょっとしたらボランティア並みの薄給かもしれません。それでもかまいませんか？」

「かまわない。今のところ経済的に困ってはいないから」

「わかりました。調べてみましょう。何かわかったら連絡します」

私は自宅の電話番号を彼に教え、礼を言って電話を切った。

大木にとりあえず下駄を預けたことで、予想していた以上に気持ちが楽になった。どのような結果が出るかはわからないが、少なくとも状況が僅かなりとも動き始めているという感触は、私の意識に新鮮な空気を吹き込んでくれた。ようやくベッドから起き上がり、徐々にではあるけれど身体を動かし始めた。部屋の掃除をし、シーツを洗濯し、買い物をして料理を作った。すぐにも引っ越しができるように、洋服や本の整理をし、不要なものをまとめて区の施設に寄付した。もともとそれほど多くを所有していたわけではなかったが、そんな細かい手仕事を続けていれば、少なくとも昼の間は余分なことは考えずに済んだ。

しかし日が落ちて夜の帳《とばり》が降り、横になって目を閉じると、私の心は再びあの高い壁に囲まれた街に戻っていった。それを止めることはできなかった（とくに止めようと努力したわけではないが）。そこではまだ細かい秋の雨が休みなく降り続き、彼女は黄色い大ぶりなレインコートを着て、それは歩くたびに私の隣でかさこそと音を立てた。その街では私の影は口をきくことができた。まるで私自身の分身のように。そこで飲んだ濃い薬草茶の味や、口にした林檎菓子の味は、私の中にまだ鮮やかに残っていた。

大木から電話がかかってきたのは、一週間後の夜の八時過ぎだった。私は椅子に座って本を読んでいたのだが、突然鳴り響く電話の音に飛び上がった。あたりはいやに静まりかえっていたし、電話のベルが鳴るなんて実に久方ぶりのことだったから。

私は受話器を取り、「もしもし」と乾いた声で言った。胸がどきどきしていた。

「もしもし。こちらは大木ですが」

「やあ」

「先輩ですか？」と大木は疑わしそうな声で言った。「なんだかいつもと声が違うみたいですが」

「喉の具合がちょっとおかしくて」、私はそう言って軽く咳払いをし、声の調子を整えた。

「図書館の仕事の件なんですが」と大木は切り出した。「なかなか簡単ではありませんでした。公立の図書館の職員となると、つまりパブリックな役職に就くとなると、多くの場合それなりの資格を持っているか、図書館勤務の経験者であることが求められます。ご存じのように、中途採用で公務員になるというのは面倒なものです。ただ先輩の場合は長年、書籍関係の仕事に就いてきたので、専門的な知識は十分あるわけだし、実務に関してはまず問題はないはずです。そしてそういう人材を求めている図書館はいくつかあります。正式な図書館員になるのはむずかしいけれど、もう少し融通のきくポジションであれば、それなりに歓迎されるということです」

「つまり正規雇用でなければ可能性はあると？」

「ええ、簡単に言えばそういうことです。正直なところ給与はよくありませんし、社会的な保障もおおむねついていません。勤務しているうちに能力を評価され、そのまま正規採用される可能性はありますが」

私はそれについて少し考えてみた。それから言った。「正規雇用じゃなくてもかまわない。給料が安くてもいい。ただ図書館で職に就きたいんだ。だから適当なポジションがあれば紹介してもらえないだろうか？」

「わかりました。先輩がそれでいいのであれば、当たってみます。具体的な候補はいくつかあります。数日中に、場所や条件なんかをリストにしてお見せします。電話じゃなくて、どこかでお目にかかって直接お話しした方がいいでしょう」

我々は三日後に会うことにして、時刻と場所を決めた。

大木は現在人材を募集している、四つの地方都市の図書館を見つけて、リストアップしてきてくれた。場所は大分県と島根県と福島県と宮城県、三つは市営、ひとつは町営の図書館だ。条件はどれもおおよそ似通ったものだったが、私は福島県にある町営の図書館になぜか心を惹かれた。その町の名前を耳にしたことはなかったが、大木の説明によると、そのZ＊＊町は会津からさほど遠くないところにあるということだった。会津若松駅からローカル線に乗り換えて、一時間ほどでそこに着く。人口は一万五千人ほど。日本の多くの地方都市がそうであるように、この二十年ばかり人口は徐々に減り続けている。若い人々の多くはより良い教育環境や、条件の良い職を求めて都会に出て行く。そしてまたZ＊＊町は、候補に挙げられた他のどの市よりも遠く海から離れたところにあり、規模もいちばん小さかった。山に囲まれた小さな盆地に位置し、町の周縁に沿って川が流れている。

「この福島の図書館に興味があるな」と私はそのリストを一通り眺め、細部を検討してから言った。

「じゃあ、直接現地に出向いて、面接を受けますか？」と大木は尋ねた。「もしよければ、僕の方で面接の予約を入れておきます。できるだけ早いほうがいいでしょうね。館長の募集なので他の人に決まってしまわないうちに。その前にいちおう履歴書を用意していただけますか」

もう用意してある、と私は言った。封筒に入った履歴書を大木に差し出すと、大木はそれを革鞄に入れた。そして言った。

「実を言いますと僕も、先輩にはその福島県の町営図書館が向いているんじゃないかと考えていたんです」

「それはどうして?」

「そこは建前はいちおう町営の図書館となっていますが、実質的には町は運営に関与していません。ですから地方公務員の面倒な縛りみたいなものを免《まぬが》れることができそうです」

「町営の図書館なのに、町は運営に関わっていない?」

「ええ、そういうことです」

「じゃあ、誰が運営しているんだろう?」

「この町には農業以外にこれという産業もなく、また名の知れた観光資源みたいなものも見当たりません。近くに小さな温泉があるくらいです。そしてそういう自治体の例に漏れず、慢性的に予算不足に悩んでいます。町営の図書館を維持するのも一苦労で、建物も老朽化して消防法なんかにも引っかかるようになり、一時は閉館することも考えたようです。ただ町で昔から続いていた造り酒屋の経営者が中心になり、『図書館は大事な文化施設であって、それをなくすのは町のためにならない』ということで、十年ほど前にファンドを起ち上げ、図書館運営に必要な資金を提供することになったようです。図書館自体も新しい場所に移転し、それを機に町は運営権を実質的にそちらに委譲したということです。それ以上の細かい事情は調べられませんでした。よかったら現地で直接尋ねてみてください」

そうしてみると私は言った。

「今風にいえば、民間移管された図書館というわけです。先輩みたいな人にはそういうところの方が働きやすいんじゃないでしょうか。実際に見たわけじゃないけど、それほどせかせかした土地柄でもないようですし」と大木は言った。

二日後に大木から連絡があり、月曜日以外の都合の良い日の、午後三時に現地の図書館を訪ねてもらいたい、ということだった。

「都合の良い日？」と私は言った。

「お好きな日でよいそうです。いつでも会えるようにしておくからと」

なんとなく奇妙な話だったが、私の方にはとくに異議を申し立てる理由はなかった。

「そこで面接があるのかな？」

「おそらく」と大木は言った。「先輩のようなしっかりした経歴を持つ、働き盛りの人が、わざわざ東京から応募してきたことに、先方は少なからず驚いていたようですが、そのへんは適当に説明しておきました。都会での忙しい暮らしに疲れたようだとか、それらしいことを」

「いろいろ親切にしてくれてありがとう。感謝するよ」と私は礼を言った。

彼は少し間を置いてから言った。

「これは余計なことかもしれませんが、僕にとって先輩は昔からなにかと不思議なところのある人でした。予測がつかないというか、つかみどころが見えないというか……今回のこともそうです。なぜそんなに急いで今の職場を離れ、名前も聞いたことのない田舎町の図書館で、条件のよくない仕事を引き受けなくちゃならないのか、わけはよくわかりません。でもきっと何か大事な理由があるんでしょうね。いつか気が向いたら、そのへんのことを教えてもらえると嬉しいです」、そして小さく咳払いをした。「ともあれ、新しい場所での暮らしが実りあるものになることを祈ってます」

「ありがとう」と私は言った。そして思い切って尋ねた。

「ところで君は、自分の影の存在が気になったことがあるだろうか？」

「自分の影ですか？　黒い影法師のことですね？」、大木は電話口でそれについてしばらく考え込んでいた。「いや、とくに気にとめたことはないと思いますね」

「ぼくは自分の影のことがどうしても気になるんだ。とりわけここ最近はね。自分の影に対して、人としての責任のようなものを感じないわけにはいかない。果たして自分の影をこれまで正当に、公正に扱ってきたのだろうかと」

「あの……それも今回の転職を考えた理由のひとつになるのでしょうか？」

「そうかもしれない」

大木はまたしばらく黙り込んでいた。それから言った。「わかりました……というか、正直言ってもうひとつよくわかりませんが、自分の影について今度少し考えてみます。何が正当で公正なのかを」

30

東京からZ＊＊町までの旅は予想した以上に時間がかかった。水曜日の朝の九時に東京を出て、現地の駅に到着したのは午後二時近くだ。面接の予定時刻は午後三時だ。

東北新幹線で郡山まで行き、そこから在来線で会津若松まで行って、ローカル線に乗り換える。しばらくして列車は山中に入り、それからあとは地形に沿って細かく向きを変えながら、山と山との間を縫うように抜けていく。トンネルも次から次へと現れる。あるものは長くあるものは短い。いったいどこまでこうして山が続くのだろうと感心してしまうほどだ。季節は初夏で、まわりの山々はすっかり鮮やかな緑に包まれていた。どこかから風が入ってくるらしく、吸い込む空気には新緑の匂いがした。空には多くのとんびが輪を描き、その鋭い眼で世界を怠りなく見渡していた。

内陸部に行くというのがそもそもの希望だったから、山が多いのは当然と言えば当然なのだが、考えてみれば私はこれまで一度も山間の土地に住んだことはなかった。生まれ育ったのは海のそばだし、東京に来てからはずっと関東平野の真っ平らな土地に暮らしていた。だからこれほど多くの山に囲まれた土地に定住する（かもしれない）というのは、私にとって不思議な気のすることであり、また同時に興味深い新たな展開のようでもあった。

昼時ということもあり、列車の乗客は少なかった。駅に止まるたびに数人の乗客が降車し、かわりに数人が乗り込んだ。まったく人の乗降がない小さな駅もいくつかあった。駅員の姿さえ見えない駅もあった。食欲はなかったので昼食はとらず、どこまでも続く山を眺めながらときどき短くうたた寝をした。そして目が覚めると、いつも少し不安な気持ちになった。自分がここでいったい何をしているのか、これから何をしようとしているのか、そんなことをあらためて考え始めると、体内にある判断軸が微妙に揺らいだ。

私は本当に正しい場所に向かっているのだろうか？　ただ見当違いな方向に、見当違いなやり方で進んでいるだけではないのか？　そう思うと、身体のあちこちの筋肉が強ばった。だからできるだけ何も考えないように努めた。頭を空っぽにしておかなくてはならない。そして自分の中にある直感を――論理では説明のつかない方向感覚を――信用して進んでいくしかないのだ。

でもきっと何か大事な理由があるんでしょうねと大木は私に言った。私自身もそう信じてやっていくしかないのかもしれない。そこにはきっと何か大事な理由があるのだろう、と。

大木はまた私のことを「予測がつかない」「つかみどころが見えない」と評した。それを聞いてそのとき私は少し驚きもした。自分がそんな風にまわりの人に見られていたなんて、思いも寄らなかったからだ。私は会社ではとくに目立った行動もとらなかったし、ごく当たり前の人間として普通に振る舞ってきたつもりだった。社交的とは言えないまでも、社内でのつきあいは人並みにこなしてきた。四十代半ばを迎えて独身であるのは珍しかったが（社内にはそういう例は私の他になかった）、それ以外にまわりの同僚たちと異なったところはとくになかったはずだ。でも私の中にはあるいは、人に心を許さない部分があったのかもしれない。地面に一本線を引いて、ここから内側には足を踏み入れてもらいたくない、といったように。そして長く行動を共にしていれば、人はそういう気配を微妙に感じ取るものだ。

「つかみどころが見えない」と言われれば、確かにそうかもしれない。結局のところ、私には自分自身のことさえろくすっぽ把握できていなかったのだから。私は窓の外を過ぎていく山間の風景を眺めながらそう思った。あるいは私という人間に関して、真に戸惑うべきは私自身なのかもしれない。

目を閉じて何度か深く呼吸し、頭の中を落ち着かせようと試みる。少し後でもう一度目を開け、もう一度窓の外の風景に目をやる。列車は曲がりくねった美しい谷川を交叉《こうさ》して渡り、トンネルに入り、トンネルを出る。トンネルに入り、トンネルを出る。ここまで深く山の中に入れば、冬はきっとずいぶん冷え込むことだろう。雪もかなり降るはずだ。雪について考えると、私はあの気の毒な獣たちのことを思い浮かべないわけにはいかなかった。降り積もる白い雪の中で、次々に息を引き取っていく単角獣たち。彼らはそのやつれた身体を地面に横たえ、静かに目を閉じて死を待ち続けている。

Z＊＊町の駅前には小さな広場があり、タクシー乗り場とバス乗り場があった。タクシー乗り場にはタクシーは一台もおらず、また姿を見せそうな気配もなかった。バスを待っている人の姿も見当たらなかった。私は用意してきた地図で図書館の位置を確かめた。駅から十分ほど歩けばそこに着くはずだ。だから私は町をぶらぶらと散歩して、それまでの時間を潰そうと思った。しかし十五分ばかりかけて町を一通り歩いてみたあとで、ここを散策してそれ以上の時間をつぶすのは不可能だという結論に達した。そこにはとくに見るべきものがないのだ。駅前には小さな商店街があったが、半分近くの店はシャッターをぴたりと下ろしていたし、開いている店もおおかたは眠りこけているようだった。

喫茶店に入って、コーヒーを飲みながら持参した本を読んでいようかとも思ったが、中に入りたいという気持ちになるような店は見当たらなかった。ファーストフードのチェーン店がひとつもないのは光景として好ましくはあったが、それに代わる魅力的な（あるいは妥当な）選択肢もなさそうだ。地元の人々はおそらく無個性なワンボックス・カーや軽自動車に乗って郊外に出かけ、無個性なショッピングモールで買い物をしたり、食事をとったりするのだろう。日本国中どこにでもある地方都市の典型だ。「ローカルカラー」なんていう言葉はもはや死語になりつつあるのかもしれない。

私は小さなコンビニエンス・ストアで熱いコーヒーを買って、その紙コップを手に、駅の近くにある小さな公園で時間を潰すことにした。年若い母親が二人、子供たちをそこで遊ばせていた。小学校に上がる前の子供たちだ。男の子が一人に、女の子が一人。子供たちは遊具で遊び、母親たちは並んで立って、熱心に何かを話し合っていた。私は硬いベンチに座って、そんな風景を見るともなく見ていた。そうするうちに、高校生のとき、ガールフレンドの家の近くの公園で待ち合わせをしたときのことをふと思い出した。私の頭はすぐにそのときの記憶でいっぱいになった。

その夏、私は十七歳だった。そして私の中では、時間はそこで実質的に停止していた。時計の針はいつもどおり前に進み、時を刻んでいたが、私にとっての本当の時間は——心の壁に埋め込まれた時計は——そのままぴたりと動きを止めていた。それからの三十年近い歳月は、ただ空白の穴埋めのために費やされてきたように思える。からっぽの部分を何かで充たしておく必要があるから、周りにある目についたものでとりあえず埋めていっただけだ。空気を吸い込む必要があるから、人は眠りながらも無意識のうちに呼吸を続ける。それと同じことだ。

川を見てみたいとふと思った。そうだ、この町に着いたとき、私はまず川を見に行くべきだったのだ。時間は余っていたのだから。

インターネットからプリントアウトしてきた町の地図をポケットから出して広げて見ると、その川は緩やかにカーブしながら町の外周近くを流れていた。それはどんな川なのだろう？　そこにはどんな水が流れているのだろう？　魚はいるのか？　そこにはどんな橋がかかっているだろう？　しかし今から川まで行って、また戻ってくるだけの時間の余裕はもうなさそうだった。図書館の面接を終えたあとで、もしまだその気があるなら、ゆっくり見に行けばいい。

ほとんど味のない薄いコーヒーを飲み終え、紙コップを公園のゴミ箱に捨てた。二人の幼い子供たちはまだ遊具で遊び続けていた。二人の若い母親はその隣で飽きることなくおしゃべりを続けていた。水飲み場にカラスが一羽とまって、私の方をじっと横目で見ていた。よそ者である私を、注意深く観察し、行動を見守っているようでもあった。私はそのカラスが飛び立つのを待ってから公園を出て、歩いて図書館に向かった。

図書館は木造の二階建ての建物だった。どうやら古い大きな建物を最近になって新しく改築したもののようだ。瓦がいかにも真新しく光っていることでそれがわかった。小高くなった丘の上に建ち、手入れされた庭がついており、何本かの大きな松の木が得意げに地面に色濃い影を落としていた。それは公共施設というよりは、どこかの資産家の古い別荘のように見えた。

思っていたより悪くないと私は思った。感心した、と言った方がいいかもしれない。二つ並んだ古い石の門柱の一つには、「Z＊＊町図書館」と彫られた大きな木製の古びた看板が掛けられていたが、もしそれがなかったら、そこが図書館だとはおそらく気がつかずに通り過ぎていただろう。財政の豊かではない小さな町の図書館ということで、もっとありきたりの、貧相で味気ない建築物を予想していたのだ。

あたりに人影はなかった。私は大きく開かれた鉄扉を抜けて、革靴の底で砂利を踏みしめながら、カーブした緩やかな坂道を玄関まで歩いた。大きな松の枝のひとつには、やはり真っ黒なカラスが一羽とまっていたが（そしてやはり鋭い目で私の姿をじっと見守っているように思えたが）、それが先ほど公園にいたのと同じカラスなのかどうか、そこまではもちろん判別できなかった。

玄関の引き戸を開け、民家風の古風な敷居を越えて中に入ると、屋内は大きく開けた空間になっていた。吹き抜けになっており、天井もかなり高い。太い四角い柱と、何本かのきれいにカーブした太い梁がかみ合わされ、大柄な家屋を頑丈に支えていた。おそらくは百年以上前から、その与えられた役目を黙々と、不足なく引き受けてきたのだろう。梁の上高くにある横長の窓から、初夏の陽光が心地よく差し込んでいた。

玄関を入ってすぐの土間がラウンジのようになっていて、ソファが置かれ、壁のラックには新聞や雑誌が整然と並んでいた。真ん中のテーブルに置かれた大きな陶製の花瓶には、枝付きの白い花がたっぷり挿されていた。三人の利用客が椅子に腰を下ろし、それぞれに黙々と雑誌を読んでいた。六十代から七十代の男性、おそらく暇を持て余している退職者だろう。そのような人々が昼下がりの時間を過ごすには、うってつけの場所であるようだ。

その奥にはカウンターがあり、眼鏡をかけた細身の女性が座っていた。いくぶん骨張った顔立ちで、鼻が小さく薄い。髪を後ろで束ね、簡素なデザインの白いブラウスを着ている。暖炉の前で編み物をしているのが似合いそうだ。しかし今はカウンターの奥に座り、分厚い帳簿にボールペンで何か記載している。その背後の壁には伸びをしている猫を描いたレオナール・フジタの小品が、頑丈そうな額に入って飾られていた。たぶん複製だろう。複製でなければ間違いなく相当な値がついているはずだし、そんな貴重なものがここに何気なく飾られているとは思えない。しかし複製画にしては額がいささか立派すぎる。

腕時計の針が三時少し前を指していることを確かめてから、カウンターに行って名前を名乗り、三時からの面接にうかがったのだがと言った。彼女は私の名前を聞き返し、私はもう一度繰り返した。彼女は猫を思わせる目をしていた。変化しやすく奥が見通せない目だ。

彼女は何かを確かめるように私の顔をしげしげと眺め、しばらく黙り込んでいた。言葉を一時的に失ったかのように。それから一息ついて、どことなく諦めを感じさせる声で言った。「お約束をなさったのですね?」

「いつでもかまわないから月曜日以外の午後三時にここに面接に来るようにと言われました」

「失礼ですが、誰とお約束なさったのでしょう？」

「さあ、お名前はわかりません。人を介した話でしたので。ただこの図書館の責任者の方と話すように言われたのです」

彼女は眼鏡のブリッジに手をやって位置を正し、またしばらく黙り込み、それから抑揚を欠いた声で言った。

「面接のことはわたくしは聞いておりませんが、わかりました。あちらの階段を上がると、廊下のすぐ右手に館長室があります。そちらにお越しください」

私は礼を言って、階段の方に向かった。カウンターの女性の困惑したような沈黙には、何かしら意味が含まれていそうだったし、もちろん気にはなったけれど、それについて今ここで考えを巡らせている余裕は私にはなかった。なにしろこれから大事な面接が控えているのだから。

階段の上がり口には簡単なロープが渡され、「関係者以外はご遠慮ください」という札がかかっていた。天井が取り払われて吹き抜けになっているのはラウンジを含めた一階の一部だけで、あとは二階建てになっているようだった。一般の来館者が利用できるのはおそらく一階部分だけなのだろう。

微かな軋みを立てる板張りの階段を上ると、カウンターの女性が教えてくれた通り、すぐ右手にドアがあり、「館長室」と彫られた金属札が打ち付けられていた。私はもう一度時計に目をやり、その針が午後三時を僅かに回っていることを確認してから一度深呼吸をし、ドアをノックした。湖に張った氷の厚さを、そこを渡る前に慎重に確かめる旅人のように。

「どうぞ、ああ、お入りなさい」という男の声が間を置かず中から聞こえた。まるでかなり前からノックをじっと待ちかまえていたみたいに。

ドアを開けて中に入り、戸口で軽く一礼した。こめかみが小さく脈打っているのが感じられた。私は自分で予想していた以上に緊張しているらしかった。面接を受けるなんて、大学生のときに会社まわりをして以来のことだ。自分がその時代、その年齢にもう一度戻されてしまったような気がした。

部屋はそれほど広くなく、ドアの真向かいに縦長の窓があり、そこから陽光が差し込んでいた。その窓を背にして古い大ぶりなデスクがあり、そこに男が座っていた。しかし光の影になって、相手の顔をはっきり見定めることができなかった。

「お邪魔いたします」と私は戸口に立ったまま、乾いた声で言った。そして名を名乗った。

「どうぞ、お入りなさい。お入りなさい。お待ちしておりました」とその男は言った。森の奥で見知らぬ動物に語りかけるような、穏やかなバリトンの声だった。地方の訛りは聞き取れない。

「そこの椅子に、ああ、お座りください」

椅子はデスクのこちら側にあり、私たちはまっすぐ顔を合わせる格好になった。しかし彼の顔は相変わらず日差しの影の中にあった。椅子に座っていたから、背丈まではわからなかったが、どうやら大柄な男ではないようだ。丸顔で、どちらかといえば肥満気味であるらしい。

「こんな遠方までよくお越しくださいました」と男は言った。そしてひとつ軽く咳払いをした。

「さぞ時間がかかったことでありましょう」

五時間近くかかったと私は言った。

「そうですか」と男は言った。「新幹線のおかげでずいぶん時間が短縮されましたが、わたくしはあまり外に出んもので、そのへんのことはよくわかりません。東京にもなにしろずいぶん長く足を運んでおりませんので」

男の声には一種不思議な感触があった。こなれた柔らかな布地の肌触りを思わせる。ずっと昔どこかでそれに似た声音を耳にした覚えがあったが、それがいつどこでだったか、急には思い出せなかった。

陽光の明るさに次第に目が慣れてくると、男がおそらくは七十代半ばあたりであることがわかってきた。灰色の髪が頭の奥の方まで後退している。上瞼が分厚く、一見眠そうに見えたが、その下からのぞいている瞳の色は明るく、意外なほどの生気を感じさせた。

彼はデスクの抽斗を開け、そこから名刺を一枚取りだし、デスク越しに私に寄越した。白い紙に黒いインクで「福島県　＊＊＊郡　Z＊＊町図書館館長　子易辰也《こやすたつや》」と印刷されていた。図書館の住所、そして電話番号。とても簡素な名刺だった。

「子易と申します」と子易氏は言った。

「珍しいお名前ですね」と私は言った。名前について何かひとこと述べた方がいいような気がしたからだ。「このあたりには多いお名前なのですか?」

子易館長は笑みを浮かべながら首を振った。「いやいや、このあたりでも、子易姓を名乗るのはわたくしどもだけです。他にはおりません」

私は念のために以前の会社で使っていた名刺を、カード入れから出して差し出した。

子易館長は老眼鏡をかけ、その名刺をいちおう確認してから、抽斗に仕舞った。そして老眼鏡を外して言った。

「ああ、送ってくだすった履歴書を拝見いたしました。図書館勤務の経験もないし、資格も持っておられんということで、最初の段階ではお断りしようかとも思ったのです。わたくしどもとしては図書館運営の経験者を、ということで募集しておったものですから」

私は「もちろん」という顔をして肯いた。わたくしどもという表現がいったいどれほどの人数を意味するのかはわからなかったが。

「しかし、ああ、いくつかの理由から、あなたを候補の一人として残すことにしたのです」、子易館長は太くて黒い万年筆を手に取り、それを指の間でくるくる回した。「理由のひとつは、書籍の流通に長年携わってこられたあなたの実績は、得がたいものだと思ったからです。そしてまだまだお若い。どういう事情があったのかは知りませんが、もっとも働き盛りの年齢で会社を退職なさっておられる。この職に応募されてきた方の大半は、既に定年退職された高年齢の方々です。あなたのような若い方はほかにおられなかった」

私はもう一度肯いた。今の段階で私があえて口をはさむべき点は見当たらなかった。

「第三に、あなたが履歴書に添えておられた手紙を拝見すると、あなたは図書館で働くことに強い興味と関心を持っておられるようだ。それも大きな都会ではなく、地方の小規模な自治体で。そういう解釈でよろしいですかな?」

そういうことだと私は答えた。館長はまたひとつ咳払いをしてから肯いた。

「こんな山深い田舎町での図書館の仕事が、なんであなたにとってそれほど意味を持つことになるのか、正直言ってわたくしにはよくわかりません。図書館の仕事なんぞ、まあかなり退屈なものですから。それにこの町には、娯楽施設と呼べるようなものはほとんど何ひとつございません。文化的な刺激も見当たらない。本当にこんなところでよろしいのですかね」

文化的な刺激はとくに必要としない、と私は言った。私が求めているのは静かな環境だと。

「静かなことはずいぶん静かです。秋になれば鹿の鳴き声が聞こえるくらいです」と微笑みながら館長は言った。「それではあなたがその出版流通会社でなさっていたお仕事の内容を説明していただけますかな？」

若い頃には足を使って全国の書店を回り、書籍販売の現場の実態を学んだものだ。ある程度の年齢になってからは、本社に腰を据えて流通を調整し、それぞれの部署に指示を出すコントローラーのような役目を果たしてきた。どのようにうまくことを進めても、必ずどこかから苦情の出る仕事だ。しかし私はまず無難にその仕事をこなしてきたと思う。

そんな説明をしているうちに、私はふと気がついた――大ぶりなデスクの隅に帽子がひとつぽつんと置かれていることに。それは紺色のベレー帽だった。長年使い込まれているものらしく、ちょうど良い具合に柔らかくくたびれている。そしてそれは、私が夢の中で目にしたのとまったく同じ――少なくともまったく同じに見える――ベレー帽だった。置かれている位置までも同じだ。私は息を呑んだ。

何かと何かが繋がっている。

時間がそこでいったん動きを止めてしまったようだった。時計の針は遠い過去の大事な記憶を懸命に辿るように、そこに凍りついた。それが再び動き出すまでにしばらく時間がかかった。

「どうかなすったのですか？」、子易館長が心配そうに私を見ながら尋ねた。

「いいえ、何でもありません。大丈夫です」と私は言った。そして何度か軽く咳払いをした。喉に何かが詰まったふりをして。それから何ごともなかったように、前の会社でおこなっていた仕事の説明を続けた。


「なるほど、あなたは長年にわたって書籍について勉強をなさり、研鑽《けんさん》を積んでこられた。社会常識もあり、組織内での仕事のやり方も心得ておられるようだ」、私が話し終えると館長はそう言った。

私はちらりとベレー帽に目をやり、また相手の顔を見た。

子易館長はそのあとこの図書館の運営に関して、館長がしなくてはならない仕事の説明をした。それほど長い説明ではない。仕事の量は多くなかったからだ。給与の額も提示された。大した額ではないが、覚悟していたほど少なくもなかった。もしこの町で一人つつましく生活するのであれば、十分事足りる額だ。

「ああ、何か質問はございますでしょうか？」

質問はもちろんいくつかあった。「もし、あなたの職を継ぐことになるとすればですが、私はいろんな決定に関して、どなたの指示を仰げばいいのでしょう？」

「つまりボスは誰になるか、ということですね」

私は肯いた。「そういうことです」

子易館長はもう一度太い万年筆を手に取り、その重さを確かめてから慎重に言葉を選んだ。

「ああ、この図書館は名義上はいちおう町営図書館となっておりますが、実質的な運営は町の有志が起ち上げたファンドによって行われております。ファンドには理事会があり、理事長がおりまして、理論的にはその人物が決定権を有しておるのですが、実際には名前だけの名誉職で、ほとんど何の発言もしません」

子易館長はそこで話しやめた。私は話の続きを待ったが、続きはないようだった。

私がそのまま黙っていると、子易館長は沈黙の中で何度か瞬きをし、指に挟んでいた万年筆をデスクの上に置いた。

「それについてはまた後日、ゆっくりご説明させてください。いささか長い話になりそうですから。ただとりあえずのところは、何か問題みたいなものがあれば、このわたくしに相談していただけますか。わたくしがうまく取り計らうようにいたします。それでいかがでしょう?」

「よくまだ事情が呑み込めないのですが、子易さんはこの図書館の館長職を辞されるということなのですね?」

「ええ、そのとおりです。というか、わたくしは既に館長職を退いておりまして、そこは空席となっております」

「そして子易さんは館長の職を退かれたあとも、相談役のようなかたちでここに残られるのでしょうか」

子易館長は水鳥が物音を聞きつけたときのように、くいと小さく鋭く首を曲げた。

「いやいや、相談役というような役職が公式にあるわけじゃございません。ただ職務引き継ぎの期間は、やはりある程度必要とされるのではないかと愚考いたします。その期間、必要に応じてあくまで個人的にあなたのお手伝いをできればと思っているだけです。もちろんあなたの方に不都合がなければ、ということでありますが」

私は首を振った。「いいえ、不都合なんてことはありません。というか、それは私にとってずいぶんありがたいことです。ただお話をうかがっていると、なんだか既に後継者は私に決定しているというように聞こえてしまうのですが」

「ああ、それはもう」と子易館長は驚いたような表情を顔に浮かべて——そんなこともわかっていなかったのかというように——言った。「わたくしどもとしては最初からずっとそのつもりでおりましたよ。実はこれまでお勤めになっていた会社の同僚の方からも、内々にお話をうかがいましたが、ああ、あなたの評判は間違いないものでした。仕事においては有能であり、人柄も森の樹木のように誠実で信頼できると」

森の樹木のように？　私は自分の耳を疑った。そんな表現を口にしそうなかつての同僚を、私は一人として思いつけなかったからだ。森の樹木のように？

子易館長は続けた。「ですからこそ、わざわざこのような遠方までご足労をいただいたのです。正式決定をする前に、やはり一度お目にかかって、お話をしておいた方がよかろうと。しかしわたくしどもの気持ちは前もって決まっておりました。この職は是非ともあなたさまにお願いしようと」

「ありがとうございます」と私はどこかに重心を置き忘れたような声で言った。そして深くゆっくり息をついた。それはおそらく安堵の息だった。

私たちはその後、私がこの町の図書館の職に就くにあたっての、いくつかの実際的な案件について話し合った。今住んでいる都心のアパートを引き払い、この町に越してこなくてはならない。その住まいを調達する必要があった。もし任せてもらえるなら、適当な住居は当方で用意できると思うと子易館長は言った。この町には空き家はいくつもあるし、家賃は東京都心に比べれば微々たるものだ。家財など、あとのことはなんとでも都合はつくだろう。

　半時間ほどかけておおよその話が決まると、子易館長は椅子から立ち上がり、デスクの上の紺色のベレー帽を手に取って、頭にかぶった。用件があって、そろそろもと来た場所に戻らなくてはならないのだと言った。

　もと来た場所に戻るというのはちょっと奇妙な表現だなと私は思った。しかしもともと少し変わった言葉遣いをする人物だったから、とくに気にはしなかった。

「素敵なお帽子ですね」と私は水を向けた。

　館長は嬉しそうに口元に笑みを浮かべた。一度帽子を脱ぎ、じっくり眺め、念入りに形を整えてからかぶり直した。ベレー帽はより親密に頭の一部になったように見えた。

「ああ、この帽子はかれこれ十年前から愛用しております。やむを得ぬこととはいえ、年齢とともに髪が薄くなり、帽子なしでは何かとつらさを感ずるようになりました。とくに冬場は。それでフランスに旅行することになった姪っこに頼みまして、パリの一流店でベレー帽を買ってきてもらったのです。若い頃はフランス映画が好きでして、昔からベレー帽に憧れておったものですから。まあ、このような僻地でベレー帽をかぶっているものといえばわたくしくらいのものでして、最初はそこそこ恥ずかしかったものですが、そのうちにすっかり馴れました。わたくしの方も、またみんなの方も」

それから私は子易館長の身なりに関してもうひとつの普通ではない——風変わりという点ではベレー帽以上に風変わりな——事実を目に留めることになった。子易館長はズボンではなくスカートをはいていたのだ。

子易氏は後日、どうして日常的にスカートをはくかということについて、親切にわかりやすく説明をしてくれた。

「ひとつには、こうしてスカートをはいておりますと、ああ、なんだか自分が美しい詩の数行になったような気がするからです」

31

それからほどなく、私は十年以上にわたって一人暮らしをしていた中野区の賃貸アパートを引き払い、東京を離れ、Z＊＊町の新居に引っ越した。かさばる家具や大きな電化製品は業者を呼んで引き取ってもらった。とくに立派な家具や器具でもないし、数も多くない。書棚に入りきらなくなっていた大量の書籍も、大半は古本屋に売り払った。これから図書館で仕事をするのだから、おそらく読む本に不自由することもあるまい。不要になった古いスーツやジャケットも、古着を回収している施設に寄付した。新しい生活を始めるにあたって、過去の匂いの残っているものはできるだけ処分してしまいたかった。おかげで荷物は引っ越し便で運べる規模のものになり、久しぶりにずいぶん身軽になった気がした。

この解放感は、以前経験した何かに似ているなと思って考えてみたのだが、それは私があの高い壁に囲まれた街に住み始めたときの気持ちに少しばかり似ていた。もっともあの街に入ったときの私は、まったく何ひとつ身に携えていなかった。文字通りの身ひとつで私はあの街に入り（そう、私は自分の影すら棄てたのだ）、住居から衣服まで何もかもを街から与えられた。それらはきわめて簡素なものだったが、不自由は感じなかった。

そのときに比べれば、私は軽トラックの荷台いっぱいの「持ち物」をまだ過去から引き継いでいた。しかしずいぶん身軽になったという解放感には、間違いなく相通じるところがあった。

駅前に店舗を構える不動産業者が私をその貸家に案内してくれた。小松というひどく愛想のいい小柄な中年男だった。彼が図書館から委託を受けて、私の住まいに関する一切を取り仕切っているということだった。

平屋建ての小ぶりな一軒家で、川の近くにあった。焦げ茶色の板塀に囲まれ、小さな庭がついていた。庭には古い柿の木が一本生えていた。今はもう使われていない、半ば埋められた井戸もあった。井戸の横には山吹が茂っており、その奥の小さな灯籠にはうっすらと緑色の苔が生えていた。雑草はきれいに抜かれ、ツツジの茂みは端整に刈り揃えられていた。半年ばかり人が住んでおらず庭が荒れていたので、数日前に庭師を入れたということだった。

「あるいは余計なことだったかもしれませんが、このあたりでは庭というのは、それはそれで、大事な意味を持つものですから」と小松さんが言った。

「もちろん」と私は適当に同意した。

「それから、あの柿の木はたくさんの立派な実をつけますが、とても渋くて食べることはできません。残念なことですが。しかしそのぶん、そのへんの子供が勝手に庭に入ってきて、果実をとっていくというようなこともありません」

「ということは」と私は言った。「人はみんな知っているわけですね。この庭の柿は見てくれは良くても、渋くて食べられないことを」

小松さんは何度か肯いた。「ええ、このあたりの人は、このあたりのことなら何でも知っております。柿の実ひとつにいたるまで」

家屋は築五十年は経っているということだが、とくに古びている印象はなかった。こぢんまりとして目立たないところに好感が持てた。私の前には老婦人が一人で住んでいたということだ。「ずいぶんきれい好きなひとだったから、家の内部はよく手入れされております」と小松さんは言った。その老女がどうなったのか、どこに行ったのか、彼は言わなかったし、私もあえて訊かなかった。部屋数は少なかったが、一人暮らしにはちょうどいい広さだ。家賃は東京で払っていた金額のおおよそ五分の一だった。勤め先の図書館までは歩いて十五分ほどだ。

「もしこの家がお気に召さないということであれば、また別のものを探して参りますから、遠慮なくそう申しつけてください。このあたりには、空き家ならほかにまだいくらでもありますので」と小松さんは言った。

「ありがとうございます。でも見たところ、この家でおそらく問題はないと思います」

そして実際のところ、問題はなかった。前もって言われたとおり（「まったく身ひとつで来ていただいて結構です」と子易氏は言っていた）、冷蔵庫から食器、調理用具、簡単なベッドから寝具にいたるまで、日常生活に必要なものはおおよそすべて遺漏《いろう》なく揃っていた。どれも新品ではないようだが、それほど古いものでもないし、十分用は足りた。小松さんが図書館からの指示を受けて、それらの手配をすべておこなってくれたということだった。私は彼に礼を言った。それだけの準備を整えるのはかなり面倒な作業であったはずだ。

「いいえ、いいえ」と彼は手を振って言った。「これくらいお安い御用です。よそからこの町に越してこられる方は珍しいですから」

そのようにしてZ＊＊町における私のささやかな、新しい生活が始まった。毎朝八時過ぎに家を出て、川沿いの道を上流に向けて歩き、それから町の中心部に向かう道を歩いた。会社に勤めているときと違って、スーツを着る必要もなく、ネクタイを締める必要もない。窮屈な革靴を履く必要もない。それは私には何よりありがたいことだった。それだけでも仕事を変えた意味はある。いったんそういう生活を捨ててしまうと、自分がこれまでどれほどの不自由に耐えてきたかが実感できた。

川の水音は心地よく、目を閉じるとまるで私自身の内側を水が流れているような錯覚に襲われるほどだった。まわりの山から流れてくる水は澄んでいて、ところどころに小さな魚たちが泳いでいるのが見えた。石の上にほっそりとした白い鷺《さぎ》がとまり、辛抱強く水面を睨んでいた。

この町の川は、あの「壁に囲まれた街」を流れていた川とはずいぶん見かけは違っていた。そこには大きな中州もなく、柳の木も生えていなかった。石造りの古い橋もかかっていなかった。もちろん金雀児《えにしだ》の葉を食べる単角獣たちの姿もない。そして両脇を無個性なコンクリートの護岸に囲まれていた。しかし流れる水は同じように澄んで美しく、涼しげな夏の水音を立てていた。私は自分がそのような心地よい川のそばに暮らせることをうれしく思った。

町はまわりを高い山に囲まれた盆地にあったので、夏は暑く、冬は寒いということだった。私が町に越してきたのは八月の終わりで、山里ではそろそろ秋が始まり、蟬たちのうるさい声ももうほとんど聞こえなくなっていたが、それでも残暑は厳しく、日差しは首筋を遠慮なくじりじりと焼いた。

私はまわりにいる人々に助けてもらいながら、図書館長としての仕事を少しずつ覚えていった。図書館長といっても、下には添田《そえだ》さんという司書の女性が一人いて（私が初めてこの図書館を訪れたときカウンターに座っていた、メタルフレームの眼鏡をかけて髪を後ろで束ねた女性だ）、あとはパートの女性が数人いるだけだから、いろんな日々の雑務を自分でこなさなくてはならない。

ときおり子易氏が館長室に顔を見せ、デスクの向かい側に座り、図書館長としての職務のこなし方を細かく具体的に教示してくれた。図書館に入れる本の選択、管理の方法、日々の帳簿の整理（正式な帳簿付けは月に一度税理士が来てやってくれる）、人事の管理、来館者への応対……覚えなくてはならないことはいくつもあったが、規模の小さな施設だから、どれもそれほど面倒な種類のものではない。私は言われたことをひとつひとつ頭に入れ、無難にこなせるようになっていった。子易さんはずいぶん親切な人柄で（おそらく生まれつきそういう性格なのだろう）、この図書館をこよなく愛しているようだった。常に予告もなくふらりと部屋に姿を見せ、よくわからないうちにこっそりと部屋から去っていった。まるで用心深い森の小動物のように。

図書館で働いている女性たちとも、少しずつではあるが親しくなっていった。東京から突然、舞い降りるようにやって来たまったくのよそ者である私に対して、彼女たちは最初のうちそれなりに警戒感を抱いているようだったが（当然そうなるだろう）、共に時間を過ごし、日常的な会話を交わしているうちに次第に打ち解けてきた。彼女たちはほぼ全員が三十代から四十代の地元出身の女性で、結婚して家庭を持っていた。私が四十代半ばになってまだ独身だというのは、彼女たちにとってかなり特別な、そしていくぶん刺激的な事実であるようだった。

「もちろん子易さんは長く独身でおられましたが、まああの通りの方でしたから」と司書の添田さんが言った。

「子易さんは独身だったんですか？」と私は尋ねた。

添田さんは黙って肯いた。そして何か間違えたものを口に入れてしまったときのような表情を顔に浮かべた。その話題は（少なくとも今のところ）そこらで止めておいたほうがいいと、彼女の顔は語っていた。

子易さんに関しては、何かしら語られていない——少なくとも私にはまだ語られていない——大事な事実がいくつかあるようだった。

32

子易さんは不定期に、おそらくは気の向いたときに館長室に姿を見せた。均してだいたい三日か四日に一度というところだったろう。彼は静かに（ほとんど音も立てずに）ドアを開けて部屋に入ってきて、三十分ばかり私とにこやかに話をし、そしてまた静かに立ち去っていった。まるで心地よい風に吹かれるみたいに。あとになって考えてみれば（そのときはとくに考えもしなかったが）図書館以外の場所で私と子易さんが顔を合わせることは一度もなかった。そして私たちは常に二人きりだった。私たち以外の誰かがそこに居合わせたことはない。

子易さんはいつも同じ紺色のベレー帽をかぶり、巻きスカートをはいていた。スカートは何種類か持っているようで、無地のものであったり、チェック柄のものであったりした。色は概して派手だった。少なくとも地味ではなかった。そしてそのスカートの下に、ぴったりした黒いタイツのようなものをはいていた。

何度か会っているうちに、私も子易さんのそんな格好に馴染んで、とくに奇異に感じることはなくなってしまった。彼がそんな服装で町を歩いているとき（当然歩くだろう）、まわりの人々がどのような目で彼を見るのか、どんな反応を見せるのか、私にはちょっと想像もつかなかった。

しかしきっとみんな私と同じように、何度もその姿を目にしているうちに見慣れてしまって、なんとも思わなくなっているのだろう。それに子易さんはなんといってもこの町の名士なのだ。指さしてからかうわけにもいかない。

でもあるとき、私は何かの話のついでに、思い切って子易さんに尋ねてみた。いつからそのように日常的にスカートをはくようになったのですかと。そして、そう、そのときに彼は言ったのだ。明るくにこやかに、あくまで当然のことのように。

「ひとつには、こうしてスカートをはいておりますと、ああ、なんだか自分が美しい詩の数行になったような気がするからです」

なぜか私は彼のその説明をとくに驚きもせず、不思議にも思わず、そのとおりごく自然に受け入れた。日常的にスカートをはくことは、きっと彼の心持ちに何よりすんなり馴染んだおこないなのだろう。そしてそれがどのようなことであれ、その理由がいかなるものであれ、自分が美しい詩の数行になったみたいに感じられるというのは、なんといっても素晴らしいことではないか。もちろん（というか私は）、だからといってスカートをはいてみようという気持ちにはなれないけれど、それはあくまで個人的な好みの問題に過ぎない。

私は子易さんに好意を持っていたし、彼もおそらく私に好意（らしきもの）を持っていたと思う。しかし私と子易さんとの交際はあくまで公的な場に限定されたものだった。子易さんは前触れもなくふらりと館長室にやって来て、仕事の引き継ぎを手伝ってくれ、判断に困ることがあれば適宜有益なアドバイスを与えてくれた。もし彼がいなかったら、私はその仕事の要領を摑むまでに、かなりの時間と手間を要したことだろう。仕事自体はさして複雑なものではなかったけれど、そこにはやはり細かいローカル・ルールのようなものが存在していたから。

私たちは図書館の運営について熱心に語り合い、その合間に一緒にお茶を飲んだ。子易さんはコーヒーが苦手らしく、飲むのは常に紅茶に限られていた。館長室のキャビネットの中には彼専用の白い陶製のティーポットが置かれ、特別にブレンドした茶葉が用意されていた。彼は電熱器でお湯を沸かして、何より大事そうに注意深く紅茶を淹れた。私もそのお相伴《しょうばん》にあずかったが、色といい香りといい、うっとりするほど美味な紅茶だった。私はコーヒー党だったが、彼の淹れた紅茶を一緒に味わうことは私にとって、日々のささやかな喜びのひとつになった。その味を褒めると、子易さんはとても嬉しそうな顔をした。

にもかかわらず、図書館以外の場所で私たちが顔を合わせることはなかった。この人はプライベートな領域で他人と触れあうことがあまり好きではないのだろうと私は想像した。そしてそれは正直なところ、私にとってもむしろありがたいことだった。

私は図書館の仕事を終えて帰宅すると、簡単な一人ぶんの食事を作り、あとは読書用の椅子に座ってひたすら本を読んだ。家にはテレビもなかったし、ステレオ装置もなかった。防災用のトランジスタ・ラジオがあるだけだ。ラップトップ・コンピュータはあったが、もともとそれを用いることはあまり好きではなかったから、椅子に座り込んで好きな本を読むくらいしかやることはなかった。

本を読みながら、スコッチ・ウィスキーをオンザロックにして、グラスに一杯か二杯飲んだ。そうするうちにだんだん眠くなり、だいたい十時頃にベッドに入って眠った。寝付きは良い方で、一度眠りに就いてしまうと、朝になるまでまず目は覚まさなかった。

朝や夕方、とくに何もすることがない時間には、町の周辺をあてもなく散歩した。美しい音のする川沿いの道が、中でも私のお気に入りのコースだった。

川に沿って散歩用の道路が続いており、人通りはほとんどなかったが、時折ジョガーや、犬を散歩させる人々とすれ違った。道を何キロか下流に向けて進むと、舗装は突然ぷつんと途切れ、道は川から逸れて広い草むらの中に入っていった。かまわずにそのまま進んでいくと、しばらくして——たぶん十分かそこら歩いたころに——その細い踏み分け道も消えてしまう。そして私は行き止まりの草原の真ん中に一人で立っていた。緑の雑草は丈が高く、あたりには何の物音もしない。耳の中に沈黙が鳴っている。赤いトンボの群れが私のまわりを音もなく舞っているだけだ。見上げると、空は真っ青に晴れ上がっていた。秋らしい白く堅い雲が、物語に挿入されたいくつかの断片的なエピソードのようにそこに位置を定めていた。胸に息を吸い込むと、たくましい草の匂いがした。そこはまさに草の王国であり、私はその草的な意味を解さない無遠慮な侵入者だった。

そこに一人で立っていると、私はいつも悲しい気持ちになった。それはずいぶん昔に味わった覚えのある、深い悲しみだった。私はその悲しみのことをとてもよく覚えていた。それは言葉では説明しようのない、また時とともに消え去ることもない種類の深い悲しみだ。目に見えない傷を、目に見えない場所にそっと残していく悲しみだ。目に見えないものを、いったいどのように扱えばいいのだろう？

　私は顔を上げ、川の流れの音が聞こえないものかと、もう一度注意深く耳を澄ませた。しかしどんな音も聞こえなかった。風さえ吹いていない。雲は空のひとつの場所にじっといつまでも留まっていた。私は静かに目を閉じ、そして温かい涙が溢れ、流れるのを待った。しかしその目に見えない悲しみは私に、涙さえ与えてはくれなかった。

　それから私は諦め、もと来た道を静かに引き返すのだった。

　子易さんと頻繁に図書館で顔を合わせながら、ずいぶん長いあいだ、彼という人物について私はほとんど何も知らないままの状態に置かれていた。

　独身だということだが、これまで一度も家庭を持ったことはないのだろうか？　子易さんが独身であることについて、「まああの通りの方でしたから」と添田さんは論評した。「あの通り」とはどういう意味なのだろう？　そしてなぜ彼女は過去形を使ったのか？

　考えれば考えるほど、子易さんについて知るべきことは数多くあった。しかし同時に、その理由はうまく説明できないのだが、むしろ何も知らない方がいいのかもしれないという思いも、私の中にはあった。

　図書館で働いている女性たちはおおむねおしゃべりだった。もちろん図書館が職場だから、表に出ているときは彼女たちは意識して寡黙さを保っていた。何かを伝える必要のあるときには、小さな声で手短にしゃべった。しかしいったん人目につかない奥の場所に引っ込むと、表向きの寡黙さの反動もあってか、実によくしゃべった。だいたいが女性同士のひそひそ話だったから、私はそういう場所にはできるだけ近づかないようにしていたのだが。

しかしそのようにおしゃべりな割に、彼女たちは私の前では子易さんについての話はほとんど持ち出さなかった。他のものごとについては（この図書館について、この町について）、彼女たちは親切に事細かに、様々な知識を惜しみなく私に与えてくれたのだが、子易さんのことになると、彼女たちの口調はなぜか急に重く、曖昧なものになった。そして彼女たちの個人的意見は、あるいは総体としての意見は、汚れた洗濯物のように、どこか奥の方にそそくさと仕舞い込まれてしまった。

そんなわけで、私は子易さんという人物についての情報をどこからも仕入れることができなかった。その個人的背景は謎に包まれたままだった。なぜ彼女たちがスカートをはいた個性的な、小柄でこぎれいな老人について、多くを語ろうとしないのか、理由はよくわからない。それはある種の「禁忌《きんき》」に近いもののように感じられなくもなかった。鎮守の森の祠《ほこら》を決して開いて覗いてはならない、とでもいうような。素朴な――しかし深層意識にまでしっかり染みついた――種類のタブーだ。

だから私も意識して、子易さんについて話すことはなるべく避けるようにしていた。こちらとしても彼女たちを困らせたくはなかったからだ。また子易さんがどのような背景を有した人物であるにせよ、それはこの町の図書館における私の職務に――少なくとも現在の時点において――とくに影響を与えるものではなかった。子易さんは私に図書館長としての仕事の要諦を親切に、要領よく伝授してくれたし、おかげで私は彼がこれまで受け持っていた職務を円滑に継承することができた。知らなくてもいいことは、知らないでいる方がいいのだろう。おそらく。

司書の添田さんの夫は、この町の公立小学校の教師をしており、二人の間に子供はいないということだった。彼女は長野県生まれの人で、結婚して故郷を離れ、この町に住むようになった。それからおおよそ十年が経過している。それでもいまだにこの町では、基本的に「よそ者」として扱われているということだ。人の行き来の少ない、山に囲まれた土地なのだ。排他的とまではいかずとも、よそから来た人を受け入れることに関して人々はどうしても消極的になる。いずれにせよ彼女はきわめて有能な女性で、図書館の事務的な雑事をほとんどすべて受け持ってくれていた。何ごとにおいても判断が速くきっぱりとしていて、しかも間違いがない。

「添田さんがいなくなったら、ああ、この図書館はおそらく一週間ともたんでしょうな」と子易さんは言った。そしてここで日を送るにつれて、私もその見解に深く同意するようになった。

結局のところ、彼女がこの図書館の活動の中心軸となっているのだ。もし彼女がいなくなれば、おそらくそのシステムは徐々に動きを鈍くし、やがては回転することをやめてしまうかもしれない。彼女は町役場との連絡を緊密に取り、働く人の配置を調整し、給湯器の故障から電球の交換に至るまで、図書館の運営に支障が出ないように、そして利用者から苦情が出ないように、細かく注意を払っていた。パートの女性たちを適切に指導監督し、何か支障があれば間を置かず問題を正した。図書館の催し物があれば、必要とされる事物をリストにし、遺漏なく揃えた。庭の植栽にも目を配らなくてはならなかった。その他、図書館の運営に必要なものごとは、おおむねすべて彼女のコントロール下にあった。

彼女がここの図書館長を務めるのが、どう考えても最良の選択ではないかと私は思ったし、子易さんにもそのように言った。これほど有能な女性がいるのなら、私みたいな素人の新人が上席に座っていなくても、この図書館は問題なく維持されていくのではないでしょうか、と。

子易さんは少し困ったように私の顔を見ていたが、それから言った。「わたくしも彼女に言ったのです。あなたがわたくしの跡を継いでくれるのがいちばん良いのではないでしょうかと。ああ、しかしながら彼女は強く固辞しました。自分は人の上に立つようにはできていないのだと。言葉を尽くして説得はしたのですが、引き受けてはもらえませんでした」

「謙虚な人なのですか？」

「おそらくは」と子易さんはにこやかに言った。

添田さんはおおよそ三十代半ば、さっぱりとした顔立ちの、知的な印象を与える女性だった。身長は一六〇センチくらい、体つきも顔立ちと同じように細身だ。姿勢がよく、背筋がまっすぐ伸びて、歩き方もきれいだ。学生時代はバスケットボールの選手だったという。いつも膝下あたりの丈のスカートをはき、歩きやすい低いヒールの靴を履いていた。化粧気はあまり（ほとんど）ないが、肌は美しい。耳たぶは丸く、浜辺の小石のようにつるりとしていた。うなじは細いが、弱々しい印象はない。ブラック・コーヒーが好きで、カウンター内の彼女のデスクには常に大ぶりなマグが置かれていた。マグには羽を広げたカラフルな野鳥の絵が描かれていた。見たところ、初対面の相手に簡単に心を許すタイプの女性ではなさそうだ。その目には常に怠りなく用心深い光が浮かび、唇はきりっと挑戦的に結ばれている。でも私は、最初に会って話したときからなんとなく、彼女とはそのうちに親しくなれるのではないかという気がしていた。たぶんこの小さな町における「よそ者」同士として。

添田さんは言葉少なにではあるが、新来の「よそ者」である私を新しい上役として、最初から抵抗なく、ごく当たり前に迎え入れてくれた。それは私にとっては何よりありがたいことだった。職場におけるぎくしゃくした人間関係ほど人を消耗させるものはないから。

添田さんは自らについては多くを語りたがらない人だった。それでも他人に対する健全な好奇心はじゅうぶん持ち合わせているらしく、少し時間が経って私の存在に慣れてくると、私の過去について何かと知りたがった。他の女性たちと同じく、なぜ私が四十代半ばまで独身を保っているのか、それが最も興味を抱くことのようだった。もし「適当な相手がみつからなかった」というのがその理由であれば、誰か「適当な相手」を探してきて紹介しようというつもりもあったかもしれない。私は年季の入った独身者として、これまでそういう目に何度となくあってきた。

「結婚しなかったのは、心に思う相手がいたからです」と私は簡潔に答えた。同じ質問には常に同じ答えを返すようにしている。

「でもその人とは一緒になれなかったわけですね。何か事情があって?」

私は黙って曖昧に肯いた。

「相手の人は誰かと結婚していたとか?」

「それはわからない」と私は言った。「もう長いあいだ会っていないし、彼女が今どこで何をしているか、それも知りようがないし」

「でもその人のことが好きで、いまだに忘れられないのですね？」

私はもう一度曖昧に肯いた。そのように説明しておくのが世間的にはいちばん無難だった。そしてそれはあながち作り話とも言えない。

彼女は言った。「だから都会を離れて、こんな山の中の田舎町に移り住むことにしたのかしら。彼女のことを忘れるために？」

私は笑って首を振った。「いや、べつにそんなロマンティックなことじゃない。都会であれ田舎であれ、どこにいたって事態は同じようなものです。ぼくはただ流れのままに移ろっているだけだから」

「でもいずれにせよ、彼女はよほど素敵な人だったのね？」

「どうだろう？　恋愛というのは医療保険のきかない精神の病のことだ、と言ったのは誰だっけ？」

添田さんは声に出さずに笑い、眼鏡のブリッジを指で軽く押さえた。そして専用のマグからコーヒーを一口飲み、やりかけていた仕事の続きに戻った。それがそのときの我々の会話の最後だった。

33

小さな町の図書館とはいえ、館長という職に就いたからには、いろんなところに挨拶に行ったり、偉い人に紹介されたりということになるのだろうと予想していたし、それなりの覚悟は決めていた。その手の「社交」は得意な方ではないが、職務上やらなくてはならないことはとりあえず不足なくこなしていこうと。私も二十年以上にわたって会社勤めをしてきたから、必要とあらばそれくらいはできる。

しかし予想に反して、そんなことはただの一度も起こらなかった。私はその町の誰にも紹介されなかったし、誰のところにも挨拶に行かなかった。司書の添田さんがパートの女性たち全員に(といっても全部で四人しかいなかったが)、私を新任の図書館長として紹介し、テーブルを囲んで一緒にお茶を飲み、カップケーキを食べた。全員が簡単な自己紹介をした。ただそれだけ。実にあっさりとしたものだった。

もちろん私はそういう展開をありがたく思ったが、それでもなんとなく拍子抜けしたというか、狐につままれたような心持ちではあった。何か大事な、必要なものごとがうっかり見過ごされているのではあるまいか、と。

私はあるとき、館長室で二人で紅茶を飲んでいるとき、思い切って子易さんに尋ねてみた。

「この図書館にはいちおう『Z＊＊町』という名前が冠されていると思うのですが、私が町役場に顔を出して、挨拶だけでもした方がいいのではありませんか？」

子易さんはそれを聞くと、小さな口を半ば開き、虫を間違えて喉の奥に呑み込んでしまったときのような顔をした。

「はあ、挨拶と申しますと？」

「つまり……顔つなぎというか、何かあったときのために、町の運営をしている人たちといちおう面識があった方がいいのでは？」

「顔つなぎ」と彼は困ったように言った。

私は黙って子易さんの発言の続きを待った。

子易さんは居心地悪そうにひとつ咳払いをしてから言った。「そういうものは、ああ、たぶん必要ないでしょう。この図書館は事実上、町とは何の関係もありません。図書館はなにものからも自立しております。いちおう『Z＊＊町』という名前がついておりますが、名前を変更するのが手続き上なにかと面倒なもので、そのまま使用しておるだけです。ですから町に挨拶をする必要などまったくありません。そんなことをしても、話が余計に面倒になるだけです」

「理事会に私が出向いて挨拶するような必要はないのでしょうか？」

子易さんは首を振った。「そんな必要はないし、またそんな機会もありません。理事会が開かれることもほとんどないからです。前にも申し上げたと思いますが、要するに形だけの理事会ですから」

「形だけの理事会」と私は言った。

「はあ、そうです」となおも笑みを浮かべながら子易さんは言った。「五人ばかり理事がおりますが、そのうちの誰ひとりとして、この図書館のことなど気にしてはおりません。制度上の必要があって、ただ名前を借り受けているだけです。だから、ええ、あなたが挨拶に出向く必要などないのです」

私にはわけがわからなかった。名目だけの理事会によって運営される図書館。

「誰かに相談しなくてはならないような事案が持ち上がったとき、私はいったい誰に相談すればいいのでしょうか？」

「わたくしがおります。わからないことがあったらなんでも、わたくしに尋ねてください。お答えいたします」

しかしそう言われても、私は彼の家の住所も電話番号も、メールアドレスも何ひとつ知らなかった。どうやって連絡すればいいのだろう？

「わたくしはおおよそ三日に一度くらいはここに顔を出すようにいたします。事情がありまして、毎日とはいかんのですが、それくらいは来られるでしょう。何かありましたらそのときに尋ねてください」と子易さんは私の考えを読んだように言った。

「それから、ああ、添田さんがおります。彼女が何かとあなたを助けてくれるでしょう。あの人はたいていのことを心得ております。ですから、あなたが心配するようなことは、ええ、何もありません」

私はかねてから気になっていたことを尋ねてみた。

「しかしこの図書館を運営し維持するには、相応の費用がかかっているはずです。小規模な町の図書館とはいえ、光熱費や人件費がかかるし、毎月書籍を購入する費用もかかります。もし理事会が何の機能も果たしていないのだとしたら、いったい誰がそういったコストを負担し、管理しているのでしょう?」

子易さんは腕組みをし、少し困った顔をして首を捻った。そして言った。

「そういうことは、ここで日々仕事をしておられれば、おいおいおわかりになってくるでしょう。ちょうど夜が明けて、やがて窓から日が差してくるみたいに。でも今のところ、そんなことはあまり気にせんで、とりあえずはここでの仕事の手順を覚えて下さい。そしてこの小さな町に、心と身体を馴染ませて下さい。今のところ、ああ、心配することは何ひとつありません。大丈夫です」

そして手を伸ばして、私の肩をとんとんと軽く叩いた。可愛がっている犬を力づけるみたいに。いい、いい、いい、いい、いい、いい、いい。

ちょうど夜が明けて、やがて窓から日が差してくるみたいに、と私は頭の中で反復した。なかなか素敵な表現だ。

新任の図書館長として最初に手がけた仕事のひとつは、この町の図書館利用者がどのような本を閲覧し、借り出して読んでいるかを把握することだった。そうすることで、これから購入すべき図書の傾向もわかってくるし、図書館を運営する指針みたいなものも見えてくるはずだ。しかしそのためには、手書きの閲覧記録や、貸し出しカードの記録をひとつひとつ手仕事で辿らなくてはならなかった。図書館は閲覧や貸し出しの作業に、コンピュータをいっさい使用していなかったからだ。

「この図書館では、そういう記録にコンピュータみたいなものを使用しないことになっているんです」と添田さんは私に説明した。「すべて手書きでおこなっています」

「つまり、ここではコンピュータをまったく使っていないということですか？」

「ええ、使っていません」と彼女は当たり前のことのように言った。

「しかし手書きだと手間がかかるし、管理が面倒じゃありませんか。バーコードを使えば作業は一瞬で終わるし、書類を保管する場所も必要ないし、情報も整理しやすいのに」

添田さんは右手の指先で眼鏡の位置を正した。そして言った。「ここは小さな図書館ですし、それほど大量の書物が閲覧されたり、貸し出されたりしているわけでもありません。昔ながらのやり方でじゅうぶん仕事はこなせます。何をするにも大した手間はかかりません」

「じゃあ、これからもずっと今のままでいいと？」

「ええ」と添田さんは言った。「これは前から決まっていることで、私たちはずっとこれでやっています。その方が人間的でいいじゃありませんか。そのことで利用者から苦情が出たこともありません。機械を使わなければ、技術的なトラブルも少ないし、余計な費用もかかりませんし」

図書館にはＷｉ－Ｆｉ設備などは設置されていなかったから、私が自分のコンピュータにアクセスできるのは自宅に限られていた。とはいえ私には定期的にメールをやりとりするような相手もいなかったし、ＳＮＳみたいなものとはもともと関わりを持たなかったから、さして不便を感じることはなかった。また図書館に行けば、閲覧室で新聞を何紙も読むことができたから、インターネットで情報をチェックする必要もない。

そんなわけで私は、館長室のデスクの上に積み上げた手書きの書籍閲覧リストや貸し出しカードにひとつひとつ目を通し、この図書館の活動のあらましを頭に入れていった。といっても、そのような調査作業によって何か有益な、目覚ましい情報が手に入れられたわけではなかった。閲覧されたり貸し出されている書物は、おおかたがそのときどきのベストセラー本であり、そのほとんどは実用書か、気楽に読めるエンターテインメントだった。しかしたまにドストエフスキーやトマス・ピンチョンやトーマス・マンや坂口安吾や森鷗外や谷崎潤一郎や大江健三郎の小説が借り出されていた。

町の大半の住民はそれほど熱心な読書家とは呼べないものの、中には（おそらく少数ではあるものの）この図書館に足を運ぶことを日常的な習慣とし、前向きで健康的な知的好奇心を有し、本格的な読書に勤《いそ》しんでいる人々も存在する——というのが、手間のかかる手作業の末に到達した結論だった。その比率が全国平均と比べて慶賀すべきものなのか、慨嘆すべきものなのか、そこまでは判断できない。私としてはそれを「今ここにある現実」として受け入れていくしかない。この町は（少なくとも今のところ）私の意思や希望とは関係なくひとつの現実として存在し、機能しているのだから。

暇があれば図書館の書架を見回り、置かれた本の状態を点検した。いたんだ書籍があれば修繕し、収められた情報が古くなりすぎたものや、もうおそらく誰も関心を持たないだろうと思える内容のものは処分し、あるいは奥の倉庫に仕舞い込み、それに代わるものを補充した。新刊書のリストを点検し、利用者の興味を惹きそうなものを選んで購入した。新刊書購入にあてられる月々の予算は、予想していたより潤沢であり（十分というほどではないにせよ）、そのことは私を少なからず驚かせた。

書籍を扱うことは、私がこれまでの人生を通して日々行ってきたことであり、そのような新しい日常は私に新しい喜びをもたらしてくれた。ここでは私に上司はいないし、ネクタイを締める必要もない。面倒な会議もないし、接待みたいなものもない。

添田さんや、パートの女性たちとこまめに話し合い、この図書館の今後のあり方について協議した。私はいくつかのささやかな提案を行ったが、彼女たちは新しい方針や規則が生まれることをあまり好まないようだった。すべてはこれまでどおりでいいではないか、利用者から何か苦情が出ているわけではないのですから、と彼女たちは言った。だからあえて今までのやり方を変更するまでもないでしょうと。とりわけインターネットの導入には全員が反対した。要するに子易さんが敷いた従来の路線を、このまま継続していきたいということだ。

しかし私が書架を積極的に整理し、新たな方針のもとに蔵書を整え直していく——言うなれば近代化していく——ことについては、彼女たちは自分からは感想も文句もとくに口にしなかった。その作業はすべて私に一任されていた。そんなことに彼女たちはとくに関心を払っていなかった、というだけのことかもしれない。書架に並んだ書籍のラインナップがどのようなものであろうが、利用者がどんな種類の本を手に取っていようが、彼女たちにとってはどうでもいいことなのだろうか——折々ふとそんな印象を受けることがあった。彼女たちはみんな熱心に仕事をしていたし、この図書館で働けることを楽しんでいるように見えたのだが。

図書館の日々の利用者と、私がじかに接触する機会はほとんどなかった。誰かと会話を交わすようなこともなかった。私はそこに存在しないも同然だった。この図書館を利用する人々は、図書館長が替わったことを承知しているのだろうか？　私にはそれさえうまく判断できなかった。この図書館に着任して以来、誰にも紹介されなかったし、私に話しかけてくる人もいなかった。図書館で働く何人かの女性たちを別にすれば、私という人間が新たに出現したことに対して、この町の人々は誰ひとりとして、注意も関心も払っていないように思えた。

　こんな狭い町だから、図書館長が子易さんから私に替わったことは、おそらくみんな聞き知っているはずだ。そういう情報が伝わらないわけがない。そして私の知る限りにおいては、このような人の出入りの少ない小規模な町に住む人々が、都会から移り住んできた新来者に対して、好奇心を抱かないはずがないのだ。

　しかし誰ひとりとして、そんなことはまったく表情に出さなかった。人々はごく当たり前の顔をして図書館にやって来て、いつもと変わることなく行動し、私が閲覧室に顔を出しても、ちらりともこちらを見なかった。彼らはラウンジの椅子に座って新聞や雑誌を熱心に読み、あるいは閲覧室で借り出した本のページを繰り、私がそばを通りかかっても、反応らしきものを毛ほども示さなかった。まるでみんなで申し合わせたみたいに。

　いったいどうしてだろうと、私は首を捻らないわけにはいかなかった。人々は私が子易さんの後継者として、この図書館に着任したことに本当に気づいていないのか？　それとも何らかの理由があって――それがどのような理由なのかは推測もつかないが――彼らは私を「存在しないもの」として無視、黙殺しようと心を決めているのだろうか？

いくら考えてもわからない。私はただ途方に暮れるしかなかった。もっとも今のところ、そのことによって現実的に何か不都合が生じているわけではない。子易さんと添田さんの協力があって、私は順調に仕事の要領を身につけつつある。だから「まあいいさ、そのうちにものごとは落ち着きを見せていくだろう」と気楽に構えていることにした。子易さんが言ったように、いろんなものごとは次第に明らかになっていくだろう。ちょうど夜が明けて、やがて窓から日が差してくるみたいに。

図書館は朝の九時に開館し、夕方の六時に閉館した。私は毎日、午前八時半に出勤し、夕方の六時半に退館した。朝に入り口の鍵を開け、夕刻に鍵を閉めるのは司書の添田さんの役割だった。私も鍵をワンセット与えられていたが、それを使用する機会はほとんどなかった。戸締まりに責任を持つのは彼女の役目だったし、私はその作業をこれまで続いてきた習慣通り彼女に任せきっていた。私が朝に出勤したときには既に図書館は開いており、添田さんはデスクに向かっていたし、私が夕方に退館するときには、添田さんはやはりまだデスクに向かっていた。

「気にしないでください。これが私の仕事ですから」、先に退館することで申し訳なさそうな顔をする私に、添田さんはそう言った。

そんな添田さんの姿を見ていると、壁に囲まれた街の図書館を思い出さずにはいられなかった。あの図書館でも鍵を開け閉めするのは「彼女」の役目だった。その少女は大きな鍵束を大事そうに持ち歩いていた。ただひとつ違うのは、あの図書館では入り口の扉が閉じられたあと、私が彼女を住まいまで歩いて送っていったことだった。川沿いの夜の道を、私たちは「職工地区」に向かって寡黙に歩を運んだ。

　でもこの山あいの小さな町に暮らす私は、図書館が閉館したあと、一人ぼっちで川沿いの道を歩いて自宅に戻った。口を閉ざし、あてのない物思いに耽りながら。そこにはせせらぎの音はあったが、川柳の葉ずれや夜啼鳥の声はなかった。「秋になれば鹿の鳴き声が聞こえる」と子易さんは言ったが、それも聞こえなかった。鹿が鳴くのはおそらくもっと秋が深まってからなのだろう。でも考えてみれば鹿がどんな声で鳴くものか、私はそれも知らないのだ。鹿はいったいどんな声で鳴くのだろう?


　図書館長に就任して少し経ったある日、添田さんが私を連れて、図書館内部を一通り案内してくれた。天井の高い大ぶりな建物で、以前はここで酒造業が営まれていた。その造り酒屋は新しい場所に移転し、古い建物は長いあいだ何に使われることもなくただ放置されていたのだが、歴史的建築物としても貴重であり、取り壊してしまうのは惜しいということで財団が起ち上げられ、この古い醸造所を図書館として生まれ変わらせたのだ。

「それにはずいぶん多額の費用がかかったでしょうね」と私は言った。

「そうですね」と添田さんは少しだけ首を傾げて言った。「でも土地と建物は、もともとが子易さんの所有物でして、彼はそれをそっくり財団に寄贈しましたから、そのぶん費用がかかりませんでした」

「なるほど」と私は言った。それでいろんなことの納得がいく。この図書館は実質的には子易さん個人が所有し、運営していたようなものなのだ。

図書館として使用されていない建物の奥の部分は入り組んだ間取りになっており、一度見てまわったくらいでは、全体の構造が把握しきれなかった。曲がりくねった暗い廊下があり、細かい段差があり、猫の額ほどの狭い中庭があり、謎めいた小部屋があった。用途のわからない、奇妙な形の古風な器具が積み上げられた納戸《なんど》もあった。

建物の裏には大きな古井戸があった。井戸には分厚い蓋《ふた》が被《かぶ》せられ、大きな石が重しとして置かれていた（「どこかの子供が蓋を開けて、誤って落ちたりしないようにです」と添田さんが説明してくれた。「とても深い井戸ですから」）。裏庭の隅には、優しい顔をした小さな石の地蔵も祀《まつ》られていた。

「図書館として使えるように、いちおう改築はされましたが、予算の都合もあって、あくまで部分的な手入れに留まっています」と添田さんは言った。「ですからこのように、現在は使用されていない部分、使いようのない箇所が、手つかずのまま残されています。私たちは今のところ、全体の半分ほどを図書館部分として使わせてもらっているだけです。もちろん半分を使わせてもらえるだけでもありがたいわけですが」

そう言う彼女の声には、まったくと言っていいほど感情がこもっていなかった。中立的というより、まるで誰かに立ち聞きされることを恐れるような少し緊張した響きがそこにはあった（私は思わずあたりを見回したほどだった）。おかげで彼女の気持ちがこの建物に対して否定的なのか肯定的なのか、もうひとつ判断がつかなかった。

二階建ての建物の階下部分には雑誌ラウンジ、書物閲覧室、書庫、倉庫、作業室などがあった。作業室では各種カードの作成や、書物の修繕が行われるということだ。作業室の中央には、分厚い木材でできた巨大な作業机があり（かつて造り酒屋であった当時は、何かとくべつな用途に使われていたのだろう）、その上には本の修繕のための様々な道具や、各種事務用品が雑然と散らばっていた。

来館者が利用する閲覧室は高い吹き抜けになっていて、いくつも明かり取りの窓がついていたが、それ以外の部屋にはほとんど窓がなく、空気はどことなくひやりとして、湿り気を含んでいた。それらの部屋はかつては各種原料の貯蔵に使われていたのかもしれない。

一般の人が上がれないようになっている二階部分には、こぢんまりとした館長室（私はそこで多くの時間を過ごす）、窓に厚いカーテンの引かれた薄暗い応接室、そして職員の控え室があった。応接室には布張りの重厚なソファと安楽椅子のセットが置かれていたが、その部屋が実際に使用される機会はほとんどないということだった。「もしそうしたければ、ソファを昼寝用に使っていただいてけっこうです」と添田さんは言った。でもその部屋の空気はいやにほこりっぽく、忘れられてしまった時代の匂いがした。そしてカーテンとソファ・セットの布地の色合いには、どことなく不穏な趣《おもむき》があった。過去にここで起こった出来事の、不適切な秘密を吸い込んでいるかのような。仮に強烈な眠気に襲われたとしても、そこで昼寝をする気持ちにはなれそうにない。

職員のための控え室は二階廊下のいちばん奥にあり、一般に「休憩所」と呼ばれていた。そこにはロッカーがあり、小さなキッチンがあり、簡単な食事をとれるテーブル・セットが置かれていた。男子禁制というわけではなかったけれど、実質的には、その部屋を使うのは女性に限られていた。彼女たちはパーティションの奥で服を着替えたり、ひそひそと噂話を交換したり、持ち寄ったおやつを食べたり、お茶やコーヒーを飲んだりした。ときどき彼女たちの楽しげな笑い声が私の部屋まで聞こえてくることもあった。

その「休憩所」はいわば彼女たちの聖域《サンクチュアリ》のようになっており、よほど大事な用件がない限り、私がその廊下の奥の部屋を訪れることはない。そこでどのような種類の会話が交わされているのか、もちろん私には知りようもない。おそらくこの私も、彼女たちの噂話の話題のささやかな（願わくば罪のない）一部を担っているのだろうが。


図書館における私の日々は、そのようにこともなく流れていった。日々の業務の実際的な部分は、添田さんが中心になった女性チームが問題なく片付けてくれたし、私が館長として果たさなくてはならない職務は、たいして骨の折れるものではなかった。書籍の出入りを管理し、日々の金銭の収支を確認し、いくつかの簡単な決裁を行うくらいのものだ。

子易さんが最初に言ったように、図書館は表向きはたしかに「Z＊＊町図書館」と名乗っていたものの、町は図書館の運営にはまったく関与してはいなかった。だから私が町役場と連絡をとらなくてはならないような用件は、ごく稀《まれ》にしか起こらなかった。そしてそんなときに私が町役場の「文教課」に電話をかけて何か質問をしても、担当者の反応は冷淡とは言えないまでも、常にかなり気乗り薄なものだった。何かを相談しても、「なんでも、そちらの好きにして下さい」とでも言わんばかりの応対だった。町役場はこの図書館とできるだけ関わりを持たないよう努めているのではないか、という印象を持ったほどだ。こちらに対してとくに悪意を持っているというのではなさそうだったが、少なくとももより友好的な関係を築こうというような姿勢は感じ取れなかった。それがどうしてなのか、私には理解できなかったけれど。

しかしそれは結果的には、私にとってけっこうありがたい状況だったと思う。どんなちっぽけな田舎の町にだって、官僚的な部分は避けがたくある。いや、小さい政体であればあるほど、縄張り争いみたいなのは熾烈かもしれない。そういう面倒な部分と関わりを持たずにすむのは、まず歓迎すべきことだった。

子易さんは自分でも予告していたように、数日に一度のペースで館長室を訪れた。彼が姿を見せる時刻はその日によってまちまちだった。朝の早いうちに来ることもあれば、夕方近くに来ることもあった。私たちは親しく話をしたが、自らについて子易さんは、相変わらずほとんど何も語らなかった。彼がどこに住んで、どんなことをして暮らしているのか、そういうことを私は何ひとつ知らなかった。この人は私生活について語ることを好まないのだろうと思って、こちらからはあえて何も尋ねなかった。彼がその穏やかな（そしていくぶん特異な）口調で口にするのは、図書館の運営に関する職務上の事柄に限られていた。

子易さんは館長室に入るとまず最初にベレー帽を脱ぎ、注意深くその形を整え、デスクの片端にそっと置いた。その位置は常に正確に同じだった。向きも同じ。そこ以外の場所に、違う向きに帽子を置いたりすると、何か良からぬことが持ち上がるとでもいわんばかりに。その綿密な作業がおこなわれている間、彼はまったく口をきかなかった。唇は堅く結ばれ、儀式は沈黙のうちに厳粛におこなわれた。それが終わると彼はにこやかな顔になり、私に挨拶をした。

彼は常にスカートをはいていたが、腰から上に関しては通常の、むしろ保守的と言っても差し支えないような男性用衣服を身につけていた。首のところまでボタンをとめた白いシャツに、実直そのもののツイードの上着、深緑色の無地のベスト。ネクタイを締めることはなかったが、いつも乱れのない、少しばかり古風ではあるが見るからに清潔な衣服を着用していた。そんなごく当たり前の中高年男性風の着衣と、スカート（そしてタイツ）の取り合わせは、どう見てもしっくり馴染んでいるとは言い難かったが、本人はそんなことを微塵《みじん》も気にかけていないようだった。そしておそらく町の人々もそんな姿を長年見慣れて、いちいち気にとめたりしないのだろう。

Z＊＊町における私の日々は、そのようにこともなく過ぎ去っていった。私は新しい日常を受け入れ、少しずつそれに心と体を馴染ませていった。残暑も終わり、次第に秋が深まり、町を取り囲む山々が様々な色合いの紅葉に美しく彩られた。休みの日には私は一人で山道を散策し、自然の描く鮮やかな美術を満喫した。そうするうちにやがて避けがたく、冬の予感が周囲に漂い始めた。山間の秋は短いのだ。

「ほどなく雪が降り始めるでしょう」、子易さんは帰り際に窓の前に立ち、雲の動きを仔細に観察しながらそう言った。小ぶりな両手は腰の後ろでしっかり組まれていた。

「そういう匂いが空中に漂っております。このあたりの冬は早い。あなたもそろそろ雪靴を用意された方がよろしいでしょう」

34

最初の雪が降った日の夕方（十一月もそろそろ終わりに近づいていた）、図書館での仕事を終えたあと、町に出て雪道用の靴を買い求めた。まだちらちらと舞う程度の雪だったが、もっと本格的に降るようになったら、東京から持ってきた都会風のやわな靴では、雪の日の歩行はおぼつかない。

降り始めた雪は私にいやでも、あの壁に囲まれた街での生活を思い起こさせた。冬になるとあの街でもよく雪が降った。そしてその雪の中で多くの単角獣たちが死んでいった。

でもあの街で、私はどんな靴を履いていただろう？

私は街から靴を与えられ（すべての衣服と用具を街から支給されていた）、それを履いて冬場の道を日々歩いていた。それほど深く雪が積もったことはなかったが、路面が固く凍りついてつるつると滑ることはあった。でもそんな道を歩くのにとくに不自由を感じたことはない。おそらくは雪道を歩くのに適した靴が与えられていたのだろうが、それがどんな形のどんな色の靴だったのか、まったく思い出せなかった。毎日履いて歩いていたものなのに、どうしてその記憶がないのだろう？

その街に関して、うまく思い出せなくなっていることが数多くあった。いくつかの事柄は鮮明すぎるほど鮮明に記憶しているのに、ある種の事柄はどれだけ努力しても思い出せない。雪靴も、そんな思い出せないもののひとつだ。そのように記憶がまだらになっていることが、私を惑わせ混乱させた。記憶は時間の経過とともに失われたのか、それとも最初から存在しなかったのか？ 私の記憶していることのどこまでが真実で、どこからが虚構なのか？ どこまでが実際にあったことで、どこからが作り物なのか？

それから間もないある日、子易さんが図書館に姿を見せた。午前十一時を少し回ったころだ。その日も空は灰色に曇って小雪が舞っていた。館長室にはガスストーブがひとつ置かれていたが、その火力は部屋を十分暖めてくれるほどのものではなかった。だから私はウールの上着を着て、首にスカーフを巻いたままの格好で帳簿を点検していた。しかしその部屋のうすら寒さに対して、私はとくに不満を感じたことはなかった。階下の閲覧室は心地よく暖房が効いていたし、席が混んでいなければ（だいたい混んではいなかった）そこでしばし身体を暖めることもできた。

そしてまた私は、どちらかといえば適度な――そこそこ我慢できる程度の――寒さを愛していたかもしれない。それは私が、あの壁に囲まれた街で日常的に味わってきたものだったから。私を取り囲む寒冷な空気は私の心に、その街での暮らしぶりをもう一度蘇らせてくれた。

子易さんはこの日はドアをノックして、館長室に入ってきた。そしてまずベレー帽を脱ぎ、いつものようにきれいに形を整えてから、デスクの片隅の所定の場所に置いた。それから私ににこやかに挨拶をした。でもしばらくはマフラーも手袋もとらなかった。ただベレー帽を脱いだだけだ。

「この部屋は相変わらずうすら寒いですな」と子易さんは言った。「こんな小さなストーブひとつでは暖まりようもありません。もう少し大きなものを入れなくては」

「少し寒いくらいの方が、身も心も引き締まっていいかもしれません」と私は言った。

「これから本格的に冬が深まると更に寒くなりますし、そうなれば、『少し寒いくらいの方が』なんてのんきなことは言ってはおられませんよ。都会から来られた方だから、このあたりの寒さがどんなものかご存じありますまい」

　子易さんは両手の手袋をとり、折り畳んで上着のポケットに入れ、ストーブの前で両手をごしごしと擦り合わせていた。そして言った。

「館長を務めていました頃、わたくしがこの図書館で、どのようにして冬の寒さを乗り切っていたと思われますか？」

「どうしてらしたんですか？」、そんなこと私には見当もつかない。

「この館長室はわたくしにはいささか寒すぎました」と子易さんは言った。「わたくしはこの町で生まれ育ったわりには、なんといいますか、けっこう寒がりなのです。ですから、ああ、冬のあいだは主にべつの部屋に待避して、そこで仕事をするようにしておりました」

「べつの部屋？」

「はい。ここよりはるかに暖かなべつの部屋があるのです」

「この図書館の中にですか？」

「そうです。この図書館の中にあります」

子易さんは長年にわたって使い込まれてきたらしいタータン・チェックのマフラーを首から外し、念入りに小さく畳んでベレー帽の隣に置いた。

「ああ、そうなのです。それは言うなれば、わたくしの冬場のささやかな隠遁所《いんとんじょ》のようになっておりました。その部屋をごらんになりたいですか？」

「その『隠遁所』はこの部屋よりも暖かいのですね？」

子易さんは何度か肯いた。「ええ、ええ、ここよりも格段に暖かいし、居心地もよろしいです。ああ、館内の鍵一式は持っておられますね？」

「ええ、持っています」、私はデスクの抽斗から、館内の鍵一式を束ねたキーリングを取りだし、子易さんに示した。仕事の初日に添田さんから手渡されたものだ。

「ああ、実にけっこうです。それを持ってわたくしについていらっしゃい」


子易さんはきびきびとした足取りで階段を降りた。私は遅れないようにそのあとをついていった。人影のまばらな閲覧室を抜け、添田さんの座っている正面カウンターの前を通り過ぎ、作業室を通過し（そこではパートタイムの女性が一人、真剣な顔つきで新刊書に登録ラベルを貼っていた）、奥の廊下を進んだ。私たちが前を通り過ぎても、誰ひとり顔も上げなかった。まるで私たちのことなどまったく目に入らないみたいに。それはなんだか不思議な感じのするものだった。まるで透明人間になってしまったような気がした。

作業室から奥は図書館として使用されていない領域だ。添田さんに一通り案内してもらったことがある。廊下が複雑に折れ曲がり、薄暗く入り組んだところで、どこがどうなっていたかほとんど記憶に残っていない。でも子易さんは迷うこともなく足早に廊下を抜け、小さな戸口の前に立った。

「ここです」と子易さんは言った。「鍵を」

私はずしりと重い鍵束を差し出した。様々な形の十二本の鍵がついていたが、主立《おもだ》った数本をべつにすれば、どの鍵がどの扉のためのものなのか見当もつかない。子易さんは鍵束を受け取ると瞬時に一本の鍵を選び、それを扉の鍵穴に差し込んで回した。かちゃりという思いのほか大きな音とともに扉は解錠された。

「ここは半地下になっております。いささか暗いので階段に気をつけてください」

戸口の中は確かに暗かった。階段は木でできていて、足を下ろすたびに、ぎいっという不穏な音を立てて軋んだ。子易さんは私の前に立って一段一段慎重に歩を運んだ。そして六段ばかり降りたところで頭上に両手を伸ばし、そこにあるつまみらしきものを馴れた手つきで回した。ぱちんと音がして、天井から下がった電灯の黄色い明かりがともった。

縦横四メートルほどの真四角の部屋だった。床は板張りで、敷物は敷かれていない。階段の向かい側にある壁の上方に、明かり取りの横長の窓がついていた。おそらくその窓は、地上の地面すれすれのところにつけられているのだろう。窓は長いあいだ磨かれたこともないらしく、ガラスは灰色に曇り、外の景色はほとんど見えなかった。陽の光もぼんやりとしか差し込まない。防犯のための鉄の格子が外側にはまっていたが、それほど強固なものではないようだ。

部屋の中には小さな古い木製の机がひとつ、そして不揃いな椅子が二脚置かれていた。どれもそのへんの不用品をとりあえずかき集めてきたという感じのものだ。それらがその部屋に置かれた家具のすべてだった。装飾らしきものは皆無、壁は淡く黄ばんだ漆喰、天井から電球がひとつ下がっている。電球には小さな乳白色のシェードがついていた。それが唯一の照明だった。

そこがもともといったいどのような目的に使用されていた部屋なのか、見当もつかない。しかしその真四角な部屋には何かしら謎めいた、含みのある空気が漂っているように感じられた。その昔、誰かがここで何か大事な秘密を、誰かにこっそり小声で打ち明けたみたいな……。

そして私は目にした。部屋の片隅に黒々とした古風な薪ストーブがひとつ置かれているのを。

私は思わず息を呑んだ。それから反射的に目を閉じ、呼吸を整えてからあらためて目を開き、それが現実にそこに存在していることを確認した。間違いない。幻影なんかじゃない。あの壁に囲まれた街の図書館にあったのとそっくり同じ——あるいは同じにしか見えない——ストーブだった。ストーブからは黒い円筒形の煙突が出て、壁の中に入っていた。私は言葉を失った状態でそこに立ちすくみ、長い間そのストーブをまっすぐ見つめていた。

「どうかなすったのですか？」と子易さんが怪訝そうな声で私に尋ねた。

私はもう一度深く呼吸をした。そして言った。「これは薪ストーブですね？」

「はい、ごらんになってのとおり、古典的な薪ストーブです。その昔から、ずっとここにあったものです。しかしこれが思いのほか役に立つのです」

私はそこに立ったまま、やはりじっとそのストーブを眺め続けていた。

「実際に使えるのですね？」

「もちろんです。もちろん使用に供《きょう》せますとも」と子易さんは目を光らせて断言した。「事実、冬になれば毎年、このストーブにしっかり火を入れておりました。薪は敷地内のべつの場所に潤沢に備えてあります。ですから薪についてはまったくもって心配ありません。近くの林檎農家が廃業したときに、古い林檎の木を切り倒したものを、ご厚意でたくさんいただいたのです。懇意にしている製材業者がそれを程よい薪の大きさに切り揃えてくれました。燃《も》すととてもよい林檎の匂いがします。ああ、これが実にとても香ばしい匂いなのです。いかがですかな、薪を持ってきて、今ここで実際に火をつけてみましょうか？」

私は少し考えてから首を振った。「いや、それには及びません。まだそれほど寒いわけではありませんから」

「そうですか。しかし必要とあらば、ああ、いつでもすぐに使えます。冬の間あのうすら寒い二階の館長室は引き払い、こちらに移ってこられればよろしいのです。その方が仕事も捗るというものです。添田さんもそのへんの事情はよく呑み込んでおられます」

「もともと何に使われていた部屋なのでしょう？」

子易さんは首を軽く傾げ、耳たぶを掻いた。「さあ、そこのところはわたくしにもわかりません。ご存じのとおりこの建物は以前、酒造りに使われておりました。図書館に用いるため、半分以上は改装いたしましたが、あとの部分は、つまりこのあたりは、手つかずで残されております。この部屋がかつて何に使われておったのか、ああ、昔のことなので、残念ながらその知識は持ち合わせておりません」

私はもう一度その小さな部屋をぐるりと見回した。

「でもとにかく、この部屋もストーブも私が使って差し支えないのですね？」

子易さんは強く肯いた。

「もちろんですとも。ここはあくまでわたくしどもの図書館の一部でありますし、ここで何をなさろうとそれはあなたのご自由です。ああ、この薪ストーブはきっと気に入られますよ。なにしろ静かで暖かいですから。赤く燃え盛る炎を眺めておるだけで、身も心も芯から温まります」

子易さんと私はその真四角な部屋を出て、薄暗い廊下を戻り、添田さんの座ったカウンターの前を通り過ぎ、人影まばらな閲覧室を抜け、二階の館長室に戻った。来たときと同様、私たちが前を通っても誰ひとり顔を上げなかった。

その日の午後ずっと、私はその真四角な部屋と、黒い旧式の薪ストーブのことを考えていた。その翌日もずっと。

35

十二月に入ってその年最初の強い寒気がやってきた。はらはらと雪が舞った。私は試しに館長室を真四角な半地下の部屋に移してみることにした。添田さんにそう告げると、彼女は数秒間黙り込んだ。短いが妙に深く重い沈黙だった。まるで湖の底に沈んだ小さな鉄の重しのような。それから思い直したように小さく肯き、ただ「はい、わかりました」と言った。その移動についての意見も質問もとくになかった。

だから私が質問をした。「部屋を移動することで、とくに何か不都合はありませんよね？」

彼女はすぐに首を振った。「いいえ、不都合というようなものは何もありません」

「薪ストーブも使っていいんですね？」

「自由に使っていただいてけっこうです」、彼女は微妙に抑揚を欠いた声でそう言った。「ただ、その前に煙突の清掃をさせますので、火を入れるまでに二日ほど待って下さい。鳥が煙突の中に巣をつくっていたりすると、面倒なことになりますので……」

「もちろん」と私は言った。「煙突が地上に通じているのですね？」

「ええ、屋根の上まで。ですから専門の業者を呼ばなくてはなりません」

「この建物で、薪ストーブを使っている部屋は他にもあるのかな？」
添田さんは首を振った。「いいえ、この館内で薪ストーブを使っているのはあの半地下の部屋だけです。他にも薪ストーブはあったのですが、改築したときにみんな取り払われ、処分されてしまったということです。あの部屋のストーブだけは子易さんの希望で残されたのです」

私はそのとき不思議に思った。添田さんが建物の内部を案内してくれたとき、その部屋を見せられた覚えは私にはなかった。もし目にしていたら、その部屋のことは間違いなく記憶に残っているはずだ。部屋は奇妙なほど真四角だったし、そこには薪ストーブも置かれていた。私がそれを見逃すはずはない。

なぜ添田さんは私にその部屋を見せなかったのだろう？　わざわざそこを見せる必要はないと考えたのだろうか。あるいはただうっかり案内し忘れたのかもしれない。それともいちいち鍵を探して錠を開けるのが面倒だったから、あえて省略したのかもしれない。しかし彼女の几帳面な性格からすれば、そのような可能性は考えにくかった。いったん定められたルーティーンは、どれほど手間のかかることであれ、すべて遺漏なく踏襲していく性格の人だったから。

それにしてもどうして、あの部屋に鍵がかけられていたのだろう？　子易さんが解錠したときの音の大きさからして、それは相当に頑丈な鍵のように見えた。でもあの部屋には盗まれて困るようなものはひとつもない。そんなところにいちいち鍵をかける必要なんてないはずだ。何のための施錠なのだろう？

でもそんな疑問はすべて自分の中に仕舞い込み、添田さんの前では持ち出さなかった。そういうことはこの場では質問しない方がいいだろうという気がなんとなくしたからだ。

煙突の清掃が終わるのを二日間待ち、それから私はその半地下の真四角な部屋を自室として使い始めた。添田さんはそのことをパートタイムの職員たちに通達した。彼女たちはとくに何も言わず、それを通常のこととして受け入れたようだった。その移動はこれまでも子易さんが毎年同じようにおこなっていたことなのだ。

引っ越しは簡単だった。書類入れのキャビネットとライトスタンドを新しい部屋に移しただけだ。それから薬罐《やかん》とお茶のセットを運んだ。部屋に電話回線の差し込み口はなかったから電話器は移せなかったが、それでとくに支障が生じることもなかろう。


その部屋に執務室（と言っていいだろう）を移してから、私が最初におこなった作業は薪を運び込むことだった。薪は庭にある納屋に積み上げられていた。私はそこにあった竹の籠に薪を入れて半地下の部屋に運んだ。そしてストーブにその薪を何本か入れ、新聞紙を丸め、マッチを擦って火をつけた。給気口のつまみを回して空気の入り具合を調整した。薪はほどよく乾燥していたらしく、簡単に火がついた。

長く使われていなかったストーブが温かみを取り戻すまでに時間がかかった。私はストーブの前に座り、オレンジ色の炎が静かに踊り、積まれた薪たちがその形状を徐々に変えていくのを、飽きもせず見つめていた。真四角な半地下の部屋はひどく静かだった。音らしきものは何ひとつ聞こえない。ときおりストーブの中から何かがはぜる、ぱちんという音が聞こえたが、それ以外にはただ沈黙があるだけだ。四つの物言わぬ裸の壁が私のまわりを囲んでいた。

やがてストーブ全体がしっかり暖まると、水を入れた薬罐をその上に載せた。しばらくして薬罐がかたかたと音を立て、白い湯気を勢いよく吐き始めると、その湯で紅茶を淹れた。ストーブで沸騰させた湯で淹れた紅茶は、同じ茶葉を使っているのに、普段より香ばしく感じられた。

私はその紅茶を飲みながら、目を閉じて、あの高い壁に囲まれた街のことを思った。私が夕方図書館に行くと、ストーブはいつも赤々と燃え、その上で大きな黒い薬罐が湯気を立てていた。そして簡素な——あるときにはところどころ色褪せ擦り切れた——衣服に身を包んだ少女が私のために薬草茶を用意してくれた。彼女のこしらえる薬草茶はたしかに苦くはあったけれど、それは我々が（こちらの世界の）日常生活で用いる「苦さ」とありようを異にしていた。私の知る言葉では形容することのかなわない、特別な種類の苦さだ。おそらくそれはあの高い壁の内側でしか味わうことのできない、あるいは認識することのできない種類の「苦さ」なのだろう。私はその形容することのかなわない風味を恋しく思った。一度だけでもいい、あの苦さをまた味わってみたいと。

それでも沈黙の中で赤く燃え続けるストーブと、夕暮れを思わせるほの暗い部屋と、時折かたかたと音を立てる古い薬罐が、その街をこれまでになく私の身近に引き寄せてくれた。私は目を閉じたまま、その失われてしまった街の幻想の中に長いあいだ浸っていた。

でもそんな幻想に浸りきり、ストーブの火の前で無為に一日を過ごしているわけにはいかない。紅茶を飲み終えると、深呼吸をして気持ちを切り替え、その日の仕事に取りかかった。その月に図書館が購入する新刊書籍を、与えられた予算内で選択しなくてはならない。決定権はいちおう私に委ねられているが、もちろん私個人の好みだけで図書館の本が選ばれるわけではない。一般的に好まれるベストセラー、世間で話題になっている本、利用者から購入のリクエストが寄せられているもの、この地域のローカルな関心を惹きそうなもの、公共図書館として備えておく必要のありそうなもの、またそれに加えて、この町の人たちに読んでもらいたいと私が個人的に希望する本……そんな中から注意深く書籍を選び、購入リストを作成する。そして添田さんにそのリストを見てもらい、彼女の意見を加味し（彼女は常に何かしら有益な意見を持っている）、最終的なリストを作成する。添田さんがそれに従って実際の購入作業をおこなうことになる。

私がその日におこなったのは主にそんな作業だった。真四角な半地下の部屋で、赤々と燃える薪ストーブに時折目をやりながら、鉛筆を片手に購入書籍リストをこしらえていった。部屋が十分暖かくなると、着ていた上着を脱ぎ、シャツの袖を肘までまくりあげて仕事を続けた。

その作業に従事している間、部屋を訪れるものはいなかった。そこは私一人だけの世界だった。時折席を立ってストーブに薪を足し、火の勢いが強くなりすぎないように給気口を調整し、近くの水道まで行って薬罐に水を足した。そしてできるだけあの街と、あの図書館のことは考えないように努めた。それらについて考えるのは危険だ。私はあっという間もなく深い幻想の中に引きずり込まれてしまう。ふと気がついたときには、私は机に頬杖をつき目を閉じて（手にしていた鉛筆はいつの間にかどこかに消えている）、思考の迷路をあてもなく彷徨《さまよ》っている。なぜ私はここにいるのだろう、なぜ私はあちらにいないのだろう……と。

ここはなんといっても私の職場なのだ――と自分に言い聞かせる。ここで私は図書館長としての社会的な責任を負っている。その責任を放り出して個人的な幻想の世界に没入しているわけにはいかない。しかしそれでも自分でも気がつかないうちに、私はいつしか高い壁に囲まれた街の中に舞い戻っていた。単角獣たちが蹄の音を立てて街路を歩き、白く埃をかぶった古い夢が棚に積み上げられ、川柳《かわやなぎ》の細い枝が風に揺れ、針のない時計台が広場を見おろしている世界に。もちろん移動するのは私の心だけだ。あるいは意識だけだ。私の実際の肉体は常にこちらの世界に残っている——おそらく。

昼前に私はその暖かい部屋を出て、カウンターの添田さんのところに行って、いくつかの必要な事務上の打ち合わせをおこなった。

彼女は新しい執務室の居心地がどうかとか、ストーブは十分暖かいかとか、そんなことは一切尋ねなかった。いつものように無表情にてきぱきと仕事上の情報を交換し、いくつかの案件に決定を下しただけだ。静寂が要求される図書館内であり、基本的に世間話というようなものは一切交わされない。それは常日頃のことだが、それにしてもその日の添田さんには、私の執務室の移転を話題にすることを意識的に避けているような気配があった。彼女の声には普段はない微かな緊張の響きが聞き取れた。それがどうしてなのか、何を意味するのか私にはわからない。

子易さんが私の新しい部屋を訪れたのは、そこに移って三日目の午後二時前のことだった。

彼はいつものようにスカートをはいていた。膝下までの長さのウールの巻きスカートだ。色は深いワインレッド。その下に黒いタイツ、首には淡いグレーのスカーフを巻いていた。そしてもちろん紺色のベレー帽。上着は厚い生地のツイード、そういった衣服を彼はずいぶん気持ちよさそうに着こなしていた。コートは着ていない。おそらく玄関で脱いで置いてきたのだろう。

子易さんは顔にいつものにこやかな笑みを浮かべ、私に簡単に挨拶をすると、まっすぐストーブの前に行き、ベレー帽もとらずにしばらくそこで両手を温めていた。それが何より大事な儀式ででもあるかのように。それから私の方を振り向いて言った。

「さて、部屋の居心地はいかがでしょうか？」

「気持ちよく暖かいし、静かで落ち着きます」

子易さんは「そうだろう」というように何度も肯いた。

「ストーブの火というのは実によろしいものです。それは身体と心を同時に、うむ、芯から温めてくれます」

「たしかにそのとおりですね。身も心も温まります」と私は同意した。

「林檎の木の香りもなかなか素敵なものでしょう。ああ、なんというか、香ばしくて」

私はそれにも同意した。薪に火をつけるとやがて部屋中にうっすらと林檎の香りが漂ってくる。しかしそこには心地よさと同時に、私にとってはいささか危険な要素も含まれていた。というのは、その香りは私を知らず知らず深い夢想の世界に誘っていくように思えたからだ。人の心を枠組みのない世界に引き込んでいく気配がそこにはあった。

そういえばあの街の門の外には林檎の林が広がっていたな、と私は思った。門衛が林檎をもいで、街の人々に与えた。門の外に出ることが許されているものは、門衛の他にいなかったから。そして図書館の少女はその林檎で菓子を作ってくれた。私はまだその味を思い出すことができた。

適度に甘く、きりっと酸っぱく、自然な滋味が身体にじわりと沁みていった。

子易さんは言った。「いろんな薪を試してみましたが、林檎の古木がいちばんです。火付きがよろしいし、煙の匂いも香ばしい。これだけの薪が手に入ったのは幸運というべきでしょうな」

「そうでしょうね」と私は同意した。


子易さんはストーブの前に立ってひとしきり身体を温めると、私の机の前にやって来て、椅子に腰を下ろした。床を歩む彼の足はほとんど音を立てなかった。よく見ると彼は白いテニスシューズを履いていた。もうそろそろ本格的な冬に入ろうとしているのに、いまだに薄底のテニスシューズを履いているというのはいささか妙な話だなと私は思った。おおかたの人たちは既に冬用の、ライニング付きの厚底の靴に履き替えているというのに。しかし子易さんの振る舞いについて、世間一般の常識を適用するのは所詮意味のないことだ。

それから子易さんと私は図書館業務の、いくつかの細かい点について話し合った。図書館業務についての子易さんの説明は常に明瞭かつ具体的で、また要を得ていた。彼はいくつかの不思議な――あるいは突飛なともいうべきか――性向を有する老人だったが、こと図書館の仕事に関する限り、その意見は常に当を得て実用的だった。そういう実務的な話をするときには目つきまで変化した。一対の宝石でも埋め込まれているかのように、両目の奥がきらりと小さく輝くのだ。彼がこの図書館を愛していることはなにより明らかだった。

子易さんは上着を脱いで椅子の背にかけ、首に巻いたスカーフをとり、ベレー帽をとって、いつものように大事そうに机の上に置いた(これまでとは異なる机だったが)。そしてくつろいだ猫のように、両手を机の上にちょこんと載せた。この半地下の真四角な小部屋にこうして子易さんと二人でいることは、何より自然な出来事であるように私には感じられた。

しかしある時点で私ははっと、あることに気がついた。彼のはめた腕時計に針がついていないことに。

最初、自分の目がどうかしているのだと思った。あるいは光の加減で一時的に針が見えなくなっているだけなのだと。しかしそうではなかった。私はさりげなく指で目をこすり、あらためて見直してみたが、彼の左手首にはまっている年代物の腕時計——おそらくは手巻き式だ——の文字盤には針がなかった。時間を示す短針も、分を示す長針も、秒を示す細い針も、あるいは他のどのような種類の針も見当たらない。ただ数字を振った文字盤があるだけだ。

私はよほど子易さんに尋ねてみようかと思った。どうしてあなたの腕時計には針がないのですか、と。そうすれば子易さんは、その理由なり事情なりを気軽に説明してくれたかもしれない。あるいは私は実際にそう質問するべきだったのかもしれない。しかし何かが私に、そうしない方がいい、と告げていた。私は相手に気づかれないように他の話をしながら、さりげなくその左手首に何度か目をやっただけだ。

それから私は念のため自分の腕時計に目をやった。総体としての時間に何かまずいことが持ち上がったのではないかと、ふと心配になって。でも私の左手首にはまった腕時計の文字盤には、いつもどおりすべての針が揃っており、それらの示している時刻は午後二時三十六分四十五秒だった。それは四十六秒になり、四十七秒になった。時間はこの世界にまだ無事に存在しており、間違いなく前に進んでいた。少なくとも時計的には——ということだが。

あの時計台と同じだ、と私は思った。あの壁に囲まれた街の、川べりの広場に立っていた時計台と同じだ。文字盤はあるが、針はない。

時空が微かに歪《ゆが》んでいくねじれの感覚があった。何かと何かが入り混じっている、私はそう感じた。境界の一部が崩れ、あるいは曖昧になり、現実があちこちで混合し始めている。その混乱が私自身の内部にある何かによってもたらされたものなのか、あるいは子易さんという存在によってもたらされたものなのか、判断がつかなかった。そんな混沌の中でなんとか自分を落ち着かせ、困惑を顔に出さないよう努めたが、それは簡単なことではなかった。私は口にするべき言葉を失い、そこで会話が途切れた。

子易さんは机の向かい側から、そんな私の様子を眺めていた。その顔にはとくに表情らしきものは浮かんでいなかった。何も記されていない白紙のノートのように。私たちはしばらくの間どちらも無言でいた。

でもある時点で、子易さんは何かをふと思いついたようだった。あるいは何かを急に思い出したのかもしれない。瞳が急に明度を増し、長く伸びた眉毛がぴくりと一度だけ揺れた。そして口が薄く開いた。これからおこなう発言の予行演習をしているかのように、小さな唇が音を持たない言葉をいくつか形作った。うっすらと、でも確かな意思を持って。そう、彼は私に向かって何かを告げようとしていた――おそらく何かしら大事な意味を持つ事柄を。私は机の向かい側でその言葉を待った。

しかしちょうどそのときストーブの中で、薪の崩れるがらりという音が聞こえた。そしてそれに呼応するかのように、上に載せていた黒い薬罐が勢いよく白い湯気を上げた。子易さんはほとんど反射的にさっと身体をねじってそちらに目をやり（普段の物腰には似合わない素速さだった）、鋭い目つきで炎の様子を確かめ、異変のないことを確認してからまたこちらに視線を戻した。

でもそのときには、彼が口にしようとしていた言葉は——それがどのようなものだったのかはわからないけれど——既にどこかに失われてしまったようだった。瞳はいつものとろりとした色合いに戻っていた。彼はもう語るべきことを持たなかった。赤く燃えるストーブの炎が、そこにあったはずの言葉を残らず吸い取ってしまったかのようだ。

やがて子易さんはゆっくり椅子から立ち上がった。大きくひとつ呼吸をしてから、腰に手を当てて背中をまっすぐ伸ばした。固まった関節をひとつひとつほぐすみたいに。それから机の上に置いた紺色のベレー帽を手に取り、大事に形を整えてから頭にかぶった。首にスカーフを巻いた。

「そろそろ失礼するとしましょう」と彼は自らに言い聞かせるように言った。「いつまでもここにぐずぐずして、お仕事の邪魔をするわけにはいきませんからな。なにしろストーブが燃えていると居心地がよろしいものですから、つい長居をしてしまいます。気をつけなくては」

「そんなこと気にしないで、いくらでも長居をしていってください。教えていただくこともまだいろいろありますし」と私は言った。

しかし子易さんは笑顔を浮かべ、何も言わず小さく首を振った。音もなく階段を上り、私に一礼してから姿を消した。

針を持たない古い腕時計を身につけ、いつもスカートをはいている一人の老人――その謎めいた存在は何を意味しているのだろう。そこには何らかのメッセージが含まれているようだ。おそらくは私個人にあてられたメッセージが……。でもそんなことを考えているうちにひどく眠くなり、椅子に座ったままの姿勢で眠りに落ちた。眠るのには向かない硬く小さな椅子だったが、おかまいなく私は眠った。短く濃密な眠りだった。その濃密さには、夢が断片を挟み込む隙間もなかった。眠りの中で私は、薬罐が再びしゅうっと蒸気を立てる音を聞いた。あるいは聞いたような気がした。

私はしばらくあとで部屋を出て閲覧室に行って、カウンターにいる添田さんと少し話をした。そして彼女に、子易さんはもう帰られたのかと尋ねた。

「子易さん?」と彼女は僅かに眉をひそめて言った。

「三十分ほど前まで半地下の部屋にいて、話をしていたんだけど。見えたのは二時前だった」

「さあ、私は見かけませんでしたが」と彼女は奇妙に潤いを欠いた声で言った。そしてボールペンを手に取って、やりかけていた仕事に戻った。不思議だなと私は思った。添田さんが持ち場のカウンターを離れることはほとんどないし、注意力の鋭い彼女が人の出入りを見逃すはずはない。そういう人なのだ。

でもその素っ気ない口ぶりは、これ以上その話はしたくないという気持ちをはっきりと表していた。少なくとも私はそう感じた。だから子易さんに関する会話はそこで終わった。私は半地下の真四角な執務室に戻り、漠然とした違和感を抱えたまま薪ストーブの火の前で仕事を続けた。

子易さんはいったいどんなことを私に語ろうとしていたのだろう？　そしてなぜちょうどそのとき、まるで見計らったみたいに薪が音を立ててがらりと崩れたのだろう？　あたかもその発言を遮ろうとするかのように。発言者に警告を与えるかのように。それについて様々に考えを巡らせてみたものの、私のすべての思考や推論は必ず行く手を厚い壁に遮られ、そこより先に進むことはできなかった。

36

一日また一日と冬は深まっていった。年の終わりが近づくにつれ、子易さんが予言したように、その山間の小さな町には雪が頻繁に降るようになった。厚い雪雲が次々に北からの風に流されてきた。あるときには素速く、あるときには動きが目に映らないくらいゆっくりと。

朝になるとあたり一面に霜柱が立ち、私の新しい雪靴の下で張りのある気持ちの良い音を立てた。それは床に落ちた砂糖菓子を踏みつけたときの音に似ていた。その音が聞きたくて、朝の早い時刻に用もなくよく川べりを歩き回ったものだ。私が吐く息は空中で白く硬い塊となり（その上に字が書けそうなほどだ）、朝の澄み切った空気は無数の透明な針となって肌を鋭く刺した。

そのような日々の厳しい寒さは、私にとってはもの珍しいものであり、また心地よく刺激的なものでもあった。これまでとは違う成り立ちの世界に足を踏み入れたのだという新鮮な感触がそこにはあった。私の人生は何はともあれ居場所を変更したのだ。その変更された環境が私をこれからどのような方向に導くのか、まだ見定められないにせよ。

夜が明けたばかりの川べりには、まだ誰の足跡にも汚されていない純白の雪野原が広がっていた。降雪量はまだたいしたものではなかったが、それでも常緑樹の青々とした広い枝は、夜のうちに積もった新しい雪を健気に支えていた。時折山から吹き下ろす風が、川向こうに広がる木立の中で、より厳しい季節の到来を予告する鋭く痛切な音を立てた。そのような自然のありようは、もどかしいほどの懐かしさと淡い悲しみで私の心を満たした。

降る雪はおおむね硬く乾いていた。引き締まった純白の雪片は、手のひらに受けても長いあいだそのままの形を保っていた。北方から多くの高い山々を越えてやってくるあいだに、雪雲は湿気を奪い取られてしまうようだ。降る雪は硬く乾いており、積もったまま長く解け残った。そんな雪は私に、クリスマス用のケーキにまぶされた白いパウダーを思い起こさせた（最後にクリスマス・ケーキを食べたのはいつのことだったろう?）。

分厚いコートと暖かい下着、毛糸の帽子とカシミアのマフラー、厚い手袋が私の日々の必需品となった。しかしいったん図書館に着いてしまえば、そこには旧式の薪ストーブが私を待っていた。部屋が暖まるまでにはしばらく時間がかかったが、いったん炎が勢いを定めてしまえば、そのあとには心地よい温かさがやってきた。部屋が時間をかけて暖かくなるにつれて、私は身につけた衣服をひとつ、またひとつ取り去っていった。手袋をとり、マフラーをはずし、コートを脱ぎ、最後には薄手のセーター姿になった。午後には長袖のシャツ一枚になることさえあった。

あの壁に囲まれた街では、少女が常に私のために、前もってストーブの火をおこしておいてくれた。私が夕刻、図書館の扉を開けたとき、部屋は既に心地よく温まっており、ストーブの上では大きな薬罐が友好的な湯気を上げていた。でもここでは誰もそんな用意はしてくれない。自分の手でそれを始めなくてはならない。図書館のいちばん奥にある半地下の部屋は、朝の早い時刻にはすっかり冷え切っている。

ストーブの前に屈み込んでマッチを擦り、丸めた古い新聞紙に火をつけ、それを細い柴へと、それから太い薪へと徐々に燃え移らせていく。うまくいかず、また最初から手順を繰り返すこともある。それは儀式にも似た厳粛な作業だった。遥か古代から、人々が同じように続けてきた営為だ（もちろん古代にはマッチも新聞紙も存在しなかったが）。

炎がうまく落ち着いて安定し、ストーブそのものが温もりを持ってくると、水を張った黒い薬罐をその上に載せる。やがてそれが沸騰すると、子易さんから受け継いだ陶製のティーポットを使って紅茶を淹れる。そして机の前に座り、その温かいお茶を味わいながら、高い壁に囲まれたあの街と、図書館にいた少女のことをあてもなく考える。何はともあれ、考えないわけにはいかない。そのようにして冬の朝の半時間ほどが、とりとめもなく過ぎ去っていく。私の意識は二つの世界の間をあてもなく往き来している。

でもそれから私は気持ちを取り直し、何度か深呼吸をし、鉤《かぎ》を鉄の輪っかに通すみたいに意識をこちらの世界に繋ぎ止める。そしてこの図書館における私の仕事にとりかかる。私が〈古い夢〉を読むことはもうない。私がここでやらなくてはならないのは、もっとありきたりの事務作業だ。与えられた書類に目を通し、そこにしかるべき書き込みを行い、日々の細かい収支を点検し、図書館の運営に必要なものごとのリストを作成する。

そのあいだストーブは着実に燃え続け、林檎の古木はかぐわしい香りで狭い部屋を満たしてくれる。

子易さんから自宅に電話がかかってきたのは夜の十時過ぎだった。町に引っ越してきて以来、そんな遅い時刻に電話のベルが鳴るのはまずなかったことだし、子易さんがうちに電話をかけてくるのもきわめて稀なことだった（はっきりしたことは思い出せないが、そのときがおそらく初めてだったはずだ）。

私は読書用の古い安楽椅子（子易さんがどこかで調達してきてくれたもの）に座って、フロアスタンドの明かりでフロベールの『感情教育』を再読していた。古い活字に目が疲れてきたので、そろそろ寝支度をしようかと考え始めているところだった——だいたいいつもと同じように。

「もしもし」と子易さんが言った。「夜分、申し訳ありません。子易ですが、まだ起きておられましたでしょうか？」

「ええ、まだ起きています」と私は言った。まさに眠ろうとしているところではあったが。

「ああ、まことにもって勝手なお願いだとは思うのですが、いかがでしょう？　今から図書館においでいただくというのは無理な相談でしょうか？」

「今からですか？」と私は言って枕元の目覚まし時計に目をやった。時計の針は十時十分を指していた。私は子易さんが腕にはめていた針のない時計を思い出した。この人には時刻がわかっているのだろうか？

「時刻が遅いことはよくよく承知しております。もう午後の十時を過ぎておりますし」と子易さんは言った。私の心を読み取ったみたいに。「しかし、いささかもって大切な用件なのです」

「そしてその用件とは、電話で話せるようなことではないのですね？」

「ええ、そうなのです。電話で話せるような簡単な用件ではありません。電話はだいたいあまりあてになるものではありませんし」

「わかりました」と私は言って、もう一度念のために枕元の時計に目をやった。秒針は確かに時を刻んでいた。深い静けさの中でコツコツという微かな音が聞こえた。

私は言った。「そうですね、今から図書館にうかがうことはできると思います。それで、子易さんは今どちらにおられるのでしょう？」

「わたくしは図書館の半地下の部屋で待っております。はい、ストーブのあるあの真四角な部屋です。ストーブは既にじゅうぶん暖まっております。そこであなたをお待ちしたいと思っておるのですが、いかがなものでしょうか？」

「わかりました。そこにうかがうようにします。着替えとかもあって、三十分くらいは時間がかかるかと思いますが」

「けっこうですとも。待つのはちっともかまいません。時間はふんだんにありますし、わたくしは夜更かしに慣れております。眠くなることもありません。ですので、お急ぎになる必要はまったくないのです。この部屋であなたがお見えになるのをゆっくりお待ちしております」

私は電話を切り首を捻った。子易さんはどうやって図書館に入ったのだろう？　彼は玄関の鍵を持っているのだろうか？　子易さんは館長を退職したわけだが、これまでずいぶん深く図書館運営に関わってきた人だから、鍵をまだ持っていたとしてもべつに不思議はないのかもしれない。

真っ暗な図書館の奥の一室で、子易さんがストーブの前に座って、私が来るのを一人で待っている光景を思い浮かべた。それはかなり奇妙な光景であるはずだったが、私にはそれほど奇妙には思えなかった。何が奇妙で、何が奇妙ではないのか、その判断の軸が私の中であちこちに揺れ動いているようだった。

セーターの上にダッフルコートを着て、首にマフラーを巻き、毛糸の帽子をかぶった。ウールのライニングのついた雪用の靴を履いた。手袋もつけた。冷ややかな夜だが雪は降っていなかった。風もない。見上げても星が見えないところをみると、空はどうやら厚い雲に覆われているらしかった。いつ雪が降り出しても不思議はなさそうだ。川のせせらぎと、私の踏み出す靴音の他には、どのような音も耳に届かなかった。まるで音がみんな頭上の雲の中に吸い込まれていくみたいに。空気の冷たさのせいで頰が痛み、私は毛糸の帽子を耳の下までおろした。

外から見る図書館は真っ暗だった。古い門灯を別にして、周りのすべての明かりが消されている。まるで戦争中の灯火管制みたいに完全に。そんな闇に包まれた図書館を私が目にするのは初めてだった。それは見慣れた昼間の図書館とは違う建物のように見えた。

玄関は施錠されていた。手袋をとり、コートのポケットから重い鍵束を出して、馴れない手つきで引き戸を解錠した。引き戸の解錠には二種類の鍵が必要とされる。考えてみれば、私がその鍵を実際に使用するのはそれが初めてだった。

建物の中に入ると背後の引き戸を閉め、念のために再び施錠した。図書館の内部は緑色の非常灯の明かりに仄《ほの》かに照らされていた。私はその明かりを頼りに、何かにぶつからないように用心深くラウンジを歩いて抜け、カウンターの前を通り（いつも添田さんが座っているところだ）、閲覧室を通り抜けた。あちこち折れ曲がった廊下をたどり、半地下の部屋へと向かった。非常灯もついておらず、廊下はひどく暗かった。足を踏み出すごとに足元で床板が非難がましく小さな悲鳴を上げた。ポケットライトを持ってくるべきだったなと私は悔やんだ。

半地下の部屋からは明かりが微かに漏れていた。扉についた磨りガラスの小さな窓から、黄色い明かりが廊下をほんのりと照らしていた。私は部屋の扉を小さくノックした。中から咳払いが聞こえた。そして子易さんが「どうぞ、おはいりなさい」と言った。

子易さんは赤々と燃えるストーブの前に腰を下ろし、私を待っていた。天井から吊《つる》された古い電球がひとつ、部屋を不思議な色合いの黄色に染めていた。机の端っこにはお馴染みの紺色のベレー帽が置かれている。

そこにあるのは、私が電話を切ったときに頭に思い浮かべたのとそっくり同じ光景だった。夜中に無人の図書館の奥の一室で、私を待ち受けている小柄な老人（灰色の髭をはやし、チェックのスカートをはいている）。

その情景は、子供の頃に読んだ絵本の一ページのようでもあった。何かが今変わろうとしている――そんな予感がそこにはあった。通りの角を一つ曲がると、そこに何かがいて、私を待ち受けている。それは私が少年時代にしばしば感じていたことだった。そしてその何かは私に大事な事実を告げ、その事実は私にしかるべき変容を迫ることになる。

私は毛糸の帽子をとり、手袋と一緒に机の上に置いた。カシミアのマフラーを外し、コートを脱いだ。部屋はもう十分暖かくなっていたからだ。

「いかがでしょう、紅茶を飲まれますかな？」

「ええ、いただきます」と私は少し間を置いてから答えた。今ここで濃いお茶を飲むと眠れなくなってしまうかもしれない。でも何かが無性に飲みたかったし、子易さんの淹れる紅茶の香ばしさには、私はいつも抗《あらが》いがたく心を惹かれてしまうのだ。

子易さんは椅子から立ち上がり、ストーブの上で白い湯気を上げていた薬罐を手に取った。そして沸騰した湯を落ち着かせるべく、器用な手つきでそれを宙でくるくると回した。たっぷり水を張った大きな薬罐はかなりの重さがあるはずだが、彼の手つきは見るものにそんなことを感じさせなかった。それから紅茶の葉を計量スプーンで正確に量り、適温に温めておいた白い陶器のポットに入れ、そこに注意深くお湯を注いだ。ポットに蓋をしてその前で目を閉じ、よく訓練された王宮の衛兵みたいにぴたりと直立した姿勢を取った。いつもと同じ手順だ。いや、手順と言うよりは儀式に近いかもしれない。

子易さんは意識を絞りあげ、体内に内蔵された特別な時計を用いて、紅茶をおいしく淹れるための最良の時間を計っているようだった。この人は時計の針みたいな便宜的な用具を必要とはしないのだろう。

やがて彼の中でその「最良の時間」が経過したらしく、まるで呪縛が解かれたかのように直立の姿勢を崩し、子易さんは再び動き始めた。前もって温めておいた二つのカップに、ポットから紅茶を注いだ。ひとつのカップを手に持ち、湯気の香りを鼻で確かめ、その神経情報を脳に伝達し、それから満足したように小さくこっくりと肯いた。一連のおこないが無事に達成されたのだ。

「ああ、まずよろしいようだ。どうぞお飲み下さい」

私たちはその紅茶に、砂糖もミルクもレモンも、ほかの何ものも必要とはしなかった。それはそのままで見事に完結した紅茶だった。温度もまさに完璧だ。濃密で香ばしく、温かくそして上品だった。そこには神経を穏やかに慰撫《いぶ》してくれるものが含まれていた。もし何かを足したりしたら、その完結性はきっと損なわれてしまうことだろう。密やかな朝霧が太陽の光に消えてしまうみたいに。

私はいつも不思議に思ったものだ。同じ水を沸かしたお湯と、同じ陶器のポットと、同じ紅茶の葉を使っているのに、子易さんの作る紅茶と、私のそれとではなぜこんなにも味わいが違ってしまうのだろうと。何度か子易さんの真似をして、同じような手順で紅茶を淹れてみたのだが、試みは常に失望のうちに終わった。

私たちはしばらく何も言わず、それぞれにその紅茶を味わっていた。


「ああ、こんな遅い時刻にわざわざお越しいただいて、まことに申し訳なく思っております」と子易さんは少しあとで、いかにも申し訳なさそうに言った。

「子易さんはこんな時刻、よくこちらにいらっしゃるのですか?」

子易さんはそれにはすぐに答えず、紅茶を一口飲み、目を閉じて何かを考えていた。

「わたくしはここのストーブが、ああ、何よりも好きなのです」、子易さんはやがてそう言った。大事な秘密を打ち明けるように。「この炎が、この林檎の木の仄かな香りが、わたくしの身体と心をじわりじわりと芯から温めてくれます。わたくしにとってはその温かみが貴重なのです。この儚《はかな》い魂を温めてくれるものが。そのことが——わたくしがここにお邪魔していることが——あなたにとってご迷惑でなければよろしいのですが」

私は首を振った。「いや、ちっとも迷惑なんかじゃありません。私としてはまったくかまわないのですが、ただ、添田さんはそのことをご存じなのでしょうか? 子易さんが閉館後の図書館をこうして訪れてらっしゃることを。なんといっても、彼女がこの図書館を実質的に切り盛りしているようなものですから、つまり、もし彼女がそのことを承知していないのだとしたら……」

「いいえ、添田さんはこのことをご存じありません」ともの静かな声で、しかし妙にあっさりと子易さんは言った。「彼女はわたくしが夜分にここに来ておることを知りません。これから先も知らないままでしょうし、またあえて申し上げるならば、ああ、知る必要もないのです」

それについて何を言えばいいのかわからなかったので、私は沈黙を守っていた。知る必要がない？ それはいったいどういうことなのだろう？

「そのへんの事情をご説明すると、長い話になってしまいます」と子易さんは言った。「本当はもっと早い機会に、少しずつでもあなたに真実を申し上げるべきであったのです。しかし機会をうまく見いだせぬまま、このように時間が経過し、季節が巡ってしまいました。たぶんわたくしがいけないのでしょう」

子易さんは手にしていた紅茶を飲み干し、空のカップを机の上に置いた。かたんという乾いた音が、小さな半地下の部屋に響いた。

「わたくしの申し上げる話はずいぶん奇妙に響くかもしれません。世間一般の人の耳には、おそらくは信じ難いこととして聞こえることでしょう。しかしながら、あなたならわたくしの話をそのまま受け入れてくださるものと、確信しております。なぜならば、あなたにはそれを信じる資格のようなものが具わっているからです」

子易さんはそこで一息ついて、ストーブの炎が与えてくれた温かみを確かめるように、両手を膝の上でごしごしと擦り合わせた。

「資格というのは、ああ、いささか場違いな言葉遣いかもしれませんね。なんと言いますか、いかにも形式張った言い方です。しかしながらそれ以外の適切な表現を、わたくしはうまく思いつくことができんのです。最初にあなたにお目にかかったときから、わたくしにはそれがはっきりとわかりました。この人はわたくしの言わんとすることを、また言わなくてはならんことを、正しく呑み込んで、理解してくださる方だと。そういう資格を有しておられる方だと」

ストーブの中の薪が崩れる、かさっという音が聞こえた。まるで動物が姿勢を変えるときに立てるような、小さく唐突な音だ。

私は話の流れがよく理解できないまま口を閉ざし、ストーブの炎を受けて赤く輝く子易さんの横顔を眺めていた。

「思い切って打ち明けましょう」と子易さんは言った。「わたくしは影を持たぬ人間なのです」

「影を持たない？」、私は彼の言葉をただそのまま反復した。

子易さんは表情を欠いた声で言った。「はい、そうです。わたくしは影を失ってしまった人間なのです。影法師というものを持ちません。いつかお気づきになるのではと思っていたのですが」

そういわれて、私は部屋の白い壁に目をやった。確かに彼の影はそこになかった。そこに映っているのは私の黒い影法師だけだった。それは天井から下がった電球の黄色い光を受けて、少し斜めになって壁の上に延びていた。私が動けば、それも動く。しかしそこに並んであるべき子易さんの影は見当たらなかった。

「はい、ごらんのとおりわたくしには影がありません」と子易さんは言った。そして念を押すように片手を電灯の前にかざし、その影が壁に映らないことを示した。「わたくしの影はわたくしを離れて、どこかに行ってしまいました」

私はできるだけ慎重に言葉を選んで尋ねた。「それはいつのことだったのですか？　つまり、あなたの影があなたの身体から離れていったのは？」

「それはわたくしが死んだときです。そのときにわたくしは影を失ってしまったのです。おそらくは永遠に」

「あなたが死んだとき？」

子易さんは小さく堅く何度か肯いた。「はい、今から一年と少し前のことになりますか。それ以来わたくしは影を持たぬ人間になりました」

「つまりあなたはもう死んでおられる？」

「はいもうこの世に生きてはおりません。凍えた鉄釘《てつくぎ》に劣らず、命をそっくりなくしております」

37

「はいもうこの世に生きてはおりません。凍えた鉄釘に劣らず、命をそっくりなくしております」

私は彼が口にしたことについてしばらく考えてみた。凍えた鉄釘に劣らず命をなくしている？ 何かを言わなくてはならないのだろうが、何をどう言えばいいのか、言葉が見つからなかった。

「あなたが亡くなっているということに間違いはないのですね？」とようやく私は言ったが、いったん口に出してみると、それはひどく馬鹿げた質問に聞こえた。

しかし子易さんは生真面目な顔でこっくりと肯いた。

「はい、死んでいることに間違いはありません。なんといっても自分の生き死にのことですから、それについてのわたくしの記憶は確かですし、役所には然るべき公的な記録も残っておるはずです。そして町の寺の墓地には、ささやかながらわたくしの墓も建っております。お経もあげてもらいましたし、どんなものだったかよく覚えておりませんが、いちおう戒名もいただきました。死んだことにあくまで間違いはありません」

「でも、こうして向かい合ってお話ししていると、死んだ人のようにはとても見えませんが」

「はい、たしかに見かけは生きていたときと同じかもしれません。このように、いちおうは筋の通った会話を交わすこともできます。しかしわたくしが死んでいる、もうこの世のものではないという事実に、なんら変わりはありません。誤解を恐れることなく、昔ながらの便宜的表現を用いるなら、今のわたくしは幽霊とでも言うべき存在なのです」

部屋に深い沈黙が降りた。子易さんは口元に微かな笑みを浮かべ、膝の上で両手をごしごしと擦り合わせながら、ストーブの火を見つめていた。

この人は冗談を言っているのかもしれない、ただ私をからかっているのかもしれない——そういう可能性が私の頭をよぎった。通常の場合であれば、それは十分あり得る可能性だ。人によっては真顔で冗談を言うし、人をからかいもする。しかしどう考えても、子易さんはそのような冗談を口にして喜ぶタイプの人ではなかった。それになんといっても、彼は実際に影を持っていないのだ。当たり前の話だが、冗談でちょっと影を消すというわけにはいかない。

現実という言葉が私の中で本来の意味を失い、ばらばらにほどけていった。何が現実であるかを確かめるために必要な基準の柱を、私はもう持ち合わせていないようだった。混乱した意識の中でゆっくり首を振ると、壁に映った私の長く黒い影も、同じようにゆっくり首を振った。その動作は実際よりいくぶん誇張されてはいたが。

怖いか？　いや、とくに怖いとは思わない。どうしてかはわからないが、たとえ私が今日の前にしているこの老人が本当に幽霊なのだとしても、彼と夜中の部屋に二人きりで向き合っていることに、私は恐れをまったく感じなかった。そう、それは十分あり得ることなのだ。死んだ人と話をして何がいけないのだろう？

しかし疑問点は数多くあった。当たり前の話だが、幽霊に関して我々が知らないことは数限りなくある。

「はい、わたくしにもわからないことは数限りなくあります」と子易さんは私の考えを読んだように言った。「なぜわたくしが死んで無に帰することもなく、こうして意識を保ち、仮初めの姿かたちを保ち、この図書館に留まり続けていられるのか、自分でもよくわからんのです」

私は何も言わず子易さんの顔をじっと眺めていた。

「意識というのはまったくもって不思議なものです。そして、死んでからもなお意識があるというのは、ああ、もっと更に不思議な気のするものです。『意識とは、脳の物理的な状態を、脳自体が自覚していることである』という説を何かの本で読んだことがあります。はて、いかがなものでしょう、それは果たして正しい定義なのでしょうか？　どうお考えになります？」

意識とは、脳の物理的な状態を、脳自体が自覚していることである。

私はそれについて考えてみた。

「そういわれれば、そういうことになるかもしれませんね。筋としては正しいように聞こえますが」

「はい、であるとすれば、わたくしにはまだ脳が存在しているということになります。そうですね？　意識があれば、ああ、そこには必然的に脳がある。しかし、身体はもう存在していないけれど、なおかつ脳は今も存在しているというようなことがあり得るでしょうか？　果たしてそんなことが起こり得るでしょうか？」

子易さんの話に追いついて行くには、ある程度の時間と努力が必要だった。なにしろその話の筋道は、日常生活のレベルからは大いにかけ離れたものだったから。私は間を置いてから、思い切って尋ねた。

「それでは、子易さん、あなたの身体はもう存在していないのですか？」

子易さんはこっくりと肯いた。

「はい、わたくしの身体はもうこの世界に存在してはおりません。今はとりあえず、ああ、生きていたときの子易の姿かたちをこのようにとってはいますが、これをこのまま長時間継続することはかないません。一定の時間が経過しますと、煙のごとく宙に消えて無と化してしまいます。あくまで仮初めの一時的な姿かたちなのです。もちろん大して褒められた見かけではありませんが、今のところこれ以外にわたくしのとれる姿かたちはありませんので」

「でも意識は継続する？」

「はい、意識はそのまましっかり継続しております。肉体がなくとも意識はちゃんとあるのです。それはわたくしにとって大きな謎です。肉体がないのに、そして肉体がなければ必然的に脳もないはずなのに、それでいてなおかつ意識が通常に機能しておるということが。はあ、こうして、死んでもなおかつわからないことがあるというのは、なんだか奇妙なものです。いったん死んでしまえば、生きているときとは違って、謎みたいなものとは無縁になってしまうだろうと、生きているときには漠然と考えておったものですが」

「脳と肉体の他に、それとは別に、魂という存在があるとは考えませんか？」と私は尋ねた。

子易さんは少し唇を曲げ、じっくり考え込んでいた。

「はい、そうですね、魂について考えたことはあります。しかし考えれば考えるほど、魂とは何かというのは深い謎であります。死んで、こうして幽霊になってからも、というか、幽霊になってしまったからこそと申しましょうか、わたくしには余計にそれがわからなくなってしまったのです。多くの人は『魂』という言葉を好んで口にします。しかし魂がどんなものなのか、それを明確にわかりやすく定義し、説明してくれた人はいません。その言葉はあまりにも頻繁にいろんな局面において使われるものですから、みんな魂というものはわたくしたちの体内に怠りなく存在すると、漠然とではありますが信じております。でも、実際に死んでみればわかることですが、魂なんていうものは目にも見えませんし、手でも触れられません。それを用いて何か特別なことをする、みたいなこともかないません。わたくしが思いますに、実際に我々の頼りになるのは、なんといっても意識と記憶だけです」

私はそれについてはとくに個人的意見を述べなかった。死者が目の前に現れて、「魂なんてあるかどうかもわからない」と言うとき、それについてどんな反論ができるだろう？

「それで、子易さんはいったいどのようにして亡くなられたのですか？」と私は尋ねた。「そしてどうやって、その、つまり、幽霊になられたのですか？」

「はい、自分が死んだときのことはよくよく覚えております。わたくしが落命した直接の原因は心臓発作でありました。とにかくあっという間もなく死んでしまったのです。ああ、自分は死につつあるんだというようなことさえ考えもしませんでした。考える暇もなかったのです。よく人は死ぬる瞬間に、一生の出来事が走馬灯のように駆け巡ると申しますが、わたくしの場合はそんなものひとかけらも出てきませんでした」

子易さんはしばらく腕組みをして首を深く傾げていた。そして話を続けた。

「もともと心臓はあまり丈夫ではなかったのですが、それまで大きな問題が起きたこともなく、またその一週間前に郡山の病院で年に一度の健康診断を受けたばかりでありました。そのとき『とくに変わったところはない』と医師に言われました。ですから自分が心臓発作で死ぬことになるなんて、思いもしません。ところがある朝、出し抜けにそれが起こったのです。わたくしの経験から申し上げまして、人生における重要なものごとは、たいてい予想もしないときに起こるものです。そして死ぬというのはまあ、人生におけるかなり重要なものごとのひとつでありますから」

子易さんはそこでくすくすと小さく笑った。

「わたくしはその朝、近所の山を一人で散歩しておりました。杖をついて、その杖の手元には熊よけの鈴をつけておりました。季節は秋で、その時期には時折、冬眠前に栄養をつけるために、熊が里近くまで降りてきます。でも鈴を鳴らしながら歩けば、人が襲われる心配はまずありません。少なくともそのように教えられました。そういう山歩きがわたくしのささやかな健康法だったのです。ところがその散歩の途中で、急に目の前がうっすら白っぽくなって、意識が少しずつ遠ざかっていくような感覚がありました。これはちょっといけないなと、近くの松の幹に寄りかかったのですが、それでも身体をうまく支えきることができず、地面にずるずると滑り落ちてしまいました。胸の内側で心臓が大きな音を立てていたことを覚えております。たくさんのこびとたちが遠くの丘の上にずらりと並んで、それぞれに力の限りに太鼓を打ち鳴らしているような、そんな感じのおどろおどろしい音でした。こびとたちは遠くにいましたし、その顔は陰になってよく見えません。でも彼らの腕の力はとびっきり強いらしく、太鼓の音はすぐ耳元に聞こえました。自分の心臓がそんな大きな音を立てるなんて、とても信じられないくらいです」

子易さんはそのときのことを思い出すように、軽く目を閉じた。

「その次にわたくしの頭に浮かんだのは、どういうわけかわかりませんが、ボートに浸水してきた水を、小ぶりな手桶でせっせとかい出している光景でした。わたくしは大きな湖の真ん中で、一人で手こぎボートに乗っておるのですが、船体のどこかに穴が空いているらしく、そこから勢いよく冷たい水が入り込んでくるのです。どうして山の中で、死に際にそんなことを考えついたのか、そのへんは自分でもよくわかりません。しかし何はともあれ、わたくしとしてはこの水をかい出さなくてはなりません。そうしなければボートはほどなく水底に沈んでしまいます。それがわたくしが人生の最後に目にした光景でありました。考えてみれば不可思議なものですね。ああ、人の一生などその程度のものなのでしょうか。それからやがて無がやって参りました。まったくの無です。ええ、走馬灯なんて気の利いたものは、ちらりとも目にしませんでした。湖に辛うじて浮かんだおんぼろ手こぎボートと、ちっぽけな手桶――それだけです」

沈黙。

「あっという間の死だったのですね？」

「はい、ああ、実にあっけない死でありました」と子易さんは肯いて言った。「覚えておる限り、肉体的苦痛もほとんど感じなかったようです。それはあまりに出し抜けであり、また――なんと申し上げましょうか――あまりに簡単であったもので、自分が今ここで死につつある、生命を失いつつあるという認識も持ちませんでした。そのようなわけで、かくして幽霊の身になってからも、自分が死んでしまったということが事実として、実感としてもうひとつすんなり呑み込めずにいるようなわけであります」

　私は質問した。「あなたが亡くなってから、そうして……そのようなかたちに、つまり……幽霊になられるまでに、何か段階のようなものはあったのでしょうか？」

「いいえ、段階というようなものはございませんでした。気がついたときには、ああ、わたくしはもうこのような状態になっておったのです。時間的なことを申し上げれば、わたくしが死んだのが今から一年あまり前で、それからこのようなかたちをとるようになったのが、つまり実際の肉体を持たない意識という存在になりましたのが、死後一ヶ月半ばかりのことであったと記憶しております。わたくしが死んで、葬儀が行われ、遺体が焼かれ、お骨《こつ》が墓に納められたそのあとで、わたくしはこうして幽霊となってこの地上に戻ってまいったわけです。その間に何があったのか、どのような段階が踏まれたのか、それはわたくしには把握できておりません」

　彼の話についていくために、時間をかけて頭の中を整理しなくてはならなかった。整理するも何も基本的には、相手が語ることをそのまま事実として受け入れるしかなかったのだが。

　私は尋ねた。「この世に何か心残りがあるから戻ってきた、というようなことではないのですね？」

「はい、幽霊とはそのようなものだと一般的には思われているようですが、わたくしの場合、この世に心残りやら悔いみたいなものはとくにございません。振り返ってみますに、まあたいした出来のものではありませんが、山も谷もある人並みの一生だったと思っております」

「ただ、ご自分でもよくわからないうちに死後、その、意識がこの世に戻ってきたと」

「はい、そのとおりです。このような存在になったのは、自ら望んだことではありません。ただこの図書館につきましては、個人的な思い入れというか、それなりの愛着がありましたので、それが何かしら関係しているのかもしれません。といっても、この図書館に関して何かやり残したことがある、というようなことでは決してないのですが」

「いずれにせよ、この町の人々はみんな、もう子易さんは死んでいなくなったものと考えているわけですね」

「そのとおりです。というか、考えるも何も、わたくしはもう現実に死んでいなくなっております。そしてわたくしのこの仮初めの姿かたちは、特別な人の目にしか映らないのです」

私は尋ねた。「添田さんは、あなたがこの図書館に現れることをご存じのようですね」

「はい、添田さんは、わたくしが幽霊となっていることを基本的に承知しておられます。わたくしと添田さんとは長きにわたるつきあいで、ある意味深いところでお互いを理解し合っておりますし、彼女もわたくしが幽霊となったことを、いわば自然の現象として、問わず語らずそのまま受け入れてくれております。むろん最初のうちは少なからず驚かれたようでしたが」

「でも他のパートの女性たちには、あなたの姿は見えないのですね？」

「はい、この姿が見えるのは、あなたの他には添田さん一人だけです。いつもいつも見えるというのではありませんが、必要に応じて彼女にはわたくしの姿が見えます。他の人たちはみんな、わたくしはもう死んでいなくなったものと思っています。まあ、実際には死んでいなくなっているわけですが……。ですから他の人がいる前では、添田さんともあなたとも会話を交わすことは控えております。そんなところを誰かに見られたりしたら、それはずいぶん奇妙な光景に映ることでしょうから」

子易さんはそう言って、おかしそうに小さく笑った。私は言った。

「つまり子易さんは亡くなった後も、そのままここに留まり、従来通り図書館長の職を務めてこられた?」

「はい、添田さんから、何か実務上の問題について相談されれば、その度に適切と思える助言を与えたり、判断を下したりして参りました。ええ、そうです、生前ここの図書館長を務めていたときとおおむね同じようにです」

「しかしいくらなんでも、死者が幽霊となって実質的な図書館長を務めていると、世間に公言するわけにはいかないし、いろいろな局面で、日々の実務をこなす責任者がどうしても必要になってくる。それで新たな図書館長を——つまり生身の肉体をそなえた適当な人材を——外部から募集することにした。そういうことなのでしょうか?」

子易さんは私の言ったことに対して、何度かこっくりと肯いた。自分が語ろうとしていたことを、適切な言葉にしてくれてありがたいというように。

「はい、有り体に申し上げまして、要するにそういうことです。しかしあなたが面接にこちらに見えたとき、その姿を一目拝見して、わたくしにはすぐさまわかったのです。ああ、そうだ、この人はなにしろ特別な人だ。この人はおそらくわたくしの存在を、仮初めの身体を伴った意識としてのわたくしのありようを十全に理解し、そのまま受け止めてくださるに違いないと。それはなんと申しますか、思いもかけぬ奇跡的な邂逅《かいこう》でありました」

子易さんはストーブの前でその小さな身体を温めながら、賢い猫のようにまっすぐ私の顔を見ていた。その小さな目が眼窩《がんか》の奥できらりと一瞬光った。

「しかしわたくしは用心に用心を重ね、当座はあなたの言動を慎重に観察しておりました。本当のことを打ち明けていいものかどうか、わたくしなりに逡巡しておったのです。これは人の生き死にを巡る、とても微妙な問題でありますから。おわかりいただけると思いますが、実は自分は幽霊なのだなんて、そう簡単に言い出せるものではありません。然るべき時間の経過が必要でありました。そのようにして夏が終わり、短い山あいの秋が通り過ぎ、こうして厳しい冬がやってきて、この部屋のストーブに火を入れる季節となり、そしてようやく心の底から確信できたのです。あなたはわたくしにとっての、真に正しい受け入れ先であるのだと」

　私は口を閉ざしたまま、穏やかな表情を浮かべた子易さんの顔を見つめていた。その仮初めの身体を伴った意識としての子易さんの顔を。

38

子易さんはストーブの前で背中を丸め目を閉じ、長い時間、深く考え込むように沈黙を守っていた。そのあいだ身体は微動だにしなかった。

「あなたは影を失った経験をお持ちの方だ」、彼はやがて沈黙を破ってそう言った。そして背筋を伸ばし、目を開けて私の顔を見た。

「どうしてそれがおわかりになるのですか？　私が一度は影を失ったことのある人間だということが」

子易さんは二度ばかり首を振った。「わたくしは幽霊です。生命を持たぬ意識です。でありますから、普通の人には見えないものが見えますし、普通の人には理解できないことが理解できます。あなたが一度は影を失ったことのある人だということは、一目で見て取れました」

「人がその影を失うというのは、いったい何を意味するのでしょう？」

子易さんは眩しいものを見据えるときのように、両目をぎゅっと細めた。

「ああ、あなたにはそれがおわかりになっておられないのですね？」

「ええ、それがどういうことなのか私にはよくわかっていません。そのときもわからなかったし、今でもわかりません。ものごとの流れのままに、逆らうことなく流されていっただけです。その過程において、それが何を意味するのか定かには判別できないまま、自分の影と一時期離ればなれになりました。そこに住む人々が誰ひとり影を持たない街で」

子易さんは何も言わず、ただ顎を撫で続けていた。それからおもむろに口を開いた。

「先ほども申し上げましたが、このように死者の身になりましても、わたくしには理解できないものごとが数多くあります。はい、生きていたときと同じようにです。残念ながらと申しますか、人は死んだからそれだけで賢くなれるというわけではありません。ですからあなたのご質問にここできっぱりお答えすることは、残念ながらできそうにありません。この世界にはまた、簡単に説明してはならないこともあるのです」

子易さんは左の手首を持ち上げ、そこにはめた針のない腕時計にちらりと目をやった。顔つきからするに、たとえ文字盤に針はなくても、それは子易さんにとって不足なく時計の役を果たしているらしかった。あるいはただ生きていたとき身についた習慣を引き継いでいるだけなのかもしれないが。

「わたくしはそろそろ失礼しなくてはなりません」と子易さんは言った。「長い時間この仮初めの姿かたちを維持することはできないのです。昼間よりは夜更けの方が、より長く地上に留まっておられますが、このあたりが限度です。そろそろ消えなくてはならぬ頃合いとなってきました。またお会いして語り合いましょう。ああ、もちろんあなたがそれをお望みになればということですが。もしご迷惑になるようであれば、わたくしはもう二度とあなたの前に姿を見せないようにいたしますが」

「いいえ」、私はあわてて言った。その言葉を強調するように何度か首を横に振った。「いいえ、迷惑なんかではまったくありません。是非また子易さんにお会いできればと思います。お話ししたいことも多くあります。どうすれば最も良いかたちでお目にかかれるのでしょう？」

「残念ながら、いつでも好きなときにこの姿をとってあなたの前に現れることができる、というわけではありません。ですから、いついつあなたにお目にかかれるか、それは自分でもわからんのです。わたくしが自由意志で『さあ、今から姿かたちをとろう』と決めることではありませんから。もしよろしければ、ああ、また今日と同じようにあなたのおたくに電話をおかけします。そしてこの部屋で、このストーブの前でお会いすることにしましょう。おそらくは夜間のこととなるでしょうが。先ほども申し上げたように、周りが暗くなってからの方がわたくしの形象化の負担は比較的軽くなるのです。それでよろしいでしょうか？　勝手なことを申すようですが」

「けっこうです。何時でもかまいません。電話をください。ここにうかがうようにします」

子易さんはしばらく考え事をしていたが、ふと思いついたように顔を上げて言った。「ところで、あなたは聖書をお読みになりますか？」

「聖書？　キリスト教の聖書のことですか？」

「はい、バイブルのことです」

「いいえ、きちんと読んだことはありません。私はキリスト教徒ではありませんので」

「ああ、わたくしもキリスト教徒ではありませんが、信仰とは関係なく聖書を読むのは好きです。若い頃から暇があれば手に取ってあちらこちらと読んでおりまして、いつしかそれが習慣のようになりました。示唆に富んだ読み物であり、そこから学んだり感じたりするところが多々ありました。その『詩編』の中にこんな言葉が出てきます。『人は吐息のごときもの。その人生はただの過ぎゆく影に過ぎない』」

子易さんはそこで言葉を切り、把手《とって》を引いてストーブの扉を開け、火箸を使って薪のかたちを整えた。そしてその言葉をゆっくりと繰り返した。自分自身に言い聞かせるみたいに。

「『人は吐息のごときもの。その人生はただの過ぎゆく影に過ぎない』。ああ、おわかりになりますか？　人間なんてものは吐く息のように儚い存在であり、その人間が生きる日々の営みなど、移ろう影法師のごときものに過ぎんのです。ああ、わたくしは昔からこの言葉に心惹かれておりましたが、その意味が心底理解できたのは死んだあと、このような身になってからでありました。はい、わたくしたち人間はただの息のような存在に過ぎんのです。そしてこうして死んでしまったわたくしにはもう影法師さえついていないのです」

私は何も言わず、子易さんの顔を見ていた。

「あなたはまだそうして生きておられる」と子易さんは言った。「ですから、どうか命を大事になさってください。あなたにはまだ黒い影法師がついているのだから」

子易さんは立ち上がり、くったりとしたベレー帽をとって頭にかぶった。そしてマフラーを首に巻いた。

「さあ、もうわたくしは行かねばなりません。この姿を消さねばなりません。それではまた近々《きんきん》にお会いしましょう」

私は思い切って彼の背中に声をかけた。

「子易さん、実を言いますと、私はすべての住民が影を持たないその土地にあっても、今と同じようにやはり図書館の仕事をしていました。これとそっくり同じ薪ストーブのある小さな図書館でした」

子易さんはちらりと後ろを振り向き、ちゃんと聞こえたというしるしに一度だけこっくりと肯いた。しかしとくに意見は述べなかった。ただ黙って一度肯いただけだ。そして階段を上って部屋を出て、後ろ手にそっと扉を閉めた。

そのあと廊下を行く足音が聞こえたような気がしたが、それはあるいは気のせいだったかもしれない。本当は何も聞こえなかったのかもしれない。もし聞こえたとしても、それはきわめてささやかな足音だったはずだ。

子易さんがいなくなったあと、しばらく私はその半地下の部屋で一人きりの時間を過ごした。子易さんがいなくなってしまうと、ついさっきまで彼がそこにいたこと自体がまぼろしだったのではないかという強い疑念に襲われた。私はずっと一人でここにいて、ただあてもない妄想に耽っていただけではないのかと。しかしそれは幻想でも妄想でもなかった。その証拠には、机の上には二客の紅茶茶碗が空になって残っていたからだ。ひとつは私が飲んだものであり、ひとつは子易さんが——あるいは彼の幽霊が（あるいは仮初めの身体を持った彼の意識が）——飲んだものだ。

私はため息をつき、机の上に両手を置いて目を閉じ、時間の過ぎゆく音に耳を澄ませた。しかしもちろんそんな音は聞こえなかった。聞こえるのはストーブの中の薪が崩れる音だけだった。

39

子易さんに訊かなくてはならないことがいくつもあったし、私が子易さんに語らなくてはならないこともいくつもあった。生者である私が知っておくべきこと、そして死者である子易さんに知っておいてもらいたいこと。しかしその前に私は、いろんなものごとを頭の中でうまく整理しておかなくてはならなかった。

子易さんが人の姿かたちをとって私の前に出現していられる時間は――彼自身の説明によるなら――それほど長いものではない。そして子易さんは、いつでも自分が望むときにその姿を現すことができるわけではない。そのような限られた時間内に、私たちは数多くの重要な事柄を語り合わなくてはならないのだ。論理的に意味づけすることがおそらくは困難な、そしておおむね観念的な領域に属するであろう多くの事柄を。だから前もってある程度考えを整理し、話の段取りをつけておく必要がある。そうしなければ私は謎に満ちた薄闇の世界を、手がかりを求めつついつまでも空しく彷徨っていることになりかねない。

翌日、午後の一時過ぎに私は添田さんを二階の館長室に呼んだ。少しばかり話があるからと言って。

私と添田さんは図書館の運営に必要な事務的な事柄について、一階のカウンターで毎日のように話し合っていたが、考えてみれば、二人きりで向かい合って会話をするような機会はほとんどなかった。添田さんがそんな機会を持つことを意識的に回避していたわけではないのだろうが、積極的に求めていなかったことも確かだった。それはあるいは（今にして思えばということだが）子易さんのことが二人の会話の中で話題にのぼることを避けるためであったかもしれない。

添田さんは淡い緑色の薄手のカーディガンに、装飾のほとんどない白いブラウス、青みがかったグレーのウールのスカートという格好だった。靴は焦げ茶色のバックスキンのローヒール。とくに高価な服装ではないのだろうが、かといって安物ではないし、古びてもくたびれてもいない。どれも手入れが良く、なにより清潔そうで、ブラウスは丁寧にアイロンをかけられ皺《しわ》ひとつよっていなかった。化粧は常にうっすらとした目立たないものだったが、二本の眉毛だけはまるで意志の強さを示すかのように、くっきりと強く濃く引かれていた。すべての見かけが、彼女が経験を積んだ有能な図書館司書であることを示唆していた。

私はデスクに向かって座り、彼女はデスクを間にはさんで向かい側に座った。彼女の顔は心なしか、微かな緊張の色を浮かべているようだった。淡い上品なピンクに塗られた唇は、横一文字《よこいちもんじ》に結ばれていた。必要なこと以外は何ひとつしゃべるまいと心を決めているかのように。

窓の外では細かい雨が音もなく降り続き、部屋は湿気を含んで冷ややかだった。小さなガスストーブがひとつあるだけだから、部屋全体はなかなか温まらない。雨は朝から同じ調子で休みなく降り続いていたが、空気の冷え込み具合からして、いつ雪に変わってもおかしくなさそうだった。部屋は薄暗く、天井の照明はその薄暗さをかえって強調しているかのようだ。午後一時なのにまるで夕方のように思える。

「実は、子易さんのことについて少しお話がしたいんです」、私は前置きなしでまっすぐ本題に入った。添田さんには余計な回り道は抜きにして、率直に話をした方がいいだろうと思ったからだ。添田さんは表情を変えることなく小さく肯いた。唇はきっかり結ばれたままだった。

「子易さんはもう亡くなっていたのですね」、私は思い切ってそう切り出した。

添田さんはしばらく沈黙を守っていたが、やがて諦めたように小さく息を吐き、重い口を開いた。

「はい。おっしゃる通りです。子易さんはしばらく前に亡くなっておられます」

「でも亡くなってからも生前の姿をとって、しばしばこの図書館に姿を見せる。そうですね？」

「ええ、そのとおりです」と添田さんは言った。そして膝の上に置いていた手を上げて眼鏡の位置を整えた。「しかしその姿は誰にも見えるというわけではありません」

「あなたには彼の姿が見える」と私は言った。「そしてこの私にも見える」

「はい、そうです。私の知る限りではということですが、ここで死後の子易さんの姿を目にし、言葉を交わすことができるのは、今のところあなたと私だけのようです。他の職員たちには何も見えませんし、声も聞こえません」

添田さんは長いあいだ一人で心に抱えてきた秘密を、ようやく誰かと共有することができて、少しほっとしているようにも見えた。それはおそらく彼女にとって少なからぬ重荷であったはずだ。自分の頭がどうかしているのではないかと疑ったこともあっただろう。

私は言った。「実のところ昨日の夜まで、彼が既に亡くなっていたことを知りませんでした。この図書館に着任して以来、子易さんのことを実際に生きている人だとずっと思い込んでいたのです。誰もそんなことを教えてはくれなかったものですから。昨夜ご本人の口から事情を聞かされて、当たり前のことですが、ずいぶん驚きました」

「驚かれて当然です」と添田さんは言った。「でも申し訳ないのですが、子易さんがもうこの世の人ではないことを、私の口からあなたにお教えすることはできなかったのです」


私は添田さんに、昨日起こったことを一通り簡単に説明した。夜の十時頃に子易さんから突然うちに電話がかかってきて、この図書館に呼び出されたこと。そして図書館の奥にある半地下の小部屋で、その温かいストーブの前で、熱く香ばしい紅茶を飲みながら（それは子易さんが自ら湯を沸かして淹れてくれたものだ）、自分は実はもう死んでしまった人間なのだと、本人の口から直接打ち明けられたこと。

添田さんは終始黙して私の話に耳を傾けていた。彼女の率直な一対の目は、眼鏡のレンズの奥からまっすぐ私の顔を見据えていた。私の話の裏に潜んでいるかもしれない何かを——もしそういうものがあるなら——読み取ろうとするかのように。

「子易さんはきっと、あなたのことが個人的に気に入っていらっしゃるのだと思います」、私が語り終えたとき、彼女は静かな声でそう言った。「そしてまた、あなたのことが、あるいはあなたが心に抱えている何かしらが、気にかかっておられるのだと」

私が心に抱えている何かしら、と私は自分の心に向かって反復した。

「私が着任してくるまではあなたの知る限り、添田さん一人にしか死後の子易さんの姿は見えなかった。そういうことですね？」

「はい、ここで彼の姿を目にできるのは、おそらく私一人だけだったと思います。子易さんは図書館に姿を見せると、この私だけに話しかけてきました。生きていらしたときと同じように。でも当然ながら他の職員たちの前で、目に見えない人間と会話するわけには参りませんので、いつも二人きりになったところで話をしました。話すことといえば、主に図書館運営に関する事務的な事柄ですが」

添田さんはそこで口をつぐんで気持ちを整理し、何かを深く考えていた。そして言った。

「子易さんはきっと、この図書館の運営のことが心残りだったのでしょうね。この図書館はいちおう〈町営〉という形を残してはおりますが、実際には文字通り彼の私有物のようなものでしたから。この図書館に関する様々なものごとはほとんどすべて、子易さんが一人で取り仕切っておられたのです。その子易さんが去年思いもよらず急死されたあと、後任の館長が決まらないまま、私がその代理のような役割を当座のあいだ務めておりました。しかし言うまでもないことですが、私だけではどうしても手がまわりかねます。私はただの現場の司書に過ぎませんから、日常の業務についてはともかく、図書館の全体的な運営に関しては、事情のわからないこと、的確な判断を下せないことが多々あります。それを見かねて、子易さんは亡くなった後、ここにたびたび戻ってこられたのだと思います。私に援助の手を差し伸べるために」

「子易さんが亡くなったあと、あなたが彼の——つまり、なんというか、幽霊となった子易さんの――助言を得て、この図書館を切り盛りしていた？」

添田さんは黙って肯いた。

私は言った。「そしてそのような館長不在の期間を経て、私が子易さんの後任者としてこの図書館の館長に就任することになった。そういうわけですね？」

添田さんはもう一度肯いた。そして言った。

「はい、子易さんが夏に、この部屋であなたを直接面接なさったときには、正直言って驚いたものです。いいえ、驚いたというよりはわけがわからず、頭が少し混乱してしまいました。なにしろ初対面のときから、その姿をあなたの前にはっきりと現されたわけですから。どこまでも用心深く、私以外の人の前には決して姿を現さないようにしておられた子易さんがです。いったい何ごとが起こったのだろうと首を捻ってしまいました。しかしその様子を見ていて、私にはその理由や根拠はよくわかりませんが、あなたという人の中にはきっと、子易さんが心を許せるものがあるのだろうと推察いたしました……この人の前でなら姿を見せてもいいと彼に思わせるような、何かが」

私は何も言わず、ただ耳を傾けていた。添田さんは続けた。

「そしてあなたと子易さんはここで長い時間、親しくお話をされ、その結果あなたがこの図書館の新しい館長に就任され、図書館は以前のように円滑に運営されるようになりました。私は肩から重い荷物を下ろすことができて、ずいぶんほっとしたものです。そしてあなたと子易さんは人目にはつかないところで、良好な関係を築いておられるように見えました。それは私にとって何より喜ばしいことでした。

しかし子易さんはもう亡くなった人なのだと、私の口からあなたに教えることはできません。それはなんと言いますか、いかにも差し出がましいことに思えたのです。もし子易さんがそのことを――自分が生きた人間ではないことを――あなたに知らせたければ、自らおっしゃるはずです。おっしゃらないということは、まだその時ではないということなのでしょう。ですから私は沈黙して、ことの進展をそばから見守ってきました。つまり私は大事な事実を、私一人の胸のうちに隠したまま、この何ヶ月かを過ごしてきたわけです。私はあなたにお教えするべきだったのでしょうか？　つまり、子易さんは生きている実在の人間ではなく、なんと言えばいいのでしょう……魂というか、亡霊のような存在なのだという事実を」

私は言った。「いいえ、たぶんあなたの言うとおり、子易さんはご自分の口からその事実を打ち明けたかったのだと思います。その適切な時機を見計らっておられたのでしょう。ですからあなたがそうして口を閉ざしていたのは、決して間違っていなかったはずです」

私たちはしばらくの間、それぞれに沈黙を守っていた。私は窓の外に目をやり、雨がまだ降り続いていることを確認した。今のところまだ雪には変わっていない。音を立てない静かな雨だ。大地に、庭石に、木の幹に無音のうちに浸み込んでいく。そして川の流れに加わっていく。

私は添田さんに尋ねた。「子易さんはどういう人だったのですか？　この町で生まれたという話は聞きましたが、どのような環境で育ち、若い頃はどのような人生を送られ、そしてどのような経緯でこの個人的な図書館をつくられたのでしょう？　考えてみれば、彼という人間についてほとんど何も知らないようなものです。ご本人に直接何度か質問してはみたのですが、いつも答えをはぐらかされているような具合でした。自らに関しては多くを語りたくないという風でした。

だからそのうちに、個人的な事柄については質問しないようになってしまったのですが」

添田さんは脚をきちんと揃え、スカートの膝の上で手を合わせていた。ほっそりとした十本の指が、まるで編みかけの毛糸のように繊細に絡み合っていた。

「実を申しますと、私もまた子易さんという人についてそれほど多くの知識を持たないのです。この図書館でかれこれ十年近く働いてきましたが、子易さんとそういう個人的な事柄についてお話をしたことはほとんどありませんでした。なんだか妙な話ですが、私が子易さんという方の人柄をより密接に身近に知るようになったのは、むしろ亡くなってからなのです。生きておられるうちは、なんと言えばいいのでしょう、いつも気持ちはどこかよその場所にあるような、超然とした雰囲気を身辺に漂わせておられました。決して冷たいとか偉そうとか、そういうのではなく、私たちには優しく親切に接して下さるのですが、まわりの現実の事柄にもうひとつ関心が向かないというか、微妙に距離をとって人に接しておられたような気がします。

でも亡くなられてからは、つまり魂だけになられてからは、まっすぐ私の目を見て、気持ちを込めてお話をなさるようになりました。その人柄もこれまでになく生き生きした、人情味のあるものになってきたようでした。亡くなってからの方が人間的に生き生きしているというと、なんだか妙な言い方になりますが、それまで内側に大事に隠されていたものが、亡くなられたことによって、外に現れてきたのでしょう」

「生きている子易さんの心を覆っていた堅い殻みたいなものが取り去られた」

「はい、実にそのような感じでした」と添田さんは言った。「ちょうど春になって積もっていた雪が解け、その下からいろんなものが次第にもとの姿を現してくるみたいに……。私は結婚するまでずっと長野県松本市に在住しておりまして、この土地のことは何ひとつ知りませんでした。また夫は福島県の出身ですが、郡山市内で生まれ育ったものですから、この土地には地縁がありません。たまたまこの町の学校に職を得て移ってきたというだけです。そんなわけで、私が子易さんについて得た知識のほとんどは又聞きによるものです。まわりの人たちが私に少しずつ教えてくれたことです。中には単なる噂話のようなものもあり、どこまでが実際にあったことなのか、判断のつきかねるところもあります。しかしもしその程度のことでよろしければ、子易さん個人について私が知識として持っていることを、お話しすることはできます」

添田さんの話によれば、子易さんはこの町有数の素封家《そほうか》の長男として生まれた。年の離れた妹が一人いる。一家は代々造り酒屋を営み、商売は繁盛していた。地元の高校を卒業し、東京の私立大学に進んだ。大学では経済学を専攻したが、学業にはあまり熱心ではなかったらしく、何年か留年した。本当は文学を専攻したかったのだが、家業を継がせたがった父親が頑としてそれを認めず、心ならずも経営の勉強をさせられたせいだった。だから大学在学中は勉強そっちのけで、友人たちとグループを組んで起ち上げた同人誌の活動に没頭し、短編小説もいくつか書いて、そのうちの一編は大手の文芸誌にも転載された。しかし小説家として自立するところまでは届かず、大学を卒業してからは、数年間を東京でぶらぶらと文士気取りで過ごしたものの、業を煮やした父親に引導を渡されて（つまり月々の仕送りを打ち切られて）、福島のこの小さな田舎町に戻って来ざるを得なかった。

そして家業の造り酒屋を継ぐべく、父親の下で経営者としての修業を積んだわけだが、仕事一筋の父親とはどうしてもそりが合わず、また当然ながら酒造業の経営にも今ひとつ身が入らず、この田舎町での生活は彼にとってまったく満ち足りたものではなかった。空いた時間に読書をし、机に向かって原稿を書くことがただひとつの楽しみだった。

素封家の一人息子だったから、縁談は数多く持ち込まれたが、彼は身を固めることを嫌って、長いあいだ独身を通した。世間体もあり、また父親の目もあり、生まれ故郷の町ではさすがに素行を慎んでいたが、噂によれば時折東京に出かけた折には、日頃の不満を解消するべくけっこう羽目を外したということだ。

三十二歳になったとき、酒好きの父親が脳梗塞で倒れ、寝たきり状態になり、彼が実質的に経営を受け持つことになった。とはいえ、仕事の実務は古くから働いている忠実な番頭や従業員たちが引き受けてくれたから、ただ奥の部屋に腰を据えて適宜必要な指示を出し、帳簿を簡単に点検し、同業者の会合に顔を出したり、町の有力者と会食をするといった外交的な用件をこなしていれば、それで用は足りた。刺激の乏しい退屈な日々ではあるものの、うるさいことを言う父親はろくに口もきけない身体になってしまったし、経営は——彼がとくに熱心に働かなくても——安定した良好な状態を続けていた。まずは気楽な境遇と言えた。

暇な時間には相変わらず好きな本を読み、机に向かって小説のようなものを書き綴ってはいたが、一時は激しい炎として彼の内部で燃え上がっていた創作への意欲は、三十歳を過ぎた頃から、次第に弱まっていったようだった。旅人が自分でも気づかぬうちに、大事な意味を持つ分水嶺を踏み越えてしまったみたいに。原稿用紙にまったくペンを滑らせない日々も、次第に数を増していった。

小説……いったいそこで何を書けばいいのか、彼には今ではもうひとつ確信が持てなくなっていた。かつてはそんなことを思い悩む余裕もなく、岩の隙間から水が湧き出すみたいに、文章がすらすらと目の前に浮かんできたものだったが。彼がこうして山間の田舎町でぐずぐずすぶっている間に、東京では数多くの重要な動きが日々活発に進行しており、自分がその最前線から遠く離れた後方に取り残されてしまったように感じられた。東京のかつての文学仲間たちとのやりとりも、歳月を経るに従って熱気を欠いた、間遠なものになっていった。

そのような焦り混じりの心定まらぬ日々を、ほとんど義務的なまでに気怠くやり過ごしているとき——そのとき彼は既に三十五歳になっていたのだが——ふとした成り行きで十歳年下の美しい女性と知り合い、あっという間もなく恋に落ちた。それまでの人生で一度も経験したことのないほど激しい心の震えを彼は感じることになった。その震えは測りがたいほど深く強く、彼を根底から混乱させ動揺させた。自分がこれまで大事に守ってきた価値観が、突然何の意味も持たないただの空箱に成り果ててしまったみたいに感じられた。自分はいったいこれまで何のために生きてきたのだろう？　ひょっとして地球が逆に回転し始めたのではあるまいかと、真剣に不安に駆られたほどだった。

彼女は町に住む知人の姪であり、東京の人だった。山手線の内側で生まれ、ずっとそこで育った。ミッション系の女子大の仏文科を出ており、フランス語が流暢で、チュニジアだかアルジェリアだかの大使館で秘書の仕事をしていた。知的な女性で、頭の回転も速く、文学や音楽にも通じていた。そのような話題について、どれだけ長く話をしていても、興趣が尽きることはなかった。彼女と差し向かいで親しく話をしているうちに、自分の中でしばらく前から眠り込んでしまいそうになっていた知的な種類の好奇心が、再び熱気を取り戻してくるのが感じられた。それは彼にとっては何よりも喜ばしいことだった。

夏期休暇を利用してこの町をしばらく訪れていた彼女を紹介され、何度か顔を合わせ、会話を交わして親しくなったあと、彼は機会をつくってたびたび東京に足を延ばし、彼女とデートをした（ちなみに当時の彼はスカートははいておらず、ごく当たり前のこざっぱりとした服装をしていた）。

そうした数ヶ月の交際期間のあと、彼が勇を鼓して結婚を申し込んだとき、彼女は即答を避けた。「悪いけれど、考えるのに時間が少しほしいの」と言った。そしてそれから数週間にわたって、彼女は深く逡巡していた。

彼のことはとても好きだったし、信頼できる人だと思った。一緒にいて楽しかったし、彼と結婚すること自体に異論はなかった（彼女はその少し前に、子易さんにとってはうまい具合にというべきなのだろう、それまで交際していた男性と破局を迎えたばかりだった）。しかし語学を生かしたやりがいのある専門職と、都会での一人暮らしの気楽さを捨て、酒造業者の妻として、また旧家の嫁として福島県山中の小さな町に収まるのは、彼女にとって明らかに気の進まないことだった。

結局、何度かの話し合いの末、結婚はしても当分のあいだ彼女は現在の仕事を続け、週末と休暇の間だけこの町に通ってくる——あるいは子易さんが暇を見つけて東京に出て行く——という条件で二人の間に折り合いはついた。もちろん子易さんとしては納得のいく取り決めではなかったし、彼なりに熱心に説得はしたのだけれど、彼女の決心は固かったし、彼女を手放したくないという一心で、最終的にその条件を呑まないわけにはいかなかった。そして二人は彼の実家で、ほとんど形だけの簡素な結婚式を挙げた。式に呼ばれたのは少数の身近な親戚と知人だけで、披露宴も開かれず、町の多くの人は彼が結婚したことにも気づかないほどだった。

子易さんとしては酒造会社の経営など一切放り出し、古くさく狭い町とはあっさり縁を切り、彼女と二人きり、東京で自由で気楽な結婚生活を送りたかったのだが（もし実際にそうできたら、どれほどそれは喜ばしいことだったろう）、いくらなんでも古くからの従業員たちや、寝たきりの父親や、彼ひとりに頼っている家族を放り出して、勝手に町を出て行くわけにはいかなかった。好むと好まざるとにかかわらず、彼には人としての責務があった。成り行き上押しつけられたこととはいえ、いったん引き受けた以上、簡単に放棄することはできない。

また現実問題として、この年齢になって、手に職もなく、仕事のキャリアらしきものもなく、文芸作家として生活していくだけの才覚もなく（そんな才覚が自分にあるという確信はもう持てなくなっていた）、東京にふらりと出て行って、そこで何をすればいいのだろう？

だから子易さんとしては、彼女の持ち出したその「通い婚」という提案を受け入れないわけにはいかなかった。仕方ない、結局のところ人生のほとんどすべては妥協の産物ではないか。そして彼はそのような不自由にして忙しい結婚生活を、五年近く続けることになった。

彼女は金曜日の夜に、さもなければ土曜日の朝に、電車を乗り継いで町にやって来て、日曜日の夕方に東京に帰って行った。あるいは彼が東京に出て、そこで週末を過ごした。夏と冬の休暇にはまとまった日々を二人で共にすることができた。どこまでも守旧的な父親はもし元気であれば、そのような夫婦生活のあり方にさんざん文句を並べ立てたことだろうが、彼は（まあ、ありがたいことにというべきか）ほとんど口がきけない身体になっていた。母親は生まれつきおとなしい人で、事を荒立てないことを人生の第一義に考えていたし、妹は子易さんの新しい奥さんと年齢がほぼ同じで、話も合い気も合って、若い女性同士の親しい関係になっていた。だから子易さんはまわりの誰にも苦言を呈《てい》されることもなく、その変則的にして慌ただしい結婚生活を五年近く、まずは順調に円滑に送り続けた。

実際のところ子易さんは、世間から見れば通常とは言いがたいその生活様式を、彼なりに楽しんでもいた。たとえ週に一日か二日しか会えなかったとしても、彼女に会えるのは何より嬉しかったし、彼女と二人で過ごしている時間はこの上ない幸福感に包まれていた。というか、彼女に会える時間が限られていることによって、彼のその幸福感はより深く、広がりのあるものになっていたかもしれない。そして彼女と会えない日々は、週末に彼女と会えるときのことを夢想しながら、豊かでカラフルな期待感と共にやり過ごしていくことができた。

子易さんは東京に向かうとき、電車を使うこともあれば、車を運転することもあった。実のところ彼は車の運転があまり得意ではなかったのだが、これから彼女に（妻に）会えるのだと思うと、ハンドルを握ることがまったく苦痛に感じられなかったし、その単独の長距離移動に疲労を覚えることもなかった。一キロ一キロ、自分が彼女の住む街に近づいているのだと思うと、それだけで胸が高鳴った。まるで青春が戻ってきたみたいだ。というか彼の場合、青春時代にだってこれほど深く無条件に誰かを愛した経験はなかったのだ。

そのような変則的ではあるが、それなりに満ち足りた日々の連続が終わりを告げたのは、彼が四十歳の誕生日を迎えた少し後のことだった。彼女が妊娠したのだ。二人にはとりあえず子供をつくるつもりはなかったし、避妊には気を配っていたのだが、ある日出し抜けに彼女が妊娠していることが判明した。その予定外の状況にどのように対処するべきか、二人は顔をつきあわせ、あるいは電話で長く真剣に話し合った。そして最終的に、堕胎だけは避けたいという彼女の意志が尊重された。二人とも子供を持つことにはさして興味を覚えなかったが（彼らは二人だけでいることで十分満ち足りていた）、こうして小さな命が生まれたのだから、その流れを大事にしたいと思った。話し合いの結果、彼女は長年勤めていた北アフリカの大使館を退職し、彼の住む福島県の小さな町に落ち着くことになった。そしてそこで来たるべき出産を待つ。

彼女が大使館の職を辞してもいいと思ったのには、これまで懇意にしてきた大使が、新政権の誕生にあわせて交代させられ、後任としてやって来た新しい大使ともうひとつそりが合わなかったという事情があった。それによって、仕事への熱意もかなり薄れてしまった。また東京と福島県との毎週の行き来に、さすがに疲労を覚えるようになってきた、ということもあった。とくに妊娠中の身でそんな移動を繰り返すのは、次第にむずかしくなっていくだろう。

そしてまた彼と一緒に、ひとつ屋根の下で落ち着いた夫婦生活を送りたいという気持ちも、彼女の中で強くなっていた。彼の親族とも今のところ友好的な関係は築かれているようだし、いかにも保守的な狭い町ではあるけれど、おそらくそれほどの問題もなく平穏に暮らしていけるはずだ。もし何か不都合があったとしても、夫がしっかり自分を護ってくれることだろう。彼女は子易さんに対して、そういう信頼感を抱くことができるようになっていた。彼女の彼に対する思いは最初から最後まで、熱烈な愛というよりはむしろ総合的な人間評価に近いものだった。彼女が人生のパートナーに求めていたのは、燃え上がる情熱よりは浮き沈みの少ない安定した人間関係だった。

子易さんも彼の家族親族も、彼女がその地に移って、妻として落ち着いてくれることを心から歓迎した。子易さんは実家から少し離れたところにこぢんまりとした新築の一軒家を用意し、そこで二人で生活することになった。これでようやく彼女と当たり前の夫婦になることができたと彼は実感し、ほっと一息つくことができた。「通い婚」の生活はそれなりに刺激的ではあったが、いつか彼女が自分から去っていくのではないかという不安は終始つきまとっていた。子易さんは自分の男性的魅力にそれほど自信が持てずにいたからだ。

子易さんは日々大きくなっていく妻のお腹を見ながら、そして手のひらでそっと優しく撫でながら、自分たちの間に生まれる子供のことを想像し続けた。いったいどんな子供がこの世界に生まれ出てくるのだろう？　そしてその子供はどんな人間に育っていくのだろう？　どんな自我を持ち、どんな夢を抱くのだろう？

子易さんは自分という存在の意味がうまく把握できなくなっていたが、そんなことはもうどうでもいいように思えた。自分は親からひとまとまりの情報を受け継ぎ、そこに自分なりに若干の変更加筆を施したものを、また自分の子供に伝達していく――結局のところ単なる一介の通過点に過ぎないのだ。延々と継続していく長い鎖の輪っかのひとつに過ぎないのだ。でもそれでいいではないか。たとえ自分がこの人生で意味あること、語るに足ることをなし得なかったとしても、それがどうしたというのだ？　自分はこうして何かしらの可能性――それがただの可能性に過ぎないとしても――を子供に申し送ることができるのだ。それだけでも自分が今まで生きたことの意味があるのではないか。

そういう視点は、彼にとってまったく新しく芽生えたものであり、これまでは思いつきもしなかったことだった。でもそのように考えていくと、気持ちはずいぶん楽になった。迷いや鬱屈は消え、生まれてほとんど初めて彼は心の平穏を得ることができた。彼はそれまで胸に密かに抱いていたすべての野心を、あるいは夢想にも似た希望を棚上げし、地方小都市の中堅酒造会社の四代目経営者として、安定した日々を送るようになった。活発な動きや目新しい変化のようなものは、周りにほとんど見当たらなかったが、それについてとりたてて不満を感じることもなかった。自分が世の中の新しい流れから取り残されつつあるのではないかというあてのない焦燥感もいつの間にかどこかに消えてしまった。彼には確実な生活の基盤があり、帰るべき自分のささやかな家があり、愛する妻と、そのお腹の中で健康に成長しつつある胎児が彼を待っていた。

ひとことで言い表すなら、彼は見晴らしの良い平らな台地にも似た、中年期という領域に足を踏み入れたのだ。


彼は生まれてくる子供の名前を考えることに没頭した。世間をあっと言わせるような小説を書き上げたいというかつての情熱は、とりあえず彼の中から消えてしまったようだった。子供の名前を考えること――それが彼にとって何より重要な意味を持つ「創作行為」となった。妻はその作業を彼に喜んで一任した。私は元気な子供を産む、あなたはその子に素敵な名前をつける、そういう分業にしましょう――と彼女は言った。子供の名前を考えるのは、彼女が得意とする分野ではなかったのだ。

数多くの文献に当たり、知恵を絞りに絞り、考えに考え、迷いに迷った末に、子易さんはようやく堅い岩盤にも似た確かな結論に達した。

男の子なら「森《しん》」にしよう。女の子なら「林《りん》」にしよう。そう、山間の自然溢れる小さな町で生を受ける子供には、いかにもふさわしい名前ではないか。

子易森

子易林

彼はその男女二つの名前を白い紙に墨で大書《たいしょ》し、自室の壁に貼った。そして朝と晩、その字を見つめながら来たるべき子供の顔かたちを心に思い浮かべた。

すごく良い名前だと思う、と妻もその案に承認を与えた。字の見た目の感じも好ましい。男女の双子が生まれたら素敵そうだけど、お腹の大きさからしてどうやらそれはちょっとないみたいね。それで、あなたはどちらがいいの？　男の子か、女の子か？

どちらでも同じくらいいいさ、と子易さんは言った。とにかくこの世に無事に生まれて、その名前を衣《ころも》のように身に纏《まと》ってくれさえするなら、男女どちらだってかまわない。

それは子易さんの正直な気持ちだった。男の子でも女の子でも、どちらでもいい。その子供が自分の可能性を、可能性として引き継いでくれる存在であるなら。

40

「生まれたのは男の子でした」と添田さんは言った。「その子は予定通り、子易森と名付けられました。お産は安産で、とても元気な子供でした。子易家にとっては初孫だったので、その子は誰からも愛され、大事にされて幼児時代を送りました。子易さんも、子易さんの奥さんも幸福に毎日を送っておられたということです。生活は安定し、問題らしい問題もなく、奥さんも町での生活にうまく馴染んでこられました。私はその頃はまだこの町におりませんから、当時の事情を実際には知りません。すべては後年まわりの人たちから聞かされた話です。しかし話してくれたのはみんな信用のできる確かな人たちですし、その内容にはまず間違いはないはずです。要するに不幸の影のようなものは、子易さんの周辺には一片も落ちておらず、ものごとはすべてこの上なく順調に運んでおりました」

添田さんはそこでいったん口を閉ざし、表情を欠いた目で、スカートの膝の上に置かれた自分の両手を見つめていた。彼女の左手の薬指にはシンプルな金の指輪が光っていた。

でもそんな幸福感に包まれた日々は長くは続かなかった、ということなのだろうか。私はそう思った。添田さんの口元にはそう言いたげな微かな震えが見て取れたからだ。

「でも、そのような幸福な日々は、長くは続きませんでした。残念なことに」と添田さんは、私の無言の考えを読み取ったかのように話を続けた。

男の子は五月半ばに五歳の誕生日を迎え、賑やかな誕生日のお祝いがあった（ちなみにそのとき、子易さんは四十五歳、奥さんは三十五歳になっていた）。子供は誕生日のお祝いに、赤い小さな自転車を買ってもらった。本当は毛の長い大型犬が欲しかったのだが（子供は「アルプスの少女ハイジ」に出てくる犬に夢中になっていた）、母親が犬の毛のアレルギーだったので、今回は犬は我慢して、その代わりに自転車を手にすることになったのだ。でもそれはとても可愛い素敵な自転車だった。だから子供はそれで十分幸福な気持ちになった。そして幼稚園から帰宅すると、毎日自宅の庭で得意げに補助輪つきの自転車を乗り回していた。歌をうたうのが好きな子で、自転車を運転しながらいつも何かの歌をうたっていた。自分で作ったでたらめな歌をうたうこともあった。

ある日の夕方、母親は台所で夕食の用意をしながら、窓の外から聞こえてくる子供の歌声に耳を澄ませていた。それは彼女にとって何より幸福なひとときであったはずだ——春の夕暮れ、てきぱきと家事をこなしながら、自転車を楽しげに乗り回している五歳の子供の歌声に耳を傾けていること。

でも炒め物をしている途中で容器の塩が切れてしまい、その買い置きを探すことに気を取られ、子供の歌声が聞こえなくなったことにしばらく気がつかなかった。それに思い当たってはっとした瞬間、彼女が耳にしたのは大型車が急ブレーキをかける音だった。そして何かが弾けるような乾いた音。その一続きの音は家のすぐ前から聞こえてきたようだった。そしてそれに続く、すべての音がどこかにすっぽり吸い込まれてしまったような気味の悪い沈黙。彼女は反射的にガスの火を止め、サンダルを履いて急いで玄関を出た。そして門の外に出た。

彼女がそこで目にしたのは、急ハンドルを切ったかっこうで道路を塞ぐように斜め向きに停車している大型トラックと、そのタイヤの前に転がっている、ぐにゃりとねじ曲がった赤い子供用の自転車だった。子供の姿は見当たらなかった。

「しん！」と彼女は叫んだ。「しんちゃん！」

しかし返事はない。トラックのドアが開いて、中年の運転手が降りてきた。男の顔は蒼白で、身体全体がぶるぶる震えていた。

子供はそこから五メートルばかり先の道ばたまで飛ばされていた。かなりの勢いでトラックに衝突し、その身体はおそらくゴムボールのように軽々と宙を飛んだのだろう。意識を失った小さな身体は、何かの抜け殻のようにぐったりとして、恐ろしいほど軽かった。口は何か言いかけたまま果たせなかったみたいにむなしく半開きになり、瞼は閉じられたままだった。口の端からはよだれが細い筋になってこぼれ出ていた。母親は飛んでいって子供を抱き上げ、全身を素速く点検した。見たところどこからも血は流れていない。それで彼女は少しだけほっとした。少なくとも血は流れていない。

「しんちゃん！」と彼女は子供に声をかけた。しかし反応はない。目を閉じたままぴくりとも動かない。両手の指もだらんと垂れたままだ。呼吸をしているかどうかもわからない。心臓が動いているかどうかもわからない。彼女は子供の口元に耳を近づけ、息づかいを感じ取ろうとした。

だ。

しかしその気配はなかった。

トラックの運転手がやって来て彼女の横に立ったが、見るからにひどく動転しており、何をすればいいのか、何を言えばいいのか判断できない様子だった。ただ震えてそこに立っているだけだ。

彼女は子供を抱いて家の中に入り、とりあえずベッドの上に寝かせ、電話で救急車を呼んだ。彼女の声は自分でも驚くほど冷静だった。自宅の正確な住所を告げ、家の前で五歳の子供が交通事故に遭ったので、至急救急車を回してほしいと告げた。ほどなく救急車と警察の車両がサイレンを鳴らして到着し、救急車は母親と子供を病院に急送した。二人の警察官とトラックの運転手は現場検証のためにあとに残った。

ガスの火は消したかしらと母親は救急車の中で、子供に寄り添いながら思った。記憶はなかった。何も覚えていない。でもそんなことはもうどうでもいい、と彼女は、強く何度か首を横に振った。そんなことはもうどうでもいい。しかしそれでも、ガスの火のことはどうしても彼女の脳裏を去らなかった。意識不明になった子供のそばでガスの火の始末について考え続けることは、おそらく彼女にとって必要なことだったのだろう。なんとか正気を保ち続けるために。

男の子は病院で三日間昏睡状態にあった後に、心肺機能が停止し、静かに息を引き取った。トラックと衝突してはね飛ばされ、道路の縁石で後頭部を打ったことが死因となった。出血もなく、目に見える身体の変形もなく、どこまでも静かな死だった。何を思う暇もなく、その死は一瞬のうちにやってきたのだ。おそらく痛みを感じる余裕もなかったはずだ。慈悲深く――と言ってもいいほどに。でもそんなことは両親にとって何の慰めにもならなかった。

トラックの運転手の証言によれば、赤い自転車に乗った子供が出し抜けに、家の門から路上に飛び出してきて、あわててブレーキを踏み、ハンドルを右に切ったのだが間に合わず、バンパーの角に衝突してしまったということだった。町中《まちなか》の比較的狭い道だったのでそれほどの速度は出しておらず、制限時速内で走行していたのだが、なにしろ急に目の前に飛び出してきたので、対応のしようがなかった。しかし本当に申し訳ないことをしてしまった。私にも小さな子供がいるので、ご両親のお気持ちは痛いほどよくわかる。どうやってお詫びすればいいか。

警察はアスファルトの路面に残されたブレーキ痕を検証し、トラックは運転手が証言したとおり、それほどのスピードを出していなかったことが裏付けられた。運転手は過失致死容疑で書類送検されたが、彼の不注意を責めるのは気の毒だったかもしれない。子供は何らかの理由で勢いよく門から路上に飛び出してしまったのだろう。子供らしい何かの思いで頭がいっぱいになっていたか、それともまだ自転車の操作によく慣れていなかったか。家の前の道路は頻繁に車の行き来するところではなかったが、それでもやはり危ないから、自転車の運転は塀の中だけに限るように、道路には決して出ないようにと厳しく言い聞かせてはいたのだが。そして通常門は閉められ、掛けがねを掛けられていたはずなのだが。

残された両親の悲しみは言うまでもなく、計り知れないほど深いものだった。限りなく愛情を注いでいた子供が、目の前から唐突に消え失せてしまったのだ。その生まれたばかりの健やかな命は——そこにあった温もりと笑顔と歓びに満ちた声音は——時ならぬ突風を受けた小さな炎のように一瞬にしてかき消された。彼らの絶望、喪失感はどこまでも痛切で救いのないものだった。子供の死亡を知らされた母親はショックで意識を失ってその場に倒れ込み、そのまま何日も泣き暮らした。

子易さんの抱いている悲しみも妻のそれに劣らずに深いものだったが、同時に彼には、妻を護りきらなくてはならないという強い思いもあった。喪失の衝撃の中に深く沈み込み、生きる意欲をほとんど失ってしまっているように見える妻を、なんとかそこから救い出し、元の軌道に戻していかなくてはならない。もちろん元通りとはいかないだろうが（それが不可能であることは彼にもよくわかっていた）、少しでも平常に近い地平に、彼女をひっぱり上げていく必要がある。子供の死をいつまでも悼《いた》み続けているわけにはいかない。なんといっても人生は長期戦なのだ。そこにどれほどの悲しみがあるにせよ、喪失と絶望が待ち受けているにせよ、一歩一歩着実に足を前に踏み出していかなくてはならない。

子易さんは来る日も来る日も妻を慰め、励まし続けた。そばに寄り添い、思いつく限りの温かい言葉をかけた。彼は彼女のことを変わらず深く愛していたし、少しでも元気を取り戻してもらいたかった。生きるための意欲をなんとかかき集め、前のような明るい笑顔を見せてもらいたかった。

しかし子易さんがどれほど熱心に努めても、彼女の心は暗く深い淵に沈み込んだまま浮かび上がってはこなかった。自分だけの部屋に閉じこもって厚い扉を閉め、内側から鍵をかけてしまったかのようだった。朝から晩まで誰に対してもほとんど一言も口をきかなかった。また彼が何を言っても、何を話しかけても、その言葉は堅固な殻に阻まれ、はねつけられた。身体に手を触れると、妻は身を堅く縮め、筋肉を強ばらせた。まるでどこかの見知らぬ男に不作法に手を触れられたみたいに。そのことは子易さんに深い悲しみをもたらした。彼にとってまさに二重の悲しみだった。彼はまず大切な子供を失い、それに続いて大事な妻をも失いつつあるのだ。

妻はただ悲しみに沈み込んでいるのではなく、強いショックを受けたことで、精神に何らかの異変を来《きた》しているのではないかと、彼は次第に不安に感じるようになった。しかしそんな事態にどう対処していけばいいのか判断がつかなかった。医師に相談するわけにもいかない。妻の抱えている問題を解決してくれるような医師が簡単に見つかるとは思えなかったからだ。それはおそらく彼女の精神のずっと深いところに生じている深刻な問題なのだ。自分がその生々しい心の傷口をなんとか癒やしていくしかない――人生の同伴者として。それ以外に打つべき手はあるまい。たとえどれほど長く時間がかかるにせよ、どれほど多大な努力を要するにせよ。

一ヶ月ほど堅く沈黙を守り続けたあと、ある日突然、憑き物が落ちたように彼女はしゃべり始めた。そして一度しゃべり始めると止まらなくなった。

「あのとき、あの子の希望通り犬を飼ってやればよかったのよ」と彼女は抑揚を欠いた声で静かに語った。「言われた通り犬を飼ってやれば、その代わりにあの自転車を買ってやることもなかった。私が犬の毛アレルギーだから、それで犬は飼えないと言った。だからプレゼントは自転車になった。誕生日祝いの、あの赤い小さな自転車に。ねえ、あの子にはまだ自転車は早すぎたのよ。そうでしょ？　自転車は小学校に入ってからにするべきだった。そしてそのおかげで、私のおかげで、あの子は命をなくしてしまった。もし私が犬の毛アレルギーなんかじゃなかったら、あの子は事故に遭ったりしなかったし、死ぬこともなかったのよ。今でも私たちと一緒に、元気に楽しく生きていられたのよ」

そんなことはない、と彼は言葉を尽くして言い聞かせた。なにも君が悪いんじゃない。それじゃ原因と結果を取り違えていることになる。だいたい犬が駄目なら自転車を買ってやろうと言い出したのは僕じゃないか。僕のアイデアだったんだ。いずれにせよすべては起こるべくして起こったことだ。誰のせいでもない。誰が悪いわけでもない。ただいろんなことがたまたま運悪くひとつに重なってしまったんだ。運命としかいいようがない。今さら細かいことをひとつひとつ言い立てても、なくなった命が戻ってくるわけでもない。

しかし彼女は彼の口にすることなど、まったく聞いてはいなかった。彼の言葉は何ひとつ耳に入らないようだった。ただ自分の主張を、録音されたエンドレス・メッセージのように、きりなく繰り返すだけだ。あのときもし子供の希望通り犬を飼っていれば、自転車を買うことはなかったし、その結果子供が命を落とすこともなかったのだ……と。

そしてまた彼女は料理の途中でうっかり切らしてしまった食塩についても、繰り返し繰り返し語り続けた。塩が切れかけていることには気づいておくべきだった。その買い置きがどこにあるかも頭に入れておくべきだった。すべては私の不注意のせいだ。塩が切れてしまったおかげで、それに気を取られ、あの子の歌声が聞こえなくなったことに気づかなかった。炒め物をしている途中で容器の塩がなくなったというだけのことで。そんなくだらないことのために、あの子の大事な命は永遠に奪われてしまった。おまけに料理途中のガスの火を消したかどうか、私にはそれさえ思い出せない。

たとえ料理の途中で塩を切らさなかったとしても、その事故は防ぎようがなかっただろうし、ガスの火は間違いなく消されていた、と子易さんがいくら説得しても彼女は納得しなかった。子易さんが何を言おうと、彼女は犬と自転車のことを、そして食塩とガスの火のことを際限なく話し続けた。誰かに向けて語っているのではない。自分自身に向かって話しかけているのだ。それは彼女の中に生じた暗い空洞に響く、一連のうつろなこだまなのだ。そこには子易さんが介入できる余地はまったく見当たらなかった。

すべてのものごとが悪い方向に流されつつあると子易さんは感じた。何をしてもうまくいかない。どうすればいいのか、どこから手をつければいいのか見当もつかない。途方に暮れるばかりだった。妻は同じことをいつまでも果てしなくしゃべり続け、慰めや励ましの言葉は頭から無視され、はねつけられた。そしてその身体には指一本触れさせてくれなかった。彼女の眠りは浅く、覚醒はおぼろげで不確かだった。

時間をかけるしかあるまい、と子易さんは覚悟した。これはおそらく時間にしか解決できない問題なのだ。人の手ではどうすることもできない。しかし残念ながら、時間は子易さんの味方ではなかった。

六月の終わり頃これまで例がないほど激しい雨が何日も続けて降った。川が急速に水かさを増し、氾濫が心配されるほどだった。町の外側を流れるいつもは穏やかで清らかな川が茶色の濁流と化し、荒々しい音を立てながら、大小の流木を次々に下流へと運んでいった。

そんなある朝（それは日曜日だった）、子易さんが六時過ぎに目を覚ますと、隣のベッドに妻の姿はなかった。雨が大きな音を立てて軒《のき》を打っていた。子易さんは不安になって、家の中を探してまわったが、妻の姿はどこにも見当たらなかった。大きな声で妻の名前を呼んだが返事はなかった。嫌な予感がした。心臓が乾いた音を立てた。こんな激しい雨の中、朝早くから彼女が外に出て行くとは思えなかったが、家の中に見当たらない以上、外に出て行ったとしか考えられない。

彼はレインコートを着て雨用の帽子をかぶり、外に出てみた。山から吹き下ろす風が木々の間で切り裂くような音を立てていた。庭を探し、家の周りをまわってみたが、彼女の姿は見当たらない。仕方なくもう一度家の中に戻り、彼女の帰りを待つことにした。こんな嵐のような風雨の中だ。何か事情があって、ふらっと外に出たのかもしれないが、それほど長く歩き続けているわけにもいかないだろう。やがて戻ってくるはずだ。

しかし彼女はいつまで経っても帰宅しなかった。彼は念のために寝室に戻って、彼女の眠っていたベッドの掛け布団をめくってみた。そしてそこに長い葱《ねぎ》が二本、彼女のかわりに横になっているのを目にした。白くて太い立派な葱だった。たぶん妻がそこに置いたのだろう。そのことは（当然ながら）彼をひどく驚かせ、そして怯えさせた。

どうして葱なんだ？

そこには間違いなく、何かしら異常なもの、病的なものがあった。二本の葱をベッドの上に置くことによって、彼女はいったい何を夫に告げようとしていたのだろう（それが彼に対する何らかのメッセージであることに疑いの余地はない）。その異様な光景を見ていると、子易さんの身体は芯から冷え冷えとしてきた。

子易さんはすぐに警察に電話をかけた。電話に出た警察官はたまたま彼の古い知り合いだった。彼はそれまでの経緯を相手に簡単に説明した。朝早く目が覚めたら、妻の姿がどこにも見えなくなっていた。行方は見当もつかない。こんなひどい風雨の中、日曜日の朝の六時前に彼女が外に出て行くような理由は何ひとつ思いつけない。ベッドに置かれた二本の長葱のことはあえて言わなかった。そんなことを話しても、相手はきっとよく理解できないだろうし、かえって混乱が増すだけだ。

「それはご心配でしょうが、子易さん、奥さんにも何かの用件があったのでしょう。きっとそのうちにふらりと戻ってこられるはずです。もうちょっと待って、様子を見てみましょう」と警官は言った。

明白な事件性がなければ、その程度のことで警察はまず動かないのだ。子易さんはそう思って諦め、礼を言って電話を切った。夫婦喧嘩をして腹を立て、そのまま家を出て行くような妻は世間に数多くいるはずだ。そしておおかたの場合、時間が経って頭に上った血が引いてくれれば、とりあえず家に戻ってくる。警察としても、そんな家庭内のトラブルにいちいち関わってはいられないのだろう。

しかし八時を過ぎても彼女は戻ってこなかった。子易さんはもう一度レインコートを着て帽子をかぶり、雨降りの中に出た。そして時折吹く突風にあおられながらあてもなく近所を歩いてみたが、妻の姿はどこにも見当たらなかった。こんな天候の中、それも日曜日の朝に道を歩いている人なんて一人もいない。鳥の一羽も飛んではいない。すべての生き物はどこか屋根の下で息を潜め、嵐が通り過ぎるのを待っているようだった。彼は仕方なく帰宅し、居間のソファに腰掛け、五分おきに時計の針に目をやりながら、正午まで妻の帰りを待った。でも彼女は戻ってはこなかった。

もう二度と彼女には会えないのだろうと、子易さんは思った。というか、彼にはそれがわかったのだ。彼の本能がはっきりとそう告げていた。彼女はもう彼の手の届かないところに行ってしまったのだ。おそらくは永遠に。

「子易さんの奥さんの遺体が、川の増水ぶりを点検に来た消防団員によって発見されたのは、その日の午後二時ごろのことでした」と添田さんは言った。「川に身を投げたらしく、自宅のあるあたりから二キロほど下流に流され、橋脚に絡まった流木にひっかかって止まっていました。足がナイロンのロープで縛られていました。きっと身を投げる前に、自ら縛ったのでしょうね。流される途中であちこちにぶっつけられたようで、身体は傷だらけになっていました。また解剖の結果、睡眠薬が胃から検出されましたが、命にかかわるほどの量ではありません。医師が処方したマイルドな種類の睡眠薬です。でも彼女はまず手に入る限りの睡眠薬を集めて飲み、それから自分で自分の足を縛り、自宅近くの橋から川に身を投げたのでしょう。死因は溺死で、警察は後日それを自殺と断定しました。子供の事故死以来、彼女が精神的に深く落ち込んで、深刻な鬱状態におちいっていたことは周知の事実でしたから、自殺であることに疑問の余地はまずありませんでした」

「彼女が身を投げた川というのは、うちの前を流れるあの川のことですね？」

「そうです。ご存じの通り普段は水かさの少ない穏やかで美しい川です。しかしいったん大雨が降ると、周りの山々から水が一気に流れ込んで、短時間のうちに激しく増水し、きわめて危険な流れに姿を変えます。天使が一瞬にして悪魔に変貌するみたいに……。時には小さな子供が流されたりもします。それがどれくらい危険な流れになるか、実際に現場を目にしてみないと、なかなか想像がつかないのですが」

たしかに私にはその荒々しい姿が想像できなかった。普段は平和な見かけの静かで美しい川なのだ。

「町の人たちはみんな子易さんに心から同情しました」と添田さんは続けた。「仲の良いご一家で、本当に幸せそうに見えましたから。いいえ、見えたというだけではなく、実際に幸福そのものだったのです。美しい若い奥さんと、可愛い健康な男の子、そしておうちは裕福でした。そこには陰りひとつありません。でもそんな輝かしい理想の家庭が、瞬く間に崩れ落ちてしまったのです。子易さんはまず男の子を失い、その僅か一ヶ月半の後に奥さんまでをも失いました。どちらも彼のせいではありません。いいえ、誰のせいでもありません。情けを知らない運命がその二人を彼の元から奪い取り、連れ去ったのです。そして子易さん一人があとに残されました」

そこで添田さんは話をいったん中断し、しばらく沈黙を守っていた。

「それは今から何年前のことなのですか」と私は少し後でその沈黙を破るために質問した。「その男の子と奥さんが亡くなったのは？」

「今から三十年前のことです。そのとき子易さんは四十五歳でした。そしてそれ以来亡くなるまで、ずっと独身をまもってこられました。再婚の話はもちろんいくつも持ち込まれたのですが、どんな話も一貫して断り続け、一人でひっそり暮らしてこられました。お手伝いを置くこともなく、すべての家事を自分でなさっていたようです。家業の酒造会社の経営は不備がない程度に無難にこなしておられましたが、熱意というほどのものは見受けられませんでした。これまで続いてきた流れを損なわないように、穏やかに全体に目を配っておられたという程度のものです。世間との交際もできるかぎり避け、自宅の近辺にある会社への行き帰りを別にすれば、外出なさることもほとんどありませんでした。亡くなった二人の月命日には欠かさずお墓参りをなさっていたようですが、それ以外に町の人たちが彼の姿を見かけることはまずありませんでした。どれだけ長い歳月が経過しても、お子さんと奥様の死の衝撃から立ち直ることはできなかったのです」

長く病床に就いていた父親がやがて亡くなり、子易さんは一家が経営してきた酒造会社を、かねてから熱心に買収を申し出ていた大手企業に売却することにした。名前が全国的に知られてても大量生産に走らず、四代にわたって質の高い清酒を堅実に製造してきた会社だったので、ブランドの価値は高く、かなりの高額で名称と施設一式を売却することができた。古くからの従業員たちには手厚い退職金を払い、一族の人々にもそれぞれの持ち株に応じて、売却金を公正に分配した。子易さんはみんなに信用され、好意を持たれていたので（そしてまた彼の性格が会社経営に適しているとはいえないことを、誰もが承知していたので）、その取引に異議を唱える者はいなかった。子易さんの手に残されたのは売却金の残りと、ずいぶん前から使われなくなっていた古い醸造所と、実家だけだった。

「もともと意には染まなかった家業からようやく解放され、晴れて自由の身になったあと、子易さんは隠居に近い生活を送られるようになりました」と添田さんは続けた。「まだそれほどのお歳ではなかったのですが、一人でひっそり自宅に籠もって静かに暮らしておられました。猫を何匹か飼い、もっぱら本を読んで日々を過ごしておられたようでした。それから運動のためなのでしょう、よく山を散歩なさっていたようです。世間との接触は相変わらずきわめて限定されたものでした。町の通りでたまたま知り合いの誰かに会えば、いちおうにこやかに挨拶はされますが、あえてそれ以上の交際は求めないという風でした。そしてやがて少しずつではありますが、奇行のようなものが目につくようになってきました」

奇行という言葉に驚いて、私は反射的に眉を寄せた。

「奇行というのは、ちょっと表現が強すぎるかもしれませんね」と彼女はそれを見て、思い直したようにつけ加えた。「これが都会であればおそらく『少し風変わり』くらいで済んだことでしょう。しかしなにしろこのような保守的な、狭い町のことですから、それは人々の目にはほとんど奇行として映ったのです。彼はまず例のベレー帽をかぶり始めました。姪御さんがフランス旅行した際に、お土産として買ってこられたものです。買ってきてほしいと子易さん自身が頼まれたということです。そしてそれ以来彼は、一歩でも家の外に出るときには、必ずその帽子をかぶるようになりました。もちろんそれ自体は奇行というのではありませんが、しかし、うーん、どのように言えばいいのでしょう、子易さんがそのベレー帽をかぶると、そこには何かしら、うまく説明のつかない普通ではない雰囲気が生まれました。だいたいこの町にはベレー帽をかぶるような洒落た人はまずおりません。だからその格好は相当に目立つのですが、ただ単に目立つというだけじゃありません。その周囲には、あえて言うなればどこか異質な空気が生じたのです。その帽子をかぶることによって、子易さんが子易さんではなくなっていくような、なんだかそのまま違う存在に変わっていくような……ずいぶん奇抜な表現みたいですが、わかっていただけますか？」

　私はあえてその質問には答えなかった。どうだろうというように、曖昧に少し首を傾げただけだ。でも彼女の言わんとすることは、漠然とではあるが理解できるような気がした。

　はっきり言って、子易さんのような顔かたちの人にはベレー帽はあまり似合わない。ときには、子易さんがベレー帽をかぶっているのではなく、逆にベレー帽が子易さんを身につけているみたいに見えてしまうこともある。しかし子易さんはそんなことをちっとも気にしていないようだった。というかむしろ、彼はそうなることを歓迎しているみたいにも見えた――自分というものがそっくり消えて、ベレー帽があとに残ることを望んでいるみたいにも。

「それに加えてやがて極めつけと申しますか、スカートが登場しました。ある日を境に（そこにどのような契機があったのかは不明ですが）、子易さんはズボンではなく、スカートをはくようになったのです。というか、スカートしかはかなくなったのです。これには人々はすっかり仰天してしまいました。もちろん男性がスカートをはいてはいけないという規則はどこにもありませんし、それはあくまで個人の自由です。ご存じのように、スコットランドでは実際に男性がスカートをはいています。英国皇太子だって場合によってはおはきになります。男性がスカートをはくことによって、誰かが傷つけられるわけでもありませんし、具体的に不便をこうむるわけでもありません。それをやめさせるような根拠もありません。しかしこの小さな町にあっては、子易さんが――まさに町の名士ともいうべき、六十の峠を越した地位もあり理性もある男性が――スカートをはいて堂々と町を歩き回るというのは、まさに驚天動地の出来事でした。

彼がなぜスカートをはかなくてはならないのか、人々にはその理由がわかりませんでした。子易さんは正気を失い始めたのではないかと、みんなは陰で噂をしました。あるいは頭のネジが少しばかり緩んできたのではないかと。でも子易さんに、あなたはどうしてズボンではなくスカートをはいて町を歩き回ったりするのですかと、面と向かってその理由を尋ねるような人はいません。なんといっても子易さんは名のある資産家でしたし、多くの面で経済的に町に貢献してもいました。教養もあり、円満穏やかな人柄のゆえに人望もありました。そんな人物に向かって、直接不躾《ぶしつけ》な質問をするわけにはいきません。だから人々は困ってしまい、ただ首を捻るばかりでした。いったい子易さんはどうなってしまったのだろうと。

もちろん愛するお子さんと奥様を前後して亡くされたことが、そのときに受けた深い心の傷が、子易さんのいわゆる『奇行』の大元《おおもと》の原因になっているであろうことは、誰にも容易に想像がつきました。それ以前はごく普通の身なりで、当たり前に生活なさっていたのですから。でも不思議なことにと申しますか、ベレー帽にスカートという、一風変わった格好をするようになってからの子易さんは、それ以前とは打って変わって、ずいぶん明るい性格になられたようでした。まるで長く閉めきられていた窓が大きく開かれ、暗いじめじめした部屋に春の陽光がふんだんに差し込んだみたいにです。

家を出て、積極的に町中《まちなか》を散策し、そこで出会う人々と進んで話をするようになりました。一人でひっそり家に閉じこもって本ばかり読んでいる生活は、どうやらもう終わりを告げたようでした。町の多くの人々はそのような彼の急激な変化を歓迎しました。その様子を見てほっとし、喜ばしく思いました。そのように性格が明るくなり、より外交的になり、まわりの人々と親しく会話ができるのなら、多少奇妙な格好をしたところでべつにかまわないじゃないか、それがとくに何かの害になるわけでもないし、と。愛するものを続けざまに失った深い悲しみも、時が経過するにつれてさすがに薄らいできたのだろうと人々は考えました。そのことは人々にとっての朗報でした。結局のところ、みんなはそのように思いたかったのです。歳月が多くの問題を解決してくれるのだと――実際にはそうではなかったのですが。

そのようにして町の人々は子易さんの『奇行』を、いくぶん常識から逸脱《いつだつ》してはいるものの、思想信条の自由として許されている範囲内での個人的行為、行動スタイル、いうなれば『無害な気まぐれ』として受け入れるようになりました。あるいは見て見ないふりをするようになりました。道ですれ違っても、その身なりをじろじろ眺めたりすることがないように――同時にまた目を逸らしたりもしないように――注意し、小さな子供たちが彼を指さして、その格好の奇矯さを大声で指摘したり、あとをついていこうとしたりするのを、叱ってやめさせました。

しかし子供たちは、彼の姿に抗しがたく惹きつけられるようでした。子易さんはただ普通に道を歩いているだけで、まるで昔話のパイドパイパーのように、小さな子供たちを魅了しました。そして子易さん自身も、そのことを楽しんでいるようでもありました。子供たちが放心したような顔であとをついてきても、彼はただにこにこしているだけでした。おそらくは事故で亡くされた自分のお子さんのことも思い出されていたのでしょう。かといってついてくる子供たちに声をかけたり、一緒に遊んだりするようなことはありません」

「パイドパイパーは最後には子供たちを全員、町から奪い去ってしまう。そうでしたね？」

「そうです」と添田さんは口元にうっすらと微笑を浮かべて言った。「ハーメルンの町民たちは、笛吹き男に鼠退治を頼んでおきながら、鼠が駆逐されても、約束したとおりの報酬を支払わなかったので、彼はその代償に魔法の笛の音を用いて、町の子供たち全員を集め、深い洞窟の中に連れ去ってしまいます。あとに残されたのは、脚が不自由なために行進についていけなかった男の子一人だけでした。そのようにして笛吹き男は、最終的には不吉な魔術的存在となります。でも、言うまでもないことですが、子易さんには誰かに害をなすようなつもりもなく、そんな気配もありません。子易さんはただ自分の感覚に、感ずるところに、正直に率直に従っておられただけなのです。そこには他意も目的もありません。自分の姿が誰にあきれられようと、嘲《あざけ》られようと、あるいは誰がそれに魅了されたとしても、そんなことはどうでもよかったのです。

そのように身なりが変わってくるのと同時に、子易さんの体つきも急速に変化を遂げていきました。もともとはすらりと痩せた体形の方だったのですが（少なくともそういう話です。私が初めてお会いしたときは、既にもう痩せてはおられませんでした）、紺色のベレー帽をかぶり、顎髭をたくわえ、スカートをはくようになってから、あっという間に肉付きが良くなり、肥満体型になってきました。丸々としてこられたのです。まるで身なりを一変することを機会に、別の人格に乗り換えられたかのように」

「というか、本当に別の人格になってしまいたかったのかもしれませんね」と私は言った。「これまでの人生と決別するために、そしてつらい思い出を忘れるために」

添田さんは肯いた。「ええ、あるいはそうなのかもしれません。実際に子易さんはほどなく、新しい人生に足を踏み入れられました。六十五歳になられたとき、所有しておられた、もう使われていない古い醸造所を、図書館として活用するために町に寄付されたのです。それが今から十年ばかり前のことでした。そしてちょうどその時期に、私は縁あってこの町に越してきたのです。

町が運営していた公共図書館の建物が老朽化し、以前から何かと問題になっていたのですが、町には建物を補修するだけの財政的余裕がありませんでした。子易さんはそのことに心を痛め、私財を投じて古い醸造所を大々的に改修し、図書館に作り替えることになさいました。そしてお手持ちの大量の蔵書もそこに寄贈することにしました。醸造所は古い建物でしたが、太い柱と梁を使った頑丈な造りの木造建築でしたので、構造上の問題はありません。改修にはそれなりの費用が必要とされましたが、子易さんはほとんど単独でその費用をまかなわれました。そこで図書館員として働く人々の――私もその一人なのですが――給与も主に、子易さんが設立された財団の資金でまかなわれています。ご存じのように、さして高い給与ではありませんし、半ばボランティアのような性格のものではありますが、それでも年間を通して少なくはない額の運営資金が必要とされます。新しい書籍も購入しなくてはなりませんし、光熱費だって馬鹿になりません。町からの補助もいくらかあるものの、たいした額ではありません。

ですから、この図書館は実質的には子易さんの個人図書館のようなものなのですが、彼はそのように見られることを嫌い、『Z＊＊町図書館』という看板を掲げ続けられました。建前としてはこの図書館は、町民有志が参加する理事会によって運営されていることになっていますが、それはあくまで形だけのものです。理事会は年に二度招集されますが、そこで報告された収支決算は質問も討議もなく、そのまま機械的に承認されます。すべてを決定するのは子易さんで、誰かがそれに異議を唱えるようなことはありません。なにしろ子易さんの援助と采配なしには成り立たない図書館でしたから。

子易さんが私費を投じてこの図書館を設立されたのは、まず第一に、自分が理想として思い描く図書館を所有し、運営することが、昔からのひそかな夢だったからです。居心地の良い特別な場所をこしらえ、数多くの本を集め、たくさんの人々に自由に手に取って読んでもらうこと、それが子易さんにとっての理想の小世界でした。いや、小宇宙と言うべきなのでしょうか。まだ若い頃、自らが小説家になることに熱意を抱いておられた時期もありましたが、その望みにある時点で見切りをつけてからは、また奥さんとお子さんを亡くされてからは、それが彼の人生にとっての唯一の切望となったようでした。

そして子易さんにはもう財産を引き渡すべき肉親もいません。妻もなく子もなく、また母親も父親のあとを追うように亡くなっていましたし、身内でただ一人残った妹さんも、それなりのおうちに嫁いで東京で暮らしておられ、会社の売却益も受け取ったので、それ以上の財産相続は望まないということでした。また子易さん自身は贅沢な暮らしをすることにまるで興味がなく、驚くほど質素な生活を送っておられました。会社を売却したお金をほとんどそのまま投じて財団を設立し、その資金で図書館を新装され、当然のこととして図書館長に就任されました。言うなれば積年の夢をかなえられ、ご自分の小宇宙を起ち上げられたのです。

そしてそれからの十年間、子易さんは図書館長としてその小宇宙と共に歳月を送ってこられたわけですが、彼のその時期の人生がどれだけ満ち足りたものであったか、どれほど平穏なものであったか、私たちには知りようもありません。子易さんは常ににこやかに穏やかに、まわりの私たちに接しておられましたが、実際のところその胸の内にどんな思いを抱えておられたのか、それは知りようのないことでした。

もちろん子易さんはこの図書館を愛しておられましたし、それが彼の生きがいになっていたことに間違いはありません。子易さんはこの図書館にいることに喜びを覚えておられました。それは確かです。しかしそれで心が満ち足りていたかというと、そうではなかっただろうと思わないわけにはいきません。子易さんの心には深い空洞がぽっかりと空いているように思えてなりませんでした。何ものにもその空洞を満たすことはできません」

添田さんはそこで口をつぐんで、何かを考え込んでいた。

私は質問した。「添田さんはこの図書館が設立されたときから、ここで働いておられるのですね」

「はい、ここで働くようになって、かれこれ十年になります。私が夫の仕事の関係でこの町に越してきたとき、新しくできた町営の図書館で司書を募集しているという話を耳にし、さっそく応募してみました。私は結婚前にしばらく大学の図書館で司書の仕事をしていたことがあり、いちおう資格も得ていましたし、何よりその仕事が気に入っていたのです。本は大好きでしたし、もともと几帳面な性格です。図書館での仕事は性に合っています。ちょうどこの部屋で、この館長室で、子易さんの面接を受けました。そして子易さんは私のことをどうやら気に入ってくださったようでした。それ以来ずっと、子易さんの下《もと》で働いてきました。最初から一貫して、私がここの唯一の専属職員ということになっています。働きやすい職場ですし、こんな小さな町ですがその割に図書館の利用者は多く、やりがいもあります。冬が厳しくて長い地方に住む人々は、概してよく本を読みます。いろんな意味において、私にとっては満足のいく豊かな十年間でした」

「しかし、一年ばかり前に子易さんは亡くなってしまわれた」

添田さんは静かに肯いた。「はい。本当に残念なことですが、子易さんはある日突然、亡くなってしまわれました」

41

「あまりにも唐突な、突然の出来事でした」と添田さんは言った。「子易さんはいつもお元気そうに見えましたし、七十五歳になっておられましたが、体調の不調を訴えられたこともありませんでした。たしかに多少肥満気味ではありましたが、食生活にも気をつけられ、定期的に郡山の病院でメディカル・チェックを受けておられました。また足腰を鍛えるために近所の山をよく散策されておられました。ですから子易さんがそんな散策の途中に心臓発作を起こして急逝されるなんて、にわかには信じがたいことでした。その知らせを聞いて多くの人が驚きましたし、私もまたショックを受けました。なんだか建物の太い柱があっさり取り払われてしまったような、そんな虚脱感に襲われました。

私は人間的に子易さんのことが好きでしたし、また尊敬もしておりました。一人きりで孤独に生活しておられることを私なりに案じてもいました。余計なお世話かもしれませんが、子易さんはもう一度家庭を持つべきだと感じていたのです。というか、子易さんは安らかで温かい家庭を持つべき方だったのです。親密な家族に囲まれて、心優しく生活なさるべき方だったのです。人間的にも社会的にも、それに相応しい資格を持っておられましたし。ですから私は、彼がそのように一人きりで人生を終えてしまわれたことを、悲しく思いました。結局のところ子易さんは奥さんとお子さんを亡くされた衝撃から、最後まで立ち直ることができなかったのだと思います。人目にはつかなくとも、常にその重荷を胸に抱えて生きてこられたのです。

またそれと同時に、子易さんを失った図書館がこれからどうなるのかということについても、憂慮せずにはおられませんでした。もちろん自分が職を失うかもしれないということも、私個人にとって大きな問題になります。しかしそれにも増して、この魅力的な小さな図書館が、相応しくない人の手に委ねられ、好ましくない方向に変質していくかもしれない、あるいは熱意を欠いた人の指揮の下で今ある活発な生気を失い、空しく荒廃していくのかもしれない。そう考えるとつらくてたまらなかったのです。私についていえば、たとえ図書館での職を失ったとしても、夫の給与でそれなりに生活していくことはできます。しかしこの素敵な図書館が今あるようなものでなくなってしまうかもしれないと思うと、耐えられません。

子易さんの葬儀が終わり、遺骨が町のお寺の墓地に納められ、しばらくしてからのことです。図書館の行く末について、先ほど申し上げたようなことを一人であれこれ案じているとき、ある夜私は子易さんの出てくる夢を見ました。長くてはっきりとした夢でした。目が覚めてからも、夢だとは思えないほどでした。あるいはそれは実際に夢ではなかったのかもしれません。しかしそのときは、きわめて鮮やかな夢だとしか思えませんでした。

その夢の中で、子易さんはいつもの身なりをしておられました。例の紺のベレー帽に、チェックの巻きスカートです。そして枕元に座って、私の顔をじっと覗き込んでおられました。まるで私が目覚めるのを、長い間そこで静かに待ち受けていたみたいに。

私は何かの気配を感じてはっと目覚め、すぐ目の前に子易さんがおられることを知り、慌てて起き上がろうとしましたが、子易さんは両手を軽く挙げて押しとどめました。

『いいから、そのまま横になってらっしゃい』と子易さんは優しい声で言いました。だから私はそのままそこに横になっていました。

『今日はあなたに少しばかりお話があって来たのです』と子易さんは言いました。『ご存じのように、わたくしはもう死んでしまった身ではありますが、決して怪しいものではありません。あなたがよくご存じの子易です。だから怖がったりしないように。いいですね？』

私は黙って肯きました。死んだはずの子易さんを前にしてもべつに怖いとか、そんなことは思いませんでした。そのときは『これは夢なのだ』と微塵《みじん》も疑いませんでしたから」

「死んだ身でありながら、あなたの前にあえてこのように姿を見せたのは、どうしてもお伝えしなくてはならない、いくつかの大事な用件があったからです」と子易さんは申し訳なさそうに言った。「図書館に関する用件です。ですからこうしてあなたの睡眠に割り込む必要があったのです。こんな夜分、おやすみのところ、まことに不躾《ぶしつけ》で申し訳なく思うのですが」

添田さんは首を振った。「いいえ、そんなことは気になさらないでください。必要な用件であれば、いつでもご遠慮なく声をかけてください。喜んでお話をうかがいます」

「はい、あの図書館の将来のことを、あなたもいろいろ案じておられることと思います。そのお気持ちはわたくしにもよくよくわかっております。心配なさるのは当然のことです」と子易さんは言った。「でも添田さん、不安に思われることはありません。それについてはわたくしなりにいささかの手を打っております。この年齢になりますと、いつ自分がこの世からいなくなってしまうかわからないという思いは常に持っておったからです。図書館のわたくしの執務室の、デスクの一番下の抽斗に小さな金庫が入っています。三桁の暗証番号を合わせて蓋を開くようになっていますが、番号は491です。明日の朝出勤されたら、どうかその金庫を開けてください。金庫の中には土地の権利証や、遺産の処理に関する遺言状など、いくつかの大事な書類が入っております。これは弁護士の井上先生——井上先生のことはもちろんご存じですね——に連絡を取り、あなたから直接手渡してください。彼が諸事全般、適切な手続きをとってくれるはずです。

またその他に、図書館の運営に関する指示を収めた青色の封筒が入っております。封筒の中には、わたくしの後継の図書館長を選ぶ方法を記した手紙も入っています。それを井上先生立ち会いのもと、あなたが理事会で読み上げてください。よろしいですか？」

「財団の理事会を招集し、井上先生立ち会いのもとに、青色の封筒を開封し、私が読み上げればよろしいわけですね？」

「はい、そのとおりです」と子易さんは言った。そしてこっくりと肯いた。「理事全員が集まり、弁護士立ち会いのもと、あなたが指示書を読み上げる、それが要点になります」

「承知いたしました。お言いつけ通りにいたします。金庫の暗証番号は491でしたね」

「はい、それで間違いありません。今日あなたにお伝えする用件はそれだけです。こんな夜中にお邪魔して、まことに心苦しいのですが、わたくしにとっては重要な用件であったもので」

「いいえ、そんなことはおっしゃらないでください。私としてはたとえどのようなかたちであれ、子易さんにまたお会いできて、お話ができて何よりでした」

「はい、わたくしはまた必要に応じて、あなたの前に姿を見せることになると思います」と子易さんは言った。「これから先は、このようにあなたのお休みになっている夢の中に現れるのではなく、現実の生活の中で、昼日中、面と向かってお話しすることになると思います。つまり、なんと申しましょうか、幽霊のようなものとしてです。そしてそのようなとき、わたくしの姿はあなたの目にしか見えませんし、わたくしの声はあなたの耳にしか聞こえません。わたくしのそういう現れ方は、添田さん、あなたにとって居心地が悪かったり、気味が悪かったりするものでしょうか？　もしそのようであれば、また別の方法を考えますが」

「いいえ、それでけっこうです。いつでもお好きなときに姿を見せてください。気味が悪いとか、そんな風に思ったりはしません。むしろ逆に子易さんからそうして指示をいただけるのは、私にとって、そしてまた図書館にとって何よりありがたいことです」

「はい、ありがとうございます。そう言っていただけると、安心できます。そして、ああ、言うまでもないことでしょうが、このことは他言無用に願います。死んだはずのわたくしがこうして姿を現すというのは今のところ、わたくしと添田さんとのあいだだけの内緒のことにしておいてください」

「わかりました。決して誰かに話したりはしません」

そして夢の中の子易さんは姿を消した。添田さんはそのまま眠ることができず、布団の中でまんじりともせず、子易さんの語ったことを何度も復唱しながら、夜が明けていくのを待った。

私は添田さんに尋ねた。

「それからあなたはこの館長室に入って、デスクの抽斗をあらためられたわけですね？」

「はい、翌朝一番、ここに来て金庫を開きました」

私はデスクの抽斗を開け、そこに黒い金庫が入っていることを確かめた。蓋はロックされておらず、中には何も入っていなかった。

「教えていただいた暗証番号で、金庫の蓋は開きましたし、金庫の中には言われたとおりのものがすべて収められていました。ええ、そうです、それは夢なんかではなかったのです。子易さんは本当にこの世界に戻ってこられたのです。ご自分が亡くなってしまってからも、図書館が円滑に運営されるようにしておくことが、子易さんにとっての差し迫った大事な使命であったのです。それが幽霊だったとしても、ちっとも怖くなんかありません。どのようなかたちであれ子易さんにお会いできたのはなにより嬉しいことでしたし、それによってこの素敵な図書館の秩序が今までどおりに保たれるのだとしたら、ただ感謝の念あるのみです」

「そしてあなたは理事会を招集し、子易さんの遺《のこ》された指示書を、全員の前で読み上げられたのですね」

「はい、指示された通りにいたしました。理事会ではまず弁護士の先生から、子易さんが遺された財産の配分についての説明がありました。遺言状によれば、子易さん個人名義の現金、株式、不動産、生命保険などすべてが財団に寄付されることになっていました。そして財団が図書館を運営します。つまり子易さん個人を失ったことは、私たちにとって計り知れぬ喪失ではありますが、図書館運営にとっては大きな財政的寄与となったわけです。

それに続いて理事会あての書簡が理事全員の前で読み上げられたのですが、内容は主に今後の図書館運営に関する具体的な指示でした。細かい個別的な指示が箇条書きに列挙されていました。図書館長職に関しては、自分がいなくなったあと、新聞広告を出して外部から一般公募することと記されていました。そしてその人選については私、つまり添田に一任するとありました。

私はそれを声に出して読み上げながら、驚いてしまいました。どうして一介の司書に過ぎない私に、そのような重大な任務が一任されたりするのだろうと。理事のみなさんもきっと驚かれたと思うのですが、明確にそのように書簡に記されていますから、従わないわけにはいきません。もちろん私が選んだ人物を理事会が承認するという段取りを踏むことになっていますが、いちおう形式だけのことです」

「あなたは子易さんの指示通り図書館長を募集する新聞広告を出し、それに私が応募し、あなたが選考をおこなって、その結果私が採用された。そういうことですね？」

「はい、そうです。というか、いちおう表向きはそうなっております。しかし実際には、正確に申し上げればそうではありません。全国から数多くあった応募の中から、あなたを選ばれたのは、実は子易さんだったのです。彼があなたを指名し、私がその結果を――あくまで私が選考したというかたちで――理事会に報告いたしました。死者が後任の館長を選んだというわけには参りませんから、生きている私がその役をかたちばかり代行したわけです。腹話術師に言われるがまま口を動かす人形のように。そして理事会の形式的な承認を得て、あなたが図書館長に就任されることになりました。

私の役目は、子易さんが下された決定をそのまま理事会に伝えるというだけのことでした。私は子易さんに前もって指示されたように、応募してきた人たちの履歴書とそれに添えられた手紙を集め、この館長室のデスクの上に積んでおきました。子易さんはどうやら私のいないところでそれらに目を通されたようで、その中からあなたを選び出されたのです。そしてある日私の前に姿を現し、この人を図書館長とするようにとおっしゃいました。私にはもちろんそれに反対する理由などありません。子易さんは元気で生きておられるうちから、ほどなく訪れるであろうご自分の死を予知しておられたかのようでした。自分のあとを誰が継いで図書館長になるかということを、大事に考えておられたのですね。だからこそ理事会あてのそのような指示書を、前もって怠りなく用意しておられたのでしょう」

「しかしどうして私でなくてはならなかったのだろう。この私のいったいどこが、彼の意にかなったのでしょう?」

添田さんは首を横に振った。「それはわかりません。子易さんはあなたを選ばれた理由を、私に教えてはくださいませんでした。私はただ、この人に決めなさいと子易さんに言いつけられただけです」

「その子易さんの幽霊は、しばしばあなたの前に姿を見せたわけですか?」

添田さんは小さく首を振った。「しばしばというほどではありません。時に応じて必要に応じて、姿を見せられただけです。彼は私の前ににこやかに現れ、二階の館長室に来るように指示なさいます。子易さんの姿は、ご本人がおっしゃったように私にしか見えません。その声は私にしか聞こえません。ですから私は何もなかったようなふりをして、周囲の人々には気取られないようにそっと階段を上り、館長室に入ります。そしてドアを閉め、二人でお話をします。生きてらしたときと同じようにです。子易さんはデスクのそちら側に座られ、私はこちら側に座ります。

デスクの隅にはいつもどおりベレー帽が置かれています。そういうときには、彼がもう亡くなった人なのだとは私にはどうしても思えませんでした。子易さんを前にしていると、生と死との違いがだんだんわからなくなります」

その気持ちは私にもよく理解できた。

添田さんは言った。「あなたが子易さんとお会いになって、二人で親しくお話をなさっていることは、私にも薄々わかっていました。そういう気配は察せられます。しかし先ほども申し上げましたように、お会いになっているのが生きている子易さんではなく、彼の幽霊なのだとは、私の口からは言い出せません。そしてまた、生きているあなたと死んでしまった子易さんが、そのようなかたちで良好な関係を持っておられるのだとしたら、そこにはそれなりの理由があるはずです。その理由は私なんかには考えもつかないことです」

「でもあなたばかりではなく、ほかの誰かと話をしていても、なぜか子易さんが既に亡くなっているという話が出てくることはありませんでした。一度くらい、たとえば『そういえば、亡くなった子易さんが……』みたいな発言が出てきてもいいはずなのに。どうしてだろう?」

添田さんはまた首を振った。「さあ、どうしてでしょう。そのへんのことはわかりません。あるいは目には映らない特別な力の作用がそこに働いていたのでしょうか」

私は部屋の中を見回した。どこかに子易さんがいるのではないかと思って。あるいはまた「目には映らない特別な力の作用」がどこかに働いているのではないかと思って。しかしそこにはただ動きのない、ひやりとした午後の空気があるだけだった。

「それとも他の人たちも、薄々感じていたのかもしれませんね」と私は言った。「子易さんがまだ本当には亡くなっていないということを。たとえその姿は見えないにせよ、彼がこの図書館に存在している気配を肌に感じていたのかもしれない」

「はい、それはあるかもしれません」と添田さんは言った。ごく当たり前のことのように。

42

子易さんは――それとも彼の魂はと言うべきなのだろうか――それからしばらく私の前に姿を見せなかった。私は図書館の奥の半地下の部屋にこもって、図書館長としての仕事を日々こなしていた。ときどき閲覧室に顔を出し、添田さんや、ほかの働いている女性たちと会話を交わしたり、雑誌や本を読んでいる人々の様子を観察したり、顔見知りの人を見かければ簡単な挨拶をしたりしたが、おおむねのところ私は温かい薪ストーブの前で、小さな机に向かって一人で事務的な作業に勤《いそ》しんでいた。

細かい事務的な案件の処理のほかには、未整理の蔵書を分類し、系統化して目録に載せていくのが、私が自分に課した主な仕事だったが、コンピュータ化を断固拒絶した子易さんの方針のせいで（その方針は職員たちの強い要望によって、死後も堅固に受け継がれていた）、作業は手間取り、難航した。キーボードではなく馴れないボールペンを使うせいで、右手の指が痛くなった。それでもコンピュータのない職場はそれなりに新鮮で、違う世界にふと迷い込んだような不思議なずれた感覚があった。

それと同時に私には、図書館の現行の運営システムを段階的に改変していくという責務も与えられていた。もともと実質的には子易さんの個人図書館のようなものだったから、これまでは様々な案件を彼が一人で適宜決めて取り仕切っていたし、誰もそれに疑義を呈したりはしなかった。しかし子易さんがいなくなった今では、もちろんそう単純に事は運ばない。ある程度みんなを納得させつつ運営をおこなっていく必要があった。そしてそのための新しいシステム作りを、私が中心になって進めていかなくてはならないわけだが、それはどう見ても容易《たやす》い仕事ではなかった。ひとつには私がまだこの図書館の、そしてまたこの町の事情に不案内だったからだし（多くの面で添田さんの助力を仰ぐ必要があった）、それに加えて、そういった種類の実務的な作業を私は生来苦手としていたからだ。

そのような細々《こまごま》とした作業を日々進めながら、その合間に私は、子易さんについて先日添田さんと交わした長い会話を、ひとつひとつ順序立てて思い起こし、その要点をボールペンでメモに列挙していった。何か見落としがないように、大事なポイントをうっかり忘れたりしないように。そしてそのメモを読み返しながら、それぞれの要点に関して自分なりの考えを巡らせた。

わからないところは数多くあった。そう、数え切れないほどあった。

添田さんが口にしたように、自分がほどなく命を落とすことが、子易さんには前もってわかっていたのだろうか？　それを予知していたからこそ、デスクの抽斗に遺言状を残し、自分の死後、全国から図書館長を募集するようにという指示を与えていったのか？　そのようにして（既に死者となっている）自らが後任者を選択できるように、段取りを定めていったのか？　すべては予見され計画されていたことなのか？

そしてひょっとして、この私がそれに応募してくることすら、彼にはわかっていたのだろうか？

　わからないことだらけだ。私はその手書きのメモを見ながらため息をついた。論理の順序が明らかに入り乱れている。原因と結果の前後関係が見定められない。この前この小部屋で子易さんに会ったとき、彼は私に「影を一度なくしたあなたには、その資格があるのです」と言った。正確な言葉は思い出せないが、だいたいそのようなことが口にされた。以来その「資格」という言葉が私の脳裏にこびりついていた。その言葉の響きが私を不穏に揺さぶっているようだった。

　資格？　と私は思った。それはいったい何の資格なのだろう。


　薄暗い半地下の部屋で薪ストーブを燃やし、ちらちらと揺れる炎を眺めながら、子易さんの幽霊が現れるのを待ち続けた。彼に尋ねなくてはならないことがいくつもあった。

　何かが私を導いてここに来させた。私は何かに導かれてここにやって来たのだ。間違いなく――私はそう感じている。しかしその意味が判読できない。何かとは何のことなのだ？　そして私がここに導かれたことにどのような意味が、あるいは目的があるのだろう？　私はそれを彼に尋ねてみたかった。答えが返ってくるかどうかまではわからないけれど。

　しかしどれだけ待ち続けても、子易さんは――子易さんの魂は――私の前に姿を見せてくれなかった。私を呼び出す電話のベルも鳴らなかった。

　無形の魂となった死者は、何らかの姿かたちをとって――つまり幽霊みたいなものとして――人前に現れたいと望んだとき、あるいはそうする必要に迫られたとき、自らの自由意志で、自前の力でいつでもそうできるものなのだろうか。それとも外部から何かしらの作用が働かないと、あるいはより上級者の助力みたいなものを――それがどんなものかはわからないが――借りないことには、かなわないものなのだろうか。

もちろんそんなことは私には知りようもない。私は子易さんの幽霊に出会う以前に、幽霊に類するものを目にしたことは一度もなかったし(なかったと思う。あるいは見ていても気がつかなかっただけなのかもしれないが)、ましてや死者と会話を交わした経験もない。幽霊がどのような過程を経て幽霊になるのか、どこでどうやってその「資格」を得るのか(あくまで個人的な推測に過ぎないが、すべての死者が幽霊になれるわけではないはずだ)、そんなことはいくら考えてもわかるはずはない。論理的に思考を積み重ねて、その結果具体的な解答が出てくるという種類の問題ではないからだ。

だいいちに魂が何かということすら、私には把握できていないのだ。もし魂というものが実在するなら、それは無形で透明で空中にふわふわと浮遊しているものだろうという漠然とした印象を私は持っていた。しかし考えてみれば、そんなものはただの思い込みに過ぎない。「神様は長い顎髭を生やして、杖をついた白髪の老人で、白い衣服を身に纏っている」というのと同じ程度の、ステレオタイプの刷り込みでしかない。

子易さんの魂は意識を有しており、その意識に従って行動している。どう見てもそのことに疑いの余地はない。「意識とは、脳の物理的な状態を、脳自体が自覚していることである」という誰かの定義を子易さんは引用した。そして既に脳を持たない魂が(つまり彼自身が)そのようにいまだに意識を有して行動していることに、根源的な疑問を抱いていた。困惑していたと言ってもいいかもしれない。そう、死者の魂自身にだって、魂の成り立ちはよくわかっていないのだ。

生きている私にわかるわけがあろうか？
　私に――傷つきやすい肉体と不完全な思考力しか持ち合わせず、現世という地面にしがなく縛りつけられているこの私に――できることといえば、子易さんの幽霊が、おそらくは彼の置かれた事情なり都合なりに合わせて私の前に出現するのを、ただひたすら待ち受けることだけだった。その沈黙に満ちた半地下の真四角な部屋で、古びた薪ストーブに薪をくべながら。

　しかし子易さんは姿を見せなかった。添田さんと館長室で向かい合って話をしてから、一週間ほどが経過していた。そのあいだに、山に囲まれた町の冬は日々深まっていった。まとまった量の雪が降り、一晩のうちに一メートル近く積もった。それほど多くの量の雪を目の前にするのは、温暖な太平洋沿岸でこれまでの人生の大半を送ってきた私にとっては初めてのことだった。私は朝から、平らなアルミ製の専用シャベルを持って、門から図書館の玄関に至るなだらかな坂道の雪かきをした。生まれて初めて経験する雪かき作業だ。

　図書館で働いているのは添田さんのほかにはパートの女性ばかりで、臨時に雇う手伝いの老人を除けば男手といえばこの私くらいしかいない。たまに何か実際的な役に立つというのは気分のいいものだ。空気はきりきりと寒かったけれど風もなく、空が嘘のように晴れ渡った美しい朝だった。雲ひとつ見当たらない。大雪をもたらした大量の雲はどこかに去ってしまったらしい。あるいは抱えていた雪を降らせるだけ降らせて、そのまま消滅してしまったのか。

　久方ぶりの純粋な肉体労働は、思った以上に私の精神をきれいに晴らしてくれた。やがてシャツにじわりと汗が滲んできた。上着を脱ぎ、朝の日差しの中で脇目も振らず、黙々と雪かき作業に励んだ。くちばしの黄色い冬の鳥が甲高い声で空気を切り裂き、松の大枝に積もった雪が時折重く湿った音を立てて地面に落下した。まるで力尽きて手を離した人のように。軒先からは長さ一メートル近くあるつららが、陽光を受けて凶器の鋭い光を放っていた。

このままどんどん雪が降り積もってくれればいいのだがと私は密かに願った。そうすれば身のまわりの面倒な事柄について考えあぐねることもなく、魂のあり方について思い煩《わずら》うこともなく、頭をただからっぽにして雪かきシャベルを手に、日がな肉体労働に従事していられる。そういうのがまさに、現在の私が求めている生活なのかもしれない——もちろんあちこちの筋肉がその重労働に耐えられる限りということだが。

シャベルで雪をすくってカートに入れながら、飢えと寒さのために命を落としていった単角獣たちのことを思い出さないわけにはいかなかった。冬の夜が明けると、彼らのうちの何頭かはその居留地の地面に白い雪の衣をかぶって横たわっていた。ほかの誰かの罪を背負って身代わりに死んでいった人たちのように。あの街では雪はこれほど深く積もらなかったが、それでもしっかり致死的な効果を発揮していた。

白い雪に囲まれた場所に一人で立って、頭上の真っ青な空を見上げていると、ときどき私にはわからなくなった。自分がこの今いったいどちらの世界に属しているのかが。

ここは高い煉瓦の壁の内側なのか、それとも外側なのか。

図書館休館日にあたる月曜日の朝、添田さんに描いてもらった地図を持って、子易さんのお墓がある墓地を訪ねた。手には駅前の花屋で買い求めた小さな花束があった。

花束を手に、人通りもまばらな朝の町を歩いていると、自分が今の自分ではなくなってしまったような気がしてきた。たとえば私は十七歳、よく晴れた休日の朝、花束を手にガールフレンドの家を訪ねようとしている……そんな風にも思える。現在の現実からはぐれて、違う時間と違う場所に紛れ込んでしまったような奇妙な感覚だ。

あるいは私は自分のふりをしている、自分ではない私なのかもしれない。鏡の中から私を見返しているのは、私ではない私なのかもしれない。それはいかにも私のように見える、そして私とそっくり同じ動作をするべつの誰かなのかもしれない。そんな気がしなくもない。


墓地は町外れの、山の麓にあった。寺の入り口までは、石の階段を六十段ほど上っていかなくてはならない。解け残った数日前の雪が固く凍りついて、石段はところどころつるつると滑った。その寺の裏手のなだらかな斜面に墓地があり、奥の方に子易家の墓が並んだ一画があった。かなり広い一画で、手入れも怠りなく、子易家がこの地方における格式ある旧家であることを示していた。その中に子易さん夫婦と息子の墓所があった。

添田さんが教えてくれたとおり、新しくこしらえられた大きな墓石なので、それは遠くからでもはっきり目についた。おそらく子易さんが亡くなったとき、三人の遺骨をひとつにまとめて新たに墓を作り直したのだろう。子易さんが亡くなったことによって、一家三人はまたひとつに集まることができたわけだ。子易さんもおそらく、そうなることをなにより望んでいたに違いない。私は子易さんのためにそのことを嬉しく思った（あるいは子易さん自身が、そうするように前もって指示していたのかもしれないが)。
装飾を排したどこまでもシンプルな墓石だった。『2001年宇宙の旅』に出てくるモノリスのようなのっぺりとした扁平な石に——それがずいぶん高価な石であることは一目見て推測できたが——三人の名前が率直な書体で刻まれていた。

子易辰也
子易観理
子易森

ふりがなはふられていなかったが（ふりがなのふられた墓石はまだ見たことがない）、奥さんの名前はきっと「みり」と読むのだろう。それ以外の読み方を私は思いつけなかった。「こやす・みり」と私は何度か静かに口に出してみた。「理を観る」、なかなか奥深い名前だ。そしてそのような名前をつけられた女性が、最後には自らの命を絶たなくてはならなかったというのは、考えてみれば悲しいことだ。

三人の名前の下には、それぞれの生年と没年が鮮やかに刻まれていた。妻と子供の没年は同じだ。添田さんが語ってくれた話のとおり、時をほぼ同じくしてその二人はこの世を去ったのだ。一人は道路でトラックにはねられ、一人は増水した川に自ら身を投じて。そしてあとに一人残された子易さんの没年は、その後長い歳月を経た昨年になっていた。私は墓石の前に立って、長い間その数字を眺めていた。数字自体が多くのことを雄弁に語っていた。ときには言葉よりも数字の方が雄弁になり得るのだ。

間違いない――子易さんは既にこの世の人ではない。私がこれまで会って、差し向かいで話していたのは、彼の幽霊だったのだ。あるいは、生前の姿かたちをまとった彼の魂だったのだ。私はそのことを彼の墓の前で、動かしがたい事実としてあらためて受け入れた。

持参したささやかな花束を子易家の墓前に供え、それから墓の前に立って両目を閉じ、黙って両手を合わせた。近くの木立で、名を知らぬ冬の鳥が鋭く啼いた。そして自分でも気づかないうちに、私の目から涙が一筋こぼれた。確かな温もりのある大粒の涙だった。その涙はゆっくり顎まで流れて、それから雨だれのように地面に落ちた。そして次の涙が同じような軌跡を描いてこぼれ落ちていった。更なる涙がそれに続いた。私がそれほどたくさんの涙を流したのは久しぶりのことだった。というか、このまえ涙を流したのがいつだったか、それも思い出せなかった。涙がこれほどの温かみを持ったものだということも忘れてしまっていた。

そう、涙も血液と同じように、温もりある身体から絞り出されたものなのだ。

私は頭を軽く振って思った。こうして墓前にたたずんでいる私の姿を、子易さんはどこかから見守っているのかもしれないなと。それは奇妙な感覚だった。私たちは通常、近しい死者を悼むために墓参りをする。そして安らかに眠ってほしいと冥福を願う。でも子易さんは亡くなってはいながら、いまだに死者の世界と生者の世界を往き来している。おそらくは誰かに何かを伝えるために。彼には伝えなくてはならないことがあるのだ。そのような存在に向かって、墓前でいったい何を祈ればいいのだろう？

足を滑らせないように一歩一歩足元を確かめながら寺の石段を降り、町に戻った。

駅の近くの商店街を歩いているとき、乾物屋と寝具店の間にはさまれた、小さなコーヒーショップを見つけた。その前を何度も歩いていたはずなのに、そんな店が存在していたことになぜかこれまで私は気づかなかった。たぶん歩きながら考え事でもしていたのだろう（それは私の場合しばしばあることだった）。ガラス張りの明るい店で、外から見るとカウンター席のほかに、小さなテーブル席が三つばかり並んでいた。店の名前はどこにも見当たらなかった。ドアに「コーヒーショップ」と書かれているだけだ。名前のないただのコーヒーショップ。平日の午前中ということもあって客の姿はなく、女性が一人でカウンターの中で働いていた。

私はガラスのドアを開けて中に入った。墓地で冷えきった身体をとりあえず温める必要を感じたからだ。カウンターのいちばん奥の席に座り、熱いコーヒーと、ショーケースに入っていたブルーベリー・マフィンを注文した。

天井近くにセットされた小型のスピーカーからは、デイヴ・ブルーベック・カルテットの演奏する、コール・ポーターの古いスタンダード曲が小さな音で流れていた。清らかな水流を思わせるポール・デズモンドのアルトサックス・ソロ。よく知っているはずの曲なのに、タイトルがどうしても思い出せなかった。しかしたとえタイトルが思い出せなくても、静かな休日の朝に聴くに相応しい音楽だ。遥か遠い昔から生き残ってきた美しく心地よいメロディー。私はしばらく何も考えずにただぼんやりとその音楽に耳を澄ませていた。

出されたコーヒーは濃くて、ほどよく苦く熱く、ブルーベリー・マフィンは柔らかく新鮮だった。コーヒーはシンプルな白いマグカップに入っていた。十分ばかりそこにいるうちに、身体にしみこんだ冷気もとれてきたようだった。

「コーヒーのお代わりは半額になります」とカウンターの女性が私に言った。

「ありがとう」と私は言った。「これはなかなかおいしいマフィンだ」

「できたてです。すぐ近くのベーカリーで焼いているんです」と彼女は言った。

勘定を済ませ、膝にこぼれたマフィンのかけらを手で払い、その店を出た。店を出るときに、ギンガム・チェックのエプロンをかけた女性が、カウンターの中から私ににっこり微笑みかけた。よく晴れた冬の朝に相応しい、温かみの感じられる微笑みだった。マニュアルどおりの出来合いの微笑みではない。

その女性は三十代半ばくらいに見えた。ほっそりとした体つきの、とりたてて美人とは言えないまでも、感じの良い顔立ちの女性だ。化粧は薄い。もっと若く見せようと思えば簡単にできただろうが、そのような努力はとくに払われてはいないようだ。そういうところに程よい好感が持てた。

「実は、今までずっとお墓の前にいたんだよ。本当にはまだ死んでいない人のお墓の前に」、私は別れ際に彼女にそう言いたかった。誰でもいい、誰かに打ち明けたかった。でももちろんそんなことは口にできない。

43

その夜、いつものように夜の十時前後に布団の中に入った。しかしうまく寝付くことができなかった。それはかなり珍しいことだった。私は布団の中に入るとすぐに眠りに就いてしまう人間だ。枕元には本が一冊置かれているが、それが開かれることは稀だ。そしておおむね朝の光とともに自然に目を覚ます。おそらく私は幸運の星の下に生まれついた人間なのだろう。多くの人たちから、不眠の苦しみについての話をさんざん聞かされてきたから。

でもその夜、私はなぜかうまく眠りに入ることができなかった。身体は自然な眠りを求めているはずなのに、どうしても眠れないのだ。おそらく気が高ぶっているのだろう。

私は頭の中にぽっかりとあいた（かのように思える）空白部分を満たすために、目を閉じて子易さんの墓のことを考えた。子易家の墓所に立つ、モノリスのようにのっぺりとした墓石。その新しい石材のどこまでも滑らかな輝き。そこに刻まれた、家族三人それぞれの生年と没年。そして私が持参した小さな花束や、木立を行き来する冬の鳥のきりっと鋭い啼き声や、あちこち凍りついた不揃いな寺の石段のことを考えた。スライド写真を眺めるように、それらのイメージを順番に追っていった。

そうするうちに出し抜けに――まるで足元の茂みから鳥が飛び立つみたいに唐突に――その題名を思い出した。駅近くのコーヒーショップでかかっていた、コール・ポーターのスタンダード曲の題名を。『Just One of Those Things（よくあることだけど）』だ。そしてそのメロディーが、意識の壁にこびりついた呪文のように、耳の奥で何度も何度も繰り返された。

枕元の電気時計は十一時半を指していた。私は眠るのを諦めて布団から出て、パジャマの上にカーディガンを羽織り、ガスストーブの火をつけ、冷蔵庫から牛乳を出して、小鍋で温めて飲んだ。生姜入りのクッキーを何枚かかじった。そして安楽椅子に座って、読みかけていた本のページを開いた。しかし読書に意識を集中することができなかった。様々なイメージや様々な音が、私の頭の中を脈絡なく駆け巡っていた。違う世界から送り届けられる、意味の通らないメッセージのように。無音の自転車に乗った顔のないメッセンジャーたちが、それらのメッセージを次々に私の戸口に置き、そのまま去っていった。

私は諦めて本を閉じ、安楽椅子の上で大きく何度も深呼吸をした。意識を集中し、肺を思い切り膨らませ、肋骨を広げた。体内にある空気を隅々までそっくり入れ換えるために。落ち着かない気持ちを少しでも落ち着かせるために。でもそんなことをしても役には立たなかった。

私のまわりにあるのは、いつもどおりの静かな夜だった。この時刻、家の前の道路を通る車もない。犬も鳴かない。文字通り物音ひとつ聞こえない――私の頭の中で終わりなく鳴り続けている音楽を別にすれば。

なんとか眠ってしまいたかったが、どれだけ努めてもおそらくそれはかなわないだろう。ウィスキーもブランデーも役には立つまい。自分でもそれはよくわかっていた。今夜、おそらく何かが私を眠らせまいとしているのだ。何かが……。

私は決心してパジャマを脱ぎ、できるだけ暖かい格好に着替えた。厚手のセーターの上にダッフルコートを羽織り、カシミアのマフラーを首に巻き、毛糸のスキー用帽子をかぶり、ライニングのついた手袋をはめた。そして外に出た。家の中で眠れないままじっとしていることに、そしてほとんど五分ごとに時計の針に目をやり続けることに、これ以上耐えられなくなったからだ。それくらいなら、寒い戸外をあてもなく歩いている方がまだましだ。

家の外に出ると、風が吹き始めたことがわかった。昼間の穏やかな暖かさは消えて、空は分厚い雲に覆われていた。月も星も何ひとつ見えない。まばらな街灯が人気《ひとけ》のない路面を寒々しく照らしているだけだ。山から吹き下ろす不揃いな風が、葉を落とした枝の間を音を立てて吹き抜けていた。冷ややかな湿気を含んだ風だ。いつ雪が降り出してもおかしくない。

どこに行くあてもなく、白い息を吐きながら川沿いの道路を歩いた。重い雪靴が砂利を踏みしめる音が不自然なほど大きくあたりに響いた。川は半ば氷に覆われていたが、それでも流れの音は耳にくっきり届いた。きりきりと凍てつく夜だったが、その冷ややかさを私はむしろ歓迎した。冷気は私の身体を芯から引き締め、絞り上げ、もやもやとしたあてのない思いを一時的にせよ麻痺させてくれた。寒風のせいで両目にじわりと涙が滲んだが、おかげでさっきまで耳の奥で鳴り響いていたとりとめのないメロディーはもうどこかに消えていた。北国の冬の美徳とでも言うべきなのか。

歩きながら私は何も考えていなかった。頭の中にあるのは心地よいただの空白だった。あるいは無だった。雪の予感を含んだ寒冷さが、鉄の腕のように私の意識を厳しく締め上げ、支配していた。寒いという以外の感覚がそこに潜り込める隙は微塵もない。そしてふと気がついたとき、私の足は自動的に図書館のある方角に向かっていた。まるで私の履いた雪靴が、持ち主である私以上に明瞭な意志を持ち合わせているみたいに。

コートのポケットには図書館のあちこちの部屋の鍵を集めた鍵束が入っていた。私はそのうちでいちばん太い鍵を使って鉄製の門扉を開き、図書館の敷地の中に入った。そしてなだらかな坂道を上って、玄関の引き戸の錠を開けた。腕時計の針は十二時半を指していた。もちろん館内は無人で真っ暗だ。壁につけられた緑色の非常灯が微かな光を放っているだけだ。

その貧弱な明かりを頼りに、何かにぶつからないようにそろそろと歩を運び、カウンターに常備してある懐中電灯を見つけて手に取った。そしてそれを使って足元を照らしながら真っ暗な館内を奥へと進んだ。私が向かうべき場所はひとつしかなかった。もちろんあの薪ストーブのある半地下の正方形の部屋だ。

44

意識の奥でひそかに予想していたように、子易さんはそこで私を待っていた。

薪ストーブはちらちらと静かに燃え、小部屋はちょうど良い具合に暖められていた。寒くはないし、暑すぎもしない。林檎の古木を舐める赤い炎は大きすぎもせず、小さすぎもしない。子易さんはどうやら私がそこを訪れる時刻を予測し（あるいは前もって承知し）、それに合わせて、部屋をしばらく前から暖めていたようだった。大事な客をもてなす賢明なホストのように。部屋には林檎の香りがうっすらと漂い、そこはかとない親密さが感じられた。注意深くはあるが押しつけがましさのない親密さだ。

「やあ、ようこそ」、私が部屋の扉を押し開けると、子易さんは丸い顔に微笑みを浮かべて言った。「お待ちしておりましたよ」

子易さんはいつもどおりの身なりだった。机の上には紺色のベレー帽が、くったりとした格好で置かれていた。長年にわたって着用されてきたグレーのツイードの上着に、格子柄の巻きスカート、そして黒い厚手のタイツ、底の薄い白いテニスシューズ。コートらしきものは見当たらない。彼がこの建物を出て、寒冷な風に吹かれて屋外を歩くようなことはおそらくないのだろう。

だから雪靴もコートも必要ない。

「お元気そうでなによりです」と子易さんは両手を擦り合わせながら、にこやかに言った。「まあ、お座りなさい」

私はストーブの前で重いコートを脱ぎ、マフラーを外した。手袋もとった。木の椅子に腰を下ろし、子易さんに尋ねた。

「私が今夜ここに来ることは、子易さんにはきっと前もってわかっていたのでしょうね？」

子易さんは軽く首を傾げた。

「おそらくはお気づきのように、わたくしがこの図書館を離れることはありません。と申しますか、ここを離れることは実際にできんのです――人としての姿かたちをとるにせよとらぬにせよ。ただあなたが今夜ここにお見えになるであろうことが気配として感じ取れたので、力を尽くしてこのように形象化し、心してお迎えの用意をしておりました」

「今日はなぜかうまく眠れなかったのです。だから外を少し散歩しようと思って、暖かい格好に着替えて家を出て、そのままこの図書館に足が向いてしまいました」

子易さんはゆっくり肯いた。「ああ、そういえば、あなたは今日の朝お寺の墓地にいらして、わたくしどものお墓をごらんになったのですね？」

「なんと言えばいいのか、子易さんのお墓参りのようなことをさせてもらいました。出過ぎた真似だったかもしれませんが」

「いえいえ、そんなことはまったくありませんよ」と子易さんはにこやかに首を振って言った。

「あなたのお心持ちには深く感謝いたしております。けっこうなお花までいただきましたようで」

「立派なお墓でした」と私は言った。死んだ本人に向かってお墓を褒めるなんて、どうも奇妙なものだと思いつつ。「あの石は子易さんご自身が選ばれたのですか？」

「はい、そうです。あの墓石はわたくしがまだ生きておるうちに選んで、支払いもすべて済ませておいたものです。そこにわたくしたち三人の名前と、生年と没年だけを刻んでもらいたい。それ以外には何ひとつ記さないようにしてくれと、親しくしていた石材店の主人に念入りに頼んでおいたのです。そして彼はすべてわたくしが指示したとおりにしてくれました。死んでから自分の目で、自分の墓石の出来具合をたしかめるというのも、なんだか奇妙なものですが」

子易さんはいかにも楽しそうにくすくす笑い、私もそれに合わせて微笑んだ。

私は尋ねた。「お墓に入って、ご家族三人がまた一緒になれたということですね」

子易さんは小さく首を振った。「ああ、まあそのように考えられるときっとよろしいのでしょうが、実際にはそうではありません。お墓に入っているのは結局のところ、三人の遺骨に過ぎませんし、骨と魂とはまず繋がりのないものです。ええ、骨は骨、魂は魂です——物質と、物質にあらざるもの。肉体を失った魂はやがては消えてしまいます。そのようなわけで、こうして死んでしまって死後の世界にありましても、わたくしはやはり生きている時と同じようにひとりぼっちなのです。妻も子供もどこにも見当たりません。墓石に三人の名前が刻まれているというだけのことです。そしてやがてはこのわたくしの魂も、しかるべき時間が経てばどこかに消えて、無と帰することでしょう。魂というのはあくまで過渡的な状態に過ぎませんが、無とはまさしく永遠のものです。いや、永遠というような表現を超越したものです」

私は口にすべき言葉を考えたが、その場にふさわしい言葉はどうしても浮かんでこなかった。

しかし子易さんは長いあいだじっと黙り込んでいたので、私はとりあえず何かを口にしないわけにはいかなかった。

「それは、きっとつらいことなのでしょうね」

「はい、孤独とはまことに厳しくつらいものです。生きておっても死んでしまっても、その身を削る厳しさ、つらさにはなんら変わりありません。しかしそれでもなおわたくしには、かつて誰かを心から愛したという、強く鮮やかな記憶が残っております。その感触は両の手のひらにしっかり染みついて残っております。そしてその温かみがあるとないとでは、死後の魂のありかたにも大きな違いが出てくるのです」

「おっしゃっていることは理解できると思います」

「あなたにもやはり、かつて誰かを深く愛した、強く鮮やかな記憶がおありなのですね。そしてその人の魂を追って、遠い遠い場所まで旅をされ、こうしてまた戻ってこられた」

「子易さんはそのこともご存じなのですね」

「はい、存じております。前にも申し上げたように、一度でも自分の影を失われた方は、一目でそれと見て取れます。そのような方は当然ながら、なかなかおられません。とりわけまだ生きておられる人の中には」

　私は黙ってストーブの火を眺めていた。私の体内で時間が淀む感触があった。時間の流れが何かの障害物に妨げられているみたいだ。

「そこに行って、またこちらに帰ってくるというのが生身の人間にとってどれほどむずかしいことか、そのことはご存じなのでしょうね?」と子易さんは言った。「そちらに行くのはともかくとして、こちらに帰還するのは至難のわざです。普通ではまずできんことです」

「しかし、どうして、どうやってこちらに戻ってきたのか、自分でもまるでわからないのです」と私は正直に言った。「私の影は私に別れを告げ、深い溜まりの中に単身飛び込み、恐ろしい地下の水路に吸い込まれていきました。彼はしっかり心を決め、多大な危険を冒してこちらの世界に戻ろうとしたのです。でも私は考えに考えた末、あちらの世界に——その高い壁に囲まれた街に——居残ることを選びました。でも次に目覚めたとき、あたりを見回すと、私はこちらの世界に戻っていました。そして私の影は再び私の影になっていました。何ごともなかったかのように。まるで私が長い鮮やかな夢でも見ていたかのように。でも、いいえ、それは夢ではありません。私にはそれがよくわかっています。たとえ誰が夢だと思い込ませようと努めているとしても」

子易さんは腕組みをして目をつむっていた。私の話に深く耳を傾けているのだ。私は話し続けた。

「どうしてそんなことになったのか、わけがわかりません。私は自分の意思で、あちらの世界に居残ることを決めたのです。しかし思いに反してこちらの世界に戻ってきてしまいました。まるで強いバネに弾き返されるみたいに。それについてずいぶん考えを巡らせてみたのですが、結局のところ、私の意思を超える何らかの別の意思がそこに働いていたとしか思えないのです。しかしそれがいかなる意思なのか、私には皆目わかりません。そしてまたその意思の目的も」

「あなたがそもそもその街に入っていけたのも、つまり、その何らかの意思が働いていたからなのでしょうか？」

「おそらくそうでしょう」と私は言った。「ある日、深い昏睡から目覚めると、見覚えのない穴の中に一人で横たわっていました。壁に囲まれた街の、門のすぐ近くに掘られた穴です。門衛がそこにいる私を見つけ、街に入りたいかと尋ねました。入りたいと私は答えました。おそらく誰かが、何らかの意思が、私をその穴の中に運び込んだのでしょう。もちろんそのあと門衛の問いかけに答えて、街に入ることを決めたのは自らの意思であるわけですが」

子易さんはしばらくそれについて考え込んでいた。それからおもむろに口を開いた。

「ああ、それが何を意味するのか、その意思なるものがいかようのものなのか、その目的が奈辺《なへん》にあるのか、それはわたくしにもわかりません。わたくしは実体を持たないただの個人的な魂に過ぎませんし、死によって何か特別な叡智を与えられたわけでもありません。

ただあなたのお話をうかがっていて、わたくしに推しはかれるのは、それらはじつはすべてあなたの心が望まれたことではなかったのか、ということです。あなたの心が（あなた自身が知らないところで）それを望まれた——だからそれは起こったのだと。いや、そんなことはないとおっしゃるかもしれません。あなたはその謎の街に居残ることを、自らの意思できっぱり選択されたのだと。でもあなたの本当の意思はそうではなかったかもしれない。あなたの心はいちばん深い底の部分で、その街を出てこちら側に戻ることを求めていたのかもしれませんよ」

「つまり私の意思を超える、より強固な何らかの意思というのは、私の外側にあるものではなく、私自身の内にあるものだったと？」

「はい、もちろんこれはわたくしのふつつかな個人的推測に過ぎません。しかしお話をうかがっていますと、わたくしにはそのようにしか思えんのです。あなたはおそらくはご自分の意思でその不思議な街にお入りになり、そしてまたご自分の意思でこちら側に戻ってこられた。あなたを弾き返したそのバネは、あなた自身の内側にある特殊な力でしょう。あなたの心の底にある強い意思が、その大いなる往き来を可能にしたのです。ご自身の論理や理性を超えた領域で」

「子易さんにはそれがおわかりになる？」

「いいえ、それはわたくしの個人的な推しはかりに過ぎません。たいしてあてにならんかもしれません。しかしわたくしはこの肝に感ずることができるのです（死後の魂に肝があるかどうか少々疑問ではありますが）。はい、それはしっかり起こりうることなのです。もちろん誰にでも起こることではありません。しかしいつかどこかで起こりうることです。強い意思と、純粋な想いがあれば」

「ひとつあなたに質問があります」と私はしばらく考えたあとで言った。

「はい、おっしゃってみてください」

「子易さんは、亡くなった奥さんとお子さんのことを愛されていた。深く心から愛されていた。そうですね？」

　子易さんはまたこっくり肯いた。「はい、そのとおりです。わたくしのつたない人生において、その二人以上にわたくしが愛した相手はおりません。それは間違いのないところです」

「あなたはその二人と実際に家庭を築き、その愛をしっかりと育まれていた。安定した実りある愛です」

「ああ、口はばったいようですが、おっしゃるとおりです。もちろんわたくしどものささやかな家庭において、すべてが完璧であったわけではありません。いくらかの日常的な問題は存在しました。しかし些末なあれこれを抜きにすれば、そこにあったのは実りある、豊かな愛でした」

「それは本当に素晴らしいことです。しかし、私の場合は残念ながらそうではありません。私は十六歳のときに彼女とたまたま出会って、その場で恋に落ちました。十六歳の少年の身にはしばしば起こることです。そして実に幸運なことに、彼女も私のことを好きになってくれました。彼女は私よりひとつ年下でした。我々は何度かデートをし、手を握り合い、キスをしました。それはほんとうに夢のように素晴らしい出来事でした。しかし結局、ただそれだけのことだったのです。二人の肉体がひとつに結ばれたわけでもなく、寝食を共にしたわけでもありません。また正直なところ、生身の本当の彼女がどんな人であったのかも、私にはわかっていません。彼女は自らについてのいろんな話をしてくれましたが、それはあくまで彼女の口から語られた話です。それがどこまで客観的事実であったのか、確かめようもありません。

当時の私はまだ十六歳、十七歳という歳で、世界のあり方がもちろんよくわかっていなかったし、自分自身のことだってよくわかっていなかった。そしてなによりあまりに深く、激しく彼女に心を惹かれていました。他の何ごともまともに考えられなかったくらいに。それは純粋ではあるけれど、どう見ても未熟な愛です。子易さんのそれのような、成熟した大人の愛ではありません。時の検証も受けていない、様々な現実的障害にも出会っていない、十代の子供たちの甘い恋愛ごっこに過ぎません。一時的な頭ののぼせみたいなものかもしれない。そしてそれから既に三十年近くが経過しています。

彼女はある日、別れの言葉もなく、そのほのめかしさえなく、私の前から姿を消してしまいました。それ以来、彼女を一度も目にしていません。彼女からひとことの連絡もありません。そして私はこのように、既に中年の域に足を踏み入れています。そんな人間が失われた少年時代の想いを求めて、こちらの世界とあちらの世界を往き来する——それは果たしてまともなことなのでしょうか？」

子易さんは——あるいは彼の魂は——腕組みをしたまま深いため息をついた。そして言った。

「あなたにひとつおうかがいしたいことがあります」

「なんでもおっしゃってください」

「あなたは今現在に至るまで、ほかのだれかをその少女に対するのと同じほど、心から好きになった、愛しく想ったという経験をお持ちになりましたか？」

私はそれについていちおう考えた。考えるまでもなかったことだが。そして言った。

「人生の過程で何人かの女性と巡り会い、その相手を好きにもなりました。それなりに親密に交際もしました。でもその少女に対するような強い気持ちを抱けたことは一度もありません。つまり、頭が空白になってしまうような、白昼に深い夢を見ているような、ほかのことなど何ひとつ考えられないような、そんな混じりけのない心情を抱くことは。

結局のところ、私はその百パーセントの心持ちを、それがもう一度自分の身に訪れてくれることを、今に至るまで待ち続けていたのだと思います。あるいはかつてそれを私にもたらしてくれた女性、その人を」

「それはわたくしとても同じことです」と子易さんは静かな声で言った。「わたくしも妻を亡くしたあと、ああ、縁あって何人かの女性と知り合いました。それほど多くではありませんが、何人かと。また後添《のちぞ》いをということで、多くの人が見合い話のようなものを持ってきてくれました。妻を亡くしたときわたくしはまだ四十代でしたし、旧家の跡取り息子として、このような小さな町においてはそれなりの社会的地位もありましたから、新しく妻をめとるのは当然のことのようにまわりには思われていたのです。そしてわたくしに近寄ってくる女性も、いないわけではありませんでした。

しかしそのような中に、妻に対する想いに匹敵するものを、わたくしにもたらしてくれる相手は一人も見当たりませんでした。どれほど容貌の優れた女性も、人柄の美しい女性も、亡くなった妻がそうしてくれたようには、わたくしの心を震わせてはくれません。そしてわたくしはあるときから、こうしてスカートを身につけるようになりました。このような山中の保守的な土地柄でありますし、妙な格好をして町を歩く風変わりな男に見合い話を持ち込んでくる酔狂な人はさすがにおりませんからね」

そう言って子易さんはくすくすと笑った。それから真顔に戻って言葉を続けた。

「わたくしの申し上げたいのはこういうことです。いったん混じりけのない純粋な愛を味わったものは、言うなれば、心の一部が熱く照射されてしまうのです。ある意味焼け切れてしまうのです。とりわけその愛が何らかの理由によって、途中できっぱり断ち切られてしまったような場合には。そのような愛は当人にとって無上の至福であると同時に、ある意味厄介な呪いでもありま す。わたくしの言わんとすることはおわかりになりますか？」

「わかると思います」

「そこにあっては年齢の老若とか、時の試練とか、性的な体験の有無とか、そんなことはたいした要件ではなくなってしまいます。それが自分にとって百パーセントであるかどうか、それだけが大事なことになります。あなたが十六、十七歳のときに相手の女性に対して抱かれた愛の心持ちは、まことに純粋なものであり、百パーセントのものだった。そう、あなたは人生のもっとも初期の段階において、あなたにとって最良の相手に巡り会われたのです。巡り会ってしまった、と申すべきなのか」

子易さんはそこでいったん言葉を切って身を前に屈め、ストーブの火を見つめながら何かを考え込んでいるようだった。その目はストーブの炎の色を反映していた。

「しかしながら彼女はある日突然どこかに姿を消してしまった。何のメッセージも、何のほのめかしもヒントも残さず。どうしてそんなことが起こったのかあなたには理解できない。そうなった理由を推しはかることもできない。

わたくしの場合も似たようなものでした。一人息子を事故で亡くしたあと、妻は自死を選び取りましたが、そうするにあたって、わたくしにはひとことの別れの挨拶もなく、また遺書らしきものも残されておりませんでした。彼女が寝ていた布団に、その小さな人形《ひとがた》の窪みに、葱が二本残されていただけです。長くて白い、とても立派な新鮮な葱でした。彼女はわざわざそれを布団の上に置いていったのです。自分の身代わりみたいに。

ああ、その葱がいったい何を意味するのか、誰にもわからなかっただろうし、わたくしにもわかりませんでした。それは大きな謎としてわたくしの中に執拗に残っております。その鮮やかな白さは網膜に今も焼きついております。どうして葱なのか、なぜ葱でなくてはならなかったのか。もし死後の世界で妻に会うことができたなら、その意味を尋ねたいと願っておりました。しかし死後の世界においても、わたくしはこのようにあくまでひとりぼっちです。謎は謎のままです」

子易さんはしばし目を閉じていた。網膜に残った葱の残像を今一度確かめるように。やがて目を開き、話を続けた。

「ひとことも残さず妻がこの世から去っていったことで、わたくしの心は深く傷つけられました。人目にはつきませんが、心にはぐさりと深い傷あとが残りました。心の芯まで達する深手です。にもかかわらず、わたくしは死ぬことなく、こうして長々と生き延びました。それが救いのない致命的な傷であることに、初めのうちは気づかなかったからです。それに気づいたのはあとになってからでしたが、そのときにはわたくしは既に生きる道を進んでおりました。生き続けるというレールがわたくしの前に敷かれてしまっていたのです」

　子易さんはそう言って、淡い微笑みを口元に浮かべた。

「それを境として、わたくしはこれまでとはべつの人間に成りかわってしまったようでした。ひとことでいえば、この世間における何ごとに対しても熱情が持てなくなったのです。わたくしの心の一部が焼け切れていたからです。そしてまたわたくしという人間は、心に負った致命的な深傷によって、既に半ば死んでしまっていたからです。そのあとの人生において、わたくしがいささかなりとも興味を抱くことができたのは、ただひとつこの図書館だけでした。このささやかな個人的な図書館があればこそ、ついこのあいだまでなんとか生きながらえてきたのです。そのようなわけで、ああ、わたくしにはあなたのお気持ちが理解できます。あなたが心に負われた傷を、深いところで感じ取ることができます。僭越な申し上げ方かもしれませんが、まるで我がことのようにです」

「あなたはそのことをご存じの上で、私をこの図書館の館長に選ばれたのでしょうか」

　子易さんはこっくりと肯いた。「はい、わたくしには一目見たときからわかっておりました。

あなたがこの図書館の、わたくしの職のあとを継ぐべき人であるということが。というのは、この図書館はただの普通の図書館ではないからです。ただたくさんの本を集めた公共の場所というだけではありません。ここはなにより、失われた心を受け入れる特別な場所でなくてはならないのです」

「ときどき自分のことがわからなくなります」と私は正直に打ち明けた。「あるいは見失うと言うべきかもしれません。この人生を自分として、自分の本体として生きている実感が持てないのです。自分がただの影のように思えてしまうことがあります。そのようなとき私は、ただただ自分を形どおりになぞって、巧妙に自分のふりをして生きているような、落ち着かない気持ちになってしまうのです」

「本体と影とは本来表裏一体のものです」と子易さんは静かな声で言った。「本体と影とは、状況に応じて役割を入れ替えたりもします。そうすることによって人は苦境を乗り越え、生き延びていけるのです。何かをなぞることも、何かのふりをすることもときには大事なことかもしれません。気になさることはありません。なんといっても、今ここにいるあなたが、あなた自身なのですから」

子易さんはそこではっと口を閉ざし、顔を突然大きく歪めた。まるで何か異物を呑み込んだときのように。そして肩を上下に何度か揺らして、長く大きく息をついた。

「大丈夫ですか？」と私は尋ねた。

「ああ、大丈夫です」と子易さんは呼吸を整えてから言った。「何もまずいことはありません。

ご心配なく。しかしいささかしゃべり過ぎたようです。申し訳ないのですが、もうそろそろ行かねばなりません。そういう時刻になってしまいました。今ここでわたくしに申し上げられるのは、ただひとつ——それは、信じる心をなくしてはならんということです。なにかを強く深く信じることができれば、進む道は自ずと明らかになってきます。そしてそれによって、来たるべき激しい落下も防げるはずです。あるいはその衝撃を大いに和らげることができます」

来たるべき激しい落下を防ぐ？　いったい何からの落下なのだ？　私には話の筋がよく把《つか》めなかった。

「子易さん、また近くお目にかかれますか？　あなたにうかがわねばならないことが、まだたくさんあります」

子易さんは机の上に置いたベレー帽を手に取り、慣れた手つきでその形を整えた。そして頭にかぶった。

「はい、そのうちにまたお目にかかれるでしょう。わたくしみたいなものでよろしければ、喜んでお役に立ちたいと思っております。しかしこの次がいつになるか、わたくしにもたしかなところはわからんのです。微妙に移り変わる場の流れが、わたくしを方々に運んでいきますし、このように面と向かってお話をするには、しかるべき力の蓄えが必要とされます。しかし、きっとほどなくお目にかかれるでしょう」

話している子易さんの姿が、全体的に少しずつ薄れつつあるように思えた。向こう側がいくらか透けて見えるみたいに。しかしそれはあくまで気のせいかもしれない。部屋の明かりは十分なものではなかったから。

子易さんは部屋の扉を開け、外に出た。そして扉が閉じられるかちりという音が聞こえた。それから深い沈黙がやってきた。足音は聞こえなかった。

45

書架の前で書籍の整理をしているとき、一人の少年に声をかけられた。午前十一時過ぎだった。私はベージュの丸首のセーターに、オリーブグリーンのチノパンツという格好で、首からは図書館の職員であることを示すプラスティックのカードをさげていた。傷んだ本を書架から抜き出し、新しい書籍に取り替えていく作業だった。

少年は小柄で、十六歳か十七歳くらい、緑色のヨットパーカに淡い色のブルージーンズ、黒いバスケットボール・シューズという格好だ。どれもかなり着古されており、また微妙にサイズが合っていない印象を与えていた。誰かのお下がりかもしれない。ヨットパーカの正面には黄色い潜水艦の絵が描かれていた。ビートルズの「イエロー・サブマリン」だ。ジョン・レノンが昔かけていたような金属縁の丸い眼鏡は、彼のほっそりした顔に対してサイズが大きすぎるのか、少し斜めに傾いている。まるで一九六〇年代から間違えてここに紛れ込んできたみたいだ。

私はその少年を閲覧室でよく見かけていた。彼はいつも窓際の同じ席に座って、真剣な顔つきで本に読み耽っていた。ページを繰るときを別にして、身動きひとつせず。よほど本を読むのが好きなのだろうと私は思った。ただ毎日のように、朝からずっと図書館に入り浸りになっていたから、私は不思議に思ったものだった。学校に行かなくていいのだろうか、と。だから私は添田さんに一度尋ねてみた。あの子は学校に行かなくていいのかな、と。添田さんは首を振って言った。「あの子は事情があって、学校には通っていません。彼にとってはここが学校のようなものなのです。ご両親もそのことは了解しておられます」

おそらく登校拒否のようなものなのだろうと私は理解した。だからそれ以上質問はしなかった。学校に行かなくても、毎日のように図書館に通って読書に励んでいるのなら、それでとくに問題はないだろう。

しかしその日の彼は珍しく本を手に取ることもなく、何か考え事をするように、書架の前をただ行き来していた。

「失礼ですが」と少年は歩みを止めて私に言った。

「なんでしょう?」と私は書物を腕に抱えたまま言った。

「あなたの生年月日を教えていただけますでしょうか?」と少年は言った。その年齢の男の子にしては、話し方が丁寧で几帳面すぎる。そして抑揚を欠いている。まるで紙に印刷された文章を棒読みしているみたいだ。

私は何冊かの本を抱えたまま、姿勢を変えて彼の顔をまっすぐ見た。育ちの良さそうな整った顔立ちだった。顔の造作に比べて耳が大きい。髪は最近調髪されたらしく、きれいに刈り上げられ、耳の上のあたりが青くなっている。小柄で色白、首と腕はひょろりと長い。日焼けをした形跡はまったく見当たらない。どう見てもスポーツを愛好するタイプには見えない。そして私をまっすぐ見つめるその両目には、不思議な種類の輝きが宿っていた。焦点がくっきり絞られた鋭い輝きだ。深い穴の底にある何かを、じっと集中して覗き込んでいるような……あるいは私がその「深い穴の底にある何か」なのかもしれない。

「生年月日?」と私は聞き返した。

「はい、あなたの生まれた年月と日です」

私は少し困惑したものの、それでも生年月日を彼に教えた。その少年が何を求めているのかはわからないが、生年月日を教えて、それでとくに害があるとは思えなかった。

「水曜日」と少年はほとんど即座に宣言した。

私は意味がわからず、顔を僅《わず》かに歪めた。その私の表情は少年の心を少し乱したようだった。

「あなたの誕生日は、水曜日です」と少年は言った。本当はいちいちそんなことまで説明したくないのだが、といういかにも素っ気ない口調で。そしてそれだけを告げると、さっさと歩いて閲覧室に戻り、窓際の机の前に座って読みかけていた分厚い本を読み始めた。

何が起こったか呑み込むのに少し時間がかかった。それからはっと思い当たった。この少年はおそらく「カレンダー・ボーイ」なのだろう。過去未来いつでもいい、日付を言えば、それが何曜日だったかを一瞬にして言い当てる。そういう特殊能力を持っている。一般的には「サヴァン症候群」と呼ばれている。映画『レインマン』に出てきたキャラクターもそんな一人だった。知的障害を負っている場合も多いが、数学や芸術の分野でしばしば通常では考えられない特異な能力を発揮する。

インターネットで自分の誕生日が本当に水曜日かどうか確かめてみたかったが、図書館にはコンピュータはなかったからそれは果たせなかった(その日帰宅してから自分のパソコンを使って調べてみたが、私が生まれたのは間違いなく水曜日だった)。

　私はカウンターにいる添田さんを事務室の近くに呼んで、その少年の座った席の方をそっと指さして言った。

「あの子のことだけど」

「あの子が何か?」

「なんていうか、彼はいわゆるサヴァン症候群みたいなものなのかな?」

　添田さんは私の顔を見て言った。「ひょっとして、生年月日を訊かれました?」

　私は一部始終を説明した。

　添田さんはそれを聞き終えると、無表情に言った。「ええ、あの子はよく人に生年月日を尋ねるんです。そしてそれが何曜日かを即座に教えてくれます。でもただそれだけです。誰にも迷惑はかけませんし、問題を起こすこともありません。それに一度尋ねた人には二度とは尋ねません」

「会った人、誰にでも生年月日を尋ねるの?」

「いいえ、誰にでもというわけではありません。いちおう選別して尋ねているようです。相手によって尋ねたり、尋ねなかったりします。その判断の基準はよくわかりませんが」

「なるほど」と私は言った。あまり普通ではないことだが、添田さんが言うように、それで面倒な問題が生じるとも思えない。結局のところ、ただの生年月日とただの曜日だ。

「ところであなたの誕生日は何曜日でした?」

「水曜日」と私は言った。

「水曜日の子供は苦しいことだらけ」と添田さんは言った。「この歌はご存じですか？」

私は首を振った。

「マザーグースの歌の一節です。月曜日の子供は美しい顔を持ち、火曜日の子供はおしとやか、水曜日の子供は苦しいことだらけ……」

「聞いたことはないと思う」と私は言った。

「ただの童謡です。それに当たっていません。私は月曜日の生まれですが、とくに美しい顔を持ち合わせてはいませんもの」と添田さんは言った。いつもの生真面目な顔で。

「水曜日の子供は苦しいことだらけ」と私は繰り返した。

「童歌《わらべうた》の文句。ただの言葉遊びです」

「どうして彼は学校に行かないんだろう？　いじめとか、そういうこと？」

「いいえ、そういうのではありません。高校に入れなかったのです」

添田さんは手にしていたボールペンを下に置き、眼鏡の位置を調整してから話を続けた。

「一昨年の春にあの子は、この町の公立中学をなんとか卒業しましたが、近隣の高校には進めませんでした。なにしろ成績にひどくムラがあるものですから。得意とする分野では完璧な点数をとるのですが、不得意な分野では場合によっては零点に近い成績です。読んだ本の内容は、写真記憶とでもいうのでしょうか、そっくりそのまま暗記しますが、なにしろ取り入れた情報量が膨大で、あまりに詳細なものですから、それらを実際的なレベルでつなぎ合わせることがむずかしくなります。そしてそれらの情報のほとんどは専門的すぎて、高校の入学試験なんかには役に立たないものです。おまけに体育の授業を受けることを一貫して拒否しています。普通の高校にはまず進めません」

「なるほど」と私は言った。「でも本を読むのはずいぶん好きなようだね」

「ええ、本を読むのはとても好きで、毎日のようにこの図書館に来て、すごいスピードで本を読みあさっています。この分でいけば、今年中にはこの図書館の蔵書をほとんど読み切ってしまうかもしれません」

「どんな本を読むのだろう？」

「あらゆる本です。基本的にはどんな本でもいいみたいで、とくに選り好みはしません。まるで栄養ドリンクでも飲むみたいに、そこにある情報を片端から吸収していきます。それが情報であれば、どのような種類のものであれそのままそっくり身につけていきます」

「それは素晴らしいことだけど、情報によっては危険な場合もあるかもしれないね。つまり、取捨選択がうまくできなければ、ということだけど」

「ええ、おっしゃるとおりです。だから私は、彼の読む本を、貸し出す前にひとつひとつ点検するようにしています。そして問題を引き起こしそうな情報を含んだ本であれば、取り上げるようにしています。たとえば過度の性的描写や暴力描写を含むようなものであれば……ということですが」

「そんな風に強制的に本を取り上げて、問題は起こらないのかな？」

「大丈夫です。あの子は私の言うことは、基本的に素直に聞いてくれますから」と添田さんは言った。「実を言いますと、あの子がこの町の小学校に通っているとき、私の夫が二年間担任をしていたのです。だから小さい頃からあの子のことはよく知っています。夫はあの子のことをとても気にかけていました。どう扱えばいいのか、もちろん少なからず戸惑ってはいましたが」

「どんな家庭の子供なんだろう?」

「ご両親はこの町で私立幼稚園を経営しておられます。ほかにも学習塾みたいなものをいくつか。立派なご一家です。男の子ばかり三人の兄弟で、あの子はいちばん下ですが、上の二人は極めつけの秀才で、どちらも地元の高校を優秀な成績で卒業し、東京の大学に進んでいます。一人は大学を卒業後、民事弁護士をなさっています。もう一人はまだ在学中です。たしか医学部に。でもあの子は高校に進むこともできず、学校に行くかわりにこの図書館に通って、書棚にある本を片端から読みまくっています。前も言いましたように、ここが彼にとっての学校なのです」

「そして読んだ本の内容をそっくりそのまま暗記する?」

「たとえば島崎藤村の『夜明け前』を読んだとしますね。そうすればそれを、最初から最後まで全文をそのまま暗唱することができます。かなり長い小説ですが、なにしろすべて記憶してしまうのです。一字一句間違いなく引用することができます。しかしその本が何を人々に訴えようとしているのか、あるいは日本文学史の中でどのような意味を持っているのか、そういうことはたぶん理解できていないと思います」

そういう能力を有する人々の話を、私はもちろん耳にしたことはあったが、実際に目の前にするのは初めてだった。添田さんは言った。

「人によっては、そういう特殊な能力を気味悪がりもします。とくにこのような保守的な小さな町では、異質なもの、普通ではないものはとかく排除されがちですし、あの子に近づくことを、多くの人は避けています。伝染病にかかった人を避けるみたいに。少なくとも手を差し伸べようとするような人はいません。それは悲しいことです。実際にはとてもおとなしい子供だし、生年月日を尋ねてまわることを別にすれば、誰に迷惑をかけるわけでもないのですが」

「で、学校に通うかわりに、この図書館にやって来て、毎日手当たり次第に本を読んでいる。でもいったい何のためにそれほど大量の知識を取り込まなくちゃならないのかな？」

「さあ、それは私にもよくわかりません。おそらく誰にもわからないのではないでしょうか。ただ知識に対するあくなき好奇心が彼にそうさせているとしか、私には言えません。そのような知識の膨大な詰め込みが、あの子に良き結果をもたらすのか、それとも何か問題をもたらすのか、それも判断できません。知識の蓄積容量に限度みたいなものがあるかないかも不明です。わからないことだらけです。でもなんといっても、知識欲そのものは意味ある大切なことですし、そういうものを満たすために図書館は存在しているわけですから」

私は肯いた。そのとおりだ。人々の知識欲を満たすために図書館は存在している。その目的がいかなるものであれ。

「でもそういう子供を受け入れてくれる学校も、どこかにあるはずだけど」と私は言った。

「はい、そういう専門的な学校はいくつか存在するようです。しかし残念ながらこの近辺にはひとつもありません。そういう学校に入ろうとすれば、どうしてもこの町を離れなくてはなりません。たぶん寄宿舎のようなところに入って。でも母親は彼を溺愛し、とても大事にされていまして、決して自分のもとから手放そうとはしません」

「だからこの図書館が学校代わりになったわけだね」

「はい、その母親が子易さんと昔から懇意にしておられて、直接お願いに見えたのです。あの子は無類の本好きで、本さえ読ませていればおとなしくしている。この図書館でうまく指導してやってもらえまいかと。そして子易さんはお母様とよくよく話し合った末に、大筋でその役を引き受けられることになったのです」

「そして子易さんの亡きあとは、あなたがその遺志を引き継いであの少年の面倒を見てきた？」

「面倒を見るというほどたいしたことはしていませんが、できるだけ目は配るようにしています。読んでいる本の内容もすべて記録してあります。私もあの子のことが好きです。たしかに変わったところはありますし、ときどき妙に頑《かたく》なになることはありますが、手間がかかるというほどじゃありません。毎日やって来て同じ席について、一心不乱に本を読んでいるだけです。その集中度たるや驚くべきものです。一瞬たりともページから目を離しません。その邪魔さえしなければおとなしくしています。この図書館では今まで何ひとつ問題を起こしてはいません」

「同年代の友だちはいないのかな？」

添田さんは首を振った。「私の知る限り、友だちみたいな親しい相手はいないようです。彼と話題を分かち合えるような同年代の子供はまずいませんから。それに加えて、中学校時代に同級生の女の子相手にいささかの問題を起こしたものですから」

「問題って、どんな問題？」

「同じクラスの女の子に興味を持って、そのあとをずっとつけまわしたんです。とくにきれいな子だとか、目立つ子だとか、そういうのでもなかったんですが、その女の子の何かが彼の興味を強く惹いたようでした。つけまわすといっても、何かおかしなことをするわけじゃありません。声をかけるのでもありません。ただ黙ってあとをついて回ったんです。それもぴったりではなく少し距離をあけて。でもそんなことをされたら、女の子の方は当然気味悪がります。そして彼女の両親が校長に訴えて、ちょっとした問題になりました。この町の人はみんなそのことを知っています。ですから自分たちの子供があの子の近くに寄ることを歓迎しません」

私はその後、いつもの窓際の席で読書に集中しているその少年の姿を、それなりに意識して観察するようになった——相手に気取られないよう、適切な距離を置いて。

私が目にした限り、彼は常に「イエロー・サブマリン」の絵のついた同じ緑色のヨットパーカを着ていた（よほど気に入っているのだろう）。それまでその少年の姿は私の注意をとくべつ引かなかったのだが、添田さんの説明を聞いたあとでは、彼が集中して本を読んでいる姿には、何かしら普通ではない気配が感じ取れた。いったん本のページを開いて読み始めると、長時間ぴくりとも姿勢を変えないこと（たとえ頬にアブがとまっても気がつかないのではないか）、文字を追う目つきがフラットで表情を欠いていること、時にはうっすら額に汗が浮かんでいるように見えること。

しかしそういうのも添田さんから事情を聞いて、意識して観察するようになって初めて気づいたことで、何も知らず当たり前に眺めていれば、とくに違和感を覚えることもなくやり過ごしていたはずだ。一人の小柄な少年が、図書館の席で脇目も振らず本を読んでいる——ただそれだけのことだ。私だってその年頃にはやはり同じように夢中になって、ほとんど寝食も忘れて読書に耽っていたものだ。

そして私の生年月日を尋ねたとき以来、それを最初で最後として、その少年が私に話しかけてくることもなかった。一度生年月日を聞いてしまえば（そしてその曜日を言い当ててしまえば）、その人に対する好奇心みたいなものは満たされてしまうのかもしれない。

図書館の閲覧室以外の場所で、私がそのイエロー・サブマリンの少年の姿を見かけたのはある月曜日、図書館の休館日の朝のことだった。

46

その月曜日の朝、私は例によって小さな花束を手に子易家の墓所を訪れた。空はどんより曇って、風に湿り気が感じられ、今にも雨か雪が降り出しそうだった。でも傘は持たなかった。傘がなくても、多少の雨や雪なら野球帽とダッフルコートのフードでしのげるはずだから。

私はまず墓前で手を合わせ、一家三人の冥福を祈った。不幸な交通事故で命を落とした五歳の少年と、そのことを嘆き悲しんで増水した川に身を投じた母親と、山道を歩いているときに心臓発作で急死した図書館長、彼らは今では私にとって不思議に身近な存在になっていた。生きているときの彼らとは一度として顔を合わせていないにもかかわらず。

それから私はいつものように前の石垣に腰を下ろし、滑らかで黒々とした墓石に向かって、あるいはその奥にいるかもしれない子易さんに向かって語りかけた。ときおり木立の中でいつもの冬の鳥が鋭い声を上げた。まるでついさっき世界の裂け目を目撃してきたかのような悲痛さを含んだ叫びだ。しかしそれを別にすれば、あたりは静まりかえっていた。物音という物音を厚い雲がそっくり吸い込んでしまったみたいに。

私はその週に図書館で起こった出来事を子易さんに一通り報告した。例によってたいしたことは起こらなかったが、それでも二、三の語るべきことはあった。たとえば六十七歳の男性が、ラウンジで雑誌を読んでいるときに気分が悪くなり、ソファでしばらく寝かせていたが、様子が好転しないので救急車を呼んだ（結局、軽い食あたりであったことが病院で判明した）。図書館の裏庭に住みついていた縞柄の雌猫が五匹の子供を出産した。可愛い子猫たちだ。母子ともに元気、少し落ち着いたら入り口に張り紙を出して、引き取り手を探すことになるだろう。その程度のことだ。なにしろ平和な小さな町の、平和な小さな図書館なのだ。たいしたことは何も起こらない（時折、前図書館長の幽霊が出没することを別にすれば）。

それから私は、高い煉瓦の壁に囲まれた街での暮らしについて語った。そこをどれほど美しい川が流れていたか、単角獣たちがどのように街中《まちなか》を彷徨い歩いていたか、門衛がどれほど鋭く刃物を研ぎ上げていたか、図書館の少女がどれほど濃厚な薬草茶を私のために作ってくれたか……そのような事柄をひとつひとつ細かく具体的に語った。あるいは前にも同じようなことを話したかもしれない。しかし私はそれにはかまわず、頭に浮かんだことを思いつくまま墓石に向かって語り続けた。

もちろん墓石は終始無言だった。石は返事もしないし、表情も変えない。私の語りかける言葉を耳にしているのは、この私だけかもしれない。それでも私は訥々《とつとつ》と語り続けた。その街について語るべきことは数多くあった。どれだけ語っても語り足りないほど。

厚い雲は風を受けて、徐々に南へと移動しているようだった。そんな雲を見ていると、世界が回っているという実感があった。地球はゆっくり着実に回転し、時は怠りなく前に進んでいるのだ。その進行に確証を与えるかのように、いつもの鳥たちが枝から枝へと移り、時折鋭く啼いた。

冬の朝の淡い悲しみが、透き通った衣となって私を薄く包んでいた。

そのとき私は視野の片隅に、ちらりと動くものを認めた。動きからして、犬とか猫ではない。どうやら人のようだ。それも小さな人影——決して大柄な体つきではない。私は相手に気取られないように、身体の向きを変えることなく、目だけを動かしてその方向を観察した。

その誰かは墓石の陰に身を隠していたが、墓石はその人物の身体全体を隠せるほど大きくはなかった。そこからはみ出して見える着衣の一部が、「イエロー・サブマリン」の緑色のヨットパーカであることが、私には見て取れた。間違いない。

おそらく少年はその朝、子易さんの墓所を訪ねてやって来て、たまたま墓前に座っている私に出くわしたのだろう。そして他人との接触——少年が何より苦手とすることだ——を避けるために、手近な墓石の陰に素速く身を隠したのだ。彼がどれほど長くそこに潜んでいたのか、知るべくもない。

墓石に向けて私が語ったことを、そのどこまでも個人的な独白を、彼は耳にしただろうか？ 私はそれほど大きな声で語っていたわけではない（と思う）。そして少年はそれほど近くに身を潜めていたわけではない。しかしなにしろあたりはおそろしく静かだった（そう、文字通り墓場のように静まりかえっていた）。また彼は小さな身体の割に広々とした一対の耳を持っていた。ひょっとしたらその耳で一部始終を聞き取っていたかもしれない。

しかし仮に彼が、私の語った話をひとこと残らず耳にしていたとしても、それで何か不都合が生じるだろうか？ もし相手が通常の人間であれば、私の語った「壁に囲まれた街」についての話は事実としてではなく、ただの夢物語として片付けられることだろう。幻想的な種類のフィクションとして。そして私はおそらく「夢想的な傾向を持つ人物」と分類されるだろう。ただそれだけのことだ。しかし精密な写真記憶の能力を持つ少年の耳には、その話はどのように響くことだろう？　それは彼の心にどう受け止められることだろう？

私は石垣からゆっくり立ち上がり、野球帽をかぶり直し、一度空を見上げて天候を確かめ、少年の存在にはまったく気づかなかったふりをして、墓所をあとにした。少年の潜んでいる方には意識して目をやらなかったが、彼がまだそこにいることは――誰かの墓石の陰に身を隠して私の姿を見守っていることは――わかっていた。私はその少年に対して好意を抱かないわけにはいかなかった。少なくとも彼は子易さんに対する何らかの思いを、今も強く持ち続けている。でなければこの寒い冬の朝、町外れの寺の墓地までわざわざ足を運ぶようなことはないはずだ。

私は寺の不揃いな六十段あまりの石段を降り、いつものように駅の近くの名前を持たない「コーヒーショップ」に寄って、熱いブラック・コーヒーを注文した。そしてブルーベリー・マフィンをひとつ食べた。

ギンガムのエプロンをつけたカウンターの女性は私の顔を見て微笑みかけた。「あなたのことは覚えています」という、自然な親しみを込めた微笑みだった。その朝、彼女はカウンターの中でずいぶん忙しそうに働いていた。どうやら彼女一人でこの小さな店を切り盛りしているらしかった。彼女以外の誰かが働いているのを目にしたことは一度もなかったから。壁のスピーカーからはやはり適度な音量でリラックスしたジャズが流れていた。かかっていたのは『スター・アイズ』だった。ピアノ・トリオの端正な演奏だったが、ピアニストの名前まではわからない。

コーヒーショップで冷えた身体を温めたあと、すぐに家には戻らず、少し遠回りして図書館に寄り、裏庭にまわって猫の一家の様子を見た。猫は雨風を避《よ》け、古い縁側の下にねぐらを据えていた。誰かが段ボール箱と古い毛布を使って、寝床を作ってやっていた。母猫は人間に対してそれほど警戒的ではなく（図書館の女性たちが日々餌を与えていたから）、私が近寄っても、ちらりと目を向けただけで、とくに緊張するでもなかった。まだ十分目の開いていない子猫たちは、嗅覚を頼りに幼虫のように母親の乳房に群がり、母親は愛おしそうに目を細めて子供たちを眺めていた。私はすこし離れたところからそんな様子を飽きずに眺めていた。

そして私はあらためて思い出した。あの壁に囲まれた街では——彼女が前もって教えてくれていたとおり——犬や猫の姿を一度も目にしなかったことを。単角の獣たちはいた。夜啼鳥もいた。しかしそれ以外の動物の姿を見かけたことはない（もっとも夜啼鳥は声を聞いただけだが）。いや、動物だけじゃない。虫だって一匹も見かけなかった。どうしてだろう？

必要なかったからだ、としか私には言えない。そう、あの街には必要のないものは存在しないのだ。必要のあるものしか、なくてはならないものしか、存在することは許されない。そしてこの私もおそらくまた、その街に必要とされたものだったのだ。少なくとも一時期は。

家に戻って、作り置きの蕪《かぶ》のスープをガスの火で温めた。そして「イエロー・サブマリンの少年」についてもう一度考えを巡らせた。あの子はいったい何を目的として、月曜日の朝早く、子易さんの墓所を訪れたのだろう？　ただの儀礼的な墓参りだろうか（おそらくそうではあるまいと私の本能が告げていた）。そして彼は知っているのだろうか？　子易さんの魂がまだ生死の境目の世界に留まっており、ときとして生前の姿かたちをとって我々の前に姿を見せることを。

もし知っていたとしても不思議はないと私は思った。子易さんが幽霊になってこの地上を彷徨っていることは私も知っているし、添田さんも知っている。子易さんが面倒を見ることを引き受けたその少年が知っていたとしても、決して驚くべきことではない。子易さんにはやり残したことがいくつかあって、死んでしまったあとも彼の魂は、いわばその残務整理のようなことをやり続けている。「イエロー・サブマリンの少年」の後見も彼にとってはおそらく、その「やり残したこと」のひとつになっているはずだ。

少年はそのあともやはり毎日欠かさず図書館に姿を見せた。そして次々に本を読破していった(昼食もとらずに)。私は添田さんが一昨年の春から記録している、この図書館における彼の読書リストを見せてもらった。そこには驚くほど多くの数の、そしてまた驚くほど多くの種類の書籍の名前が並んでいた。イマヌエル・カントから、本居宣長から、フランツ・カフカから、イスラム教の経典から、遺伝子の解説書から、スティーブ・ジョブズの伝記から、コナン・ドイルの『緋色の研究』から、原子力潜水艦の歴史から、吉屋信子の小説から、昨年度の全国農業年鑑から、『ホーキング、宇宙を語る』から、シャルル・ドゴールの回顧録に至るまで。

それらすべての情報＝知識が、彼の頭脳にそのままそっくり収納されたのかと思うと、私は驚嘆の念に打たれた……というか、目眩《めまい》がするほどだ。おまけに私が目にした読書リストは、この図書館で読まれた本に限られているのだ。それに加えて、図書館以外の場所でどれだけの量の本が読まれているのか、そこまでは添田さんにも把握しきれない。それらの膨大な知識は彼にとってどのような意味を持っているのだろう？　どのような役に立っているのだろう？

しかしよく考えてみれば、私の十六か十七歳のときだって、似たようなものだったかもしれない。規模こそ違え私だって、今になってみれば「どうしてあんなものを夢中になって読んだのだろう?」と首を捻ってしまうような書物を必死に読破し、雑多な情報を頭に詰め込んでいったものだった。自分にとって何が役に立つ知識で、何が用のない知識か、それを選び取る技術や能力をまだ身につけていなかったから。

それと同じことを、その少年は壮大なスケールでおこなっているだけなのかもしれない。若い健康な知識欲は疲れを知らない。しかしどれだけ多くの情報を飽くことなく自分の中に取り入れたところで、とても十分とは言えない。世界にはとんでもない量の情報があふれかえっているからだ。いくら特殊な能力があるといっても、個人のキャパシティーには当然限度がある。まるで海の水をバケツで汲み上げているようなものだ――バケツに大小の差があるとはいえ。

「読みかけていた本を、つまらないから途中で投げ出す、みたいなことはないのかな?」と私は尋ねてみた。

「いいえ。私の見る限り、いったん読みかけた本はすべて最後まで読み終えています。途中で放り出すようなことはありません。彼にとって書物とは、普通の人のように、面白いとかつまらないとか、興味を惹かれるとか惹かれないとか、そういう基準で判断され、取捨選択されるものではないんです。彼にとって本とは、その隅々まで、最後のひとかけらまで洩れなく採集されなくてはならない情報の容れ物なのです。普通の人はたとえばアガサ・クリスティーの小説が面白いと思えば、そのあとクリスティーの小説を何冊か続けて手に取って読むでしょう。しかし彼の場合はそういうことはありません。本の選択に系統というものがないのです」

「でもそんな徹底した情報収集的な読書は、いつまでも続くものだろうか？　それともそういうのは彼の年齢に特有の一過性のもので、やがて自然に落ち着きを見せていくのだろうか？　いくら特殊能力を持っているにせよ、それほど強烈な知識の詰め込みには限度がありそうだけど」

添田さんは力なく首を振った。「それは私にもなんともわかりません。なにしろあの子のやっていることは、常人の域を遥かに超えていますから」

「子易さんは生前、あの子の読書について何か意見を言っていた？」

「いいえ、子易さんはとくに何も意見をおっしゃいません」と添田さんは言った。現在形で。そして小さく口をすぼめた。「腕組みをして、ただにこにこと見守っておられるだけです。いつものように」

47

月曜日の朝に町外れの墓地で、墓石の陰にその姿を見かけたあと、少年は私という存在に以前よりも関心を持つようになったらしかった。少なくともそういう気配を私は感じた。何か特別な出来事があったわけではない。彼がじろじろと私を観察したりしたわけでもない。ただその視線が一瞬ちらりと私に向けられるのが、時折感じ取れたということだ。多くの場合、背後から。でもその一瞥には不思議なほどの重さと鋭さがあり、それは私の上着の生地を抜けて背中の肌にまで達するかのようだった。しかし敵意や悪意のようなものは感じられない。そこにあるのはおそらくは好奇心だ。

あるいは彼は私が——生前の子易さんに会ったこともないこの私が——子易さんの墓参りをしていることに、少しばかり驚いたのかもしれない。そしてまた私が子易さんの墓に向かって長い独白をおこなっていたことに。そのことがおそらくは彼の関心を惹いたのだろう。

私が子易さんの墓石に向かって語った話の内容を、彼がどこまで耳にしたのか、私にはわからなかった。でもすべてを聞いていたとしても、まったく聞いていなかったとしても、どちらでもかまわなかった。彼はどう見ても、耳にした話の内容を誰かに口外するようなタイプではなかったからだ。実際、その少年はほとんど誰とも口をきかなかった。最初のうち私は、彼は口がきけないのではないかと思っていたほどだ。

添田さんの話によれば、彼はごく限られた人と、ごく限られた機会にしか口をきかないということだ。それも小さくぼそぼそとした、聞き取りにくい声で、できるだけ少ない語数で。そして彼が誰とも話したくない日には（そういう日が半数近くあった）、メッセージはすべて筆談で伝えられた。そのための小型ノートとボールペンを、少年は常にポケットに入れて携行していた。そんな具合だから、生年月日を尋ねられた日まで私は彼の声をまったく耳にしたことがなかった（誰かに生年月日を問うときだけ、彼はなぜかとても明瞭なしゃべり方をした）。

だから私が子易さんの墓前で声に出して語った事柄を、たとえ彼がすべて聞き取り、細部まで余さず記憶していたとしても、それをほかの誰かに話すとはまず考えられなかった。

ある日、昼時に閲覧室をのぞいてみると、そこに少年の姿はなかった。彼がいつも座っている窓際の席には読みかけの本も置かれておらず、コートもナップザックも残されてはいなかった。それはいつにないことだった。昼食もとらず、三時頃まで脇目も振らず本を読み続けているのが常だったから。

「あの子の姿が見えないけれど、どうしたんだろう？」と私はカウンターの添田さんに尋ねた。

添田さんはうっすらと微笑んだ。「あの子は裏庭に子猫たちを見に行っています。猫がとても好きなんです。でもおうちでは飼ってもらえません。どうやらお父様が猫嫌いみたいで。だからここで猫を見るんです」

私は図書館の建物を出て、玄関入り口から裏庭にまわってみた。そっと足音を忍ばせ、気配を殺して。そして少年が縁側の前にしゃがみ込んで、猫の一家の様子を眺めているのを目にした。少年はいつもと同じ緑色のヨットパーカの上に、紺色のダウンジャケットを着ていた。そして身動きひとつせず、一心不乱に猫たちを観察していた。まるで地球の創世の現場を見守る人のように。そのいかなる細部をも見逃すまいと心を決めた人のように。

私は十分か十五分、太い松の幹の背後からそんな彼の姿を見守っていたが、そのあいだ彼はじっと地面にしゃがみ込んだまま、姿勢を寸分も変えなかった。閲覧室で読書に没頭しているときとちょうど同じように。

「いつもああやって猫を見ているの？」と私はカウンターに戻って添田さんに尋ねた。

「ええ、たぶん毎日、一時間くらいは猫たちを眺めていると思います。とても熱心に。何かに集中していると、雨が降っても雪が降っても、風が切れるように冷たくても、ちっとも気にならないみたいです」

「見ているだけ？」

「ええ、ただ見ているだけです。触ったりはしませんし、話しかけもしません。二メートルほど離れたところから猫たちの挙動を見守っているだけです。とても真剣な目つきで。母猫は彼の存在に慣れていて、そばに近寄ってもまったく警戒しません。手を伸ばして触っても、きっと気にしないと思うのですが、そういうことはせず、距離を置いて一心不乱に見ているだけ」

少年がそこから立ち去ったあと、私は裏庭にまわって、彼と同じような格好でそこに座り込み、できるだけ気配を殺して猫たちの姿を観察してみた。子猫たちは今では少しずつ目が開きかけ、毛並みも前よりは艶やかになっていた。母猫は優しげに目を細め、せっせと子供たちの毛を舐め続けていた。もっと近くに寄り、手を伸ばして猫たちに触れたい欲求に駆られたが、我慢をした。そして少年がどのような気持ちでその猫の一家を、あれほど熱心に長いあいだ眺めていたのか、それを自分の中に再現したいと思った。しかしもちろんそんなことはかなわない。

一週間後に図書館の女性たちの手で子猫たちの写真が撮られ、図書館の入り口にある掲示板に「猫ちゃんの里親募集」のポスターが貼り出された。可愛い子猫たちだったし、写真写りも良かったから、ほどなく五匹すべての引き取り手が決まった。そして猫たちはそれぞれに新しい家庭に引き取られていった。母猫は次々に子供たちを持ち去られ（連れて行かれるときはさして抵抗もしなかったのだが）、最後の一匹がいなくなったあと何日かはパニック状態に陥っていた。庭のあちこちを歩き回って子供たちを探していた。彼女が必死に子供たちを呼ぶ声が聞こえ、図書館の女性たちは——仕方ないこととはわかっていても——みんなその母猫に同情した。しかし母猫も数日後には諦めたらしく、子供を産む前の行動様式にすんなりと復帰した。来年になればおそらく、また同じように縁側の下で五匹か六匹の子供を産んで、育てていることだろう。

「イエロー・サブマリンの少年」が、子猫たちがいなくなってしまったことについてどう感じているのか、私にはわからなかった。添田さんにもそれはわからなかった。彼は子猫たちの消滅についていて、ただのひとことも語らなかったからだ。ただ裏庭に猫の一家を見に行くという日々の習慣がなくなっただけだ。そもそも最初からそんなものは存在しなかったかのように。

少年は黄色い潜水艦のヨットパーカを着ていないときには、映画『イエロー・サブマリン』に出てきた別のキャラクターの絵が描かれた茶色のヨットパーカを着ていた。青い顔をして、耳がピンク色、身体に茶色い毛が生えた奇妙な生き物だ。私も映画は観たのだが、そのキャラクターの名前が思い出せなかった。ノーホエアランドに住んでいるノーホエアマンだ。ジョン・レノンが彼の歌をうたった。でもどうしてもその名前が思い出せなかった。

私は家に帰って、インターネットで〈イエロー・サブマリン　キャラクター〉と検索し、その青い顔をした奇妙な人物の名前が「ジェレミー・ヒラリー・ブーブ博士」であることを知った。ピアニストにして、植物学者にして、古典学者にして、歯科医にして、物理学者にして、諷刺作家……なんでもできて、そしてなにものでもない男。

その少年はきっと映画『イエロー・サブマリン』が好きなのだろう。だからいつも黄色い潜水艦の絵が描かれたパーカを着ている。でも時折その代わりに「ジェレミー・ヒラリー・ブーブ博士」のイラスト付きのパーカを着る。推測するに、おそらく母親が洗濯機に放り込むために、「黄色い潜水艦」パーカを子供から定期的に取り上げるのだろう。半ば強制的に。そういうときに彼はいわば次善の選択肢として「ジェレミー・ヒラリー・ブーブ博士」のパーカを身に纏うのだろう。おそらく。

ジェレミー・ヒラリー・ブーブ博士について調べているうちに、映画『イエロー・サブマリン』が観たくなり（その映画を観てから二十年以上が経過しており、内容をほとんど忘れてしまっていた）、町に一軒だけある駅前のレンタル・ヴィデオ店に足を運んでみたが、『イエロー・サブマリン』は見つからなかった。ビートルズ関連の映画で棚にあるのは『ビートルズがやって来る（A Hard Day's Night）』と『HELP！』だけだった。念のために店員に尋ねてみたが、『イエロー・サブマリン』は置いていないと言われた。私としては映画『イエロー・サブマリン』のどこがそれほどその少年の心を惹きつけるのか、それを少しでも知りたかったのだが。

少年は日々だいたい同じ服しか身につけなかった。「黄色い潜水艦」パーカか、そうでなければ「ジェレミー・ヒラリー・ブーブ博士」パーカ。そのどちらかだ。そして色褪せたブルージーンズに、踝《くるぶし》まで包む黒いバスケットボール・シューズ。それ以外の衣服を身につけていたのを見た記憶がない。

しかし添田さんの話によれば、少年の家は裕福であり、また母親は末息子を溺愛しているそうだし、彼のために新しい清潔な服を買ってやるくらいは簡単にできるはずだ。だとすればそれらの衣服は少年自身が気に入って、自ら望んで日々着用しているとしか思えない。あるいは着慣れない新しい衣服を身につけることを、ただ頑なに拒んでいるだけなのか。そのへんの事情は私にはわからない。

彼はほぼ毎日同じ衣服を身に纏い、同じ緑色のナップザックを背負って開館直後の図書館にやって来た。いつも同じ席に着いて、誰かと口をきくようなこともなく、そこにある本を片端から読破していった。昼食はとらず、持参したミネラル・ウォーターを時折飲んだ。そして午後三時過ぎになると、本を閉じて席を立ち、ナップザックを背負い、やはり黙したまま図書館を出て行った。その繰り返しだ。

彼がそういう、判で押したように進行する日々の生活に満足しているのか、そこに喜びらしきものを感じているのか、それは誰にもわからない。少年の顔からは表情というものが読み取れなかったからだ。しかし日々の決まった行動パターンをひとつひとつ正確になぞって踏襲していくことが、彼にとってはきっと大事な意味を持つのだろう。行為の本質や方向性よりは、反復そのものが目的となっているのかもしれない。

私はその翌週の月曜日の朝にも、子易さんの墓所を訪れた。先週とまったく同じ時刻に。そして墓に向かって手を合わせ一家の冥福を祈ったあと、いつもと同じように墓石に向かって語りかけた。その週に図書館で起こったいくつかのささやかな出来事について、折に触れて心に浮かんだ様々な思いについて、そしてまた私が壁に囲まれた街で送っていた日々の生活について。その日は長らく空を蓋のように覆っていた雲が切れて、太陽が久しぶりに地上を明るく照らしていた。解け残った数日前の雪が、墓地のあちこちにこわばった白い飛び島をこしらえていた。

私はぽつぽつと途切れがちに独白を続けながら、あたりに怠りなく注意を払った。しかし「イエロー・サブマリンの少年」の姿はどこにも見えなかったし、誰かに自分が見られているという気配も感じなかった。物音らしい物音も聞こえず、耳に届くものといえばいつもの冬の鳥たちの啼き声だけだった。彼らは墓地を取り巻く木立の中で、忙しく木の実だか虫だかを探し回っているようだった。ときおりキツツキが木を叩く音も耳に届いた。

少年の姿がどこにも見えないことで、私は少しばかり寂しい、物足りない気持ちになった。彼がどこかの墓石の陰に隠れて私の話に耳を澄ませていることを、心のどこかで期待していたのかもしれない。というか私は自分の話を、子易さんばかりではなく——いや、むしろそれ以上に——少年に聞いてもらいたかったのかもしれない。

でもどうして？

どうしてか、その理由は私にも説明できない。ただなんとなくそう感じただけだ。純粋な好奇心みたいなものかもしれない。高い壁に囲まれた街の話を聞いて、少年がどのような感想を持つのか、どんな反応を示すのか、それが知りたかったのかもしれない。

ふと思いついたように時折、一陣の冷ややかな風が墓石の間を吹き抜けていった。葉を落とした木立の枝がひとしきりつらそうなうなり声を上げげた。私はカシミアのマフラーを首にしっかり巻き直し、空を見上げた。冬の太陽は、精一杯の明るさとぬくもりを地上に投げかけていたが、それだけではまだ足りなかった。世界は——人々や、猫たちや、行き場を持たない魂たちは——それ以上の明るさとぬくもりを求めているのだ。

イエロー・サブマリンの少年は、その月曜日の朝には子易さんの墓所に姿を見せなかった。彼は私の訪問（墓参り）の邪魔をしたくなかったのかもしれない。あるいは自分がその墓地を訪れる姿を、ほかの誰にも見られたくなかったのかもしれない。だから時間をずらして午後に訪れることにしたのかもしれない。あるいはより巧妙に姿を隠せる場所を見つけたのかもしれない。

私はいつものように半時間ばかりをその墓地で過ごし、それから引き上げた。そして例によって駅の近くの、名前を持たない「コーヒーショップ」に入り、温かいブラック・コーヒーを飲んで暖をとり、例によってブルーベリー・マフィンを食べた。そして朝刊を読みながら、壁のスピーカーから流れるエロール・ガーナーの『パリの四月』を聴くともなく聴いていた。それが毎週月曜日の私のささやかな習慣になっていた。同じことの繰り返し、先週の自分の足跡をたどっているだけだ。なにもイエロー・サブマリンの少年に限った話じゃない、考えてみれば私の生活だって、同じことの繰り返しみたいなものではないか。あの少年と同じように、反復こそが私の人生の重要な目的になりつつあるのかもしれない。

服装からしてそうだ。会社に勤めている頃は、服装にはいつも細かく気を配っていたものだ。シャツには自分でアイロンをかけ（毎週日曜日に私はシャツにまとめてアイロンをかけた）、毎日新しいものに取り替えていた。ネクタイも色や柄をそれに合わせて選んでいた。しかし会社を辞め、この町に引っ越してきてからは、自分が今どんな服を身につけているか、それすらろくに思い出せないような状態になっていた。ふと気がつくと、一週間同じセーターを着て、同じズボンをはいていたこともあった。そして私はそのことに——自分がずっと同じ服を身につけていたことに——気づきもしなかったのだ。同じ「黄色い潜水艦」のヨットパーカばかり着ている少年のことをとやかく言えた筋合いではない。

とはいえそのような服装への関心の欠如が、私の日常生活がだらしなくなったことを意味していたわけではない（はずだ）。私は今までどおり身辺の清潔さには十分気を配っていた。毎朝きれいに髭を剃り、下着をとりかえ、毎日髪を洗った。一日に三度は歯を磨いた。相変わらず私は習慣を大事にする清潔な独身者だった。ただふと気がつくといつも同じセーターやズボンばかり身につけていたということだ。私はそのように同じ服を着続けることに、無意識的にではあるが、ある種の快感さえ覚え始めているようだった。

子易さんの姿を見かけなくなってから、もう四週間近くが経過していた。これほど長い期間、彼の顔を見ないのは初めてのことだった。

「わたくしの魂がこのような姿かたちをとることができるのは、あくまで一時的な現象であります。やがてそのうちに、すべては消えてなくなります」といった意味のことを子易さんはいつか語っていた。彼の魂はその「一時的な」期間を経過して、もうどこかに消え失せてしまったのかもしれない。無の中に吸い込まれて、二度と地上には戻ってこないのかもしれない。

そう思うと切ない気持ちになった。大事な友人を事故で突然失ってしまったときのような気持ちだ。しかしよく考えてみれば、最初に出会った時点から子易さんは既にこの世を去っていた人だった。要するに「死者」だった。もし彼の魂がここで（あらためて）永遠に消滅してしまったのだとしても、それは結局のところ、既に死んだ者がもう一段階深く死んでいったというだけのことではないか。

しかしそのことは私に、生きた誰かを失ったときとは少し違う、形而上的と言ってもいいような不思議に静かな悲しみをもたらした。その悲しみには痛みはない。ただ純粋に切ないだけだ。彼のさらなる死を仮定することによって、無というものの確かな存在を、私はいつになく身近に感じ取ることができた。手を伸ばせば実際に触れられそうなくらい。

休館日の翌日、私は添田さんのところに行き、最近子易さんの姿を見かけましたかと小声で尋ねた。彼女は顔を上げ、私の顔をまじまじと見た。そして周囲を用心深く見回してから言った。

「いいえ、そういえばもう長いこと姿をお見かけしていません。これまでになかったほど長く……あなたは？」

私は小さく何度か首を横に振った。そしてそのまま自室に戻った。

私たちはそれっきり子易さんの話はしなかったが、彼女のそのときの口調や顔つきから、私には理解できた。添田さんもまた私と同様、子易さんの今までにない長きにわたる不在を——かつての図書館長の魂が図書館への日常的な訪問をやめてしまったことを——寂しく感じていることが。私と添田さんは、子易さんという「不在の存在」を間に挟んで、秘密を共有する共謀者のような関係になっていた。


そんなある日の午後、半地下の正方形の部屋で仕事をしている私のところに添田さんがやって来た。ドアが小さくノックされ、私が「どうぞ」と声をかけると、彼女は中に入ってきた。手に事務用の大判封筒を持って。そしてその封筒を机の上に置いた。

「M＊＊くんからの預かり物です。先ほど、あなたに手渡してくれと言われて、この封筒を受け取りました」

M＊＊というのは「イエロー・サブマリンの少年」の名前だ。

「私に?」

添田さんは肯いた。「何かとても大事なもののようです。目つきがいつになく真剣でしたから」

「いったいなんだろう?」

添田さんはわからないというように小さく首を傾げた。彼女のかけた眼鏡の縁が光を受けてきらりと光った。

私は封筒を手に取ってみた。とても軽かった。ほとんど重さを持たないほどだ。おそらくはA

4の用紙が一枚か二枚入っているだけだろう。封筒自体には何も書かれていない。宛名も差出人も。その軽さが奇妙に私を緊張させた。

手紙？　いや、違うな。通常の手紙なら、折り畳んでもっと小さな封筒に入れるはずだ。

「あの子は長いあいだこの図書館に通ってきていますが、こんなことをするのは初めてです」と添田さんは言葉を強調するようにぎゅっと目を細めて言った。「つまり誰かに向けて、自分から何かを送るというようなことは」

「彼は今もまだ図書館にいるのかな？」

「いいえ、その封筒を私にことづけると、そのまま帰っていきました」

「これを私に手渡してくれとだけ言ったんだね？」

「それだけです。ほかには何ひとつ口にしませんでした」

「正確にはどう言ったんだろう？　『新しい図書館長にこれを渡してください』とか？」

「いいえ、彼はあなたの名前を知っていました」

私は添田さんに礼を言い、彼女は若草色のフレア・スカートの裾《すそ》を翻《ひるがえ》して、自分の持ち場に引き上げていった。彼女の健康的なふくらはぎが私の網膜に残った。

それからしばらく、その封筒を机の上に載せたままにしておいた。すぐさま開封する気持ちになれなかったからだ。そうするには心の準備が必要だ――そんな気がした。どうしてそんな準備が必要なのか、それはどのような種類の準備であるべきなのか、説明はできない。でもすぐには開けない方がいい、しばらくそこにそのまま放置しておいた方がいい。熱を持ちすぎたものを冷ますみたいに。本能があくまでさりげなく、私にそのように教えていた。

私は封筒を机の上に置いたままストーブの前に座り、炎を見つめた。炎はまるで生き物のようだ。熟達した踊り手のように細かく身を震わせ、大きく揺らし、時に深く儚《はかな》いため息をつき、低く沈み込み、それからまた素速く身を起こした。何かを雄弁に語りかけたかと思うと、すぐさま用心深く聞き耳を立てた。目を鋭く吊り上げ、ぎょろりと丸め、そして堅くつむった。私は炎のそんな姿を注意深く観察していた。それが何か大事なことを私に教えてくれるのではないかと期待して。しかし彼らは何ひとつ私には教えてくれなかった。ヒントさえ与えてはくれなかった。ただ時間が無音のうちに経過しただけだ。でもそれでかまわない。私が必要としたのは適切な時間の経過だった。

私は机の前に戻り、大判の封筒を手に取った。そして鋏を使って、中身を損なわないように注意深く封を切った。中には予想したとおり、A4の用紙が一枚入っているだけだった。封筒が空でなかったことを知って、私は少しだけほっとした。もし空っぽであったなら、その中に入っているのがただの無であったとしたら、私は少なからず混乱をきたしていただろうから。

私はその白いタイプ用紙を封筒から注意深く取り出した。紙には黒インクで、何かの図が細かく描かれていた。文章はない。私はその図を机の上に広げて眺めた。そして息を呑んだ。何か堅いもので背中を思い切り打たれたような強い衝撃があった。その衝撃は私の身体の中からあらゆる論理を、あらゆる脈絡をきれいにたたき出してしまった。部屋全体がぐらりと揺れるような物理的な感覚があった。私はバランスを崩し、両手で机をしっかり摑んだ。そしてそのままいっとき言葉を失い、思考の道筋を見失った。

その紙に描かれているのは、高い壁に囲まれたあの街のほぼ正確な地図だった。

48

その地図を前に、私は長いあいだ言葉を失っていた。

そう、それは間違いなく、あの高い煉瓦の壁に囲まれた街の地図だった。

腎臓の形に似た外周（下の部分にへこみがある）、緩やかに蛇行しながら街の中央を横切って流れる一本の美しい川。不気味な深い溜まりとなったその流れの出口。唯一の出入り口である門。その内側にある門衛小屋。川にかかる三本の古い石造りの橋（どれほど古いのかは誰も知らない）、水の干上がった運河、針のない時計台、そして一冊の書物も置かれていない図書館。

ほとんど略図に近いシンプルな地図だった（それは中世ヨーロッパの本に出てくる素朴な版画を思い起こさせた）。そしてよく見ると、細部にいくつかの間違いは見受けられた（たとえば川の中州は実際よりずっと小さく描かれていたし、数も少なかった）。しかしそれでも基本部分は驚くほど正確だった。なぜあの少年は、まだ見たこともない（はずの）街の地図を、このようにほぼ正確に描くことができたのだろう？　私だって自分なりに街の地図をつくろうと何度も試みて、どうしても果たせなかったというのに。

考えられるのは、彼が墓地のどこかに身を潜め（私がその存在に気づいたとき以外にも）、私が子易さんの墓に向けて語りかける話を聞き取り、そこで収集した「壁に囲まれた街」についての情報をもとに、街の地図を描き上げたということだ。あるいは彼は読唇術を心得ているのかもしれない。それが私に思いつけるある程度筋の通った推論だった。

しかしそんなことが果たして可能だろうか？　私が墓地で語った話は、独り言のように途切れ途切れなものだ。思い出すまま思いつくままにばらばらな順序で語られたもので、ひとつの事柄から次の事柄に、ひとつの情景から次の情景に、とりとめもなく話が飛び移っている。そのような脈絡を欠いた断片的な情報を、彼はジグソーパズルを組み立てるようにまとめあげ、地図の形にしたのだろうか？

もしそうだとしたら、彼は視覚的な写真記憶だけにとどまらず、聴覚的にも特異な能力を発揮できることになる。私の記憶によればサヴァン症候群には、一度耳にした音楽を、それがどれほど長い複雑な曲であっても、そのまま一音も違《たが》えず正確に再現できる——演奏したり写譜したりできる——人々も含まれていた。アマデウス・モーツァルトもその一人だったと言われている。

私はたしかに子易さんの墓に向けて、壁に囲まれた街の話をしたが、具体的にそこでどんな話をしたのか、それについてどのような描写をおこなったのか、あとになるとその内容はほとんど思い出せなかった。私はいつか見た鮮明な夢の中身を思い出して語るように、というかむしろ、その夢をもう一度実際にくぐり抜けるように、その街について語ったのだ。思い出すままに、半ば無意識に近い状態で。

たとえば私はそこで、針のない時計台について語っただろうか？　おそらく語ったのだろう、少年の地図にはちゃんとその時計台の図が描き込まれていたから。そしてその時計台は、走り書きしたような簡単なスケッチではあったけれど、実際の時計台によく似ていた。そして針を持たなかった。とはいえ、私の記憶があとになって改変を受けていないという保証はない。その前後の理屈はよくわからないが、少年の描いた地図に合わせて、私の記憶が微妙に作り替えられていくという可能性だって考えられなくはないだろう。

考えれば考えるほどわけがわからなくなる。何が原因で何が結果なのか？　どこまでが事実でどこからが推論なのか？

私はその地図をいったん封筒の中に戻し、それを机の上に置き、首の後ろで手を組み、そのましばらくぼんやりと宙を見つめていた。地面すれすれの横長の曇った窓から、午後の光が淡く差し込み、部屋の空気には薪に使っている林檎の木の匂いがほんのりと漂っていた。燃えさかるストーブの上で、黒い薬罐がふっと音を立てて白い湯気を吐いた。まるで眠っている大きな猫が、深い眠りの中でひとつ吐息を吐くみたいに。

私のまわりで、何かが徐々に形をとりつつあるという漠然とした感覚があった。私はあるいは自分でも気づかないまま、何かの力によって、どこかにじりじりと導かれつつあるのかもしれない。しかしそれが最近になって始まったことなのか、それともかなり前から徐々に継続して進行してきたことなのか、それがわからない。

私にかろうじてわかるのは、自分が現在おそらくは「あちら側」と「こちら側」の世界の境界線に近いところに位置しているらしい、ということくらいだった。ちょうどこの半地下の部屋と同じだ。それは地上でもないし、かといって地下でもない。そこに差し込む光は淡く、くぐもっている。私はおそらくはそのような薄暮の世界に置かれているのだろう。どちら側ともはっきりとは判じられない微妙な場所に。そして私はなんとか見定めようとしている。自分が本当はどちら側にいるのか、そして自分が自分という人間のいったいどちら側であるのかを。

私は机の上の封筒をもう一度取り上げ、中から地図を取り出し、長いあいだ集中して見つめた。そしてやがて、その地図が私の心を細かく震わせていることに気づいた。比喩的にというのではない。文字通り物理的にそれは私の心を静かにしかし確実に、ぶるぶると震わせているのだ。揺れやまぬ地震の中に置かれた、ゼリー状の物体のように。

その地図を見つめているうちに、私の心は知らず知らずもう一度その街へと戻っていった。目を閉じると、私はそこを流れる川のせせらぎの音を実際に耳にし、夜啼鳥たちの悲しげな夜更けの声を聞くことができた。朝と夕刻に門衛の角笛が鳴り響き、単角獣たちの蹄が石畳を踏む、かつかつという乾いた音が街を包んだ。私の隣を並んで歩く少女の黄色いレインコートがかさこそと音を立てた。世界の端っこを擦り合わせるような音だ。

現実が私のまわりで、小さな軋みを立てて僅かに揺らいだようだった——もしそれが本物の現実だったとすればだが。

49

翌日、イエロー・サブマリンの少年は終日、図書館に姿を見せなかった。それはかなり珍しい出来事だった。

「今日は彼は来ていないみたいだね」と私は閲覧室を一通り見回してから、カウンターに座った添田さんに尋ねた。

「ええ、今日は来ていないようです」と彼女は言った。「そういう日もたまにあります。身体の具合があまり良くないのかもしれません」

「そういうことはときどきあるの？」

「定期的に起こるようです。何か持病があるというのではないのですが、体調がすぐれず、身体に力が入らなくて、寝床から起き上がれません。母親の話ですと、神経的なものではないかということです。それで三日か四日ベッドに横になって何もせず安静にしていると、自然に回復していくのだと。お医者に診てもらったりする必要もなく」

「三日か四日、ただ静かに横になっている」

「ええ、切れてしまったバッテリーを充電するみたいに」と添田さんは言った。

実際に充電に似たようなことがそこで行われているのかもしれない、と私は思った。彼の持つ能力（ほとんど人知を超えた能力だ）が活発に活動しすぎて、身体システムの容量を超えてしまうのかもしれない。電力の過剰供給を察知し、配電盤のブレーカーが自動的に落ちるみたいに。そうなるとしばらく横になって、オーバーワーク状態の熱源を冷まし、身体機能の自然回復をはかる必要がある。時期的に見て、あるいは（と私は推測する）あの街の地図を作成したことが——特別なエネルギーを要求するその作業が——今回のシステム・ダウンのひとつの原因になったのかもしれない。

添田さんは続けた。「ご存じのように、人並みではない優れた感覚と能力を具えた子ですが、年齢的にはまだ成長期にありますし、そのような能力の発揮を支える身体の力量は、あるいは心の防御能力は、おそらく十分とは言えないはずです。あの子を見ていて、そういうところが心配でならないのです」

「彼をうまくケアし、導いてあげる人が必要になる」

「ええ、そのとおりです。特別な能力をうまく自分でコントロールできるように、その方法を彼に教えてあげる人が必要になります」

「それは簡単なことじゃない」

「はい、もちろんずいぶんむずかしいことです。そのためにはまず彼と心を通じ合わせなくてはなりませんから。しかし私が見るところ、母親は彼を溺愛しすぎていますし、父親は日々の仕事が忙しすぎて息子さんの世話をするような余裕はありません。これまでは子易さんが個人的に大事に注意深く、この図書館で彼のケアをしておられました。おそらく、事故で亡くなった息子さんのかわりのように思っておられたのでしょう。でも残念ながらその子易さんも亡くなられ、彼の面倒を見るべき人が今のところ不在になっているのです」

「あの子はほとんど誰とも会話しないけれど、あなたとは日常的に話をしているみたいですね」

「ええ、私とはいちおう口をきいてくれます。あの子がまだ小さな頃からの顔見知りなものですから。でも私たちの交わす会話はあくまで最小限のものですし、内容も実際的なものごとに限られています。彼の精神的なケアをしたり、心の問題を引き受けたり、そういうことをするには、私たちの意思疎通は十分なものとは言えません」

「一緒に暮らしている家族とのあいだには、会話は成立しているのかな？」

「母親とは必要に応じて少しだけ口をききます。でもそれも、本当に必要なときだけに限られています。そして父親とはまず口をききません。知らない人と口をきくのは、相手の生年月日を尋ねるときに限られているようです。そのときだけは物怖じすることなく誰にでも話しかけます。相手の目をじっと見て、しっかりした口調で話します。しかしそれを別にすれば、日常的にはまず誰とも口をききません。誰かに話しかけられても返事もしません」

私は尋ねた。「子易さんが個人的にあの少年のケアを引き受けていたという話だけど、彼と子易さんとは——つまり生前の子易さんとは——親しく会話を交わしていたということなのかな？」

添田さんは目を細め、軽く首を捻った。「さあ、どうでしょう、そこまでは私にもわかりかねます。二人はいつも館長室で、あるいはあの半地下の部屋で、ドアをぴたりと閉めて、二人きりで長い時間を過ごしていましたから。そこでどのような話し合いがもたれたのか、あるいはそんなものはもたれなかったのか、私にはわかりません」

「でも彼は子易さんにある程度なついていた？」

「なついていたという表現が適切かどうかわかりません。しかしとにかく、二人きりで長い時間ひとつの部屋に閉じこもる程度には心を許していたということになりますし、あの子にとって、そういうのはずいぶん特別なことなのです」

私にはどうしても知らなくてはならないことがひとつあった。しかし彼女にこの今（正午前の陽光が差し込む、明るい図書館のカウンターで）、正面切ってその質問を投げかけるのが妥当なおこないであるのかどうか、私には今ひとつ自信がなかった。それでも思い切って尋ねてみることにした。可能な限り簡潔な表現を用いて。

「ねえ添田さん、子易さんが亡くなったあとも、二人は会っていたと思いますか？」

添田さんは真剣な目で数秒間、まっすぐ私の顔を見ていた。細い鼻筋が僅かに動いた。それから言葉をひとつひとつ区切るようにして、私に尋ねた。

「あなたがおっしゃるのはつまり、子易さんの幽体と——姿かたちをとった彼の魂と——M＊＊くんとが、子易さんの死後もどこかで会って、生前と同じようにコミュニケーションをとり続けていたかどうか、そういうことですか？」

私は肯いた。

「そうですね、それはおそらくあり得ることです」と添田さんは少し考えたあとで言った。「十分あり得ることだと私は思います」

それから四日間、イエロー・サブマリンの少年は図書館に姿を見せなかった。彼の姿を欠いた図書館の閲覧室は、いつもの落ち着きを失っているように感じられた。あるいは落ち着きを失っていたのは、私自身なのかもしれないが。その四日間のあいだ、私はおおかた一人で半地下の真四角な部屋にこもり、少年の描いた街の地図を眺めながらあてもない夢想のうちに時間を過ごした。

地図は私に、あちら側の世界で私が目にしたひとつひとつの情景を、驚くほど鮮やかに思い起こさせた。特殊な幻視装置のように、その地図は私の記憶を活性化させ、細部を精密に立体的に掘り起こしていった。吸い込んだ空気の質感や、そこに漂っていた微かな匂いまで鮮明に思い出すことができた。今実際目の前にあるもののように。

本当にシンプルに描かれた地図だったが、どうやらその地図には何かしら特殊な力が具わっているらしかった。私はその四日間、部屋に一人でこもり、地図を前にここではない世界を彷徨っていた。自分がどちらの世界に属しているのか、次第にわからなくなってしまうくらい深く、私はその幻視装置(のようなもの)にはまり込んでいた。純粋な幻想を求めて阿片を常用する十八世紀の耽美的な詩人のように。私が手にしているのは、一枚の薄いA4用紙にボールペンらしきもので描かれた、簡単な地図に過ぎなかったのだが。

イエロー・サブマリンの少年はいったい何のためにこの地図を作成し、私のもとに送り届けたのだろう? 目的はどこにあるのだろう? あるいはそれは目的など持ち合わせない、純粋な行為のための行為なのか(そう、生年月日を尋ねて、その曜日を人々に教えてまわるのと同じように)。
もし子易さんと少年がどこかで意思を通じ合わせ、力を合わせて動いていると仮定するなら、地図の作成作業に子易さんの意思は関与しているのだろうか。地図を私のもとに送り届けたことに、子易さんの意図は含まれているのだろうか。そうだとしたら、それはいったいどのような意図なのだろう？

疑問は多く、確かな答えは見当たらない。意味のつかめないことだらけだ。目の前に並んだ多くの謎のドア、しかし鍵穴に合う鍵が手元に見つからない。かろうじて理解できるのは（あるいはうっすらと知覚できるのは）、その地図には何か普通ではない、特殊な力が働いているらしい、ということくらいだ。それは私が過去に一時期滞在した謎めいた場所の地図というにとどまらず、来たるべき世界の地勢を示唆する、見取り図としての役割を果たしているようでもあった——地図を見つめながら、私はそこに何かしら個人的に託されたものを感じ取らないわけにはいかなかった。

図書館に設置されたコピー機を使って地図のコピーをとり、コピーしたものの方に、気がついたいくつかの訂正点を鉛筆で書き込んだ。図書館の位置が広場に近すぎる、溜まりの直前の川の蛇行が緩やか過ぎる、単角獣たちの住んでいる土地はもう少し広い……そのようなことだ。全部で七点。どれも比較的細かい相違で、街の構造の大筋に関わることではないし、あえて訂正を促す必要もないのだろうが（それに私の記憶だって、どこまで正しいものなのか？）、少年はそれがどれほどのことであれ、細部の正確さを何より尊ぶだろうという予測が私にはあった。そしてまた「どのような表現行為にも批評は必要とされる」という一般原則もある。それに加えて私には、何らかのかたちで少年とコンタクトをとっておく必要があった。ボールがこちらにサーブされたら、そのボールは打ち返されなくてはならない。それがルールだ。

私はその訂正の書き込みをした地図のコピーを封筒に入れ、封をして添田さんに渡した。手紙はあえて同封しなかった。封筒に入っているのは一枚の地図だけ——少年が私にそれを送ってきたときと同じように。

「もしあの少年が姿を見せたら、これを渡してほしいんだけど」

添田さんはその封筒を手に取り、点検するようにしばらく眺めた。封筒には表にも裏にも、字は書かれてはいない。「何か言い添えることはありますか？」

とくに言い添えることはない、と私は言った。「ただ私から預かったと言って渡してくれれば、それでいい」

「わかりました。そうします。そろそろ回復してここに姿を見せる頃合いだと思います。これまでのケースから言って」

その二日後、添田さんが私の部屋に顔を見せた。

「今朝、M＊＊くんがやって来たので、お預かりした封筒を手渡しておきました」と彼女は言った。「彼は何も言わずに封筒を受け取り、そのままナップザックに入れました」

「封は切らなかった？」

「ええ、封は切らずにしまい込みました。そのあとも封筒をナップザックから出した形跡はありません。いつもの席でいつもと同じように熱心に本を読んでいます」

「ありがとう」と私は礼を言った。「ところで彼は今、どんな本を読んでいるんだろう?」

「ドミトリ・ショスタコビッチの書簡集です」と添田さんは即座に答えた。

「愉しそうな本だ」

添田さんはそれに対して意見は述べなかった。眉をほんの少し寄せただけだった。彼女は言葉でよりは表情や仕草で、より多くを語る女性なのだ。

50

次の休館日の朝、いつものように家を出て、子易さんの墓所に向かった。思いついたように時折はらはらと雪の舞う肌寒い朝で、解け残った雪が夜のうちに固く凍りついていた。太いタイヤ・チェーンを巻いた大型運送トラックが、がりがりという耳障りな音を立てて大地を痛めつけながら私の前を通り過ぎていった。吹き下ろす北風が耳に痛く、墓参りに適した気候とはとても言えそうにない。

しかし週に一度、彼の墓所を訪問するのは習慣的な儀式というだけではなく、今では私には欠かすことのできない、心の張りのようなものになっていた。この町における生活の中で、私はそれをひどく必要としていたのだ。

考えてみれば、子易さんは私にとって、奇妙な言い方かもしれないが、実際に生きているまわりのどんな人よりも生命の息吹をありありと感じさせてくれる人物だった。この町でというだけではなく、これまで私が身を置いたどのような場所にあっても。

私は彼の独特のパーソナリティーに好意を持っていたし、その一貫した生き方に共感を抱くことができた。子易さんにとって運命は決して優しいものとは言えなかったが、彼は自己憐憫に陥るようなことはなく、少しでもその人生を――自分にとっても周囲の人々にとっても――有益なものとするべく、精一杯努力をした。

その生活はかなり孤立したものではあったけれど、それでも彼は他者との心の交流を大切にした。なにより読書を愛し、財政難に陥った町営図書館の始末を引き受け、私財を投じてその運営にあたり、蔵書を充実させた。おかげで小さな町のほとんど個人的な図書館にしては、その蔵書は数においても質においても、驚くほど充実したものになっていた。私はそのような子易さんの折り目正しい生き方について、敬意を払わないわけにはいかなかったし、毎週月曜日の墓所への訪問は墓参りというより、生きている友人に会いに行くような心持ちのものになっていた。

しかしその二月の朝は、格別に冷え込んで、さすがに墓前でゆっくり独白に耽っているような余裕はなかった。二十分ばかりで諦めてそこを引き上げ、残った雪でつるつると滑る寺の階段を、転ばないように注意して降りた。そしていつものように駅近くの小さなコーヒーショップに入って暖をとり、温かいブラック・コーヒーを飲み、マフィンをひとつ食べた。店にはプレーンとブルーベリーの二種類のマフィンが置かれていたが、私が食べるのはいつもブルーベリーの方だ。

雪の舞う月曜日の朝のコーヒーショップには、私の他に客は一人もいなかった。いつもの女性――髪を後ろでぎゅっと束ねた、おそらくは三十代半ばの女性――がカウンターの中で働いているだけだ。そしていつものように小さな音で古いジャズがかかっていた。ポール・デズモンドがアルトサックスを吹いていた。そういえば最初にこの店に来たときデイヴ・ブルーベック・カルテットがかかっていて、そこでもデズモンドがソロを吹いていた。

「ユー・ゴー・トゥー・マイ・ヘッド」と私は独り言を言った。

女性がマフィンをオーヴンで温めながら、顔を上げて私を見た。

「ポール・デズモンド」と私は言った。

「この音楽のこと？」

「そう」と私は言った。「ギターはジム・ホール」

「ジャズのことは私、あまりよく知らないんです」と彼女は少し申し訳なさそうに言った。そして壁のスピーカーを指さした。「有線のジャズ・チャンネルをそのまま流しているだけだから」

私は肯いた。まあ、そんなところだろう。ポール・デズモンドのサウンドを愛好するには彼女は若すぎる。私は運ばれてきた温かいブルーベリー・マフィンをちぎって一口食べ、温かいコーヒーを飲んだ。素敵な音楽だ。白い雪を眺めながら聴くポール・デズモンド。

そしてそのときふと思った。そういえば、あの街では音楽というものをまったく聴かなかったな、と。それでも淋しいとは思わなかった。音楽を聴きたいという気持ちがまったく起きなかった。音楽がないということにすら気がつかなかったくらいだ。どうしてだろう？


気がついたとき、カウンターのスツールに腰掛けた私の隣に、イエロー・サブマリンの少年が立っていた。私はブルーベリー・マフィンをちょうど食べ終え、口元を紙ナプキンで拭っているところだった。少年はいつもの紺色のダウンジャケットのジッパーを首のところまであげて、マフラーを顎の上まで巻いていたから、彼がイエロー・サブマリンの絵のついたパーカを着ているのかどうかまではわからなかった。でもたぶん着ているはずだ。

少年がそこにいるのを目にして、私は一瞬わけがわからなくなった。なぜ彼がそこにいるのだろう？　私がこのコーヒーショップにいることがなぜ彼にわかったのだろう？　私のあとをつけてきたのだろうか？　それとも私が毎週月曜日、墓参りの帰り道にここに立ち寄ることを知っていて、私に会うためにここにやって来たのだろうか？

少年は私の隣に立っていたが、私を見ているわけではなかった。そこに姿勢よく立って、カウンターの中にいる女性をまっすぐ見ていた。両目を大きく開けて、顎をぐいと引くようにして。彼女は「なんでしょう？」という顔つきで、職業的な微笑みを小さく浮かべながら少年を見ていた。でもこの店の客にしては彼は若すぎる。まだ子供みたいだ。

「あなたの生年月日を教えてくれますか」と彼は彼女に尋ねた。丁寧な口調で、まるで紙に書かれた文章を読み上げるみたいに正確に。

「私の生年月日？」

「生年月日」と彼は言った。「何年、何月、何日」

女性は（まあ当然のことながら）そう言われて少し戸惑っていたが、やがて「生年月日を公開してもとくに害はあるまい」という結論に達したらしく、それを少年に教えた。

「水曜日」と少年は即座に通達した。

「水曜日？」と彼女は言った。何のことか意味がわからないという顔つきで。

「あなたの生まれたその日は、水曜日だったということですよ」と私が隣から助け船を出した。

「知らなかったわ」と彼女は言った。まだ事態がよく呑み込めないという表情で。「でも、どうしてそんなことがすぐにわかるのかしら？」

「さあ」と私は言った。最初から順番に説明すると話が長くなる。「でもとにかくこの子にはわかるみたいだ」

「コーヒーのお代わりはいかがですか？」と彼女は私に尋ねた。私は肯いた。

「水曜日の子供は苦しいことだらけ」と私は独り言のように言った。

少年はダウンジャケットのポケットから大判の封筒を取り出し、私に手渡した。そして手渡したことを確認するようにひとつ肯いた。私はそれを受け取り、同じようにひとつ肯いた。西部劇映画に出てくる、アメリカ・インディアンの煙管《きせる》の受け渡しみたいに。

「よかったら、マフィンを食べていかないか？」と私は少年に尋ねてみた。「ここのブルーベリー・マフィンはとてもおいしいよ。作りたてだし」

しかし私の言ったことが耳に入ったのか入らなかったのか、彼はそれには返事をせず、しばらく私の顔をじっと見上げていた。私の顔が発する何かしらの情報を、記憶に正確に刻み込もうとするみたいに。金属縁の丸い眼鏡が天井の照明を受けてきらりと光った。それから少年はくるりと背中を向けて、無言のまま戸口に向かい、ドアを開けて店から出て行った。はらはらと舞う細かい雪の中に。

「お知り合いなんですか？」と彼女がその後ろ姿を見送りながら私に尋ねた。

「うん」と私は言った。

「なんだかちょっと不思議な子みたいですね。ほとんど口もきかないし」

「実を言うと、ぼくもやはり水曜日の生まれなんだ」と私は言った。話題を少年から逸らすために。

「水曜日の子供は苦しいことだらけ……」と彼女は真剣な顔つきで言った。「さっきそう聞こえたけど、それって本当のこと?」

「ただの古い童謡の文句だから、気にすることはないよ」と私は言った。自分がいつか添田さんに言われたとおりに。

彼女はそこでふと思い出したように、ソフト・ジーンズのポケットから赤いプラスティック・ケースに入った携帯電話を取りだし、細い指を器用に使って、素速く画面をタッチしていたが、やがて顔を上げて感心したように言った。

「うーん、あってるわ。私の誕生日は本当に水曜日でした。間違いなく」

私は黙って肯いた。そう、もちろん水曜日に決まっている。イエロー・サブマリンの少年が計算を間違えるわけがないのだ。確認するまでもない。しかし自分の誕生日が何曜日だったのか、グーグルを使って調べれば、今では十秒もかからず誰にでも簡単にわかってしまうのだ。少年はそれをたった一秒で言い当てることができるわけだが、西部劇のガンファイトではあるまいし、十秒と一秒との間にどれほどの実利的な差があるだろう? 私は少年のために、少しばかり淋しく思った。この世界は日々便利に、そして非ロマンティックな場所になっていく。

コーヒーのお代わりを飲みながら、少年にもらった封筒を開けてみた。中には予想したとおり一枚の地図が入っていた。それ以外には何も入っていない。前と同じA4サイズのタイプ用紙、同じ黒いボールペンで描かれた地図だ。高い壁に囲まれた、腎臓に似たかたちをした街の地図。ただし私が数日前に指摘した七つほどの間違った点は、すべて描き直されていた。そこに表記された情報は、より詳細で正確なものになっていた。いわば「改訂版」の街の地図だった。私は地図を封筒に戻した。少なくとも少年は私の発したメッセージに反応してきたのだ。相手のコートに打ったボールは、ネットを越えてこちらにまた打ち返されてきた。それはひとつの進展だった。意味を含んだ、おそらくは好ましい進展だ。

私は持ち帰り用にブルーベリー・マフィンを二つ買って、紙袋に入れてもらった。レジで勘定を済ませているときに、カウンターの中の女性が私に言った。

「なんだか気になっちゃうんだけど、水曜日生まれの子供たちがみんな苦しいことだらけって、そんなことはまさかありませんよね？」

「大丈夫、そんなことはないと思うよ」と私は言った。確実な保証はできないが、たぶん。

翌日の火曜日の朝、少年は図書館に姿を見せた。その日の彼は、いつもの「黄色い潜水艦」の絵のついた緑色のパーカではなく、「ジェレミー・ヒラリー・ブーブ博士」の絵のついた薄茶色のパーカを着ていた。「潜水艦」の方はたぶん母親の手で洗濯に回されており、それが乾くまでの間、彼は代用品を着ることになる。しかし着ている服が異なっても、彼の行動パターンには寸分も変化はなかった。閲覧室のいつもと同じ窓際の席に陣取り、そこで脇目も振らず本を読んでいた。その姿は、満開の花の蜜を一滴残らず飲み干そうとしている蝶の姿を私に思い起こさせた。それは花にとっても蝶にとっても、互いに有益な行為なのだ。蝶は栄養を得て、花は交配を助けてもらう。共存共栄、誰も傷つかない。それは読書という行為の優れた点のひとつだ。

私はその日は半地下の部屋ではなく、二階の正規の館長室で仕事をしていた。小さなガスストーブだけでは部屋は十分に暖かくならないが、久しぶりに雲が切れて太陽が顔を出した日だったので、気分転換のために、縦長の窓のあるその明るい部屋で仕事をすることにしたのだ。少年にもらった新しい地図を、封筒に入れたままデスクの上に置いていたが、それを取り出さないように心がけていた。とりあえず早急に片付けなくてはならない用件が入っていたし、いったん地図を広げて眺め出すと、そちらに気持ちが惹かれて、仕事が手につかなくなってしまうからだ。

そう、その少年の描いた街の地図には、何かしら人の心をそそる――あるいは惑わせる――特殊な力が潜んでいるらしかった。少なくともそれは、A4のタイプ用紙に黒いボールペンで描かれたただの地図ではなかった。見るものの心の中にある（そして普段はうまく奥に隠されている）何かを呼び起こす、起動力のようなものがそこには潜んでいた。そして私はその力に抗《あらが》うことができなかった。だから私はその日、地図を封筒から出すまいと心を引き締めていた。なんとか今日いちにちは、こちらの世界にしがみついていなくてはならない――おそらくは「現実の世界」と呼ぶべきところに。それでも私の視線は知らず知らず、隙間風に吹き寄せられる木の葉のように、デスクの上に置かれたその大判の事務封筒の方に向かってしまうのだった。

時折私は部屋のガラス窓を開け、そこから頭を突き出して外の風景を眺め、頭を冷やした。海亀や鯨《くじら》が呼吸するために定期的に水面に顔を出すみたいに。しかしこんな冷え込んだ冬の日に――そして部屋はまるで暖かくないのに――どうしてわざわざ外気で頭を冷やさなくてはならないのか、自分でも不思議だった。しかしそれはその日の私にとって、欠かすことのできない必要な行為だった。自分が今「こちら側の世界」に生きていると確認すること。

窓の下の庭を猫が歩いているのが見えた。縁側の下で五匹の子猫を育てていた母猫だ。でも今では子供たちの姿はなく、白い息を吐きながらひとりでゆっくり庭を横切っている。尻尾をまっすぐ上に立て、彼女は慎重に歩を運んでいた。どこかに向けてほとんど一直線に。真冬の凍てついた大地は、彼女の四本の足には冷たすぎるようで、その歩みはいかにも痛々しく見えた。私は彼女が視界から姿を消してしまうまで、そのほっそりした優美な姿を目で追っていた。それから窓を閉め、デスクの前に座ってやりかけていた仕事を続けた。


正午の少し前に添田さんが遠慮がちにドアをノックした。

「今、ちょっとよろしいですか?」と彼女が尋ねた。

もちろん、と私は言った。

「実は、M**くんが、こちらにうかがいたいと言ってきたのですが」と添田さんは言った。

「かまわないよ」と私はすぐに言った。「通してあげてください」

添田さんは軽く目を細め、肯いた。

「できたら紅茶を二人ぶんもらえないかな。それから、これも温めてほしいんだけど」と私は言って、ふたつのブルーベリー・マフィンが入った紙袋を彼女に手渡した。

「マフィンですね」、添田さんは中をのぞいて言った。眼鏡の奥で目がきらりと光った。

「ブルーベリー・マフィン。昨日買ったものだけど、電子レンジで少し温めれば、まだじゅうぶんおいしいと思う」

添田さんはその紙袋を持って戸口に向かった。「まず彼をここに連れてきて、そのあとで紅茶とマフィンをお持ちします」

「ありがとう」

五分後にドアが再びノックされ、添田さんに付き添われて「ジェレミー・ヒラリー・ブーブ博士」のパーカを着た少年がそろそろと中に入ってきた。励ましを与えるように彼の肩に軽く手を置いてから、添田さんは部屋を出て行った。ドアが背後で音を立てて閉まると、少年の表情は一段階より堅くこわばったみたいだった。まるで彼の周りで空気圧がいくらか高まったみたいに。たぶん添田さんがそばにいると、気持ちが落ち着くのだろう。私と二人きりになることにはまだ馴れていない。しかし何らかの理由があって（それがどんな理由だかまだわからないが）、私と接触することを必要としている。だからこそわざわざここに会いに来たのだ。おそらく。

「やあ」と私は少年に声をかけた。

少年は反応を示さなかった。

「ここに来て座ったら」と私は彼に言って、デスクの前の椅子を指さした。

彼は少し考えてから、用心深い猫のように慎重な足取りでデスクの近くにやって来たが、示された椅子にはちらりと目をやっただけで、腰は下ろさなかった。デスクの横にじっと立ったままだ。背筋を伸ばし、しっかり顎を引いて。

あるいはその椅子が気に入らないのかもしれない。それとも椅子に座るところまでは私に気を許していない、という意思表示なのかもしれない。どちらにせよ、もし立っていた方が気が楽なのであれば、立っていればいい。私はそのことはとくに気にとめなかった。

少年はそこに立ったまま何も言わず、デスクの上に置かれた大判封筒を見つめていた。彼の描いた街の地図が収められた封筒だ。それが私のデスクの上に置いてあることが、彼の注意を惹きつけているようだった。顔は薄い仮面をかぶったように無表情だったが、その奥では何かしらの思考が、かなり速いスピードで進行しているように見えた。

私はとりあえず彼をそのままにしておいた。深いところで進行している（らしい）思考の邪魔をしたくなかったし、それに間もなく添田さんが紅茶とマフィンを持ってやって来るはずだ。私と少年との間に何か対話のようなものがあるとすれば、それがいかなるものであれ、その後のことになるだろう。普段茶菓を運ぶような雑用を務めるのは司書の添田さんではなく、パートの女性たちだが、おそらく今回は添田さん自らが、紅茶とマフィンを運んでくるだろうと私は予測した。この少年が関連するものごとは、彼女にとっても個人的に大事な意味を持つことらしかったから。


運んできたのは、思った通り添田さんだった。彼女は丸い盆を手に部屋に入ってきた。盆の上には紅茶のカップが二つ、小さな砂糖壺と輪切りにしたレモン、そしてブルーベリー・マフィンの皿が載せられていた。カップも皿も砂糖壺も揃いの柄で、どれも古風で美しいものだった。ウエッジウッドのようにも見える。スプーンとフォークは銀製らしく、謙虚に上品に光っていた。どれも子易さんが自分の家から、個人的に持ち込んだものなのだろうと私は推測した。どう見ても小さな町の図書館で出てくるような類いのものではない。おそらく特別な来客にだけ出される食器なのだろう。

添田さんは軽やかな音を立てながら、私のデスクの上にそれらのカップと皿と砂糖壺を並べた。おかげで普段はがらんとして殺風景な部屋にも、昼下がりのサロンのような優雅で穏やかな雰囲気が生まれた。モーツァルトのピアノ四重奏曲が似合いそうな情景だ。

駅前のコーヒーショップで買ってきたマフィンも紙袋から出され、美しい絵柄のついた皿の上に、銀のフォークを添えて供されると、由緒正しい立派な菓子のように見えた。これで三角に折り畳まれた白いリネンのナプキンが添えられていれば、そして赤い薔薇の一輪挿しでもあれば完璧なのだが、いくらなんでもそこまでは期待できない。

「どうもありがとう。とても素敵だ」と私は添田さんに礼を言った。

添田さんは何も言わずとくに表情も変えず、ただ小さく肯いて部屋を出て行った。そして私と少年はまたその部屋に二人だけになった。

少年はそのあいだ一言も口にしなかった。添田さんが部屋に入ってきて、そして出て行っても、そちらを見向きもしなかった。デスクの上に並べられた紅茶とマフィンにも、優雅な食器と銀器にも、まったく注意を払わなかった。彼はそこに置かれた封筒を、ただまっすぐ見つめていた。その鋭い視線には微塵も揺らぎはなかった。そして表情を欠いた顔の奥で、思考作業はいまだ休みなく進められているようだった。

私は紅茶のカップを手に取って一口飲んだ。程よい熱さと濃さだった。子易さんの淹れてくれた紅茶もずいぶんおいしかったが、添田さんも紅茶を淹れるのが上手であるらしい。彼女はたぶんどんなことでも——もしそれが探求に値するものであればということだが——熱心に探求するタイプなのだろう。知的で注意深く、何ごとにも怠りのない女性だ。

そんな女性の夫はどのような人なのだろう、と私はふと考えた。私はまだその人物に会ったことはないし、彼女から夫についてのまとまった話を聞いたこともない。だからその人間像らしきものは頭に浮かんでこなかった。私が辛うじて知識として持っているのは、彼が福島県の出身であり（しかしこの土地の生まれではない）、十年ほど前からこの町の小学校に勤務する教師であり、かつて「イエロー・サブマリンの少年」を担任したということくらいだ。いつか私がその人物に会って話をする機会はあるのだろうか？

やがて少年の表情のこわばりが少しばかり和らいだように見えた。その思考作業もどうやら峠を越したらしく、速度もいくぶん遅くなってきたように見えた。そういうちょっとした緩みの感覚がこちらにも伝わってきた。まだ緊張は続いているものの、前ほど強固なものではなくなったらしい。

それから少年はようやく封筒から目を逸らし、デスクの上にきれいに並べられた紅茶とマフィンに目をやった。

「ブルーベリー・マフィン」と私は言った。「なかなかおいしいよ」

昨日、私がコーヒーショップで彼に向かって口にしたのと同じ台詞だ。昨日はその誘いかけはまったく無視された。でも今回、少年はその菓子に興味を惹かれたようだった。彼は長いあいだそれをじっと見つめていた。ポール・セザンヌが鉢に盛られた林檎の形状を見定めるときのような、鋭く批評的な眼差しで。

彼の口が細かく動いているのがわかった。まるで言葉を小さくつくりかけては、それを拭い去るといった風に。しかしその口から言葉は出てこなかった。彼は生まれて初めてブルーベリー・マフィンというものを目にしたのかもしれない。そしてブルーベリー・マフィンに関する情報を自分の中に採取しているのかもしれない。しかしブルーベリー・マフィンがいったいどれほどの情報をその内に含んでいるのだろう？　それも私には見当がつかないことだった。この少年に関してはわからないことが多すぎる。私はフォークでマフィンを半分に切って、それをもう半分に切り、その四分の一のマフィンを口に運んだ。

「うん、あたたかくておいしい」と私は言った。「あたたかいうちに食べるといいよ」

少年は私がその四分の一のマフィンを食べる様子をじっと見ていた。子猫たちに授乳している母猫を見るのと同じような目つきで。それから手を伸ばしてマフィンを皿から摑み上げ、そのまがぶりと齧《かじ》った。フォークも使わなかった。かけらがこぼれないように皿を使うこともしなかった。当然ながらぼろぼろとかけらが床に落ちたが、少年はそのこともとくに気にしないようだった。私もとくに気にはしなかった。あとで床を掃除すればいいだけのことだ。

少年は三口でそのマフィンを勢いよく食べてしまった。口を大きく開け、かなり派手に音を立てて。口元にブルーベリーの青みがべっとりとついていたが、そのこともとくに気にはしていないようだった。私もとくに気にはしなかった。何もペンキがついたわけじゃない。ただのブルーベリーの果汁だ。あとでティッシュ・ペーパーを使って拭き取ればいい。

あるいは彼はそのように粗暴に振る舞うことで私を挑発し、試しているのかもしれない、ふとそう思った。少年は裕福な家に育ったと添田さんから前に聞かされていた。おそらくそれなりの躾《しつけ》も受けているはずだ。だとしたら彼はわざと無作法な態度をとって、それに対する私の反応を見ているのかもしれない。そのようにして、新しいボールを私のコートに打ち込んできているのかもしれない。それともただ彼はテーブル・マナーみたいなものをまるで理解していない――あるいは理解する必要を認めていない——というだけのことかもしれない。

いずれにせよ私はすべてをそのままにしておいた。この少年を前にしたときは、ものごとをあるがままに受け入れていくしかない。ブルーベリー・マフィンに興味を持って、それを実際に手に取って食べてくれただけでも、私と彼の関係にとっては大事な一歩前進であるはずだ。

私はフォークでもうひとつの四分の一のマフィンを口に運び、それを静かに食べた。そしてハンカチーフで口元を軽く拭き、紅茶を一口飲んだ。少年も立ったまま紅茶のカップを手に取り、砂糖もレモンも入れず、そのままずるずると音を立ててすすった。もちろんそういうのもテーブル・マナーとしては明らかに失格だ。おまけにその食器は（おそらく）ウェッジウッドなのだ。しかし私はやはり知らん顔をしていた。

「なかなかおいしいマフィンだよね」と私はのんびりした声で少年に言った。

それについて少年は何も言わなかった。唇についたブルーベリーを舌で器用に舐めただけだ。猫たちが食後によくそうするように。

「昨日、あのコーヒーショップで買って帰ったんだ。今日のお昼にでも食べようと思って」と私は言った。「それを添田さんに電子レンジで温めてもらった。ブルーベリーはこの近くの農家でつくっているもので、それを使って近所のベーカリーが毎朝焼いている。だから新鮮なんだ」

少年はやはり何も言わなかった。彼は空になった自分の皿をじっと見つめていた。太陽が沈んでしまったあとの水平線を、一人デッキに立っていつまでも眺めている孤独な船客のように。

私はマフィンを半分残した自分の皿を手に取って、彼の方に差し出した。

「半分残っているけど、よかったらもう少し食べないか？」

少年は自分に向けて差し出された皿を二十秒ばかり見つめていたが、やがて手を伸ばしてそれを取った。そして少し考えてから、今度はフォークを使ってそれを半分に割り、皿で受けて静かに食べた。立ったままであることを別にすれば、とても正しいテーブル・マナーで。そして食べ終わるとズボンのポケットからティッシュ・ペーパーを取り出して、それで口元を拭った。

私が食べる様子を見て学習したのか、それともただ私を挑発することをやめることにしたのか、それは判断できなかった。それから彼は空になった皿をデスクに戻し、音を立てずに静かに上品に紅茶を飲んだ。ボールは再びこちら側に打ち返されてきたのだ。おそらく。


ブルーベリー・マフィンがなくなり、紅茶が飲み干されてしまうと、私は皿とカップと砂糖壺を盆に載せて片付けた。そしてデスクの上をきれいにした。今ではデスクの上には、地図を収めた封筒が置かれているだけだった。ちょうど子易さんがいつも紺色のベレー帽を置いていたあたりに。私は部屋の中をぐるりと見回した。ひょっとしたら、部屋のどこかに子易さんがいるのではないかと僅《わず》かな期待を込めて。でも誰もいなかった。この部屋にいるのはイエロー・サブマリンの少年（今日は違う図柄の同形のパーカを着ているが）と、この私だけだった。

「きみの描いた地図を見せてもらった」と私は言った。そして封筒から地図を出して、それを封筒の隣に置いた。「とても正確に描けている。ほとんど実物のとおりだ。感心した……というか、正直言って驚いたよ。ぼくがほとんどというのは、本当の正確な形をぼく自身が知らないからだ。だからそれはもちろんきみのせいじゃない」

少年は眼鏡越しに私の顔をまっすぐ見ていた。ときどき瞬きをする以外に表情の動きをまったく見せることなく。彼の目には表情というものがなかった。時折その光の濃さが変化するだけだ。

私は言った。「ぼくは一時期その街で暮らしていた。この地図に描かれている街にね。そこでもやはり図書館に勤めていた。しかしその図書館には一冊の本も置かれていなかった。ただの一冊も。かつて図書館だったところ……と言った方が近いかもしれない。そこで与えられた仕事は、本のかわりに書庫に積み上げられた〈古い夢〉を、毎晩ひとつひとつ読んでいくことだった。〈古い夢〉は大きな卵のような形をしている。そして白い埃をかぶっていた。大きさはだいたいこれくらいだ」

私は両手を使ってその大きさを示した。少年はそれをじっと見ていたが、とくに感想は述べなかった。情報として収集しただけだ。

「どれほど長くそこで暮らしていたのか、自分ではわからない。季節は移り変わったけど、そこに流れていた時間は季節の移り変わりとは別のものだったような気がする。いずれにせよそこでは、時間というものはまず意味を持たない。

とにかくそこに暮らしているあいだ、ぼくは毎日その図書館に通って、〈古い夢〉を読み続けた。どれほどの数の〈古い夢〉を読んだのか、数は覚えていない。でも数はそれほど大きな問題じゃない。というのは、古い夢はほとんど無限にあるみたいだったから。ぼくが仕事をするのは、日が落ちてからだった。夕方に読み始め、だいたい真夜中前にその作業を終えた。正確な時刻はわからない。その街には時計が存在しなかったから」

少年は反射的に自分の腕時計に目をやった。そしてそこに時刻が表示されていることを確認し、また私の顔に視線を戻した。彼にとって時間はそれなりの意味を持っているらしかった。

「昼の時間は何をするのも自由だったけれど、あまり外には出られなかった。昼の光はぼくの眼を痛めたからだ。〈夢読み〉になるには、両眼を傷つけられる必要があり、その街に入るときに門衛の手でその処置を受けた。だから街の正確な地図をつくれるほど、外を思うように歩き回ることができなかったんだ。おまけに街を囲んだ煉瓦の壁は、日々少しずつその形を変化させていくようだった。まるでぼくが地図をつくっているのをからかうようにね。それもぼくが街の全容をうまく把握できなかった理由のひとつだ。

壁は緻密に積み上げられた煉瓦でできている。とても高い壁だ。ずっと昔に積まれたものらしいけど、傷みや崩れのようなものはどこにも見当たらない。信じられないくらい丈夫にできている。誰もその壁を越えて外に出て行けないし、誰もその壁を越えて中に入ってはこられない。そういう特別な壁なんだ」

少年はポケットから小さなメモ帳と、三色のボールペンを取り出した。スパイラルのついた縦長のメモ帳だ。そしてデスクの上でそこに何かを素速く書き付け、私に差し出した。私はそれを手に取って見た。そこには文章が一行、短く書かれていた。

疫病を防ぐため

端正な楷書体の文字だった。手早くすらすらと書かれたはずなのに、まるで活字印刷されたもののように見える。そしてそこには感情というものが一切れも含まれていない。

「疫病を防ぐため」と私は声に出して読んだ。そして少年の顔を見ながら、その短いメッセージについて私なりに考えを巡らせた。「つまりその煉瓦の壁は、疫病が街に入ってくるのを防ぐためにこしらえられた、そういうことなのかな?」

少年は小さく肯いた。イエス。

「どうしてそんなことがきみにわかるんだろう」

それに対する返事はなかった。彼は唇をぴたりと閉じ、相変わらず表情を欠いた顔で私を見ていた。おそらくそれは今ここで討議すべき問題ではないということなのだろう。

しかしもしその壁が、少年の言うように疫病を防ぐために築かれたものであるとすれば、それでいろんな意味が通じるような気がした。いつのことかはわからないが、とにかくそれが築かれた時点から、その高い壁は住民を内側に閉じ込め、住民ではないものが中に入ることを阻止するべく、強固に厳密に機能してきたのだ。街に出入りできるのは、居留地に生息する単角獣たちと、門衛と、そして街が必要とする特殊な資格を得た僅かなもの――私もそのうちの一人だった――だけだ。門衛は疫病に対する自然の免疫を身につけていたのかもしれない。だから彼だけは自由に門を出入りできる。

その壁は通常の煉瓦の壁ではない。それは自らの意思を持ち、独自の生命力を持ってそこに聳《そび》えている。そして街をその手でしっかり包み込んでいる。壁はいったいどの段階で、どのようにして、そんな特殊な力を身につけたのだろう?

「でも疫病はいつか終わったはずだ」と私は少年に言った。「どんな疫病も永遠には続かないものね。それでも壁はずっと変わることなく厳しく、その閉鎖状態を維持し続けている。誰も中に入れず、誰も外に出さない。それはどうしてだろう?」

少年はメモ帳を手に取り、新しいページをめくり、そこにまたボールペンですらすらと字を書いた。

終わらない疫病

「終わらない疫病」と私は声に出して読んだ。「それはいったいどういうことなんだろう？」

やはり返答はない。だから私は自分の頭でその意味を考えなくてはならなかった。謎かけを解いているみたいだ。そしてそれはずいぶんむずかしい謎かけだ。謎の奥深さに比べて、与えられたヒントが少なすぎる。でも何はともあれ私はサーブされてきたボールを、相手のコートに打ち返さなくてはならない。それがゲームのルールだ。もしそれをゲームと呼ぶことができるなら。

私は思い切って言った。「実際の疫病ではない疫病。つまり比喩としての疫病……そういうことだろうか？」

少年はごく小さく肯いた。

「それはひょっとして、魂にとっての疫病というようなことなのだろうか？」

少年はもう一度肯いた。こっくりと確かに。

私はそれについてしばらく思考を巡らせていた。魂にとっての疫病。それから言った。

「街は、というか当時の街を司《つかさど》っていた人々は、外の世界で蔓延する疫病を閉め出すことを目的として、高い頑丈な壁で街のまわりを囲った。ぴったり隙間なく封をするみたいに。そのように誰ひとり中に入れず、誰ひとり外に出さない強固な体制が整えられた。その壁の構築にはおそらく、呪術的な要素も盛り込まれていたことだろう。

しかしやがてどこかの段階で何かが起こって――それがどんなことかはわからないけれど――壁はそれ独自の意思と力を持って機能するようになった。その力は、人にはもはや制御しきれないほど強力なものになっていた。そういうことなのだろうか？」

少年はただ黙って私の顔を見ていた。イエスでもノーでもなく。でも私は続けた。それはあくまで推測ではあったけれど、おそらく単なる推測を超えたものだった。

「そして壁は、すべての種類の疫病を――彼らが考える『魂にとっての疫病』をも含めて――徹底して排除することを目的として、街とそこに住む人々を設定し直していった。いわば街を再設定したんだ。そしてそれ自体で完結する、堅く閉鎖されたシステムを作り上げた。きみが言いたいのはそういうことなのか？」


そこで唐突にノックの音が響いた。誰かがドアをノックしていた。大きな音ではない。乾いた簡潔な音――現実の世界から届けられた現実の音だ。二度、それから少し間をあけてまた二度。

「どうぞ」と私は言った。自分の声ではない、誰か別の人の声で。

ドアが半分開いて、添田さんが部屋の中に首を差し入れた。

「食器をお下げしにきましたが」、彼女は遠慮がちにそう言った。「もしお邪魔じゃなければ」

「どうぞ下げてください。ありがとう」と私は言った。

添田さんは足音を忍ばせて部屋に入ってくると、皿とカップを載せた盆を手に取り、すべてが空になっていることを素速く確認した。そのことは彼女に、少なからず安堵を与えたようだった。

それから床にこぼれたマフィンのかけらを目にしたが、それは見ていないことにしようと決めたようだった。あとで戻ってきてかたづければいい。

添田さんは軽く問いかけるように私の顔を見た。私が「なにも問題はない」というように肯くと、そのまま盆を持って部屋を出て行った。ドアが閉められるかちんという金具の音。そして部屋は再び沈黙に包まれた。

少年はメモ帳の新しいページを開き、そこにボールペンで素速く文章を書いた。そしてデスク越しにメモ帳を私に差し出した。私はそれを読んだ。

その街に行かなくてはならない

「その街に行かなくてはならない」と私は声に出して読んだ。そしてひとつ咳払いをしてから、メモ帳を彼に返した。少年はそれを手にようやく椅子に座り、そこから私の顔をまっすぐ見ていた。奥行きの測れない目で、一途に揺らぐことなく。

「きみは、その街に行きたいと望んでいる」と私は確認するように言った。「高い壁に囲まれた街に。人々が影を持たず、図書館が一冊の本も持たないその街に」

少年はきっぱり肯いた。議論の余地はない、というように。

しばらくの間、沈黙が続いた。重い濃密な沈黙だった。多くの意味を含んだ沈黙だ。それから少年のいくぶん甲高い声がその沈黙を破った。

「その街に行かなくてはならない」

私はデスクの上で両手の指を組み、その指をしばらく意味もなく眺め、それから顔を上げて彼に尋ねた。「もしそちらに行けば、もうここにいられなくなるとしても？」

少年はもう一度きっぱり肯いた。

私は少年が門をくぐり、その壁に囲まれた街に入っていって、そこで生活を送る様子を、頭に思い描いてみた。そこはおそらく彼にとっての「ペパーランド」なのだろう。映画『イエロー・サブマリン』に出てくるカラフルな理想郷、ペパーランド。この十六歳の少年は、自分を受け入れる余地を持たない（ように見える）この現実の世界で生き続けるよりは、そのような別の成り立ちの世界に移行することを求めているのだ――心の底から何より真剣に。少年と向き合って座りながら、私はその真剣さを痛切に肌に感じずにはいられなかった。

またしばし沈黙の時間があり、それから少年がやはり声に出して言った。

「〈古い夢〉を読む。ぼくにはそれができる」

そして少年は自分を指さした。

「きみには〈古い夢〉を読むことができる」、私は彼の言葉を自動的に繰り返した。

「そこの図書館で〈古い夢〉を読む。いつまでも」

楷書体で筆談をするときと同じように、ひとつひとつ言葉をきれいに区切って、少年はそう言った。

私は黙って肯いた。

そう、この少年にならそれができるだろう。それはこの図書館で現在、彼が日々送っているのとほとんど同じ成り立ちの生活なのだから。そしてそこには、その図書館の奥には、彼が読むべき〈古い夢〉が埃をかぶってうずたかく積み上げられている。数え切れないほど、おそらくは無限に。そしてどの夢もそれぞれ、世界にただひとつしか存在しない夢なのだ。

「その街に行かなくてはならない」と少年は前よりもっと明瞭な声で繰り返した。

51

「その街に行かなくてはならない」と少年は繰り返した。

「こちらの世界を離れて、壁の内側に入りたいということなんだね?」と私は言った。

少年は黙って短くきっぱり肯いた。

でもその壁に囲まれた街は、言うまでもないことだが、ペパーランドとは違う。ペパーランドはアニメーション映画のためにこしらえられた架空の理想郷だ。そこでは美しい人々が、美しい自然に囲まれて、美しい生活を送っている。愉しい音楽が溢れ、カラフルな花が満ちている。一九六〇年代のドラッグ・カルチャーの匂いがうっすらと漂う、いっときの夢想の世界だ。しかし「壁に囲まれた街」はそうではない。

そこでは冬の厳しい寒さのために、獣たちが次々に飢えて命を落としていく。そこに住む人々は、寡黙に貧しい生活を送っている。与えられる食事は簡素で少量で、衣服は擦り切れるまで着古されている。書物もなく、音楽もない。運河は干上がり、多くの工場は閉鎖されている。人々が暮らす共同住宅はうす暗く、傾きかけている。犬も猫も存在しない。目にする生き物といえば、壁を越えて行き交うことができる鳥たちくらいだ。理想郷からはほど遠い世界だ。少年はそのような街のあり方を、どこまで理解しているのだろう？

　私はそのことを少年に詳しく語ろうかと思ったが、思い直してやめた。おそらくそんな事情はすべて既に承知しているはずだ。そして一切を呑み込んだ上で、その街に行こうと心を決めたのだ。綿密に考え抜いた末に出した、変更の余地のない結論なのだ。少年の迷いのない顔を見ていると、決意の固さがわかった。しかしそれでもなお私としては今一度、彼の気持ちを確認せずにはいられなかった。

「その街に入るためには影を棄て、両眼を傷つけられなくちゃならない。そのふたつが門をくぐるための条件になる。切り離された影は遠からず命を失うだろうし、影が死んでしまったら、きみはもうその街から出て行くことはできない。それでかまわないんだね？」

　少年は肯いた。

「こちらの世界の誰とも、もう会うことができなくなるかもしれない」

「かまわない」と少年は声に出して言った。

　私は深く息をついた。この少年はこの現実の世界とは心が繋がっていないのだ。彼はこの世界に本当の意味では根を下ろしてはいない。おそらくは仮繋留《けいりゅう》された気球のような存在なのだろう。地上から少しだけ浮いたところで生きている。そしてまわりの普通の人たちとは違う風景を目にしている。だから留めてある鉤《かぎ》を外して、この世界から永遠に立ち去ってしまうことに、苦痛も恐れも感じないのだ。

　私は思わず自分のまわりを見回した。私はこの地上のどこかにしっかり繋がっているだろうか？　そこに根を下ろしているだろうか？　私はブルーベリー・マフィンのことを思った。駅前のコーヒーショップのスピーカーから流れる、ポール・デズモンドのアルトサックスの音色を思った。尻尾を立てて庭を横切って歩いて行く痩せた孤独な雌猫のことを思った。それらは私の精神をこの世界に少しなりとも繋ぎ留めているだろうか？　それともそんなものは、語るに足らないあまりに些細な事象なのだろうか？

私は少年を見た。彼は金属縁の眼鏡の奥から目を細めて私を見ていた。私の心の動きを読み取っているみたいに。

「でもいったいどうやって、きみはその街に行くつもりなんだろう？」

彼は私を指さし、それから自分自身を指さし、その指をあらぬ方向に向けた。

私はそのジェスチャーを自分の言葉に置き換えた。「ぼくがきみをそこまで連れて行く。そういうこと？」

「ジェレミー・ヒラリー・ブーブ博士」の絵のついたパーカを着た少年は、黙ってこっくりと肯いた。イエス。

私は言った。「でも、ぼくにそんなことができるんだろうか？　ぼくは自分の意思で、行きたいと思って、その街に行くことはできない。ましてや、きみをそこまで案内して行くなんてとてもできそうにない。ぼくは何かの偶然で、たまたまそこにたどり着いたというだけなんだ」

少年はひとしきりそれについて考えを巡らせていた（あるいは考えを巡らせているように見えた）。それから何も言わずに椅子からさっと立ち上がった。そしてポケットからきれいに折り畳まれた白いハンカチーフを出して、もう一度丁寧に口元を拭った。それはブルーベリー・マフィンをもらったことへの謝意を表す、彼なりのジェスチャーだったのかもしれない。あるいはただの習慣的行為だったかもしれない。その違いは私にはわからない。

彼はハンカチーフを元のポケットにしまうと、ドアまで歩いて行ってそれを開き、後ろを振り返ることもなく、別れの挨拶らしきものをするでもなく、そのまま部屋から出て行った。彼の背後でドアが乾いた金属の音を立てて閉まり、私は部屋に一人きりで残された。

「ぼくがきみをそこまで連れて行く?」

一人になった私は小さな声で自分に向けてそう語りかけた。

そして自分が少年の手を引いて、街の門の前に立っている光景を思い浮かべた。「イエロー・サブマリン」の緑色のパーカを着た少年は、迷うことなく私と別れ(後ろを振り向くこともなく)、そのまま門の中に足を踏み入れていくことだろう。

私がその門をくぐることはもう二度とあるまい。私はそのための資格を既に剝奪されてしまっているのだから。少年を見送り、門が再び閉ざされるのを見届けたあと、私はひとりでこちら側の世界に引き返してくることだろう。

私は立ち上がって窓際に行き、窓を上に押し開け、そこから首を出して何度か深呼吸をした。きりっとした冬の大気が肺をほどよく刺した。それから私は無人の冬の庭を長いあいだあてもなく眺めた。解け残った雪が、大地についた白いしみのようにところどころ固くこわばっていた。

それから数日はこともなく過ぎた。晴れた日が続き、風も止み、明るい太陽が軒先に下がった太いつららを次々に溶かしていった。私は雪解けの滴《しただ》りの音を窓の外に聞きながら、机に向かって事務の仕事を続け、そのあいだ少年は相変わらず閲覧室で一心不乱に書物を読み続けた。私は添田さんに少年が今読んでいる本の書名を尋ね、彼女はそれを即座に教えてくれた。少年が読み耽っているのは『アイスランド サガ』であったり、『ヴィトゲンシュタイン、言語を語る』であったり、『泉鏡花全集』であったり、『家庭の医学百科』であったりした。どれもかなり分厚い本だ。彼はどうやら内容のいかんを問わず分厚い本が好みのようだった。きっと薄い本では物足りないのだろう。食欲の旺盛な人が、店でいちばん分厚いステーキを注文するのと同じことだ。

館長室で二人きりで話をしてからその後一週間ばかり、私と少年は接触を持たなかった。イエロー・サブマリンのパーカを再び身に纏った少年は（おそらく洗濯から戻ってきたのだろう）、緑色のナップザックを背負って、日々同じように図書館に姿を見せていたが、閲覧室で彼の近くを通りかかることがあっても、私の方から話しかけたりはしなかったし、彼もまたこちらを見ようとはしなかった。少年は意識を集中して本に読み耽っており、他のどんなことにもいっさい興味を惹かれないという風に見えた。おそらく実際にそのとおりだったのだろう。そして私は自室の机に向かい、図書館の主宰者としての日常の職務をひとつひとつこなしていった。退屈と言えば退屈な事務作業だが、内容が書籍に関連するものであれば、ただの番号の照合のような作業であっても、私はそこに楽しみを見いだすことができた。私たちは――少年と私自身は――この現実の地上の世界において、それぞれになすべき事をなしているのだ。

イエロー・サブマリンの少年は、あの高い壁に囲まれた街に行きたい、そこの住民になりたいと心から望んでいる。こちらの世界に二度と戻れなくてもかまわないと心を決めている。こちら側の世界には、彼を引き留めるだけの力を持つものは何ひとつ存在しない。それははっきりしている。しかし彼一人の力では、その街に行き着くことはできない。彼は私の「導き」を必要としている。その街に到達する道筋を知っているのは——あるいは一度でもその道筋をたどった経験を持つのは——私一人だけだから。

　しかし私はその街に行く具体的な道筋を記憶しているわけではない。かつてそこに行ったことがあるというだけのことだ。というか正確に表現すれば、私は無意識のうちにそこに連れて行かれたのだ。もう一度同じ道をたどれといわれても、その方法がわからない。

　そしてもうひとつ、私に判断のつかないことがある。それは、少年をあちらの世界に連れて行くのが、本当に正しい行いなのかどうかという問題だ。それはモラルとして許されることなのか？　もし少年がその街の中に入っていって、〈夢読み〉としてそこに腰を据えることになれば、その結果彼の存在はおそらくこの現実の世界から消滅してしまうことだろう。

　私は影を死なせなかったから、そして影を壁の外に逃亡させてやったから、こちらの世界にこうして復帰することができた（より正確に言えば送り返された）わけだし、その結果この世界における存在を消し去ることもなかった。それはあくまで推測に過ぎなかったけれど、私はだんだんそう確信するようになっていた。

　しかしもし少年が自分の影を引き剝がされ、その影が命を落とすことになれば、少年の存在はこちら側の世界から永遠に、決定的に失われてしまうだろう。添田さんによれば、彼には友だちはいないということだが、両親や兄弟たちはきっと彼がいなくなってしまったことを嘆き悲しむだろう。とりわけ彼を溺愛している母親は……。そのような事態を招くかもしれないことを、私がしていいものだろうか。いくら少年自身が真剣にそれを望んでいたとしても、またそれが少年の人生にとってより自然な流れであるように思えたとしてもだ。それは人間としての道義に反する行いではあるまいか？

私はそのことについて誰かに相談してみたかった。たとえば子易さんに。彼ならおおむね事情を承知しているし、確かな知恵も持ち合わせている。それについて有効な助言を私に与えることができるかもしれない。しかし子易さんは——子易さんの幽霊は——長いあいだ私の前に姿を見せていなかった。ひょっとしたら、もう二度とその姿を目にすることはないかもしれない。彼の魂は既にこの地上を離れてしまったのかもしれない。その可能性は少なくない。魂がこの地上に留まっていられる期間は限定されていると彼は言っていた。そして魂が人の姿かたちをとって現れるのは、決して容易いことではないのだと。

添田さんに相談してみることも考えたが、私が一時期、高い壁に囲まれた街に住んでいたことを、普通の生活を送っている人にわかりやすく説明するのは、どう考えても至難のわざだ。話がとても面倒になってしまう。彼女は少年の心配をするより前に、まず私の精神の状態を不安に思うかもしれない。そう、あの街の話を持ち出すわけにはいかない。私がそこで見聞きし体験したことを、そのまま受け入れ、理解してくれるのは今のところ、子易さんとイエロー・サブマリンの少年、その二人だけだ。

私は添田さんのところに行って、できるだけ暇そうな時間を見計らって、世間話のようなかたちで彼女に少年のことを尋ねてみた。主に家庭環境について。

「M＊＊くんはお母さんに溺愛されているって、いつか言ってましたね？」

「ええ、そうです。ほんとに、まるで猫かわいがりをするみたいに、M＊＊くんのことをかわいがっています」

「お父さんは？」

添田さんは小さく首を捻った。「お父様のことは、私はよく知らないのです。直接お目にかかったことはありませんから。ただ、よそから耳にしたところでは、お父様はあの子にはそれほど関心を抱いておられないのではないかということです。あくまで又聞きですから、確かなところはわかりませんが」

「あまり関心を抱いていない？」

「前にも申し上げたと思うのですが、上のお兄さん二人は地元の学校でも素晴らしい成績をとっていましたし、東京の有名大学に進んで、文字通りエリート・コースを歩んでいます。なにしろ自慢の息子たちです。どこに出しても恥ずかしくありません。それに比べ、一番下の息子は地元の高校に進学することもできず、毎日図書館に通って本ばかり読んで、なんだかわけのわからないことを口にしています。人前に出すこともはばかられます。お父様はそのことを気にしておられるようです」

「その人はこの町で幼稚園を経営しているということでしたね？」

「ええ、幼稚園を経営しておられます。なかなか立派な施設をもった幼稚園です。幼稚園だけではなく、他にも手広くビジネスを展開しておられます。学習塾とか成人向けの教室とか、そういうものを。経営者としてはやり手というか、たしかに優秀なのでしょうが、でもいわゆる教育者というタイプではなさそうです。少なくともそのように聞いています。

　M＊＊くんは家では本を読むことを制限されています。本ばかり読んでいるのは不健康だからと言って、父親が本を少ししか買い与えてやらないのです。読書にあてていい時間も厳しく限られています。それは彼にはかなりつらいことであるはずです。彼にとって本を読むのは、呼吸するのと同じくらい自然なことですから」

「母親はどうなんだろう？　あの子のことをどの程度理解しているのだろう？　つまり彼の持っている生まれつきの特殊な能力とか、普通の子供たちとは違っているところを」

「母親は私の見るところ、かなり感情的な方です。彼のことを溺愛してはいますが、おそらくその本質は理解していません。あの子の持っている特殊な能力をうまく伸ばしてやろうとか、それを有効に活用できる場所を見つけてやろうとか、そういう気持ちはあまりないようです」

「だから手元から手放そうとはしない？」

「ええ、実を言いますと、私は彼女に何度か提案をしました。余計なことかもしれませんが、私なりの意見を率直に口にしました。彼のような子供を預かって教育する専門の施設が、全国にいくつかあるし、そういうところでなら、彼は持ち前の才能をうまく伸ばせるかもしれない、と。この町に留まっているかぎり、M＊＊くんにはおそらく未来はありません。しかしそんな理屈を彼女の耳はいっさい受け付けません。自分の庇護のもとでしかあの子は生き延びていけないと頭から信じ切っています」

　私は添田さんの口にしたことについて、しばらく考えを巡らせた。そして言った。

「あなたの話だと、あの少年にとって家庭は居心地の良い場所とは言えないように聞こえますが」

「M＊＊くんが何をどう感じているか、私にはもちろん知りようがありません。あの子が感情を表に出すようなことはまずありませんから。でも、そうですね、家庭は彼にとって決して心地よい場所とは言えないだろうと想像はできます。自分にろくに関心を持たない父親と、かまいすぎる母親。そしてどちらも彼のことを真に理解はしていませんし、理解しようという姿勢も持ち合わせていないようです」

「じゃあ、二人のお兄さんとの関係は？」

「東京に出ているお兄さんたちは、自分たちのことで精一杯っていうか、ずいぶん忙しいようです。お若いですから、それはまあ当然のことでしょう。故郷に戻ってくることもほとんどないみたいですし、ましてや落ちこぼれの風変わりな弟にかかわっている余裕はなさそうです」

「だから彼は毎日、家を出てこの図書館に通い続けている。誰とも口をきかず、一心不乱に本を読み続けている」

「今更言い出しても詮《せん》ないことですが」、添田さんは言った。「子易さんが生きておられると良かったのにと心から思います。あの子は子易さんにだけは心を許していましたから。あの方が亡くなられたことは本当に残念です。M＊＊くんにとっても、またこの図書館にとっても」

私は肯いた。子易さんの死は、多くの場所に深い欠落を残していったのだ。

添田さんから話を聞いて、少年の家庭の事情がより詳しく判明したことで、私の気持ちはいくぶん楽になったかもしれない。

家庭から離れたい、この世界から出て行きたいと強く望むだけの理由が、その少年にはあるのだ。もし彼が突然この世界から消えてしまったなら、母親は間違いなく嘆き悲しむだろう。しかし少年のためには、母親から切り離されるのは好ましいことかもしれない。子猫たちがある時点で母猫から引き離され、自立していくのと同じように。母猫は子猫を失って、しばらくはあたりを必死に探し回るが、やがて諦め忘れてしまう。そして次のサイクルに入っていく。それは動物たちにとってはあくまで自然な行程なのだ。季節が巡るのと同じように。

父親と二人の兄たちは、少年が急にどこかに消えてしまったり、あるいは亡くなってしまったりしたら、そのことでもちろん深く悲しみはするだろう。あるいは彼のことを十分気にかけなかったことで、少なからず良心の呵責のようなものを感じるかもしれない。しかし長く嘆き悲しんでいるには、彼らは自分たちのことで忙しすぎるのではないだろうか。また少年には友人と呼べるような相手は一人もいない。彼はこの世界ではどこまでも孤立した存在なのだ。彼が消えてしまっても、その空白は間を置かずに埋められてしまうことだろう。音も立てず、たいした波紋も広げず、とてもひっそりと。

もし仮に私がその少年の立場に置かれていたとすれば——添田さんも言ったように、彼の立場に立ってその感情を推し量るのは簡単なことではないけれど——私だっておそらく、この町に留まるよりは、別の世界に移り住みたいと思うことだろう。

たとえば高い壁に囲まれた街に。

52

月曜日が来ると、私はいつものように朝のうちに子易さんの墓所を訪れた。そして墓石に向かって少年の話をした。彼が「高い壁に囲まれた街」に行きたいと望んでいること。私にそこまで連れて行ってもらいたいと頼んできたこと。でも今のところ私には、彼の願いをかなえてやることはできそうにない。なぜなら、まずひとつには、私はそこへの行き方を知らないから。

あの少年は――子易さんもご存じのように――この世界においてはどこまでも孤独な存在です。この世界を離れ、「高い壁に囲まれた街」に移行するのが、自分にとってより自然で幸福なことだと固く信じています。

たしかにそうかもしれない、この現実の世界は彼のための場所ではないかもしれない。血を分けた家族をも含めて、誰にも正当には理解されていません。彼の持ち合わせたとくべつな能力は、あちら側の世界においての方が適切に生かせるかもしれません。

でも――もし仮に私にそんなことができたとしても――彼の「移行」に手を貸すことが適切な行いなのかどうか、確信が持てないのです。そんなことをする資格が私にあるのかどうか。なんといっても彼はまだ十六歳の少年です。彼のことを十分理解していないとしても、精神的な繋がりが希薄であったとしても、彼がいなくなれば両親や兄たちは肉親として深く悲しむに違いありません。だから私としては子易さんの意見がうかがいたかったのです。もし今、私の言うことが耳に届いていたとしたら、忌憚《きたん》のない助言をいただきたいのです。いったいどうすればいいのか、正直なところ途方に暮れています。

それだけを語り終えると、墓石の前の石垣に腰を下ろして何らかの反応が戻ってくるのを待った。しかし半ば予想していたとおり、反応はなかった。ただ空を雲がゆっくりと流されていくだけだ。山の端から、もう一方の山の端へと。その朝はなぜか、鳥たちの声さえ聞こえなかった。ただ墓地の沈黙があるだけだ。

その墓石の前で三十分ばかり、沈黙のうちに時間を過ごした。涸れた井戸の底に、一人で膝を抱えて座っているみたいに。そのあいだ何ごとも起こらなかった。ただ頭上を灰色の雲がゆっくり流れ、時計の長針が文字盤を半周しただけだった。それ以外に動きらしいものはない。

時折顔を上げてあたりに素速く視線を投げたが、イエロー・サブマリンの少年の姿はどこにも見えなかった。墓地には私以外の人影はなかった。私は石垣から立ち上がり、しばらく冬の空を見上げ、それからマフラーを首に巻き直し、ダッフルコートについた枯れ葉のかけらを手で払った。

子易さんの魂はおそらくもうこの世界を離れてしまったのだろう。最後に彼と会って話をしてから長い時間が流れている。そしてイエロー・サブマリンの少年もまたこの地上から去りたがっている。彼ら二人が実際に（永遠に）いなくなってしまったとして、そのあとも私はここで生き続けていかなくてはならない。それはおそらく味気を欠いた世界であるに違いない。私はその二人に自然な好意と共感を抱くようになっていたから。

いつものように墓地からの帰り道、駅前の名前のないコーヒーショップに立ち寄った。私はどうやら本格的に、習慣を自動的になぞって生きていく孤独な中年男になりつつあるようだ。カウンターのいつもの席に座って、いつものようにブラック・コーヒーを注文し、プレーン・マフィンを一つ食べた（その日はいつものブルーベリー・マフィンが品切れだった）。いつもの女性がカウンターの中からいつものように私ににっこり微笑みかけた。

スピーカーからはジャズ・ギターの音楽が小さく流れていたが、その曲名も演奏者も私にはわからなかった。私はその音楽を聴くともなく聴きながら、熱いコーヒーで冷えた身体を温め、プレーン・マフィンを小さくちぎって食べた。もちろんプレーン・マフィンにはプレーン・マフィンの良さがある。

「前々から思っていたんだけど、そのコートはずいぶん素敵ですね」と彼女が私に言った。私は隣の席に置いたグレーのダッフルコートに目をやった。

「このダッフルコートが？」と私は少し驚いて言った。そして読み終えた朝刊を畳んだ。「もう二十年くらい前から着ているものだよ。鎧《よろい》みたいに重いし、デザインも昔っぽいし、おまけにそれほど暖かくないし」

「でも素敵よ。最近の人たちはみんな同じようなダウンコートを着ているから、そういうのが新鮮に見えるんです」

「そうかもしれないけど、こんな寒い土地には不向きだ。次の冬には新しくダウンコートを買おうと思っていたところだよ。その方がずっと暖かくて軽いから。ここで冬を迎えたのは初めてだから、気候のことがよくわからなくて」

「でも私、昔からなぜかダッフルコートって好きなんです。心が惹かれます」

「そう言われるとコートも喜ぶだろうけれど」と私は言って笑った。

「ひとつのものを長く大事に使うタイプなんですか？」

「そうかもしれない」と私は言った。誰かにそんなことを言われたのは初めてだったが、言われてみればそのとおりかもしれない。ただ買い換えるのが面倒なだけなのかもしれないが。

店には私のほかに客はいなかったし、彼女はコーヒーを作る湯が沸くのを待つあいだ、軽い話ができる相手を歓迎しているようだった。

「ここで冬を迎えるのが初めてだというと、もともとこの町の方じゃないんですね？」

「去年の夏にここに移ってきて、住み始めたばかりなんだ」と私は言った。「だからこの町のことはほとんど何も知らない。それまではずっと東京に住んでいたから」

あの煉瓦の壁に囲まれた街に暮らしていた期間を別にすれば、ということだが……。

「こちらには、お仕事で越してらしたんですか？」

「うん、この町にたまたま仕事の口があったものだから」

「じゃあ、私と似たような境遇ですね」と彼女は言った。「私も仕事を見つけて、去年の春にこちらに越してきたばかりなんです。それまでは札幌に住んでいました。そこで銀行に勤めていたんです」

「でもその銀行の仕事を辞めて、ここに移ってきた」

「ずいぶんな環境の変化です」

「この町に誰か知っている人がいたの？」

「いいえ、知り合いは一人もいませんでした。あなたと同じように単身ここにやって来たんです」

「そしてこの店で働き始めた？」

「実を言うと、インターネットでこの物件を見つけたんです。コーヒーショップが売り物として出ていました。何か事情があって、オーナーが早急に手放さなくてはならず、相場よりかなり安い値段で譲りたいということでした。それで店の権利を居抜きで買って、新しいオーナーとしてここに引っ越してきました」

「ずいぶん大胆なんだね」と私は感心して言った。「都会での銀行勤めを辞めて、何も知らない遠くの小さな町に一人で移ってきて、そこで商売を始めるなんて」

「いろいろと事情があったんです。ほら、このあいだの男の子も言っていたでしょう、水曜日生まれの子供は苦しいことだらけだって」

「あの子が言ったんじゃない。ぼくが言ったんだよ。そういう童謡の文句があるって。あの子は『あなたは水曜日生まれだ』って言っただけだ」

「そうだったかしら」

「あの子は基本的に事実しか言わない」

「事実しか言わない」と彼女は感心したように繰り返した。「それってすごいことみたいですね」

それから彼女はゆっくり私の前を離れ、ガスの火を止め、沸いた湯で新しいコーヒーを作り始めた。私は席を立ってダッフルコートを着た。そして勘定を払い、店を出ようとした。しかしそこで何かが私を引き留めた。私は歩みを止め、もう一度店の中に戻り、カウンターの中でコーヒーを作っている彼女に話しかけた。

「こんなことを言うのは厚かましいかもしれないけど」と私は言った。「食事か何かに、いつか君を誘ってもかまわないかな」

その言葉はとても自然に、すらりと私の口から出てきた。ほとんど迷いもなく、ためらいもなく。頬がいくらか赤らんだ感触があるだけだった。

彼女は顔を上げて私を見た。目を軽く細めて、見慣れないものでも見るみたいに。

「いつか？」と彼女は言った。

「今日でもいいけど」

「食事か何か？」

「たとえば夕食とか」

彼女は唇を少しだけすぼめて、それから言った。「今日の夕方の六時には店を閉めます。後かたづけに三十分近くかかるけど、もしそれからでよければ」

それでいいと私は言った。午後六時半は夕食にふさわしい時刻だ。「六時にここに迎えに来るよ」

私は店を出て、家までの道を歩いた。そして歩きながら自分が彼女に対して口にした言葉をひとつひとつ思い返し、不思議な気持ちになった。その瞬間が来るまで私には、彼女を食事に誘うつもりなんてまるでなかったのだ。しかし言葉はほとんど自動的に私の口をついて出てきた。考えてみれば、女性を食事に誘うなんて、ずいぶん久方ぶりのことだった。いったい何が私にそんなことをさせたのだろう？　ひょっとして彼女に心を惹かれているのだろうか？

そうかもしれない、と思う。

しかしもしそうだとして、彼女の何が自分を惹きつけるのか、それがわからない。前からその女性に対して漠然とした好意を抱いてはいたけれど、それはとくに何かを――より親密な繋がりのようなものを――求める好意というのではなかった。毎週月曜日の昼前に、私にコーヒーとマフィンをサーブしてくれる感じの良い三十代半ばの女性、それだけの存在だった。ほっそりとした体つきで、一人で機敏に働いている。その微笑みには自然な温かさが込められている。

その日、彼女のどこかにとりわけ心を惹かれたからこそ、彼女を食事に誘うことになったのだろう。彼女と交わした短い会話の中の何かが、私の心を刺激したのかもしれない。あるいは私はただ一人でいることに疲れて、気持ちよく会話のできる一夕《いっせき》の相手を求めていたというだけかもしれない。でも、たぶんそれだけではあるまい。直感のようなものがそう告げていた。

でもいずれにせよ、それは既に起こってしまったことだった。私はその場で半ば無意識的に、ほとんど反射的に彼女を食事に誘い、彼女はそれを受けた。考えてみれば多くのものごとはそうやって、当事者の意図や計画とは無縁に、自然に勝手に進行していくものなのかもしれない。そして更に考えてみれば、今の私には意図や計画といったものの持ち合わせはほとんどないみたいだった。

帰り道にスーパーマーケットに寄って、一週間ぶんの食材を買い込み、帰宅するとそれを小分けにして冷蔵庫に収め、必要な下ごしらえをした。それから掃除機を使って部屋の掃除をし、浴室をきれいにして、シーツと枕カバーを交換し、溜まっていた洗濯物を洗った。ついでにアイロンもかけた。いつもの月曜日と同じ手順で。すべての作業は無言のうちに要領よくなされていった。いつもと同じように。

三時過ぎに一通りの作業を終えると、日当たりの良いところに読書用の椅子を置いて、読みかけていた本を開いた。しかしなぜか読書に気持ちを集中することができなかった。それはいつもと同じ月曜日ではなかったからだ。私は一人の女性を食事に誘っていた。そして彼女は（数秒のためらいの後に）誘いを受けてくれた。それは私にとって何か大事なことを意味しているのだろうか？　あるいはそれはものごとの大きな流れとは関わりを持たない、ささやかな脇道的エピソードに過ぎないのだろうか？　だいたい「ものごとの大きな流れ」なんてものが私の周りに存在するのだろうか？

そんなことをぼんやり考えながら、夕方までの時間を送った。ラジオをつけると、FM放送でイ・ムジチ合奏団の演奏するヴィヴァルディの『ヴィオラ・ダモーレのための協奏曲』がかかっていたので、それを聴くともなく聴いていた。

ラジオの解説者が曲の合間に語っていた。

「アントニオ・ヴィヴァルディは一六七八年にヴェネチアに生まれ、その生涯に六百を超える数の曲を作曲しました。当時は作曲家として人気を博し、また名ヴァイオリン奏者としても華やかに活躍していたのですが、その後長い歳月まったく顧みられることなく、忘れ去られた過去の人となっていました。しかし一九五〇年代に再評価の機運が高まり、とりわけ協奏曲集『四季』の楽譜が出版されて人気を呼んだことで、死後二百年以上を経て、一挙にその名を広く世界に知られるようになりました」

私はその音楽を聴きながら、二百年以上忘れ去られることについて考えてみた。二百年は長い歳月だ。「まったく顧みられることなく、忘れ去られた」二百年。二百年後に何が起こるかなんて、もちろん誰にもわからない。というか、二日後に何が起こるかも。

イエロー・サブマリンの少年は今ごろ、何をしているのだろうと、私はふと思った。図書館の休館日を、彼はいったいどこでどのように送るのだろう？　図書館が開いていなければ、おそらく手持ち無沙汰であることだろう。添田さんの話によれば、家の中で本を読むことは父親によって厳しく制限されているということだから。

そんなとき彼の頭脳の内側でいかなる作業が進行しているのか、私には想像もつかなかった。あるいは一週間のうちに蓄積された大量の知識が、その閑暇を利用して系統的に整理され、並べ替えられているのかもしれない。『家庭の医学百科』と『ヴィトゲンシュタイン、言語を語る』のそれぞれの断片が彼の中で有機的に結びつき、絡み合って巨大な「知の柱」の一部と化しているのかもしれない。その柱は――もしそんなものが実際に形成されているとして――どのような見かけの、どれほどの規模のものなのだろう？　それは彼の内側に形成されたまま、人目にさらされることはないのだろうか。出口を持たない膨大な入力のモニュメントとして。

あるいは彼の父親が強権的に下した命令は（結果的に）正しかったのかもしれない。読書（入力作業）をいったん休止し、それまでに取り入れられた膨大な知識を仕分けし、脳内の適所に順序よく収納するための時間を設けることも、少年には必要であったはずだから（スーパーマーケットで買ってきた食材を仕分けし、冷蔵庫に収納するのと同じように）。でもそんなことはみんな私の勝手な推測に過ぎない。少年の脳内で実際に何がどのように進行しているのか、それは彼自身にしかわからないことだ。

それでも私は目を閉じ、孤独な少年の内部に打ち立てられた知の柱（とでも呼ぶべきもの）の姿を思い描かないわけにはいかなかった。それは地底の闇の奥に聳える、巨大な鍾乳洞の柱のごときものなのだろう。人が未だ足を踏み入れたことのない漆黒の暗闇に、誰の目に触れることもなく堂々と屹立している。その暗闇の中では、二百年など取るに足らない時間なのかもしれない。

あるいは彼は、「壁に囲まれた街」に入っていくことによって、その「知の柱」を有効に活用できるようになるかもしれない。そこに知のアウトプットの正しい道筋を見いだすことになるかもしれない。

イエロー・サブマリンの少年……彼自身がそのままひとつの自立した図書館になり得るのだ。

私はそのことに思い当たり、大きく息を吐いた。

究極の個人図書館。

53

六時少し過ぎに駅近くのコーヒーショップに行った。私がそこに着いたとき、彼女は店仕舞いをしているところだった。店内の明かりを消し、エプロンをはずし、後ろで束ねていた髪をほどき、紺色のウールのコートを着た。仕事用のスニーカーを脱いで、短い革のブーツに履き替えた。そうすると彼女はいつもとは違う人のように見えた。

「食事とか」と彼女はグレーのマフラーを首に巻きながら言った。

「もしおなかが減っていれば」

「おなかはかなり減っていると思う。昼ご飯を食べる暇がなかったから」

でもどこに行って食事をすればいいのか、私には思いつけなかった。考えてみれば、この町に来て以来外食をしたことはほとんどなかった。そしてこれまでたまたま入った数少ない店はどれも、とくに感心するような料理を提供してはくれなかったし、サービスも洗練性を欠いたものだった。なんといっても山間の小さな町なのだ。ガイドブックに載るような洒落たレストランがあるわけでもない。

どこか食事のできる適当な店を知らないかなと、私は彼女に尋ねてみた。「この町のことはまだあまりよく知らないものだから」

「私もそれほどよく知っているわけではないけど、とくに印象的なお店はないかもね」

私は少し考えてから、ふと思いついて言った。「もしいやじゃなかったら、うちに来ないか？簡単な料理でよければすぐに作ってあげられるけど」

彼女はしばらく迷っていた。そして言った。「たとえばどんなものを作れるの？」

私はその日の昼、冷蔵庫に収めた食材を頭の中にざっとリストアップしてみた。

「小エビと香草のサラダに、イカとキノコのスパゲティみたいなものでよければ。それに合いそうなシャブリも冷えている。この町の店で買えるものだから、それほど上等なものじゃないけど」

「聞いているだけで心が惹かれちゃう」と彼女は言った。

彼女は店のドアの鍵を閉め、茶色の革のショルダーバッグを肩にかけた。そして私たちは暗くなった道を並んで歩き始めた。彼女のブーツのヒールはこつこつという乾いた硬質な音を立てた。

彼女は私に尋ねた。「いつもそんな風に自分でしっかり料理をこしらえているの？」

「外食するのも面倒だから、だいたいいつも自分で食事を作っている。それほど立派な料理じゃない。手のかからない簡単なものばかりだ」

「一人暮らしは長いの？」

「長いと言えば長いかもしれない。十八歳で家を離れてからあと、一人暮らししかしたことがないからね」

「そうか、一人暮らしのベテランなんだ」

「そう言われれば」と私は言った。「たいして自慢にはならないけど」

「そういえばお仕事をまだ聞いていなかったわ」

「この町の図書館の館長みたいなことをしている。小さな図書館だから、館長といっても名前だけで、常雇いはぼくも含めて二人しかいない」

「ふうん、図書館長さんか。とても面白そうなお仕事ね。でも私はまだその図書館に行ったことがないの。本を読むのは好きだし、この町に図書館があるということは知っていたけど、なにしろ毎日の仕事が忙しかったものだから」

「小さいけど、けっこう充実した内容の図書館だよ。建物も古い民家作りの造り酒屋の建物を改造したもので、なかなか素敵だ。もし暇ができたら一度来てみるといい」

「図書館の館長さんになる前は、どんなお仕事をしてらしたの？」

「大学を出てからずっと、東京の書籍販売の会社に勤めていた。本を扱うのが好きだったから。でも事情があってそこを辞めて、しばらく何もせずにぶらぶらしていたんだけど、この町の図書館が人を募集しているという話を耳にして、それに応募してみたんだ」

「都会暮らしがいやになったとか？」

「いや、そういうのでもない。図書館で働きたくて、就職先を探していて、人を募集していたのがたまたまこの町だった。都会でも田舎でも、北でも南でも、どこでもよかったんだけど」

「私は二年ほど前に離婚したの」と彼女は路面の凍り具合を確かめるように、注意深く足元を見ながら言った。「それでまあ何かと面倒なことがあって、しばらく気分的にけっこう落ち込んでいたの。何をする気も起きなくて。で、どこでもいいから、札幌から遠く離れたところに行ってみようと思ったわけ。私のことを知っている人が一人もいない場所であれば、日本国中ほんとにどこでもよかったの」

私は曖昧に相づちを打った。何をどう言えばいいのか、よくわからなかったから。彼女は少しの間沈黙していた。それから言った。

「それでさっきも言ったように、インターネットで検索して、この町の駅近くでコーヒーショップの権利が売りに出ているのを見つけたの。実際にここまで足を運んで現物を見てみて、なかなか悪くないと思った。予想収益とか経費とかあれこれ計算をして、この店を持って働いて、私一人くらいならとりあえず生活していけるだろうと見当をつけた。いちおう銀行員だったから、そういう計算には慣れているの。そしてまた、こんな山奥の小さな町まで来れば、誰も私を見つけられないだろうと。それで銀行勤めを辞めて、もらった退職金にこれまでの貯金を足して店の権利を手に入れ、こちらに移ってきた。誰にも転居先を教えずにね。ありがたいことに手持ちのお金でなんとか間に合って、借金はつくらずに済んだ」

「それはよかった」

「こんな身の上話をしたのって、ここに移ってきてからあなたが初めてよ」

「誰にも話さなかった？」

「誰にも」

「深い穴を掘って、その底に向かって洗いざらい打ち明けたこともない？」

「ないわ。あなたはあるの？」

私はそれについて考えてみた。「あるかもしれない」

境遇がいくぶん似通っていることで、お互いに親しみに近い感情を持てたかもしれない。東北の山中の小さな田舎町に、風に吹き寄せられるようにやって来た独り身のよそ者たちだ。もともとの知り合いは一人もいない。この先そこに根を下ろすのかどうか、それも定かではない。

家に着くと、真っ先にストーブの火をつけた。そしてコートを脱ぎ、白ワインのボトルを開け、グラスに注いで乾杯した。

私はグラスを手に台所に立って、ちびちびとワインを味わいながら、サラダとスパゲティを作った。彼女は興味深そうに私の作業を眺めていた。スパゲティを茹でるための湯を鍋に沸かしているあいだに、ニンニクを一粒薄く切り、イカとキノコをフライパンで炒める。パセリを手早く細かく刻む。それから小エビの殻を剝き、グレープフルーツを切り揃え、柔らかなレタスの葉と香草を混ぜ合わせ、オリーブオイルとレモンとマスタードを合わせて作ったドレッシングをかける。

「ずいぶん手慣れているのね。手順がいい」と彼女は感心したように言った。

「いちおう一人暮らしのベテランだからね」

「私はまだ一人暮らしの初心者だし、正直言って料理もあまり得意なほうじゃない。掃除をするのは好きだけど。そういうのって生まれつきの性格かもね」

「何年くらい結婚していたの？」

「十年に少し届かないくらい」

「ずっと札幌で？」

「ええ」と彼女は言った。「私は札幌で生まれて、そこで育った。とても平穏な家庭で、とても平穏に。結婚した相手は高校時代のクラスメートだったの。大学を出て銀行に就職して、二十四歳のときに結婚した。最初のうちはけっこううまくいっていたと思うんだけど、でも気がついたらうまくいかなくなっていた」

「スパゲティを鍋に入れるから、時間を計っていてくれないかな」と私は言った。「八分三十秒経ったら教えてほしいんだ。八分三十秒をたとえ一秒でも過ぎないように」

「わかった」、彼女はそう言って、壁の掛け時計を真剣な目で見上げた。「きっかり八分三十秒ね」

私は沸騰した鍋にスパゲティを入れ、木のへらでほぐすようにかき回し、それからサラダを盛り分け、テーブルに食器をセットした。

私たちは小さな食卓を挟んで冷えたシャブリを飲み、サラダを食べ、スパゲティを食べた。そして食後にコーヒーを飲んだ。デザートはなし。

誰かと食事を共にするのは、かなり久しぶりのことだった（最後に誰かと一緒に食事をとったのはいつだったろう?）。そしてそれはなかなか悪くないものだった。誰かのために食事の用意をし、テーブルにまともな食器を並べ、気楽な会話を交わしながら夕食をとること。私たちは料理を少しずつ口に運び、ワインのグラスを傾けながら、お互いのことを語り合った。とはいっても、私の方には語るべきことはそれほどなかったから、彼女の話が中心になった。

彼女は札幌市内にあるこぢんまりした上品な女子大学を卒業し、地元の銀行に就職した。そして高校の同窓会で彼と再会し、あっという間もなく恋に落ち、二十四歳のときに結婚した。多くの友人たちが集まる賑やかな結婚式だった。誰もが二人の門出を温かく祝福してくれた。それが十年ほど前のことだ（とすると今は三十六歳、たぶん添田さんと同じくらいの年齢だ）。

彼は大手の食品関係の会社に勤務していた。小麦粉の輸入と加工を主な仕事とする会社だ。新婚旅行にはバリ島に行った。そこに着いてすぐ、夫はひどい食中毒をおこし（どうやら蟹にあたったらしかった）、執拗な下痢と嘔吐に悩まされ、旅行のあいだほとんど横になったきりという状態だった。食事もろくにとれない。彼がベッドに突っ伏している間、彼女は一人でホテルのプールで泳ぎ、日本から持参した本を木陰で読んでいた。ほかにやることもなかったから。彼女はきれいに日焼けして、彼はげっそり痩せ衰えて帰国した。しかしそのような恵まれないスタートにもかかわらず、結婚してしばらくは穏やかで幸福な生活が続いた。新婚旅行での惨めな体験も、二人の間の楽しい思い出話となった。

「どこからうまくいかなくなったのか、私にはわからない」と彼女は小さく首を振りながら言った。そしてワインを一口飲んだ。「でもとにかく、いつかどこかの時点で、何か大事なものが壊れてしまったみたいで、いろんなことが微妙にうまくいかなくなってきた。何をやっても微妙に食い違ってしまうの。会話は今ひとつかみ合わないし、いろんな好みや考え方も違っていることがだんだんわかってきたし、それからセックスも……うん、なんとなくわかるでしょう？」

私はやはり曖昧な相づちを打った。そしてボトルをとって、彼女のグラスにワインを注いだ。

彼女の色白の頬はワインのせいでほんのりと赤らんでいた。

「それで結局、彼が会社の同僚の女性と浮気みたいなことをして、そのことが私にばれて、離婚の直接の原因になったわけ。何かを隠すのがわりに不得意な人だったから」

「なるほど」と私は言った。

「でもその女の人とは、それほど深い関係というのではなかったみたい。ちょっとしたはずみっていうか、そのときの出来心っていうか。彼も反省して、きちんと謝ってくれた。もう二度とそんなことはしないと約束した。まあ、世間ではありがちな話よね。でも私の方は、気持ち的にもう元に戻れなくなっていた」

私は肯いた。とくに何も言わず。

「でもいちばんきつかったのは、彼と離婚したことそのものより、自分の気持ちに確信が持てなくなったということかもしれない」、彼女は手にしたワイングラスをじっと見つめながら言った。「もうこの先、どんな男の人と知り合っても、そして結婚みたいなことをしても、相手の人のことをどれほど自分が愛していると思っていても、時間が経てばまた同じようなことが起こるんじゃないかって、そんな気がしてしまうのね。以前はそんなこと考えもしなかったんだけど」

「彼のことは高校時代から知っていたんだね？」

「ええ、同じクラスだったから。でもそのときは個人的に交際していたわけじゃない。何度か軽く話をしたことがあるくらい。彼のことはなかなか素敵だと密かに思ってはいたの。背が高くてまずまずハンサムで、成績も上の方だったから。でも私はバレーボール部の部活で忙しかったたし、彼もサッカー部のキャプテンをしていたし、もちろん受験勉強もあったたし、一対一で親しくなるような暇もなかったの」

「ハンサムでスポーツマンだったんだ」

「ええ、高校生の女子が憧れちゃうタイプよ。クラスでもすごく人気があったわ、もちろん。それで大学を出て同窓会で久しぶりに顔を合わせ、お酒を飲みながら二人で話をしていて、あっという間に意気投合しちゃったわけ。昔から君のことは気になっていたんだ……みたいな。まあ、よくあるパターンよね」

「よくあることなんだ」

「うん、よくあることよ、そういうのって。だって……あなたは高校の同窓会とか出たことないの？」

私は首を振った。「同窓会って一度も出たことがないな。小学校から大学まで」

「過去のことはあまり思い出したくない？」

「そういうのでもないけど、学校とかクラスとか、正直言ってあまり馴染めなかった。同じクラスにいた誰かともう一度会いたいという気にもなれないし」

「好意を持っていた素敵な女の子とか、クラスにいなかったの？」

私は首を振った。「いないと思う」

「昔から孤独が好きだったのかな？」

「孤独が好きな人なんていないよ。たぶんどこにも」と私は言った。「みんな何かを、誰かを求めているんだ。求め方が少しずつ違うだけで」

「そうね。そうかもしれない」

コーヒーを飲み終え、二人で台所に立って、使った食器を洗い終えたとき（私が洗ったものを彼女が布巾で拭いてくれた）、壁の時計の針は九時前を指していた。そろそろうちに帰らなくちゃ、明日はまた仕事が早いからと彼女は言った。私は彼女のコートとマフラーをとってきた。そしてコートを着せかけた。まっすぐな黒い髪を、彼女はコートの襟の中にたくし入れた。

「夕ご飯をありがとう」と彼女は言った。「とてもおいしかったわ」

「家まで送るよ」と私は言った。

「大丈夫よ。自立した大人だし、一人で安全にうちまで帰れるから」

「少し歩きたいんだ」

「こんな寒い夜に？」

「寒さというのはあくまで相対的な問題だ」

「もっと寒い夜もあった？」と彼女は尋ねた。

「もっと寒い場所もあった」

彼女はしばらく私の顔を見て、それからこっくり肯いた。「うん。じゃあ、送ってもらうわ」


二人で肩を並べて、川沿いの道を歩いた。彼女のブーツの踵《かかと》が、ところどころで凍った地面を踏んで、ぱりぱりと固い音を立てた。私はその音を聞きながら、壁に囲まれた街で、図書館の少女を住まいまで送ったときのことを思い出さないわけにはいかなかった。そこではせせらぎの音が聞こえ、時折夜啼鳥の声が聞こえ、川柳《かわやなぎ》の枝が風に揺れた。彼女が身に纏った古いレインコートは、かさこそという乾いた音を立てていた。

私の中で時間が入り乱れる感覚があった。二つの異なった世界が、その先端部分で微妙に重なり合っている。満潮時の河口で、海の水と川の水とが上下し、前後し、入り混じるように。

風こそなかったが、たしかに夜は冷え込んでいた。昼間は二月の終わりにしてはいくぶん暖かだったが、日が暮れたあと気温が急降下したらしかった。我々はしっかりとコートにくるまり、顎の上までマフラーを巻いた。そして口から白い息を吐いた。その上に字が書けそうなくらい真っ白で堅い息だ。でも私はむしろそんな寒さを歓迎した。それは私の内側にある混乱をいくらか冷ましてくれた。

「今夜はなんだか、私が自分の話ばかりしていたような気がする」と彼女は歩きながら言った。

「考えてみれば、あなたは自分の話をほとんどしなかった」

「これまでのところ、とくに語るべきことの見当たらない人生だった」

「でも興味があるわ。どういう過程を経て、今あるようなあなたができあがったのか、そういうところが知りたい」

「それほど興味深い過程でもないよ。普通の家庭に育って、普通の仕事について、一人で静かに暮らしてきた。ありきたりの人生だよ」

「でも、少なくとも私の目には、あなたはとてもありきたりの人のようには見えないけど」と彼女は言った。「結婚しようと思ったことはある？」

「何度かあるよ」と私は答えた。「ぼくは普通の人間だからね。人並みにそういう気持ちになったこともあった。でもそういう可能性が出てくるたびに、どうしてかうまくことが運ばなかった。それでそのうちにだんだん同じことの繰り返しが面倒になってきたんだ」

「恋をすることが？」

私はそれに対してうまく返答することができなかった。しばらく沈黙が続いた。その沈黙は宙に浮かぶ白紙の息というかたちをとっていた。

「でもとにかく、ありがとう。こんな風に誰かと、食事をとりながらゆっくり話ができたのは、ほんとに久しぶりだった」と彼女は言った。「この町に移ってきて初めてのことね」

「それはよかった」

「ワインのおかげで、少ししゃべりすぎたかもしれない。でもあなたはきっと人の話を聞くのが上手なのね」

「ぼくはワインを飲むと、つい人の話が聞きたくなるんだ」

彼女はくすくす笑った。「でも自分のことはあまり語らないのね」


気がついたとき、我々は彼女のコーヒーショップの前に立っていた。

「ここが私のおうちなの」と彼女は言った。

「ここが？」

「ええ、二階部分が寝泊まりできるようになっているの。狭いけど、簡単な設備はいちおう揃っていて、生活していくことはできる。もっとましな住まいを見つけて引っ越したいと思っているんだけど、なかなかその時間が見つけられなくて」

「でも便利でいい」

「ええ、そうね、便利なことは便利だわ。なにしろ通勤時間はゼロだから。とても人にお見せできるようなところじゃないけど」

彼女はドアの鍵を開けて、店の中に入った。そしてカウンターの明かりをつけた。

「また誘ってかまわないかな？」と私は戸口の内側に立って彼女に尋ねた。その言葉もほとんど意識することなく、私の口からさらりと出てきた。まるでどこかの熟練した腹話術師が、私の口を勝手に動かしてしゃべっているみたいに。

「もし迷惑じゃなければ、ということだけど」、なんとか自分の裁量でそう付け加えた。

「おいしい夕ご飯をまた作ってもらえるなら」と彼女は生真面目な顔で言った。

「もちろん、喜んで作ってあげるよ」

「冗談よ」と彼女は言って笑った。「夕ご飯なしでもかまわないから、また誘って」

「君のお店は何曜日に休むの？」

「毎週、水曜日がお休みなの」と彼女は言った。「他の日は朝の十時から、夕方の六時まで店を開けている。あなたの図書館は？」

「毎週、月曜日が休館日になっている。それ以外の日は、朝の九時から夕方の六時まで開館している」

「どうやら私たちは、日が暮れてから顔を合わせるしかないみたいね」

「二羽のフクロウのように」

「暗い森の奥の、二羽のフクロウのように」と彼女は言った。

「定休日を月曜日に変更すればいいんだ。経営者は君なんだから、何曜日に店を閉めようが君の自由だ」

彼女は首を傾けて少し考えていた。「そうね。そのことは少し考慮してみなくちゃ」

それから彼女は私の前につかつかとやって来て、首を伸ばし、すばやく私の頰にキスをした。とても自然に、どこまでも当たり前のことのように。彼女のふっくらとした唇は、マフラーでずっとくるまれていたせいだろう、驚くほど温かく柔らかだった。

「うちまで送ってきてくれてありがとう。こういうの、久しぶりで楽しかったわ。なんだか高校生のデートみたいで」

「高校生は初めてのデートで冷えたシャブリは飲まないし、離婚のいきさつを話したりもしない」

彼女は笑った。「そうね、たしかに。それでも」

「おやすみ」と私は言った。そしてコートのポケットから毛糸の帽子を出してかぶった。彼女は手を振り、内側からドアの鍵を閉めた。

右側の頰には彼女の唇の感触がほんのりと残っていた。私はその部分を保護するように、目の下までしっかりとマフラーを巻いた。空を見上げたが、月も星も見えなかった。たぶん雲が出てきたのだろう。

54

考え事をしながら歩いていたせいか、気がつくと、私の足は自宅にではなく図書館に向かっていた。腕時計の針は九時四十分を指していた。

どうしたものか一瞬迷ったが、そのまま図書館に立ち寄ってみることにした。誰かと久しぶりに長く話をしたことで、またたぶん頬に残っていた柔らかな唇の感触のせいもあるだろう、私はどこかで――彼女の気配がまだ残っている自宅ではないところで――気持ちを少し落ち着かせたかった。そんな心持ちになるのは、考えてみれば久しぶりのことだ。

なんだか高校生のデートみたい、と彼女は言った。そう言われてみれば、たしかにそうかもしれない。この土地にあっては、彼女も私も多くの意味でまだ「初心者」のようなものなのだ。新しく生じた環境に、心も身体もまだじゅうぶん馴染んではいない。新品の衣服に身体がうまく慣れないみたいに。動作にもしゃべり方にも、お互い少しずつぎこちないところがある。頬に軽くお礼のキスをされただけで気持ちが高ぶり、帰り道を間違えるなんて、レベルとしてはたしかに高校生並みかもしれない。

コートのポケットから鍵束を出し、図書館の入り口の鉄扉を小さく開け、また閉めた。緩やかな坂を上り、玄関の引き戸を開けた。図書館の中は暗く冷え切っていた。壁付の非常灯の緑色の明かりが仄かに館内を照らしていた。夜中に図書館を訪れるのはこれが三度目だ。最初のときほどの緊張はない。暗がりに目を慣らしてから、非常灯の微かな明かりを頼りにカウンターに行って、常備してある懐中電灯を手に取った。その光で足元を照らしながら、廊下の奥にある半地下の部屋に向かった。

私が半地下の部屋の扉をそっと開けたとき、中は暗かった。しかしストーブの中では火が燃えていた。炎が大きく燃え上がっているわけではないが、何本かの太い薪が確かなオレンジ色に輝いていた。そしていつもの林檎の古木の匂いが漂っていた。部屋の白い漆喰壁は火の輝きを受けて、オレンジ色にうっすらと染まっていた。

私はあたりを見回してみた。誰かがストーブに薪を入れ、火をつけたのだ。おそらくは子易さんだろう。そして彼は私をここで待っていたのだ。しかし部屋の中にはその姿は見当たらなかった。ただ音もなく静かに火が燃えているだけだ。火はしばらく前につけられたらしく、火勢は安定し、小さな部屋は程よく暖まっていた。私はマフラーを外し、手袋をとり、ダッフルコートを脱いだ。そしてストーブの前に立って冷えた身体を温めた。

「子易さん」と私は試しに声に出してみた。返事はない。声は響きを欠いたまま四方の壁に吸い込まれていった。

子易さんは私が今夜、道を間違えてこうしてここに立ち寄ることを、前もって知っていたのだろうか。それとも彼が意図して、私の足をこちらに向けさせたのだろうか。何かを伝えるために？　死者の魂がどれほどの能力を有しているのか、生きている私には見当もつかない。

しかしその小さな部屋には、どれだけ見回しても子易さんの姿はなかった。部屋の中にいるのは間違いなく私だけだ。私は一人そこに立ち、ただ黙してオレンジ色の火を眺め、身体を温め、時間が過ぎていく様子を見守っていた。

そのオレンジ色の火は、私の心に静かな温もりと安らぎを与えてくれた。古代の祖先たちも洞窟の奥でやはり同じように火を前にして、自分はこのいっとき、身を切る寒さや凶暴な獣たちの牙から守られているのだという安心感を得ていたことだろう。寒い夜に赤々と輝く火には、遺伝子に深く刻み込まれた集合的記憶を呼び起こすものがあった。

少し前まで子易さんはこの部屋にいたのだ——まず間違いなく。そしてストーブに薪を入れて火をつけ、その火を弱すぎもせず強すぎもしないように給気を調整した。私がここにやって来る頃には、部屋が適度に心地よくなっているように、前もって準備してくれたのだ。そんなことをしてくれる人が子易さん以外にいるはずがない。なのに子易さん本人はここにはいない。彼はストーブの火を残して、どこかにいなくなってしまったのだ。

何か急に用事ができたのかもしれない。死者にどんな急用ができるものか、私にはもちろん知りようもないわけだが、しかしとにかく何かしらの用件が生じて、ここで私の来訪を待っていることができなくなった。そういうことだろうか。あるいはストーブに火をつけたところで（バッテリーが切れるように）魂としての力が尽き、それ以上人の姿かたちをとっていられなくなったのだろうか。人の形態をとるには、つまり幽霊としてこの世界に現れるには、かなりのエネルギーが必要とされると彼は語っていたから。

でも何があったにせよ、今の私にできるのは、彼の残してくれたストーブの火を眺めながら、何かが起こるのをただ待ち受けることだけだった。だから私は待った。そして時折、深い沈黙に句読点を打つように、あるいは声を発する能力がまだ自分に残っていることを確かめるように、私は空間に向かって小さく叫んだ。

「子易さん」

しかし返答はなかった。返答に近い何らかの気配のようなものもなかった。部屋を包んだ沈黙は重く濃密で、身じろぎひとつしなかった。まるで真冬の上空に重く腰を据えた分厚い雪雲のように。私はストーブの扉を開け、新しい薪を足した。

ストーブの前に立ったまま、コーヒーショップの女性店主のことを考えた（そういえば彼女の名前はなんというのだろう。名前を聞くことをどうして思いつかなかったのだろう。またどうして私は自分の名前を相手に教えなかったのか。名前みたいなものはさしあたって、とくに大事な問題ではないのだろうか）。彼女のほっそりとした体つき、まっすぐな黒髪、化粧気の薄い顔、ときどき皮肉っぽく曲げられるふっくらとした唇。彼女には私の心を惹きつける何か特別なところがあるのだろうか？　美人というわけでもないし、それほど年若くもない（もちろん私よりは十歳ほど若いけれど）。

しかし何はともあれ彼女の姿は私の心の隅の方に（しかし視線が間違いなく届くところに）腰を据えたまま、そこから動こうとはしなかった。彼女は何かを、あるいは誰かを、私に思い出させるのだろうか？　しかしどれだけ考えても、彼女の姿かたちは他の何にも、誰にも結びつかなかった。彼女はあくまで彼女自身、独自の存在として私の中に静かに位置を定めていた。

自分自身に対する率直な質問――私は性的な欲望を彼女に対して抱いているのだろうか？

抱いている、と私は思う。私は健康な（たぶん健康なのだと推測する）性欲を有する一人の男性として、彼女に対して性的な欲望を抱いている。それはまず間違いのないところだ。しかしその性欲は今のところ、コントロールしきれないほど強力なものではないし、その発露が招くかもしれない実際的な諸問題を忘れさせるほど確信に満ちたものでもない。可能性が形態を微妙に変化させながら、私の心のドアを穏当にノックしている、というあたりに留まっている。私の耳はそのノックの音を聞き取る。聞き覚えのある音だ。

もっと要点を絞ろう。

私は彼女に恋をしているのか？

答えはおそらくノーだ。思うに、私はそのコーヒーショップの女性に恋してはいない。自然な好意を抱いてはいるけれど、それは恋とは違う。恋をするための私の心身の機能は――相手に自分をそっくり差し出したいと願う総合的衝動のようなものは――遥か昔に燃え尽きてしまったように思える。いつか子易さんは私にこのようなことを言った。

「あなたは人生のもっとも初期の段階において、あなたにとって最良の相手と巡り会われたのです。巡り会ってしまった、と申すべきなのでしょうか」

それはおそらく事実だ。これまでの人生における幾度かの苦い経験が、私にそのことを明瞭に教示してくれた。叩き込んでくれた、というべきか。そう、私は身をもって学んだのだ……少なからぬ授業料を支払って。できればもうそのような経験は二度としたくない。心ならずも他人を傷つけ、その結果自分をも傷つけるような経験は。
それでもやはり彼女と寝るところを想像しないわけにはいかなかった。もし私が本気で望めば、彼女はその求めに応えてくれるかもしれない——そういう気がした。そして私はその様子を想像した。彼女の服を脱がせて、ベッドの中で裸で抱き合うところを。彼女の裸の身体を想像し、その身体を抱く感触を想像した。十七歳のとき、これから会いに行く少女の衣服を脱がせていく様子を、電車の中で想像したときと同じように。そしてそのときと同じような罪悪感を私は抱くことになった。過去における自分の性欲と、今現在の自分の性欲とを、うまくより分けることができなかった。そのふたつは私の中でもつれ合い、ひとつに絡み合っていた。そのことが私を少なからず混乱させた。

それからぼくは、きみの一対の胸の膨らみのことを考え、きみのスカートの中について考える。そこにあるもののことを想像する。ぼくの指はきみの白いブラウスのボタンをひとつずつ不器用に外し、きみのつけている（であろう）白い下着の背中のフックをやはり不器用に外す。ぼくの手はそろそろときみのスカートの中に伸びていく。きみの柔らかな太ももの内側に手を触れ、それから……

私は目を閉じ、その再現されたイメージを頭の中から消し去ろうと努めた。あるいは、どこか目に見えないところに押しやろうとした。しかしそのイメージは簡単に消えてはくれなかった。
違う。そうじゃない。それは今現在のことではない。それはこの場所での出来事ではない。既に失われ、どこかに消えてしまったものごとなのだ。私は違う成り立ちのイメージをふたつ、勝手に重ね合わせているだけだ。それは正しいこととは言えない。

でもほんとうにそうだろうか、と私は思う。それはほんとうに正しくないことなのだろうか？

腕時計の針は十二時少し前を指していた。私は無人の図書館の奥にある、正方形の半地下の部屋で、薪ストーブの前に立ち、身体を温めながら物思いに耽っていた。薪の燃え崩れるがらりという音が部屋に響いた。私はストーブの炎に目をやり、それからもう一度部屋の中を見渡した。

「お待たせをいたしました」と子易さんが言った。

55

「お待たせをいたしました」と子易さんが言った。

私は物思いからはっと目覚め、あわててあたりを見回した。子易さんは暗い片隅に置かれた、古い木製の椅子の上に腰掛けていた。紺色のベレー帽をかぶり、格子柄のスカートをはき、ツイードの上着を着ていた。そして白い薄手のテニスシューズ。いつもの格好だ。コートは着ていない。

「もっと早くここに参るはずだったのですが、何かと妨げがあり、お待たせしてしまった」

私はうまく言葉を見つけることができず、ただ黙って肯いた。ストーブに背中を向け、そこに立ったまま子易さんの顔を見ていた。彼の顔はいつもより白っぽく、どこかしら寂しげな表情を浮かべていた。

「かなり長いあいだ、この図書館にもうかがえなかった」と子易さんは言った。「あなたにもお目にかかることができなかった。こうして人の姿をとることが、だんだんうまくできなくなってきたのです。この地上を離れる時期が次第に近づいてきたのかもしれません」

そう言われてみると、子易さんの姿はいつもに比べていくぶん小さくなり、また質感を欠いているように見えた。じっと見ていると、向こう側が透けて見えそうに思えるほどだった。映画のフェイドアウトの最初の段階みたいな感じだ。

「お久しぶりです」と私は言った。「子易さんにお目にかかれないと寂しいです」

子易さんは微かな笑みを口元に浮かべた。表情の動きは弱々しい。

「そう言っていただけるのはなにより嬉しいのですが、わたくしは所詮、既に死んでしまった人間です。こうしてあなたにお目にかかれるのは、あくまでいっときの出来事に過ぎません。猶予期間のようなものを、特別に与えてもらっているだけのことです」

特別に与えてもらっている、と私は彼の言葉を頭の中で反復した。いったい誰に？　でもそんなことを尋ねていたら、話が長くなってしまう。私には話さなくてはならない大事なことがあった。

私は言った。「あなたがいらっしゃらない間に、いくつかのことが起こりました」

「はい。わたくしもおおよそのところは理解しておるつもりでありますが、ああ、やはりあなたの口から説明していただいた方がよいかもしれません。誤解があるといけませんので」

私はイエロー・サブマリンのパーカを着た少年と言葉を交わしたことを話した。そして少年がこの世界を離れ、「壁に囲まれた街」に移りたいと思っていることを。子易さんは腕組みをして、私の話を黙って聞いていた。相づちを打ったりもしなかった。時折ほんの小さく肯くだけだ。その目は終始閉じられ、眠っているのではないかと思ったほどだった。しかしもちろん眠ってはいなかった。余計なエネルギーを使わないように動作を控えているだけだ。

私が話すべきことを話し終えると、子易さんは腕組みをしたまま、それについてしばらく考えを巡らせていた。あるいは考えを巡らせているように見えた。その身体は微動だにしなかった。まったく息をしていないようにも見えた。しかし考えてみれば、彼は既に死んでしまった人間なのだ。息をしなくても不思議はないのかもしれない。

あるいは人は二度、死を迎えるものなのかもしれない。地上における仮初めの死と、ほんものの魂の死だ。しかしもちろん、誰もがそういう死に方をするわけでもあるまい。子易さんはきっと特殊なケースなのだろう。

「あの少年が、あなたとそうやって話ができたというのは、喜ばしいことです」と子易さんはようやく口を開いて言った。「あの子は誰とでも話ができるというものではありませんから。というか、ほとんど誰ともしゃべらんのです」

「でも会話といっても、ほとんどが無言のジェスチャーと筆談でした。実際に声を出したのはほんのときどきです」

「それでよろしいのです。わたくしとの会話もおおよそそのようなものでした。それがあの子の普通の話し方なのです。そういう切れ切れの意思の疎通が、彼には自然なものなのです。少なくともこの世界においては」

ストーブの中で猫がうなるようなふうっという音が聞こえ、振り向いてそちらに目をやった。しかし薪の状態に変わりはなかった。おそらく給気口で空気が舞うか何かしたのだろう。私は子易さんに目を戻した。彼は同じ姿勢のまま薄く目を開けていた。

「彼は壁に囲まれた街に移り住むことを強く望んでいます」と私は言った。「私がかつて暮らしていた街にです。しかしそこに入るには、こちらの世界における自分を消し去る必要があります。

影を失った人間は、結果的にこちらの世界における存在を失わなくてはなりませんから」

　子易さんは肯いた。「はい、そのことは承知しております。あなたはいろいろあった末に、こちらの世界に戻ってこられ、影を回復された。しかしあの子はあちらの世界にそっくり移行することを望んでいる」

「そのようです」

「おそらくはあなたもご存じのとおり、この世界はあの子には向いておらんのです。ここにはあの子のための場所はないようです」

「あの子がこの世界に向いていないだろうことは、私にもある程度理解できます。しかし、だからといってあちらの世界に移る手助けをしてやっていいものでしょうか？　ひょっとしてあの子は、あとになってから、そこにやって来たことを後悔するかもしれません。こんなところに来なければよかったと思うかもしれません。なんといってもまだ十六歳ですし、今ここで人生の進路を最終的に決定するだけの判断力を持ち合わせているかどうか、それも疑問です」

　子易さんはゆっくり一度肯いた。私の言いたいことはよくわかる、という風に。

　私は言った。「あの街は一度中に入ると、そこから出るのはほぼ不可能なところです。高い壁にまわりを囲まれ、屈強な門衛が厳しく出入りの管理をしています。そしてその街で暮らしている人々は、満ち足りた生活を送っているとはいえません。冬は寒く長く、多くの獣たちが飢えと寒さのために死んでいきます。そこは決して楽園ではないのです」

「でもあなたは、そちらの世界に居住することを選ばれた。そして高い壁に囲まれた街の中で、あなたの心が従来求めていたはずの生活を送られることになった。あなたの影に街から出て行こうと誘われても、単身あとに残ることを選ばれた。そうですね？　結果はともかくとして」

　私はゆっくり息を吸い込み、そして吐いた。深い海の底から浮上してきた人のように。

「そのとおりです。しかし私自身、自分の決断が正しかったかどうか、今でもなお判断に苦しんでいます。果たしてその街に留まるべきだったのか、それともこちらに戻るべきだったのか。結果的には下した決断とは関係なく、このようにこちらにはじき返されてしまったわけですが……。ですから、あの少年がその街に入ることができたとして、果たしてそこでの生活に溶け込めるかどうか、予測がつかないのです」

　今では子易さんは目をしっかりと見開き、天井の片隅を見つめていた。そこに何か特別なものが潜んでいるかのように。私もその場所に目をやった。しかし特別なものは何も見えなかった。ただ天井の片隅があるだけだ。

「そうしてあなたは判断に苦しんでおられる」と子易さんは言った。

「そうです。どうしたものか、判断に苦しんでいます。彼の願望をかなえてやっていいものかどうか。あの少年を、というか一人の人間存在を、こちらの世界から消し去ってしまう手助けをしていいものかどうか」

「よろしいですか」、子易さんは言葉を強調するように指を一本立てて言った。「よろしいですか、ああ、あなたは判断に苦しむ必要などありません。なぜならば、あなたには判断を下す必要もないからです」

「しかしあの子は私に、その街まで導いてもらいたいと求めています。彼はそこへの行き方を知らないからです」

「しかしあなたにはそれができない。なぜならば、あなたはその街に行ったことはあるけれど、行き方を知っているわけではないから」

「そのとおりです」

「ですから、あなたはなにも判断に苦しむ必要などないのです」と子易さんは静かな声で繰り返した。「つまり、こういうことです。あなたは自分の見る夢を自分で選ぶことができますか？」

「できないと思います」

「ならば、あなたは誰か他の人のために、その人が見る夢を選んであげることができますか？」

「できないと思います」

「それと同じことなのです」

私は言った。「つまりあなたがおっしゃりたいのは、あの壁に囲まれた街は、私が夢に見たものに過ぎなかった、ということなのですか」

「いえいえ、そうではありません。わたくしが申し上げているのは、あくまで比喩の領域においてのことです。壁に囲まれた街は間違いなく存在しております。しかしそこに行くための定まったルートがあるわけではない、ということを言いたかったのです。そこに達する道筋は人によってそれぞれに異なっております。ですから、もしあなたがそうしようと決めたところで、あなたには彼をそこまで手を引いて案内して行くことはできません。あの子は自分の力で、自分自身のルートを見いださなくてはならんのです」

「つまり判断に苦しむも何も私には、あの少年がその街に移行するための具体的な手助けをすることはできない。そういうことですか？」

「そのとおりです」と子易さんは言った。「彼はその街に行く道筋を自分で見いだしていくことでしょう。それにはおそらくあなたの助力が必要となりますが、それがどのような助力なのか、それも彼自身が自らの力で見いだすはずです。あなたが判断を下す必要はありません」

私は子易さんが言ったことについて私なりに考えを巡らせてみたが、それが何を意味するのか十分理解はできなかった。論理の順序がうまく見えない。

子易さんは続けた。

「よろしいですか、あなたは既にじゅうぶんに彼の手助けをなさっておられるのです。なぜならば、あなたはあの少年の意識の中に、その『高い壁に囲まれた街』を打ち建てられたのですから。その街は今では彼の中に生き生きと根付いております。この世界よりも遥かに生き生きと」

私は言った。「つまり、私の中にあったその街の記憶が、彼の意識にそのまま移されたということなのでしょうか？　立体的に転写されるみたいに」

「はい、彼には生まれつき、そういう正確無比な転写能力が具わっているのです。このわたくしも、ああ、及ばずながらいくらかその手助けのようなことをしたかもしれませんが」

「でもそれは、そっくりそのままの転写というのではないはずです。なぜならその街に関する私の知識は完全なものではないし、また私の記憶は正確なものとは言えないから」

子易さんは肯いた。「はい、彼の中に打ち建てられたその街は、あなたが実際に暮らしておられた街とは、いろんなところが少しずつ異なっているかもしれません。成り立ちの基本は同じですが、細かい部分は彼のための街として作り直されているはずです。そのための街でありますから」

そうかもしれない。考えてみれば、私がそこに暮らしているときから既に、街を囲む壁は刻々とその形状を変化させていたのだ。まるで臓器の内壁のように。

子易さんはしばらく間を置いた。そして言った。

「ですからいずれにせよ、ああ、彼がどちら側の世界を選ぶかについて、あなたは思い悩む必要はないのです。あの子はあの子自身の判断で、生き方を選び取っていきます。ああ見えて芯の強い子です。自分にふさわしい世界で、たしかに力強く生き延びていくことでしょう。そしてあなたは、あなたの選び取られた世界で、あなたの選んだ人生を生きていけばよろしいのです」

子易さんはもう一度胸の前で腕組みをして、私の顔をまっすぐ見た。

「あなたは既にあの子のために十分良いことをなすった。彼に新しい世界の可能性を与えたのです。それは彼のために喜ばしいことであったと、わたくしは確信しております。それはなんと申しますか、継承のようなものであるかもしれません。ええ、そうです、あなたがこの図書館でわたくしの継承をなすったのと、ちょうど同じようにです」

子易さんの述べたことを、自分なりに呑み込むのにいくらか時間が必要だった。継承？ イエロー・サブマリンの少年がいったい私の何を継承するのだろう？

子易さんは腕組みしていた両腕をほどき、膝の上に戻して言った。

「ああ、そろそろおいとましなくてはなりません。残された時間が尽きようとしております。わたくしにはわたくしのための場所がありまして、そちらに移らねばなりません。ですから、こうしてあなたとお会いする機会ももうないでしょう。おそらく」

私が見ている前で子易さんの姿は少しずつ薄れ、やがて完全に消えていった。煙が空中に吸い込まれるように。あとには古い木製の椅子だけが残った。私は長い間その椅子を見つめていた。子易さんがもう一度姿を現して、何か言い残した言葉を投げかけてくれるのではないかと期待して。しかしどれだけ待っても、彼はもう姿を現さなかった。古い木製の椅子が沈黙の中に空しく置かれているだけだった。

彼は間違いなく永遠に消えてしまったのだと私は悟った。この世界から最終的に去っていったのだ。それは何より切なく悲しいことだった。おそらく、どんなほかの生きている人間が死んでしまったときよりも。

ストーブがまた猫のうなり声のような音を立てた。外では風が舞っているのだ。私はストーブの火が消えたのを見届け、図書館を出て家に帰った。

56

翌朝、玄関の引き戸を抜けて図書館に足を踏み入れたとき、そこが以前の図書館とは別の場所になっていることが私にはわかった。肌に触れる空気の質が変化し、窓から差す光の色合いが見慣れぬものとなり、様々な音の響き方が違っていた。子易さんがそこから存在を消してしまったせいだ——永遠に、完全に。しかしそのことを知るものは、おそらく私の他にはいない。

いや、イエロー・サブマリンの少年は、あるいは知っているかもしれない。彼はいろんなことを直感的に知りうる人間だし、また子易さんとも親しく接触していた。だから子易さんの魂がこの世界から去っていったことを、自然に感じ取っているかもしれない。あるいは子易さんは——私に対してそうしたのと同じように——自分がもういなくなってしまうことを彼にじかに伝えているかもしれない。

しかしもし私がその少年に何かを尋ねても、それに対する答えはおそらく返ってくるまい。彼は基本的に自分が語りたいことを、自分が語りたいときにしか語らないし、その語法もあくまで断片的であり、往々にして象徴的なものだ。彼との対話が成立するのは、彼がそれを望んだときに限られている。

添田さんはどうやらそのことをまだ知らないようだった。少なくとも彼女はその朝私と顔を合わせても、とくに普段と違った素振りは見せなかった。いつもの穏やかな小さな微笑みを浮かべて、私に軽く挨拶をしただけだ。そしていつもの朝と同じように、定められた職務をきびきびと的確に処理し、パートタイムの女性に必要な指示を与え、来館者の応対にあたっていた。

火曜日の朝だ。久しぶりの太陽が地上を明るく照らしていた。軒のつららが眩しく光り、凍りついた雪はあちこちでゆっくり解け始めていた。

昼前に私は閲覧室に行って、室内を見回してみた。六人ばかりの利用者が机に向かって本を読んだり、書き物をしたりしていた。三人は高齢者で、三人は学生のようだった。老人たちは余った時間を読書することで潰し、若者たちは足りない時間と競争するかのように、筆記具を手にノートや参考書に向かい合っていた。しかしそこにはイエロー・サブマリンの少年の姿は見当たらなかった。普段彼が座っている席には白髪の太った男性が座っていた。

私はカウンターに行って添田さんと話をした。いくつかの仕事の用件について打ち合わせをしてから、私はふと思いついたように尋ねてみた。

「今日はM＊＊くんの姿は見えないようだね」

「はい、今日は来ていないようです」と添田さんはとくになんでもなさそうに言った。少年が図書館に顔を見せないこともときにはある。

私は子易さんのことを何か尋ねてみようかとも思ったが、思い直してやめた。その場の直感で、彼のことはもうできるだけ語らない方がいいだろうと思ったからだ。去ってしまった魂はそっとしておいた方がいい。その名前もできれば口にしない方がいい。どうしてだか理由はわからないけれど、そんな気がした。墓地を訪れることも、しばらくは控えた方がいいかもしれない。

イエロー・サブマリンの少年は、翌日も図書館に姿を見せなかった。またその翌日も。

木曜日の昼前、少年の姿がやはりいつもの席に見当たらないことを知って、私は添田さんのところに行って尋ねてみた。三日も姿を見せないなんて、あの子はいったいどうしたんだろうね、と。

「またしばらく横になって寝たっきり、ということになったのではないでしょうか」と添田さんは言った。「熱心に本を読みすぎて、おそらくは頭脳のオーバーワークで」

「でも、前回のバッテリー切れから数えて、それほど日にちは経っていないようだけど」

添田さんは眼鏡のブリッジを指で軽く押した。「ええ、確かにそうですね。いつもに比べて間隔が少し短すぎるような気がします」

「心配するほどのことはないのかもしれないけど、でも何日かあの子の姿が見えないと、なんだか気になってしまうんだ」

「そう言われれば私もいささか気になります。あとで母親に電話をして様子を聞いてみましょう」、添田さんは唇をまっすぐに結び、四、五秒考えてからそう言った。そしてやりかけていた仕事に戻った。

昼休みのあと、私が仕事をしている半地下の部屋に添田さんが顔を見せた。

「昼休みに、あの子のおうちに電話をしてみました」と彼女は言った。「そして母親と話をしたのですが、どういうことなのかさっぱり要領を得ません」

「要領を得ない？」

「ええ、何を言っているのか理解できないのです。ずいぶん取り乱しておられるみたいで。何かが起こったみたいですが、それがどんなことなのか電話ではらちがあきません。おうちにうかがって話を聞いた方がいいかもしれません」

「そうだね」と私は言った。「添田さん、あなたが足を運んでみた方がいいと思う。しばらくかわりにカウンターに入っているから」

「わかりました。何があったのかちょっと様子を見てきます。あとのことはお願いします」

添田さんは控え室に戻ってコートを着て、急ぎ足で図書館を出て行った。私は一階のカウンターで、一時間ばかり彼女の代役を務めていた。とはいっても暇な平日の午後だったので、私がやることはほとんどなかった。人々は暖かな閲覧室で、ただ静かに本を読んだり書き物をしたりしていた。


添田さんが戻ったのは午後二時前だった。彼女は控え室に行ってコートを脱ぎ、それから頬をいくらか紅潮させて私の前にやって来た。そして緊張を含んだ声で言った。

「話を整理しますと、あの子はどうやら昨夜のうちに姿を消してしまったようです」

「姿を消した？」

「ええ、月曜日の朝から、いつものように高熱を出して寝込んでいたのですが、今朝早く部屋に様子を見に行くと、ベッドはもぬけの殻で、どこにも彼の姿は見当たらなかったということです。母親はすっかり取り乱していますが、話を総合すると要するにそういうことのようです」

「夜のあいだに彼は家から出て行ってしまったということ？」

添田さんは首を振った。「そんなわけはないと母親は主張しています。M＊＊くんはパジャマだけの格好で寝ていましたし、それ以外の服はいっさい持ち出していないということです。コートもセーターもズボンも、何ひとつ。つまり彼は夜のうちに、パジャマ姿でいなくなってしまったわけです。昨夜はずいぶん冷え込んでいましたから、そんな薄着で外に出られるわけはないし、もし出ていたなら今頃はきっと凍死しているはずだと彼女は言います。そして家の出入り口と窓は、すべて内側から鍵がかかったままになっていました。間違いなく。母親はとても用心深い人で、寝る前に必ず家内すべての戸締まりを確かめるのだそうです。つまり、彼がどこかの戸や窓を開けて、そこから外に出て行ったということは考えられません。にもかかわらず、あの子は消えてしまったんです。煙のように」

私は頭の中でその話を順序立てて整理してみた。「だとしたら、家の中のどこかに身を潜めているんじゃないのかな？」

添田さんはまた首を振った。「家中、隅から隅までみんなで探し回りました。床下から天井裏まで。でもどこにもその姿は見当たりません」

「不思議な話だ」と私は言った。「それで捜索願いみたいなのは出したのかな」

「ええ、警察にはすぐに届けを出したそうです。でもなにしろ子供がいないことがわかってからまだ数時間しか経っていませんし、今のところ誘拐とかそういう事件性もなさそうですし、もう少し様子を見て、それでもまだ行方がわからないようなら、またあらためて連絡してくれという程度の対応だったようです。そのうちにどこかからひょっこり姿を見せるんじゃないか、みたいな……」

私としては腕組みして考え込むしかなかった。

「家の人たちは朝からずっと、自宅のまわりを歩き回って彼の姿を探し、近所の人に彼を見かけなかったかと尋ねたりしました。でも手がかりは何ひとつ見つかりませんでした。あの子はぴったり鍵のかかった家の中から、忽然《こつぜん》と姿を消してしまったのです。それもパジャマ姿で」

「いつものあのイエロー・サブマリンのパーカも、あとに残したまま？」

「ええ、パジャマ以外の服は何ひとつなくなっていないと母親は断言しています」

少年がもし家出みたいなことをしたのであれば、彼は間違いなくイエロー・サブマリンのパーカを身につけていったはずだ。私にはその確信があった。そのしっかり着込まれたくたびれたパーカには、彼の精神を落ち着かせる何らかの機能がそなわっているようだった。それがあとに残されていたというのは、彼が歩いて家から出て行ったのではないことを示している。つまり彼は夜のあいだに、パジャマ姿のまま——あるいは着衣が意味を持たないかたちで——どこかに移動していったのだろう。あるいは運ばれていったのだろう。どこかに……たとえば、あの高い壁に囲まれた街に。

私は目を閉じ唇を結び、考えをまとめようとした。しかしいろんな感情が、私の内側でそれぞれの方向に散りぢりに吹き流されていくようだった。ひとつにまとめることはとてもできそうにない。

「それで」と添田さんは言った。「あの子の父親が、できればあなたとお話をしたいとおっしゃっているのですが」

「ぼくと？」と私は驚いて聞き返した。

「ええ、あなたにお目にかかって、じかにお話をしたいと言っておられます」

「もちろんそれはかまわないけれど、具体的にどうすればいいんだろう？」

「今日の三時くらいに、この図書館にお見えになるということですが、それでよろしいでしょうか？」

私は腕時計に目をやった。

「わかりました。二階の応接室でお目にかかることにしよう」

しかし少年の父親と対面して、いったい何を話せばいいのだろう？　まさか「壁に囲まれた街」の話を持ち出すわけにはいかない。少年はこちら側の世界を離れて、その街のある「もうひとつの世界」に移行したのかもしれないなんて。

子易さんが今ここにいてくれればいいのだがと私は切実に願った。彼の深い知恵と適切な助言を私はなにより必要としていた。しかしもう彼はおそらくこの地上のどこにも存在しない。どこかに永遠に消えてしまったのだ。壁の時計を見上げながら、私は深いため息をついた。

三時少し過ぎに少年の父親が図書館にやって来た。添田さんが彼を二階に案内して部屋に入れ、私たち二人を引き合わせた。簡単な紹介がおこなわれ、私は名刺を渡し、彼も名刺をくれた。

頭がほとんどはげ上がった長身の男だった。年齢は五十代半ばだろう、耳が上下に長く、眉毛が太く、頑丈そうな黒縁の眼鏡をかけていた。私の見る限り、顔の造作は見事なまでに左右対称だった。それが彼の顔立ちから受けた第一印象だった——正しく左右対称であること。背筋がまっすぐ伸びて姿勢が良く、いかにも意志が強そうだ。オーケストラの指揮者にすると似合いそうな風貌だ。幼稚園や学習塾の経営をしているということだが、おそらくこれまでの歳月、自信をもって様々なかたちの指揮にあたってきたのだろう。その顔立ちには、イエロー・サブマリンの少年と共通するところは見当たらなかった。

父親は身体をねじ曲げるようにしてオーバーコートを脱いだ。その下はウールの格子柄の上着に、黒いタートルネックのセーターという格好だった。私は彼に応接セットの椅子を勧め、彼は肯いてそこに腰を下ろした。私は小さなテーブルをはさんで、彼の向かいの椅子に座った。

添田さんがやって来て、私たちの前にお茶を置いた。それから一礼して部屋を出て行った。ドアが閉まると、私たちはしばし沈黙のうちに向き合っていた。私たち二人以外、部屋の中に誰もいないことを確認するかのように。それから父親が口を開いた。

「あなたの前にここの館長をしておられた子易さんとは、長年にわたって親しくさせていただきました。息子は以前からこの図書館に足繁く通っておりまして、子易さんにはずいぶんかわいがっていただいていたようです」

「子易さんが亡くなってしまって本当に残念でした」と私は言った。

父親は少し不思議そうな顔をして私を見た。「あなたは子易さんのことをご存じだったのですか?」

「いいえ、残念ながらお目にかかったことはありません。私が着任した時には既に亡くなっておられました。ただいろんな人から生前の子易さんの話をうかがい、業績、人柄共にずいぶん優れた人物であったという印象を受けました」

「ええ、立派な方でした。この図書館を設立するために私財を投じ、尽力されました。この町に彼のことを悪く言うような人は一人もおりません。ただ……」と言いかけて、父親は少し言いよどんだ。そして頭を働かせ、適切な言葉を選んだ。「……ただ、なんと申しますか、その言動には少しばかり独特な面もありました。いくぶん風変わりと申しますか。とくに息子さんと奥さんを事故で亡くされてからは。と言いましても、それが何か具体的に問題になるようなことはありませんでしたが」

私は曖昧に肯いた。

「今日このように突然ここにうかがいましたのは、息子のM**に関してのことです」と彼は言った。

私はもう一度曖昧に肯いた。

父親は言った。「添田さんから、おおよその経緯はお聞き及びになっていると思うのですが、息子が夜のうちに姿を消してしまったのです。最後にその姿を目にしたのは昨夜の十時頃で、今朝、七時前に家内が息子の部屋に様子を見にいくと、ベッドは無人でした。布団には人の眠っていたあとが残っていて、汗でぐっしょり濡れておりました。息子は夜のあいだ、ずっと高熱を出していたようです。しかしその姿は見当たりません。家内は息子の名前を呼びながら、うちの中を必死に探し回りました。私も一緒になって探しました。でもどこにも見当たりません」

彼は黒縁の眼鏡をはずし、厚いレンズを点検するようにしばし眺めてから、元に戻した。

「家の中から出た形跡はありません。ドアも窓も内側からすべてしっかり鍵がかけられておりました。衣服もそっくり残されたままです。家内は息子の衣服を詳細に管理しておりますので、そのことに間違いはないと言っています。申し上げるまでもないことですが、この寒さの中、夜中にパジャマ姿で外に出て行くことはまず考えられません」

父親は自分が口にした事実を反芻するかのように、しばらく沈黙していた。

私は尋ねた。「つまりM＊＊くんは夜のうちに、どんな方法だかはわからないけれど、何らかの方法をとってお宅から姿を消してしまった、そういうことなのですね？」

父親は肯いた。「ええ、息子はまるで煙のように私たちの前から消えてしまったのです。そう言う以外にどうにも説明がつきません」

「彼が突然姿を消すというようなことは、これまでにはなかったのでしょうか？」

父親は首を振った。「M＊＊には、おそらくあなたもお気づきになったと思いますが、少しばかり特異な傾向が生まれつき具わっています。普通の子供とは言えませんし、奇矯な振る舞いに及ぶこともときとしてあります。しかしこれまでそういう、行方がわからなくなるといったような問題を起こしたことは一度もありません。日常の習慣をなにより大事にする子供でして、いったん習慣ができあがると、それを着実に守って生活を送っていきます。電車が固定された軌道の上を進んでいくみたいに、その習慣から外れることはまずやりません。習慣が乱されると混乱しますし、あるときには怒りだしたりもします。ですから、どこに行ったのか行方がわからなくなるというようなことは、これまで一度も起こらなかった」

私は首を傾げた。「しかしずいぶん奇妙な出来事ですね。わけがわからないというか」

「ええ、まったくもってわけがわかりません。ろくに服も身につけず、靴も履かないで、鍵を開けた形跡もなく、どうやって外に出て行ったのでしょう？　それも真冬の厳寒の夜に。もちろん警察にも連絡はしたのですが、ほとんど相手にもしてくれません。もう少し様子を見てくれというばかりです。そんなわけで、ひょっとしてあなたが何か事情をご存じないかと、藁《わら》にもすがるような思いで、ここにうかがったような次第です」

「私が？」

「はい、あなたは息子と話をされたことがあると耳にしたものですから」

私は慎重に言葉を選んで答えた。

「ええ、たしかに一度か二度、M＊＊くんと言葉を交わしたことはあります。でもそれは手振りや筆談を交えた、とても切れ切れなものでした。会話と呼べるようなまとまったかたちのものではありません」

「それでそのときは、M＊＊の方からあなたに話しかけてきたのでしょうか？」

「ええ、そうですね。彼の方から話しかけてきました」

父親はため息をつき、架空の焚き火にあたっているみたいに、大きな両手を身体の前でごしごしと擦り合わせた。

「こんなことを申し上げるのはまことにお恥ずかしいのですが、私はもう長いこと、何年ものあいだあの子とまともに話をしたことがありません。私が何かを話しかけても、返事は戻ってきませんし、あの子の方から話しかけてくることもありません。母親とは少しは言葉を交わすようですが、その内容はあくまで生活上の実際的なことに限られています。

あの子がまともに口をきく相手といえば、子易さんに限られていました。その理由はよくわかりませんが、子易さんにだけは心を開いていたようです。そして子易さんもまた、M＊＊のことを我が子のようにかわいがってくれていました。それは私たち両親にとってはありがたいことでした。そうやってあの子は、辛うじて外部の世界と接触を保っていたわけですから」

私は肯いた。父親は続けた。

「息子と子易さんとの間でどのような会話がなされていたのか、それはわかりません。私もあえて知ろうとはしませんでした。二人だけの間のことにしておいた方が良いのではないかと思ったからです。しかし子易さんが一昨年の秋に急逝《きゅうせい》され、その結果唯一の話し相手を失い、M＊＊は再びひとりぼっちになりました。高校にも進学せず、この図書館に日参して黙々と本を読むだけの日々が続きました。

先ほども申しましたように、M＊＊は人並みの生活を送るのに必要とされる多くの能力は不足していますが、それに代わる特別な能力を持ち合わせています。異様なばかりのスピードで次々に書物を読破し、大量の知識を頭に詰め込んでいくのも、その特殊な能力のなせるわざなのでしょう。しかしあの子がそのような作業を通して人生に何を求めているのか、私にはそれが理解できないのです。そしてそのような極端な行いが彼にとって有益なことなのか、それとも有害なことなのか、それもわかりません。

子易さんはおそらく、そのあたりのことをある程度呑み込んでおられたのでしょう。そして息子のことを適切に指導されていたのかもしれません。でも子易さんが亡くなられた今、残念ながら誰に事情を聞くこともできません。

そうこうするうちに……このようにあの子は私たちの前から姿を消してしまいました。夜中のうちに忽然と消え失せてしまったのです」

私は黙って彼の言葉を待った。父親は少し間を置いて話を続けた。

「そして亡くなった子易さんのあとを継いで、あなたがこの図書館の館長に就任されました。家内が添田さんからうかがった話によりますと、どうやらあの子はあなたという人物に少なからず興味を惹かれていたようです。私が知りたいのは、あなたとM＊＊がどのような話をなさったかということなのです。その内容は彼が今回失踪したことと、何かしら関係があるかもしれない。あるいは少なくとも、彼がいなくなったことについて、それが何らかのヒントを与えてくれるかもしれません」

どのように答えたものか、私は困惑した。息子の身の上を真剣に案じている（ように見える）父親に向かって、まったくの嘘をつくわけにはいかない。かといって事実をそのまま打ち明けるわけにもいかない。それはあまりに入り組んでおり、社会的常識からは逸脱《いつだつ》している。注意深くならなくてはならない。何を口にするべきか、そして何を口にすべきではないか。私は意識を引き締め、少しなりとも事実に近い言葉を探し求めた。

「私がM＊＊くんに話したのはある種の寓話です。私はある街について語りました。それは言うなれば、架空の街です。細部に至るまでとても綿密にリアルにこしらえられてはいるけれど、あくまでいろんな仮説の上に成立している街です。正確に言えば、私は直接彼にそれを語ったのではありません。私はある人にそれを語り、彼は言うなればそれを又聞きしたのです。いずれにせよ彼はその街に強い興味を持ったようでした」

それがそこで私にかろうじて語ることのできた「真実」だった。少なくとも嘘ではない。

父親はそれについてじっくり深く考え込んでいた。呑み込みにくい形のものを、なんとか喉の奥に呑み込もうとしている人のように。そして言った。

「母親の話によれば、あの子は何日もかけて机に向かい、とても熱心に何かの絵を、それとも地図のようなものを紙に描いていたということです。食事をとるのも、眠るのも忘れるほど夢中になって。それはその街に関係したことなのでしょうか？」

私は曖昧に肯いた。「ええ、そうですね。たぶん彼はその街の地図を描いていたのだと思います。私の語った話から、その街の地図を描き起こしていたのだと」

「それで、あなたはその地図をごらんになったのでしょうか？」

私はいくらか迷ったが、肯いた。嘘をつくわけにはいかない。「ええ、その地図を見せてもらいました」

「それは正確な地図でしたか？」

「ええ、驚くほど正確に描かれた地図でした。私はただその架空の街の様子のあらましを話しただけだったのですが」

父親は言った。「M＊＊にはそういう才能も具わっていました。ばらばらになった細かい断片をほとんど一瞬のうちに組み合わせ、正確な全体像を起ち上げていく能力です。たとえば、複雑きわまりない千ピースのジグソーパズルを組み立てるのだって、あっという間に難なくやってのけます。まだあの子が小さな頃、そういう能力がすらすらと発揮されるところを私は何度となく目にしました。成長するにつれて次第に用心深くなり、そういう特別な力をできるだけ人目にさらさないよう努めていたみたいですが」

それでも、誰かの生まれた日の曜日を言い当てる能力を発揮することだけは、なぜか抑え切れなかったようだが、と私は思った。

父親は話を続けた。「こんなことをうかがうのは失礼にあたるかもしれませんが、正直なところ、あなたはどう思われますか？　あなたが語られたその架空の街と、M＊＊がこのように突然姿を消してしまったこととの間には、何か繋がりが存在するとお考えになりますか？」

「常識で考える限り、関連性みたいなものは見当たらないはずです」と私は慎重に言葉を選んで、父親の質問に答えた。「私がM＊＊くんに語ったのは、あくまで想像上の架空の街のありようですし、したがって彼が描いたのは、実際には存在しない街の詳細な地図ということになります。私たちが交わしたのは、フィクションを基にしたやりとりです」

常識で考える限り。

私としてはそうとしか言いようがなかった。しかしありがたいことに、この父親はおおむね「常識」によって括《くく》られた世界に生きている人のようだった。だから息子がその「架空の世界」に実際に足を踏み入れていったというような発想はまず持てないはずだ。それは私にとっておそらく感謝すべきことだったろう。

「しかしM＊＊は、とにかくその街に強い興味を持ったのですね。夢中になっていた、と言いますか」と父親は困惑した顔で尋ねた。

「ええ、そうですね、私の目にはそのように映りました」

「息子との会話の中で、あなたは彼にその架空の街の話をなさった。それ以外の事柄がそこで何か話題にのぼりましたでしょうか？」

　私は首を振った。「いいえ、他の話題はとくに出なかったと思います。彼が興味を抱いていたのは、その架空の街に関することだけでした」

　父親は黙り込んで、更に長いあいだ思案を巡らせていた。しかしその思案は紆余曲折を経ながら、どこにもたどり着けないようだった。私たちの目の前で茶が冷めていった。二人とも飲み物には手も触れなかった。やがて父親は諦めたように肩を落とし、大きく息をついた。

「私はどうやら世間では、Ｍ＊＊に対して冷淡な父親だと思われているようです」と彼は打ち明けるように言った。「しかし言い訳をするつもりはありませんが、決して冷淡であったわけではありません。どのようにあの子と接すればいいのか、それがわからなかっただけなのです。あの子に近づこうと、私なりにできるだけの努力はしてみたのですが、どのように試みても反応らしきものは返ってきません。まるで石像に向かって話しかけているような具合でした」

　彼は手を伸ばして湯飲みを手に取り、冷えてしまった茶を一口すすり、少し眉をひそめてから茶托《ちゃたく》に戻した。

「そういう経験をしたのは、私にとってなにしろ初めてのことでした。うちには三人の息子がおりますが、上の二人はごく当たり前の男の子でしたし、学校の成績も良く、問題らしきものも起こさず、手間はほとんどかかりませんでした。こともなく成長し、新しい世界を求めて都会に出て行きました。でもＭ＊＊は彼らとは生まれつきまったく違っていました。何かしら特別な、おそらくは貴重な資質を具えて生まれてきたことは理解できるのですが、それを親としてどう扱えばいいのか、どう育てていけばいいのか、皆目見当もつきません。

いちおう教育者の端くれとして世間で通用してきた私ですが、恥ずかしながら、ことあの子に関してはまるで無力、無能でした。また何より心が痛んだのは、あの子が私という人間にまったく関心を抱いてくれなかったことです。同じ屋根の下に親子として暮らしながら、私が存在していることなど、まるで目にも入らない風でした。血の繋がりなど、あの子にとっては何の意味も持たないようです。正直言って、子易さんがうらやましく思えたこともあります。子易さんにあって私にないのはいったい何なのだろうと、しばしば思い悩んだものです」

話を聞きながら、私はその父親に同情の念を覚えないわけにはいかなかった。私たちはある意味、同類なのかもしれない。考えてみれば、イエロー・サブマリンの少年が強く興味を抱いたのは、私という人間にではなく、私がかつて身を置いた街に対してだった。私はただ通路として素通りされただけの存在に過ぎないのかもしれない。私を前にしていても、彼の目に映っていたのは、ただその街の光景だったのだろうか？

「お忙しいところ、お手間を取らせてしまいました」と父親は腕時計に目をやって言った。「これから警察署に寄って、捜索をあらためてお願いしてこようと思います。それから私たちも今一度、心当たりの場所をいくつかまわってみることにします。もし何かお気づきになったことがあったら、連絡をいただきたく思います。差し上げた名刺に、私の携帯電話の番号が印刷されておりますので」

彼は立ち上がり、また身体をぐいとねじるようにしてコートを羽織り、私に一礼した。

「あまりお役に立てなくて申し訳ありません」と私は言った。

父親は力なく首を振った。

私は彼を玄関まで見送り、それからいったん応接室に戻った。そして窓の外を眺めながらしばし物思いに耽った。いつもの痩せた雌猫が庭をそろそろと斜めに横切っていくのが見えた。イエロー・サブマリンの少年がその親子を、飽きもせずに熱心に観察していた姿を私は思い出した。

やがて添田さんが盆を手に部屋にやって来て、テーブルの上の茶碗を片付けた。

「お話はいかがでした?」と彼女は尋ねた。

「お父さんはずいぶんあの子のことを心配しているみたいだ。あまりお役には立てなかったけれど」

「たぶん誰かと向かい合ってお話をなさることが必要だったのでしょう。一人で不安を抱え込んでいると、やはりつらくなりますから」

「うまく行方がわかればいいんだけど」

「しかし夜のうちに姿を消してしまったというのは、どう考えても不思議な話ですね。ずいぶん冷え込んだ夜だったのに。とても心配です」

私は黙って肯いた。そして添田さんが私と同じ不安を抱いているらしいことを感じ取った。少年はもう二度と我々の前に姿を現さないのではないか……彼女の物言いにはそうした響きが聴き取れた。

57

少年はやはり姿を現さなかった。

少年の両親からの度重なる要請を受け、町の警察もさすがに本腰を入れて捜索に乗り出したが、結局これという手がかりは得られなかった。イエロー・サブマリンの少年の姿は、その小さな町のどこにも見当たらなかった。図書館にももちろん姿を見せなかった。駅に設置された防犯カメラの映像を調べても、彼が電車やバスに乗って町を出て行った形跡はなかった（そのローカル線とバスが町から出て行くための、ほとんど唯一の公共交通手段だった）。父親の表現を借りれば、彼は文字通り「煙のように」消え失せてしまったのだ。母親の知る限り、少年が家から持ち出した衣服や荷物はなかったし、現金を所持していたとしても昼食代程度の僅かな小銭に過ぎなかった。ただ首を捻るばかりだった。そのようにして二日が経過し、三日が経過した。

彼がどこに行ったのか、少しでも見当をつけることができるのは、おそらくこの私だけだった。少年は一人で「高い壁に囲まれた街」への行き方を見つけて（どのようにして見つけたのか、それは私にもわからない）、そこに行ってしまったのだ。かつて私がそうしたのと同じように、彼自身の内側にある秘密の通路をくぐり抜け、別の世界に移動したのだ。

もちろんそれは私の個人的な推測に過ぎない。根拠を示すことはできないし、論理立てて説明することもできない。しかし私にはわかっていた。少年は既にその街に移って行ってしまったのだ。間違いなく。その完璧なまでの姿の消し方を考えれば、ほかに説明のつけようがないではないか。彼は心から真剣に「街」に行くことを望んでいたし、求めていたし、おそらくは生まれつき具わった異様なまでの集中力が、彼にそうすることを可能にさせたのだろう。そう、言い換えるなら、彼は「街」にたどり着くための資格を具えていたのだ。かつては私自身も手にしていたはずのその資格を。

私はイエロー・サブマリンの少年がその街に入っていくところを思い浮かべた。

少年は入り口の門であの頑丈な体つきの門衛に会い、そこで影を引き剝がされ、眼を傷つけられることだろう。私がそうされたのと同じように。街は〈夢読み〉を必要としているし、彼はおそらく私の後継者としてすんなり受け入れられることだろう。そしておそらくは……いや疑いの余地なく、街にとって私より遥かに有能で有益な〈夢読み〉となるはずだ。彼はものごとの成り立ちを、瞬時に細部まで把握する特殊な能力を有しているし、それに加えて疲れること、飽きることを知らない強烈な集中力を持ち合わせている。そしてこれまでその頭に注入された膨大な情報によって、彼自身が既にひとつの図書館——いわば知識の巨大な貯水池——となっているはずだ。

イエロー・サブマリンのパーカを着た少年が、あの図書館の奥で〈古い夢〉を読んでいる光景を私は思い浮かべてみた。彼の隣にはあの少女がいるのだろうか？　彼女はやはりストーブに火を入れ、彼のために部屋を暖め、その弱い眼を癒やすために、濃い緑色の薬草茶をこしらえてくれるのだろうか？　そう思うと、私は淡い哀しみを覚えた。その哀しみは温度を持たない無色の水のように、私の心をひっそり浸していった。

月曜日の朝遅い時間に自宅に電話がかかってきた。その日は休館日だったから、私はまだベッドに横になっていた。何時間も前から目は覚めていたが、起き上がる気にどうしてもなれなかったのだ。カーテンの隙間から明るい日差しが、まるで私の怠慢を責めるかのように、細長い一本の線となって部屋に差し込んでいた。

自宅の電話のベルが鳴ることはまずない。この町には私に電話をかけてくるような相手はほぼ存在しないからだ。休日の朝の部屋に響くそのベルの音は、ひどく現実離れしたものに感じられた。だから私は受話器をとるために身を起こしたりはしなかった。どこまでも即物的なベルの音にただじっと耳を澄ませていた。十二回ほど鳴ってから、ようやくベルは諦めたように鳴り止んだ。

しかし一分ばかり間を置いて、ベルは再び鳴り出した。ベルの音は前回より少しばかり大きく、鋭くなったように私には感じられた——おそらくは気のせいなのだろうが。十回ほど鳴らしておいてから、今度は私の方が諦めて起き上がり、ベッドを出て受話器を取った。

「もしもし」と女が言った。

それが誰の声なのか、初めのうちはわからなかった。それほど若くもなく、それほど年取ってもいない女性の声だ。高くもなく、低くもない。聞き覚えは確かにあるのだが、その声とその声の持ち主の実体が結びつかなかった。しかしほどなく、頭の中でもつれた記憶がなんとか繋がり、それがコーヒーショップの女店主であることに思い当たった。

「おはよう」と私は言った。喉の奥から言葉を絞り出すみたいに。

「大丈夫？　いつもと少し声の感じが違っているみたいだけど」

私は軽く咳払いをした。「大丈夫だよ。ただ、なんだかうまく言葉が出てこなかったんだ」

「それって、たぶん一人暮らしが長かったせいよ。しばらく誰ともしゃべらないでいると、言葉がときどきうまく出てこなくなっちゃうのよ。何かが喉につっかえたみたいに」

「君にもそういうことがある？」

「ええ、そうね、たまにね。私はまだ一人暮らしの初心者だけど」

短い沈黙があった。それから彼女が言った。

「今日の朝、見かけの良い二人の若い男性がお店にやって来た。コーヒーを飲みに」

「ヘミングウェイの短編小説の出だしみたいだ」と私は言った。彼女はくすくす笑った。

「それほどハードボイルドな話でもないんだけど」と彼女は言った。「その二人は正確に言えば、コーヒーを飲むために私の店にやって来たわけじゃなかった。私と言葉を交わすことが目的だった。コーヒーを注文したのはそのついでみたいだった」

「君と言葉を交わしたかった」と私は言った。「そこには、なんていうか、異性としての関心みたいなものは含まれているのかな？」

「いいえ、それはたぶんないと思う。残念ながら、というか。いずれにせよ、まあ、その二人は私には少しばかり若すぎたと思う」

「いくつくらいだったんだろう、その二人は？」

「一人は二十代半ば、もう一人は二十歳前後というところじゃないかしら」

「じゃあ、若すぎるというほどのことでもないだろう」

「どうもありがとう。ご親切に」と彼女は感情をほとんど込めない声で言った。

「それで、彼らと君はどんな話をしたんだろう？　異性としての関心を抜きにして」

「二人はね、実はあの〈水曜日の少年〉のお兄さんだったの」

「水曜日の少年？」

「ほら、あなたがいるときに突然店に入ってきて、私の生まれた日の曜日を教えてくれた、風変わりな男の子よ」

　私は持っていた受話器をもう片方の手に持ち替えた。そして呼吸を整えた。

「あの子のお兄さんたちが君の店にやって来た……。いったいどうして？」

「二人はいなくなった弟の行方を捜していたの。駅前に立って、プリントアウトしたあの子の写真を道行く人たちに見せて、この子をどこかで見かけませんでしたかと訊いてまわっていたのよ」

「そして君の店に入って、コーヒーを注文し、君にも同じことを尋ねた」

「そう、この少年をどこかで見かけませんでしたかって。で、見かけたことはあるって私は答えた。もちろん。そしてそのときに起こったことを簡単に説明した。彼は私の生年月日を尋ねて、私が教えると、それは水曜日だと言った。あとで調べてみたら、本当に水曜日だった。でもその出来事があったのは、彼が神隠しにあう前のことだった。だから捜索の役には立たなかったと思う」

「神隠し？」

「ええ、彼らが実際にその言葉を使ったのよ。弟は家からいなくなったけれど、それは家出とかそういうのじゃない。夜のあいだに突然、理由もなく姿を消してしまった。まるで神隠しにあったみたいに。彼らはそう言った」

「神隠しなんて、なんだかずいぶん古風な言い回しだ」

「でもこの山あいの小さな町には、言葉の響きが似合っているかもしれない」と彼女は言った。

「もちろんあなたはきっと知っていたのでしょうね。あの子が姿を消してしまったことは」

「知っていた」

「で、私がその話をすると、二人は首を捻っていた。弟はとても人見知りをする性格で、外に出て知らない場所に入ったりするようなことはまずない。なのにどうしてその日、この店に入ってきたんだろうと。それで私は説明した。それはたぶんあなたが、つまり町立図書館の新しい館長さんが、カウンター席に座って作りたてのおいしいコーヒーを飲んでいたからだろうって。あなたが中にいるのを外からガラス窓越しに見かけて、中に入ってきたんじゃないかと。だってあの子はあなたになにか用事があったみたいだったから」

どう言えばいいのかわからなかったので、私はしばらく黙っていた。

「ひょっとして私、余計なことを言ってしまった？」

「いや、そんなことはまったくない。ぼくがそこにいたから、それを目にしてあの子は店の中に入ってきたんだ」

あるいは彼はその朝、そこまで私のあとをつけてきたのかもしれない。

彼女は言った。「そしてそのついでに、私の誕生日の曜日を教えてくれた」

「誕生日の曜日を教えるのはいわば、あの子にとっての初対面の挨拶のようなものなんだ。彼なりの親しみを相手に示すための」

「かなりユニークな挨拶と言うべきよね」

「たしかに」

「そしてその二人のとても感じのいい兄弟は、自分たちのユニークな末の弟が、なぜあなたという新来の人物に対してかくも強い関心を抱くのか、理由を知りたがっているように見えた」

「あの子が関心を抱く相手は数多くはないようだから、きっと意外だったんだろうね。なぜこのぼくなのか、と」

「そうね。口ぶりからするとどうやら、あの子は二人のお兄さんたちに対しても、それほど関心は抱いていないようだった。同じ屋根の下で暮らしていても、親しく口をきくようなことはあまりなかったんじゃないかしら。あくまで私の個人的な印象に過ぎないけれど」

「君はなかなか観察眼が鋭そうだ」

「観察眼というほどのものでもない。でもこんな商売をやっていると、そういう勘みたいなのがだんだん身についてくるのよ。いろんな人がやって来て、いろんな話をする。私はただうんうんと聴いていているだけ。話の内容はたいてい忘れてしまうけど、印象だけは残る」

「なるほど」

「そんなわけで、その二人の礼儀正しいハンサムな青年たちは、近いうちあなたに会いに、あなたの図書館を訪ねていくかもしれない。行方不明の弟を捜す手がかりを得るために」

「それはもちろんかまわないよ。二人と会って話をするのはね。ただ、捜索の役にはあまり立てないかもしれない」

「神隠しだから？」

「さあ、それはどうだろう」と私は言った。「でも話を聞いていると、そのお兄さんたちは、ずいぶん熱心に弟の行方を探し回っているみたいだね」

「二人は、弟さんが姿を消してしまったことを知って、すぐに東京から実家に帰ってきて、途方に暮れているご両親を手伝って、捜索にあたっているんだって。長男はしばらく休暇をとって、次男は大学を休んで。まだ手がかりみたいなものはなにも得られていないようだけど、とても熱心に真剣に捜索に取り組んでいるみたいだった。二人で力を合わせて。なんていうのかな、まるで何かの埋め合わせをするみたいに」

まるで何かの埋め合わせをするみたいに。それはおそらく的確な表現なのだろう。それは少年の父親と話したときにも、私が内心うっすらと感じていたことだったから。

「ところで今日は月曜日だから、図書館はお休みよね？」

「そうだよ。だからこんな時間に家にいるんだ」

「そうだ、もうひとつ大事なことを言い忘れていたわ」と彼女はふと思い出したように言った。

「どんなことだろう？」

「焼きたてのブルーベリー・マフィンが、さっき入ったばかりなんだけど」

私の頭に、湯気を立てているブラック・コーヒーと、柔らかく温かいブルーベリー・マフィンの姿がぽっかりと浮かんだ。その光景は、私の身体に確かな躍動を賦与《ふよ》してくれた。健全な空腹感が私の中に戻ってきた。ふらりと戻ってきた迷い猫みたいに。

「あと三十分ほどでそちらに行くよ」と私は言った。「だからブルーベリー・マフィンを二個とっておいてくれないかな。ひとつはそこで食べて、もうひとつは持ち帰りにして」

「いいわ。ブルーベリー・マフィンを二個とりおき。ひとつは持ち帰りで」

58

コーヒーショップのドアを押して中に入ったとき、店内には二人の客がいた。子供を小学校か幼稚園まで送り出したあと、腰を据えて話し込んでいるらしい、三十代半ばくらいの女性たちだった。彼女たちは窓際の小さなテーブルをはさんで座り、真剣な面持ちでひそひそと言葉を交わしていた。

カウンターの席に座って、いつものようにブラック・コーヒーをマグで注文し、ブルーベリー・マフィンをひとつ食べた。マフィンはまだ微かに温かく、しっとりと柔らかかった。そのようにしてコーヒーは私の血となり、マフィンは私の肉となった。なにより貴重な栄養源だ。

彼女がカウンターの中で要領よく立ち働いている姿を眺めているのは、なかなか素敵だった。いつものように髪を後ろでぴったりと束ね、赤いギンガム・チェックのエプロンをつけていた。

「それでその兄弟たちは、まだ駅前で少年の写真を配っているのかな？」

「ええ、そうね、たぶんそうだと思う」と彼女は食器を洗いながら言った。

「でも今のところ、手がかりみたいなものは、まだ得られていないんだね」

「少年の姿を見かけた人は見つかっていない。話を聞くと、ずいぶん不思議な消え方をしたみたいね。彼が夜のあいだにどうやって一人で家から出て行ったのか、説明がつかないということだった」

「それが謎なんだ」

「もともとがかなり謎に満ちた子供であったように見受けられたけど」

私は肯いた。「不思議な能力を身につけた子供だった。普通の子供とはずいぶん違っている。この世界を、ぼくらとは違う目で見ているようなところがあった」

彼女は洗い物の手を休め、顔を上げてしばらく私の目を見ていた。

「ねえ、今日の夕方、店を閉めてからちょっとお話しできないかな？　もしそんな暇があるなら、ということだけど」

「もちろん暇はある」と私は言った。日が暮れたあと、私が予定していることと言えば、ＦＭ放送のクラシック音楽番組を聴きながら本を読むくらいだ。

「じゃあ、いつものように六時に店を閉めるから、その少しあとでここに来てくれる？」

「いいよ」と私は言った。「六時少しあとにここに来るようにする」

「ありがとう」

お昼時になって店が混んできたので、私は引き上げることにした。彼女はブルーベリー・マフィンをひとつ、持ち帰り用の紙袋に入れてくれた。

帰宅すると、まず溜まっていた一週間ぶんの洗濯をした。そして洗濯機がまわっているあいだに床に掃除機をかけ、浴室をきれいに磨いた。窓ガラスを拭き、ベッドをきれいに整えた。洗濯が終わると、庭の物干しに洗濯物を干した。それから、FMラジオでアレクサンドル・ボロディンの弦楽四重奏曲を聴きながら、何枚かのシャツとシーツにアイロンをかけた。シーツにアイロンをかけるには時間がかかる。

ラジオの解説者は、当時のロシアではボロディンは音楽家としてよりは化学者として広く知られ、また尊敬もされていたと語っていた。しかし私の聴くところ、その弦楽四重奏曲には化学者らしいところはまったく感じ取れなかった。滑らかな旋律と、優しいハーモニー……そういうのがあるいは化学的な要素と言えるのかもしれないけれど。

アイロンをかけ終えると、私はトートバッグを手に買い物に出た。スーパーマーケットで必要な食品を買い込み、うちに帰って食事の下ごしらえをした。野菜を洗って仕分けし、肉と魚をラップに包み直し、冷凍するべきものは冷凍した。鶏ガラをつかってスープを作り、カボチャと人参を下茹でした。そのように家事をひとつひとつこなしながら、少しずつ普段の自分を取り戻していった。

私のクラシック音楽に関するかなり乏しい知識によれば、アレクサンドル・ボロディンはいわゆる「ロシア五人組」の一人であったはずだ。あとは誰だっけ？　ムソルグスキー、それからリムスキー＝コルサコフ……そのあとが思い出せない。私は冷蔵庫の整理をしながらなんとかその名前を思い出そうと努めたが、どうしても思い出せなかった。思い出せなくてもこれといって支障はないのだが。

五時半に私は家を出た。昼間は春の到来を約束するような穏やかな陽気だったのだが、日暮れ近くになって、冬がその失地を回復したかのように、急に冷ややかな風が吹き始めていた。私はコートのポケットに手を突っ込んで駅までの道を歩いた。複雑な化学実験をしながら、美しいメロディーを頭の中で奏でているボロディンの姿を、とくに理由もなく思い浮かべながら。

六時を過ぎると客はいなくなり、彼女は片付けにかかった。首の後ろで束ねていた髪をほどき、ギンガムのエプロンを外し、白いブラウスと細身のブルージーンズという格好になった。そのほっそりとした無駄のない体つきはなかなか素敵だった。全体の均整がとれており、手脚の動きはいかにもしなやかだった。

「何か手伝おうか？」と私は尋ねた。

「ありがとう。でもいいのよ。一人でやるのに慣れているし、それほど時間はかからないから。そこに座ってゆっくりしていて」

私は言われるままカウンターのスツールに腰掛け、彼女がてきぱきと仕事をこなしていく様子を眺めていた。そこにはしかるべき作業手順が確立されているみたいだった。彼女は洗い終えた食器を拭いて戸棚にしまい、各種機械のスイッチを切り、レジスターの集計をし、最後に窓のブラインドを下ろした。

閉店後の店内はいやにしんとしていた。その静けさは必要以上に深いものだった。店は昼間開いているときとはまったく違った場所に見える。すべての作業を終えると、彼女は石鹸で丁寧に手を洗い、タオルで指を一本一本拭いて、それから私の横のスツールに腰を下ろした。

「煙草を一本吸ってもかまわないかしら？」

「もちろんかまわないけど、煙草を吸うとは知らなかった」

「一日に一本吸うだけ」と彼女は言った。「店を閉めたあと、こうしてカウンター席に座って、一本だけ吸うことにしているの。ささやかな儀式みたいに」

「この前のときは吸わなかった」

「いちおう遠慮したの。いやがるかもしれないと思って」

彼女はレジスターの中から、薄荷《はっか》入りのロングサイズの煙草の箱を取りだし、一本を口にくわえ、紙マッチを擦って火をつけた。そして目を細め、気持ちよさそうに煙を吸い込み、吐き出した。見るからに軽そうな煙草だった。量さえ吸わなければたいして害にはなるまい。

「前の時みたいに、うちにきて食事をする？」

彼女は小さく首を振った。「いいえ、今日は遠慮しておく。お腹がすいていないの。あとで何か軽く口にするかもしれないけど、今はいい。もしよかったら、ここで少しお話をしない？」

「いいよ」と私は言った。

「ウィスキーは飲む？」

「ときどき気が向いたら」

「おいしいシングル・モルトが置いてあるんだけど、つきあってくれる？」

「もちろん」と私は言った。

彼女はカウンターの中に入って、頭上の棚からボウモアの12年もののボトルを取り出した。中身は半分ばかり減っている。

「素晴らしいウィスキーだ」と私は言った。

「もらいものだけど」

「これも君の儀式みたいなものの一つなのかな？」

「そういうこと」と彼女は言った。「私だけのちょっとした秘密の儀式なの。一日に一本の薄荷入り煙草と、一杯のシングル・モルト。ときどきはワインになるけど」

「独身者にはそういうささやかな儀式が必要になる。一日いちにちをうまく送り出していくために」

「あなたにもそういう儀式みたいなものはあるのかしら？」

「いくつか」と私は言った。

「たとえば？」

「アイロンをかける。スープストックを作る。腹筋を鍛える」

彼女はそれについて何か意見を述べたそうだったが、結局何も言わなかった。

「ウィスキーのことだけど」と彼女は言った。「私は氷を入れずに、少しだけ水を加えて飲む。あなたはどうする？　氷がほしければ入れるけど」

「君と同じでいい」

彼女は二つのグラスにウィスキーをおおよそダブルぶん注ぎ、ミネラル・ウォーターを少しだけ足して、マドラーで軽く混ぜた。そしてその二つのグラスをカウンターに置き、私の隣の席に戻った。私たちはグラスを軽く合わせ、それぞれ一口すすった。

「香ばしい味がする」と私は言った。

「アイラ島のウィスキーには泥炭と潮風の匂いがする、と人は言う」

「そうかもしれない。泥炭の匂いがどういうものかぼくは知らないけど」

彼女は笑った。「私も知らないけど」

「いつもこんな風にして飲んでいるの？　水を少し足すだけで」と私は尋ねた。

「ストレートで飲むときもあるし、オンザロックにするときもある。でもこうして飲むことがいちばん多いかもしれない。高価なウィスキーだし、香りが損なわれずにすむから」

「いつも一杯だけしか飲まないの？」

「ええ、いつも一杯だけ。日によって寝る前にもう一杯飲むことはあるけど、それ以上は口にしない。そうしないときりがなくなるかもしれない。一人で暮らしていると、そういうのがけっこう怖いの。まだ初心者だし」

しばらく沈黙が続いた。閉店後の店内の静けさが肩に重く感じられた。私はその沈黙を破るために彼女に尋ねた。

「ねえ、ロシア五人組のことは知ってる？」

彼女は小さく首を振った。そして静かに煙を上げていた薄荷入り煙草の火を、灰皿にゆっくりこすりつけるようにして消した。「いいえ、知らないわ。それって、なにか政治に関連したことかしら？　アナーキストのグループとか」

「いや、政治には関係ない。十九世紀のロシアで活動していた五人の作曲家のことだよ」

彼女は不思議そうな目で私の顔を見た。「それで……それがどうかしたの？　そのロシアの五人の作曲家が」

「どうもしない。ただ訊いてみただけだよ。五人のうち、三人は思い出せたんだけど、あと二人の名前がどうしても出てこない。昔はちゃんと覚えていたんだけどな。それが昼過ぎからなんだか気になっていたんだ」

「ロシア五人組ねえ」、彼女はそう言って楽しそうに笑った。「おかしな人」

「何かぼくに話すことがあるって、今日の昼間に言ってたような気がするけど」

「ああ、そのことね」と彼女は言って、ウィスキーのグラスを口元に運び、少しだけ傾けた。

「でも、時間が経つと、そんなことをあなたに話していいものかどうか、自分でもよくわからなくなってきた」

　私もウィスキーを一口飲んだ。そしてそれが食道をつたってゆっくり降りていく感触を味わいながら、彼女が話を続けるのを黙って待った。

「こんな話をしちゃったら、あなたは私にがっかりして、もう会ってくれなくなるかもしれないから」

「どんな話なのかは知らないけれど」と私は言った。「うまく話せそうな機会があれば、思い切ってそこで話しておいた方がいいかもしれない。ぼくのこれまでのささやかな経験から言って、巡ってきた適切な機会をいったん逃してしまうと、話は余計にややこしくなることが多いみたいだから」

「でも果たして今がその適切な機会なのかしら？」

「一日の仕事を終え、細長い薄荷入り煙草に火をつけ、上等なシングル・モルトを二口ほど飲んだあとだから、たぶん適切な機会と言ってもかまわないんじゃないかな」

彼女は山の端に上ったばかりの月のような、淡い微笑みを口の脇に浮かべた。そして額にかかった前髪を指で払った。きれいな形をした細長い指だった。

「そう言われれば確かにそうね。うん、なんとかがんばって話してみることにする。あなたはそれを聞いてがっかりするかもしれない。それともぜんぜんがっかりしなくて、私は恥ずかしい思いをして、あとに一人で取り残されることになるかもしれない」

あとに一人で取り残される？

でもそれについて私はとくに意見を述べなかった。彼女が結局はその話を始めるであろうことがわかっていたから。

「こんなことこれまで誰にも話したことがないの」

天井の隅で、エアコンディショナーのサーモスタットが思いのほか大きな音を立てた。私はやはり黙っていた。

彼女は言った。「率直な質問をしていいかしら？」

「もちろん」

「あなたは私に対して、なんていうか、異性としての関心みたいなものを抱いている？」

私は肯いた。「うん、そうだね。そう言われれば、確かに抱いていると思う」

「そしてそこには性的な要素も含まれている」

「多かれ少なかれ」

彼女は少しだけ眉を寄せた。「多かれ少なかれ、というのは、具体的に言ってどれくらいのことなのかしら？　もしよかったら教えてもらいたいんだけど」

「具体的に言って……、そうだな。今日の昼間、ベッドのシーツを取り替えていて、その皺を手で伸ばしながら思ったんだ。ひょっとしたら今夜、君がここに横になるかもしれないなって。あくまでひょっとしたらという可能性に過ぎなかったけれど、それはなかなか素敵な可能性だった」

彼女は手の中でウィスキーのグラスをくるくると回していた。そして言った。

「そう言ってもらえるのは、けっこう嬉しいかもしれない」

「こちらの方こそ、嬉しいと言ってもらえて、けっこう嬉しいかもしれない。ただ、しかし……と話が続いていきそうな気がなぜかするんだけど」

「しかし……」と彼女は言った。そして時間をかけて言葉を選んだ。「しかし残念なことに、そのあなたの抱く期待に、あるいはそこに存在する可能性に、私は応えられそうにないの。応えられれば、とは思うんだけど」

「ほかに誰か好きな人がいる？」

彼女は強く首を振った。「いいえ、そんな相手はいない。そういうことじゃないの」

私は黙って彼女の話の続きを待った。彼女はまだ手の中でグラスをゆっくりと回転させていた。

「問題はセックスの行為そのものにあるの」と彼女は軽くため息をついてから、諦めたように言った。「簡単に言うと私はセックスというものにうまく臨《のぞ》むことができないの。したいと思ったことはないし、実際にうまくできない」

「結婚していたときも？」

彼女は肯いた。「実を言うと結婚するまで、私はセックスをしたことがなかったの。つきあった男の人は何人かいたけれど、そこまではいかなかった。というか、何度か試みはしたけれどうまくいかなかったの。つまり、あまりにも苦痛が大きくて。でも結婚して落ち着けば、そういうのもたぶんうまくいくのだろうと楽観していた。だんだん慣れていくのだろうと。でも残念ながら結婚したあとも、事情はあまり変わらなかった。夫の要求に従って、そういう夫婦の交わりを定期的に持ちはした。まあ、いろんな工夫をしてね。しかしそれは私に苦痛しかもたらさなかった。そしてやがてはそういう行為をおおむね拒否するようになった。言うまでもないことだけど、それも私たちが離婚するひとつの要因になった」

「何かその原因になるようなことは思いつく？」

「いいえ、とくに思い当たることはない。まだ小さな頃に、ショッキングな体験をして、それが精神的な重しになっているとか、そういうことでもないの。そんな経験はなかったから。同性愛の傾向もないと思うし、性的なものごとにとくに偏見を持っているわけでもない。ごく普通の家庭で、ごく普通に育ってきた、ごく当たり前の女の子よ。両親の仲はよかったし、親しい友だちもいたし、学校の成績も悪くなかった。月並みと言っていいくらい、どこまでも普通の人生だった。ただセックスという行為ができないというだけ。そこだけが普通じゃないの」

私は肯いた。彼女はグラスを持ち上げてウィスキーを小さく一口飲んだ。

私は尋ねた。「その問題について、これまで専門家に相談をしたことはある？」

「ええ、札幌にいたころ、夫に請われて二度ばかり心療内科で面談を受けたことがある。一度は夫婦で一緒に。もう一度は私一人だけで。でも役には立たなかった。というか、効果はなかった。それに他人に向かって、そういう込み入ったプライベートな話をするのは、正直なところ苦痛だった。たとえ相手が専門家だったとしてもね」

　私はあの十六歳の少女のことをふと思い出した。その五月の朝に彼女が口にした言葉を、私はまだそのまま覚えていた。そのとき私は十七歳だった。彼女の声は、その息づかいは、まだ私の耳にはっきりと残っている。


「あなたのものになりたい」とその少女は言った。「何もかもぜんぶ、あなたのものになりたいと思う。隅から隅まであなたのものになりたい。あなたとひとつになりたい。ほんとうよ」


「がっかりした？」と彼女は私に尋ねた。

　私は混濁した意識を急いで整理し、なんとか目の前にある現実に戻した。

「君が男女間の性行為に対して積極的な興味を持っていないことに、ぼくはがっかりしたか？」

「そう」

「そうだね、少しはしたかもしれない」と私は正直に答えた。「でも前もって打ち明けてくれて、それはよかったと思う」

「で、そういうことなしでも、これからも私と会ってくれるかしら？」

「もちろん」と私は言った。「君と会って、こうして親しく話をするのは楽しいから。そんなことができる相手は、この町にはほかにいない」

「それは私にとっても同じよ」と彼女は言った。「でも、あなたのために何もしてあげられないんじゃないかと思う。つまりその分野においては、ということだけど」

「その分野のことはとりあえず、できるだけ忘れるように努力しよう」

「ねえ」と彼女は打ち明けるように言った。「そのことについては、私だってすごく残念に思っているのよ。たぶんあなたが考えているよりもずっと」

「でも急がないでね。わたしの心と身体はいくらか離れているの。少しだけ違うところにある。だからあとしばらく待っていてほしいの。準備が整うまで。わかる？　いろんなことに時間がかかるの」


私は目を閉じ、時間のことを思った。かつては——たとえば私が十七歳であった当時は——時間なんて文字通り無尽蔵にあった。満々と水をたたえた巨大な貯水池のように。だから時間について考えを巡らす必要もなかった。でも今はそうではない。そう、時間は有限なものなのだ。そして年齢を重ねるに従って、時間について考えることがますます大事な意味を持つようになる。なにしろ時は休むことなく刻み続けられるのだから。


「ねえ、何を考えているの？」と彼女が隣の席から私に尋ねた。

「ロシア五人組のこと」、私は迷いなく、ほとんど反射的にそう答えた。「どうして思い出せないんだろう？　昔はすぐに五人の名前がすべて言えたのに。学校の音楽の授業で教わったんだ」

「おかしな人」と彼女は言った。「今ここで、どうしてそんなことが気になるのかしら？」

「思い出せるはずのことが思い出せないと、気になるんだ。君にはそんなことはない？」

「私としては、思い出したくないことを忘れられないことの方が気になるかもしれない」

「人それぞれだ」と私は言った。

「そのロシア五人組の中にはチャイコフスキーは入っているのかしら?」

「入っていない。彼らは当時、チャイコフスキーの作る西欧風の音楽に反発してグループを結成したんだ」

我々はしばらく沈黙を守っていた。それから彼女がその沈黙を破った。

「私の中で何かがつっかえているみたい。そのせいで、いろんなことがうまくいかない」

「そうかもしれない。でも君はあとに一人で取り残されてはいない」

彼女は私の言ったことについてしばらく考えていた。それから言った。

「これからも私に会ってくれるということ?」

「もちろん」

「もちろん、というのがあなたの口癖みたいね?」

「そうかもしれない」

カウンターの上に置いた私の手に、彼女が手を重ねた。五本の滑らかな指が、私の指に静かに絡んだ。種類の異なる時間がそこでひとつに重なり合い、混じり合った。胸の奥の方から哀しみに似た、しかし哀しみとは成り立ちの違う感情が、繁茂する植物のように触手を伸ばしてきた。私はその感触を懐かしく思った。私の心には、私が十分に知り得ない領域がまだ少しは残っているのだろう。時間にも手出しできない領域が。

バラキレフ、と誰かが私の耳元で囁いた。試験問題の解答を隣の席からこっそり教えてくれる親切な友人のように。そうだ、バラキレフ。これで四人になる。五人組のうちの四人。残りはあと一人だ。

「バラキレフ」と私は口に出して言った。宙に文字を書き留めるようにくっきりと。そして隣の席を見た。でも彼女にはその声は聞こえなかったようだ。彼女は両手でしっかり顔を包み込むようにして、声を出さずに泣いていた。涙が、その指の間からこぼれ落ちていた。

私は彼女の肩に静かに手を置いて、長い間そこにとどめていた。涙が止まるまで。

59

その青年が差し出した名刺には、勤め先の弁護士事務所の住所が印刷されていた。三人の弁護士の名前を並べた名称を持つ事務所だ。「平尾・田久保・柳原　法律事務所」。でもその中には彼の名前は含まれていない。

「弁護士とはいっても、まだほんの下っ端です。見習いというか、使い走り、丁稚《でっち》のようなものです」、青年はまっすぐ私の目を見ながらにこやかにそう説明した。それは日頃から口にし慣れている言い回しに聞こえた。だから私の耳にはとくに謙遜のようには聞こえなかった。

私はその青年と、もう一人のより若い青年に応接室の椅子を勧めた。彼らはそこにとても密やかに腰を下ろした。まるで椅子の強度を信用していないみたいに。

「隣にいるのは弟です」と青年はもう一人を紹介した。「東京の大学で医学を学んでいます。そろそろ実習が始まって忙しいところなのですが」

「よろしくお願いします」と弟は丁寧に深く頭を下げて言った。とても躾《しつけ》がいい。

兄はどちらかといえば小柄で、弟はどちらかといえばがっしりした体格だった。しかし顔立ちはよく似ている。一目見て兄弟だと推察できる（二人は特徴的な耳のかたちを父親から受け継いでいた）。どちらも目鼻立ちが涼しげに整っており、見るからに育ちが良さそうだ。身なりも都会風に洗練されていた。兄は濃紺の細身のスーツに白いシャツ、緑と紺のストライプのネクタイ、黒いウールのコート。弟はぴったりしたグレーのタートルネック・セーターに、ベージュのチノパンツ、紺のピーコートという格好だった。どちらの髪もちょうど良い長さにカットされ、ワックスを使っていかにも自然に整えられている。

　コーヒーショップの彼女は「見かけの良い二人の若い男性」と表現していたが、まさに的確な形容だった。どちらも見るからにこぎれいで、賢そうで、でも偉そうなところはなく、初対面の相手にまず間違いなく好印象を与える。二人並べて、そのまま男性用化粧水の雑誌広告にでも使えそうだ。

「いつもM＊＊がお世話になっていたようです」と長兄がまず口を開いた。

「ええ、M＊＊くんは毎日のようにここに姿を見せて、本を熱心に読んでいました」と私は言った。「急に姿を消してしまったということで、ここで働いている私たちもみんな心配しています。一刻も早く行方がわかるといいのですが」

「残された一家全員で懸命に捜索にあたっています」と兄は言った。「写真を入れたビラを作って、この何日かあちこちで配っています。でも今のところ、手がかりはまったくつかめていません。弟を見かけたという人がひとりも出てこないのです。これは不思議なことです。周りを山に囲まれたこんな狭い盆地の町ですし、現金もほとんど持ち合わせていないみたいだし、弟はそれほど遠くには行っていないはずです。もし家出みたいなことをしたのなら、間違いなく誰かにその姿を目撃されているはずなんですが」

「たしかにそれは不思議なことですね」と私は同意した。

「まるで神隠しにあったみたいだと父は言っています」と兄は言った。

「神隠し」と私は言った。

「ええ、この地方では過去において、神隠しみたいなことがしばしば起こったのだそうです。主に小さな子供たちが、ある日突然わけもなく忽然と姿を消してしまうのです。そしてそれっきり戻ってきません。そういう話が言い伝えとしていくつか残っています。ひょっとして、それではないだろうかと父は言い出しています。そうとでも考える以外に、うまい説明がつかないものですから」

「もし仮にそれが神隠しだとして」と私は言った。「姿を消した子供たちを取り戻すための手立てのようなものは、何かあるのですか？」

「父親は知り合いの神社の神主に頼んで、毎日祈禱《きとう》をしてもらっています。子供を元に戻してもらうように、神様に祈っているのです。もちろん私はそんなことはただの言い伝えだと思っていますが、父親としてはやはり何かにすがりたいのでしょう。ほかに頼るべきものもないわけですから。まさに神頼みということですが」

「おそらくご存じだとは思いますが、弟は、M＊＊は、いわゆる普通の子供ではありません」と医学生の弟が口を開いた。「通常の社会生活を送る能力にはいくらか不足がありますが、その代償にとでもいいますか、とくべつな能力を生まれつき与えられています。普通の人間ではちょっと考えられないような能力です。あるいはそのぶん神の領域に近いところにいると言っていいかもしれない。それは神に愛されることを意味するかもしれないし、あるいは逆にどこかで神の禁忌に触れる可能性を意味するかもしれません」

私は言った。「M＊＊くんは、普通の人に比べて、スピリチュアルな領域により近いところにいるということですか」

「ええ、ひょっとしてそういう考え方もできるんじゃないかと僕は思うのです」と弟は言った。

「その意味では、父の言う『神隠し』というのもあながち的外れではないかもしれない。もちろん、実際にそういうことがあるかどうかは別にしてですが」

兄はちらりと弟を見たが、とくに意見は述べなかった。その問題に関しては、兄弟の考え方に少なからず相違があるように見えた。

兄は言った。「そういう話は仮説としては興味深くはありますが、ここではとりあえずもう少し実際的になる必要があると思います」

現役の弁護士という立場からすればそのとおりだろう。たとえば法廷で「神隠し」みたいな見解を持ち出すわけにはいかない。そんなことを論理立てて証明するのは不可能なのだから。

彼は続けた。「私たちはどのようなことでもいいから、具体的な手がかりを求めています。このどうにも説明のつかない弟の失踪事件の謎を解き明かしてくれる、何らかの示唆を。おそらく時間が経過すればするほど、捜索は困難になっていくはずです。そんなわけで、あなたにお話をうかがえればと思ったのです。お忙しいところをこのように勝手に押しかけて、ご迷惑だとは思うのですが」

「時間ならいくらでも差し上げられます。もしお役に立てるものなら、どんなことでも喜んで協力します」と私は言った。

兄は何度か肯き、ネクタイの結び目に手をやった。それがまだ正しい場所にあることを確認するみたいに。そして言った。

「M＊＊は聞くところによれば、どうやらあなたに個人的な親しみを感じていたようですね」

私は僅かに首を傾げた。「それを親しみと呼んでいいかどうか。彼とそれほど親密に話をしていたわけではありませんから。お父様にも申し上げたのですが、ほとんど筆談と身振りで意思を伝えてくれたという程度のことです」

「いや、それだけでも大したことなのです」と弟が隣から口を挟んだ。「M＊＊は僕らにも——ひとつ屋根の下で一緒に育ってきた兄弟に対しても——そういうことはほとんどしてくれませんでした。なにか話しかけてもまずまともな返事は返ってきません。父親に対してもそれは同じです。母親とも、生活に必要な最低限のやりとりはしますが、それ以上の会話は望めません」

兄は肯いた。「そのとおりです。彼の方から我々に何かを話しかけてくるというようなことは、まずなかった。いつも自分だけの世界にぴたりと閉じこもっているんです。海の底の牡蠣みたいに。しかしあなたにはM＊＊の方から進んで話しかけてきたわけですね」

「ええ、そうだと思います」と私は言った。「彼の方から私に話しかけてきました」

「そしてあなたの姿を見かけて、駅前の商店街にあるコーヒーショップにまで入っていったということです。弟のような人間にとって、それはまずあり得ないことです」

「どうやらそのようですね」

兄弟はしばらく口をつぐんでいた。私も黙って話の続きを待った。

兄が口を開いた。「失礼なことをうかがうようですが、あなたのいったいどこに、どういうところに、M＊＊はそれほど興味を惹かれたのでしょう？　弟はたしかに子易さんには親しんでいましたした。よく話もしていたようです。しかし子易さんは小さい頃からM＊＊のことをよくご存じでしたし、あの子に目をかけ、何かとかわいがってくれました。ですから彼になつくのはそれなりに理解できます。何か気持ちが通じ合うところがあったのでしょう。でもあなたは、子易さんが亡くなったあと東京から移ってこられて、図書館長職を新しく継がれたばかりです。そんなあなたのどこに弟は心を惹かれたのでしょうか」

「お父様にも先日お話ししたのですが、私はある人に架空の街の話をし、それを彼がたまたま耳にしたようです」

「ええ、おおよそのことは父から聞きました。M＊＊はその架空の街の話に強い興味を持ち、その街の地図を描き起こしたということですね」

「ええ、そのとおりです」

弟が質問した。「それはつまり、あなたの想像の中で生み出された空想の街なのですね？」

「そのとおりです。私がまだ若い頃、想像の中で作り上げた、実際には存在しない世界です」と私は答えた。

「その地図はお持ちですか？」

「いいえ、今ここにはありません。M＊＊くんが持っていきました」、それは嘘だ。その地図は私の家の机の抽斗にしまってある。でもなぜか私は彼らにその地図を見せる気持ちにはなれなかった。

兄弟は顔を見合わせた。

「もしよろしければ、その架空の街の話を我々にもしていただけませんか」と兄が言った。
医学生の弟が隣から言い添えた。「失踪前のＭ＊＊がどんなことに強く興味を惹かれていたのか、いちおう頭に入れておきたいのです」

私は高い壁に囲まれた街の概要を手短に二人に語った。彼らは真剣に弟の行方を探し求めている。断るわけにはいかない。

そこにある風景を、その街のおおよその成り立ちを、あくまで空想上のものとして私は二人に語った（もちろん何から何まですべてを語ったわけではない。図書館の世話係の少女については簡単に触れただけだし、影と引き離され、眼を傷つけられた話も、不気味な溜まりの話も省いた。二人に不吉な印象を与えたくなかったから）。兄弟は私の話を黙って熱心に聞いていたが、途中でいくつか質問をした。どれも簡潔で適切な質問だった。それぞれに勘が鋭く、頭の回転の速い兄弟であるようだった。父親を相手にしたときのように簡単にはいかない。私が話し終えると、しばらく密度の高い沈黙が続いた。最初に口を開いたのは弟の方だった。
「僕が思うに、Ｍ＊＊はおそらくその街に自ら行くことを望んだのでしょう。お話をうかがっていて、そういう気がしました。あの子は何かひとつに焦点を定めれば、普通では考えられないほど強烈な集中力を発揮します。そして彼はそのあなたの街のありように強く心を惹かれていた」

再び沈黙が降りた。どこという行き場を持たない重く淀んだ沈黙だった。私は弟に向かって慎重に言葉を選んで言った。
「でもそれは、なんといっても私の頭の中でこしらえられた架空の街です。現実には存在しません。M＊＊くんがどれほど強く望んだところで、そこに行けるわけはない」

医学生の弟が言った。「でもM＊＊は実際に姿を消してしまいました。ひどく寒い冬の夜にパジャマ姿で、ほとんど一銭も持たずに。その姿の消し方があまりにも非現実的なので、非現実的な仮定もいろいろ頭に浮かんでしまうのです。あくまで可能性として」

「警察はどう言っているのですか?」と私は尋ねた。とりあえず話を逸らすために。

弁護士の兄が言った。「M＊＊はたぶんみんなが寝静まっている夜のあいだに服を着込んで、いくらかの現金を手に家を出て、何らかの手段を見つけて、たとえばヒッチハイクをするとかして、町を出て行ったのだろうと、警察は考えています。十代の男の子のよくある家出だろうと。服もなくなっていないし、現金も持っているはずはないと母は断言していますが、警察は母の言うことはあまり信用していないようです。母は現在、なんといいますか、ショックのためにいささかヒステリー状態にありますので」

「手持ちの現金が尽きたら連絡をしてくるか、あるいはそのうちに、何ごともなかったかのようにふらりと家に帰ってくるでしょうと、警察の人は言っています」と弟は言った。

「まあ、それが世間の一般的な考え方なのでしょうが」と兄は言ってため息をついた。

「でも僕にはそうは思えません」と弟が言った。「母は細部に厳密な人間です。取り乱しやすい性格ではありますが、服の数とか、現金の有無とか、その手の実際的なことにかけては人並み外れて正確です。たとえ多少頭が混乱していても、そういう事柄はまず間違えません」

弁護士の兄が言った。「家の内側から鍵がすっかり閉まっていたことについても、きっとどこかが開いていたんだろうと、警察は考えているようです。いわゆる合理的な解釈でいくと、そうなってしまいます。またM＊＊がちょっと変わった、普通ではない子供だということは、町の人たちはみんな知っています。そういう子供は予測のつかないことをするものだと人は考えます。父はこの町では名前を知られた人間なので、警察もいちおう丁寧に応対してくれますが、それ以上のことはしてくれません」

「何ごともなかったようにふらりと帰ってきてくれれば、それに勝ることはないのでしょうが」と私は言った。

兄の方が言った。「ええ、両親もそのように言っています。しかし私たちとしては、ただおとなしく座ってM＊＊の帰りを待っているわけにはいきません。社会的適応力みたいなものを持ち合わせていない子です。今頃どこでどうしているのかと思うと、心配でなりません」

「壁に囲まれた架空の街の話に戻りますが」と弟が口を挟んだ。「弟は、そのあなたの街のどのようなところにいちばん興味を抱いたと思われますか？」

私は答えに窮した。いったいどのように答えればいいのだろう？

「それは私にもわかりません。そういうことは、彼は何も語りませんでしたから。ただきわめて真剣にその街の地図作りに没頭していただけです。でも私の個人的な感想を言わせていただければ、M＊＊くんがその街に心を惹かれたのは、たぶんそこではあなたがたのおっしゃるところの、社会的適応力みたいなものが必要とされなかったからではないでしょうか。彼がその街でやるべきことといえば、図書館に通って特殊な書物を読むことだけです。それは考えてみれば、彼がこの町で、この図書館で日々おこなっていたのと基本的に同じ作業です。それ以外には何も求められていません。そしてその街では、その書物を読むことが重要な意味を持っています」

「特殊な書物とはいったいどんなものなのですか？」と弁護士の兄が尋ねた。当然出てくる疑問だ。「なぜそれを読むことが、街にとって重要な意味を持っているのですか？」

私はため息をついた。そしてどうしてかはわからないのだが、図書館の庭をゆっくりと歩いて横切っていく痩せた雌猫の姿をふと思い浮かべた。それからその猫と五匹の子猫たちの様子を、飽きることなくいつまでも眺めていたイエロー・サブマリンの少年の姿を思い浮かべた。それは遥か昔に起こった出来事のように感じられたが。

私は言った。「それがどういうものなのか、それを読むことがどんな意味を持っているのか、私自身にもうまく説明できません。謎の書物としか言えないのです」

弟が尋ねた。「でもそのようなシチュエーションは、すべてあなたの想像の中でつくられたのですね？」

「ええ、そのとおりです」と私は言った。「そうだと思います。しかしそこにある多くの事柄は私にも、論理立てて説明することができないのです。それらはずっと以前、十代の私の中で、いわば自然に、勝手に姿かたちをとって浮かび上がってきたものですから」

正確に言えば、その街は十七歳の私と十六歳の少女が、二人で力を合わせて起ち上げたものだ。私一人でこしらえたものではない。しかしそんな話をここで持ち出すわけにはいかない。

兄弟はそれぞれに、私の語ったことについてしばらく考え込んでいた。

やがて弟が口を開いた。「ひとつ個人的な仮説を申し上げていいでしょうか？」

「もちろん、どうぞ。どんなことでも」

「僕は思うのですが、街を囲む壁とはおそらく、あなたという人間を作り上げている意識のことです。だからこそその壁はあなたの意思とは無縁に、自由にその姿かたちを変化させることができるのです。人の意識は氷山と同じで、水面に顔を出しているのはごく一部に過ぎません。大部分は目には見えない暗いところに沈んで隠されています」

私は尋ねた。「あなたは医学を学んでいると言われましたが、どんなことを専門とされているのですか？」

「いちおう外科医になるつもりで、その勉強をしています。できれば脳外科を専門にしたいと思っています。しかしそれと同時に、精神医学にも興味を持って個人的に研究しています。脳外科とは重なり合う分野もありますから」

「なるほど」と私は言った。「あなたがそういう方面を目指そうと思われたのは、弟のM＊＊くんのことも影響しているのでしょうか？」

「ええ、そうですね。ある程度関係していると思います。それがすべてというわけではありませんが」

弁護士の兄が言った。「言うまでもないことですが、私たちは弟がその架空の街に実際に足を踏み入れたとか、そんな風に考えているのではありません。そういうのはサイエンス・フィクションの世界の話です。現実に起こるわけはない。ですからそのことであなたを責めているわけでも、責任を追及しているわけでもありません。しかし率直に申し上げまして、あなたがM＊＊にお話しになったその架空の街が、彼の今回の失踪の何らかのきっかけになっているような気がしてならないのです」

「きっかけと言いますと、たとえばどのようなきっかけなのでしょう？」

「たとえばＭ＊＊はその街に行くための通路のようなものを見つけたと、思い込んだかもしれません。そのとき彼は高熱を出していましたから。そして寝床から起き上がり、その通路を目指して家を出て行った。施錠されたままの家の中からどのようにして出て行ったか具体的にはわかりませんが、とにかく外に出て行った。パジャマ一枚の格好で。でももちろんそんな通路はどこにも見つかりません。そしてそれはひどく冷え込んだ夜です……」

弟が話を受け継いだ。「そしてそのまま、近くの山中に入っていって、そこで寒さのために意識を失ってしまったのかもしれません。それが我々の考えついた、もっともありそうな仮説です」

「それで、山の中を探してみられたのですか？」と私は質問した。

「ええ、二人でできるだけ歩き回って探してみました。でも隅々まで隈なく捜索するというわけにはいきません。なにしろこの町は四方をぐるりと山に囲まれていますから」と弟は言った。

兄が言った。「本当は多くの人を集めて、山狩りのようなことをするのが望ましいのですが、今の段階ではむずかしそうです」

弁護士の兄が言った。「あと数日、我々はこの町に滞在して、弟の行方を探ってみるつもりです。できる限りのことはやってみます。でもそれ以上ここに留まるのは難しいかもしれません。心残りではあるけれど、二人ともそろそろ東京に戻って、仕事や勉学を続けなくてはなりませんから」

私は肯いた。一週間東京を離れて、こちらに来るだけでも、彼らはかなりの現実的な犠牲を払っているはずだ。人々はそれぞれの生活に追われて忙しいのだ。弟はポケットから手帳を出して、そこにボールペンで何かを書き付け、ページを破って私に手渡した。

「これが僕の携帯電話の番号です。どんな細かいことでもかまいません。その壁に囲まれた街に関して何か思い出されたことがあったら、連絡をいただけますでしょうか」

「わかりました。そうします」

彼はどうしようか少し迷ってから、真剣な声で私に打ち明けるように言った。「比喩的にか、象徴的にか、暗示的にか、そこはよくわかりませんが、M＊＊は何かしらの通路を見つけて、その街に入り込んでしまったように、僕には思えてならないのです。言うなれば水面下深くにある、無意識の暗い領域に」

私はもちろん肯定も否定もしなかった。ただ黙って彼の顔を見ていた。

「そこまで行けば、あるいは弟は見つかるかもしれません。でも僕らがそこに行くことは現実的にできない」と弟は言った。

もし仮にそこで見つかったとしても、イエロー・サブマリンの少年は、こちらの世界に戻ることをおそらく望むまい。でももちろん兄たちに向かってそんなことは口にできない。

兄弟は私に丁寧に礼を言って、静かに部屋を出て行った。その礼儀正しく、見るからに聡明そうな青年たちがいなくなると、私は窓際に行って、誰もいない庭を長いあいだ眺めた。鳥たちが葉を落とした樹木の枝にとまり、しばらくそこでさえずり、何かを求めてまたどこかに去っていった。

「比喩的にか、象徴的にか、暗示的にか、そこはよくわかりませんが」と医学生の弟は言った。

いや、それは比喩でも象徴でもなく暗示でもなく、揺らぐことのない現実なのかもしれない。私は現実のイエロー・サブマリンの少年が、その現実の街の通りを歩いている様子を思い浮かべた。そして私は憧憬《しょうけい》しないわけにはいかなかった。少年のことを、そしてその街のことを。

60

その夜とても長い夢を見た。あるいは夢に類するものを。

私は森の中の小道を一人で歩いていた。重く曇った冬の午後で、白く固い雪がちらちらとあたりを舞っていた。自分が今どこにいるのか、私にはわからなかった。ただそこをあてもなく切々と歩き続けていた。何かを探し求めているようだが、何を探しているのか、それが自分でもわからない。しかしそのことはとくに私を混乱させなかった。自分が何を探しているにせよ、いったんそれが見つかれば、何を探していたかそのときにわかるはずだった。

うっそうとした深い森で、どこまで行っても樹木の太い幹しか見えなかった。枯れ葉を踏みしめる靴音が足元に鈍く響き、頭上高いところで鳥たちが呼び合う声が時折耳に届いたが、それ以外に物音は聞こえない。風も吹いていない。

やがて私は樹木の間を抜け、ぽっかりと開けた平らな場所に出た。そこにはうち捨てられたような古い小さな建物があった。かつては山小屋として使われていたのかもしれない。しかし長い歳月にわたって手入れを受けていないらしく、木製の屋根は斜めに傾《かし》いで、柱は虫に食われて半ば朽ちていた。私は危なっかしい三段の階段を踏みしめてポーチに上がり、色褪せた玄関の扉をそっと引いてみた。扉は軋んだ音を立てて開いた。小屋の中は薄暗く、埃っぽい匂いがした。人の気配はない。

そこが目指していた場所であることが、一目見て本能的に理解できた。私はこの小屋に来るために、深い森を抜けてここまでやって来たのだ。苦労して藪を抜け、鳥たちの痛切な警告を受けつつ、氷の張った小川を渡って。

小屋の中に静かに足を踏み入れ、あたりを見渡した。窓ガラスは埃だらけで、ほとんど外が見えないほどだったが、一枚も割れてはおらず（建物の古びかたからして、それは奇跡的なことに思える）、そこから外の光が僅かに差し込んでいた。一部屋しかない簡素な山小屋だ。その場所を誰がどんな目的のために使用していたのか、見当もつかない。私は部屋の真ん中に立ち、あたりの様子を注意深くうかがいながら、目をその薄暗さに馴らしていった。

小屋の内部は文字通りのがらんどうだった。家具も道具も何ひとつ置かれていない。装飾らしきものもまったく見当たらない。いつかの時点で人々はこの場所を引き払い、建物はそのまま見捨てられたのだ。私が歩くと、そのたびに木の床がたわんで、派手な音を立てた。まるで森の中の生き物たちに重要な警告を与えるみたいに。

その小屋の内部には漠然と見覚えがあった。以前そこを訪れたことがあるような……しかしそれがいつどこで起こったことなのか、思い出せなかった。強い既視感が、私の身体全体にもやもやとした痺《しび》れをもたらした。身体を巡る血液に何か目に見えない異物が紛れ込んだかのように。

奥の壁にはひとつだけ小さな木製のドアがあった。物置かクローゼットのように見える。私はその扉を開けてみることにした。中に何があるかわからないので、できることなら開けたくはなかったのだが、やはり開けないわけにはいかない。はるばるここまで何かを探し求めてやって来たのだから。閉じられた扉を開けずに引き返すことはできない。できるだけ音を立てないようにそろそろと扉の前まで歩き、前に立って何度か深呼吸をした。気持ちを整え、意を決して錆びた金属の把手をつかみ、ゆっくり手前に引いた。

ドアはぎりぎりという乾いた軋みを立てて開いた。中は思ったとおり物入れのようになっていた。いろんな用具を入れておくために作られたスペースなのだろう。細長く、奥行きが深く、奥の方は光が届かず暗い。長いあいだ開けられたことがなかったらしく、饐《す》えて淀んだ匂いがした。そして中に置かれていたのは一体の人形だけだった。暗さのせいで、それが木彫りの人形であることがわかるまでに少し時間がかかった。かなりの大きさのある人形だ。背の高さは一メートル以上あるだろう。その人形は手脚が曲がるようになっているらしく、疲れた人が床に腰を下ろし、何かにぐったりもたれるような格好で、奥の壁に立てかけられていた。私の目が暗さに慣れてくると、その人形がヨットパーカらしきものを着ていることがわかった。そしてその緑色のパーカにはイエロー・サブマリンの絵が描かれていた。

私は身を乗り出すようにして、その人形の顔を見た。塗料はかなり色褪せてはいたが、それはまさしくM＊＊の顔だった。木材に絵の具で描かれた顔だ。M＊＊の顔ではあるけれど、ほとんど戯画化されている。まるで腹話術の人形のおどけた顔みたいに。その顔には、いったんは笑いかけたが思い直してやめたときのような、どことなく中途半端な表情が浮かんでいた。

そしてそのとき、私には理解できた。それが私の探し求めていたものであることを。疑いの余地はない。私はまさにその人形を求めてここまでやって来たのだ。急な斜面をよじ登り、深い森を抜け、どす黒い獣たちの目を逃れて。私はそこに立ちすくんだまま、息を潜めてまっすぐその木製の人形を見ていた。

そう、それはＭ＊＊の抜け殻なのだ。そのことが私にはわかった。Ｍ＊＊はこの山間の森の奥で肉体を棄て、その棄てられた肉体は、古びて色褪せた木製の人形となったのだ。そして肉体という不自由な牢獄から抜け出した彼の魂は、高い壁に囲まれた街へと移行していったのだ。それが私の確認したかった事実だった。

しかしあとに遺《のこ》されたこの木製の人形を、少年の抜け殻を、私はいったいどう扱えばいいのだろう？　町に持ち帰って兄たちに見せるべきなのか、あるいはこのままここに放置しておくべきなのか。それともどこかに穴を掘って埋めてやるべきなのか？　私にはその判断がつかなかった。このままにしておくのが、いちばん正しいのかもしれない。ひょっとしたら、少年があとで何かの役に立てるかもしれないから。

そのとき私はふと気づいた。その人形の口元が僅かに動いていることに。あたりは暗かったし、最初は目の錯覚だろうと思った。私は実際には起こっていないことを目にしているのだろうと。しかし錯覚ではなかった。目をこらすと、その人形の口は小さく微かに、しかし間違いなく動いていた。何かを語ろうとしているかのように。どうやら口の部分だけは上下に動くようにつくられているらしい。腹話術師の操る人形と同じように。

その人形が何を語ろうとしているのか聞き取るべく、意識を集中し耳を澄ませたが、私に聞き取れるのは壊れた古いふいごの立てるような、かさかさという風音だけだった。しかしその風音は少しずつ言葉の形をとり始めているように思えた。

もっと……とそれは言っているようだった。

私は息を潜め、神経をひとつに集中し、それに続く言葉を待ち受けた。

もっと……とそれは儚《はかな》くかすれた声で、もう一度同じ言葉を——あるいは言葉に近い曖昧な音を——繰り返した。

私の聞き違いかもしれない。何か別の言葉だったかもしれない。しかし私の耳にはそれは「もっと」と聞こえた。

「もっと何?」と私はその木彫りの人形に向かって——イエロー・サブマリンの少年の残骸に向かって——声に出して問いかけた。もっと何をしてほしいのだ?

もっと……とそれは同じ調子で繰り返した。

もっと近くに寄れということなのかもしれない。そこには遠い世界からの、重要で内密なメッセージが待ち受けているのかもしれない。私は思い切ってその謎めいた口元に耳を寄せた。

もっと……とそれは再び繰り返した。前よりいくらか大きな声で。

私はその口元により近く耳を寄せた。

その瞬間、人形は驚くほど素速く首を前に伸ばし、あっという間もなく私の耳に嚙みついた。耳たぶがちぎれるのではないかと思うくらい強く、深く、がぶりと。痛みは実に激しいものだった。

私は大きな叫び声を上げ、その自らの叫び声によって目を覚ました。あたりは真っ暗だった。

しばらくしてから、それが夢であったことがわかった。あるいは夢に近接した何かであることが。

私は自分の家で、自分の布団に寝ていた。長く生々しい夢（のようなもの）を見ていたのだ。それは現実に起こった出来事ではない。にもかかわらず私の右の耳たぶには、強く噛まれた痛みが間違いなく残っていた。錯覚なんかじゃない。私の耳たぶは現実にずきずきと痛んだ。

起き上がって洗面所に行き、明かりをつけ、鏡に右の耳を映してみた。しかしどれほど注意深く点検しても、噛まれた跡は見当たらなかった。いつものつるりとした耳たぶが見えるだけだ。残されているのは噛まれた痛みだけだった。でもそれは間違いなく本物の痛みだ。その木彫りの人形が——あるいはその人形の形状をとった誰かが——私の耳たぶを噛んだのだ。素速く、強く、深く。それは私の夢の内側で起こったことなのか、あるいは「意識の暗い水面下」で起こったことなのか……。

時計は午前三時半を指していた。汗に濡れて重くなったパジャマと下着を脱ぎ、丸めて脱衣かごに入れ、それから冷たい水をグラスに何杯か続けざまに飲んだ。タオルで汗を拭き、新しい下着とパジャマを抽斗から出して身につけた。それで少しは気持ちが落ち着いたものの、心臓は相変わらず、槌《つち》で平板を打つような乾いた音を立てていた。強い驚愕を含んだ記憶のために、身体全体の筋肉が堅くこわばっていた。私が目にしたのは細部の隅々までくっきり思い出せるきわめて鮮明なイメージだったし、耳たぶに残された痛みは疑いの余地なく本物の痛みだった。その痛切な感触は時間が経っても薄れなかった。

あの少年はきっと、何らかのメッセージを伝えようとして、私の耳を噛んだのだろう。そのために私をそばに寄らせたのだ——私にはそうとしか思えなかった。でも耳を噛むことによって、彼はいったいどんなことを私に伝えようとしたのか？　そのメッセージには何かしら不穏な内容が含まれているのだろうか？　それとも彼が私の耳を噛んだことには、ある種の（彼なりの独自の）親近感が込められているのだろうか？　私にはその判断がつかなかった。

しかしそれでも私は、厳しい痛みを耳たぶに感じながらも、心の底で少なからず安堵を覚えていた。私はその人里離れた森の奥で、ほとんど崩れかけた古い山小屋の中で、ようやくそれを見つけることができたのだ。イエロー・サブマリンの少年があとに残していった「肉体」を。あるいはその抜け殻を。それはイエロー・サブマリンの少年の失踪（または神隠し）という、謎めいた出来事を解釈するための、重要な手がかりになるはずだ。

しかしその出来事を、彼の兄たちにそのまま報告することはできそうにない。そんな話は彼らを当惑させ、混乱させるだけだろうから。そしてなんといってもそれは（おそらく）夢の中の出来事に過ぎなかったから。とはいえ彼らには、それをひとつの情報として耳に入れる権利はあるはずだ。私は医学生の弟から渡された携帯電話番号のメモを何度か取り出して眺めた。そしてどうしようかと迷った。でも結局電話はかけなかった。

その日の昼休みに駅前まで歩いて、コーヒーショップに入った。店はいつもより混んでいた。私はいつものカウンター席に座ってブラック・コーヒーとマフィンを注文した。彼女はいつものように髪を後ろできっちりと束ね、カウンターの中できびきびと立ち働いていた。

耳たぶの痛みはかなり引いてはいたけれど、それでもまだ私は夢の名残りをそこに感じ取ることができた。それは私の心臓の鼓動に調子を合わせるように、小さく、しかし確実に疼き続けていた。

店の小さなスピーカーからはジェリー・マリガンのソロが流れていた。ずっと昔によく聴いた演奏だ。私は熱いブラック・コーヒーを飲みながら、記憶の底を探り、その曲の題名を思い出した。『ウォーキン・シューズ』、たしかそうだったと思う。ピアノレス・カルテットでの演奏、トランペットはチェト・ベイカーだ。

　しばらくして客席が落ち着き、手が空いたところで、彼女が私の前にやって来た。細身のジーンズに白い無地のエプロンという格好だった。

「なかなか忙しそうだ」と私は言った。

「ええ、珍しく」と彼女は微笑んで言った。「来てくれて嬉しい。今はお休み時間なのね？」

「うん、だからあまり時間がないんだ」と私は言った。「ひとつ頼みがあるんだけど」

「どんなこと？」

　私は右側の耳たぶを指さした。「この耳たぶを見てくれないかな。何かあとが残ってないか？自分ではよく見えないものだから」

　彼女はカウンターに両肘をつき、身を前に乗り出して、私の耳たぶをいろんな角度からしげしげと眺めた。食料品店でブロッコリーを点検する主婦のように。そして身体をまっすぐに戻して言った。

「あとみたいなものは何も残っていないみたいだけど、いったいどんなあとのことかしら？」

「たとえば何かに噛まれたとか」

　彼女は警戒するようにぎゅっと眉を寄せた。「誰かに噛まれたの？」

「いや」と私は言って首を振った。「誰かに噛まれたというわけじゃないけど、朝起きたら、そんな感じの痛みが耳たぶに残っていたんだ。夜のあいだに大きな虫に刺されたか、嚙まれたかしたのかもしれない」

「スカートをはいた虫とかじゃなくて？」

「いや、そういうんじゃない」

「よかった」と彼女は微笑んで言った。

「もしよかったら、耳たぶをちょっと指で触ってもらえないかな」

「もちろん、喜んで」と彼女は言った。そしてカウンター越しに手を伸ばして、私の右の耳たぶを指でつまむようにして、何度も優しくさすってくれた。

「大きくて、柔らかい耳たぶ」と彼女は感心したように言った。「うらやましいな。私の耳たぶなんてすごく小さくて硬いんだもの。貧相っていうか」

「ありがとう」と私は言った。「触ってくれて、おかげでずいぶん楽になった」

それは嘘ではなかった。彼女の指先で優しく撫でられたあと私の耳の痛みは——その微かな夢の名残りは——あとかたもなく消え失せていた。新しい陽光に照らされた朝露のように。

「また食事を一緒にしてくれるかな？」

「喜んで」と彼女は言った。「誘いたくなったら、いつでも声をかけて」


図書館まで歩いて戻り、館長室のデスクに向かって日常の仕事を片付けながら、私は夢の一部始終を思い出していた。考えまいと努めても、考えないわけにはいかなかった。その記憶は私の意識の壁に鮮やかに貼り付いたまま、そこを離れようとはしなかったから。

なぜイエロー・サブマリンの少年は、私の耳をあれほど強く嚙まなくてはならなかったのだろう？

私はその一点について集中して考え続けた。その疑問は朝から絶え間なく私の心を揺さぶり、神経を鋭い針で突き続けていた。なぜイエロー・サブマリンの少年は、私の耳をあれほど強く嚙まなくてはならなかったのか？　それは間違いなく何かのメッセージであったはずだ。そして彼はそのメッセージを伝えるために、私をその森の奥まで導いたのだ。

あるいはその少年は、自分がこの世界に存在したという事実を、その確かな痕跡を私の意識に、そして私の肉体にしっかり刻みつけたかったのかもしれない。物理的な痛みを伴う、忘れがたいものとして、刻印を捺《お》すかのように。それほどその痛みは痛烈なものだった。

しかしいったい何のために？　そんなことをするまでもなく、彼がこの世界に存在したことは、私の意識に既にありありと刻み込まれているではないか。彼の存在を私が忘れたりするわけはない。たとえ彼がここから永遠に姿を消してしまったとしても。

この世界、と私は思った。

そして私は顔を上げ、自分のまわりにある風景を改めて見回した。私は図書館の二階の館長室にいた。そこには見慣れた天井があり、壁があり、床があった。壁には縦長の窓がいくつかついており、そこから昼下がりの陽光が眩しく差し込んでいた。

この世界。

しかしそれらをじっと眺めているうちに次第に、全体の縮尺が少しずついつもとは違っていることがわかってきた。そう、天井は広すぎるし、床は狭すぎる。その結果、壁が圧力を受けてたわんでいる。そしてよく見ると、部屋全体がまるで臓器の内壁のように、ぬめぬめと蠢《うごめ》いていた。窓枠が伸び縮みし、ガラスはふらふら波打っている。

最初、私は大きな地震が起こっているのかと思った。しかしそれは地震なんかではない。それは私の内側からもたらされた震えなのだ。私の心の揺れが外の世界にそのまま反映されているだけなのだ。私はデスクに両肘をつき、手で顔をしっかり覆って目を閉じた。そして時間をかけ、頭の中でゆっくり数をかぞえ、錯覚が収まるのを辛抱強く待った。

しばらくして——二分か三分、そんなものだ——両手を顔からどかせて目を開けると、そんな感覚は既にどこかに去っていた。部屋は元のままの、ぴたりと静止した部屋だった。揺れもなく、動きもない。縮尺もちゃんと合っている。

それでも注意深く観察すると、以前とは僅かに部屋の形状が違っているように思えた。いろんな部分の寸法が、少しずつ変更されたという印象があった。いったん別のところに移された家具が、もう一度同じ位置に並べ直されたような、そんな具合だ。注意深く元通りの形状に戻されてはいるのだが、細部が微妙に変わっている。たいした変更ではない。普通の人はおそらくその違いに気づかないだろう。でも私にはわかる。

しかしそれは私の気のせいかもしれない。私は感じやすくなりすぎているのかもしれない。昨夜見た生々しい夢（のようなもの）のせいで、神経が正常な状態ではなくなってしまっているのかもしれない。夢の内側と、夢の外側との境界線がきっと不明確になっているのだ。

私は右の耳たぶに指をそっとあててみた。耳たぶは柔らかく温かく、もう痛みは残っていなかった。痛みが残っているのは私の意識の中だけだ。そしてその痛みが、その鮮やかな残存記憶が、そこから消え去ることはないのかもしれない。そんな気がした。そう、それは確かな熱を持った刻印のごときものなのだ。ひとつの世界ともうひとつの世界の境界を超越することができる、具体的な痛みを伴う刻印。私はおそらくそれを自分の存在の一部として残したまま、これからの人生を生きていくことになるのだろう。

61

その日の午後遅く私はコーヒーショップに電話をかけ、彼女を食事に誘った。

「耳はもう大丈夫？」と彼女は尋ねた。

「おかげさまで、耳は問題ないみたいだ」

「悪い虫にもう噛まれないようにね」と彼女は言った。

「もしよかったら、今日あとで会えないかな？」

「いいわよ。どうせ用事はないから。閉店したあと、適当な時間に店に来てくれる？」

私は電話を切って、冷蔵庫の中身をリストアップし、どんな料理が作れるか頭の中で組み立ててみた。手の込んだものは作れそうにないが、即席の夕食は用意できそうだ。アサリのソースもこしらえてあるし、シャブリも冷えている。

　頭の中で料理の細かい手順をひとつひとつ考えていくうちに、私の心はいくらか落ち着きを見せたようだった。何はともあれ、そういう実際的なものごとに頭を働かせているあいだは、それ以外の問題の存在をひとまず忘れることができる。ジェリー・マリガン・カルテットの演奏する曲のタイトルを思い出しているときと同じように。

夕方前に添田さんと顔を合わせたとき、彼女はイエロー・サブマリンの少年の二人の兄が、明日揃って東京に帰る予定であることを教えてくれた。

「M＊＊くんの行方の手がかりがつかめず、二人ともずいぶんがっかりしていました。でも仕事とか学業があるし、いつまでもこちらにいるわけにはいかないということでした」

「気の毒だけど、まあしかたないだろうね」と私は言った。「警察の捜索の方は何か進展があったのかな？」

添田さんは首を振った。「ここの警察は無能だとまでは言いませんが、これまでのところとくに何かの役に立っているとも言えません。人の出入りの少ない小さな町で、起こる事件といってもせいぜい夫婦喧嘩か交通事故くらいです。人手も不足していますし、何をするにも要領がよくないんです」

「ふと思ったんだけど」と私は言った。「もしあの子が家出をしてどこか遠くに行くとしたら、たとえどこに行くにせよ、あのイエロー・サブマリンのヨットパーカを着ていくと思うんだ。言うなれば、彼の第二の皮膚みたいなものになっていたものね。あの服をあとに置いていくようなことはないんじゃないかな」

「ええ、私もそう思います。どこか遠くに行くとしたら、きっとあのパーカを身につけていくでしょうね。あれを着ていると、あの子は気持ちが落ち着くみたいですから」

「でもあのパーカはあとに残されていた」

「ええ、母親はそう言ってました。イエロー・サブマリンのパーカは残されていたと。私もそのことが少し気になったものですから、何度も確認してみたのですが、彼がそれを着ていかなかったことに間違いないということです」

図書館での仕事を終え、駅前のコーヒーショップに着いたとき、時刻は六時半を少し回っていた。長い冬がそろそろ終わりに近づいており、日が暮れるのが前より目に見えて遅くなり、寒さもいくぶん和らいでいた。凍りついた道ばたの雪の塊も、昼間の日差しに解かされて小さくなっていた。そしてそのような雪解けの水を集めた川は、目に見えて水量を増していた。

コーヒーショップのガラスのドアには、「閉店」の札がかかっており、窓のブラインドも閉じられていた。私はドアを押して開け、店の中に入った。彼女はカウンターの椅子に一人で座って本を読んでいた。文庫本ではなく、厚みのある単行本だ。彼女はその本を閉じて、私に向かって微笑みかけた。本に挟まれた栞《しおり》が、もう終わり近くまで読まれていることを示していた。

「何を読んでいるの？」と私はダッフルコートを脱いでコートラックに掛けながら尋ねた。

「『コレラの時代の愛』」と彼女は言った。

「ガルシア＝マルケスが好きなの？」

「ええ、好きだと思う。作品のたいていは読んでいるから。中でもこの本がとくに好きなの。読むのは二度目だけど。あなたは？」

「昔読んだことがあるよ。出版された頃に」と私は言った。

「私が好きなのはこういうところ」、彼女は栞の挟んであったページを開き、その部分を読み上げてくれた。

フェルミーナ・ダーサとフロレンティーノ・アリーサは昼食の時間までブリッジにいた。昼食になる少し前にカラマールの集落を通過した。ほんの数年前まで毎日のようにお祭り騒ぎをしていたあの港も今では通りに人影がなく、すっかりさびれていた。白い服を着た女が一人、ハンカチを振って合図をしているのが見えた。フェルミーナ・ダーサは、あんなに悲しそうな顔をしているのに、どうして乗せてやらないのか不思議に思っていると、船長が、あれは溺死した女の亡霊で、通りかかった船を向こう岸の危険な渦のところに誘い込もうとしているのだと説明した。船が女のすぐ近くを通ったので、フェルミーナ・ダーサは陽射しを浴びているその女の姿を細部にいたるまではっきり見ることができた。この世のものでないことは疑いようがなく、その顔には見覚えがあるような気がした。

「彼の語る物語の中では、現実と非現実とが、生きているものと死んだものとが、ひとつに入り混じっている」と彼女は言った。「まるで日常的な当たり前の出来事みたいに」

「そういうのをマジック・リアリズムと多くの人は呼んでいる」と私は言った。

「そうね。でも思うんだけど、そういう物語のあり方は批評的な基準では、マジック・リアリズムみたいになるかもしれないけど、ガルシア＝マルケスさん自身にとってはごく普通のリアリズムだったんじゃないかしら。彼の住んでいた世界では、現実と非現実はごく日常的に混在していたし、そのような情景を見えるがままに書いていただけじゃないのかな」

私は彼女の隣のスツールに腰を下ろし、言った。

「つまり彼の住む世界にあっては、リアルと非リアルは基本的に隣り合って等価に存在していたし、ガルシア＝マルケスはただそれを率直に記録しただけだ、と」

「ええ、おそらくそういうことじゃないかしら。そして彼の小説のそんなところが私は好きなの」

彼女は仕事中後ろで束ねていた髪をほどいており、それはまっすぐ肩の下まで落ちていた。髪を手で上げると、耳に小さな銀のピアスがついていることがわかった。仕事中には外されているものだ。耳たぶはたしかに小さく硬そうだ。

ガルシア＝マルケスの小説についての話は、私に子易さんのことを思い出させた。彼女なら子易さんと会っても、彼が既に死んでしまった人であることを、そのまますんなり受け入れてくれたかもしれない。マジック・リアリズムやらポストモダニズムみたいなものとは関係なく。

「本を読むのが好きなんだね？」と私は尋ねた。

「ええ、小さな頃から本はよく読んでいた。今は仕事が忙しくてたくさんは読めないけど、でも暇があれば少しずつでも読むようにしている。ここに来てからは、読んだ本について話ができる相手がいなくて、淋しく思ってたの」

「ぼくならたぶん話し相手になれるんじゃないかな」

彼女は微笑んだ。「なにしろ図書館長さんですものね」

「日課の一本の煙草と、一杯のシングル・モルトは？」と私は尋ねた。

「煙草はもう吸い終えた。ウィスキーはまだよ。あなたが来るのを待っていたから」

「これからうちに来て食事をする？　簡単なものならすぐに作れるけど」

彼女は軽く首を傾げ、目を細めてそれについて考えていた。それから言った。「もしあなたさえよければ、今日はここでピザの出前をとって、ビールでも飲まない？　どちらかというとそんな気分なんだけど」

「いいよ。ピザは悪くない」

「マルゲリータでいいかしら？」

「なんでも君の食べたいものを頼めばいい」

彼女は電話に登録された短縮番号を押して、馴れた様子でピザを注文した。トッピングは三種類のマッシュルーム。

「三十分で届く」と彼女は言った。そして壁にかかった時計に目をやった。

ピザの到着を待つ三十分のあいだ、私と彼女はカウンターの席に並んで座り、自分たちが最近読んだ本の話をした。シングル・モルトのグラスを傾けながら。


「私の暮らしている部屋を見に来る？」と、ピザを食べ終えたあとで彼女は言った。

「ここの二階にあるという部屋？」

「ええ、狭いし、天井は低いし、家具は安物だし、最高にぱっとしない部屋だけど、私はいちおうそこでささやかに生活している。もしよかったら」

「ぜひ見てみたいな」と私は言った。

彼女はピザの空き箱と食器を片付け、店の明かりを消した。そして私の前に立ち、厨房の奥にある狭い階段を上った。案内された二階の部屋は、彼女が言うほどひどいところには見えなかった。たしかに狭くて天井は低かったが、よく手入れされた清潔な屋根裏部屋といった雰囲気があった。ベッドを兼ねたソファがあり（今はソファになっている）、コンパクトな電気調理設備があり、窓際に簡単な作業ができるテーブルと椅子があり、テーブルの上にはノート型のパソコンが置かれていた。簞笥《たんす》とクローゼット。小さな本棚に並んだ本。テレビもラジオも見当たらない。洗面所は大きめの電話ボックスくらいのサイズしかなかったが、いちおうシャワーも使えるようになっていた（身体の動かし方にはかなり工夫が必要になるだろうが）。

「家具のほとんどはもともとここにあったものなの。前の人が使っていたもの。寝具だけはさすがに新しく買い換えたけど。だから着の身着のままここに転がり込んで、そのまま暮らし始めることができたし、それは私としてはありがたいことだった。洗濯や調理は一階の店舗部分で済ませられるし、お風呂にゆっくり入りたければ、近くに共同温泉はあるし。生活のクォリティーに関してはもちろん何かと不満があるけれど、状況を考えれば贅沢は言えない」

「なんといっても職住近接だし」

「そうね。便利なことはとても便利よ。ちょっとした買い物はインターネットの通販で片付くし、店の仕入れはほとんど配達してもらうし、日常生活に必要なものは商店街の近所のお店で間に合うし、だから外に出る必要もあまりないの。ただずっとこういうところで生活していると、つい映画の『アンネの日記』を思い出してしまうの。アムステルダムで彼女が暮らしていた隠し部屋。天井が低くて、窓が小さくて……」

「君は誰かに追いかけられているわけじゃないし、人目を忍んで生きているわけでもない。自分で前向きに選択した人生を生きているだけだ」

「でもこんな狭いところで、一階と二階を行き来するだけの生活を送っていると、知らず知らずそういう気持ちになってくるのよ。追跡妄想っていうか、自分が誰かに、何かに執拗に追われていて、差し迫った危険から身を潜めているみたいな」

彼女は小型の冷蔵庫から冷えた缶ビールを二本取り出し、グラスに注いだ。私たちはソファに並んで座ってビールを飲んだ。とくに座り心地が良いソファとは言えないが、もっとひどいソファに座ったことも何度かある。

「音楽でもあるといいんだけど、ここにはそういうものはないから」と彼女は言った。

「かまわない。静かでいい」と私は言った。

私が彼女を抱いて口づけするのは自然な流れだった。彼女はそれにとくに抵抗はしなかったし、むしろ身体を自然にこちらにもたせかけてきた。でも彼女はそれ以上の踏み込んだ行為は求めていなかったし、そのことは私にもわかっていた。ただ彼女の身体を抱いて、唇を重ねただけだ。しかし考えてみれば、誰かと口づけをするのはずいぶん久しぶりのことだった。彼女の唇は柔らかく温かく、少し湿っていた。人の身体が確かな温かみを持ち、その温かみを相手に伝えることができることを実感したのも久しぶりだった。

私たちは長い時間ソファの上で、そのままの姿勢で抱き合っていた。おそらくそれぞれの思いに耽りながら。私の手のひらが彼女の背中を撫で、彼女の手のひらが私の背中を撫でた。

しかしそうしているうちに、私は気づかないわけにはいかなかった。彼女のほっそりとした身体全体が、不自然なほど緊密に何かに締めつけられているらしいことに。とりわけ彼女の胸のふたつの膨らみは、丸みを持つ人為的な物質に怠りなく保護されていた。そのドーム型の「物質」は金属とは違うけれど、衣類と呼ぶにはいささか硬質すぎる素材で作られているようだった。弾力はあるが、きっぱり相手を跳ね返すだけの強さをそなえた弾力だった。私は思い切って尋ねてみた。

「君の身体はどうしてこんなに硬く感じられるんだろう？　ぴったりした特製の鎧《よろい》でも身につけているみたいだ」

彼女は笑って答えた。「それはね、特別な下着でしっかり隙間なく身体を締めつけているから」

「どんなものかよくわからないけど、苦しくはないの？」

「まったく苦しくないというのではないけど、ある程度身体が馴れてしまっているから、あまり感じないかもしれない」

「つまり、日常的にいつもこんな具合にぎゅっと締めつけているということ？　その特別な下着で」

「ええ、しっかりとしたオール・イン・ワン。リラックスするときとか、寝るときはさすがに外すけれど、人前に出るときはいつも身につけるようにしている」

「君はじゅうぶん痩せているし、スタイルもいいし、無理やり身体を締めつけたりする必要はないように思うけど」

「そうね、そんな必要はないかもしれない。スカーレット・オハラの時代でもないし。でもそういうのを身につけていると心が落ち着くの。自分がしっかり護られているみたいで。防御されているっていうか」

「防御する……たとえばぼくから？」

彼女は笑った。「いいえ、こう言ってはなんだけど、あなたのことはそれほど心配していない。だってあなたは相手の嫌がることを無理に押し通したりはしないと思うから。私が自分を護りたいと思うのは、もっと総体的なものごとからよ」

「もっと総体的なものごと？」

「なんていうか、もっと仮説的なものごと」

「〈仮説的なものごと〉対〈特別な下着〉」

彼女は笑って、私の腕の中で小さく肩をすくめた。

「もっとわかりやすく、平たく表現すれば、それを脱がせるのは簡単な作業ではないということになるんだろうか？」と私は尋ねた。

「そうね、まだ実際に試した人はいないけど、おそらくかなり簡単なことではないと思う」

「君は特別な鎧を着けて、仮説的なものごとからしっかり防御されている」

「そういうこと」

しばらく沈黙が続き、そのあいだに私の意識は自分が十七歳だった頃に、否応なく引き戻されていく。まるで強い潮の流れに運ばれていく漂流者のように。私の内側でまわりの情景が転換する。

ぼくはきみの身体について考える。きみの一対の胸の膨らみのことを考え、きみのスカートの中について考える。そこにあるもののことを想像する。でもそんなことを想像しているうちに、ぼくの身体の一部はいつしかすっかり硬くなってしまう。大理石でできたみっともない形の置物みたいに。ぴったりとしたブルージーンズの中で、勃起したぼくの性器はひどく居心地が悪い。早く通常の状態に戻さないことには、座席から立ち上がることもおぼつかないだろう。

　でもそれはいったん硬直してしまうと、意志とは裏腹になかなか元通りに落ち着いてはくれない。いくら綱を引っ張っても、言うことを聞いてくれない元気いっぱいの大型犬のように。

「ねえ、何を考えているの」と彼女が私の耳元で囁いた。

　私の意識は、今ここにある現実に引き戻される。ここはコーヒーショップの二階にある、彼女のささやかな住居部分だ。私たちはソファの上で抱き合っている。彼女の身体はタイトな下着で締めつけられ、〈仮説的なものごと〉から怠りなく防御されている。

「役に立てなくて悪いと思う」と彼女は言った。「あなたのことは好きなの。だからできれば役に立ちたいとは思う。本当よ。でもどうしてもそんな気持ちになれないの」

　それに続く沈黙の中で、私はそのことについて考えを巡らせた。そしてそこに生まれた自分の考えを、私なりに一通り検証してみた。

「待っていてもかまわないかな？」と私は言った。

「待つって……私がそういう領域において積極的な気持ちになるのを待つということ？」

「積極的でなくてもかまわない」

「より受容的な気持ちに、なる、ということかしら」

　私は肯いた。彼女はその提案について、しばらく真剣に考え込んでいた。そして顔を上げて言った。

「そう言ってくれるのは私としては嬉しいけど、それには長い時間がかかるかもしれない。というか、積極的にせよ、受容的にせよ、そういう気持ちにはもう二度となれないかもしれない。解決しなくてはならない問題が、私の側にいくつかありそうだから」

「待つことには馴れている」

彼女はまた少しのあいだ考えていた。そして言った。

「そんなに我慢強く待つだけの価値が、私にはあるかしら」

「どうだろう」と私は言った。「でも長い時間をかけても待ちたいと思う気持ちには、それなりの価値があるんじゃないかな」

彼女は何も言わず、私の唇に唇を重ねた。唇はやはり温かく柔らかく、そしてそれ以外の身体の部分とは違って、何かに堅く防御されてはいなかった。


私は彼女の身体の温かく柔らかな部分と、堅固で防御的な部分の感触をそれぞれに思い出しながら、家までの道を歩いた。月のきれいな夜で、ウィスキーとビールの酔いがまだ微かに身体に残っていた。

「待つことには馴れている」と私は彼女に言った。でも本当にそうだろうか、私は自らにそう問いかける。吐く息は堅い疑問符となって空中に白く浮かぶ。

私は待つことに馴れているのではなく、待つという以外に、選択肢を何ひとつ与えられなかっただけではないのか？

それにだいたい、私はこれまでいったい何を待ってきたというのだ？　自分が何を待っているのか、それが正確に把握できていただろうか？　自分が何を待っているのか、それが明らかになるのをただ辛抱強く待っていた、というだけのことではなかったのか？　ひとつの木箱の中に入ったより小さな木箱、その箱の中に入ったもっと小さな箱。際限なく精妙に連なっていく入れ子細工。箱はどんどん小さくなっていく――そしてまたその中心に収められているはずのものも。それがまさに、私がこれまでの四十数年、送ってきた人生の実相ではないのだろうか？

　いったいどこが出発点であったのか、そして到達点と呼べるようなものがどこかに存在しているのか、いないのか、考えれば考えるほど、判断がつかなくなっていった。いや、途方に暮れる、というのが正しい表現だろう。きりっと澄んだ冷ややかな月の光が、雪解けの水を集めて賑やかな音を立てる川面を照らしていた。世界にはいろんな種類の水がある。そしてそれらはすべて上から下へと流れていく。自明のこととして、何の迷いもなく。

　あるいは私は彼女を待っていたのかもしれない。

　そんな思いがふと頭に浮かんだ。名前を持たない「コーヒーショップ」を一人で切り盛りし、隙間のない特別な下着にぴったりと身を包み、周囲に潜む（とおぼしき）仮説的なものごとから自分を防御し、なぜかはわからないが性行為を受容することができない、三十代半ばの一人の女性を。

　私は彼女に好意を抱いているし、彼女も私に好意を抱いている。そのことに間違いはない。私たちはこの山に囲まれた小さな町で（おそらく）互いを求め合っている。しかしそれでも私たちは何かによって隔てられている――硬い実質をそなえた何かによって。そう、たとえば高い煉瓦の壁のようなものに。

そんな相手が自分の前に出現するのを、私はこれまで待っていたのだろうか？　それが私に与えられた新しい木箱なのだろうか？

言うまでもないことだが、私が彼女を求める気持ちは、十七歳のときあの少女を求めた気持ちと同質のものではない。その当時の圧倒的なまでの、焦点をひとつに絞って何かを焼き尽くすような強い感情が身内に戻ってくることは、おそらくもう二度とあるまい（もし仮に戻ってきたとしても、今の私はもはやその熱量に耐えきれないだろう）。そのコーヒーショップの女性に対して私が抱いている気持ちは、もっと広い範囲に及ぶものであり、より穏当で柔らかな衣に包まれ、それなりの智恵と経験によって抑制されたものだった。そしてより長い時間性の中で把握されるべきものだった。

そしてもうひとつの大事な事実——私が求めているのは彼女のすべてではない。彼女のすべてではおそらく、今手にしている小さな木箱には収まりきらないだろう。私はもう十七歳の少年ではない。その頃の私は世界中のあらゆる時間を手にしていた。でも今は違う。私が手にしている時間は、その使い途《つかみち》の可能性は、かなり限られたものになっている。今の私が求めているのは、彼女が身につけた防御壁の内側にあるはずの穏やかな温かみだった。そしてその特殊な素材で作られた円型カップの奥に脈打っているはずの心臓の確かな鼓動だった。

それは、この今となって私があえて求めるには、ささやか過ぎるものなのだろうか？　それとも多大に過ぎるものなのだろうか？

子易さんのことを懐かしく思い出さないわけにはいかなかった。もし子易さんがここにいてくれれば、私は多くのことを彼に語り、相談することができたはずだ。彼はそれに対しておそらく有益な助言を与えてくれただろう。肉体を失った魂にいかにもふさわしい、多義的で神秘的な助言を。そして私はその助言を、与えられた骨をしゃぶる痩せた犬のように、長く大切に味わい続けていたに違いない。

考えてみれば、私は死者としての子易さんしか知らない。しかし既に命をなくした人でありながら、子易さんは豊かな生命力に富んでいたし、私は彼の存在を、その人柄を生き生きと思い返すことができた。子易さんは今どうしているのだろう？　まだどこかに——それがどこだか私には想像もつかないが——存在しているのだろうか、それともまったくの無に帰してしまったのだろうか？

フェルミーナ・ダーサは、あんなに悲しそうな顔をしているのに、どうして乗せてやらないのか不思議に思っていると、船長が、あれは溺死した女の亡霊で、通りかかった船を向こう岸の危険な渦のところに誘い込もうとしているのだと説明した。

ガルシア＝マルケス、生者と死者との分け隔てを必要とはしなかったコロンビアの小説家。何が現実であり、何が現実ではないのか？　いや、そもそも現実と非現実を隔てる壁のようなものは、この世界に実際に存在しているのだろうか？

壁は存在しているかもしれない、と私は思う。いや、間違いなく存在しているはずだ。でもそれはどこまでも不確かな壁なのだ。場合に応じて相手に応じて堅さを変え、形状を変えていく。まるで生き物のように。

62

その夜、私はその不確かな壁を乗り越えたらしかった。それとも通り抜けたというべきなのだろうか——どろりとしたゼリー状の物質を半ば泳ぎ抜けるみたいに。

　気がついたとき私は壁の向こう側にいた。あるいは壁のこちら側に。


それは夢なんかではない。そこにある情景はどこまでも論理的であり、継続的であり、整合的なものだった。ひとつひとつの細部を私ははっきり見て取り、認知することができた。私はその世界に立って、それが夢ではないことを思いつく限りの方法で何度となく確認した（夢の中で人はまずそんなことはしないはずだ）。そう、それは夢ではない。あえて定義するなら、現実のいちばん端っこに存在する観念とでも言うべきものだ。

　季節は夏だ。日差しは強く、賑やかな蝉の声があたりに満ちている。夏の盛り、おそらく八月だろう。私は川の中を歩いていた。ズボンを膝までまくりあげ、白いスニーカーを脱いで手に持ち、足を水の中につけていた。山からまっすぐ流れてきた水はひやりと冷たく、きれいに澄んでいた。水の流れを踝《くるぶし》に感じることができた。浅い川だ。ところどころに深みがあるものの、そこを避ければずっと川の中を歩いて移動することができる。深いところでは小さな銀色の魚が群れをつくっているのが見える。時折、低く飛ぶとんびの影が黒く素速く川面をよぎる。夏草の強い匂いがあたりに満ちていた。

川には見覚えがあった。子供の頃よく遊んだ川だ。魚とりをしたり、ただ水の感触を楽しんだり。でもそこにいる私はもう子供ではない。四十代半ばを迎えた現在の私だ。私は一人でその川の中を歩いていた。強い日差しは無帽の首筋をじりじりと焼いたが、汗はまったくかいていないし、喉の渇きも覚えなかった。苔のついた石を踏んで足を滑らせたりしないように、足元に注意深く目をやりながら、着実に歩を運んだ。急ぐことはない。風が滑らかに川面を吹き抜けていった。遠くの地平線近くに真っ白な雲の塊が見えたが、頭上には青い空が遮るものひとつなく広がっていた。

私は上流に向けて、川の流れに逆らうかっこうで歩いていった。そのように歩き続けることにとくに目的はなく、どこか特定の場所に向かって進んでいるというのでもなさそうだ。ただ水の中を裸足で歩きたくて、まわりの懐かしい光景を目にしたくて、こうして歩いているのだ。言うなれば、歩くという行為そのものが私のそのときの目的だった。

しかしそうして歩き続けるうちに、ふとあることに気づく。その川を上流に向けて遡りながら、ほんの少しずつではあるけれど自分が変容を遂げているらしいことに。意識の変化とか、認識や視点の転換とか、そういう感覚的、抽象的な変化ではない。目で見てわかる、実際に手で触ることのできる具体的な変化だ。物理的な、おそらくは肉体的な変化だ。

私は肉体的に変化しつつあるのだ。

一歩一歩、足を踏み出すごとに私は変化し続けている。それは錯覚ではない。思い違いでもない。その確かな変化の律動を、全身に実感することができた。

それがどのような種類の変化なのか、最初のうちはよくわからなかった。しかし自分の顔に手をあててみて、それが明らかに変貌を遂げていることに気づいた。顔の肌はいつになく滑らかで、顎の下側についていた肉のたるみもなくなり、顔全体の輪郭が引き締まっているようだった。手脚に目をやると、皮膚が健康な張りを取り戻していることがわかった。皺もずいぶん少なくなっていた。そこについていたいくつかの傷跡も、おおかたどこかに消えてしまっていた。

間違いない。前に比べて——前といっても僅か数時間前のことなのだが——私の皮膚は明らかに若返っている。そして身体もまるでおもりが取り除かれたみたいに軽くなっていた。肩甲骨の奥の方で長いあいだ疼いていた執拗なこりもそっくり消えて、肩が滑らかに軽快に動くようになっていた。肺に吸い込む空気さえ、より新鮮で活力に満ちたものに感じられた。耳に届く様々な自然の音も、より生き生きと鮮やかなものになっていた。

鏡があればいいのだが、と私は思った。鏡があれば、自分の顔の変化が具体的に見て取れるはずだ。鏡に映った私の顔は、若い当時の顔に戻っていることだろう。おそらくは二十代後半頃の顔つきに。今より髪もふさふさとして、顎は細く、頬も少しそげている。健康で陰りがなく、そして(今から見ると)いくぶん愚かしく見えることだろう(おそらく実際に愚かしかったのだろう)。でももちろん鏡なんて持ち合わせていない。

自分の身にいったい何ごとが持ち上がっているのか、当然のことながら私の理解力は事態の進展についていくことができなかった。とりあえず頭に浮かぶ仮説といえば、この川を上流に向かって遡っていけばいくほど、自分がだんだん若返っていくらしい――それくらいだ。

それは言うまでもなく奇抜な仮説だった。しかしそう考える以外に、今私の身に起こっている事態の説明はつかなかった。私はあたりの風景を見回し、雲のない真っ青な空を見上げ、足元の澄んだ水の流れに目をやった。何ひとつ異様なもの、異質なものはそこには見当たらない。どこにでもある、当たり前の真夏の午後の風景だ。しかしごく当たり前に見えて、これは何か特殊な意味を持つ川なのかもしれない。私はそういう川に知らず知らず足を踏み入れてしまったのかもしれない。

上流に向かって更に歩いていくことにした。そうすることによって私がより若返っていけば、仮説が正しかったことが証明されるはずだ。

でもそれからどうなるのだろう？　適当なところで回れ右をして後戻りすれば、つまり川を下っていけば、もう一度本来の年齢に戻るのだろうか？　それともこれは後戻りすることの許されない流れなのだろうか？　そこまではわからない。でもとにかく今のところ、上流に進んでみるしかない。好奇心が私の足を前に進めた。

川にかかるいくつかの橋の下をくぐり、流れの浅いところを辿って歩き続けた。そのあいだ誰ともすれ違わなかった。途中で目にしたのは何匹かの小ぶりな蛙《かえる》たちと、石の上にじっとたたずんでいる一羽の白鷺だけだ。その鳥は一本足で立ったまま身動きひとつせず、怠りなく川面を監視していた。

橋の上を歩いて渡っている人たちは何人か見かけたが、その数は多くなかったし、誰も歩みを止めて私のことを見おろしたりはしなかった。人々は日傘を差したり、帽子を目深にかぶったりして、真夏の午後の強い日差しを防いでいた。彼らの身につけている衣服や、かぶっている帽子は、どことなく古っぽく奇妙なものに見えたが、それは私の気のせいかもしれない。眩しい陽光の中で、遠くから見上げていただけだから。

一度だけ小さな男の子が、コンクリートの欄干から身を乗り出すようにして、下を歩いている私に向かって、大きく口を開けて何かを呼びかけたが、何を言っているのか聞き取れなかった。彼は何かしら大事なことを私に伝えようとしているようにも見えたが、その声はほんの微かにしか届かなかった。そのうちに母親らしき太った女性が背後に姿を見せ、叫び続けるその子を欄干から無理に引き剝がすようにして連れて行った。彼女はこちらにはまったく視線を向けなかった。私がそこに存在していることなど目に入らないように。その小さな男の子以外に、川の中を裸足で歩いて行く私に注意を向ける人はいなかった。

ところどころで立ち止まって、自分のそのときの状態を細かく点検しながら、川の中を歩き続けた。間違いない。私の肉体はその川を遡るにつれて少しずつ、しかし確実に若返っていった。私は二十代をじわじわと遡り、二十歳という分岐点に近づいていった。腕をさすってみると、肌はすべすべとしてますます滑らかになっていった。長年にわたる読書によって痛めつけられていた視野は、霧が晴れるようにクリアになり、身体のあちこちにこびりついた贅肉が少しずつそぎ落とされていった。日頃から体重の増加にはかなり気を配ってきたつもりだが、それでも自分でも気づかないうちに、身体の各所に余分な肉が付着していたことを思い知らされた。頭に手をやると、髪は明らかにより太く、より濃密になっていった。そして今では、私の足腰は健康な活力に満ちており、どれだけ歩いても疲れを覚えなかった。

上流に進むにつれて、まわりの風景も目に見えて変化していった。平地から山あいに近いところまで上って来たようだった。橋の数が少なくなり、周囲の緑もずっと色濃くなっていた。もう人影も見えない。川の傾斜もこれまでよりきつくなっていた。ところどころに流砂止めの小さな滝があって、それを越えていかなくてはならなかった。

そして更に上流へと進み、おそらくは二十歳のポイントを越えて（思えば私の二十歳前後の日々は決して幸福なものではなかった）十代に足を踏み入れていった。進むにつれて身体はより細身になり、顎の線が鋭角的になった。腰回りが絞られて引き締まり、ベルトをきつく締め直さなくてはならなかった。顔に手をやると、それはもう自分の顔のようには感じられなかった。誰か別の人間の顔のようだ。あるいは実際のところ、私はかつては別の人間だったのかもしれない。

しかしこのように時間を逆行することによって変化を遂げているのは、どうやら私の肉体だけであるらしかった。私の持っている意識や記憶は、間違いなく現在の私のものだった。私は四十代半ばの心と記憶の蓄積を保持したまま、その一方で身体だけが十代の青年に、あるいは少年に戻っていきつつあるのだ。

行く手に砂州が見えた。美しい砂州だ。白い砂でできていて、夏草がたっぷり茂っている。そしてそこに彼女がいた。彼女は十六歳のままだった。そして私はもう一度十七歳に戻っていた。

きみは黄色いビニールのショルダーバッグに、低いヒールの赤いサンダルを無造作に突っ込み、砂州から砂州へとぼくの少し前を歩き続けていた。濡れたふくらはぎに濡れた草の葉が張り付き、緑色の素敵な句読点となっていた。

彼女は先に立って、私の前を歩き続けた。私がそこにいることを微塵も疑わないように、一度も背後を振り返らず。流れの中で歩を運ぶこと、彼女はただそれだけに意識を集中しているみたいだった。ときどき小さな声で何かの歌を切れ切れに口ずさみながら、彼女は歩いた（聞き覚えのない歌だ）。

私たちの裸足の若い足は、山から流れてくる冷ややかに澄んだ水を静かにかき分けていった。私は彼女のすぐ後ろをついて歩きながら、そのまっすぐな黒い髪が、肩先で振り子のように左右に揺れるのを、目を細めて見つめていた——眩しく光る精緻な細工ものでも眺めるみたいに。まるで催眠術でもかけられたかのように、その生き生きとした美しく細やかな動きから、目を逸らすことができなかった。

やがて彼女は、何かを思いついたみたいに唐突に立ち止まり、まわりを見回した。そして水からあがり、裸足のまま白い砂州の上を歩いた。それから淡い緑色のワンピースの裾を丁寧に折り畳むようにして、夏草に囲まれた開けた場所に腰を下ろした。私も黙って同じように、彼女の隣に並んで座った。緑色のバッタが一匹、すぐそばの草むらから慌てて飛び上がり、鋭い羽音を立てて勢いよくどこかに飛んでいった。私たちはその行方をしばらく目で追っていた。

そう、そのようにして私たち二人はその地点で立ち止まり、十七歳と十六歳の世界に留まったのだ。川の流れに囲まれた白い砂州の、緑の夏草の間に。もうここより先に進むことはない。私にとっても彼女にとっても、これ以上あえて時間を遡る必要はない。

私の記憶と、私の現実とがそこで重なり合い、ひとつに繋がって混じり合う。私はその様子を目で追っている。


きみは夏草の中に腰を下ろし、何も言わず空を見上げる。小さな鳥が二羽並んでそこを素速く横切る。きみの隣に腰を下ろすと、なんだか不思議な気持ちになる。まるで数千本の目に見えない糸が、きみの身体とぼくの心を細かく結び合わせているみたいだ。


きみに何かを語りかけようとするが、言葉は出てこない。舌が蜂に刺され、膨らんで麻痺してしまったみたいに。この現実の端っこの世界にあって、私の身体と心とはまだひとつに結びついていない。

でも私にはわかっている。私はここにこうして、いつまでも留まり続ける。ここからもう先にも進まず、また後戻りもしない。時計の針は止まり、あるいは針そのものが消失し、時間はここでぴたりと停止する。やがて私の舌は正常な動きを回復し、正しい言葉をひとつまたひとつと、見つけ出していくことだろう。

私は目を閉じる。その中間的な暗がりの中にしばし留まってから、もう一度目を開ける。間違えて何かを壊してしまわないように、静かに注意深く。そしてまわりをあらためて見回し、その世界がまだ消え失せていないことを確認する。涼しげな水音が耳に届き、強い夏草の匂いがする。無数の蟬たちが声の限りに何かを世界に呼びかけている。きみの赤いサンダルと、私の白いスニーカーが砂の上に並んで置かれている。そっと身を休める小動物たちのように。私たちの足は、踝から下が細かい白い砂にまみれている。夏の夕暮れがそろそろ近づいていることを、空の色が教えてくれる。

私は手を伸ばして、隣にいるきみの手に触れる。そしてその手を握る。きみも私の手を握り返す。私たちはひとつに繋がっている。私の若い心臓が胸の奥で乾いた音を立てる。私の想いが鮮やかな鋭角を持つ楔《くさび》となり、木槌で揺るぎなく正しい隙間に打ち込まれていく。

そしてそのとき、あることに気がつく。いつの間にか私の影がなくなっているのだ。西に傾きかけた夏の太陽の光は、すべての事物の影を長く鮮やかに地表に延ばしていたが、どれだけ見回してもそこに私の影はなかった。いったいいつから私の影法師は失われていたのだろう？ それはどこにいってしまったのだろう？

でも不思議に私は、そのことをとりたてて不安にも思わなかったし、またそれで怯えたり困惑したりもしなかった。私の影は自らの意思でその姿をここから消したのだろう。あるいは何かの事情があって一時的にどこかに移動したのだろう。でも必ずまた私のもとに戻ってくるはずだ。私たちはひとつなのだから。

川面を風が静かに吹き抜けていく。彼女の細い指は、私の指に何かをこっそり語りかける。何か大事な、言葉にはできないことを。

そんな時刻には、きみにもぼくにも名前はない。十七歳と十六歳の夏の夕暮れ、川べりの草の

上の色鮮やかな想い——あるのはただそれだけだ。もうすぐぼくらの頭上には少しずつ星が瞬き始めるだろうが、星にも名前はない。

きみはまっすぐ私の顔を見る。どこまでも生真面目な目で、まるで深く澄んだ泉の底をのぞき込むみたいに。そして打ち明けるように囁く。手を握り合ったまま。

「ねえ、わかった？　わたしたちは二人とも、ただの誰かの影に過ぎないのよ」

そして私ははっと覚醒する。あるいはまぎれもない現実の台地に引き戻される。彼女の声がまだ鮮やかに私の耳に残っている。

ねえ、わかった？　わたしたちは二人とも、ただの誰かの影に過ぎないのよ。

第三部

63

夕刻、いつものように図書館に向かって歩いて行く途中で、不思議な少年の姿を見かけた。

彼は橋の向こう側に一人でぽつんと立っていた。川面にはうっすらと夕霧が立ち込めていた。春の初めにはよくそうして霧が立ち込める。水温と気温の間に差が生まれるせいだ。霧のために私は少年の姿をはっきりと目にすることはできない。しかし彼の着ている衣服はずいぶん特徴的なもので、それが私の目を惹く。少年は緑色のヨットパーカのようなものを着ている。その胸には黄色いイラストが描かれている。そこで風が吹いて、一瞬部分的に霧が晴れ、絵柄が明らかになる。丸みを帯びた潜水艦の絵だ。

「イエロー・サブマリン」、ビートルズのアニメーション映画に出てきた黄色い潜水艦。

道を行き交う人々がすべて（といってもそれほど多くではないが）、くすんだ色合いの古びた衣服を身につけているこの街にあって、色鮮やかなパーカはいやでも人目を引いた。そしてまた、その少年の姿を目にするのは初めてのことだった。もし前に一度でも見かけていれば、間違いなく記憶に留めているはずだ。

そしてその少年もまた同じように、こちらをじっと見ているようだった。でも確かなことは言えない。彼が立っているのは川を隔てた橋の向こう側だったし、風が止んで川面にはまた霧が立ち込めていた。そして私の眼は、街に入るときに受けた傷からまだ十分には回復していない。ただ私はそんな気配を——じっと見られているという気配を——肌に感じ取っただけだ。あるいはその少年は私に何かを伝えたがっているのかもしれない。私は橋を渡って向こう岸に行って、彼に話しかけるべきなのかもしれない。何か私に話したいことがあるのか、と。

しかし私は図書館に向かう途中だったし、これという明白な理由もなしに、いつもの決まった道筋を変更したくはなかった。だからそのまま川のこちら側の道を、上流に向けて歩き続けた。

川の中州にあちこち白い塊となって残っていた雪は、春の接近とともに解け始めていた。雪解けのせいで、川の水量はいつもより増していた。単角獣たちは本能的に春の到来が近いことを感じ取り、夢見るような目であたりを見回しながら、植物の緑の芽吹きを辛抱強く待ち続けた。長く続いた厳しい冬の間に、彼らは多くの生命を失っていた。その大半は老いたものたちと、十分な体力をそなえていない幼い子供たちだ。なんとか生き延びることができたものたちも、慢性的な飢えのせいで痩せこけ、毛は秋に見せた艶やかな黄金の輝きを失っていた。

私はコートのポケットに手を突っ込んで、川沿いの道を歩き続けた。いつものように乱れない規則的な歩調をとって。しかし私の心は珍しく落ち着かなかった。イエロー・サブマリンのパーカを着ていた少年の姿がなぜか頭から離れなかったからだ。

いくつかの疑問が私の頭に浮かんだ。このくすんだ色合いの街にあって、どうしてその少年ひとりだけが、かくも鮮やかな目立つ服装をしているのだろう？　そしてなぜ彼は私をじっと見つめていたのだろう？　この街の人々は誰しも顔を伏せ、不穏な何かの——たとえば頭上高く旋回する暗い色合いの大きな食肉鳥たちの——目を逃れるかのように、足早に街路を歩いていく。わざわざ立ち止まって、誰かの顔をまじまじと見つめたりはしない。

この壁に囲まれた街にやって来る以前、つまりあちら側の世界にいたとき、私はそのアニメーション映画を観たことがあった。『イエロー・サブマリン』。だからその絵柄はお馴染みのものだった。音楽も覚えている。しかし映画の内容は皆目思い出せない。我々はみんな黄色い潜水艦の中で暮らしている……そこには意味があり、同時に意味がない。

少年はどこかで——どこだかはわからないけれど——たまたまそのパーカを古着として手に入れたのだろう。でもそこに描かれた絵柄が何を意味するのか、おそらくわかっていないはずだ。この高い壁に囲まれた街では、誰もビートルズの音楽を聴くことはできないから。いや、ビートルズに限らず、どのような音楽も。そしてまた「潜水艦」がどういう成り立ちのものかだって知らないはずだ。

私はそんなことを考えるともなく考えながら、夕暮れの道を歩いていった。そして時計台の前を通り過ぎた。通り過ぎるときに、習慣的に時計を見上げた。時計はいつものように針を持たなかった。それは時間を告げるための時計ではない。時間が意味を持たないことを示すための時計なのだ。時間は止まってはいないが、意味を失っている。

この街にはそれ以外に時計は存在しない。朝が来れば日が昇り、夕方になれば日が沈む。それ以上の時間の細かい分割を、いったい誰が必要とするだろう？　ある一日と、次の一日との間の違いを——もしそこに違いがあるとすればだが——誰が知りたがるだろう？

私もまたそのような、時間を測る必要を持たない住民の一人だ。夕暮れが近くなると服を着替え、家を出ていつもと同じ道をいつもと同じように歩いて、仕事先の図書館に向かう。歩数だって日々たいして違わないはずだ。そして図書館の奥の書庫で〈古い夢〉を読む。指先と眼が疲労を覚え、それ以上うまく読めなくなるまで。

そこでは時間は意味を持たない。季節が巡るのと同じように、時間もまた巡る。ぐるぐると巡る。同じところを？　いや、それはわからない。時間はそれなりのやり方で少しずつ進行しているのかもしれない。ただ正直なところ「ぐるぐると巡っている」と表現するしかないのだ。あとのことは時間に任せるしかない。

しかしその夕刻、イエロー・サブマリンのパーカを着た少年の姿を川向こうに見かけたことで、私にとっての時間は、通常のあり方をいくらか乱されることになった。舗道の敷石を踏む私の靴音はいつもとは少し違って聞こえる。中州に生えた川柳《かわやなぎ》の枝の揺れ方も、いつもとは僅かに違っているように感じられる。

図書館ではいつものように少女が私を待っている。彼女は先にそこに来ていて、私のために準備を整えている。寒い季節であればストーブに火を入れ、カウンターに向かって薬草茶をこしらえている。私の眼の傷を癒やすための特別なお茶だ。薬草茶は私の眼を完治させることはないが、それがもたらす痛みを和らげてくれる。私は〈夢読み〉として、その傷ついた眼を持ち続けなくてはならない。

そして私が〈夢読み〉である限り、私はその少女と日々顔を合わせ、数時間を共に過ごすことができる。彼女は十六歳で、彼女にとっての時間はそこで静止している。

「さっき一人の男の子を川の向こう側で見かけたんだ」と私は彼女に言う。「黄色い潜水艦のヨットパーカを着た男の子だ。君とだいたい同じくらいの年齢だった。その子のことを君は知っている？」

「ヨットパーカ？　潜水艦？」

ヨットパーカがどんなものかを私は簡単に説明する。潜水艦についても。彼女がどれほどのことを理解したかはわからないが、おおよその見かけを伝えることはできた。

「そんな男の子は見たことがないと思う」と少女は言う。「もし見かけたら覚えているはずだから」

「新しくこの街に入ってきた人かもしれない」

彼女は首を振る。「新しくここに入ってきた人はいない」

「それは確かなの？」

彼女は緑の葉をすりこぎで細かく潰しながら、こっくりと肯く。「ええ、あなたのあとにこの街に入ってきた人はいない。ただのひとりも」

街の人々は、この街に暮らす他の人々のことを一人残らず知っているようだ。それ以外の人が街に現れれば、目につかないわけがない。そして街の唯一の出入り口は、有能で頑強な門衛によって堅く護られている。

私にはわけがわからない。だって、私はそのイエロー・サブマリンの少年の姿をたしかに目にしたのだから。見間違いや錯覚であるわけはない。しかしとりあえず、その謎の少年のことはそれ以上考えないことにする。私にはなすべき仕事があるのだ。

私は彼女が私のために用意してくれた、どろりとした薬草茶を最後の一滴まで飲み干し、それから奥の書庫に移動する。彼女が棚から選んだ古い夢を、両手を使って静かに読み始める。

「耳をどうかしたの？」と少女が突然私に尋ねる。「その右側の耳たぶを」

私は自分の右の耳たぶに手をやる。その途端にまぎれもない痛みを感じる。私はその痛みのために小さく顔を歪める。

「そこのところ、赤黒くなっているわ。まるで何かに強く嚙まれたみたいに」

「そんな記憶はないんだけれど」と私は言う。

本当にそんな覚えはないのだ。彼女に言われるまで、痛みすら感じなかった。しかし今では、私の耳たぶは心臓の鼓動にあわせて確実に疼《うず》いていた。彼女に指摘されたことによって、嚙まれたことを耳が急に思い出したみたいに。

彼女は私のそばによって、耳たぶをいろんな角度から仔細に観察し、指でその部分をそっとさわる。そうして彼女と触れあえることを、私は嬉しく思う。たとえ小さな指先と耳たぶの間のことであったとしても。

「なにか薬をつけておいた方がいいみたい。塗り薬を作ってあげるから、少し待っていてね」、そして彼女は足早に書庫から出て行く。

私は目を閉じて、静かに彼女が戻るのを待ち受ける。私の心臓は堅く規則正しく脈打っている。木立の中でキツツキが立てる音のように。私の耳たぶにいったい何が起こったのか、まったく見当がつかない。私は本当に何かに噛まれたのだろうか？　いや、あとが残るほど強く噛まれたのなら、いくらなんでも噛まれたときに気がつくはずだ。

しかし噛まれるって、たとえば何に？　動物か、あるいは虫か。でも私はこの街で、どんな動物も虫も見かけたことがない（例外は単角獣だが、彼らが夜のあいだにこっそりやって来て私の耳たぶを噛むとは考えられない）。わけがわからない。

やがて少女は小さな陶器の鉢を持って戻ってきた。縁が小さくかけた質素な見かけの陶器だ。鉢の中には辛子色のべったりとした軟膏が入っていた。

「即席に作ったものだから、それほど効果はないかもしれないけど、何もつけないよりはいいと思う」

彼女はそう言って指に軟膏をつけ、私の耳たぶに優しく柔らかく塗り込んでくれた。ひやりと冷たい感触があった。

「君がそれを作ったの？」と私は尋ねた。

「ええ、そうよ。裏庭にある薬草畑から良さそうなものを選んで」

「ずいぶん物知りなんだね」

彼女は遠慮がちに首を振った。「これくらいのことなら、この街の人ならたいていできるわ。ここには薬を売っている店なんてないから、自分たちで工夫するしかないのよ」

軟膏を塗り終えてしばらくすると、耳たぶの痛みはいくらかおさまってきた。ひやりとした感触がまだそこに残っていて、それが痛みを抑えてくれるようだった。私がそう言うと、彼女は嬉しそうに微笑んだ。

「よかった」と彼女は言った。「お仕事を終えたら、もう一度塗りましょう」

私はあらためて机に向かい、意識を集中して古い夢を読み始めた。机の上に置かれたなたね油のランプの炎がゆらりと揺れた。しかし私たちの影が壁に映ることはない。

この街では誰ひとり影法師を持ち合わせていないのだ。もちろんこの私も。

64

その翌日も、少年の姿を目にした。イエロー・サブマリンのヨットパーカを着た、痩せた小柄な少年だ。金属縁の丸い眼鏡をかけている。髪は耳にかかるくらいの長さ、手脚は細長くひょろりとしていた。まともに食事をとっているのだろうかと心配になるくらい。少年はやはり昨日と同じように橋の向こう側に立ち、まっすぐ私を見つめていた。何かを訴えかけるように。ほかに人の姿は見えない。

その日は川霧はでていなかったので、彼の姿を前日より明瞭に見て取ることができた。少年の外見にやはり見覚えはなかった。というか、この街で十代の男の子の姿を見かけたことはこれまで一度もなかったはずだ。図書館で働く少女を別にすれば、私が街の路上で目にする人々は中年から老年にかけての成人男女ばかりだった（おそらくそうだと思う。人々はみんなうつむいて、顔を隠すようにして通りを歩いていたから、身のこなしや体つきから年齢を推測するしかないのだが）。

一瞬、橋を渡っていって彼に話しかけたいという衝動に駆られたが（前日よりも強く）、やはり思い直してやめた。この街ではよほど大事な用件がない限り、人は知らない誰かに話しかけたりはしない——とりわけ路上では。目をあわせたりすることもない。それはここでは大事な礼儀のようなものだ。この街で生活を送っているうちに、私にもそういう意識が自然に染みついていた。街路は歩くべきものなのだ。それもできるだけ足早に簡潔に。

だからその少年が橋の向こう側に立ち止まり、どこにも行かず、ただまっすぐ私を見つめているというのは、普通ではないことだった。まず起こり得ない出来事だ。それも一度だけではなく、二日続けてだ。彼はそこでずっと私が通りかかるのを待ち受けていたのだろうか？　でも何のために？　思い当たることは何ひとつなかった。私の心は不思議なほど揺さぶられた。

しかしそれでも私は立ち止まることもなく、そのまま川沿いの道を図書館に向けて歩き続けた。

図書館でのその夜の〈夢読み〉作業を終え、いつものように少女を彼女の住まいの前まで送った（私たちは肩を並べて川沿いの敷石の道を歩いた。靴音のリズムを合わせるようにして、ほとんど言葉を交わすこともなく）。しかし自分の住居に戻ってからも、そのイエロー・サブマリンの少年の姿は脳裏を去らなかった。彼は記憶の残像の中で、こちらをいつまでも見つめていた。ベッドに入って眠りに就いても、彼は夢の中に現れた。夢の中でも彼はやはり川を隔てた石橋の向こう側に立ち、私を見つめていた。でもそれ以上のことは何も起こらない。彼はそこに立って、私を見つめているだけだ。身じろぎひとつせず。

夜のあいだ、右の耳たぶは心臓の脈に合わせるようにしくしくと疼き続けた。その不思議な少年の姿を川向こうに見かけたのと、耳たぶが痛みを覚えるようになったこととが、ほぼ時を同じくしていたせいで、そのふたつの出来事の間に何か関連性があるのではと考えないわけにはいかなかった。どちらもうまく説明のつかない異例の出来事だ。そのふたつが、なぜかほとんど時を同じくして持ち上がったのだ。

その夜、私は何度も目を覚ました。珍しいことだ。この街に暮らすようになって以来、夜中に目を覚ますようなことはまずなかった。一度ベッドに潜り込んでしまえば、何ものにも心を乱されることなく朝まで、身体と心をゆっくり休めることができた。しかしその夜は、少年の登場する夢と、耳たぶの疼きのせいで、うまく眠ることができなかった。そして切れ切れに訪れる眠りも、決して心安まるものではなかった。私は何度も枕の位置を直し、乱れた掛け布団を整え、身体にかいた汗をタオルで拭かなくてはならなかった。頻繁に寝返りを打ち、不安定なまどろみのうちに夜明けを迎えた。

何かが始まろうとしているのだろうか?

私は何かが始まることを望んではいなかった。私が必要とするのは、何も始まらないことだ。このままの状態が終わりなく永遠に続くことだ。しかしいったん始まった変化は――それがいかなる種類のものであれ――もう止めることができないのではないか、そんな予感があった。

翌日、同じ時刻に――おそらく同じ時刻だと思うが、時計が存在しないこの街では正確なところはわからない――私は橋の前を通りかかった。しかしその日、イエロー・サブマリンの少年の姿はなかった。そして彼の不在は私の心をより深く混乱させた。

なぜ今日、彼はそこにいないのだろう？

それは相反する感情だった。私は彼の存在を求めてはいない。にもかかわらず、その不在に大いに当惑させられている。どうしてだろう？　でも少年のことを考えるのはやめようと私は思った。できるだけ頭を空っぽにして、図書館に向けて歩き続けた。しかしいつものように頭をすっかり空白にすることができなかった。イエロー・サブマリンのパーカを着た小柄な少年は、記憶の残像の中で私をいつまでも見つめ続けていた。

赤々と燃えるストーブの前で、少女は不安そうな目で私の顔を見た。それから私のそばに寄って右の耳をしげしげと見つめ、指先でそっと耳たぶを触った。そして言った。

「なんだか、昨日よりももっと大きく腫れ上がっているみたいね」

「夜のあいだずっと疼いていたよ。おかげでうまく眠れなかった」

「うまく眠れなかった？」と彼女は顔を上げ、眉をきゅっと寄せて言った。この街ではおそらくそれはあってはならないことなのだ。

「ああ、夜中に何度も目を覚ました」

彼女は首を振った。「私のまわりの人たちに、耳たぶのそういう腫れについて尋ねてみた。でも誰もそんな症状を目にしたことはないみたい。だから原因も治療法も、今のところわからないの。でも別の種類の軟膏を持ってきたから、今日はそれをつけてみましょう」

彼女はラベルの貼られていない小さな瓶の蓋を開け、濃褐色のべったりとした軟膏を指先に取り、揉むようにして私の耳たぶに塗りつけた。ひりひりする感触があった。最初に彼女がこしら

え た軟膏とはずいぶん違う。

「これで様子を見てみましょう。うまく効くといいのだけれど」

彼女が不安げな表情を顔に浮かべるのは、そのときが初めてだったと思う。少女はそれまで常に落ち着いた態度で、慌てたり困惑したりすることなく、図書館の日々の業務を淡々と物静かにこなしていたからだ。そして彼女のそんな心配そうな顔つきは、私の感じていた漠然とした不安をいっそう高めることになった。私の耳たぶの腫れは単純な虫刺されのようなものではなく、何か悪質な疾病の症状かもしれない。

おそらくそのためだろう。私はその夜、うまく〈古い夢〉を読み込むことができなかった。古い夢たちは、いつものようにすんなりと私の手のひらに身を預けようとはしなかった。彼らは眠りから目覚め、姿を現しこちらにやってくるのだが、少し手前で戸惑い、やがてそのままどこかに消えていった。おそらくはもとの殻の中に戻っていったのだろう。

「今日はなぜかうまくいかないみたいだ」、何度か試したあとで私は少女にそう言った。

彼女は肯いた。「たぶん耳たぶが腫れて疼いているためでしょう。だから気持ちが集中できないのね。腫れをおさめるのがだいいちになります」

「でも腫れの原因は誰にもわからないし、治療方法も見当たらない」

彼女はもう一度肯いた。憂《うれ》いの表情をうっすらと顔に浮かべた彼女は、いつもより何歳か年上に見えた。少女ではなく、ひとりの大人の女のように。そしてそのことは私を少なからず戸惑わせた。彼女が今までとは僅かに印象を変化させたことに。

私たちは普段より早く図書館を閉めた。私たちにそこでできることはとりあえず何もなかったからだ。そしていつものように私は彼女を、彼女の住居まで歩いて送ろうとした。しかし彼女はそれを断った。

「今日は一人で歩いて帰りたいの」

それを聞いて一瞬胸が締めつけられ、うまく呼吸ができなくなった。最初に図書館を訪れた数日後からただの一日も欠かすことなく、私は仕事を終えたあと彼女を家まで送り届けていた。二人で肩を並べて川沿いの道を、職工地区にある古い共同住宅まで歩いた。そしてそれは私にとって何より大事な意味を持つ日常の一部となっていた。その安定した日常が、今日初めて乱されたのだ。梯子《はしご》の段がひとつ取り払われるみたいに。

私は彼女に尋ねた。「それはぼくが古い夢を読めなかったから？　それとも耳たぶが腫れているから？」

彼女はその問いには答えなかった。そして言った。

「私には少し考えなくてはならないことがあるから」

彼女の声には、それ以上の質問を受け付けないという完結した響きが聞き取れた。だから私たちはそこで、それ以上のやりとりもなく別れた。彼女は川の上流に向けて歩き、私は下流に向けて、自分の暮らす宿舎の方向へ歩いた。彼女の靴音が次第に遠ざかり、やがて聞こえなくなった。耳に届くのは川の流れの音だけになった。夜の川の流れはどこまでも孤独だった。

私は行き場を持たない薄暗い心を抱え、夜更けの街路を一人で家路についた。彼女といつもとは違う別れ方をすると、自分がこうしてひとりぼっちであることが、ことのほか身にしみた。そしてそれに合わせるように、右の耳たぶがより厳しく疼き始めた。

なんとかして元あった生活を取り戻さなくてはならない。あるべき日常に復帰しなくてはならない。そのためにはまず耳の傷を癒やさなくてはならない。そしてイエロー・サブマリンの少年の姿を、脳裏から追いやらなくてはならない。

でもどうすればそんなことができるのだろう？

自分の部屋に戻って服を着替え、ランプを消してベッドに入った。そして頭を空っぽにしようと努めた。しかし耳の疼きは相変わらず休みなく続いていたし、イエロー・サブマリンの少年の姿は視野から去らなかった。その二つの不可解な出来事は、切り離すことのできない一対の存在として私の中に腰を据えてしまったようだった。

65

その夜の眠りもまた落ち着かないものだった。

そしてそこからはっと目覚めたとき、枕元に誰かがいることがわかった。その誰かは無言のうちにじっと私の顔を見おろしているようだった。刺すようなまっすぐな視線を、私は肌にひりひりと感じた。もちろん時刻はわからない。でもそれはとにかく夜のいちばん深い部分だった。これ以上深くはなれないほど深いところだ。

私はベッドに横になったままうっすらと目を開け、そこにいるのが誰なのか見定めようとした。しかし部屋の暗さに目が慣れるまでに時間がかかった。窓の鎧戸の隙間から僅かに入ってくる月の光が唯一の光源だった。私は相手に気取られないように、鼻でゆっくり静かに呼吸をしながら、時間をかけて暗さに目を慣らしていった。

しかしそのような暗い部屋の中、どこまでも無防備な状態で、得体の知れない誰かと一緒にいながら、私は不安や恐怖をまるで感じなかった。心臓の鼓動もおおむね平静を保っていた。その安定した鼓動音が、私を落ち着かせてくれた。

どうしてだろう、と私はいぶかる。真夜中に目覚めると、誰だかわからない誰かが枕元に座って、私の顔を見おろしている。私の心はもっとかき乱されていいはずだ。恐怖を感じてもいいはずだ。それが普通の反応だろう。なのに私はこうして不思議なくらい平静を保っている。なぜだろう？

その知らない誰かは、私の考えをそのまま読み取ったかのようだった。

「あなたの生まれは水曜日です」とその誰かは言った。若い男の声だ。少し甲高い響きがある。声変わりしてからまだそれほど年月が経っていないかもしれない。

私の生まれが水曜日？

「あなたは水曜日に生まれました」とその誰かは言った。

私はベッドの上で身を起こそうと試みたが、身体にうまく力が入らなかった。金縛りにあったように手脚の感覚がつかめない。耳たぶの疼きももう感じられなかった。神経に何か異変が持ち上がったのかもしれない。私は仕方なくそのままの格好でベッドに横になっていた。

水曜日に生まれたことが、私にとって何かしらの意味を持つのだろうか？

「いいえ、それはあくまで単なる事実に過ぎません。水曜日はただの一週間のうちの一日です」とその若い男は言った。変更の余地のない数学の定理を解説するみたいに簡潔に、感情を込めることなく。

暗闇の中で相手の顔はまだ見定められなかったが、そこにいるのはイエロー・サブマリンのパーカを着た少年なのだろう。それ以外の可能性は思いつけなかった。彼は夜のいちばん深い時刻に、ここまで私に会いにやって来たのだ。私が水曜日に生まれたという「単なる事実」を挨拶代わりの手土産のようにして。

「ぼくのことを怖がったりしないでください」と少年は言った。「あなたに害を与えるようなことはしません」

私は小さく肯いた。ほんの僅かだけ顎を動かして。言葉を発しようにも口を開くことができなかったからだ。

「夜中にこのように突然枕元に現れて驚かれたと思いますが、こうする以外に、あなたと二人きりでお話をする機会を持つことができなかったのです」

私は何度か瞬きをした。瞬きはできる。顎を少し動かすことはできる。しかしそれ以外の身体の部分は言うことをきいてくれない。

「頼みごとがあるのです」と少年は言った。「そのためにぼくはここに来ました。壁を通り抜けて」

門衛の許可を得ることなくということなのだろうか？

「ええ、そのとおりです」と少年は私の考えを読み取って答えた。この少年にはそういうことができるのだ。

「門衛に知られることなく、眼を傷つけられることもなく、この街に入ってきました。この街にいることを正式に認められてはいません。ですから人目につかないようにこんな時刻にやって来たのです」

きみには影があるのか、と私は質問した。影を持つ人間がこの街に入ることはできない。

「いいえ、ぼくには影がありません。ぼくは自分の抜け殻をあちらの世界に残してきました。たぶんそれがぼくの影と呼ばれるものなのでしょう。それとも逆に、このぼくが影なのかもしれません。あちらが本体なのかもしれない。どちらにせよ、とにかくぼくはその抜け殻を、誰にも見つからないように、森の奥深くに隠してきたのです。この街に入ってくるために」

そして彼には私に頼みごとがある。

「はい、ぼくにはあなたに頼みごとがあります。ぼくは〈夢読み〉にならなくてはなりません。古い夢を読む仕事に就くこと、それがぼくのただひとつの願いです。しかしぼくはこの街の住民ではありませんから、正式にその職に就くことはかないません。ですからぼくはあなたと一体になりたいのです。あなたとひとつになれば、ぼくはあなたとして、毎日ここで古い夢を読み続けることができます」

私と一体になる？

「はい、そうです。とんでもないことのように思われるかもしれませんが、決してそんなことはありません。むしろ自然なことなのです。あなたとぼくが一緒になるというのは。だってぼくはもともとあなたであり、あなたはもともとぼくなのですから」

私は深く当惑しないわけにはいかなかった。もともと私が彼であり、彼が私である？

「ええ、そうです。どうか信じていただきたいのですが、ぼくらはもともとがひとつだったのです。でもわけあって、このように別々の個体になってしまいました。しかしこの街でなら、もう一度ぼくらは一体になることができます。そしてぼくはあなたの一部となって〈夢読み〉となり、古い夢を読み続けることができます」

彼が古い夢を読む……それは私がもう古い夢を読まなくていいということを意味するのだろうか？

少年は言った。「いいえ、そういうことではありません。あなたは今までどおり古い夢を、あの図書館の奥で読み続けます。だってぼくはあなたであり、あなたはぼくなのですから。ぼくの力はあなた自身の力となります。水と水が混じり合うように。ぼくとひとつになることによって、あなたの人格や日常が変化するようなことは決して起こりません。あなたの自由が束縛されるようなこともありません」

私はなんとか少しでも頭を整理しようと試みた。そして心の中で彼に尋ねた。

なぜきみは古い夢がそんなに読みたいのだろう？

「なぜならば、古い夢を読むこと、それがぼくの天職だからです。ぼくは〈夢読み〉になるためにこの世に生を受けたのです。しかし〈夢読み〉になるための方法が、ぼくの属する世界ではどうしても見つけられませんでした。それでもこうしてようやくあなたに巡り会うことができました。どうかぼくの言うことを信じて、ぼくとひとつになってください。そしてぼくがこの街で暮らし続けられるようにしてください。ぼくには〈夢読み〉としてのあなたを助けることができます。もしそう望むなら、あなたはいつまでも夜ごとあの図書館に通い、あの少女と会い続けることができます」

いい、い、い、い、い、い。

もし私がそう望むなら。

しかし具体的に、どうすればきみと「一体化」することができるのだろう？

「とても簡単なことです。あなたの左側の耳たぶをぼくに噛ませてください。そうすればぼくらはひとつになれます」

ということは、どこかで私の右側の耳たぶを噛んだのはきみなんだね？

「ええ、それを噛んだのはぼくです。あちら側の世界であなたの右の耳たぶを噛むことによって、ぼくはこうしてこの街に入ってこられたのです。そしてこちら側の世界で左側を噛むことによって、あなたと一体化することができます」

その是非を判断するには時間が必要だ。私は困惑した頭を整理しなくてはならない。痺れた身体を正常な状態に戻さなくてはならない。イエロー・サブマリンの少年とひとつになるかどうか、それは私にとっておそらく重要な決断になるはずだ。それによって私という人間のありようが大きく変わってしまうかもしれないのだ。この見ず知らずの少年の口にすることをそこまで信用していいものだろうか？　何か大事なことを見逃しているのではないだろうか？

「申し訳ありませんが、長く考えている時間の余裕はありません。ぼくはこの街における不法侵入者です。ぼくの存在が門衛の知るところとなれば、とてもまずいことになります。街の誰かがぼくの姿を目にして、門衛に告げているかもしれません。そうすれば、彼は即刻ぼくを捕まえにやって来るでしょう。彼にはそれだけの力があります。ですから、できるだけ早くあなたと一体化する必要があります」

まだわけがわからなかった。どうしてこの少年が私であり、私がこの少年であるのか？　それはいったい何を意味するのか？

しかしなぜかはわからないが、この見ず知らずの少年が落ち着いた声音で語ることを、論理の筋道はよくわからぬまま、そっくり受け入れていいような気持ちに次第になり始めていた。

「はい、ぼくの言うことをどうか信じてください。ぼくとひとつになることによって、あなたはより自然な、より本来のあなた自身になることができるのです。決してあなたを後悔させたりはしません。そして去る時期が来たと思えば、あなたは立ち去ることもできます。そう、空を飛ぶ鳥のように自由に」

空を飛ぶ鳥のように自由に？

しかしいくら懸命に頭を振り絞っても、考えはひとつにまとまらなかった。意識が次第に霞んできて、やがて何も考えることができなくなった。どうやら私は再び眠りに入ろうとしているようだった。

「眠らないで」と少年は語気鋭く私の耳元で言った。「もう少しだけ起きていて、ぼくに認証を与えてください。あなたの左の耳たぶを噛んでもかまわないという認証を。今しかその機会はありません。そしてぼくにはどうしてもそれが必要なのです」

私はひどく眠かった。もう何がどうなってもいいという捨て鉢な気持ちになっていた。一刻も早く眠りという、心地よい休息の世界に沈み込んでしまいたかった。誰にも邪魔してもらいたくない。

いいよ、かまわない、と私は夢うつつの中でつぶやいた。そんなに噛みたいなら噛めばいい。

少年は時を移さず私の左の耳たぶを噛んだ。歯形が残るくらい強く。

そして私はそのまま深い眠りの世界に落ちていった。

66

翌朝の遅い時刻、私はいつもどおり、いつもの当たり前の私として目覚めた。昨夜の全身の痺れは去っていた。自由に手脚を動かすことができた。昼の光が鎧戸の隙間からかすかに部屋に差し込んで、あたりはしんと静まりかえっていた。いつもの朝と同じように。

目覚めると同時に昨夜のイエロー・サブマリンの少年のことを思い出し、まず真っ先に耳たぶを指で触ってみた。右の耳たぶを、それから左の耳たぶを。しかしどちらの耳たぶも腫れてはいなかったし、痛みも感じなかった。普段通りの柔らかく健康な一対の耳たぶだ。

少年は昨夜あれほど強く私の左の耳たぶに嚙みついたのだ。歯形が残りそうなほど強く深く。その痛みを私はまだありありと記憶していた、それなのに今、耳たぶには痛みも歯形もまったく残されていないようだ。ずいぶん不思議なことだ。

私は夜の暗闇の中でイエロー・サブマリンの少年と交わした会話を、ひとつひとつ思い返してみた。私はその会話を逐一正確に思い起こすことができた。まるで文書に記録されたもののように。

彼は私の認証を得て私の左耳を強く嚙み、その行為によって（おそらく）私と一体化を遂げた。

なのに私は自分の身体や意識にまったく違和感を覚えないでいる。私は堅く目をつむり、その暗闇の中で自分の意識をできるだけ深く探ってみた。大きく呼吸をし、両腕と両脚を関節が悲鳴を上げるほどしっかり強く伸ばしてみた。グラスで水を何杯か飲み、長い放尿をした。しかしどこから見ても、今朝の私には昨日の私と違うところは何ひとつなかった。あの少年は本当に私と一体化することができたのだろうか？　ひょっとして私は、生々しい夢を見ていただけではないだろうか？

いや、そんなわけはない。彼に左耳を噛まれたときの激しい痛みを、私はまざまざと記憶しているし（その痛みにもかかわらず、私は即座に眠りに落ちてしまったわけだが）、彼との会話を最初から最後まで、一語一語詳細に再現することができる。それが夢であるはずがない。そこまで明瞭な夢はどう考えてもあり得ない。

しかし、と私は思う、現実はおそらくひとつだけではない。現実とはいくつかの選択肢の中から、自分で選び取らなくてはならないものなのだ。

冬も終わりに近い、きれいに晴れ上がった一日だった。夕方までの午後の時間を、私は鎧戸を下ろして薄暗くした部屋にこもり、自分という存在についてあてもなく考えを巡らせながら過ごした。

もしイエロー・サブマリンの少年と私とが本当に「一体化」したのであれば、私という人間には――その感じ方や考えのあり方には――何かしらの変化が見受けられるはずだ。なにしろ別の人格が私の中に新たに入り込んできたのだから。しかしどれだけ丹念に、注意深く見つめ直してみても、自分の中にそれらしい変化は見当たらなかった。違和感らしきものもない。そこにいる私はいつもどおりの私だ。私が私として常々捉えてきた私自身だった。

　でも少年が根拠のない、いい加減なことを語ったとは思えなかった。私の枕元で彼はまぎれもない真実を語っていたはずだ。彼は全力を尽くして私を説得しようと努めていたし、その目の輝きは真摯なものだった。私の左耳を噛むことによって、自分と私とが一体化できると彼は主張し、それを実行した。私はそうすることに認証を与えた。そしてその噛み方たるやきわめて一途なものだった。彼の言う「一体化」はそこで完遂されたはずだ。それを疑うだけの理由は私には見つけられなかった。

　そう、そのようにして、深く暗い夜の眠りの中で、私とイエロー・サブマリンの少年とはひとつに混じり合ったのだ。水と水とが混じり合うように。あるいは別の言い方をすれば、私たちはもともとの姿に「還元された」のだ。

　一体化による変化が身体に感じ取れるようになるには、ある程度の時間の経過が必要とされるのだろうか？　その変化が現れるのを、私はただ静かに待ち受けるしかないのだろうか？　それとも「一体化」するというのは、その結果として成立した新しい主体（つまりこの現在の私）に、内的な変容をいっさい感知させないということなのか？　要するに私という新しい主体にとって、新しい私自身は隅々まで当然な存在であるわけだから。

　私は彼であり、彼は私であると少年は断言した。我々がひとつになるのはどこまでも自然なことであり、そうすることによって、私はより本来の私になれるのだと。

　私はより本来の私になったのだろうか？　これが——こうして今あるこの私が——本来の私な

のか？　しかし自分が本来の自分であるかどうかなんて、いったい誰に判断できるだろう？　すぐに混じり合おうとする主体と客体とをどうやって峻別すればいいのだろう？　考えれば考えるほど、自分というものがわからなくなった。

夕刻が近づくと私は服を着替え、住まいを出て図書館に向けて歩いた。薄暗くなった川沿いの道を広場まで歩いた。そこで歩みを止め、針のない時計台を見上げ、存在しない時刻を確認した。橋の向こう側には誰の姿も見えなかった。単角獣もいない。風に小さく揺れる川柳のほかには動くものはなかった。私は目を閉じ、自分自身に問いかけた。自分の内側にいるはずのイエロー・サブマリンの少年に向けて。

「きみはそこにいるのか？」

しかし返事はない。ただ深い沈黙があるだけだ。もう一度私は問いかけた。

「そこにいるのなら、何かを言ってくれないか。声を出すだけでもかまわない」

やはり返事はない。私は諦めて、再び川沿いの道を図書館に向かって歩き出した。

おそらく私たちは完全に一体化してしまったのだろう。あるいは「ひとつに還元されてしまった」のだろう。つまり私は、私自身に向かって呼びかけているだけなのだ。だとすれば返事がかえってくるわけはない。もし返ってくるものがあるとすれば、それはただの谺《こだま》だ。

図書館の少女は私の顔を見ると近寄ってきて、何も言わずまず耳たぶを点検した。腫れていた右側の耳たぶを仔細に観察した。指でそっとつまむようにして撫でた。それから念のために左側の耳たぶを同じように調べた。もう一度右側の耳たぶも。それがとても大事な意味を持つことであるかのように。そして小さく首を傾げた。

「不思議ね。昨日の腫れはすっかり引いてしまっている。色も普通どおりに戻っている。まるで何ごともなかったみたいに。あれほど大きく腫れて、色も変わっていたのに。痛みはどう？　まだ疼いている？」

痛みも疼きもないと私は答えた。

「一晩眠って、腫れも痛みもすっかり消えてしまったということ？」

「君が昨夜《ゆうべ》つけてくれた新しい軟膏が効いたのかもしれない」

「そうかもしれない」と彼女は言ったが、それほど納得しているようには聞こえなかった。

しかしイエロー・サブマリンの少年が昨夜、私の部屋を訪れたことを、彼女に教えるわけにはいかない。そして彼が私の左の耳たぶを嚙んで、それによって私たちが一体化したことも。少年はこの街に立ち入ることを許可されてはいない。今ではあるいは、私と一体化したことによって、その「不法滞在」の状態は解消できたかもしれない。しかし彼はこの街にとっては依然として「異物」であり、もしその存在が発見されれば、頑健な門衛の手によって厳しく排除されることになるだろう。そしてそうなれば、彼と一体となった私も、同時に排除されるかもしれない——いや、間違いなく排除されるはずだ。だから昨夜起こったことを、誰かに打ち明けるわけにはいかないのだ。

私はこの少女に対して、秘密をひとつ抱え込んでしまったことになる。それも大きな意味を持つ秘密を。それまでは、彼女に隠さなくてはならないことなど何ひとつなかったというのに……。

そのことは私を少なからず不安な気持ちにさせた。

彼女はいつものように、私のために温かい緑色の薬草茶を作ってくれた。私は時間をかけてそのカップを飲み干し、気持ちを少しずつ落ち着かせた。室内を静かに動き回って、必要な作業をてきぱきとこなしていく彼女の優美な動作を眺め、彼女と二人きりで過ごせるささやかな時間を、いつものとおり心地よく味わった。そこには何ひとつ変更されたところはなかった。その穏やかな静けさ、温かな心地よさ……今日はあくまで昨日の繰り返しであり、明日は今日の繰り返しであることだろう。

そのことは私をいくらか安堵させた。私のまわりにあるものは、見たところ何ひとつ変化を遂げていない。そこにある空気はいつもと同じ空気であり、光はいつもと同じ光だ。薬罐《やかん》が沸騰し始める音、板張りの床の微かな軋み、なたね油の匂い。すべてのものごとはあるべき場所に正しく収まっている。その調和を乱すものはない。

薬草茶を飲み終えると、私と少女はいつものように無言のうちに奥にある書庫に移り、古い夢を読み取る作業に取り掛かった。私は古い机の前に座り、彼女が運んできたひとつの古い夢を両方の手のひらで覆い、優しく注意深くその夢を導き出した。私は長い期間にわたってその作業に従事し、習熟してきたから、彼らの警戒心をうまく解きほどくことができるようになっていた。夢は自分の方からそっと静かに、殻の外に抜け出してきた。夢は仄《ほの》かな明かりを発し、その温かみが私の手のひらに感じられた。

彼らがリラックスした心地よい状態にあることを、私は感じ取ることができた。彼らは安心し、気を許して私の手のひらに身を委ね、彼ら自身の物語を語り始めた。長い歳月——それはいったいどれくらい長い時間なのだろう——殻の中に閉じ込められてきた物語を。

しかし不思議なことに、なぜかその日、私は古い夢たちの語る物語を、その声をじかに耳にすることができなかった。私はただ、彼らが自らを語るときに起こす特徴的な微妙な震えを、手のひらに感知するだけだった。彼らは確かに語っている。しかし声は聞こえてこない。

彼らの夢を読んでいるのはおそらくあの少年なのだ、と私は推測した。私が夢たちを目覚めさせ、彼らに自らを語らせている。しかしその声を実際に聴き取っているのは、イエロー・サブマリンの少年なのだ。つまり私たちは〈夢読み〉の作業を分業していることになる。いや、そうじゃないな。私と少年とは既に一体化し、ひとつの存在となったわけだから、それを「分業」と呼ぶのは正しくないかもしれない。私はただ自分の身体のいくつかの部分を、それぞれに適した方法で使用し分けているというだけなのだろう。

正直に言って、私はもともと古い夢たちが語る物語をじゅうぶん理解できていたわけではなかった。彼らの声は小さく早口で、多くの場合聴き取りにくく、話の順序も整理されておらず、口にされる言葉の大半は私の理解できないものだった。だから私はおおむね彼らの言葉をただそのまま聞き流していた。〈夢読み〉としての私の職務は、彼らの心を開き、自由に自らを語らせることであり、その内容を正確に読み取ることではないと考えるようになっていた。彼らの語る話が理解できなくても、それでとくに支障が生じるわけではなかったし、また残念に思うわけでもなかった。だからもし少年が彼らの語ることを理解できるのであれば、それはむしろ歓迎すべきことだった。少年はおそらく彼らの語る物語を細部まで正確に聴き取り、それを自分の中に着々と蓄積しているのだろう。私はただ手のひらで古い夢を優しく温め、彼らを殻の外に導き出しているだけだ。

そしてやがてひとつの夢が自らをそっくり語り終え、安らかに解放されていった。それはほんのりと宙に浮かび、そして音もなく消滅していった。私の手には空っぽになった夢の殻だけが残された。

「今日は仕事がずいぶん早く捗《はかど》っている」と少女は向かいの席から私の目をのぞき込みながら言った。とても感心したように。

私はただ肯いた。私の口から言葉は出てこなかった。

「夢読みの作業に、あなたが習熟してきたのでしょう」と少女は言って、優しく微笑んだ。「それはなにより喜ばしいこと。この街にとっても、あなたにとっても、そして私にとっても」

「よかった」と私は言った。よかった、と私の内側のイエロー・サブマリンの少年も囁いた。少なくともそのような囁きが微かに聞こえたような気がした。まるで洞窟の奥の谺のように。

私たちはその夜、全部で五つの古い夢を読み通した。これまでは二つか、せいぜい多くて三つしか読み取れなかったわけだから、それは私にとって大きな進捗《しんちょく》と言えたし、そのことは少女を幸福な気持ちにさせたようだった。そしてその少女の晴れやかな笑顔は、言うまでもなく私を幸福な気持ちにさせた。

図書館を閉めた後、私は以前と同じように少女を彼女の住まいまで歩いて送った。川沿いの道の敷石を打つ彼女の靴音は、いつもより心なしか軽く楽しげに聞こえた。私は並んで歩きながら多くを語ることなく、ただその靴音にうっとりと聞き惚れていた。

「夢読みは簡単な作業ではありません」と少女は打ち明けるように私に言った。「誰にでもできることではありません。でもあなたがその仕事に適していたことがわかって、とても嬉しい」

彼女が住居の戸口に吸い込まれていくのを見届けたあと、私は川沿いの道を一人で歩きながら、イエロー・サブマリンの少年に向かって、つまり自分の内側に向かって問いかけてみた。やあ、きみはそこにいるのか、と。

でも返事はなかった。谺も返ってはこなかった。

67

その夜、イエロー・サブマリンの少年は私の眠りの中に現れた。

場所は小さな真四角な部屋だった。四方をのっぺりとした壁に囲まれており、窓はひとつもない。小さな古い木製の机が部屋の真ん中に置かれ、少年と私はその机を挟んで、向かい合って座っていた。机の上には、小皿に載せられた小さな細いロウソクが一本あり、私たちの吐く息でその炎がちらちらと揺れた。

「ここはどこなんだろう?」と私はあたりを見回してから彼に尋ねた。

「あなたの内側にある部屋です」とイエロー・サブマリンの少年は言った。「意識の底の深いところに。あまり見栄えする場所とはいえませんが、ぼくとあなたはとりあえず、ここでしか会って話をすることはできないのです」

「ここ以外の場所では、きみに会うことはできない?」

「はい。ぼくらは既に一体の存在になっていますから、簡単に分け隔てることはできません。ここが二人になれる唯一の場所です」

「でもとにかく、ここに来ればきみに会えるわけだ」

「はい、このとくべつな場所を訪れれば、ぼくらはこうして顔を合わせて対話することができます。この小さなロウソクが燃え尽きるまでのあいだ」

私は肯いた。そして言った。

「それはよかった。きみともう一度話をしなくてはならないと思っていたから」

「そうですね。ぼくらのあいだには、話し合うべき事柄がいくつかあると思います。言葉はどこまでも言葉でしかありませんが」

私はロウソクに目をやり、その長さを確かめ、一息おいてから言った。

「それで……きみは今夜あの図書館で、ぼくの代わりに古い夢を読んでくれたんだね。全部で五つの夢を」

少年はまっすぐ私の目をのぞき込んだ。そして言った。「ええ、そうです。あなたの代わりに古い夢を読みました。あなたの普段のお仕事を勝手に横取りしたみたいで、気を悪くされたのでなければいいのですが」

私は何度か首を振った。「いや、気を悪くなんてしないさ。むしろありがたく思っているくらいだ。ぼくは今までずっと、古い夢たちを呼び出して身内を通過させながら、彼らの語る話をほんの一部しか理解できなかった。まるで外国語で語られる話を聞いているみたいに」

イエロー・サブマリンの少年は黙って私の目を見ていた。

「でも、きみには彼らの語ることが理解できるんだね？」

「はい、ぼくには彼らの語る言葉がよく理解できます。彼らの話の持つ意味合いは、ぼくの内側をひとつひとつくっきりと通過していきます。本の活字をたどるみたいに明らかに。しかしその一方でぼくにはまだ、彼らを殻の中からうまく外に導き出すことができません。それは今のところ、あなたにしかできない事柄です」

「ぼくにしかできない？」

「はい、あなたの手のひらは彼らに安らぎを与え、その体温を温め、優しく自然に外に導き出すことができるのです。まるでさなぎから蝶が羽化するみたいに」

「そして結果的にきみとぼくとは、お互いの足りないところを補い合っている。そういうことになるのかな？」

少年はこっくりと肯いた。「ぼくとあなたはひとつになることによって、お互いの欠けている部分、足りない部分を補完し合っています」

「ぼくは古い夢を手のひらで温めて殻から導き出し、きみは彼らの語る物語を読み取る。我々はこれからも、いわば共同体としてその作業にあたることになる」

「はい、ぼくはそれを可能にするためにこの街にやって来たのです。ぼくらはひとつになることによって、それを成し遂げることができるのです」

小さなロウソクは小皿の上で短くなり、遠からず燃え尽きようとしていた。

イエロー・サブマリンの少年は言った。

「読むことがぼくの生まれながらの役割です。そしてここに積まれた古い夢は、おそらくはこのぼくにしか読み取ることのできないとくべつな書物なのです。ですからぼくはそれを読まなくてはなりません。それはぼくに与えられた責務であり、ぼくにとっては何より自然な行いでもあるのです」

「それは、つまりその我々の共同作業は、いつまで続くのだろう?」

「いつまで?」と少年は抑揚を欠いた声で問い返した。「それは意味をなさない質問です。なぜならば、この街の時計には針がついていないのですから」

「ここでは時間は進行しない」

「そのとおりです。ここでは時間はひとつの位置にとどまっています」

私はそれについてしばらく考えてみた。そして言った。

「時間がなければ、蓄積みたいなものもない?」

「ええ、時間のないところには蓄積もありません。蓄積のように見えるのは、現在の投げかける仮初めの幻影に過ぎません。本のページをめくるところを想像してください。ページは新しく変わりますが、ページ番号は変わりません。新しいページと前のページとの間には筋の繋がりはありません。まわりの風景は変わっても、ぼくらは常に同じ位置に留まります」

「常に現在しかない?」

「そのとおりです。この街には現在という時しか存在しません。蓄積はありません。すべては上書きされ、更新されます。それが今こうして、ぼくらの属している世界なのです」

彼の口にした言葉の意味について考えを巡らせているうちに、ロウソクの火が一度大きくゆらりと揺れ、そして消えた。完全な暗闇が部屋に降り、それに合わせて時間も消えた。

68

冬が去り、春がやってきた。時はとどまっていても、季節は巡る。私たちの目にするものすべてが、現在の映し出す仮初めの幻影に過ぎないとしても、どれだけページを繰ってもページ番号が変わらないとしても、それでも日々は移りゆくのだ。

地表のあちこちに堅くこわばっていた雪は次々に解け去り、川は雪解け水を集めて水かさを増した。葉を落とした木々は次々に緑の新芽を吹き、獣たちの毛は日一日と元の輝きを取り戻していった。ほどなく彼らは繁殖期を迎え、牡《おす》たちはその鋭い角でお互いを激しく傷つけ合うことだろう。少なからぬ血が流され、大地を黒く潤し、その血が多くの鮮やかな花を咲かせるのだ。

鎧のように重いコートからようやく解放され、かわりにウールの上衣を着て図書館に通うようになった。誰かが長年着込んだらしいくたびれた上着だったが、サイズは不思議なほどぴったり私自身のものだった。

春が巡ってきてくれたことを私は感謝した。長く続いた冬がやっと終わりを告げたのだ。それは異様なばかりに長い冬だった。もちろん時間を持たないこの街に暮らしていて、何が長くて何が短いかというのは測りがたいところだが、少なくとも私の個人的な感覚として、それはずいぶん長く続いた冬だった。それ以外の季節がこの街には存在しないのではないかという気がしてくるほどに。だから私としては、春が実際に巡ってきてくれたことに感謝の念を抱かないわけにはいかなかった。

そしてその頃には私はもう、イエロー・サブマリンの少年と一体になったことにずいぶん馴染んでいたと思う。そこには違和感のようなものはなかった。私たちはひとつの密接な——少年の言葉を借りるなら「分け隔てのない」——存在として行動した。そこに不自然なところはない。図書館の少女にもおそらくその変化は気づかれなかったはずだ。

夕刻になると、私たちは川沿いの道を歩いて図書館に向かった。そして私は書庫の机の上で、両手で古い夢を温めて殻から導き出し、少年はそれを熱心に、貪るように読み込んでいった。それは一体となった私たちがおこなう——お互いの存在を意識し合う——唯一の「分業」だったが、その共同作業はあくまで切れ目なく円滑であり、滞るところはなかった。

私たちは今では一晩に六つから七つの古い夢を読破できるようになっていた。その目覚ましい作業の進捗ぶりは少女をいたく感心させ、喜ばせた。彼女はその報酬として——おそらくは報酬なのだろう——林檎の菓子を何度か作ってきてくれた。私たちはそれをおいしく食べた。

「『パパラギ』という本を読んだことはありますか？」

イエロー・サブマリンの少年は私にそう切り出した。地下深くの小部屋で、私と彼はロウソクの炎を間にはさんで座っていた。

私は言った。「若いころに読んだよ。かなり以前のことなので、細かいことは思い出せないけれど、たしかサモアのどこかの島の酋長が二十世紀初頭に、ヨーロッパを旅行した体験を故郷の人たちに向けて語るという内容だったと記憶している」

「そのとおりです。ただしこれは今日では、ドイツ人の著者が、酋長の語りという形式を借りてつくりあげた、純粋なフィクションだと判明しています。いわゆる偽書です。しかしこの本が多くの人々によって手に取られ、読まれた時代には、本物の手記だと思われていました。無理もありません。よくできた、そしてユーモアと叡智に満ちた近代文明への批評になっていますから」

「ぼくもてっきり本物だと思っていたな」と私は言った。

「本物でも偽物でも、そのへんはもうどちらでもいいことです。事実と真実とはまたべつのものです。でもそれはそれとして、この本の中には椰子《やし》の木の話が数多く出てきます。この酋長の住む島では、椰子の木がその島の人々の生活の中で大きな意味を持っていて、なにかというと椰子の木に喩えた話になるのです。身近でわかりやすいから。

その中にこんな記述があります。酋長は集まったみんなに向かって言います。『誰でも足を使って椰子の木に登るが、椰子の木よりも高く登った者は、まだ一人もいない』。これはおそらくヨーロッパ人が都市に高い建物を建設し、上へ上へと向かって伸びていくことを揶揄した発言です。『誰でも足を使って椰子の木に登るが、椰子の木よりも高く登った者は、まだ一人もいない』。とても具体的でわかりやすい表現です。誰が聞いてもわかる喩え話です。そしてまた含蓄《がんちく》に富んでいます。この酋長の話をまわりで聞いている聴衆は——もちろん実際に聴衆がそこにいたとすればですが——うんうんと肯いていたことでしょうね。どれほど木登りが巧みな人でも、椰子の木そのものより高く登ることはまずできませんから」

私は黙って彼の話の続きを待っていた。まるで新たな知識を待ち受けるサモアの島の住人のように。

「しかし、酋長の話には逆らうようですが、ひとつこのように考えてみてはどうでしょう。つまり、椰子の木よりも高く椰子の木を登ってしまった人間は、まったくいないわけではないのだと。たとえばここにいるぼくとあなたは、まさにそのような人間ではないでしょうか」

私はその光景を想像してみた。私はサモアのどこかの島に生えているいちばん高い椰子の木のてっぺん（それはだいたい五階建ての建物くらいの高さがありそうだ）まで登っている。そしてそこから更に高く登ろうとしている。しかしもちろん木はそこで終わっている。その先には青い南国の空があるだけだ。あるいは無が広がっているだけだ。空を見ることはできるが、無を目にすることはできない。無というのはあくまで概念に過ぎないから。

「つまり、ぼくらは樹木を離れて、虚空にいるということなのかな？　摑むべきものが存在しないところに」

少年は小さく堅く肯いた。「そのとおりです。ぼくらはいうなれば虚空に浮遊しているのです。そこには摑むべきものはありません。しかしまだ落下してはいません。落下が開始するためには、時間の流れが必要となります。時間がそこで止まっていれば、ぼくらはいつまでも虚空に浮かんだままの状態を続けます」

「そしてこの街には時間は存在しない」

少年は首を振った。「この街にも時間は存在しています。ただそれが意味を持たないだけです。結果的には同じことになりますが」

「つまりぼくらはこの街に留まっていれば、いつまでも虚空に浮かんでいることができる？」

「理論的にはそうなります」

私は言った。「とはいえ、何かの拍子に再び時間が動き始めれば、ぼくらはその高みから落下することになる。そしてそれは致命的な落下となるかもしれない」

「おそらく」とイエロー・サブマリンの少年はあっさり言った。

「つまりぼくらはその存在を保つためには、街から離れることはできない。そういうことなのかな？」

「落下を防ぐ方法はおそらく見つからないでしょう」と少年は言った。「しかしそれを致命的でなくするための方法は、なくはありません」

「たとえばどんな？」

「信じることです」

「何を信じるんだろう？」

「誰かが地面であなたを受け止めてくれることをです。心の底からそれを信じることです。留保なく、まったく無条件で」

私はその情景を頭に思い浮かべた。頑強な両腕を持つ誰かが椰子の木の下で待ち受けていて、私の落下をしっかり受け止めてくれる。でもそれが誰なのか、顔が見えない。おそらくどこにも存在しない架空の誰かなのだろう。私は少年に尋ねた。

「きみにはそういう人はいるのかな？　きみを受け止めてくれる人が」

少年は首をきっぱり横に振った。「いいえ、ぼくにはそういう人はいません。少なくとも生きている人たちのあいだには一人もいません。だからぼくはいつまでも、時間の止まったこの街に留まることでしょう」

そう言うと、少年はまっすぐ堅く唇を結んだ。

私は彼の言ったことについて考えてみた。その高みからの私の激しい落下をしっかり受け止めてくれる人は（もしいるとして）いったい誰なのだろう？ 私が想像をむなしく巡らせている間にロウソクの火がふっと消えた。そして漆黒の闇があたりを包んだ。

69

イエロー・サブマリンの少年と差し向かいで、その椰子の木の話をしてからしばらくして、自分の中で何か微妙な変化が起こりつつあることに、私は気づかないわけにはいかなかった。私の身体にはうまく説明できない違和感のようなものが生じていた。喉の奥に堅く小さな空気の塊のようなものがあり、どうやってもそれを追いやることができなかった。何かを呑み込もうとするたびに、それは私に軽い苛立ちをもたらした。軽い耳鳴りのようなものもあった。その結果、これまでごく自然に円滑におこなわれていた日常の行為が、総じてどこかしらぎくしゃくしたものになった。

そのようなこれまでには見られなかった現象が、季節の移り変わりによってもたらされたものなのか、あるいは私がイエロー・サブマリンの少年と一体になったことに起因するものなのか、それとも他の何かの要因によってつくり出されたものなのか、判断がつかなかった。

その違和感を、いったいどう表現すればいいのだろう？　あえて言うなら心が、自分の意思とはまったく異なった方向に勝手に進もうとしているような気がしてならないのだ。私の心は私の意思に反して、若い兎が初めて春の野原に出たときのように、説明のつかない、予測のできない野放図な躍動を欲しているようだった。そして私にはその気ままな本能的な動きを制御することができなかった。でもなぜそんな見知らぬ兎が自分の内部に突然登場してきたのか、それがいったい何を意味するのか、私には理解できなかった。そしてなぜ私の意思と私の心が、それほど相反する動きを取っているのかも。

その一方で私が送っている日々は、表面的にはどこまでも平穏で乱れのないものだった。

図書館に出向く前の午後の自由なひととき、私はイエロー・サブマリンの少年が外の世界で蓄積した膨大な量の書物を読んでいった。それは私ひとりのために提供された個人的な図書館だった。少年が私のために、彼の内なる図書館をそっくり開放してくれたのだ。

その高く長大な書棚には、古今東西のあらゆる種類の書物が見渡す限りに並べられていた。傷つけられた私の両眼はまだ完全には回復していなかったが、意識の内部に蓄積された書物を読み取るのに不自由を感じることはない。私は目ではなく、心を使ってそれらの本を読むことができたからだ。農業年鑑からホメロス、谷崎からイアン・フレミングに至るまで。書物というものが一冊も存在しないこの街にあって、形を持たない、したがって目には見えない本を、誰に咎められることもなく自由に読み続けられること、それは私にとって尽きせぬ喜びだった。

彼が自らの内なる図書館を私に開放し、私がそれらの本を読んでいるあいだ、どうやら少年自身は深い眠りに就いているらしかった。あるいは一時的に意識のスイッチを切っているみたいだった。いずれにせよ、そこにいるのは私ひとりだけであり、そこにあるのは私ひとりだけの時間だった。その午後の読書のひととき、「私たち」は「私」となった。

それでも私の中にいる春の野原の兎は、その活発な動きをいっときも止めなかった。その疲れを知らぬ生命力は休息をまったく必要としないようだった。ときとしてそれは私の読書への集中を乱暴に妨げ、私の神経を力強い後ろ脚で激しくかき乱した。そして夜ごとの私の眠りを落ち着かないものにした。

私の内側で何か普通ではないことが持ち上がっているらしかった。しかしその「普通ではないこと」がいったい何を意味するのかはわからなかった。私はただ途方に暮れるしかなかった。

私とイエロー・サブマリンの少年は、折に触れて私の意識の底にある真四角な小部屋で顔を合わせ、小さなロウソクの炎を間にはさんで、様々な事柄についてひっそりと語り合った。どこまでも暗く深い夜の時刻に。しかしそのような出会いの回数は次第に少なくなっていった。私たちの結合は時間の経過とともにごく当たり前の自然なものになり、あえて何かを言葉で語り合うような必要もなくなっていったからだろう。おそらく。

しかしその日、イエロー・サブマリンの少年はいつになく真剣な目で、まっすぐ私を見つめていた。彼の薄い唇は一文字《いちもんじ》に閉じられ、金属縁の丸い眼鏡がロウソクの炎を反映してきらりと光った。

私は少年に自分がここのところ抱いている違和感について相談していた。いったい私の身に何が持ち上がっているのだろう?

「どうやら、そのときが近づいてきたようですね」と少年はしばらく続いた深い沈黙を破って私に言った。

彼が何を言っているのか私には理解できなかった。

「そのとき?」

少年は両方の手のひらを広げて上に向けた。天井から正しい言葉が降ってくるのを待ち受けるみたいに。そして言った。「あなたがここを立ち去るときです」

「ぼくがここを立ち去る?」

「ええ、あなたもそのことは心に感じ取っているはずです」とイエロー・サブマリンのヨットパーカを着た小柄な少年は言った。

それは私の内側にいる活発な兎と関係したことなのだろうか?

「ええ、そうです。それはあなたの内側にいる兎が、あなたに身をもって告げていることです」と少年は私の心を読んで言った。

「ぼくがこの街から立ち去ることを?」

「ええ、そうです。あなたの心はこの街を立ち去ることを求めています。というか、ここを去ることを必要としています。少し前からぼくはそのことに薄々気がついていました。そしてその心の動静を注意して見守っていました」

私は少年の言ったことを自分なりに咀嚼《そしゃく》した。

「しかしぼく自身には、その動きの意味がまだ理解できていない。そういうことかな?」

少年は軽く首を傾げた。「はい。心と意識とはべつのところにあるものですから」

私は黙って少年の顔を見ていた。

「ぼくはこの街を立ち去ることになる?」と私は尋ねた。

少年は肯いた。「ええ、そうです。あなたはかつて、あなたの影を壁の外に逃がしてやった。

そうですね？　そして今度はあなた自身がぼくをあとに残して、この街から立ち去ることになります。そしてあなたはぼくから離れ、壁の外にいるあなたの影ともう一度ひとつになるのです」

　頭を整理するための時間を私は必要とした。私は少年に質問した。

「しかしそんなことが可能なのだろうか？　もう一度自分の影と一緒になるなんて」

「ええ、可能です。もしあなたが心からそれを望むなら」

「しかしぼくには知りようがないんだ。ぼくの影が今どこにいて、何をしているのかを。だいいち彼はぼくと別れて、外の世界で一人でうまく生き延びていくことができたのだろうか？」

　小さなロウソクの炎を間にはさんで、少年は私に静かに告げた。「大丈夫です。心配はいりません。あなたの影は外の世界で無事に、しっかり生きています。そして立派にあなたの代わりを務めています」

　私は言葉をしばらくのあいだ失い、少年の顔を黙ってじっと見ていた。それからやっと言った。

「きみは外の世界で、ぼくの影に会ったことがあるの？」

「何度も」と少年は短く肯いて言った。

　少年の発言は私を驚かせ、困惑させた。彼が外の世界で私の影に何度も会っていた？

「ええ、あなたの影はあちら側で元気に暮らしています」

　私は言った。「そしてぼくはもう一度、その影と一体になることを求めている」

「そうです。あなたの心は新しい動きを求め、必要としているのです。でもあなたの意識はまだそのことをじゅうぶん把握してはいません。人の心というのは、そう簡単には捉えがたいものですから」

まるで春の野原の若い兎のように、と私は思った。

「ええ、そのとおりです」と少年は私の心を読んで言った。「春の野原の若い兎と同じように、それはゆっくりとした意識の手では捉えがたいのです」

「ここから逃れたぼくの影は外の世界で、ぼくの代役を問題なく務めている——きみはそう言ったね」

「ええ、そのとおりです。彼はあなたの代わりを遺漏《いろう》なく果たしています」

「だとしたら、ぼくらは既にそれぞれの役目を入れ替えてしまったのかもしれない。つまり今では彼がぼくの本体として活発に機能していて、ぼくがまるで彼の影のような、いわば従属的な存在になっている。そんな風にも思えてしまうんだ。どうだろう、本体と影とはそのように入れ替わり可能なものなのだろうか？」

　少年はそれについてしばらく考えていた。そして言った。

「さあ、そこのところはぼくにもなんとも言えません。それはなんといっても、あなた自身の問題ですから。でもぼく自身についていえば、それはどちらでもいいことのように思えるのです。自分が自分の本体であれ、あるいは影であれ。どちらであったとしても、今こうしてここにあるぼくが、ぼくの捉えているぼくが、すなわちぼくなのです。それ以上のことはわかりません。あなたもまた同じように考えるべきかもしれない」

「どちらが本体であるか、影であるか、そんなことはたいした問題じゃないと？」

「ええ、そうです。影と本体はおそらく、ときとして入れ替わります。役目を交換したりもします。しかし本体であろうが、影であろうが、どちらにしてもあなたはあなたです。それに間違いはありません。どちらが本体で、どちらがその影というより、むしろそれぞれがそれぞれの大事な分身であると考えた方が正しいかもしれません」

私は長い間、何かを確かめるように自分の手の甲をじっと見つめていた。その肉体としての実質をあらためて確かめるように。それから正直に打ち明けた。

「ぼくは自信が持てないんだ。もう一度外の世界に復帰して、そこでうまくやっていけるかどうか。ぼくは長くこの街で暮らして、その生活にずいぶん慣れてしまったから」

「心配することはありません。自分の心の動きに素直に従っていけばいいのです。その動きを見失いさえしなければ、いろんなことはきっとうまくいきます。そしてあなたの大事な分身がきっとあなたの復帰を強く支えてくれるはずです」

本当にそうだろうか？　ものごとはそんなに簡単なのだろうか？　私はやはりまだ確信を持つことができない。私は彼に尋ねた。

「それで、もしぼくがこの街から出て行けば、きみだけがあとに残るんだね？」

「ええ、そうです。ぼくはこの街に残ることになります。あなたがここからいなくなっても、ぼくは〈夢読み〉の役を果たしていけると思います。いつかここから出て行かれるであろうことを覚悟して、少しずつそれに備えていました。殻の中の古い夢たちも今では、ぼくにある程度心をゆるしてくれるようになりました。ぼくは共感というものを少しずつ学んでいます。それはぼくにとって簡単なことではありませんが、ほんの少しずつでも進歩を遂げてはいます。ぼくは多くのことをあなたから学び取りました」

「そしてきみはぼくの後継者になる」

「はい、ぼくは〈夢読み〉としてあなたのあとを継承することになります。どうかぼくのことは心配しないでください。前にも言ったように、古い夢を読み続けることが、ぼくに与えられた天職なのです。ぼくはここ以外の世界では、うまく生きていくことができません。それはなにより動かしがたい事実です」

少年の声は確信に満ちていた。

「しかしある日突然〈夢読み〉がぼくからきみに代わって、街はそれをすんなり受け入れてくれるだろうか？　だって、きみはこの街に滞在する資格を与えられていないのだから」

「いいえ、心配はいりません。ぼくがこの街を必要としているように、街もまたぼくを必要とするようになっています。〈夢読み〉の存在なしにこの街は成り立たないからです。彼らがぼくを追放するようなことはあり得ません。街は、そしてその壁は、ぼくに合わせて微妙に形を変化させていくことでしょう」

「きみにはその確信がある？」

少年はきっぱりと肯いた。

私は言った。「しかし、もし仮にぼくがここを立ち去ることを望んだとして、具体的にどのようにすればそれが可能になるのだろう？　この高い壁に厳重に囲まれた街から出て行くことは、決して簡単じゃないはずだ」

「そう心に望みさえすればいいのです」と少年は静かな声で私に告げた。「この部屋のこの短いロウソクが消える前にそう心に望み、そのまま一息で炎を吹き消せばいいのです。力強いひと吹きで。そうすれば次の瞬間、あなたはもう外の世界に移っています。簡単なことです。あなたの心は空を飛ぶ鳥と同じです。高い壁もあなたの心の羽ばたきを妨げることはできません。前のときのように、わざわざあの溜まりまで行って、そこに身を投じるような必要もありません。そしてあなたの分身が、そのあなたの勇気ある落下を、外の世界でしっかり受け止めてくれることを、心の底から信じればいいのです」

私は静かに首を振った。そして何度か大きく呼吸をした。いったい何をどう言えばいいのだろう？　言葉は浮かんでこなかった。私は自分が今置かれている状況を、まだ十分呑み込むことができなかった。

私の意識と私の心との間には深い溝があった。私の心はあるときには春の野原に出た若い兎であり、またあるときには自由に空を飛びゆく鳥になる。でも私にはまだ自分の心を制御することができない。そう、心とは捉えがたいものであり、捉えがたいものが心なのだ。

「考えるための時間が少し必要だと思う」、私はようやくそう口にした。

「もちろんです。考えてください」と少年は私の目をじっとのぞき込みながら言った。「よくよく考えてください。ご存じのように、ここには考える時間はたくさんあります。逆説的な言い方になりますが、時間が存在しないぶん、時間は無限にあるのです」

そしてそこでロウソクの炎はふらりと揺らいで消え、深い暗闇が降りた。

70

その少女を住まいの前まで送って別れるとき、私はいつも「また明日」と声をかけた。考えてみれば意味のない言葉だ。だってその街には、正確な意味での明日など存在しなかったのだから。しかしそのことがわかっていても、私は彼女に向かって夜ごと、そう声をかけないわけにはいかなかった。

「また明日」と。

彼女はそれを聞くといつも仄《ほの》かに微笑んだ。でも何も言わなかった。何かを言いたそうに唇が僅かに開きかけることもあったけれど、結局言葉は出てこなかった。そして私にくるりと背中を向け、スカートの裾《すそ》を翻《ひるがえ》し、貧しい共同住宅の入り口に吸い込まれるように消えていった。

そして私は、彼女との間にあった沈黙を思い返し（そう、沈黙こそが、私たち二人が肩を並べて川沿いの夜道を歩きながら、密接に共有したものだった）、その滋養を喉の奥にひそやかに味わいながら、ひとり家路につくのだった。そのようにして私にとっての街での一日が終わった。

「また明日」と、私は川沿いの道をたどりながら、よく自分に向かって声をかけた。そこには明日など存在しないことを知りながら。

でもその最後の夜、私にはその言葉を口にすることができなかった。どのような意味合いにおいても、そこにはもう「明日」は存在しないのだから。

代わりに私が口にしたのは「さよなら」というひとことだった。私がそう言うと、少女はまるで生まれて初めてその言葉を耳にしたみたいに、不思議そうな表情を顔に浮かべて、じっと私を見た。いつもと違う別れの挨拶が彼女を戸惑わせたらしかった。

私も彼女の顔を、正面からまっすぐ見つめた。

そして私は気がついた。気がつかないわけにはいかなかった。彼女の顔つき全体が、微かな変化を見せていることに。ここがこうという具体的な指摘はできないのだが、そこには間違いなくいくつかの細部の変更のようなものが見受けられた。その顔立ちの輪郭や奥行きが、まるで細かく波打つように、前とは僅かずつかたちを変え始めているのだ。振動のおかげで、トレースされた画像が原形から微妙にずれていくみたいに。それはほんの微かな、普通の人なら見逃してしまうであろうほどの変更ではあったけれど。

私の「さよなら」という言葉が——いつもとは異なる別れの挨拶が——そのような変化を彼女の相貌《そうぼう》にもたらすことになったのかもしれない。いや、そうではなく、そこで変わりつつあるのは、微妙な変更を受けつつあるのは、彼女の顔立ちではなくむしろ私の方なのかもしれない。私という人間の心が変容を遂げているのかもしれない。

「さよなら」ともう一度私は彼女に向かって言った。

「さよなら」と彼女も言った。まるでこれまで見たこともない食物を初めて口に入れる人のように、ゆっくり注意深く、そして用心深く。そのあと、いつもの小さな微笑みが口元に浮かんだが、その微笑みも今までと同じものではなかった。少なくとも私にはそのように感じられた。

明日になって、私がもうこの街からいなくなってしまったことがわかったとき、彼女はいったいどのように感じるのだろう？　いや、と私は思う、私がここからいなくなったときには、その少女もまたここから姿を消しているのかもしれない。彼女は私ひとりのために街が用意した存在であったのかもしれない。だから私がここから消えてしまえば、彼女も消えてしまう——それはあり得ることだった。そしてべつの誰かがイエロー・サブマリンの少年の〈夢読み〉を助けることになる。そう考えると、私はひどく切ない気持ちになった。自分の身体が半分透明になってしまったような気がした。何か大事なものが、私からどんどん遠く離れつつある。私はそれを永遠に失いつつある。

しかしそれでも私の決心が揺らぐことはなかった。私はやはりこの街を出て行かなくてはならない。次の段階に移っていかなくてはならない。それが既に定まった流れなのだ。今では、私にはそのことが理解できていた。この街にはもう私の居場所はないのだ。私が収まるべき空間はなくなっている。いろんな意味合いにおいて。

やがて少女は私の顔を見つめるのをやめた。そしていつものように私にくるりと背中を向け、スカートの裾を翻し、共同住宅の入り口に姿を消していった。闇に紛れる夜の鳥のように的確に素速く。そこに無駄な動きはなかった。

私はそこに一人で留まり、彼女があとに残していった存在の名残を、長いあいだじっと見つめていた。その優美な像が徐々に薄らぎ、すっかり消えて、無が残された空白を埋めてしまうまで。家に向かう川沿いの道を私が一人で歩くとき、夜啼鳥が孤独な夜の歌をうたい、中州の川柳がそれに合わせるように細やかに枝を揺らした。いつもより川の水音が大きかった。春が巡ってきたのだ。

その夜遅く、私とイエロー・サブマリンの少年は、私の意識のいちばん底にある暗い小部屋で顔を合わせた。私たちは小さな机を挟んで座り、机の上ではいつものように小さなロウソクが燃えていた。私たちはしばらくの間、そのロウソクの炎を沈黙のうちに見つめていた。私たちの無音の呼吸に合わせて、その炎は小さく揺らいだ。

「それで、じゅうぶん考えられたのですね？」

私は肯いた。

「迷いのようなものはありませんね？」

「ないと思う」と私は言った。「それではここで、あなたとおわかれすることになります」

少年は言った。「ないと思う。

「もうきみに会うこともないのだろうね？」

「そうかもしれません。ぼくらが顔を合わせることは二度とないかもしれません。でも、ぼくにはわからないのです。誰になにが断言できるでしょうか？」

私はイエロー・サブマリンのヨットパーカを着た少年をもう一度じっくりと眺めた。少年は眼鏡をはずし、指先で瞼を軽く押さえ、それからまた眼鏡をかけた。そうして眼鏡をかけ直す度に、彼は少しずつ前とは違う人間になっていくように私には思えた。言い換えれば、彼は刻々と成長を遂げているのかもしれない。

「申し訳ないのですが、ぼくは悲しみというものを感じることができないのです」と彼は打ち明けるように言った。「これは生まれつきのものなのです。でももしそうでなかったとしたら、もし仮にぼくが普通の人であったとしたら、ぼくはきっとこうしてあなたと別れることに、悲しみというものを感じているはずだと思うのです。もちろんそれはあくまでぼくの想像に過ぎません し、悲しみがどういうものなのかぼくには知りようもないのですが」

「ありがとう」と私は言った。「そう言ってくれるだけで嬉しい」

イエロー・サブマリンの少年はそれからしばらく沈黙を守っていた。それから言った。

「やはりぼくらは、もう二度と会えないかもしれません」

「そうかもしれない」と私は言った。

「あなたの分身の存在を信じてください」、イエロー・サブマリンの少年はそう言った。

「それがぼくの命綱になる」

「そうです。彼があなたを受け止めてくれます。そのことを信じてください。あなたの分身を信じることが、そのままあなた自身を信じることになります」

「そろそろ行かなくては」と私は言った。「このロウソクの火が消えてしまう前に」

少年はこっくりと肯いた。

私は胸に大きく息を吸い込み、ひとつ間を置いた。その数秒の間に様々な情景が私の脳裏に次々に浮かんだ。あらゆる情景だ。私が大切にまもっていたすべての情景だ。その中には広大な海に降りしきる雨の光景も含まれていた。でも私はもう迷わなかった。迷いはない。おそらく。
私は目を閉じて体中の力をひとつに集め、一息でロウソクの炎を吹き消した。

暗闇が降りた。それはなにより深く、どこまでも柔らかな暗闇だった。

あとがき

自分の小説に「あとがき」みたいなものをつけることをもともと好まないが（多くの場合、多かれ少なかれ何かの釈明のように感じられる）、この作品についてはやはり、ある程度の説明が求められるだろう。

この小説『街とその不確かな壁』の核となったのは、一九八〇年に文芸誌「文學界」に発表した「街と、その不確かな壁」という中編小説（あるいは少し長めの短編小説）だ。四百字詰め原稿用紙にしてたぶん百五十枚少しくらいのものだった。雑誌には掲載したものの、内容的にどうしても納得がいかず（いろいろ前後の事情はあったのだが、生煮えのまま世に出してしまったと感じていた）、書籍化はしなかった。僕が書いた小説で書籍化されていないものはほとんどないはずだが、この作品だけは日本でも、他のどの国でもまだ一度も出版されていない。

しかしこの作品には、自分にとって何かしらとても重要な要素が含まれていると、僕は最初から感じ続けていた。ただそのときの僕には残念ながら、その何かを十全に書き切るだけの筆力がまだそなわっていなかったのだ。小説家としてデビューしたばかりで、今の自分に何が書けるか、何が書けないかをじゅうぶん把握できていなかったということになる。発表したことを後悔はしたが、起こってしまったことは仕方ない。いつか然るべき時期が巡ってきたら、じっくり手を入れて書き直そうと思って、そのまま奥に仕舞い込んでいた。

この作品を書いた当時僕は、東京でジャズの店を経営していた。二つの仕事を掛け持ちでやっていたわけだから、かなり慌ただしい生活を送っていたし、なかなか執筆に集中することができなかった。店を経営するのも愉しかったけれど（音楽が好きだし、店もけっこう繁盛していたので）、小説をいくつか書いているうちに、やはり筆一本で食べていきたいという思いが徐々に強くなり、店を畳んで専業作家になった。

そのように腰を据えて、最初の本格的な長編小説『羊をめぐる冒険』を書き上げた。一九八二年のことだ。そしてその次に「街と、その不確かな壁」を大幅に書き直そうと思った。しかしそのストーリーだけで長編小説に持って行くにはいささか無理があったので、もうひとつまったく色合いの違うストーリーを加えて、「二本立て」の物語にしようと思いついた。

二つのストーリーを、並行して交互に進行させていく。そしてその二つが最後にひとつに合体する――というのが僕の計画というか、おおざっぱな心づもりだった。しかしその二つがどのように合体することになるのか、書き進めながら、作者である僕にもさっぱり見当がつかなかった。前もってプログラムをまったくこしらえないで、気の向くまま自由に書いていったから……。

考えてみればずいぶん乱暴な話だが、それでも「まあ、なんとかなるだろう」という楽観的な（あるいは怖いもの知らずの）姿勢だけは終始失わなかった。最後にはうまくいくだろうという自信みたいなものはあった。そして予想通り最後近くになって、二つの話はなんとかうまくひとつに結びついてくれた。両側から掘り進めてきた長いトンネルが、中央でぴたりと出会ってめでたく貫通するみたいに。
僕にとって、『世界の終りとハードボイルド・ワンダーランド』を書く作業はきわめてスリリングだったし、また愉しくもあった。この小説を書き上げて単行本として出版したのは一九八五年のことだ。そのとき僕は三十六歳だった。いろんなことがどんどん勝手に前に進んでいく時代だった。

しかし歳月が経過し、作家としての経験を積み、齢を重ねるにつれ、それだけで「街と、その不確かな壁」という未完成な作品に——あるいは作品の未熟性に——しかるべき決着《けり》がつけられたとは思えなくなってきた。『世界の終りとハードボイルド・ワンダーランド』はそのひとつの対応ではあったが、それとは異なる形の対応があってもいいのではないか、と考えるようになった。「上書きする」というのではなく、あくまで併立し、できることなら補完しあうものとして。でもその「もうひとつの対応」がどのような形を取り得るのか、なかなかそのヴィジョンを見定めることができなかった。

一昨年（二〇二〇年）の初めになって（今は二〇二二年十二月だ）ようやく、この「街と、その不確かな壁」をもう一度、根っこから書き直せるかもしれないと感じるようになった。最初に発表したときから数えて、ちょうど四十年が経過していた。その間に僕は三十一歳から七十一歳になった。二つの仕事を持った駆け出しの作家と、それなりの年季を積んだ専業作家（そう言うのも恥ずかしいけれど）との間にはいろんな意味合いで大きな相違がある。しかし「小説を書く」という行為に対するナチュラルな愛に関して言えば、それほど大きな違いはないはずだ。

また付け加えるなら、二〇二〇年は「コロナ・ウィルス」の年だった。僕はコロナ・ウィルスが日本で本格的に猛威を振るい始めた三月の初めに、ちょうどこの作品を書き始め、三年近くかけて完成させた。その間ほとんど外出することもなく、長期旅行をすることもなく、そのかなり異様な、それなりの緊張を強いられる環境下で、（かなり長い中断＝冷却期間を間に挟みはしたが）日々この小説をこつこつと書き続けていた（まるで〈夢読み〉が図書館で〈古い夢〉を読むみたいに）。そのような状況は何かを意味するかもしれないし、何も意味しないかもしれない。しかしたぶん何かは意味しているはずだ。そのことを肌身に実感している。

最初に第一部を完成させ、それでいちおう目指していた仕事は完了したと思っていたのだが、念のために書き終えてから半年あまり、原稿をそのまま寝かせているうちに、「やはりこれだけでは足りない。この物語は更に続くべきだ」と感じて、続きの第二部、第三部にとりかかった。そんなわけですべてを完成させるまでに思いのほか長い時間がかかってしまった。

しかし何はともあれ、「街と、その不確かな壁」という作品をこうして今一度、新しい形に書き直すことができて（あるいは完成させることができて）、正直なところずいぶんほっとしている。この作品は僕にとってずっと、まるで喉に刺さった魚の小骨のような、気にかかる存在であり続けてきたから。

それはやはり僕にとって（僕という作家にとって、僕という人間にとって）大切な意味を持つ小骨だったのだ。こうして四十数年ぶりに新たに書き直してみて、もう一度「その街」に立ち戻ってみて、そのことをあらためて痛感した。

ホルヘ・ルイス・ボルヘスが言ったように、一人の作家が一生のうちに真摯に語ることができる物語は、基本的に数が限られている。我々はその限られた数のモチーフを、手を変え品を変え、様々な形に書き換えていくだけなのだ——と言ってしまっていいかもしれない。

要するに、真実というのはひとつの定まった静止の中にではなく、不断の移行＝移動する相の中にある。それが物語というものの神髄ではあるまいか。僕はそのように考えているのだが。

村上春樹

二〇二二年十二月

参考文献
ガブリエル・ガルシア＝マルケス著　木村榮一訳
『コレラの時代の愛』新潮社

本作品は書下ろしです。

街《まち》とその不《ふ》確《たし》かな壁《かべ》

著　者　村上春樹《むらかみ・はるき》
発　行　二〇二三年四月一〇日
三　刷　二〇二三年五月二〇日
発行者　佐藤隆信
発行所　株式会社新潮社
〒一六二―八七一一　東京都新宿区矢来町七一
電話　編集部〇三（三二六六）五四一一
読者係〇三（三二六六）五一一一
https://www.shinchosha.co.jp
装　幀　新潮社装幀室
印刷所　錦明印刷株式会社
製本所　加藤製本株式会社

ISBN978-4-10-353437-2 C0093

世界の終りと
ハードボイルド・ワンダーランド
［新装版］
Hard-Boiled Wonderland and the End of the World

老科学者によって意識の核に
ある思考回路を組み込まれた〈私〉が、
その回路に隠された秘密を巡って活躍する
〔ハードボイルド・ワンダーランド〕。
壁に囲まれた静寂な街で、
一角獣の頭骨から夢を読んで暮らす
〈僕〉が語る〔世界の終り〕。
冒険劇と幻想世界、パラレル・ワールドの物語が躍動する
村上文学の原点をなす傑作長編！

谷崎潤一郎賞

ねじまき鳥クロニクル
The Wind-Up Bird Chronicle

第１部　泥棒かささぎ編
第２部　予言する鳥編
第３部　鳥刺し男編

良いニュースは、いつも小さな声で語られる——
猫が消え、妻のクミコが失踪する。
謎の女・加納クレタが痛みに満ちた人生を打明け、
間宮中尉は一九三八年の中国大陸での秘密を語り始める。
ねじまき鳥に導かれた迷宮の旅へ……。
世田谷の涸れ井戸から一九三八年の満州蒙古国境まで、
圧倒的迫力で描く、村上春樹の九〇年代の代表作。

読 売 文 学 賞

海辺のカフカ

Kafka on the Shore

上・下

十五歳になったとき、少年は二度と戻らない旅に出た。
誕生日の夜、少年は夜行バスに乗り、四国をめざした。
一方、猫探しの名人である不思議な老人ナカタも、
何かに引き寄せられるように四国へ向かう。
暴力と喪失の影の谷を抜け、
世界と世界が結びあわされるはずの場所を求めて。
村上文学に新しい輝きをもたらした長編小説！

世界幻想文学大賞（アメリカ）

The New York Times
“The 10 Best Books of 2005”

騎士団長殺し

Killing Commendatore

第１部　顕れるイデア編

第２部　遷ろうメタファー編

一枚の絵が、秘密の扉を開ける——

妻と別離し、小田原の海を望む小暗い森の山荘に暮らす

三十六歳の孤独な画家。

緑濃い谷の向かいに住む謎めいた白髪の隣人。

やがて、山荘で奇妙な出来事が起こり始める。

雑木林の祠、夜中に鳴る鈴、古いレコード、

そして突然あらわれた「騎士団長」……。

想像力と暗喩が織りなす村上文学の結晶！